中国古典小说丛书

续西游记

[明]无名氏 著

上册

江西美術出版社
全国百佳出版单位

图书在版编目（CIP）数据

续西游记：全2册／（明）无名氏著. -- 南昌：
江西美术出版社，2018.10
ISBN 978-7-5480-6167-0
Ⅰ.①续… Ⅱ.①无… Ⅲ.①章回小说—中国—明代
Ⅳ.①I242.4
中国版本图书馆CIP数据核字（2018）第139065号

出 品 人：周建森
企　　划：江西美术出版社北京分社
（北京江美长风文化传播有限公司）
责任编辑：楚天顺　朱鲁巍　康紫苏
责任印制：谭勋

续西游记

XU XIYOUJI

（明）无名氏　著

出版发行：江西美术出版社
社　　址：南昌市子安路66号　江美大厦
网　　址：http：//www.jxfinearts.com
电子信箱：jxms@jxfinearts.com
电　　话：010-82293750　0791-86566124
邮　　编：330025
经　　销：全国新华书店
印　　刷：天津兴湘印务有限公司
版　　次：2018年10月第1版
印　　次：2018年10月第1次印刷
开　　本：690mm × 960mm　1/16
印　　张：44
I S B N：978-7-5480-6167-0
定　　价：102.00元（全2册）

“中国古典小说丛书”出版说明

所谓“古典小说”云者，其义有二焉：一曰，但凡古代之小说，皆可谓之“古典小说”；一曰，但凡技法未受泰西影响之小说，亦可谓之“古典小说”。然此特就今人之观念言之耳。

揆诸坟典，“小说”一词，出自《庄子·外物篇》，其言曰：“饰小说以干县令，其于大达亦远矣。”由此观之，庄子所谓“小说”，不过琐屑之言，以其无关道术，故以小说名之耳。

炎汉成、哀之世，刘向、刘歆父子典校秘书，检讨百家学说，取桓谭《新论》“小说家合丛残小语，近取譬论，以作短书，治身治家，有可观之辞”之意，把《伊尹说》《鬻子说》诸书，归为“小说家”之书，而《汉书·艺文志》（以下简称《汉志》）继之。夷考其说，“小说家者流，盖出于稗官，街谈巷语，道听途说者之所造也”（语出《汉志》），此亦非后世之小说也。

唐修《隋书》，其《经籍志》立论本诸《汉志》，以小说为“街谈巷语之说”（《隋书·经籍志》语）。当此之时，小说之名虽同，而其类目稍广，举凡《燕丹子》《世说》《迩说》之属，皆可入诸小说名下。

后晋修《唐书》，其《经籍志》立论与《隋志》无异，以《博物志》隶小说，此为“神异志怪之书”入小说之始。

天水一朝，欧阳文忠公撰《新唐书·艺文志》（以下简称《新唐志》），以《列异传》《甄异传》《续齐谐记》《感应传》《旌异记》等“史部·杂传类”之书移于“小说类”。至是，小说之部类日棼。

及元脱脱修《宋史》，《艺文志·小说类》承《新唐志》之旧而增广之。

明胡应麟以小说繁夥，派别滋多，于是综核大凡，分小说为六类：一曰“志怪”，一曰“传奇”，一曰“杂录”，一曰“丛谈”，一曰“辩订”，一曰“箴规”。至此，小说一类已蔚为大观，脱《汉志》“街谈巷语”之成规。

清修“四库”，《总目提要》（以下简称《提要》）别小说为三派，“其一叙述杂事……其一记录异闻……其一缀辑琐语”，而又损益之。考诸《提要》，则损益可知：一曰，进“丛谈”“辩订”“箴规”为“杂家”；一曰，隶《山海经》《穆天子传》诸书于小说。小说范围，至是乃稍整洁矣。其分目虽殊，而论述则袭诸旧志。

曩者宋元明清之史志，难觅“平话”“演义”之书，此特士夫习气，鄙其为末流所使然也。史家成见，一至于斯。今人刻书，自当脱古人窠臼。

说部诸书，以文体分，有“白话”“文言”之别；以体裁分，有“话本”“传奇”“演义”之别；以内容分，有“佳话”“世情”“侠义”“家将”“神魔”之别。细玩其文，既有劝世之良言，亦有“诲淫诲盗”之糟粕，而抉择去取，转成读说部书之第一要务。以此之故，编者特于说部诸书择其精者，辑之而为“中国古典小说丛书”，凡百余种。

然说部之书浩如烟海，其精者又何限于区区百十之数？此次出版，难免遗珠之憾。然能俾读者因之而省择取之劳，进而得窥说部精要，示人以津梁，则尚不违出版“中国古典小说丛书”之初心。

说部之书，多出自书坊，脱误错乱，在所难免，故于“取其精华，去其糟粕”外，尚需广施校雠，始得成其为可读之书。以此之故，编者多方搜罗以定底本，精排其版以美其观，躬自校雠以正讹误，然后付诸枣梨，装订成书，以飨读者。

限于编者学力有限，书中疏漏之处，在所难免，尚祈广大方家、读者诸君不吝批评斧正。凡能指出书中一二谬误者，皆为吾师，吾人不胜感激之至。

戊戌仲夏上浣，邵鹏军序于丰台晓月里

目　　录

第一回

灵虚子投师学法　到彼僧接引归真

诗曰：

圆轮如轮岁月流，个中名利等浮沤。谩劳计较分吴越，
且任称呼作马牛。世事看来从理顺，人谋怎似所天休。
要知驻世长生诀，一卷西游续案头。
西游续记作何因，为指人身一点真。顺去人生天地理，
逆来合去佛仙身。机心灭处诸魔伏，灵觉开时道力深。
试看悟空孙行者，降妖变化又更新。

入记：

话说西方有佛号曰如来，历尽苦行以修成，具大慈悲而方便，凡有血气之属，俱在普照之中，正是释迦牟尼尊者，南无阿弥陀佛。自开辟以至成周，由秦汉而到唐代，说不尽的感应，夸不了的灵通。

一日，在灵山雷音宝刹大雄宝殿，登九品莲台宝座，说天上甚深妙法，围绕着诸佛菩萨阿罗等众，得闻谛听，各生欢喜。如来说法毕，但见天花缤纷，异香缭绕，充满无极无量世界。如来以智慧力，放大毫光，普照三千大千。阎浮众生，自从无始以来，至于今日，造

种种愆尤，受种种果报。正是佛面辉如满月，佛心无处不慈，乃以哀悯之心，向众佛菩萨说："吾鉴观万天，周通三界，哀见众生迷失本来，虽有善信，不无孽冤。吾不忍为恶的沉沦苦海，堕落恶趣，故著有三藏真经，一藏谈天，一藏说地，一藏度幽。此真经三藏，不但利益人天，亦且超身鬼道，乃是修真之径路，成道之玄诠，登善士于天堂，脱亡魂于地狱。向见四大部洲，惟有南赡部洲人民繁众，善恶混淆，虽有圣贤治世，政教宣明，无奈昏愚不良，纵欲无忌。故此真经可以消灾释罪，降福延生。吾欲送到东土，恐人怀不信，毁谤真文。前已托观自在菩萨度化取经僧众到来。看此僧往昔劫中，名唤金蝉长老，只因他轻慢大教，故贬真灵，托生人道。今幸他不昧昔因，仍归正觉，转投南国，披剃出家，名唤玄奘。这僧既生来有此，功行无差，不惮万水千山，历尽三途八难；门下跟随几个徒弟，也都上应天星，下全道力。此经有缘，当与取去，到得东土，永为劝善之珍，可作修真之宝。但虑此僧来，遭八十一难之艰辛，受百千万之魔孽，虽有孙悟空之灵通，猪八戒之力量，若非菩萨护持，神圣保助，终难除妖灭怪。使唐僧到此，又只一件，吾虑此经之取而去，复有不净处根因，魔孽阻挠道路，他师徒力量轻微，志愿如何得遂？"

时有菩萨圣众齐声答道："我等已知此僧来时凡体，磨炼成真，仗一笃之心，信自得保全而去。倘因不净根因，还望如来始终成就。但不知不净根因，作何究竟？成何冤孽？"

如来道："诸孽根心，心净则种种魔灭，心生则种种魔生。但看此僧众，来何意？发何心耳？"如来说毕，乃命阿难、迦叶把宝经阁三藏真经查检备下，专候取经僧到来。阿难领下如来旨意，往宝经阁去不题。

且说灵山佛会，有一等在家修行道者，释门称为"优婆塞"；披剃了出家，称为比丘僧。这天竺国境内，有一优婆塞道者，法号灵虚子。这道者三劫生来，原来是一个久修禅和子。只因误入了猎户门中，沾惹了些腥秽不洁。再投，投入一个道真院，习学了旁门岔道；三劫转在这灵山脚下，为善男子。他这点正念未了，仍归释门，焚香课诵，斋僧布施，每每也有披剃为僧之心，只因夙因未净，犹然好务变幻外术。一日，偶坐于村坊热闹市上，见一卖术法之人，能开顷刻莲，善舞飞来鸟，变巨人三头六臂，化美女百媚千娇。但凭市人观看出的金钱，要变何物，任意取乐。这灵虚子见了不胜喜悦，乃出金钱问术者道："汝能变苍龙么？"

术者受了金钱，把身一纵在半空，只见顷刻五云腾涌，一条苍龙在云端里。但见：

彩色云飞汉，苍龙现碧空。口喷甘露雨，五爪驾霓虹。

术人变了苍龙，在空中盘旋一会，仍复旧下来。众市人观看，个个称奇喝采。灵虚子忙又出金钱，向术人问道："汝能变猛虎么？"术者受了金钱，把身一抖，顷刻变了一只猛虎，在市上咆哮。众市人见了，惊骇起来。

灵虚子道："众莫惊骇，料只是变化的，决不伤人。"但见这虎：

白额斑斓体，长须赤焰睛。一声大啸处，山岳尽皆倾。

众市人有大胆的，立住脚根，说"变的奇妙"；有畏怕的，远走躲避，声色慌张。顷刻复旧。灵虚又出钱要变别样。只见市人中有争的，说灵虚子："只凭你多钱，任意夺趣。我等也有金钱，须凭我检一件变化看耍！"灵虚子见众人争夺，乃答道："但凭列位取乐，小子怎敢占越。就是列位出了金钱，变件奇观，小子也沾胜遇，有何不可。"众中有一人出了金钱道："术者，你变猛虎吓人，苍龙炫目，不如变个妖娆女子，能歌善舞，我等观看耍乐也好。"术人接了金钱，摇身一变，只见场中顷刻一个女子，手抱着琵琶，妖妖娆娆，口里唱着歌儿，手里弹着弦索。众人齐声喝采。但见那女子：

> 蛾眉分翠黛，檀口启朱唇。玉指挥丝索，金莲踏地尘。袅娜当场里，香风更逼人。巫山夸丽质，洛水得全真。

灵虚子见了，乃闭了目，背转项，自言自语道："世人爱色，出金钱变此美貌佳人。你看他眼不转睛，面不别向，甜蜜蜜的看着不舍。我一个在家出家的道者，目不邪视，如何观他。"市人见灵虚子转面闭目，有的说："吃斋念佛的道者，该是如此。"有的笑道："假惺惺，故装呆。外面如此，心里不知何样？"只见女子唱了一歌，弃了琵琶，又舞了一回，仍复旧是术人，立在场中。天色傍晚，术人收拾起身，市人各散。灵虚子乃上前叫了声："师父，如不弃造次，请到寒舍一饭，有一言请教。"那术人见灵虚子容貌庄重，言语温恭，欣然就随着前来。到得家门，延入厅堂。这灵虚子一面呼茶，叫家下收拾素斋，一面纳头便拜道："师父何方人氏，高姓大名？方才这变化奇妙神术，却是何师传授，那处得来？"术人听了答道："小子南方人氏，姓万，双名化因。只为遨游湖海，访道求师，得遇异人，指授了这幻化法术，换得金钱。小子除了日食费用，余者便济贫拔苦，修桥补路，积些阴功，以求出世。我师也曾说西方有圣人传教，故此一路信步前来。请问善人，大姓何名？"灵虚子答道："小子唤作灵虚子，一向投入释门，焚香课诵，只是未曾披剃。今见师父这法术奇妙，也是个从无入有、修真合道神通本事，若肯传授小子，愿罄家资投拜门下，做一个徒弟。倘能少仿师父十分之一变化法术，终身不忘。"万化因听了答道："小子法术虽微，却也合道。老善人要学，也非轻易可传。必须炼实还虚，由虚入无；从无示有，总归一因。人有而有，方能学得。"灵虚子听了，只是磕头，愿留师父在家指教。乃净扫一间楼阁，延师安下，捧出黄金白璧，作为贽礼。当下万化因住在灵虚子家，朝夕讲习法术。

时光迅速，不觉三年。灵虚子心地聪慧，志向精专，变化之术，却好十得其九。一日，万化因见灵虚子学术已成，乃辞要他往。灵虚子苦留不住，只得备了谢金，远送百里之遥。到了一座荒亭无人处，灵虚子把手一指，只见那空僻亭子内，摆着一席蔬酌。万化因见了笑道："徒弟，你今日在班门弄斧也。虽然，也是你敬我好意，当须尽你饮饯之诚。"灵虚子乃跪奉一杯素酒。万化因饮毕，也回敬一杯。把袖一拂，只见亭子旁一盘金银，都是灵虚子平日送师的礼仪，原封未动。万化因笑对灵虚子道："此盘内皆是徒弟馈送原仪。我这法术，既传授得人，资养已久，安可费你家计，使我一去济贫？一向不却你的者，欲你尽敬也。道法非值这微金，受你金，即是卖法也。你当收去！"灵虚子方才开口劝收，那万化因如飞不顾而去。

灵虚子只得把金银裹回到家，终朝只是演习法术，灵山佛会，绝迹不去。优婆塞众中，却少了灵虚子赴会，各相议论。有说他懒惰道心，久失讲听的；有说他废了前修，堕入罪业的。却有一个比丘僧说道："小僧闻知灵虚子闭户三载，拜投了一个旁门幻术之人演习邪法，可怜他走错了路头，怎能勾皈依正果？"众优婆塞听了，便齐声道："我等亦闻知未实。若果有此，怎得一位比丘发慈悲心度脱他，仍归此会。"只见比丘僧中一个僧人，法号到彼，出班说道："待小僧禀白如来，往彼劝力。"众优婆塞道："事出正道，何劳白佛？但愿我比丘速往开导，不可迟延。"到彼僧听了，即起身径来到灵虚子家门首。

家僮见了，随传入灵虚子知道。灵虚子即弄个神通，变了一个老仆人，走出门来。看见到彼僧：

削发除烦恼，芟须远俗尘。缁衣偏袒着，佛会有缘人。

老仆见了便开口说道："长老师父，我主人久出外游，今不在舍，不敢妄留，乞临异日。”到彼僧早已知是灵虚子假变，乃笑道：“本是灵虚面目，因何变作苍头？形容虽异未更喉，话语依然如旧。”灵虚子见僧人说破他，乃退入门后，变了一个童儿，出门来道：“老师父寻谁？我主人出外望友，不在家中。”比丘僧见了大笑道：“行见苍头老汉，忽然貌换童颜。若非葆合此丹田，怎得改颜换面？”灵虚子见两次被僧人说破，忙答应道：“我主人出外，只恐我主母知其去向。老师父，你略立一时，待我童儿问来！”乃走入门内，忙变了一个优婆夷老妇，走在中门帘内，说道：“老师父，想是灵山会上来的？我优婆塞道者外游三载有余，今虽归来，早辰又往村前望客。且请厅堂坐下，少候一会，以待其归。”到彼僧听了，笑道：“本来灵虚面目，这回变女形容。黄婆配合想曾同，休把我僧捉弄。”灵虚子见瞒哄不得僧人，乃大笑出来，一手扯着僧衣道：“师兄，好智光破幻！弟子失迎有罪。且请堂中坐下，再叙久阔。”到彼僧随入厅堂。两相叙礼，茶罢，到彼僧便问道：“师兄久不赴会，何也？”灵虚子答道：“因远游在外，久失瞻仰佛会，罪过万千。”到彼僧笑道：“僧见师兄道法奇妙，果是耳闻不虚，目睹是实。想师兄智慧明尽，正当朝夕参悟禅机，了明正觉。如何路入旁岐、堕落邪幻？你道变化多般，只好愚惑凡俗，怎能瞒昧的察往知来慧光朗彻之人？”灵虚子笑道：“师兄，据你所言，方才小弟真是假变苍头、童儿，你如何识破？”到彼僧道：“师兄，你向来也在禅门，岂不知道理有个真实不虚？若人了悟得作用出来，天地也不知，鬼神也莫测。若师兄的变化，不过是因人心而设诈为幻，你能自知，人得而知；你能自愚，人不得而愚。小僧从真处寻真，师兄自从假处露假矣。依小僧之言，师兄净洗往日之假，亟归此日之真；放着正路不由，却走邪魔外道？”灵虚子答道：“师兄未来，小道只说这变化奇妙，瞒尽世人。谁知师兄一来看破，我自觉此说不能迷昧至人，习之无益，今情愿弃假归真，仍赴灵山胜会，忏悔前愆，消除罪孽。”到彼僧答道：“忏悔莫越自修，消除当须警省。师兄可静守在家，洗涤了凡念，俟我如来龙华会毕，归来开讲上乘，那时再续旧会可也。”灵虚子唯唯听命。到彼僧辞别出门。

毕竟后来何如？且听下回分解。

第二回

如来试法优婆塞　徒众夸能说姓名

话表如来，自从分付阿难查检真经，候取经僧人，因赴龙华会。归来，只见诸大比丘接着，如来便问道："取经僧师徒将到，真经检阅完否？"阿难合掌答道："真经已查检备下，但我本师曾说：'恐取经僧众有不净根因，经文难到东土。'若有此等不净根因，却如何区处？"如来说："取经固是功果，保经亦是功果。吾意汝众比丘僧中，谁发一方便心，保护真经前去？"众比丘答道："保护真经，须得诸佛菩萨神力，方能驱邪缚魅。我等比丘僧尼那有力量。"如来道："诸佛菩萨俱各有经，在所取中。若捐神力，刹那之间，腾云驾雾，自可到东土。原是送去，非今僧众来取之意也。这事还须汝等僧中，谁有智慧有道法，暗自保护真经，到得东土，成就功德！"

只见比丘僧到彼越班而出，向如来前稽首道："弟子愿保护真经前去。"如来见了说道："汝在大比丘中，吾已知汝具大智慧，但不知汝道法，何如可以驯服魔精？"到彼僧答道："弟子无甚道法，愿举一人，乃优婆塞中灵虚子道者。此人三载未临佛会，投师习学幻法，得授变化多般，尽有几宗奇妙。只是邪幻不正，不知可抵御的妖魔，保护的经典？"如来听说道："人身俱是幻身，法术本无邪正。若用之正，则邪亦是正；若用之邪，则正亦是邪。彼妖魔阻道，虽有神通，邪也；吾经到处，若能护持，正也。既有此人，当听其来。若出真心，吾当以正道使之，料可成就取经、送经功果。”比丘僧听了，稽首称谢。

如来即命于优婆塞中宣灵虚子近前道：“比丘僧到彼，荐你保护取经人等，送上东土，汝愿去否？”灵虚向如来俯囟作礼道：“弟子愿建一保护真经功果。”如来道：“汝向来三载不赴佛会，习学了些不正幻法，吾门不但不观，亦且不言。今汝既欲保护经文，只恐一路邪魔阻道，有碍宝卷，不得不借汝法术抵御。但吾门论道不论术，今且以道试汝。汝能变化，亦能变大乎？”灵虚子答道：“弟子能变大。”乃把身一拱，顷刻丈二法身。如来见了说道：“此何为大？”灵虚子又把身一摇，顷刻变了一座须弥山大。如来道：“此未足为大。”灵虚子复变了一个顶天立地、横阔四隅大汉子。如来道：“此何足为大？凡吾所言大者，外无所包。今子所变，尚在乾坤之内，非大也。”灵虚子不能变。如来又问道：“汝能变小么？”灵虚子答道：“弟子能变小。”乃把身一缩，顷刻变了一个蜻蜓儿，在殿阶前飞上飞下。如来见了说道：“此何为小？”灵虚子复把身又缩，顷刻变了一个蚊子，薨薨飞于庑下。如来道：“尚大，尚大！”灵虚子把翅一缩，变了一个焦蟟虫儿。如来道：“此何足为小，凡吾所言小者，内无所破。今子所变焦蟟尚有肠腑，食微尘，何以为小也？”灵虚子无术能变，只是向如来前磕头，求授变大变小之法。如来乃向左右阶前诸大比丘、众信人等问道：“汝等方才曾见优婆塞变化大小之形么？”众善信人等俱各合掌称扬道：“善哉，善哉！灵虚道者法术精奇，变化神妙。我等曾未尝见闻。非道力洪深，安能到此。”如来又问比丘僧众说：“汝等亦见其变化色相么？”比丘僧到彼微微笑向如来前说：“弟子实未尝见灵虚子所变大小之形，但见他在殿阶下把五体左扭右捏，片时复还原身耳。”如来笑道：“吾亦未见其变，但见其五内方寸微微动三番五次耳。看此等变化，只好愚弄凡俗，难瞒至真。如今既为保护真经，以防备道途妖魔，用灵虚子之术，汝众比丘中谁能出一神力，赞助他成就这种功德？”众比丘道：“弟子等原本真常，不事狡幻，安敢谬入邪境，以背正宗。”只见到彼僧说：“弟子原愿保护真经前去，又举荐了灵虚子，只得仗此智慧，少试平日炼习道力；非敢预设防妖之术，逆料妖魔阻道之虞，但为取经人有不净根因，以仰体如来传经度人至意，只得将弟子力量，试展一番。”如来道：“吾不欲汝设机逆料未来之事，亦不欲观变幻谲诈之术，但听取经僧到，观他来意为何，事本何心，可与真经，则与他去耳。”如来说毕，只见顶上放大毫光。众比丘、善信赴会听闻经义者俱在光中，照耀有如日月；各相瞻依，欢喜而退。按下不题。

且说大唐三藏法师陈玄奘圣僧，自从领了唐王敕旨，出得国门，一路收了悟空孙行者、悟能猪八戒、悟净沙和尚，连玉龙马五口，自东土到了西域，行了一十四载，受过八十一难，道路辛苦，山水迍邅。幸喜这日到了西方佛地。远望灵山相近，地方风景却也与他处不同。但见琪花瑶草，乔木青松。人家户户念弥陀，个个持斋都好善。三藏在马上称赞不已。师徒正由大路前行，忽见一带高楼，几层峻阁。三藏在马上举鞭遥指道：“徒弟们，你看好去处。真是西方福地，果然名不虚传。”行者道：“师父看，此楼阁人家，多是善信在道住宅。我们远来，腹中饥饿，何不登门化他一斋？”三藏道：“徒弟，斋便化。但我等一路行来，风尘染惹，此身不洁；须是借寓安下，沐浴更衣，方好上灵山礼拜如来，求取经卷。”行者道：“师父，我们出家人身心原洁，何必沐浴？便是沐浴了，师父却有新鲜衣服、锦襕袈裟更换。我徒弟只有这两件皮袄皮裤，冬夏穿着，那讨衣更！”猪八戒道：“化斋只化斋，走路便走路，若要沐浴更衣，便沐浴更衣。我高老儿庄上还有一件装新的小衣儿在此，换换也好。但是先化斋吃饱了，沐浴更衣方好，如饿着肚子沐浴更衣，装兴了也没干。”三藏道：“非是我要沐浴更衣，乃是出一念志诚。”行者道：“既是师父要尽一念志诚，这楼阁内定是个善信人家，师父你可前去敲门借寓。”八戒道：“化斋要紧。”便往前先走。沙僧一手扯住道：“师兄，此处不比前面我等化斋与师父吃。这西方善信人家，师父要借寓安住，你我这形容古怪，万一善信见了不肯容留，可不空费一番心力。”八戒依言，三藏便上前敲门。只见一个童儿走出来，看见三藏：

头戴毗卢僧帽，身穿锦襴袈裟；九环锡杖手中拿，一串菩提项挂。

童儿见了三藏，便笑道：“老师父，莫非东土来取经的么？我主人久说：‘东土有取经圣僧到来。’”三藏答道：“正是东土来取经的。”童儿把眼往后一望，只见三个和尚在后，生的古怪：一个猴头猴脸，一个猪耳猪腮，一个见貌吓痴呆，好似妖魔鬼怪。童儿见了，吃了一惊道：“爷爷呀，那里妖怪到我这西方佛地？”三藏道：“童儿休怕！这是我徒弟生来面貌，不是妖魔。烦你通报主人一声。”那童儿两眼吓的不敢看，只把大门推来，躲在门后，也不敢往里去报。站了半时，猪八戒急了，却去推开门，说道：“童子哥哥！烦你通报一声。”那童儿“喳”的叫了一声，道：“打紧我害怕，他又来张人。”飞往屋内跑入，气喘喘的报与主人知道。

只见一个道者出来，恭迎三藏进入阁内。彼此分宾主叙礼。三藏问道：“善信高姓大名？”道者答云：“弟子优婆塞，人称为灵虚子。请问师父，可是大唐法师玄奘长老么？”三藏道：“正是弟子。”灵虚子道：“师父出国已久，何故今日方才到此？”三藏把一路辛苦，妖魔等情，略说几句。灵虚子便叫“掩口，掩口”，道：“我这佛地不谈妖邪。”一面唤童儿传入内室备斋，一面问道：“师父有徒弟随来，如今在何处？”三藏道：“俱在门外，不敢擅入。”灵虚子乃叫童儿：“去请师父高徒进来。”童儿道：“师父的徒弟相貌怕人，老爷自去请罢。”灵虚子乃亲自出来，见了三人，吃了一惊道："唐僧庄严相貌，真乃东土上人。怎么这样古怪徒弟？"一面请行者们入屋，一面估上估下，问行者："法号何称？"行者道："我弟子，道者岂不知。"灵虚子道："一时忘记，请教！请教！"行者乃说道：

"说我名儿四海扬，曾居花果做猴王。熬尽乾坤多岁月，经过三腊九秋霜。十方三界都游遍，地狱天堂任我行。只为皈依三宝地，跟随长老到西方。路经十万八千里，到处降魔果异。观音院灭黄风怪，波月曾降木奎狼。火云洞服红孩子，黑水河将鼍怪伤。灭法国里施神术，朱紫朝中捡药囊。玄英洞把三妖扫，宝华山收百脚亡。捉怪功能说不尽，斤斗神通任路长。一打乾坤无剩处，变化多般果是强。道真若问吾名姓，齐天大圣是吾当。"

灵虚子听了笑道："原来就是孙悟空。但闻其名，未见其面，果然是个神通大圣！这位何姓？法号何称？"猪八戒道："道真问我，我也有名，只恐道真素知。"灵虚子说："一时失记，请教！请教！"八戒乃道：

"问我名儿四海知，曾将道配坎和离。九转功成朝上阙，一朝诖误降深溪。当年也有爹娘养，不是凡间血肉皮。高老庄上兴妖孽，亲见观音受戒持。一种灵根不泯灭，投诚礼佛拜真师。洗尽邪心归正果，随师十载建功奇。黄风岭上降妖鼠，宝象城中把怪夷。陈家庄灭鱼精怪，女主国平蝎子迷。钉钯曾把狐狸筑，道法能降三恶犀。原是敕封元帅将，也曾开宴会瑶池。只因一时亏礼法，不知妄念入贪痴。贬入凡间原有姓，八戒从猪号不欺。"

灵虚子听了笑道："原来是猪悟能，久仰！久仰！请教这位长老，法号何称？"沙僧道："道真，问我也有名。"乃说道：

"论我名儿四海望，曾在灵霄称上将。身披铠甲日月光，头戴金盔星斗亮。手中宝杖会除妖，腹内珠玑能辅相。只因有过谪尘凡，贬入流沙河岸上。菩萨度我建功勋，披剃为僧跟三藏。宛子山上探妖魔，波月洞救吾师放。宝象国里显神通，白玉阶前丢业瘴。枯松洞战红孩儿，三清道院装神像。金峣山服兕魔王，落胎泉水消师恙。锦衣亭将铁柜开，慈云寺把妖邪杖。西来一路建奇功，助我师兄神力壮。道真若要问吾名，悟净人呼沙和尚。”

灵虚子听了笑道：“原来就是沙僧师兄，失敬！失敬！”便请三人入厅坐。三藏向南上座，行者左傍一席，八戒向傍二席，沙僧左傍三席，灵虚子却坐左傍四席。三藏不肯道：“老善信主人尊重，小徒应当列坐。”灵虚子再三谦让。猪八戒便开口道：“老善信，请尊重坐了罢，我弟子老实，有座便坐，有斋就吃，不知甚么礼节，到是多见赐些斋食，强如让席。”灵虚子听得，看了八戒一眼，肚里忖量道：“这和尚到是个原来头，正是取经的本心。”只见屋内摆出素斋。三藏师徒饱食了，灵虚子乃问：“老师父何时上灵山礼佛？”三藏道：“弟子一路上远来，风尘染惹，恐身心衣服不洁，敢借寓一宵，沐浴更衣，方敢上灵山礼佛求经。且请问老善信，在家作何功果？时常也上灵山参谒佛爷么？”灵虚子答道：“我弟子虽说是在家，却与出家修行的一般，逐日焚修课诵。逢朔、望登山，同比丘僧大众及善信人等，听我如来讲说上乘，名曰佛会。无事闲暇在家，斋僧布施，行这方便功德。”三藏道：“老善信见教的都是功行，只是小乘的功行，却非大乘功行。”灵虚子道：“我弟子也晓得是小乘，但世法未能了，犹在家园，未得披剃，入于比丘班中，所以功行未到。”三藏道：“这大乘功行，那里拘在家出家，若是了明得，便是在家也成就这种功行；若不了明，便是出家也没用。”

却是何说？且听下回分解。

第三回

唐三藏礼佛求经　孙行者机心生怪

灵虚子听了三藏“在家出家，了明大乘功行”之说，乃问道：“老师父，我弟子也略明一二，但不知老师父如何了明？”三藏乃诵出七言八句，说道：

“大乘功行岂难明，扫尽尘凡百虑清。昼夜绵绵无间断，工夫寂寂不闻声。任他魔孽眸中现，保我元阳坎内精。炼就常清净体，明心见性永长生。”

三藏说毕，灵虚子大笑起来，说：“老师父诗中大义，即是弟子一般无二。汤沐已备，且请洗浴。”

三藏乃同行者等沐浴了，俱在静室打坐。灵虚子却与三藏讲论了一会，各自取静。灵虚子乃想道：“如来信比丘僧荐引，许我保护真经，叫我莫要说破。我看唐僧虽然庄重，笃信三宝，这几个徒弟跷跷蹊蹊。虽说那八戒老实，可以取得经去。只恐孙行者那些降妖灭怪的雄心未化，方才夸逞神通，又未免动了一种怪诞。如来曾说不净根因，便是此等。我方才以正相待，未得尽知他们真诚实意，如今且聊施法术，一则看唐僧入静道行何如？一则看三个徒弟静中智慧何等？

若是道行优，智慧广，真经取去，他们力量可保，我随去也省几分气力。若是他们力量不能保去，可不费我精神？少不得比丘僧到处举我，我必要扯着他前去助帮一二。”

灵虚子想了一会，只见唐僧师徒们各入静定。灵虚子乃变了一个老鼠，先到三藏身边。他见三藏闭目跏趺而坐，呼吸绵绵若存，当中寂寂不乱，乃把爪儿抓三藏衣膝。三藏那里惊动，犹如打成一片真金，那色相庄严，无增无减。灵虚子暗地夸扬道：“好一个修行和尚。”却去试行者。见行者虽盘膝闭目，却扭扭捏捏不定。只见八戒呼吸村粗，沙僧气息沉静。灵虚子乃去把八戒耳上一抓，八戒惊叫起来道：“一路辛苦，方才喜到一灵山脚下，这等一家善地，如何老鼠成精！”这灵虚子只知试八戒，却不知孙行者是个精细猴王，平日既有几分手段，他的智慧也有几分明彻——听见八戒骂老鼠，他把眼睛略看，便看见老鼠是灵虚子假变，乃忖道：“优婆塞也是如来弟子，怎么假变老鼠戏弄八戒，想是试探我等禅心？我如今也弄个神通，戏弄他一番。”乃故意鼾呼，拔了一根毫毛，变了一个黧猫，从天窗跳将下来。灵虚子见了笑道：“久闻孙行者神通广大，智虑千般。我家那有黧猫，便是邻屋也少。我此法身，莫要是他啮破！”乃复还原坐，依旧行那静功，眼睃着黧猫，看他作何究竟？行者见鼠复还元，仍是灵虚子，乃道：“此非戏弄八戒，或是道者元神出壳之状？”乃撺出窗去，复还了身上毫毛，方才闭目入静。

只因他这一种精细，动了一宗魔头。总是他日间向灵虚子夸逞名姓来历这宗根因，就于静而未静之中，现出许多怪孽——忽然如昔日闹天宫的景象，闯地狱的情形；黄风怪又狰狞现形，红孩儿复猖狂作横，牛魔王从前又弄神通，金翅雕转到鸱张作耗……金箍棒这时难撑难打，翻筋斗此会偏拙偏迟。性子暴躁起来，大叫一声：“师父呵，你在那里？”三藏正在静中，被行者喊叫一声，便出了定道：“悟空，我在道者静室中打坐哩，叫我怎的？”行者顷刻就明，啐了一口道：“精精做梦，又撞着冤家。”那八戒、沙僧也喊叫“师父”起来，三藏俱各唤明了，齐啐道：“真个做梦又来割嘴，只道妖精又捉师父。”灵虚子笑道：“真乃不净根因。师父们若要上灵山礼佛取经，还须洗心涤虑。”三藏说：“弟子正为此借寓老善信宅上沐浴更衣，便是洗涤身心志念。”师徒过了一宵。次早灵虚子备斋，款待了三藏师徒，乃向三藏说：“老师父修省一日登山。我弟子先往雷音宝刹赴佛会去也。”灵虚辞了出门先行。

三藏随换了洁净衣服，披上锦襕袈裟，戴了毗卢圆帽，手持九环锡杖，待灵虚子出了门，便与行者等拜辞厅堂之上，出门直走灵山大道。师徒们走了半日，遥望灵山脚下树木森森，鹫岭峰头，云霞灿灿；渐次行来，见鹤鹿之踪满道，鸾凤之韵飞空。三藏问道：“悟空，雷音宝刹你说曾到，尚在何处？”行者答道：“师父，那前面林里显出来的琼宫绀殿，不是雷音寺了？”三藏方才举目观看，果见：

梵宫高出碧云天，朱户金钉星斗联。七级浮屠霄汉里，三层宝殿鹫峰前。钟声接续扬清响，鼓韵铿锵次第宣。果是灵山真胜境，祥光拥护大罗仙。

却说灵虚子留三藏在家，他先到寺来，见了比丘到彼僧，说：“东土取经僧众已到，在我家下。那三藏色相庄严，志念诚悫，真是取经之僧。徒弟们道法力量虽然广大，但恐还有些精修不到。我等既在如来前一力称许保护，若是他们德不纯全，我等再欠力量，道途有失保护，如之奈何？”比丘僧道：“我等还须禀白如来，求垂方便，少助法力。”说罢，乃上得大雄宝殿。正值如来登殿。比丘僧忙合掌望上禀道：“东土取经僧已到山脚之下。灵虚子观其来意，俱各志诚，但恐其间尚有精修不到，仰望大慈俯垂成就。”如来道：“吾门中惟观其来意，若是志诚，应当付与真经；若是精修未到，必定也要汝等扶助去路。”比丘僧道：“谨奉佛旨，只是弟子与优婆塞力量微浅，还求慈悲方便。”

如来道："汝二弟子叮咛，再三求告，也是为此真经美意。但吾门虽有过去、现在、未来三等道岸，然过去的休思，未来的休望，只凭这现在。这现在的，亦听其来。若先存意念，是谓成心，非修道者之所行也。汝二弟子既坚意求充满道力，吾今添汝'一声闻功德，一圆觉实行'，待真经去日，再有传教汝等。"比丘僧与优婆塞合掌称谢。方欲退散，只见雷音宝刹大门把守大力神王报入正殿，说："东土取经僧众到在门外，不敢擅入，特来报知。"如来听得，乃令比丘僧等召三藏入殿。

却说三藏见了灵山佛寺，远远从山脚下一步一拜，拜到山门，抬头一望，只见山门之上悬一大匾，上写着："前雷音禅寺。"猪八戒见了笑将起来，说："佛爷爷呀，走了许多年，受了无限苦，今日也到了地头。"不顾师父、师兄，大踏步往山门就走。行者忙喝住道："呆子，此是何处，如何卤莽不行礼法！"八戒道："我一路来，那里不行些礼法？！"行者道："你行甚礼法，眼见的佛爷在上，师父在前，怎么越礼抢前？"八戒道："老猪一路来，遇着斋饭行吃礼，撞着妖怪行打礼，便是有几包儿衬钱，也行个收礼，何尝不行礼法。"三藏听了道："徒弟莫要多言，斯文谨言些。"正才教训八戒，只见比丘僧十余众在山门下。三藏见了鞠恭上前道："弟子玄奘乃是奉大唐国君旨意，前来求取经文的，要谒见如来。"众比丘道："佛爷已知圣僧到来，令我等迎入。"三藏只是合掌行礼。

当下二比丘引着三藏师徒，到得殿阶之下。三藏俯囟作礼，启上如来道："弟子玄奘，奉大唐皇帝旨意，见有通关文牒，到宝山求取真经，普济众生，永固国社。伏望我佛垂恩，俯赐方便，不辜弟子来意。"如来听得三藏之言，又看了来文事理，乃启金口，大发圣心，向三藏说："吾久知汝远来取经，道路辛苦，安可令汝空回？已分付阿难查检备下。但此经文超度四生六道，解释八难三途，未可唐突取去，造次来求。必须汝等各说出：为何事求经？本何心而取？"三藏听得，俯伏在地道：“弟子玄奘为报皇王水土之恩，祝延圣寿而来求经。若说本何心，惟有一念志诚心来取。”如来道：“祝延圣寿，正与吾经理合；既发一点志诚，经文应当给汝。”乃问悟空：“为何事？本何心？”行者也百拜上言道：“弟子想当年生自花果山一块石，乃天真地秀，日精月华感动所出，今日取经盖为报答这盖载照临之恩。若说本心，弟子一路来随着师父，降了无数妖魔，灭了许多精怪，皆亏了弟子这心中机变，便是机变心来取。”如来道：“报答天地日月之恩，此经正合，取得，取得。只是本一机变之心，这机心万种倾危，这变幻无穷诡诈，如何取得？”乃问八戒：“悟能，你为何事？本何心？”八戒口中吃吃的，磕了无数头道：“弟子……弟子只晓我娘生时十月怀胎之苦，三年乳哺之恩，今日为报答爷娘养育恩来取。若说本何心，只有一点老实……老实心。”如来点首。又问沙僧：“悟净，你为何事？本何心？”沙僧稽首，顿首道：“弟子不知其他，但只知天地君亲师五件大恩。天地君亲，师父、师兄们说去；只因随师远来求经，但愿师父取得经去，这一点恭敬心，无时放下。”如来道：“你二人俱从正念，取得，取得。独有悟空却难取去。”行者听了急躁起来道：“佛爷爷呀，我弟子千辛万苦，随师远来，如何取不得？”如来道：“只因你本一机变，与吾经一字也不合，怎么取得？”行者乃向如来前抓耳挠腮，打滚撒泼道：“弟子这机变心，纵不如师父的志诚，却胜似八戒的老实；就是机变，也不过临机应变，又不是奸心、盗心、邪心、淫心、诈心、伪心、诡心、欺心、忍心、逆心、乱心、反心、诬心、骗心、贪心、嗔心、恶心、瞒心、昧心、夸心、逞心、凶心、暴心、偏心、疑心、险心、狠心、杀心、痴心、恨心、争心、竞心、骄心、媚心、谄心、惰心、慢心、妒心、忌心、贼心、谗心、怨心、私心、忿心、恚心、残心、兽心……”行者一气随口说出许多心，如来闭目端坐，只当不闻。

比丘僧到彼乃屈指说道：“悟空，不可多说了。你说一心，便种了一心之因；种种因生，则种种怪生。”猪八戒在傍听得行者说了许多心，临末一句“兽心”，他便说道：“正是。我悟空师兄又不是狼心、虎心、狗心、牛心、蛇蝎毒虫心……”比丘僧道：“八戒，还禁得你添出这些异类心，吾屈一指，便有一心之应。汝等少说些罢。”行者乃住了口，只是向佛爷磕头道：“爷爷呀，可怜弟子万水千山，辛勤苦恼，随师到此，没奈何，赏弟子几卷儿去罢。”如来道：“吾经本来一字，原无许多枝叶，到被你生出种种头脑。只恐你取了经去，道路之间，被这种种机心生变，不免又累别人。”行者道：“弟子金箍棒现有，斤斗云尚存。纵有妖魔，手段尤在，包管无碍。”如来笑道：“吾正为汝恃这一根金箍棍棒，亵渎了多少圣真，毁伤了无限生灵。今日你这棒当缴还了在此，一路用他不着。”乃叫大力神王：“收了他的棒！”行者那里肯缴还，道：“爷爷呀，弟子这棒轻易缴还不的。”神王道：“佛爷要你缴还，如何缴还不的？”行者道：“我这棒得的有些来历。你听我道——

这金箍，非凡棒，神通说来无限量。只从大闹水晶宫，忽见金光出海藏。龙王赠我作奇兵，乃是一根铁拄杖。叫声细了斗来粗，说道短些长两丈。要小变做绣花针，要大就如杠子样。曾携入地上天宫，也曾翻山搅海浪。打怪荡着一团泥，降妖直教三魂丧。堪笑八戒弄钉钯，怎比如意金箍棒。”

八戒听了道：“你这弼马瘟！夸你的金箍棒神通，怎么贬我的兵器。”神王道：“你的兵器果然不如他棒。看来不过是把种地的钉钯。”八戒道：“我的钉钯却也有来历。”神王道：“有甚来历？”八戒说：“你听我道：

说来历，不敢夸，出在神仙大道家。锻炼六丁真火候，琢磨九齿利狼牙。轻重随吾力量使，短长任我手头拿。神通举处倾山岳，光彩看来灿斗霞。前使苍龙探海势，后使猛虎跃山花。魔王见了心惊颤，妖怪逢之骨也麻。乾坤兵器真难比，今古枪刀也让他。任那金箍并宝杖，荡着钉钯没处遮！”

沙僧听得道：“你这囔糠，夸你的钉钯利害，怎么笑我的宝杖。你那里知我这兵器非凡，也有些来历。”神王道：“你的兵器有甚来历？也讲出我听。”沙僧乃说道：

“说宝杖，神通广，不是凡间生草莽。出在广寒宫里来，一枝丹桂灵根长。仙神伐下削成条，兵器丛中称上档。雄威曾用灭妖魔，利害真能降魍魉。挥开鬼哭神也愁，舞动星昏月不朗。也曾护驾镇灵霄，也要成功居上赏。粗细长短任吾心，名播今来与古往。金箍棒也让三分，钉钯只好来抓痒。”

神王听了笑道：“谁叫你们各自供出利器来，你这利器在身，可有个逢妖不打、遇妖不伤的？如来三宝门中，正不用你这三般利器，可速缴还殿上，贮了慈悲文库。”行者道：“爷爷呀，取了经去，万一路途遇着割嘴的妖精，还用此棒孝顺他。缴还不成。”八戒也随着行者口说：“真实缴还不成，便取不的经去，也要留着这钉钯，另寻个买卖去做哩。”三藏道：“徒弟们，果是一路来虽亏了你们这兵器，害事也在你这兵器。”却是何说？且听下回分解。

第四回

授比丘菩提正念　赐优婆梆子驱邪

神王乃问三藏道："圣僧，你一路来，如何亏了他们兵器？"三藏道："上神不知，弟子一路遇了无数妖魔，若不是他三个有此兵器战妖斗怪，怎能前来？但只是出家人以慈悲为主，远来取经为何？原以济度众生为念。被他们这兵器伤害了多少性命，这便是他害事处。仰望神王收贮了他们兵器，免得伤害生灵，阴功浩大。"行者道："我等兵器原也为保护师父西来，如今取了真经回去，也要靠着他，如何缴还得？"三藏道："徒弟，如来要你缴还，必须有个圣意。你且依命缴还，再作道理。"八戒道："师父，徒弟若没了钉钯，讨饭也没路，还是留着钯罢。便是保护经回，也少不得要他。"神王笑道："八戒，莫虑保经无器械，你且看我这手中是何物？"八戒看了一眼道："你手中是一个打墙的杵，长又不长，短又不短，降不的妖，打不的怪，没用的物件。"神王笑道："我这件兵器，你那里知道！"行者说："弟子也不曾见，请说他个来历。"神王乃说道：

"先天生，后天生，这件神兵天下少。诸般武艺让他强，说起威灵真不小。敛锋蓄锐万魔降，镇怪驱邪诸孽扫。等闲不用有威风，清净坛场无价宝。整齐大众听经心，降服大鹏金翅鸟。法华海会佛菩提，全仗降魔力量保。视彼金箍灯草心，笑那钉钯枯苗槁。漫夸宝杖用神通，此杵旋时都要倒。”

行者听得暴躁起来，道：“神王，说无凭。弟子情愿与你比较个神通。若是你的宝杵胜过我的金箍棒，不必讲了，情愿缴还在灵山库藏。若是我这棒儿胜过你的宝杵，还让我的金箍棒保护经回。”神王道：“佛爷在上，灵山非赌斗之所，安可与你称雄较力？只是把你的金箍棒、我的降魔杵两件宝器放在阶前，比一个轻重，试谁的气力，便见神通。”行者道：“说的有理，只恐没有这等大秤。”神王道：“何必要秤，权把沙师兄的宝杖横担我们棒与杵，孰重孰轻，自然兑出。”行者乃把沙僧宝杖横担着：一头行者棒，一头神王杵；那棒那里敌对过杵？八戒见了，忙将钉钯也放在棒这一头，越称不起。行者急了道：“神王，我原只讲降妖灭怪——轻巧的神通，不曾与你讲甚么力量。你看我这棒儿，叫声‘小’，就如绣花针，怎么也较甚轻重？”神王道：“你便叫他小了看。”行者把棒取在手中，叫一声“小！”只见那金箍棒越大了。行者叫了几声“小”，便大了许多。行者急了，举起棒照杵上打来，神王忙掣过杵道：“孙悟空，灵山胜境使不得性子。早早皈依如来，缴还了凶器，随汝师取了真经去也。”行者气哼哼的还要争长。三藏道：“徒弟莫要争能，我等为何事到此？”行者听了师言，只得忍气吞声随着。三藏叩首殿阶之前，说道：“弟子玄奘，仰望我佛仁慈，给赐真经，早回东土，以慰君主之望。”如来见其迫切，乃唤阿难引领三藏师徒到宝经阁，查发真经，付与唐僧。阿难领旨，引着唐僧到宝经阁去。三藏在寺中行一步，观看一步，向行者称赞道：“真好佛地！”不觉来到阁前。见那阁上：

霞光万道，瑞气千寻：彤云里显出碧琉璃，绿树头映着朱窗户。兽角飞空，真乃拂云霄汉；雀檐傍牖，果然绕树阴深。正是一座凌烟从地起，绮云承露自天排。

阿难领着三藏师徒登得宝经阁，查阅诸品经卷，俱有签记名目。阿难道："圣僧，你看这宝籍琼书，玄诠妙典，真个是人间少有，天上无多。乃不二法门之奥理，最上一乘之真言。东土众生何幸，得以见闻；比丘僧尼，永为课诵。只是取去，一路要小心敬意，莫生怠慢。这所关非小，不教空费圣僧一番辛苦。"三藏道："谨领教言，决不敢怠慢。"阿难乃查检真经：共计三藏，该三十五部，一万五千一百四十四卷。乃从中查出五千零四十八卷，名为一藏，交付与三藏师徒。三藏受了经，乃分作四担，叫行者、八戒、沙僧各担一担，以一担分作两柜，背在玉龙马上。当时阿难把经卷数目开写明白，交付与三藏。却是：

《涅槃经》《菩萨经》《虚空藏经》《首楞严经》《恩意经》《决定经》《宝藏经》《华严经》《五龙经》《大集经》《礼真如经》《大般若经》《金刚经》《法华经》《大光明经》《未曾有经》《摩谒经》《瑜伽经》《正法论经》《西天论经》《维摩经》《宝常经》《佛本行经》《菩萨戒经》《僧祇经》《宝威经》《三论别经》《佛国杂经》《大智度经》《本阁经》《起信论经》《正律文经》《维识论经》《大孔雀经》《贝舍论经》

以上经名，多寡、卷数不等。三藏照单拜受，一面交付徒弟三人各相担负，一面随着经离了宝阁，就要往山门外走。三藏道："徒弟们！且歇下担子，上殿拜辞了佛祖才是。"行者道："经已在手，走罢！走罢！"八戒道："师兄意思怕缴还金箍棒。我这钉钯狼牙九爪，称着缴还，到也罢了。"沙僧道："辞谢是礼，依着师父莫拗。"行者只得歇下担子，随着三藏到得殿阶下，拜辞如来。如来览了阿难开写经数，乃向三藏说道："此经功德无量，灵异非常，上通天文地理之奥，下知人物万汇之情；为三教之玄屑，乃二气之真机。到彼南方，永为珍宝。非人不可轻传，善士尤当钦重。"三藏唯唯拜谢，辞了佛祖，别了众圣，下殿阶，领着徒弟出了三层门。

方近山门，只见大力神王扯着行者、八戒道：“经已取去，兵器却要缴还贮库，前途用他不着。”行者道：“正要这宝贝护送经文，如何缴得？”神王道：“经文与钯、棒并行不得。你要钯、棒，便留下经文；你要经文，便留下钯、棒。”行者没了主意，又不敢争拗，两眼看着三藏。三藏道：“徒弟，千山万水，所来为何？你必须留下钯、棒，且顾了经文去着。”行者把眼一转，那机变心肠就出，说道：“依师父，缴还了钯、棒。只是这经文，也要件棍棒挑着。”神王道：“释门见放着禅杖，把两条与你担罢。”沙僧便称口道：“我的宝杖免缴，代作禅杖可也。”神王道：“也换了与你。”

当下三人把兵器缴还，交与神王。那行者笑欣欣的道：“棒呀，棒呀，想你在龙宫时，老孙巧里得来。如今在灵山缴库，是空里去。”猪八戒徕着嘴，落着泪道：“我的宝贝钯，怎舍得放在这里？”沙僧也留留恋恋不舍。只见神王收了兵器，换了三条禅杖。各挑着经担，方才出了山门，望大路前行。

却说如来见三藏心欢意畅，取得经去，乃向菩萨圣众道：“唐僧以志诚心，为报答君恩之事。吾知履道坦坦，此经直到东土无碍无疑。但是孙行者以机变心取了经去，虽说报答天地、日月盖载照临，事属正大，吾恐机变是他来时保护唐僧的作用。这种根因未能消化，必要生出一种魔孽。适早比丘僧屈指计他说出八十八种机心，都是奸盗邪淫种种乱派。他既有此不净之根，吾恐道路必有邪魔之扰。”

众圣听了，齐齐称是。只见比丘僧到彼与优婆塞灵虚子二人向如来前合掌礼拜道：“弟子蒙如来充满道力，一添声闻功德，一添圆觉实行。今真经既去，还望方便传教。”如来乃问比丘僧：“汝知优婆塞道力么？”比丘僧答道：“弟子久已知，故往日举荐。料其法术，可以护送经文。”如来又问优婆塞：“汝知孙悟空法力么？”优婆塞答道：“弟子前留他静室，见其不净扰静，已知他法力矣。”如来道：“他来时遇种种妖魔，不亏菩萨圣众救护，几乎不免。今汝二人既要保护经文到彼东土，比丘僧已知孙悟空八十八种机心之变。吾今赐汝菩提数珠子八十八颗。按此菩提数珠非比寻常，一粒一佛，乃五十三佛之念头，三十五佛之心印也。汝当静时挂于心胸之上。遇有魔孽，持诸手内；一粒拨动，万邪自消，随经到处，勿生怠惰。是乃圆觉实行也。”乃向优婆塞道：“灵虚子，汝既知孙悟空机心变动，魔孽猖狂。吾今赐汝一木鱼梆子。按此梆子，非是缘木求鱼，乃是净心驱魅。那菩提珠子有转圆不竭之正觉，这木鱼有闻声起畏之真机。凡遇经文有阻，一击自无留难。汝其诚悫竞持，勿生懈弛。是乃声闻功德也。”灵虚子稽首拜受。

二人领了如来传教，当下拜辞了宝殿，就往外走。如来复叫住丁宁道：“汝二人只可随真经到处保护无虞，莫与唐僧等知识同行。若令其知觉，乃是送经东土，非取经西域之义也。”二人领命而出。如来见二人出了山门，乃放大毫光，驾彩云起在虚空，向众圣菩萨道：“真经到处，消灾释罪，降福延生，允为至宝。比丘、优婆道力若微，当借普助，各有功德。”众圣唯唯称谢而退。如来左侍阿难，右随迦叶，彩云缥缈，去赴法华海会。不题。正是：

百千万劫难遭遇，一藏真经自此来。

话说三藏自从取了真经，分作四处，徒弟们担了。自己轻身一个，离灵山脚下，望前行走。时值三冬至日，见地方居人往来着新鲜衣服，行庆拜节礼，乃叫沙僧：“乘便问行路的，何故？”猪八戒道：“师父也忒眼空浅，人家有钱钞，穿件新鲜衣服。有了新衣，便有礼貌；像徒弟穿这旧袄子，便没人敬礼。管他做甚？只走我们路罢。”沙僧问了行路的，说：“今日乃冬至令节，我这里地方风俗，着件新衣，行庆拜礼。”三藏听得，乃向行者道：“徒弟，我们今日取得经回，正是一阳来复，万象更新，大家心悦意畅，何不联和一韵散心，好往前走。”行者笑道：“师父到底是唐人风韵，意尚吟咏。我等吃力挑担，你师父轻身快活，还要吟诗。”八戒道：“真个师父是看人挑担不吃力，这吟诗可当的饭吃？徒弟腹中饥饿，若是当的一个馍馍，便乱道几句。”沙僧道：“二位师兄不要生疑忌之心，阻了师父兴趣。取经愿遂，好节佳逢，便随师父赏心乐事，未为不可。”行者道：“吟来，吟来。我们和罢。”三藏遂叫把经担且歇在树林避风之处，乃信口吟道：

三冬至日喜回春，

行者乃和道：

万象昭苏又复新。

八戒撅着嘴，没好气道：

和尚那知冬节到，

沙僧忙续道：

一阳颠倒五行身。

三藏听了大喜道：“徒弟们，莫说你们不知吟咏，却到也成章合韵。”

正说间，只见那树林外远远显出高楼峻阁。三藏道：“徒弟们，你看那高楼峻阁，乃是我们来时优婆塞道者之家。扰了他斋饭，沐浴一宵，也不曾面辞作谢。如今，径过去非礼，若是又到他家去取扰，不安。如之奈何？”行者道：“灵虚子道者，家住灵山脚下，我们回路，不便又扰。已越路过来了，此楼阁想又是人家。”八戒道：“张家、李家，管甚么别家，肚中饿了，且去化一饱斋再走。”三藏依言，出了树林，往前走去，越去越远。三藏道："分明楼阁在目前，怎么又走不见？"八戒道："树林遮了。"沙僧道："我等来时，此皆荒山野径，未曾见有楼阁人家。"三藏道："悟净，你那知来时一心直盼着灵山，未曾着意。今日归去闲心，顿觉地界、村落、人家，都在目中。"三藏只说了这句话，那楼阁即显出树林。行者道："师父，已到人家之处。看他门户容得经担，便借宿一宵。若是浅房窄屋，化一些斋吃了走罢！"八戒道："高楼峻阁，料是大门户人家。但不知可舍的斋僧布施？就是西方人家肯斋僧布施，不知可肯足了老猪饭量？"

师徒们说罢，走近门前。只见门儿扁闭，犬子惊人，连声的叫。少顷，一个青年秀士走出门来。三藏看这秀士：

唐巾眉上束，云履足间穿。手中持一册，料是古今篇。

三藏见了，方才要上前施礼，那秀士见了三藏，笑盈盈躬身迎出门外道："恩人老师父，你今日取了经文回来也。"三藏定睛看时，方才认的。

却是何人？且听下回分解。

第五回

动吟咏圣僧兆怪　和诗句蠹孽兴妖

世间何事作妖邪？只为人心意念差。行见白云变苍狗，忽然修豕作长蛇。
些微方寸千般态，几许灵根百样花。动念若端魔自远，灵山何必问僧家？

话表残编陈籍，集久不翻，其中多生出一种蚀纸虫，名曰蠹鱼。这一种昆虫在书纸内岁月日久，多食字籍，灵异作怪。只因这楼阁是铜台府地灵县寇员外二子寇梁、寇栋看书之屋，久荒无人居住。他弟兄存留些往籍残编在案，生出这虫成精作怪。

有为首的两个大蠹鱼，正想着走入灵山窃食经典，不匡护法神王威灵，两个不敢去窃。偶然往林间行过，见经担歇着林内，唐僧一动了吟咏之心，行者们又依了联和之韵，遂惊动了这种孽怪。他两个就变作寇梁、寇栋之状。也只因唐僧师徒们来时遇着寇家二子，故旧在心，曾相识面这种根因，一个蠹鱼就变了寇梁出门迎着三藏。

三藏定睛看了，乃问道："先生何为在此？小僧记得，尊府在铜台府后地灵县地方，府上门前有座牌坊。今日何故居此荒凉地界？且令尊员外何在？"寇梁乘此忙答道："家父在舍，弟在屋内，且请师父中堂坐下，待叙衷情。"三藏欣然进入中堂。

只见寇栋出堂，鞠躬尽礼称谢道："昔日蒙恩师师徒灭了众盗，救得老父性命，至今感恩不忘。只是师父们去后，那盗怀恨，又复来报仇，口口声声只要伤害我弟兄二人，说道老父平日好善，斋僧布施，也还饶得过。只有我弟兄两人倚仗才学结纳官府，捉拿他紧。因此我父恐我弟兄暗被他害，叫我远离家门，寻一处静僻居屋。一则便于温习书史，一则躲避盗情。幸喜这村乡有几亩荒地，旧存这几间楼阁，住在此处，到也安静。不期师父们驾临，没有甚么好斋供献，比不得寒家住在府城，人烟闹热，诸般可备。"二人一面说，一面叫家仆："把师父们经担，扛入阁内。"

孙行者听了，扯出唐僧到堂外，悄声低言说："师父，徒弟疑这二人说话有假，怎么盗贼劫他父子，还管他斋僧布施？就是恨他弟兄，岂有说出来使他知道？若是要害他，这荒凉地方四面无邻，最便快心。"八戒听了道："师兄不要多疑，只问他有便斋快摆出来吃罢。"沙僧道："师父，八戒也说的是，管他真话假话好和歹，借宿一宵去罢。"三藏听说，走进屋堂道："二位先生美意，只是小僧们不当取扰。"寇梁道："好说，好说！请也不至。"一面叫家仆备斋，一面叫把经担扛进屋来。家仆齐去扛那经担，被行者使了一个泰山压顶法术，那里扛的动。寇梁、寇栋忙去用力一扛，乃向三藏道："这经担因何这重？若放在屋外，恐被人扛去，须是开了经担，搬入堂内方好。"三藏道："先生，我小徒们有人扛入，不消开动。"行者道："经担非货物，人扛去没用。便是有用，也扛不得去。"寇梁道："如何扛不得去？"行者道："重的多哩，便是百人，也扛不动！"寇梁心内生疑，叫家仆："且摆斋来吃！"家仆乃摆出斋食来，粗恶不堪。三藏生疑，宁饥不食。八戒那里顾甚精粗，只是乱嚷。寇梁见三藏不食，再三劝奉。孙行者道："我等方才用饭未久，明早领罢。"寇梁只得叫家仆收去，乃向三藏问道："今日恩师一路行来，见了些甚么光景？"三藏道："佛地光景甚多，观看不尽。"寇梁道："正是。小子们虽近佛地，只因自有本业，未曾听讲、看诵经文。师父若肯开了柜担，借阅一两卷，也见佛门中道理。”三藏道：“经担包柜封里甚固，难轻易开动。二位既不曾见，便也不消看罢。天地间道理总是一般。”寇梁道：“师父既不肯开经担，也不敢强，今日幸得此间相会老师；大唐人物，题咏极多，若有大作，见教一二，以开小子心中茅塞，也不枉了一世奇逢。”三藏道：“我出家人以念佛为主，吟诗作赋，正是二位先生之事。”八戒道：“师父！你何不就把今日所联之句，请教二位先生？”三藏推托不过，把诗句念出。寇家兄弟称赞不已。三藏请寇梁和韵，寇梁不辞，乃吟道：

一阳来复早惊春，葭管灰飞节已新。商贾不辞途路远，肯教关闭此闲身？

三藏听了道：“妙作！妙作！正是小僧们为取经客路，不辞道途寒冷；幸已回春，渐入阳和。再请令弟见教见教。”寇栋也不辞，乃吟道：

黍谷阳回觉已春，八荒何物不更新？莫嗟蜗角来何暮，待得龙门奋此身。

三藏听了道：“更佳，更佳！益见二先生乘时奋志之义。”行者见师父与寇氏弟兄吟诗答句，乃动了往日除妖灭怪的疑心，便叫道：“师父，出家人端正了念头，念静心澄，性宁神定。今与他咬文嚼字，动了真情，何日到得东土缴旨？”三藏点首会意称：“善！”闭口垂目。

两蠹鱼见孙大圣打断了话头，暗自想计哀恳三藏，连声的叫道：“恩师，弟子们因前世孽深，今生受了无数的波折，求大大发一个慈心，重将灵文妙典开讲一二卷。弟子们至诚皈依，听了宝经，誓愿抛去书本，尊奉大乘，扫除情欲根，养真修性。等师父们见了唐皇，返西面佛，带了弟子们往极乐世界，超度迷尘，千载不敢忘恩！”三藏听了老蠹这般哄骗的言语，遂动了善念，叫声：“悟能徒弟，汝将第一种《涅槃宝卷》取出，宣讲五蕴皆空之意，以意会心之奥！”不料行者大叫道：“八戒不可妄动！”呆子听了师父吩咐，管甚么悟空之言，只是要去。沙僧从旁道：“师兄，寇家善人这般敬我三宝，聆听妙典，亦是善行的根基。况这里静阁之中，请师父讲究几卷，我们从未有闻，亦好先得其宗，未为不可。”行者忍耐，只得收了压经法。八戒满心欢喜，上前动手。

谁知灵虚子、到彼僧在暗中大惊。他两个奉了如来的敕旨，保护经文。见行者不能阻挡，八戒不知轻重，倘然亵污梵言，其罪不小，急忙抛下菩提数珠一颗，念动法语，将经柜一块生成。八戒心慌意乱，无从下手。行者明知佛力广大，心中暗喜不言。老蠹见事蹊跷，遂将机就计，跪在三藏面前，叫声道：“师父，前月小庄弟兄们游学出外，可笑小僮贪了口腹，同了匪人在这里宰牛屠犬，我们回来晓得了这件事情，着他打扫几次，想来尚未洁净。恩师的经典乃佛门中至宝，必定污秽触犯，不能开动，罪归弟子。幸有西首小轩，极其清净，内供大士佛像，今将宝经移至佛座前，焚香谢愆，明日再请开宣。”三藏听了这蠹一派虚言，心中甚喜，道声：“妙极，妙极！”遂唤：“徒弟们，将经担搬至轩中。”三藏随经进得轩来，见佛像庄严、沉檀、馥郁，倒身下拜，道声：“菩萨，弟子玄奘奉旨西行，一路蒙大施慈悲，大舍法力救护，得到灵山见我佛如来，赐弟子宝经五千零四十八卷。今投宿寇家，因浊眼不识污秽，致有亵犯。伏望洪慈赦宥。”默宣毕，立起身来，唤徒弟出轩安宿，明日上路。正是：

试问前因何是正？但教性见与心明。

那两蠹鱼见三藏师徒出得轩来，即唤小僮楼上铺好安寝之所，自己执灯奉送。三藏见他如此恭敬，心中甚是不安，连声谢道：“贫僧这般造扰，二位先生请便。”于是师徒们上了楼来，龙马拴于后檐。八戒粗食已饱，倒身即睡，鼻息噗哺。三藏、沙僧日间已饿，不能稳卧，打坐草铺。惟行者一生好动，东张西望，满肚疑心。

不说师徒们在楼打望，再表两老蠹打发他们上去，在下计较道："这宝经，方才猪八戒上前去开，我看见霞光艳艳，瑞霭丛丛，不能动得。眼见是好东西。今被我们巧言花语，哄信他移至轩中，若再不动手，明日他起身，如何好阻住？趁此黑夜，快与你们取了这经柜，往九龙山石室藏好，再作道理。"众妖精闻了这般言语，鼓掌称妙。个个到西轩去盗这经担。

不想行者在楼上左顾右盼，见西首瓦上妖氛闪闪，一心只有经在胸中，恐有误事，忙跳下楼。见蠹妖将经扛出，行者大叫："何处狂邪，敢窃我们的东西？！"众妖畏怕凶恶，抛了经包，一齐散外。

楼上惊醒了唐僧，忙叫八戒、沙僧："快下去，师兄在那里大闹！"二人梦中取了禅杖跳下来，众妖已散去。三藏战兢兢高声道："快须将灯照查，可曾遗失经典？"三人细看，不见了两个经包。八戒大闹："经已盗去，如何是好？"三藏一听"失经"两字，惊呆不响。行者道："早是老孙巡察防守，照呆子这般贪睡，一字儿没有存留了。可恨我的随身宝贝收了去，倘在这里，把些倒运的魔头一个个剿尽，不怕他不献还我们经柜？如今黑暗之中，何处去找寻？师父不要呆了，且等天明计较。"师徒们看守经担。三藏吩咐悟空，口占四句：

不行奸巧计，无伤一切生。善求须正直，大道自然成。

行者听了这颂子，叫声："师父，这等题目如何好做？如今妖魔将经拐去，依了师父，不用巧计，又不与他争论，我们的经柜何日到手？"

且搁起师徒论争纷纷。再说灵虚子与到彼僧见蠹鱼用移经之计，众妖们黑夜拐逃。他二人暗中随了经担，到一山头，但见怪石倒挂，峰峦插云。静悄悄行人迹少，闹轰轰飞鸟声多。向北有块大石，挡立天生门户，群妖一拥而进。比丘僧道："这个是取经人机根未断，惹动了魔障。我们不可着忙，任他们作何道理，相机行事便了。"

那二老蠹坐于石床，开言叫："贤弟，如今用了无数的算计，只骗了四分之一。吾闻宝经一藏共有五千零四十八卷，必要全到手了，方好动味。食尽了，必获通天彻地不老长生，岂不大快？我们再回原路……"于是带了众妖精，顷刻之间，已至阁首，吩咐："你们潜伏松林，待我进去。"摇身一变，变了一个寇老员外，前来叩门。

行者见东方透白，正要找寻，开出门来，见一老人在外。但见：

白发垂双鬓，青蓝一字巾。身穿袍玺色，貌是寇丰神。

行者火眼金睛一照，明知妖邪所变，因师嘱咐频频，不敢行凶，耐了往日的性儿，大叫道："敢早来是何方妖魔，那里邪物？诈骗我们经柜何用？"老蠹道："师父见差了，我两子在荒庄楼阁内攻书，有家仆来说：'昨日取经圣僧回寓小庄'，老汉知了，恐荒僻地方简慢恩人，星夜赶来，邀请到寒舍一斋，怎说骗经？却不知骗经甚么缘故？"行者道："不要多说，可恨我的宝贝不在身边，肯饶了你，你只说经柜拐骗在何处？"老蠹妖道："夜间我来时，见有多人扛着两个柜子，从南路在那村落人家去了，不知可是经柜不是？"行者听得，找寻心急，便信妖之诈，丢了众妖，往南路去找。

这蠹妖怕的是行者、八戒，见他往南找去，乃变了几个地方凶恶汉子，走入阁来。见唐僧与沙僧守着三担经包，乃问道："何处和尚，状非客商，守着几担货物，想是偷来的！"一个说："扯他见官！"一个说："且扛他的去！"一个说："不必扛他的，只打开看看！"一个说："牵他的马去罢！"一个说："马费草料，又不会养。"三藏道："善人，小僧是东土大唐僧人，西来求取真经，这担内不是偷盗的货物，乃是经文。"众汉子道："正要看看可是经文？"一齐来解包扯索，三藏死抢着，啼啼哭哭道：“列位善人，莫要造次扯夺。慈悲我弟子十万余里程途，十四多年辛苦取得来的，积个阴功，饶恕了罢！”那汉子们管甚么哀求啼哭，推开三藏来夺经担。谁晓得行者起身时，恐有魔来拐抢，暗用泰山压顶之法，镇住经文。众强人有的扛，有的抬，不能分毫动移。老蠹惊呆，转念行者、八戒凶恶难挡，只得权为散去。正是：

脱凡未扫凡间欲，过后方知一担恐。

不说蠹鱼哄散。再表灵虚子和那比丘僧守在石室之中，见小妖眼不转睛看了经包，细思：“我们用些法儿，将这经柜取了，往前路等候唐僧，省了多少事端。”于是灵虚遂将石片，念动真言，即变了经包，与真的一般无异。比丘作起狂风，吹得小妖伏几而卧，他两个笑嘻嘻取了真经，出得门来，走至三岔路口，化一个破庙，在内等候。不题。

那行者听信老蠹诈言，拿了禅杖同八戒望南约走三十余里，不见踪形，遂叫八戒：“你住在这里，我去探看探看。”一个斤斗跳在半空中，手搭凉篷，见正南山凹中有些妖氛透出，即忙回身，叫道：“八戒，我同你走耍耍。”拖了呆子，复驾祥云，不多时，到了山头按落。他两个扒过山岭，抬头见一怪峰下面，天生门户，仔细一看，并没甚么洞名。行者道：“这不是妖精的巢穴么？”八戒正要上前，行者喝住：“不可性急！我先进去，看里面甚么妖怪再作理会。”即摇身变了一个小蝇儿。飞进石门，不见妖精；飞至里面，另有一个石室。器皿俱全，多是天工石成的。猛见两个经包摆在几上，有一个小妖看守。行者不敢伤他的命，用手一指，叫声：“定！”那个小妖如同泥塑。慌忙取了经包，出得门来。八戒一见大喜，接了宝典道：“好造化！不动干戈，不费气力，到了我们的手。快见师父去！”他两个下得山来，笑嘻嘻望东而行。

再说那比丘，在破庙中慧眼一望，见行者、八戒得了假经不知就里，对灵虚道："你去点醒他一番，着他师徒到这里来，交还真经走路。"灵虚点点头儿即出庙门，变了一个老人，持杖而来，道声："师父，你手中拿的甚么东西？"八戒抬头，见了一个老人拦住，正在肚中饥饿，要紧回路，大嚷道："老头儿走你的路，管我甚么东西！"行者定睛一看，知非常人，连忙喝住了呆子，上前施礼道："老丈，何故问我们这包子？"老人见行者谦恭体态，回声："和尚，老朽从这边来，见阁首立两个僧人，满面愁容，想必在那里等你们。我见这位师父手中的包儿，未卜真假。"行者听了，已晓得指迷的话。正欲再问，忽一阵香风，老人无影，随风飘一条儿，上有两行字迹，拾起一看：

忙离魔阁，急急东行。真经宝典，前有分明。

行者惊异。回首见呆子捧了两块石片，大笑道："你手中的甚么东西？"八戒一见惊呆。行者心彻明透，已知就里，忙叫道："快走！快走！同师父起身去！"八戒满肚疑心，随了行者走到阁中。唐僧见他两手空空，忙问情由。行者即说"入洞得经，半路变石"的光景，又取出老人的十六个字来。三藏诵毕，望空拜谢，收拾经包，牵了龙马，离阁东来。

未知真经如何找着？且听下回分解。

第六回

蠹妖设计变蚕桑　蛙怪排兵拦柜担

幻皆物外幻，因是个中因。不染眉间相，安惊梦里身？
黄粱真似假，蕉鹿假如真。识得真空理，邪魔永不侵。

话说比丘僧到彼与灵虚子变了僧道，在破庙内守着经柜，见蠹妖变的道人也不敢来，只是唐僧们怎知经担在此？乃叫灵虚把木鱼儿敲动。这木鱼声响，竟远入三藏之耳。师徒们眼见汉子们往庙边去，这木鱼声又自庙来，三藏道："木鱼声响，定是庙内有僧道功课。"乃走近前来。果见一僧一道，在破庙内诵经，守着两个经柜。三藏见了经柜，满心欢喜，便向比丘僧作礼道："深谢二位师父看守经柜，不为强汉得去。"比丘僧道："师父想是东土取经圣僧。既得了宝经，何故不小心保护回去？西方地内，莫说善男信女敬爱真经，便是飞禽走兽也乐听闻，山精水怪也思瞻仰；必是师父们心生不净，以致妖邪。虽说灵山脚下诸怪不生，只恐你们心心生出。"三藏拜谢道："领教，领教！弟子们却也不敢怠慢。"比丘僧随叫行者们把经柜驮在马上，说道："小僧们也是灵山会上去的，不及奉陪。此往东土，直照大道而前行。灵山离远，孽怪实多，好生小心防范。"说罢，二人出门去了。

三藏方才叫行者："看那里可有人家？化些斋饭充饥。"行者道："师父且少忍片时，再走三二十里，自有顺路人家去化。"师徒收拾前行。

却说蠹妖们计较道："千载奇逢，遇着经文。不说神仙字籍，我们若得钻入食了，可成仙道；费了一番工夫，依旧与他们得去，怎肯干休！"老蠹妖道："事也不难。看他们走路，未曾得斋，不是身边有钞，买馍馍饭食，定是募缘乞化。此去前途，有五十里无人烟僻路。我等再设变一处茅屋，待他们来歇担化斋，一壁厢变化些斋食，与他们食；一壁厢乘空儿叫小的儿们钻入包柜内，随路食他经文可也。"蠹妖计较了，往前三十里荒僻林中，果然变得一处草屋茅檐，老蠹变了一个蚕桑婆子，两蠹妖变了两只蚕簸，众小蠹变了许多蚕虫，在簸中食桑。

却说三藏师徒们走了二三十里之路，八戒只叫："饿了。且歇担化斋！"三藏道："这般荒僻处所，那有人家化斋？"八戒道："且歇下经担，待我去寻！"行者道："师弟！此处地僻人稀，定有妖怪。须是到那人烟凑集处，方可化斋。"八戒那里肯依，把经担歇下，四面一望，笑道："师父，那树林里有两间草屋，一个婆子守着几簸箕菜饭，在那里晒亮哩。"三藏听得，抬头一看，果然两间草屋。但见：

茅檐高出树林中，密密桑围稻草篷。门向南开迎日暖，山遮北地冷无风。

三藏见了道："徒弟，天虽晴朗，尚在寒冬，这草屋向阳。若问那婆婆化的些斋饭，我等且歇一时也可。"乃走近草屋，向婆子稽首道："老菩萨，我等过往僧人，化你一斋以充饥腹。"婆子道："有便有些斋饭，恐不中师父受用。"三藏道："出家人那里择精？但愿老菩萨喜舍。"婆子道："请坐，请坐，待我去收拾来师父们用。"一面便把那簸子的蚕桑，往经柜上放。三藏方才看见是蚕桑，乃合掌道："老菩萨原来是养蚕桑。小僧们远来，误看了是晒亮的饭米、蔬菜。这件物，莫要放在我经担上。”行者见了道：“师父，不可吃他斋饭。一则养蚕人家，伤生害命，不洁；二则节当冬至之后，天寒地冻，非养蚕吐丝之时。事既差错，必是妖怪。我看那婆子把蚕簸箕放在我们经担上，必有缘故。行路罢，不要惹他。”八戒道：“饭在嘴边，又疑惑甚的？想我南方养蚕春暖，这西域不同，也未可知。师父说的到是，莫要把蚕簸放在经担上，不当人子。”八戒说了，便去把簸子移开。那婆子忙把手按着道：“没妨，没妨！待我收拾了斋饭来移。”八戒那里由他，忙把簸子移到闲地。只见落在地上的蚕子，却不似蚕。八戒向沙僧道：“何如？我说外方不似我南方，蚕的形体也不同。”行者见了，向三藏道：“师父，千着万着，走为上着。徒弟看这个婆子，有些古怪。”行者说罢，挑着担子飞走。沙僧信了也走。三藏赶着马柜，只得随行。惟有八戒延挨。

那老蠹妖见势头不合，又来把簸子移在八戒经担上。八戒心下也疑，乃挑起担子，赶前走去。老蠹妖见小蚕子钻了几个在八戒经担内去，自己计又不遂，待三藏去远，收了幻化的草屋、桑蚕，乃与众蠹妖计较道：“如今计又不谐，如之奈何？”众蠹道：“昨夜我等行些斯文雅意，吟诗弄句，骗他开经担不成。今又愚他吃斋，指望齐钻破经柜，却又不得多入。看那唐僧醇雅心肠，还在那仁厚一边。那三个徒弟，俱动了嗔怒心肠，只是没有枪刀在手，有了枪刀在手，便逞起凶狠来，我等怎当得他？”老蠹妖笑道：“你们不说，我到也忘了。想我当年在道院中食了神仙字籍，相交了一个老青蛙，如今间别多年。闻说他在玄阴池中生齿日蕃，做了一部鼓吹。我等寻着他，到有几分计能。”众蠹妖问道：“玄阴池，闻知离此不远。一个青蛙，有何计能？”老蠹妖道：“口说无凭，我与你且到他处，会面自知。”乃同众蠹前走。

却说三藏押着马垛，行者、沙僧挑着经担前行，八戒在后使性子，没好气的埋怨道：“斋饭到嘴，又疑甚么妖怪。就是妖怪，我们且吃了他饭，再作理会。若是妖怪成精，恨我那宝贝儿缴还在佛库，若是在身边，怕甚么成精妖怪。”只这一声“宝贝儿缴还”，行者听得，他想起缴还金箍棒不得称心降妖，一时机变顿起。歇下经担，跳在半空，往后树林一望，那里有个草屋、婆子？！下地来，向师父道：“果然是妖怪变化，愚弄我等。到是师父不曾吃他愚了。此去前途，须要谨慎！”按下不题。

且说灵山脚下玉真观里，有一位大仙，道号“复元”。修行年久，陈籍古典堆积甚多，故此生出这蠹妖，三次食了神仙字，化为脉望，成了精气，与观后一口青草塘中一个老蛙精，结为交契。后以塘水涸浅，存留不住，乘风雨，远走到天竺地界，山村有一池，名叫玄阴池。这池虽在山村，到也有些好处。怎见得？但见：

一湾绿水，数亩方塘。远观似一鉴宏开，近玩有源头活泼。碧澄澄清光相映，知是月到天心；文皱皱波浪平纹，不觉风来水面。傍依山势，萦绕长堤，树影倒垂，鸟鸣幽唤。有时鱼游春水，忽地蛙鼓夕阳。正是：无人饮马涛方静，有客携壶景方幽。

老蛙精到了这池中，生长年久，聚积了无数青蛙。本是吸清流而啖弱草，藏幽壑而伏深泥，只因老蛙一日在路间遇过客车辙，他悻悻不让，怒气当前，那过客见其勇猛，回辕避去；后来又遇了月中金色虾蟆，教他吐纳变化之术，成了仙道。游到越国，遇着越王勾践，他不肯让路，忿怒而立，似有战斗之状。越王勾践不敢惹他，反替他唱了一个喏。他遂逞其技能，镇日与众蛙声叫，当作一部鼓吹。此日，正鸣于水侧，忽然老蠹妖到了池边，叫一声：“蛙哥，安乐么？”老蛙听知是蠹友，忙住了鼓吹，上得池来，幻化人形，彼此相叙间阔。

老蛙乃问蠹妖近日行径。蠹妖道：“小弟不才，静守陈迹。近遇东土僧人取得灵山如来真经回去，我等千载奇逢。若得咀嚼了片纸只字，便得长生人世，种种不绝，无奈力量微小。昨因僧人吟咏动心，遂变化两个秀才，与他联韵赋诗，指望经文开柜，谁想空费心思。今又变化草屋蚕桑，谋之入柜，又被他识破。想那唐僧文雅，还可以柔道计诱。只有三个徒弟生的面貌异样，常怀着拿妖捉怪之心，不敢轻易惹他，故此特来计较个谋画。想蛙友才能勇猛，必有高见，能开的他经担，或拐夺他的柜包，也不枉了生在这灵山脚下。”老蛙听了道：“小弟量同鼠腹，见本井底，纵有一分勇猛，不过怒背螳螂，有何本事，敢阻夺经文？！便是夺得经文，污泥深水之间，得之无用。”蠹妖说道：“蛙兄那里知真经我辈得以咀嚼成仙，你等听闻，了义入道。小弟来时，也晓的你不能夺的他经担，但依我看来，还该远避了他们，方得安稳。”老蛙道：“夺不得，也未可知。怎么远避他？”蠹妖故意激恼他道：“闻知他三个徒弟，内中一个猪头嘴脸的，曾拱淤泥，河虾儿、鱼儿，一个也不饶。”老蛙笑道：“他一个取经人，如何拱泥？”老蠹妖道：“他连一条屎稀洞也拱了过来，希罕那淤泥河了。”蛙怪听了道：“这等说，等他来！待来，试试手段！”乃分付部下众小蛙齐齐聚集，待取经僧人来到，先抢他的包柜，丢入深池，然后再与他讲话。蠹妖道：“妙计！妙计！经文投入溪水，他们必要开封；那时我们方可乘隙而入。”蛙怪道：“只一件，闻得那孙行者的金箍棒十分利害，怎生抵敌？”蠹妖道：“你还不知，他们取得经时，已缴在灵山了。如今只有挑经禅杖，怕他怎的。若得些刀枪剑戟摆列起来，待他来时，杀他一阵；他们虽然本事高强，料他空手决难迎敌。只没有讨兵器处。”蛙怪道：“这个不难，此去玉华城不远，他那里兵器极多，待我作法摄他些来便了。”蠹妖大喜。按下两妖在此设法舞弄不题。

且说比丘僧与灵虚子，远远随着唐僧师徒经文行走，到了草屋婆子处。比丘僧却前行，灵虚子乃变了一只灵鹊，在婆子草屋上探看事情，见他师徒不落了蠹妖之计，心中甚喜，夸道：“好个取经和尚！”一面夸奖，一面赶上蠹妖。听见他与蛙妖嘀议之事，连忙走向前，把这情节与到彼僧说出。到彼僧道：“谁叫唐僧吟咏，惹动这蠹妖。我们若替他驱除，便非事体，须是待他师徒自为驱逐。只是经文若被妖魔投入池水，湿破不便，还须设个计较。”灵虚子道：“真经到处，自是入火不焚，入水不沉。但这蠹妖结交了蛙怪，阻挡经文，他聚集小蛙，备下刀枪剑戟，唐僧师徒把那棍棒都缴在灵山库内，怎生赤手空拳迎敌？”比丘僧道：“我与你指他转一条僻路儿过去罢。”灵虚子道：“纵是僻路，也先往他池边过。如今师兄变个卖宝货的客商，待我把木鱼变一条犀牛角，跟上他经担，指引他大道行走，防那投池一节。”比丘僧道：“变客商指引，这个不难。不知变犀牛角何用？”灵虚子说：“犀角分开水道，名叫做逼水犀。人若带着他，便是海底行走，也不沾水。若是焚烧起来，任你海底，般般无一毫隐避。晋时有个温太真，燃犀牛渚，照见水底各样怪物，正是这个故事。”比丘僧道：“宝贝！宝贝！师兄快变了，我等向东来指引他。”灵虚子念动真言，顷刻将手中木鱼交与比丘僧，就变了一条犀角。比丘僧乃携在手中，自己也变个客商，坐在树林中等候唐僧。

只见三藏师徒挑着经担，从大路走来。见一个客人坐在林中。三藏乃上前问道：“老善人，往东大路是这条道上走么？”客人答道：“正是这路。师父们包柜是甚宝货？前面有强人排兵布阵，专一邀截往来客人，不当稳便。”三藏道：“善人，我小僧包柜，不是货物，却是灵山取来的经卷。”客人道：“便是经卷，你便自知，他却当做宝货。”三藏道：“便开担包与他看。”客人道：“开了担包看，若是经卷，强人最忌的是书文，却要防他丢入池水。”三藏听得道：“纸见水，却要湿破，怎奈何他？请问善人手中却是何物？”客人道：“我这宝货，正是逼水犀。”三藏道：“小僧曾闻犀角逼水，善人何处得来？若是肯借与小僧，保护这经担过去，自当厚谢。”客人说：“师父的经担却多，小子只得一条犀角，怎么保护的？”三藏道：“实不瞒善人说，小徒们都有手段，莫说一池水，便是东洋大海，他也保护的。只这马上两柜，是小僧跟着照管。便是我这马，也不怕水，但恐强人抢夺下来。”客人道：

“高徒固有手段，只恐那强人们都是真刀真枪。你们赤手空拳，怎奈何他？”

只这一句话，便惹动行者、八戒们心肠。八戒乃向三藏说：“师父，前时一路西来，亏了钉钯保护。如今钉钯缴了，前面若遇着妖魔、强人拿刀弄枪，怎生抵敌？说不的，师父前边寻个寺院或是人家，暂住两日。待我徒弟们转去灵山，取了兵器来走。”三藏道：“有了真经，原说不用兵器，去也没干。那神王既收了贮库，你便去取，他必不发，枉费工夫。不如靠天，随路出路走罢！”行者听了，把眼一转，机变在心，乃向八戒说：“师弟走罢，万一遇着强人拿刀弄枪，我们挑经的禅杖，也敌的过。”八戒道：“不服手，使不惯。”

正说间，只听得路前鼓吹，响入耳来。三藏道：“徒弟，前边是那家动鼓乐？”行者道：“不是人家动鼓乐，多管是经过官府摆道的响器。”客人道：“不是，不是，正是强人鼓吹。”三藏听了，慌张起来道：“怎了，怎了。徒弟们须要小心。”方才转过山坡，见一簇强人，分着两队，迎面而来。

怎生分作两队？且听下回分解。

第七回

行者一盗金箍棒　龙马双衔经出池

话说三藏师徒正行路，转过山坡，右邻一池，中路迎来两队强人。那客人见了道：“师父们，好生小心过去。我往山后躲去，把这犀角借与你，拴在马驮的柜子上，前途还我。”三藏接了犀角，那客人往山后跑了。

三藏眼看那两队人来。怎生模样？但见那两队强人见了三藏师徒，分开左右。左一队：

绿袍绿甲绿包巾，云拥前来柳色新。喇叭声喧金鼓震，刀枪阵摆蝶蜂屯。前行猛气如狼奋，后队雄风似虎贲。更有一般妖怪态，齐睁碧眼怒还嗔。

右一队：

白盔白甲白袍新，晃眼争光宛似银。队队旌旗飞雪霰，行行兵器逐风尘。行分大小如鱼贯，摆列威风似蚁屯。齐叫僧徒留柜担，魔王免得费精神。

三藏见了，慌慌张张叫道：“悟空，这如何处？”行者道：“师父，少不得柔声下气，好意求他放过路去。”三藏道：“悟空说的是。”乃躬身走向队前，合掌打了一个问讯，说道："列位豪杰，小僧是东土取经的师徒。这包柜里非是货物，乃纸卷经文。豪杰用他不着。不看僧面看佛面，求放我等过路去罢。保佑列位豪杰，冬无灾，夏无难，寿命延长。"

三藏说罢，只见队伍分开，左队中走出一个头目强人，说道："众人担柜，你这和尚如何独自一个包揽前来说方便，说要求饶过去？"三藏道："经担原是小僧取的，他们不过是小僧挑经的徒弟。"强人道："我只见人做方便，看你这温恭和厚，饶你过去，他们却难饶！"

三藏正要讲辩，只见右队门开，里头走出一个白袍头领来，道："大兄，莫要听信他说，这柜担中定是宝贝货物，这和尚必是积年贩买贩卖的，好歹抬了他的过来！"三藏道："豪杰，柜担里委实经文，并非货物。"强人道："就是经文，也要开柜看验！"三藏道："都有封记，包裹甚密，开了难复收拾。"强人那里肯信，定要开看，叫："小的们！上前来抢。"行者与八戒道："师弟，这买卖行不得恭敬谦逊了。如今只得把包柜卸下，放在一处，师父守着。我们解下禅杖，与这伙强人比拚一番。料他们纵有多人，也敌我三个不过。"八戒、沙僧依言，把禅杖解了绳索，各执在手，把经担堆放在一处，叫师父守着。行者当先，走上前叫道："列位，我们委实没有甚么货物，乃是经文柜担，求你方便，放过路去。"左队强人道："一个长老讨人情未准，又来一个说方便。"右队头目道："前边讨人情的还标标致致的一个僧人。这个猴子脸的，气象非良，手里又拿着条棍棒，莫要睬他！"八戒方才也要好讲，那左队头目道："看你这嘴脸，越发厌人！"八戒笑道："强人哥哥，你若看我嘴脸，便误了风月！老猪到是个中吃不中看的哩！"

蛙怪与蠹妖听了，大怒起来。只听得左队一声号头，齐合拢来，把三藏经担连行者三个，都围在垓心。行者看那左队头目，怎生模样？

碧绿脸，白獠牙，一张大嘴叫喳喳。两个眼睛如绿豆，四肢手足似钉钯。斜披着鹦哥色的古铜甲，倒拿着杨柳条儿短铁叉。你看他怒气汹汹来战斗，不像鲇鱼不像虾，却似池塘青草深深处，尖头大肚癞虾蟆。

这妖怪见了行者手中拿着一条禅杖，光景似争打之状，乃奋气把手中铁叉直戳将来。行者举起禅杖相迎。他两个在玄阴池边一往一来，好生厮杀。怎见的？但见：

行者挥禅杖，妖精舞铁叉。杖挥手段熟，叉舞眼睛花。蛙怪叉如蝎，猴王杖似蛇。往来厮杀久，不胜不归家。

行者与蛙怪战久，看看行者的禅杖不服手，有几分敌不过蛙怪的铁叉。猪八戒见了，也舞动禅杖来帮行者。这右队蠹妖见八戒帮战，也忙出队伍来。八戒看这右队头目，怎生模样？

粉面目，白皮肤，未老容颜雪鬓胡。绵绵玉手风前舞，莹莹银牙阵内呼。一柄长枪如匹练，双锋宝剑赛昆吾。你看他，打出精神来助战，咬文嚼字学之乎。本是书中一脉望，人前也去乱支吾。

这蠹妖见八戒舞禅杖来助行者，他便捻着长枪，挂着宝剑，直奔八戒。八戒乃舞起禅杖相迎。他两个在山坡之下，一冲一撞，好生抵敌。怎见的？但见：

禅杖坡前举，银枪阵上挥。枪如风雪搅，杖似电星飞。八戒施雄赳，妖精弄勇威。老猪不耐战，看看要吃亏。

八戒帮行者战强人，却被右队头目出来助阵。看看禅杖用不惯，搪抵枪剑不起。

沙僧只得舞起禅杖来助。三个战两个，妖精只得收兵。两下各自守着在这池边。

只见蛙怪与老蠹妖说："这和尚们却也利害。如今战他不过，不如再设一计，夺他的经担。便一担儿，也胜如没有。"老蠹妖问道："计将安出？"蛙怪道："我们设个调虎离山计。"蠹妖道："怎样叫做调虎离山计？"蛙怪道："我们多装两队头目，把他三个和尚，一个战一个，只要败，不要胜，调远了他，却着小的儿们扛他的经担。料那老和尚哭脓包，经担必遭吾夺。"老蠹妖道："计虽好，我看那和尚奸狡，若不入你计，调他不开，佯败远离，我们势孤，倘被他一杖打杀，不为万全之计。到不如设个金蝉脱壳之计。"蛙怪问道："怎为金蝉脱壳计？"蠹妖道："我小弟原来借老兄力量，谋得他一两担经文。若是老兄肯拚着几个小的儿们，或是假变了我等队伍，或是假变了他的经担，就中取事，待我小弟搬他一两柜儿远去。老兄胜了，担包都是你的。老兄不胜，你把队伍移在和尚们的来路阻着他。待我小弟们打开经柜，享用过他，便来寻还他个空柜。"蛙怪笑道："这计不叫金蝉脱壳，乃是移祸枯桑。老兄得了经柜，远去享用。我替你当着利害。不妙，不妙！再想个良策，务要万全。"按下妖怪设计。

且说三藏见强人列队阻着前路，只要打开柜担，看是何物。乃向行者说："徒弟，强人要开柜担，无非疑我们是客商宝物。如今不如开了，与他看看罢。"行者道："师父，这个使不得，开看有三不便。"三藏问道："有那三不便呢？"行者说道："一不便，是绳拴纸里，封缄甚固，开了难复全完。二不便，是途路遥远，到处要开，费了工夫。三不便，是开了柜，强人你抢一部，我夺一卷，以致抛散。以此三样不便，如何开得。"三藏道："徒弟，怎奈这两队强人阻当前路，你们又敌他不过，不但费工夫，万一抢夺了去，却不枉丢了这一番辛苦。"八戒道："师父，莫说这几个强人，便是那几十队来，也不够徒弟的那宝贝钯儿一顿筑。无奈没有那九齿钯儿，这禅杖不中甚用。"

八戒三番五次只是提钉钯，行者的机心顿起，拔了一根毛，变了一个假行者，立在三藏旁。他一个筋斗，打回灵山寺前，要到神王处讨金箍棒。忽然想道："原说有经缴棒，要棒不与经。如今向神王要棒，他定不肯，来此又是枉然。不如看棒在何处，偷了去罢！"又想道："我老孙此处那个不认的，况那神王威灵智慧，见了便知来取棒，防范必周，怎能够偷去。且如今变化了进去，看那棒在何处？再作计较。"仍摇身一变；变了个小老鼠，走入寺门。却遇巧，把门神王上殿公事。行者从门槛钻入廊庑之旁，见有座宝库，封锁甚固。正是物见主，那金箍棒在库中放起光来，依旧像在龙宫里一般。那光直透出库门缝里来，行者见了甚喜，乃随变了一个蜜蜂儿，钻入门窟。看那棒，果然在内，与八戒的钉钯、沙僧的宝杖，俱拴在一处。行者忙解了拴绳，取过棒来，在库内使个四面棍势，那棒更觉轻便，武艺仍觉纯熟。行者舞了一回，却想道："库门封锁甚固，这棍如何得出？"想起缴还时，遇了降魔杵，要大不大，要小不小，如今不知可听呼唤了。乃叫一声："小！"那棒果如往日，变的一个绣花针。行者大喜，仍变了蜜蜂儿，把口衔着，钻出门板窟儿。

正才要飞出山门，那里知神王上殿回来，灵光直照着妖魔邪怪。行者虽不是妖邪，只因他动了机变心，行偷棒意，便入了邪道。这正直神王光中即现出。神王见了笑道："孙悟空，使不得这个机心，趁早现形，莫要使我举起降魔宝杵，有碍你化身。"行者听见，只得现了原身，那金箍棒仍旧复了一根大棒。行者没奈何，只得向神王实说道："上禀神王，弟子保护真经，路遇强人阻挡，要开经柜。我等哀求释放，那强人只道是宝物，不肯，反操枪刀，与弟子们厮杀。无奈禅杖不敌，只得来寻旧棒。如今棒若取不去，经文失落了，可不是两空。望乞神王把棒权还与弟子，胜了强人，再来缴还入库。"神王道："我佛大慈，正为你一路来时，倚仗着这金箍棒，毁圣侮贤，伤害了多少精灵物类。你如今没有这棒，俗语说的好，'操刀必割'，你棒岂有个容情的，决不容你取去。况你来取，又不本一点真诚，举意行偷。那知你偷心一举，那妖邪就必偷，盗窃经卷。可速去保护，毋得迟延。”行者道：“禅杖不济，强人势凶，没此棒子，怎保真经？”神王道：“你去，你去，那强人非盗，乃是邪魔妖怪。只要你师徒正了念头，自有解救的人来通路。”神王说毕，把金箍棒依旧收入库内。

行者没法，只得一个斤斗，仍复到三藏面前。只听得山坡之下，池水之前，两队强人吆吆喝喝，只叫：“快快的把包柜送出来，打开看验！果是经文，谅情留两卷儿。余者，俱与你去。”八戒听了道：“何如？开了经柜，他还要简两卷儿去。依徒弟计较，我三个拚命守着经文，师父骑了玉龙马，飞奔到天竺国寇员外家，把来时捉盗的官兵，请他来剿捕。再不然，待徒弟走回灵山，取了钉钯来，怕甚么强人。”行者道：“师弟，这计较行不得。请救兵，师父难去。取钉钯，神王不肯。这强人乃是几多妖怪：果是妖怪，只要师父端正了念头……”

三藏听了行者这一句，便合掌向空道：“弟子玄奘，至诚取经，并无一念之差。望神王保护！”行者、八戒见师父祷告虚空，齐齐也合掌祷祝。却说比丘僧假变了客商，把灵虚子变的犀角，付与三藏。三藏接了犀角，拴在经柜上，以防强人投柜入池。

果然蠹妖、蛙怪相守多时，鼓起众妖一齐上来，去抢的抢，打的打。被行者使了重担法，众妖那里扛得动。却去抢八戒的经担，被八戒掣禅杖乱打。却去抢沙僧的担子，也被沙僧抡着禅杖乱打。众妖却去抢马驮的，三藏不能夺，被众妖抢扛了去。三藏急了，跟着那经柜，苦屈无伸，叫一番“皇天”，又叫一番“佛爷爷”。

正在危急之处，那知比丘到彼僧在那远山坡上看得分明，他把菩提珠子解下几颗，望空一撒，叫声“变！”变了几个大石子，飞入空中，把扛柜小妖当头打去。小妖慌了，把柜子向池中一丢。只见那池水分开，经柜投底。灵虚子卖弄道法，把变化的犀角化火燃起，把个池中照得通明。那些小妖现了本相，都是些小蛙与虾蟆骨朵之类，见人远避去了。那蛙怪被燃犀光照出池外，也不能藏躲，丢了蠹妖，飞走散去。蠹妖没势，只得解围，也散走。

三藏见强人都解围散去，乃对行者道：“徒弟，果然这强人都是我们念头不正惹的妖邪。去便去了，只是这经柜陷在池底如何得起？”行者道：“师父，弟子们各人只照顾各自经担。”三藏道：“悟空，你怎说此话？难道马驮的叫我下池去取？”行者道：“马驮，就是马照顾。”三藏道：“你又是奈何我了。”三藏正急，只见那玉龙马将身一抖，“嘶”了一声，撺入池中，把两柜中间，口咬着绳索，云雾里驾上来。师徒方才整顿了前行。

过了三五里，只见树林下那客商坐地，见了三藏，道：“师父们退了强人来也，犀角还我罢。”三藏合掌拜谢。八戒便开口道：“尊客，多谢高情。我等与你念佛。只是道途尚远，恐前边水路尚多，这犀角宝贝卖与我们何如？”客商道：“你这长老，心意不足。这宝贝价本甚大，你出家人那有这一主价买？”说罢，手执犀角，往前飞走而去。三藏师徒缓缓行走。

却说那老蠹妖，见蛙怪被燃犀照破，不顾而去，乃与众蠹说道：“经文不能夺得，小的儿又伤损了几个。”众蠹道：“一个也不曾伤。有几个是变蚕桑，钻入他柜担内未曾出来，被他们带去了。”老蠹妖道：“如此怎了？”众蠹道：“带了去，在柜担内咀嚼经典，是他们造化。”老蠹妖道：“只恐经柜包裹坚固，钻不入去，露出像来，被他们坑害，如之奈何？须是还去救了来，方为全策。”众蠹道：“进柜容易出柜难。甚法方能救得？”老蠹妖道：“须是如此如此方能救得。”

却是何法？且听下回分解。

第八回

行者焚芸驱众蠹　悟能骗麝惹妖麋

话说老蠹妖向众蠹说："唐僧柜担此去前途，乃是地灵县界口地方。有等经纪店家，每每聚众界口，扯揽客商、货物到店，希图财利。你们可变做店人，见他经柜、包担，浑扯乱争，那时钻入也可，救出也可。我原是观内盗食仙字，希图人道的，被你们扯来。经已远去，我且告回。"蠹妖不能留，老蠹遂去。这两蠹妖领了十数个小蠹，径奔县界口来等经担。

却说蠹鱼变的蚕子，钻入担内，偷咬封皮包裹。那里知都是厚布包袱，绳拴密固。却在里边支支乍乍，如蛀虫声响。行者所得，歇下担子，便叫师父："这担内声响，如蛀虫食经。"三藏道："日久封皮干脆，那里是蛀虫声响？"八戒道："经担响，偏你听见。走了多路，我的腹饥作响，却不听见。"行者道："呆子，挑着快走。那前边是地灵县界口，自有人家，必得斋饭。"八戒把耳朵掀起一看，果见人家不远。

正说间，只见林树内走出十数人，上前乱吵乱嚷。这个道："师父，宝货该我家发行。"那个说道："长老，货物到小店去卖。"扯的扯，夺的夺。师徒们那里分剖的开。恼了行者，身上拔下许多毛，往林子里一撒。众人只见那林子里无数猴子。这些蠹妖变了店家乱扯乱抢，却被行者化身变的猴乱吵乱闹。蠹妖正也要变化抵挡，只见正西来了一个客商，大叫："众人休要动手乱抢！这长老柜担不是货物，乃是经文，没处卖的。我有百十担货物在河下，要个好主家发脱。那个好店主替我搬来？"蠹妖道："中间可有书籍、纸张么？"客商道："有，有，且多！"这蠹妖听了，我道我去，你道你去，一齐都往河下去了。行者方才收了化身。

三藏便问："老客，百十担何物？"客人道："是些香料、药材。"三藏道："药材乃医家所用；到是香料，我们僧人用的着。"客人道："香料既是师父用的着，我袖中带了几宗样子与买香的看。"乃向袖中取出几包。三藏看了，却认得是沉檀速降、芸麝片脑等香，乃向客人说："小僧路过僧人，无钱买香。"客人道："出家人果是无钱，只是师父用的着，但凭中意者，小子奉送。"三藏道："檀香可敬佛祖，小僧取些罢，余皆无处用。"行者忙接过包来，取了些芸香。三藏道："徒弟，降香焚了，可供圣真。这芸香何用？"行者道："徒弟自有用。"客人道："这高徒取的，真有用。"只见八戒，把这香也闻，那香也闻，乃把麝香闻了又闻道："我要这香罢。"三藏道："悟能，这香不是我出家人用的。"八戒那里听，忙袖入衣内，不肯放手。行者道："呆子，这香不是我们用的，快还了老客。"八戒没好气的道："偏你们取的香便有用。"他被三藏、行者说的紧，只得放出袖来，却暗偷起几分，余皆还了客人。客人收了香包，说道："要查货物担子去也。"临去，递一纸筒儿与孙行者，说道："别样香，焚以敬圣降真。惟芸香你取了，有个焚法，在这帖内。"行者方接简帖在手，客人飞走而去。行者乃与三藏看那帖儿上，乃是四句诗道：

不净根因魔作嚣，消除何用麝檀烧？休思棒打伤生命，全仗芸烟却蠹妖。

行者见了诗意，方才说破道：“是了，是了，徒弟知这根因，都是师父吟诗弄句，引惹来的。我说此妖专残古籍，不是架上久堆，便是囊中陈腐。他若侵食了经典，更有无穷变化。”三藏听了，点首，叫八戒挑起经担，望前赶路。

却早到了地灵县西关，只见一家门首挂着一个灯笼，上有四字，写道：“客商安歇”。见了三藏们，便扯着柜担道：“师父们，小店洁净，发脱货物又公平，请住下罢。”三藏道：“我们从灵山下来，要往东土去的。这柜担都是经卷。借寓一时，吃你饭食，从例酬谢。”主人道：“请住，请住！”三藏乃叫徒弟们挑入经担，把马垛解下。行者听八戒担内，尚支支乍乍有声，乃解索开包一看，并无他物。只见包裹纸处，虫食了许多窟窿，尚有些虫粪皮子。三藏见了，道：“八戒，偏你担内不小心，乱歇不净，惹了虫蚁。”八戒道：“是了，那蚕簸子，怎该与那婆子放上。”行者道：“不须说了。师父不必多疑。”乃叫店主取一个香炉，放上炭火，把客人与的芸香焚起。登时，那担内洁净不响。三藏依旧叫包裹好了。师徒方才吃斋，打点行路。

却才众蠹妖变了店家抢担子，一则要混入担内食经，一则要引出带来小蠹。不防行者变的众猴闹吵，又听得客人说“有书籍、纸张担子”，乃大家哄然去了。不见担子在河下，又想着前来混取，却闻见店内芸香，不敢亲近。那两个变寇梁、寇栋的，仍变了他二人，远远的走到个卖豆腐的老者家。那老者也认做寇员外的儿子，便叫：“二位公子有何话说？”蠹妖道：“烦你到那店中，看那几个僧人担内是何物？可有甚物作响？”老者听了，向妈妈说道：“救寇员外的圣僧，今日回来了。寇家公子既知，如何不亲拜接他家去管待？怎么叫我去看？”妈子道：“想是员外尚未知，公子不便就认，叫你探听个实。”

老者听说，只得到店中。见三藏师徒收拾经担，老者直言无隐，把寇梁弟兄话说出。行者听了，笑道：“孽障心未忘耳！”乃向老者说：“你就去与他弟兄讲，说担内不响。只是那姓孙的长老收拾了行囊，即来望你令尊寇员外哩。”老者听了就走。行者一手扯住老者衣袖，把香炉内芸香与他身上一熏，道：“老人家，你身上豆腥气，与你熏香些。”老者笑答道：“师父，豆那里腥，乃是锅烟气。”八戒道：“是了，是了，是锅烟。若是豆，连渣我也说他香，如何腥气？”老者别了行者，走回家门。

那蠹妖闻了老者身衣，远远立着，问道：“那僧担中有何物作响么？”老者把手摇了几摇道：“那姓孙的长老要来望你令尊哩。”蠹妖只听了这一声，道：“担内不响，到也干净、干净。惹他作甚。去罢，去罢！”这正是：

高阁陈言无蠹籍，虚堂妙法有芸编。

话表三藏与行者们离了店门，往前行走。不觉的冲州过县，无非是风餐水宿，经历了些峻岭高山。正是：

腊尽春残秋又至，日月如梭不暂停。

三藏见徒弟们挑担费力，乃说：“徒弟呀！来时我被妖魔折挫，说不尽的苦难，亏了你们保护到此，今幸取得经回，又苦了你们挑担费力。怎得这地方有好善之人，肯替你们出力，挑的一程两程也好。”行者道：“悯念徒弟劳苦，虽然是师父仁心，只是又动了一点不敬经的邪念。”三藏道：“我怜你们劳苦，怎说不敬经文？”行者道：“师父至诚求取真经，恨不得首顶回朝，怎说叫人替代？万一代替之人身不洁净，心不兢持，亵慢经文，可不是师父的罪过？”正说间，忽闻得一阵腥气。八戒道：“师父，是那里腥气？”三藏闻一闻，也道：“是甚么腥气？”行者道：“想是此处人家捕鱼，是鱼腥气。”三藏道：“怎得些香来，解一解秽便好。”沙僧道：“经担上还有些芸香，只是那里取火？”八戒道：“不消火，我有些麝香在此。”乃从腰间取出，自己闻一闻，道：“香，香！”双手递与唐僧道：“师父，大家闻一闻儿，解解腥气。”唐僧见了，道：“徒弟，此是那里得来？”八戒道：“是向日客人送的。”行者道：“师弟既已还了客商，麝香如何尚有？”三藏道：“想是八戒未曾还那香客。”八戒道：“是我欺瞒他几分儿。”三藏道：“徒弟，这是明瞒暗骗了。”三藏只说了这个“骗”字儿，便生出一种骗经的妖孽。

这东关外二十多里，有座山岗，名叫做大树岗。这岗险峻，往来人稀，走路的绕道而行。怎见的险峻？但见：

> 灵山演派，天竺分形。山峦凸凹，石径盘旋。山峦凸凹，几株古木接天连；石径盘旋，无数乔松丛路绕。走兽迹偏多，飞鸟声相乱。背阴深处积水凝，崎岖险道行人断。峰岭拂云高，狼虫当路窜。伐木樵子每心惊，打猎行人多胆颤。

这山岗里无人到处，有一石洞。洞中有许多麋獐麂鹿，滋生在内。他这种兽从来有根，乃是白鹿大仙在蓬莱会上，闻说灵山玉真观有个得道神仙，却是复元道者，说他得闻如来至道，乃驾云过此。一则参谒佛地，一则会晤真仙。不想山中凡鹿甚多，白鹿见了顿起淫心。大仙到了观中，复元道者一见相投，二人谈玄说妙，两不相舍，一连住了几日。白鹿乘空走回，与凡鹿相交。及至大仙起身，不见白鹿。复元慧眼一观，知在此山，说与大仙，念咒收回，作别复元，径往蓬莱而去，不觉遗下种类在此。这种类既有仙根，得以长生，遂通变化。有一大鹿，称为老麋。他产了一个小鹿孙，赶分出在天竺山幽谷里。这小鹿离远老麋，风流情况，遇有个山行的妇女怀春，他动了邪心，变了一个吉士诱他，事又未遂。偶在石畔倦卧，被一个采药的人见了，把他脐内麝香窃去。他失了宝，恹恹成病，寻医不效。老麋知道此情，乃向众鹿道：“小鹿在远山谷内害病，医治不痊。如今须守候灵山，有下来的仙佛菩萨，求他救治，或者好了，也未可知。”众小鹿道："有理，有理。"正议论间，只闻一阵微风，刮了些麝香气味到洞口来。众鹿闻得，正是气味相投，心情感动，乃道："香气逼来，莫不是窃小鹿的盗贼经过此岗？"老麋道："待我下岗探看。"这老麋乃变了一个老叟，走下岗子，径往大路前行。

却说三藏师徒挑着担子正走，只见前面高岗树林丛杂，路径崎岖，好生难走。八戒道："师父，你看往来行人都转弯抹角，何说？"行者道："想是轻坦路，径平行走。那前边一个老头子来，何不问他一声？"三藏把眼一看，果然前路一个老叟走来。但见那老叟：

白发蓬松两鬓分，和颜悦色笑欣欣。手中执着青藜杖，好似长庚降碧云。

三藏见了那老叟，忙上前拱手问道："老善人，此岗是往东土去的大路，还是转道而走？"老叟道："师父们是那里来？"三藏道："小僧从灵山下来。"老叟道："这柜担何物？"三藏道："乃是大藏真经。"老叟心中暗想："闻得人说'如来真经，可以消灾作福'。不若请此僧众到了山中，建一功德，保佑小鹿病好，也不见得。"遂向三藏问道："师父所言真经，可是如来佛祖修真了道、降福消灾的宝藏么？"三藏道："正是！正是！"老叟听了，便跪倒在地道："爷爷呀，老汉正在此要拜请僧人诵经礼忏，解难消灾，今幸遇着列位师父，又挑着真经，望乞枉驾到我寒家，建一会功德。自当酬谢。"三藏问道："老善人家居何处？"

只因这一句，那麋妖便自忖道："到是，僧人问我一声'家住何处'，想我那山岗洞里，怎便请他去？若看破了，明明我等巢穴，露出本相，怎生是了？我知佛爷爷经卷，果是诵念了可以消灾释罪，料着人人会诵，不过借僧人名色。如念，不如替他挑着柜担，乘空儿骗他两担，到我那天竺谷里，与那害病小鹿，早晚自己诵念，可不长远？"乃转过口来道："老汉家住在岗前十里多路。只是路径狭隘，经担虽是行得过去，但恐曲折费力。”行者道：“难走便罢，但不知可是东行顺路？若是顺路，这也无妨。”八戒听了道：“走正路尚费力，又要走甚狭路。”把担子歇下，说：“我不去！我不去！走狭道担子又重，力气又费了。”麋妖见八戒歇担说重，走上前，试了一试，说道：“也不甚重。”不想八戒身边麝香透出。麋妖闻得，乃问道：“师父！你身上何物喷香？”八戒道：“是件巧处得来的宝贝香儿。”麋妖听得，怒从心起，想道：“小鹿脐下之香，乃是他往时窃去，致害小鹿生灾害病，此仇怎肯干休。如今且唤众小鹿，把他们经担都骗去，到天竺山幽谷里再作计较。”他趁着八戒说担子重，乃说道：“师父既说担子重，路儿狭，你们少歇，待老汉去家，叫几个小的来担抬，只当替师父省一肩力。”三藏正要寻人代替，听得便道：“老善人高情！高情！”麋妖即奔入山岗小路而去。

行者乃向三藏道：“师父，我看此老语言不一，既有家室在十里岗前，如今去叫小的，十里去，十里来，不反费了工夫，我们不如挑着担子迎上他去，也省一会工夫。”三藏道：“悟空说的是。”八戒道：“便等他一会也省力。你们要走，先走，先走！我等他来帮抬帮抬。”行者乃挑起担子，叫沙僧也挑着走。三藏赶着马驮的垛子，一直往小狭路上走。方才里多路，果然道狭难行，师徒费力。八戒道：“错了路头，我说等那老儿来，不肯依我。只如今费力了。”

正说间，只见老叟跟着十数个小僮仆到来，说：“师父们倒是不须到我家，方才产了几个小狗子，秽污怎做的善事？离此三十多里，是我小孙家，他那里洁净，且是房屋宽大，人家富厚，好斋也有一顿，衬钱断乎不少。”三藏大喜，便叫徒弟把经担分派与众扛帮，他师徒轻身随着路走。这老叟却与三藏并肩讲论些闲话。前行了三五里路。三藏忽然叫：“悟空，我走路口渴，你看那里有水取一盂来吃。”行者道：“师父，山岗路僻，莫处有水；就有，也被行路人撒溺不洁，须是远处去寻，误了走路。”沙僧道：“我也渴了，一同师兄去寻水。”八戒道：“我也要水吃。”行者道：“都去，谁人照顾担子？”三藏道：“没妨，没妨，我与老叟照顾经担罢。”行者道：“师父却要小心在意。”老叟道：“放心，放心，有我老汉同着前行。”

不知行者们去寻水事体何如？且听下回分解。

第九回

论志诚灵通感应　由旁道失散真经

却说行者三个去寻水，麋妖见凶狠狠的三个徒弟去了，单单只有唐僧随着他，魔心顿起，把马驮的柜子随唐僧跟着，乃叫小的们扛着三担经包，飞走如箭，丢下三藏在后。三藏跟着马，只叫："老善人！慢些前行。"那麋妖越发走快，一时把三担经包，被众鹿扛抬前去。

行者三人寻得水来，见没了经担，齐暴躁起来，埋怨三藏说："都是师父贪心涧水，又不知引了何怪拐去经担。"三藏道："我叫老叟慢慢行，[他]却催趱小的们。料在前路。"八戒道："前路若没有，却怎计较？"三藏一时听了，心中懊恼，眼里流泪道："徒弟呵！是我为渴思浆，一时不敬谨，失去经担，还望你们找寻找寻。"行者道："来时，一路妖魔作怪，要蒸师父的，要煮师父的，徒弟们只得上前救护。如今，师父已证了菩提正果。徒弟们金箍棒、钉钯、宝杖又缴还了灵山库藏，只靠着自己这一点心灵机变。如来又说我'机变心生，妖魔怪起'。却喜你们的甚么志诚心、老实心、恭敬心！这会师父以志诚心待那老儿，那老儿却不把志诚待你！便老实、恭敬也没用，还要我徒弟机变找寻。"三藏道："徒弟呀，人心还是志诚好！若人存了这点志诚，万谋万遂，千灵千应。"行者道："徒弟不知这灵应，求师父见教见教，说明白了好去找寻经担。”三藏道：“徒弟，你要听说志诚，我有几句说与你听。”行者道：“请说，请说！”三藏乃说道：

“说志诚，真灵应，色相皆空归静定。一腔不失赤子心，满胸全无虚假性。无虚假，欺伪消，浑然天理绝尘嚣。当机接物皆真实，朴往醇来不诈浇。不诈浇，方寸地，不假机谋多智虑。志诚动物若神交，梦寐羹墙如一契。如一契，说奇逢，岂知就里尽虚空。一诚无着随感应，万事谋为自遂通。”

三藏说毕，行者笑道：“依师父这等说，当初只该坐在家里，说：‘大藏经文来了来了’，存了志诚便罢，何劳万水千山，拨了十四五年的口嘴，走了十万八千里的路头。连这一篇的志诚话儿也多了！”三藏道：“悟空你那里知？这志诚二字，几千年也说不了，百万里路也讲不穷！你若知道，又何消我说？”八戒说：“你说，我说，这会经担也不知那里去了。师父快吃些水，上前找经担。”“莫要说了，越说越口渴。”

好行者，一面说，一面把法身纵入云端，将手遮了眼作个篷儿，往前一望：只见那老头儿紧随着经担，众小的打号，奋前扛走。乃跳下地来，向三藏打了一个问讯道：“师父，你的志诚话儿真有几分灵应了。”三藏问道：“悟空这是怎说？”行者道：“只因师父悯念弟子们挑担费力，这真心一点，怎得个替挑担子？今却就有替挑担的。你看他打号子，奋力气，与徒弟们出力，走一里，省徒弟们一里力。皆师父志诚灵感神应也。”三藏道：“悟空休要说此话。只讲挑担的，可在前边走？”行者道：“八戒难道只是老实？沙僧只是恭敬？须也找寻找寻！”八戒道：“师兄，你便会斤斗，我们不能，那里去查。若是走近了去查，一日、两日不可知；若是远去，一年半载，不误了工夫，耽搁了路程？”行者道：“腾云驾雾，你们难道不会？也往空中望望，免我向师父多话。”八戒依言，把身子一纵，扯开耳朵，遮眼往东一望，招手叫沙僧道：“师弟，你也来看看。”沙僧也跳到空中，看见，笑将下来道："师父，果然顺路替我们出力，不要钱钞。你看他还喜喜欢欢往前挣，这叫做顺手牵羊。"行者道："莫要阻他，且与他走走看……"按下不题。

且说比丘到彼僧与优婆塞灵虚，两个变客商，赠了三藏师徒芸香、犀角，把蛙怪、蠹妖逼走了，让师徒们挑着经担前行。他两个在三藏们前路行走。一向道路平坦，无妖无怪，不须费力，正在省力。行到此山，只听得后面打号子声来。回头一望，但见尘灰飞起，许多小汉子扛抬着经担走来。比丘僧乃向灵虚子道："唐僧师徒离灵山不上一年路程，便挑担不起，又顾觅人代力。若是这等，东土十万八千里路，如何到得？"灵虚子听了道："师兄，你且在前慢行，待我探唐僧师徒是何主意，叫人代力？"乃摇身一变，变了个老道士，到迎着三藏们，故意问道："师兄们可是灵山下来的？"三藏见这道士：

头戴紫阳巾，身穿方朔服；黄丝绦束腰，麻鞋登在足。

三藏听得老道问，忙答道："小僧是从灵山下来的。请问老道真，可曾见多人扛着经担包前行？"老道说："离前十余里，有扛抬担子的，但不知是何物？"三藏道："是小僧们经担子。"老道说："既是经担，出家人如何不自家背负，却叫人扛着？万一那众人心不恭敬，身不洁净，可不污了经典？"三藏道："正是，正是，小僧也只为一个老叟要请去诵一会经卷功德，承他顺路，叫家众扛帮一程，到他孙儿家去，故此托他担着。不意我徒弟寻水，他们奋力前行。"老道说："便是顺道，却也要紧跟上，人心莫测，不可远离。"三藏道："领教！领教！"

老道往前走去，却复到比丘僧面前，把这情节说出。比丘僧说："且探这扛担的如何情节？"正说间，那众人扛着经担，飞奔前来；后边跟着一个老叟。比丘僧与灵虚子见了，早已知是麋妖众怪，乃私议道："唐僧师徒又不知动了何心，惹引此怪？"灵虚子道："多是八戒骗香一事。"比丘僧道："我等既知，须当保护。"乃变了两个僧人，向挑担众妖问道："列位挑的是大唐僧人取的经典么？他不自挑，想是雇你代力？"众妖不答。只见麋妖答道："二位师父问他怎的，想是唐长老一起的？"比丘僧道："不是，不是！我二僧是行路随缘募化的。"麋妖道："师父既不是一起，实不瞒你，我有一个孙儿，在天竺山幽谷居住，偶患病症，欲求禳解；方才路遇着这起僧众担着经文。本意延他到家课诵，可怪他内中一个长嘴大耳的徒弟，不是个良善的，曾为盗窃了吾孙腰脐之宝，正为他染病恹恹。却好今日遇着，是我设一计，骗哄了他经卷担子前来。但佛爷爷经卷可是骗的？俗语说的好：'门里有君子，门外君子至。'他窃吾家之宝，已是小人之心，我便以个小人之心应他。只是此经，我等山野之人不知字义，必须得师父们持诵方好。师父二人，若不弃嫌，同我到山谷里家居，把这经担开了课诵，建个长远功德，自有斋供、金钱奉敬。"比丘僧与灵虚子听了，私相说道："唐僧动了志诚，恻隐徒弟劳苦担经，思代力的，遂有这鹿妖替他扛抬远路。只是八戒骗麝邪心，便惹动了这拐经麋怪。我们若破除这怪何难，只恐露泄送经形迹。不如随着这众妖。一则借他扛抬，以遂唐僧志诚心愿，宽徒弟们力苦；一则看此妖魔骗经何处，以便指引唐僧们找经去。"随乃答道："我二僧诵经功德，原是本行，便与老叟课诵一会，也不打紧。只是闻得唐僧不比凡常，那长嘴大耳骗香的徒弟，不是个好惹的，那猴子相更利害，他会腾云驾雾。若找寻了，将来连我两个小僧都做贼论。"麋妖道："师父，不难不难。再走三五里，有个三岔道：正中大道，往东土大唐国去；旁有一道，往天竺后山去；右有一小道，往我孙幽谷去。我想唐僧们必从大道中来。若从左道去，其中却有许多旁门，阻碍难行；若从小道去，路虽近，只是经担重大，难过那崎岖狭隘，况且树密林深，溪泥涧水，费力费力。如今我有个计较，把他们挑经的禅杖解下来，放在中道；叫小的们背负着大包，二位师父押着四包从左边旁路去，遇有旁门，师父可叫他开门让路；老汉押着两包从小道抄近路，先到幽谷等候。”二位僧人说：“我们押着四包，万一唐僧找寻着，赶来夺取如何处置？”老叟道：“师父有力，则莫与他夺；若是没力，便让他夺去，我有此两包，到了我家，那时到前路接你。这叫做弃多取少之计。”僧人说：“他不赶我，却来赶你，如何处置？”老叟道：“赶我，你必保全，小的们背负到家，乃是弃此取彼之计。”僧人道：“唐僧分做三道来赶，则如何处？”老叟道：“师父放心，我自有神通。古语说的，强龙不压地头蛇。”比丘僧依着麋妖，押着四包，往左路走。临行，那老妖分付小妖道：“若是唐僧赶来，你们可藏躲在旁门内。若藏不得，那徒弟们利害，你们丢了包，让他找去罢。随即领二位师父到幽谷等候。”小妖依言，背负着四包，往左路前走。

比丘僧与灵虚子随后跟着。比丘僧计较说：“如今唐僧将到三岔路口，料孙行者们必找寻经担，不如且把小妖吓去，留此四包经担与唐僧，我与师兄再去算计那老妖。”灵虚子道：“如何吓去小妖？”比丘僧道：“师兄可变个老虎奔出林来，小妖自然吓走。”灵虚子依言，摇身一变，变了个老虎：

白额斑斕虎，威风真吓人，林中只一跳，众怪丧三魂。

那小鹿妖正背着经包前走，只听猛虎一声叫，从林子里跳出。众妖害怕，叫：“师父，这却怎了？”到彼僧说：“你们顾命要紧，且把经包丢了，去罢！”小妖依言，都把经包背入路旁门儿里躲着。只见这虎跳到门前，把尾打门。小妖慌了，到彼僧说：“我也不顾这经了。那小和尚又不知那里去了？我走罢！”往门后飞走。小妖吓的丢了经包，一齐也飞走了。

比丘僧看那小妖去了，灵虚子复了原身，比丘僧说：“四包经担已保护在此，料孙行者们自来找去；只是那两包，老妖押往小路，我与你设个计较保全了，莫使他骗去。”灵虚子道：“怎生计较？”比丘僧说：“这计也不难。如今将菩提数珠子两粒，变两包小小经包。师兄把木鱼、梆槌，变两个小汉子背着，我两个跟着，到他处去骗哄他。只说‘你众小的畏老虎，弃包走了，我觅两小汉背两包来了’。”灵虚子道：“此计虽好，怎生保全那两包？况且这木鱼变的小汉子，那老怪认得，不妙。不如我与师兄各背一假包，到小路上抵换那两包，有何不可？”

比丘僧依言，两个各背一包，走过小路来。却说麋妖把禅杖解下来，放在中路；把两包着两小妖背着，从小路走去。只见小路里树密林深，崎岖狭隘，小妖背着难行。老妖正在那里设法，过去不得，恰好二僧背着两个小包走来。老妖见了问道：“二位师父如何不押着小的背那四包来，却自背两包来？”比丘僧答道：“我二人紧跟着小的担包，无奈林中一虎跳出，他们害怕，丢包走了。我小僧二人只得背负两包，却又遇旁路门阻，且不知路径，故此赶到这条路来，料着老叟还在路间。”老妖道：“老汉正在此计较，没个法儿过这深林狭隘处，思量要打开包裹，零星把他的经卷拿去，又恐失落了。”比丘僧听了，忙说：“这个行不得。到不如弃大取小罢——把你两大包丢在此，慢慢再取；且将这小包着小的们背去，到令孙家里，待我二僧课诵，有何不可。”老妖依言，便叫小妖丢下大包，却背着小包。你看那小妖随弯就弯，竟过了深林前去。

话分两头。却说唐僧与徒弟跟着马垛子，走了一会，道：“悟空，你再看那老叟押着经担走到何处了？他原说三十里是他孙儿家，此路走来也差不多了。”行者道：“师父却也真志诚，徒弟已知这老头子是个来骗经的妖怪。他骗我，我也骗他，经料骗不去，到被徒弟们骗了他二三十里替挑力气。”三藏听了一个“妖怪骗经”，就慌张起来道：“悟空，若是妖怪来骗经，却怎么了？你快与八戒、沙僧赶上夺下来，莫着妖怪骗去，空向灵山一番劳苦！”行者道：“师父放心。此妖料走不远，走一步与徒弟们省一步力。”三藏道：“我不放心。必须赶上，叫他们同行。”便叫八戒：“悟能，你再望一望，那老叟走多远了？”八戒依旧起在半空，看了，下来道：“了帐，了帐，老头子不在前途，经担也不知去向。都是猴头甚么机变，不如依我老实自家挑着，有甚气淘。”行者听了，忙跳到半空一望，只见前途三岔路口中路丢着几根禅杖；左边路里丢着四包经担；右边树林里妖气漫漫，却不见经担。乃下地对三藏说：“师父，前边三岔路儿，妖怪弄了手脚。都是师父志诚、志诚，这会不见甚么感应，又要费徒弟机变也。”三藏听了道：“悟空，说不得要你主意保经，只是真经料不由旁道，借你神通护得来。”行者听了三藏奉承他这两句儿，便动了一点矜骄心，好胜起来，道：“师父，爽利走起些，徒弟好去寻经！”

毕竟如何去寻？且听下回分解。

第十回

两僧人抵换经担　众老妖庆会灵芝

话说三藏听得前路分作三道，经担不见，忙忙赶着马垛子道："徒弟们，快去找你各人经担。"行者道："八戒、沙僧他两个的担包，在那左路旁门儿里，只是徒弟的两包不见。"正说间，已到三岔道口。八戒道："师父，我与沙僧担包，俱在左路。师父可赶着马，同徒弟顺路去罢！"行者道："师弟，你便同师父顺路左去。我的担包，多是在小路。你看那妖气漫漫，定是那老头子作怪。你两个且去挑转那担包来，在这中途，等我去小路找那担子来。"八戒不依道："你找你的，我挑我的，到前途总路，出来相会。"三藏道："悟能，你主意差了。古语说的好：'三条路儿中间行。'况我出家人取了真经，不从大道中行，如何走那旁门小道？"行者说："师父讲的有理。师弟两人快去挑转那两担，到师父处来。我去小路找寻，也到此一同前去。"行者说罢，地下取了一条禅杖，往小路飞走。八戒与沙僧只得也取了禅杖，从左路找来。三藏乃卸了马驮，坐在中路等候他三人。

且说八戒与沙僧走了三五里路，都是弯弯转转，高高低低，那里见经担？八戒说："师兄分明说我们担子在左路，怎么不见？你看那前途没路，只有一门闭着，想必此门是通道。"沙僧道："我与师兄打开此门去看！”八戒说：“未可造次！倘或是人间后门住宅，怎便去打？”沙僧说：“待我门缝儿里看看着。”乃向门缝一看，只见四包经担在内，那旁门儿紧闭不开。沙僧那里顾甚理法，举起禅杖乱打乱劈，把两扇门儿打开。他两个挑起担子，依旧转回大路。只见唐僧坐在地埃，见了八戒、沙僧挑着两担走来，一面喜，喜的是两人找着经担来；一面忧，忧的是行者去了半晌，不见前来。

却说孙行者执着一条禅杖，往小路而来，果然见那密林狭隘之处，两个经包在地。为何八戒、沙僧担包无妖气漫空，盖因他两个一点老实、恭敬心肠，一意直去找寻挑担；只有行者机变，又动了个矜骄心，他的经包遂惹了些妖气。只待行者见了经担，一则喜心生，一则正念发，那妖气遂散依旧。行者把禅杖绳拴，挑回大道。三藏见了行者挑着担子，方才放心。师徒们由中路前行。正是：

履道坦坦莫邪行，一人邪途怪便生。试问前行何是正？但教性见与心明。

话说天竺山谷，小鹿儿正病，忽然见背经的是个小妖，走入谷来报道：“祖公为郎君请了两个僧人，带得几担经文来课诵，保佑郎君灾病消除，不意小的们从旁路来，遇虎，只得弃了前来。祖公押着两包，从小路儿来了。”小鹿听了惊道：“祖公如何请僧人到山谷来？僧人见我们成精作怪，万一谋合猎户，惹出祸事，不为利便。若是经文能消灾病，我们自家课诵，岂不为美？汝当速迎去，说知祖公，叫他把僧人辞去，把经包好生背负了来。况且，我谷前生出一枝灵芝瑞草，正要请祖公来计较庆贺！汝等快去，快去！”众小妖飞出谷门，上前迎老麋妖。却好老麋妖同着比丘僧、灵虚子两个小路走来，见了小妖，小妖把小鹿话说出。麋妖听了，想道：“正是，我一时见差了。幽谷洞中怎说做修善人家？”乃随向二僧道：“师父，本当请你到我孙儿家，无奈昨夜家婢产了孩子，房屋不洁，怎修善事？暂屈二位林中少坐，待我老汉去取几贯谢仪，作为路程一斋。”比丘僧听了暗笑道：“这孽障设诈！也罢。我只要唐僧师徒经担保全，从东大道去了，管他作甚？”乃随口答道：“小僧也为走路力倦，正要少歇。老叟可先背负经包前去，待我少歇，再走将来。”麋妖大喜，叫小的背着假经包，往前飞走去了。

比丘僧乃与灵虚子说道：“师兄，我与你原以菩提正念保护真经。既已知孙悟空的机变生怪，如今未免变幻行术，与机谋何异？”灵虚子答道：“师兄，如来原容我以法术保经。我想：为保经而行变幻，就是变幻，亦为菩提。但妖魔骗经非正，我等保经非邪。经已保护前行，我等莫要顾此麋妖，且往唐僧前路去罢！”按下比丘僧与灵虚子离小道撇了麋妖，径直前行去了。

且说老麋妖押着小妖背负的两个小包，乃是菩提珠子变的。比丘僧既去，他把小路内两块石头变作经包，换了菩提珠去。这小妖压的背痛，歇在地下。那老妖催他快走，到得谷洞来。小鹿接着道：“祖公，孙儿病体托赖福庇，谷外长出一个灵芝。孙儿闻了这灵芝气味，把病好了九分，正要差小的来接你过谷，庆贺此芝，不期降临。闻说得了真经，请得两僧来修善事。僧人如何来得？识破我等情节，不便，不便！”老妖道：“二僧已离了去；经文叫小的背了来也！”小鹿道：“先看了经文，后再看灵芝。”老妖依言，乃叫：“小的扛过包来！”小妖方才去扛，只见：

两个经文包子，方方两块石头。小妖惊异把眉愁，怪道肩筋压就！

小鹿见了道：“祖公，怎么把两块大蛮石头叫小的背来，说是经担？”老妖惊道：“古怪！古怪！这分明是那和尚弄了神通，愚哄了我也！此仇不得不报。”小鹿道：“祖公，这不过和尚愚哄你，安得为仇？”老妖乃附耳把麝香的话说出。小鹿听了道：“孙儿病已好了，祖公莫疑此！且把灵芝庆贺庆贺！”乃叫小的：“取出灵芝来，与祖公一看。”小的取出来，但见：

玉色灵根献瑞，一株古柏生芝。想同麟凤毓明时，遇此奇葩出世。

老麋妖见了，把经包心事且丢开，乃向小鹿道：“果然好一个灵芝！我闻地产灵芝瑞草，大是祯祥，况你灾疾安痊，更当作贺。只是我当年结契了几个老友，久未聚会，如今趁此名色邀请他们，到这谷里来，就做个灵芝会，有何不可。”小鹿听了大喜道：“祖公说的有理，但不知结契的老友是谁？孙儿好写简去请！”老妖道：“老友有五个：一个是大树岗古柏老，一个是长年涧灵龟老，一个是这南山头峰五老，一个是北山后玄鹤老。”小鹿道：“孙儿久也知这四老，却如何说五位？”老妖道：“连你公便是五老。”小鹿笑道：“正是，正是。”乃写了四个简帖儿，上写着：

幽谷奇逢，灵芝挺出。既在契交，当邀共赏。

麋老拜请

话说这四老乘闲，俱静养在山中。忽然见幽谷小鹿儿送帖，邀庆灵芝会，乃相约到幽谷，相见了老麋，各叙礼节。当下小鹿备了酒筵，十分整齐。叫小妖吹打起来，甚是热闹。怎见得？但见：

笙箫聒耳，肴核盈眸。金屏开孔雀，绣褥拥青鸾。几筵上摆着异品喜珍，壶瓶内盛着琼浆玉露。虽无龙肝凤髓，却有熊掌猩唇！莫道山中无异味，须知妖怪设长筵。设的是：谷神不死灾殃愈，庆贺灵芝不老年。

当筵前，只见南山峰五老开口说：“灵芝呈瑞，乃是古柏老翩翩佳孕。我老拙有一首七言四句奉赠。”乃说道：

昆冈有树郁森森，根结奇芝在石阴。不是千年培德茂，怎能佳荫出林深？

古柏老听了，拱手谢道：“老朽幸毓得此族，何劳峰五老过誉。既然承教，敢不奉酬一韵。”乃说道：

太华顶上郁苍苍，高出云霄列五行。万载巍峨形不变，与天无极庆龄长！

玄鹤老听了，乃向灵龟老说：“峰五老不庆麋鹿老令孙灾病得此灵芝，回春纳福，他两个彼此咏和，却与主东无情。”峰五老听得道：“老拙非是与主东无情，乃是因灵芝与古柏老有些瓜葛，偶发此咏。二老既见诮，老拙也有一咏，奉敬三位老契友！但求满酌一觞。”乃说道：

松下陪猿两契清，涧边伏气万年灵。公孙出谷栖神处，玄牝成名四体馨！

峰五老吟毕，老麋妖听得一句“四体馨”字，乃忿然作色起来，向众老说道：“馨者，香也。体有香，正老拙昨日一宗心事。”众老问道：“有那宗心事？”老麋妖道：“往常孙儿得病，料众老备知。只因医药不效，偶遇着东土取经几个长老，那为首的到也淳良，不匡他有一徒弟，相貌古怪，心地狎邪——盗香成病，就是此徒。我想：他盗我孙之宝，我遂骗他之经。自大树冈一路前来，三岔界口分道。谁知他识破，弄个神通，把两块蛮石变作经包，到骗了我小的们与他出力，背负了二三十里远路，为此气他不过，要与这和尚报仇。孙儿又道：‘得了灵芝仙气，疾病已安。’要庆此宝芝，老拙又想众老友所望的长龄。这灵芝瑞草，乃是奇物。故依着孙言，先请列位到此庆贺灵芝为会。方才峰五老咏中说出馨香，故此动了老拙这一宗心事。”只见玄鹤老听得说道：“原来是这起僧人取得灵山真经回来了。麋老，你不如丢开这宗心事，莫要讲他罢。”麋妖问道：“怎莫讲他？”玄鹤老道：“这取经僧，我尽知他来历、神通本事。他往年路过金平府，这府属有座青龙山，有个玄英洞，洞中有三个妖精——第一个号辟寒大王，第二个号辟暑大王，第三个号辟尘大王。这妖精神通广大，听得取经僧到，他知唐僧乃十世修行，要谋他食。说食了他，长生不老。那知他有三个徒弟，都有神通本事。后来长老食不成，却被他请下天兵驱除了。今日回来，定是此僧。”老妖听了道：“玄鹤老，你不说，我也不知。既是唐僧十世修行，食他长生不老，我等怎肯放他前去。必须捉了他来，方遂其意。”只见峰五老说：“老拙也曾闻说：唐僧去时比来日不同。来的之日，凡胎肉体，妖魔可伤的他。今日回去，已证了菩提大道，难以害他。但是取来的真经，果乃天文地理、成仙作佛的宝卷，我们若得解悟了，可以与天齐寿。”古柏老说：“既是这样宝卷，也当设法取了他包担，大家课诵看念也好。”灵龟老说：“他徒弟既有神通本事，能驱除青龙山妖魔，不要惹他罢。”把舌一伸，将头一缩。老麋妖笑道：“龟老休要长他人志气，灭自己威风。他师徒不过四人，我等人众，夺了他经担来，各自分散，回冈的回冈，归谷的归谷，任他神通，也难保全回去！”众妖魔计较了，收了酒筵，齐往三岔路赶来不题。

却说唐僧师徒找寻了经担，从中道行走。八戒道：“师父，徒弟们难道只挑着担包走着道路，随这肚子里含冤叫屈？好歹到前途，看那里有卖饭的人家，或是庵观寺院，随便吃些斋饭，再赶路程！”三藏道：“徒弟，不但你腹饥，我也饿了。悟空，可到前边林子内，且歇片时，看那里有便宜吃斋之处，吃些斋饭再走。”行者依言，便走到林内，歇下担包，往林中远近一望，那见个寺院人家，尽还是长途林树。师徒正然嗟叹。

却说比丘僧到彼，见唐僧师徒歇下经担，东张西望，乃向灵虚子说：“取经人远路辛苦，多是饥饿了。师兄可上前探他个意念：莫要三心二意，又动了邪念！”灵虚子听了，即变个莺儿到林内，听得唐僧师徒嗟叹“没有个化斋之处”，回来复了原形，向比丘僧说知。比丘僧道：“此事不难。”乃叫灵虚子计较个法儿。灵虚子道：“弟子设个移山倒海法。离此有个洗心庵，久无僧住。弟子移这庵在路前，再摄些饭食。师兄变个老僧，我弟子变个沙弥，敲动木鱼，唐僧师徒闻声，自然奔至。那时，管他师徒饱腹、节力而行。”比丘僧依言。灵虚子果移了座空庵在路，老僧敲着木鱼诵经。

却说老麋妖一同众妖赶上唐僧经担，不敢造次夺取。也知行者利害，便乃叫玄鹤老近林来，叫他们说甚言语。只见师徒们嗟叹“没个化斋饭的寺院人家”。玄鹤老听了，备细把唐僧话向众妖说出。老麋妖笑道：“是谁嗟叹‘饿的紧’呢？”玄鹤老道：“只有那猪头猪脸的在那里哼哼唧唧叫饿。”老麋妖道：“正好，正好。便是窃麝的仇人。看前路可有设法儿夺他的包担之处？众老务要计较、计较。”古柏老道：“走过前路，再作计较。”峰五老说：“不须计较。我们可变做个小庙儿，烧烟煮饭，那和尚必然来化斋，待我把碎石变作馍馍，入他腹中，莫说经担难挑，连他路亦难走。”灵龟、玄鹤二老大喜，乃走在前途，变了一座小庙，上悬一匾，写着“斋心庙”，他为何立匾写个“斋心庙”？因见路左有个洗心庵，这妖魔恐唐僧们见名投入。

毕竟圣僧能破妖氛。看了斋心、洗心庵庙，行者的神通机变，自然驱邪入正。且听下回分解。

第十一回

斋心庙八戒被缚　幽谷洞行者寻经

说表三藏林内歇着经担，这八戒哼哼唧唧，又叫饥饿的紧，争奈没有个寺院人家，只得忍饿前行。那猪八戒没好气，撅着嘴，挑着担子，望前飞走。猛然见一座小庙儿，也不顾师父、师兄，直走到庙门，歇下担子，往里便走，也不行个礼貌，便开口道："庙内主僧、主道，庙户、庙祝师父、师兄：小僧是大唐取经的，途中饥饿，便斋乞化一食。"三藏在后，急急走入庙门，扯着八戒道："徒弟如何莽撞至此？庙门虽开，又不见了一个人，怎么说这一浪荡闲话？"八戒道："饿的紧，那里有这工夫？"三藏说："也须待个庙主出来，行个礼貌，方才好说化斋。"行者也急急走进庙来，道："师父，快出来，有说话！"三藏依言随出庙来。行者又扯八戒。八戒那里肯出来，越喊叫："化斋。"

三藏出得庙门，行者道："师父，我看此庙虽整，怎么没有香火气味，冷冷清清。就有庙主僧道在内，毕竟也是个不功课、懒焚修的。他既是这等人，那肯备斋我们吃？依徒弟之意，宁可忍一时，再走一程，料前途必有寺院或人家，洁净处去化。"三藏道："悟空说的是。只是悟能在庙里不出来，你可叫他出来挑经担。"行者道："师父！我等先走，他独树不成林，见我们走，必然跟来。”三藏依言，赶着马垛，方才行五七里，只听得前路树林里木鱼声响。行者道：“师父，木鱼声响，定是个寺院。不然，定是个善人家。我们歇下担子，进林里去看。”三藏把眼去看，道：“徒弟，不消歇担子，进去罢。那林里露出屋脊来了，且香风吹来，必是肯焚修功课的。”行者依言，挑着经担直入林来。果然是个小庵。三藏见那匾上写着“洗心庵”，乃说道：“方才那庙匾上是‘斋心庙’，却也好个名色。为何这庵中香火不断，那庵中冷冷清清？”行者道：“师父，不但香火，且是木鱼儿声朗，必是庵里有人诵经。我们歇了担子，进去化斋。”三藏依言。

师徒进到里面，却是个小小经堂。只见一个老僧手捻着数珠，口念着经卷。一个小沙弥敲着木鱼儿，齐声相应。三藏见那老僧：

> 袈裟偏袒半身肩，朗朗经文口内宣。手内数珠轮转捏，庄严色相动人天。

老僧见了三藏，忙住了口，走出堂来，恭恭敬敬的说道：“师父从何处来？”三藏道：“弟子大唐僧众，从灵山取经回来，一路来挑担力倦，偶过宝庵，暂歇片时。闻得木鱼声响，炉香风送，知必是有德行禅师，故此进谒瞻仰。”老僧道：“久闻中华圣僧取经回国，何幸相遇。”乃叫沙弥奉茶，快收拾素斋供献。三藏与行者、沙僧欢欢喜喜坐下，只不见八戒前来。

却说八戒腹中饥饿，见了斋心庙匾上一个“斋”字，歇下经担，大叫：“化斋！”三藏、行者扯他，不肯出来。叫了半晌，不见有人答应。

话说这斋心庙原是老妖变化了待唐僧师徒的，为何不出来答应，有个缘故。众妖计议，原探八戒与三藏们嗟叹，惟八戒叫饿的紧。众妖知行者神通利害，故此等三藏、行者往前去了，单单只剩下八戒，单骗他一个担子。那玄鹤老却变了一个老道者走出，见了八戒，问道：

“你是何处来的古怪像貌长老，在此狂呼大叫？”八戒把化斋的话说出来。老道说：“既是远路过的师父，我斋饭虽有，只是不能供奉多人。若是有令师们多位，却不敢留。”八戒只要顾自己，乃答道：“我师父们有处吃斋去了，只是弟子领惠罢！”老道听了乃唤：“徒弟快来！”只见庙门里又走出一个道者：

太极冠儿头上簪，四明厢嵌道衣新。黄丝绦子当腰束，手内频挥白拂尘。

道者走出来，问道：“师父唤徒弟何用？”老道说：“这位取经长老饥饿了，可有素斋饭敬他一餐？”道者说：“有便有些馍馍，只是冷了，待徒弟取了柴火烙热了，方才可敬。”老道说：“待烙热，不知长老可等得？”八戒道：“正为师父师兄担子前行，难以久等，况且腹馁，俗语说的好，‘饥不择食’，便冷些也罢。只求多几个儿，足见斋僧得饱。”

那道者走入屋内，取得四五十个大小馍馍出来，又没一点茶汤。呆子见了把手一摸，如冰铁一般。他那里顾冷，囫囵一气吞了十数个，便觉凉心坠肚，起来说道：“师父！有热汤儿布施些也好！”道者说：“却不曾取得些火来烧汤。”老道说：“师父若要汤，却是不及，嫌冷少吃几个罢！”八戒听得少吃几个，笑道：“师父！我方叹少，既承高情，挨了罢！”又囫囵吞了十数个，便腹中疼痛下坠，连说道：“不好了！甚么馍馍，吃下去作怪作怪？”八戒只说了个“作怪”，那妖精便作怪起来。里边又走出几个老汉子来，把八戒绳索捆倒在地，走出庙门把经担解下，去了禅杖，背着担包往西边飞走。八戒两眼看着，身子那里动得，只见妖精背着经包去了。顷刻，那里有个庙堂？却在树林里地下，被绳索捆倒，挣挫不开，乃大叫：“师父！师兄！快来救人！”

却说三藏被老僧留住吃斋，久等八戒，不见前来，忧心顿起，向行者说："徒弟，悟能不依我们言语，歇在那斋心庙前，进内化斋。此时尚不见到来，那里是吃斋挨了工夫，只恐怕生出怪端。况那庙名'斋心'，不知心果可斋。万一八戒贪斋惹怪，为害不小。你可速去探看！"行者道："师父！我原看那庙冷冷清清，无香火气味，只怕八戒贪心，惹了邪魔。待徒弟去探看了来。"三藏道："我不放心。你须同沙僧去探看。"只见老僧听了，与小沙弥呵呵大笑起来。三藏忙问道："老师父，你们呵呵大笑为何？"老僧道："自作自受，都是你徒弟惹出来的。我闻这地方离了灵山路远，有一种木石、禽鸟之怪，专一迷人。高徒莫非被此妖怪迷了？只恐经担有失，如之奈何？"三藏只听了"经担有失"一句，愁眉叹气道："此却怎好？"老僧道："圣僧不必焦虑。你可把经担都搬移入庵堂内，坐守在此。待我与沙弥也去探看了来。"三藏道："多劳！多劳！"

老僧与沙弥出了庵门，上前走来。只见行者与沙僧在那林子里解八戒的绳索，一面解，一面笑说："好斋，好斋。"八戒道："猴子，你真个有些欺人！我在此被妖精骗了，不知吃了他甚么东西，腹冷痛坠，你还讥笑。"行者一边笑，一边说道：

"老孙呵呵笑，端不笑别个。一般都是人，挑担与押垛。只见我们勤，便生你懒惰。不是哼与唧，便是歇着坐。方才叫肩疼，忽见说脚破。不说肚皮宽，食肠本来大。一面未吃完，又叫肚里饿。推开甚庙门，看是那家货？好歹就化斋，惹了空头祸。身上捆麻绳，肚里又难过。想是斋撑伤，倒在林中卧。经担向那方，难道不认错？"

八戒听了，道："猴精，你也休相口饶舌，讥笑我八戒。我也只为挑的肩脊痛，走得肚内饥，撞着妖怪。你只管讥笑我。"八戒说罢，只是哼唧唧，叫肚里冷痛。行者笑道："呆子且莫要叫冷疼热疼。你且到洗心庵里陪伴师父去，待我二人替你找经担。"八戒依言，走入庵来。

三藏问知缘故，说："我叫你忍一时儿饿，拣个洁净处化斋。你入了贪痴心，不肯依我，该受此苦。只是经担失去怎生好？”八戒道：“行者、沙僧他两个找寻去了！”三藏听了那里放心？！愁眉苦脸，只埋怨八戒不小心。八戒道：“师父！你也休埋怨徒弟。少不得等行者、沙僧回来，若找寻着经担便罢，倘找寻不着，待徒弟腹中爽快，必然去找寻了来！”三藏只是埋怨，把个八戒活活急杀。无奈腹中冷疼，只得忍着受气。

却说比丘僧装作庵僧师徒来问信，见行者救了八戒，要去找寻经担，乃向行者说道：“二位师兄要找寻经担，须是转寻旧路到天竺山南，有一幽谷洞。这洞中有几个邪魔，多是他摄了去。”行者便问：“此去幽谷洞有多少路？”老僧说道：“三四十里之远。但邪魔摄经先去，你如今后赶，只恐追他不及。再若延迟，那邪魔摄入洞中，打开担包，你争我抢，把经文四分五落，岂不辜负了远取之心。”行者道：“只恐经文不在他那里，若在他处，何难之有？沙僧，你随后找路到那幽谷洞来。待我先到他洞中等他。这叫做‘变主为客’之计。”老僧道：“师兄，那邪魔已先走了，你如何先去的。这山谷又没个小路找去。”行者道：“老师父，你不知我弟子有个斤斗神通儿，来得快，去得疾。莫说三四十里，便是东土到灵山十万八千里，也只消我一个斤斗，顷刻就到。”老僧笑道：“这等，我和尚却也不知，不曾见。”行者道：“老师父，我弟子把这斤斗神通说三番五次与你听，还误不了走路工夫。”老僧说：“如此愿闻。”行者便说道：

说斤斗，这神通，出自灵明方寸中。去时有路须有向，快时无影又无踪。忽在西，又在东，飙疾犹如一阵风。十万八千回转路，不费须臾变化功。

行者说话未毕，一个翻斤斗，忽然不见。沙僧忙往前飞走，转去找寻经担。老僧乃叫道：“师兄小心在意，那邪魔也有神通本事哩。”沙僧飞去，顷刻也不见。比丘僧乃对灵虚子道：“师兄，你看他两个找寻得经担来么？”灵虚子答道：“找是找得着。只恐邪魔力大，万一有失，你我保护之责何在？”比丘僧说：“计将何出？”灵虚子道：“我们如今且把色相改换了，到前途待孙行者与沙僧，看他何样作用。若是两个有本事，胜得邪魔便罢；若是没神通，夺不转经担，我与你再作计较。”比丘僧依言，两个也从幽谷路走来。

却说古柏老这几个妖精，变庙的，变道者的，峰五老取了些石子块变馍馍，把个八戒耍的没奈何。这些妖精得了经担，说一回，笑一回，正喜喜欢欢往幽谷洞里来。且说幽谷洞中那些小妖，跟了老麋众怪，去的去了；洞里就有些小的，因老妖外出，一个个谷外闲耍。

不匡行者一斤斗打到洞前，但见那幽谷洞前十分齐整，都是那小鹿妖缉理的。行者住了斤斗，观看一会，道：“这个孽障外出里空，怎知我老孙的神通！我如今打坏了他谷，焚烧了他洞，也不为奇。又不知经担可摄到此处？倘或摄到别处，在此久等，岂不误事？”

正自踌躇，却好几个小妖谷外耍了一会，走回洞里，见了行者坐在洞中，都惊吓起来，往来飞走。也有两个胆大的，上前问道：“长老何处来的，到洞中做甚？我洞主外出。”行者一手揪住一个，道：“你洞主是谁？”小妖慌了要挣，那里挣得动，便吆喝救人。众妖一齐走来，也不管个好歹，你一拳，我一脚，乱踢乱打。那里晓得行者神通，让他支手舞脚，笑道：“你这些妖精，可惜老孙的金箍棒贮了库，若在手里，不饶你一个哼哈。”行者见众妖乱踢乱打，两手扯着两个小妖，把扯一捏，那两妖害痛，大叫起来。众妖只个个打在行者身上，就如铁石，反把拳脚伤痛。众妖只得哀告行者求饶。行者道：“我也不打你。你只实说：你洞主何名？一起共有多少妖怪？出外何事？一一说来，我便饶你。”众妖道：“我这里叫做幽谷洞。洞内是千年老麋，号为麋老。只因有几个取经长老过此山路，他约了众妖老在前树林内假变庙宇，摄取那长老经担去了。”行者道：“经担如今在何处？”众妖道：“闻知摄得来，尚在路间走着哩！”行者听得放了手，叫：“你这小妖精，我且饶了你性命，速去报与老妖说：‘孙外公上你门来要经，坐久了，快快抬了去，验封交还。’”小妖得行者放了手，齐齐飞走出洞，两个前去报信。毕竟何如？且听下回分解。

第十二回

菩提珠子诳群妖　水火精灵喷气焰

谋计浑如路，歧中复有歧。嗟哉一方寸，翻为六出奇。
巧筹偏逢巧，欺人只自欺。穹如海上客，鸥鸟共忘机！

话说古柏老妖变了假庙，玄鹤老妖变了道者，峰五老妖变了些石头馍馍，把八戒迷诱，那灵龟与麋鹿等妖变汉子，把八戒捆缚了，搜了麝香，将经担解了禅杖，众妖扛了，离得林内，往西飞走。

众妖又喜喜欢欢说：“得了真经，且去大家看念，明些道理。”众妖魔正扛着经担前走，只见洞里两个小妖走来，报道：“洞里来了一个猢狲脸的长老，说是特来讨经担的孙外公，叫洞主快扛了去验封，交付与他！”众妖魔听了，便住着经担。麋妖道：“这猴脸长老莫非就是玄鹤老说的，当年玄英洞降那辟寒、辟暑、辟尘魔王的孙行者么？”玄鹤老道：“像是他了。若是他，我等不可归洞，且往大树岗古松老谷中去！”峰五老说：“也去不得！那孙行者既手段大，若寻来也要还他。”灵龟老说：“我有一计：真经担包着古柏老扛到大树岗，与麋鹿老去收了；我们将石块变两包假经包，押回谷洞。那猴子脸长老得了经包，自然前去。若去到他国地方，怎能来取？”玄鹤老笑道：“这孙行者凭你路远，他能来取。”灵龟老说：“就是他能来取，远路日久，我等经文已看念久了，便还了，便何害？”古柏老说：“好计！好计！”当时峰五老又取了两块大石头，变了两个经担包，叫小妖扛着，取路回幽谷洞来。把真经两担包，叫古柏老与麋老妖押往大树岗去。

他那知比丘僧与灵虚子跟上他们。灵虚子变了一个小鸟儿飞上前，见众妖计较，变假包回谷，却把真经叫古柏老妖押去。比丘僧乃叫灵虚子变了个老虎，自己却变个樵夫，走到古柏、麋老面前，把他两妖一吓。麋妖见虎心乱，古柏见樵夫心慌。他两妖心一慌乱，却被比丘僧到彼忙将菩提珠子二枚变作经包，随将真经包抵换了，藏在路旁。那古柏、麋妖只知慌慌张张押着两个假包，避虎飞去。

这灵虚子却走回路来，正遇着沙僧赶来，比丘仍变了老僧，同着沙弥，见了沙僧道：“师兄不必前行找寻。老僧方才见两个妖精摄了经包，藏在路旁。可速挑回小庵去。”沙僧听得，忙把禅杖挑了经包，同老僧回庵去了。

却说行者坐在幽谷里，等这众妖魔回洞，坐的时久，他心里急躁起来。走出洞外一望，只见峰五老妖同玄鹤、灵龟、众鹿小妖押着两个经包，走 近洞来。行者一见，大喝一声道：“何物妖魔，敢白昼变化骗我们经担，又把我师弟捆缚在地！”峰五老妖答道：“我们何曾骗你们经担？都是你那长嘴大耳和尚立心不正，窃麝、贪斋自用，设骗心机，故招我等情由。他若似长老立心正大，做人忠厚，我等分毫也不敢犯。”行者听得奉承他，就好胜起来，道：“我要赶路程，也不管你闲帐！只是经包在何处？”众妖道：“是我等扛了来，在此。”行者把眼一看，只见两包原封不动在前。他把禅杖拴了，忙忙的挑将起来，指着众妖说：“好了。你们这些妖精，我孙外公来时若是有金箍棒的心性，不饶你一只腿。如今有真经在身，参谒了如来的念头，且方便了你们去罢！”行者说毕，挑着假经包就走。

这几个老妖见哄了行者去，他们也不到幽谷里来，齐往大树岗走。正遇着古柏与个老妖押着菩提子变的经包，慌慌张张走那岗头；见了峰五老妖们，方才安心欢喜。到麋老洞中，大家计较说："且备些肴酒，庆贺真经。"玄鹤老妖道："真经不是灵芝，岂有备肴酒庆贺之理？"灵龟老妖问道："真经如何行不得庆贺？"玄鹤老妖道："我当年也曾到玉真观，闻知复元大仙讲说：'真经乃佛祖见性明心、济幽拔苦大道理。若有见闻的，须发菩提心，焚香持斋课诵。'怎么备肴酒庆贺，可不亵渎了真经？"众老妖听了道："既然如此，我等须是开了这经包，展开一看，是何言语？"玄鹤老说："这却行得。"乃把假包来开拆，一般封皮完固，只是当面拆开，却不是经文，乃是一层层白纸，并无一字。拆到当中，一粒菩提子。众妖笑将起来道："原来经包内是这一粒果子儿。"惟有玄鹤老妖识得，乃向众老妖说："列位契友不知，此就是经了。"众老妖问道："老友，你如何说就是经文？"玄鹤老答道："我曾飞入灵山，也闻得释子们说：'真经本无字，了义复何文？只此一粒子，菩提发见闻。'"玄鹤老妖说罢，只见那经包化为乌有，菩提珠发出万道金光，飞空不见。

众妖惊异起来，道："原来经包内空空只此一物，也不着实，发现金光，飞空去了。我们枉费了这些变幻心肠，不如大家各寻自己本领，受些山中清福罢。"古柏老妖向麋老说道："都是你为窃香长老多出这一番事。你孙既安，看来那长老身边麝香不多，也未必是令孙的。此怨可解！"麋老点头道："谨领。谨领。"麋老从此与小鹿在幽谷洞中修真养性不题。

且说当日众妖各散，惟有灵龟老妖怒气不解，说道："我等费了这番心肠，弄得真经，一字不曾得见。想来都是这老和尚弄的神通本事。我当年曾结一契友，见在此正东上千里之外赤炎岭修行。料他师徒路过此处。待我往彼处，约他一同作法摄取他真经，必定要开了，看是何言何语。岂有既称经卷包，大柜小柜其中止是一粒菩提子？若果只是这一粒子，便纸包了袖他几百，看来又似个数珠儿，只消绳穿着，挂在胸前也去了，何须包担挑来？此必有诈。”玄鹤老妖道：“话便说的也是。只是唐僧师徒，我也久知他神通广大，取经本是好事，让他去罢！也是功德。”灵龟口虽答应，心里不依，当时辞别玄鹤老而去。

且说沙僧挑着八戒的经包，同着老僧、沙弥到了洗心庵。三藏见了经包找来，心中欢喜。那八戒还在堂中愁眉苦脸。老僧道：“师兄，经包已找寻得来，你何事又带忧愁？”八戒道：“经包虽有，肚腹却难。”老僧笑道：“我这庵后有一个池，叫做涤虑池。师兄可去那池里吸口水漱漱罢！”八戒听了，就要往庵后走，被老僧一手扯住道：“师兄以池水漱口，不如以自己洗心。我这庵前匾上，唤做‘洗心庵’，岂有虚立名色？何不在堂中向圣像前一洗你自己之心，包管你腹中自然安愈！”八戒听了，便在堂中望着菩萨圣像说道：“我悟能再不敢违拗师父，贪那冷馍馍斋饭也。”八戒说罢，老僧叫沙弥取了一桶滚热汤水，八戒一气饮了，即时叫腹愈。方才与沙僧打点经担，喂了马料，只等行者到来前行。却说行者挑着两包假经担，往前越走越重，乃歇下道：“一般都是经包，怎么八戒的独重？难怪呆子叫肩疼肚饿！”说了又挑着走了几步，又歇下道：“八戒被妖迷哄，谁叫他贪痴，妄想吃斋？若不是我的神通斤斗本事，到妖怪谷洞作了个变主为客之计，那妖怪先到洞里拆开经包、散乱经文，怎能取得来？”只因行者自夸自奖，动了这夸奖机心，那假包石头越重，只压的他走到庵前歇下。进庵门，见了三藏们经担完全，已打点了起身，乃笑道：“老孙积年用机变耍妖精，今被妖精耍了来也。三藏见了行者，说道：“悟空，来了么？八戒经包已蒙庵主师徒找寻着，指引沙僧挑来。八戒又蒙庵主老师父救好。如今经包担柜已完了，只等你来行路！”行者道：“徒弟也被妖精迷了，好生吃了妖精苦也！”三藏道：“悟空！妖精怎能迷的你？”行者道：“师父！且请庵门外看看经包去着。”三藏依言，与八戒们出得庵来一看，那里是经包，但见：

四方两块大蛮石，上秤称来八百斤。谁教机心夸本事，几乎压断脊梁筋！

三藏见了，道："徒弟呀！你是有神通的，怎么被妖耍了，挑这两块大蛮石来？"老僧笑道："圣僧莫要讲了，这也是高徒自作自受。"三藏乃谢了老僧，辞别前行。

却说离了天竺国，正东上有座高山，山间有条岭，叫做赤炎岭。这岭东夏多暖，行人走道，不可说热。但闭口不言，行过十余里方清凉。若是说了一个热字，便暖气吹来，有如炎火。这岭内有个洞，就叫做赤炎洞。洞里却是一条赤花蛇，年久成精，毒焰甚恶。他这依人说热便热，正是他借人心意气，感召迷人。往往过岭的说了热字，这妖精放毒焰，越说越放，行人便被他热成害，他乘此来吸人精气。地方没奈何，法师不能剿。这日，正在洞中静养他的元神，思量要化气成仙，没有个口诀，少个鼎炉，怎得个元阳、纯阴，配合一炁？忽然来了灵龟老妖。这灵龟老妖只因恨取经僧人弄了神通，要他们空费一场虚幻，他不听玄鹤之劝，独自走到赤炎岭来。这灵龟老妖本是：

冷清清涧边毓孕，阴沉沉坎内成形。偶逢赤火降虚灵，未曾相既济，怎奈这炎腾？

他不觉的叫了一声："热！"赤蛇精听得有叫"热"的，便腾腾喷出火焰。那热气直向灵龟身边逼来，老妖精炽的越叫热，那蛇精益喷焰。灵龟老妖被焰炽急了，乃弄出神通来，也喷出白茫茫滔天大水，直往洞中冲来。这赤蛇也喷出红通通焚林烈炬。两气相战，谁强谁弱？但见：

一个倚仗四灵之首，汪洋顺口喷来；一个逞能五毒之魁，烈焰腾空煽去。但见汪洋逢烈焰，滚沸沸不作寒凝；烈焰遇汪洋，冷阴阴难烧肌骨。始初未济合相，嗣后交和成数偶。

却说灵龟老妖喷水，赤花蛇精喷火，两个喷了多时，方才相近见了面，大家笑将起来。赤花蛇精道："原来是灵龟契友。久别清光，何期今日相会！"灵龟老妖答道："只为一宗心事，特来商议。"乃把摄经一节，被唐僧他徒弄手段，骗哄了他的情由，备细说出。赤花蛇精听了道："原来就是唐僧。他当年路过此岭，静悄悄过去。有人说：'唐僧十世修行，吃他一块肉，成仙了道。'那时不曾捉得他。闻知他近日从灵山下来，已证了仙体，不但有百灵保护，便是捉了他，也吃不得了。只是闻得他取来的真经，大则修真了道，小则降福消灾。我等安可不摄取了他的，做个至宝。"灵龟老妖喜道："我来正是为此。只是用何计摄取他的经担？"蛇精道："待他过岭叫热，我便知他们过岭，那时喷出烈焰烧他，他自然畏怕走了。这经文必然我得。只恐他又如来时静悄悄过岭去了，使我不知。"灵龟老妖笑道："契友，你主动，不知我主静。你必待他开口，我却要他静默不言，便知他过岭。动、静既在我两个，料经文必归我们之手！"蛇精大喜，乃请龟妖到他洞中款待，等候取经人到岭。不题。

且说比丘到彼僧与灵虚子，待唐僧师徒整顿了经担从正路前行，他却移去庵堂，复还本相，一路只以保护真经为心，最怕唐僧师徒动了邪念，惹出妖魔。他两个或先行、或后走三里五里。或山或水，百般防范。却好先行，打从这赤炎岭过。比丘僧与灵虚子说："师兄，你知这赤炎岭不许行人叫热么？"灵虚子答道："我久已知。但只是静悄不言，便过得去。"比丘僧道："正是如此。"两个遂闭口禁声。

方才走到岭头一二里路，那灵龟老妖却早向了蛇精说："有僧道从岭过来了，莫不是取经僧至？"蛇精听得，便走出洞，到得岭头，果见一个僧人挂着一串数珠儿在项上，一个优婆塞拿着一个木鱼儿在手中。他两个计较，一个说："让他过去，只夺经担"；一个说："莫要容他，且来一个害他一个！"蛇精便喷出烈焰，龟妖乃喷出洪流。比丘僧二人正在岭头行走，只见冷冷热热，一阵暖气炎蒸，忽又一阵寒风凛烈。比丘僧乃向灵虚子道："师兄，冷风热气逼来，恐有妖魔阻道，须要小心提防。"灵虚子道："天气晴明，故暖岭头，静僻生凉。师兄何劳过虑妖魔？便有妖魔，我等岂畏，自有驱他法术！"比丘僧笑道："我等固然不畏，但恐打经担的生事，又要费我等工夫。"

正说间，只见岭前来了个妖精，好生古怪。

怎见得古怪？且听下回分解。

第十三回

老叟说妖生计较　玉龙喷水解炎蒸

话说龟妖与蛇精见了两个僧道前来，计较了一番，只叫蛇精变了一条千尺大蟒，先游出岭头，横拦阻着大路。比丘见了他：

> 烈焰口中出，毒烟焰内生。眼睛如柳簸，牙齿似钢钉。粗比十围木，长同百丈鲸。岭头横阻路，宛尔一长城。

比丘僧见了骂道："孽畜，你张威作势，吐焰喷烟做甚？我乃行脚僧人，清斋老道，视浮生如寄，你便吞了我等这吃素的身躯，有何补益？"蛇精口吐人言道："我也不吞你这穷和尚，只问你可曾挑得经文来？若是有经文，早早留下，放你过岭去罢。"比丘僧笑道："我不曾挑着担子，经文从何处来？便是要经，你虽是个异类，也自有真经在腹内。不自问经，却拦我贫僧要经，那讨经文与你？"蛇精听了到彼僧说，想道："我原为要他经文降福消灾，修真了道，这和尚既不曾挑经走岭，若伤了他，乃是求福却反损德，不如放他过去，等那挑经担的和尚们来，要经罢了。"即时变了一条小花蛇儿，往岭旁游去。比丘僧见这情节，乃向灵虚子道："原来岭上是这蟒蛇作耗！他也知要经，但我等空身，冲了他过去。只恐唐三藏师徒过此，有经担包柜，不免被他拦阻劫夺。”灵虚子道：“妖怪何地不生？但看唐僧师徒心意何如。若是那孙行者机心百出，这妖怪却也多方拦阻，我等只得随行保护。师兄可先过岭，待我指点他，把经文设个计较，或是藏了，或是并在一处，与唐僧守着，叫他三个徒弟使出手段，把妖怪降伏了。便是后来行人不遭他毒害，也算一功！”比丘僧依言，乃先过岭到前途等着。灵虚子却变了一个老叟，手执竹杖，在岭西头，坐在一块石上。

却说唐僧与行者三人辞谢老僧，担经前行。三藏在路盛称庵僧师徒有德，扰他殷勤供奉斋饭，又找寻经担。不觉的走到赤炎岭西头。三藏见这岭：

> 狭隘弯弯曲曲，凸凹峻峻低低。两壁树林密匝，一条石径东西。鸟雀不闻声唤，峰峦只有烟迷。草屋茅檐何处？行人难免悲凄。

三藏见了高高低低一条长岭在前，乃对行者道：“悟空，我们来时不曾由这岭过，怎么回去有这条狭隘弯曲长岭？又没个人家问一声。”行者道：“师父，我们来时夜晚行走，信着马步，不觉的过来了。如今既到此，少不得看前边有人家，问个路头走去。”三藏道：“徒弟，你看那远远坐在岭头的，可是个老叟？”行者看道：“师父，你好眼力，果是个老叟。我们且把经担歇下，上前问那老叟一声，方好前走。”三藏依言，叫八戒们歇下经担，把马驮经柜也卸下，正要上前问那老叟，只见老叟执着竹杖，走下岭西头来。

三藏便迎着打了个问讯道：“老尊长，往东土去路，可是过此岭去？”老叟道：“师父，你是那里来的？看你容貌，听你口音，却是中华人。想当日来时，必也过此岭，怎么今日又问路？”三藏道：“老尊长，我们来时乃是夜晚行走，不曾眼看这岭高低凸凹过来了。如今回去，白日里，故此生疏失记了。”老叟道：“正是。夜晚阴凉，静悄悄过来，不曾惊动这岭内妖精……”三藏只听得“妖精”二字，便打了一个寒噤，说道：“老尊长，此岭有甚妖精？”老叟道：“师父你不知。这岭中有一条赤蛇精，毒焰喷烟。过岭的被了他焰，若说一个‘热’字，他便喷出毒烟，只把人逼焦渴了，他却吸人精血。”三藏道：“这等，便闭口不言热，可过得岭去。”老叟道：“当初行人知这情节，只闭口藏舌不语，静悄悄过去。如今又不同了，添了一个妖精。若是闭口静悄，又惹得这妖精知道，也喷甚么妖气迷人。”三藏听了越怕起来道：“老尊长，似我等出家人炎凉气息，生死心灰，他便吸了去，也没奈何。只是我师徒有这几担经文，却如何处置？”老叟道：“正是。前日有两个僧道过岭，那妖精要吸他，也念僧道是出家人，瘦骨伶仃，只问他要经卷。僧道回他‘没有经卷’，那妖精果然见僧道身边没有经卷，让他过岭去了。师父们既有许多柜担，须要计较个法儿过岭。”三藏听了，慌张起来道：“悟空，这却怎么好？”行者道：“师父放心。当初来时徒弟在李老儿庄上把大蟒精降灭，如今那里怕甚么赤蛇精。”老叟笑道：“小长老，你当初来时，可有这许多担包么？”行者道：“来时都是空身，没有柜担。”老叟道：“再可有甚么物件？”行者道：“不敢欺瞒，有一根粗粗细细的金箍棒儿，专打妖精！”老叟道：“这棒儿如今在那里？”行者说：“只因取了经，缴还灵山。说他是伤生器械，同不的方便经文。我若有这器械，何怕此岭难过！”老叟道：“小长老，你也休提那伤生器械，只当保全这方便经文。你师徒计较个万全良策，要紧，要紧！”老叟说罢，往岭旁去了。

三藏道：“徒弟，这老叟叫我们计较个良策，你们却怎生计较？”行者道：“依徒弟计较，把马驮的经柜与沙僧赶着过岭。那妖怪若是问师父要经，你只说你是贩货物的僧人，这经包柜担都是货物，未曾有经。”三藏道：“那妖怪那里肯信？”行者道：“师父只说：‘我出家人不打诳语。若不信，便打开柜担看验，可是货物？’”三藏道：“那妖精就信了是货物，他却问你是何货物？”行者道：“师父只说是雄黄、朱砂、蕲艾等货物。”三藏道：“徒弟，天地间货物也甚多，怎么说是这几样货物？”行者道：“师父，你岂不知龟蛇畏怕雄黄、艾叶。犯着他的对头，他决然放你过去。”三藏道：“雄黄乃制蛇之物，艾叶却那里用？”行者笑道：“师父，你岂不知灼龟的用艾叶炙灼？”三藏道：“那妖精万一见了对头反恼怒起来，到与我们作对头，如之奈何？况我乃出家之人，一点志诚取经，一点忠厚待物，怎么说这许多诳语？且说出两宗杀物的雄黄、艾叶，此心岂忍？”行者道：“师父，那妖精要夺你经文，又要害你，你如何不忍他？”八戒在旁说：“师兄，你用的真真都是机变心。依我老实，师父赶着马，沙僧师弟跟着，先过去。妖精若问，只说未曾有经，‘妖魔你若要经，那后边两个丑脸长老挑的却是经！’他定然放过师父去，却来问我两个要经，那时我两个再作计较。就是那妖怪不信，不肯放师父，我两个拳打脚踢，料也胜得妖精。”三藏道：“徒弟，只是难为你两个费力。”八戒道：“师父，弟子应当遇危难上前。”行者说：“就依八戒的计较罢。”三藏乃赶着马驮的柜包，沙僧挑着担，先行过岭。

方才走了三四里，只见冷气阴阴。沙僧一时浑忘，开口道：“师父，那老叟说有些热气，怎么却是冷气？”三藏道：“想是我们不说他热。”师徒方才个“热”字儿出口，只见那岭上顷刻间就如三伏天一般热起来。师徒二人着实难过，没奈何忍着那热气薰蒸，往前行走。却喜得玉龙马原是海中龙子化现，他不畏火热，反喷出几口水来搪抵。三藏赖此前行不远，忽然那赤蛇妖精拦着岭路。他不变千尺大蟒，却变了一个山精猛怪，手执着一根大棍。那灵龟妖变了一个四足猛兽，与赤蛇妖骑着。见了三藏，口吐着毒焰道：“那和尚快留下经柜包担，饶你性命！”沙僧就要掣禅杖相敌，三藏忙止着道：“徒弟莫要与他抵敌。依八戒说，还是老实求他为上。”乃向妖怪稽首道：“贫僧是出家人，不打诳语，这柜担包内，实未曾有经。大王若是要经，那后边有两个丑面和尚，挑着的却是经担。”妖精道：“我不信你。你说出家人不打诳语，偏是有一等出家人，最会说空头话哩！”妖精故意发威作势，叫小妖上前把沙僧的担包扯开封皮包裹来看，却好这一包内乃是《未曾有藏经》五十五卷在内。妖精一见了签面上写着《未曾有经》，随即叫小妖仍包裹起来，向着三藏拱手道：“长老果是真诚。开口说包担内未曾有经，不虚，不虚。让他过岭。你说后面丑面和尚有两担经文，断是不打诳语。”小妖道：“马垛子柜内，只恐有经！”妖怪道：“一句实，百句实。这长老可敬，不必又开他柜子，料也都是未曾有经也。”三藏合掌拜谢妖怪，与沙僧飞走过岭。

远远见一村人家。三藏道：“悟净，那前边有人家，料可投止。我与你住下，待我悟空两个来。”沙僧依言。师徒走到村前，见一家门首，三四个男子汉在那里演习棍棒，见了三藏，道：“这是往年上灵山取经的长老，黑夜打从此岭去的。今取了经来也。”一个便说：“师父可是大唐取经圣僧？”三藏答道：“正是贫僧。”那汉子便扯着马垛子道：“舍下少住。”

三藏随跟他家内，众人都来相见。那汉子便问：“闻知往年师父四位黑夜过此岭，我们都替你怀着忧惧，怕你们不知禁忌，冲撞了岭内妖精，丧了性命。如今回来只二位，想那两位是此岭内差池了？”三藏答道：“谢赖老善信！往年过此岭，实是晚夜，我等也不知甚么妖精，总来以无心过去了。今日回来过此岭，遇一老叟说，这妖怪到也善心，不伤害我等出家僧道，只是要我们经文。托赖众善人福庇，小僧两个过岭，遇着妖怪，被小僧说‘未曾有经’，他开包看验，只因经包内有这《未曾有经》名，那妖怪信我志诚，放过来了。但我那两个徒弟见挑着两担经包，必然要被妖精盘着。”这汉子们道：“师父且宽心！只恐妖精也放过高徒来未可知。”三藏道：“我那徒弟不似小僧情性淳善，有些多事，三言两句与妖精讲不合，便动手动脚起来。我到不虑徒弟过不得岭，但虑经文有差失。”众汉子道：“师父你切莫说动手动脚的话！这妖精却甚利害，他文讲便是毒火炽人，武讲便是狼牙大棍。因此行人多被他害。就是我村乡过岭，知他妖气，只是不开口；万一遇着他抡拳舞棒，必须合伙五七个人，各持短棍防他，所以我等个个在此演习些棍棒。师父且吃些素斋，若高徒久不过来，我等当多约几人，与师父高徒助力过岭！”三藏听了深谢，只得吃斋等候徒弟。

却说行者与八戒待三藏与沙僧先走的几里，他两个方才挑着经担，走上岭来。行者知道怪情，闭口不语；八戒见冷气渐渐喷来，不觉的大笑起来，说道：

“老汉净扯谎，岭间有怪精。僧嫌人说热，便有毒生烟。不是烧头发，便是炽眼睛。若要平安过，除非不作声。老猪信了实，恐怕把妖惊，闭着喇叭嘴，蹑着脚步行。那里有炎热，反到冷清清，身上寒冰冻，喉中冷气生。怎能滚汤陷，得些热饭撑，再若熬一会，这经担不成。”

八戒咕咕哝哝了一会，越发大叫起来：“这冷清清、阴渗渗真难捱，到不如热热罢！”行者听了道：“呆子！你犯了妖精的戒，只怕要来热闹热闹哩。”八戒道：“走到这田地，也说不得……”正讲未了，只见岭东来了一个妖精，骑着一个四足猛兽，手执着一根大棍，大叫道：“那标致脸的两个和尚！快把担包内经文留下，放你过岭！”八戒见妖精叫他做标致脸的和尚，他便笑嘻嘻的道：“不标致脸的大王，我小僧老实，包担内有几卷经文，却不是你用的。休看僧面看佛面，让我两个过这岭去罢！”行者见八戒说妖精“不标致脸”，乃定睛看那妖精，怎标不标致？但见他：

尖角两栽头，双睛齐抹额。通红腮颊宽，乌黑鼻梁窄。狼牙似铁钉，猹耳如门槅。倒插连鬓胡，吆喝将人吓。

行者看了这妖精一眼，道：“大王，你要我们留下经文，不知我这经文三不可留……”妖精道：“那三不可留？”行者道：“一是灵山如来洪慈，舍与南赡部洲人民降福消灾的宝卷，不可留；二是我师千山万水受尽苦难，今日取来托付与我徒弟们，我徒弟怎敢遗失了，不可留；三是这宝笈琼书感应显灵通天达地，出幽入冥，有善男信女斋戒沐浴，方可给与，若非比丘僧、尼，优婆塞、夷，志诚恳请，也不可留！大王不过是个山中的豪杰，没有善信僧尼的功行，怎么留得？”妖精听了笑道：“和尚，你说三不可留，我却说有三可留……”

却是那三可留？且听下回分解。

第十四回

妖精行者打猴拳　道士全真愚怪物

行者听了妖精“三可留”，乃问道：“大王，且把你‘三可留’，说与小和尚一听。”妖精道：“经文既是如来真言宝卷，无非度脱众生玄理。这玄理不但善信男女得以见闻，便是非潜动植物类也得瞻仰，莫说我一个大王了，此一可留。我闻真经到处，风调雨顺，人安物阜，天清地宁，山谷草木也沾些灵异，我这岭中时亦有灾殃不顺，此二可留。我大王堂堂一个神道，威风颇大，手段更强，要你这小和尚几卷经文，何消拒吝，此三可留。”

妖精说罢，举起大棍照行者当头就打。行者忙使个“金刚不坏身”法术，那妖的棍荡着两段。妖精惊道：“这丑脸和尚到有个铁布衫法儿！”去了棍子，腰里解下一个流星锤，照八戒一锤打来，正打在八戒肩脊上，八戒也忙使出个“磁石吸铁”法术，把那刚鬣变了磁石，把妖精铁锤紧紧吸住。这妖怪没了兵器，便跳下猛兽来，举起双拳劈面照行者打来。行者笑道：“这妖精抡拳，上了老孙门了。”乃脱了皮袄，同妖精走了一路猴拳。怎见得是猴拳？但见：

行者伸一手，打个夜叉探海；妖精飞两脚，使路猛虎扑羊。行者一拳起，叫做泰山压顶；妖精单脚站，却为枯树盘根。行者一脚挑，道是金鸡独立；妖精斜眼视，名唤丹凤朝阳。

他两个在岭上走了几路猴拳，看看妖精败了，被行者打的踉踉跄跄，叫灵龟帮助帮助。那龟妖也便猹脚舞手，上来浑打。猪八戒见了，急攒起拳头，也浑打来。行者却不妨他带了几个小妖，把经担抬回洞中去。那妖精见得了经，便乘个空儿，一路烟往赤炎洞去了。行者与八戒回头见没了经担，都暴躁起来。八戒道："怎么好？师父交了经担与我两个，老老实实解下禅杖来，一顿打死了这妖精，过岭去罢！却使甚么铁布衫儿法，又同妖精打甚猴拳！这会经担抢去，工夫丢了，师父定然恨骂！"行者也恨一声道："千差万错，我老孙只不该缴了金箍棒。今若是金箍棒在身，这会打上妖精门要经担，谁敢不与！如今赤手空拳，纵去寻着妖精，只是抡拳，终成何用。"

八戒听了，便想起钉钯，放声哭将起来道："我的钉钯呵！想你自从我当年：

修道功成御敕封，官名元帅逞威风。红炉炼就宾吾铁，神匠磨成造化功。九齿狼牙多利害，一条龙柄果然凶。舞动光芒风不透，逢妖一筑影无踪。

今日里只为取了经文，缴还在库。虽说我钉钯是凶器，经文是善心，如今遇着恶怪抢了经文去，善心没用，叫我两件皆空。若有钉钯在手，经文也不得抢去，两利俱存。我的钉钯呵！"

行者笑道："哭脓包，哭有何用？为今之计，只有捡近便的做。要去取钉钯，知道可取得来？就是取得来，未知经文可取的。如今不如过岭，寻了沙僧来。他还有一条禅杖在手。一则三个打妖精两个，可以胜得他。"

八戒道："此时寻沙僧来，恐迟了。怕那妖精得了经担，拆开包裹，失落了经文。不如找寻着妖精洞处，讨个虚实，再去寻沙僧，也未为迟。”

行者道：“此时不得不用机变矣。师弟，你去寻沙僧。待我去找妖精探事实。”八戒依言，往岭上飞去，去找沙僧。行者扒山越岭，去寻妖怪。

却说龟蛇二精打行者不过，得了经担到洞里，叫小妖紧闭了洞门。龟妖就要打开包担，看是甚么经文。赤蛇妖道：“且莫要轻易拆动包裹！我闻经文都是字义，非焚香不可展开看阅，非斋戒不可造次课诵；若是造次打开，轻易看阅，你要求福反教作罪了。”在洞中计较不题。

再说行者在岭上前后找寻，到得这赤炎洞口，见乱石塞闭了洞门，里边光亮亮，似有人声。乃向石缝儿里张看，只见里面热气烘烘，如烟如雾，火气一般；乃想道：“经担包裹皆是纸封，怎当得火焰。万一妖精抢来放在洞内，若有差池却怎么了？”行者想了一会，他机心顿起，随摇身一变，变了一个小火蛇儿，游入洞内。只见小妖们欢欢喜喜说：“大王得了经文，等斋戒焚香开诵，保佑我等合洞大大小小，长生受福！”行者听了，心里也微微欢喜，说：“妖精有些意念，就是经文灵验，必有护法保卫，使他不敢动了！”随游进洞里，果然经担原封不动，好好安在洞中。行者查实了，乃游出洞外，依旧在岭上等八戒去叫沙僧。

且说灵虚子变个老叟，说明了三藏，叫他师徒好生计较。他从岭傍抄小道会着比丘僧，把前情说了。比丘僧道：“半日不见唐僧过岭来，只恐遇着妖怪，我们须去保护。”二人复来到岭东，唐僧同沙僧俱已过岭，在村居人家坐着。

他两个变了两个全真道士，走到村人家门前，却遇着八戒来寻沙僧，备细把妖精抢经的原由，与三藏讲说。吓的个三藏抚膺顿足，只叫“怎么了”！只见两个道士上前劝道：“长老师父休要着急！我小道常过此岭到玉真观望复元大仙，这妖精颇熟识，好歹聊施小计，叫他仍还了你真经前去！”三藏听了，倒身下拜，便求：“二位师父作个计较！”道士说：“只是要借重你两位高徒，赞成此计。”八戒道：“计将安出？”道士乃向八戒耳边“如此，如此”。八戒笑道：“会的，会的！我那孙大师兄更积年机变。”道士笑道：“也只因他这积年机变，连我道士如今也机变积年了！”说罢，叫三藏同沙僧依旧坐在村家等候。

他两个同着八戒复走到岭东头，却好遇着行者迎来。八戒见了行者，把道士好意说出。行者也把妖精情由说了一番。道士笑道：“此计最好用。”乃叫行者同八戒变做两个经包柜子，却叫灵虚子挑着。他摇摇摆摆，走上岭来道：“好热，好热！”就惊动了蛇妖，变了一个雄赳赳的魔王，骑着猛兽走出岭来，见了是两个道士，便问道：“你二位全真，我有些熟识，那里去？”道士便随着他口答道：“我常打大王岭前过，蒙大王厚德，不肯加害，无以报恩，早晚只是焚香课诵经忏，与你延生获福。”妖怪听了道：“长老家有真经，怎么你道士也有？”道士说：“僧家经文是求福将来，我道门经忏乃长生见在！”妖精听了个“长生见在”，便喷出毒焰来要经，道士忙说道：“大王不必以威取。小道既久在爱下，便将两柜经忏送到洞中，还替你课诵，传授你口诀。”娱精听了大喜，随与龟妖变化了两个善眉善眼男女，领着全真，挑着经柜，走到洞里。全真一见了两担包经，便问：“这包内何物？”妖精便说出是过岭的僧人经担。全真道：“有了我们经忏，便留不的他们经文。”妖精道：“既然留不得，叫小妖扛出洞外焚了罢！”全真说：“这却不可！诵经事小，积德功大。这和尚也是一片善心，取得经来，你何苦焚了他的？依小道说，大王还了他去，也是积德！”妖精依言，叫小妖把和尚经担扛出洞门，“丢在岭上，听那和尚取去罢！”小妖依言，把经担送在岭上。却说三藏见八戒与着全真去久，不见回来，叫沙僧去探看。村众人等各发善心，齐帮沙僧上岭来。恰好遇见经担丢在岭上，众人与沙僧挑回，只不见行者、八戒在何处。

却说比丘僧与灵虚子变得全真，坐在洞中，见小妖扛了经包出洞回来说："已丢在岭上。"他两个故意叫妖精备办香烛，好课诵经忏。妖精道："这香烛，我洞中却少。"全真道："大王，你不便村间去取，待小道取来。"妖精信真。他两个丢下经柜下岭来，叫三藏、沙僧好生收拾经担，喂饱了龙马，只候行者、八戒来时走路，却远远伺候着，看是何等光景。

却说那妖精见道士取香烛不见回洞，两柜经忏放在洞中久等。那孙行者躁性子，那里耐烦，猛然叫声："八戒！道士那里去了？念又不来念，开又不来开，闷的紧了！"八戒也忍不住道："都是你甚么机变机变，变了个外面着实，里面空空，这会偏生机了！"妖精听得，吃了一惊道："哎呀，经担如何说起话来？"龟妖道："罢了！日前我那古柏老等友被取经僧耍了，故此特来寻你，今却又被他哄了！"蛇精道："你休疑，猜想是真经灵感，会说言道语。待我志诚拜他两拜，问他个原由。"蛇妖乃走近柜前，磕了两个头道："真经宝卷，为何说话？想是灵应，有感必通！道士说你能保佑长生见在，望你方便我男女两个，福寿无穷。"行者听得，只是暗笑，忍着不言。那八戒忍不住，便在柜子里说出话来道：

> "宝卷真经，真经宝卷，怎把妖精，慈悲方便？你来骗我，我把你骗：外边方方，似柜如包；里面空空，没有一件！香供不来，全真弗见，老猪腹饥，势难久变。不是馍馍，便是斋馔，快速献来，当顿早膳。是我老猪，到处行头；也见你们，妖精体面。"

蛇精听了道："哎呀，不好了！被那挑担的诱哄了！"忙将口内喷出火来，把经柜焚烧。那里知道行者、八戒神通，他已知经文保全过岭，料必沙僧挑去，即忙复了原身，跳出洞外。妖精执着兵器赶出洞来。行者、八戒赤手空拳，只得往岭下飞走。早有那地方人等执着棍棒同沙僧来迎他两个。行者、八戒得了两条大棍，拿在手中，只见龟蛇二妖各变的神头怪脸，上前来厮杀。这一场好杀！怎见得？但见：

妖精举棍来，和尚抡禅杖。你冲我一撞，谁肯相饶让。妖精会捣虚，行者能批吭。八戒勇难当，沙僧雄更壮。大斗许多时，谁下谁在上？一边大声喊，只叫打妖精；一边吆喝高，莫要饶和尚！恼了众村人，各举兵相向。妖精造化低，几乎都了帐！

两个妖精敌行者三个尚且不过，再添了众村人举器械帮斗，妖精力弱，虚架两棍，往岭西飞走。行者同众人齐齐赶上岭来，要到洞里灭这妖精。只见两个全真道士走近前来道："三位师兄，我小道替你聊施小计，完璧归赵，可看我的情分，饶了这妖精罢！"八戒道："偏不饶他！叫我变甚经柜，饿的我个小发昏。"全真道："你若必定要灭了他，却又背了缴钉钯的功德。出家人取真经，正为救济众生，若方便了他，你们一路回去，自然有妖魔方便你。"行者听了，便叫八戒："依二位师真说罢。我们赶早走路，师父在人家眼望哩。"众人道："千载奇逢，遇着三位神僧来此，乘着力量把妖精灭了，也为我地方保安，与那过往客商除害。"全真道："众善人休得过虑！我全真自有降伏龟蛇本事，管教你地方永远清宁。"行者同八戒、沙僧依了全真下岭，众人只得退回。那全真也自作别去了。正是：

水火安宁无怪异，全真锻炼有神通。

却说行者三人回下岭来，见了三藏，辞别村众。师徒挑担的挑担，赶马的赶马。三藏口口声声只念："未曾谢的全真道士高情。"八戒道："高情！高情！变甚柜子，饿断板斤。"行者道："师弟，一般都挑担走路，偏你只叫肚饿！此后吃斋饭，你一人兼二人之食便了。"八戒说："也难。除非八九个都让我，还不知可了得哩。"沙僧道："二位师兄各人省些气力挑担，不要争饿气了！"

再表唐僧师徒息了水火，和合龟蛇，一路东回，更无阻滞。不觉又是秋色凋零，寒威凛然，师徒们冲风冒冷，夜住晓行，只为经担随身，顾不得千辛万苦。一日正行着，只见彤云密布，瑞雪纷飘。唐僧叫一声："徒弟呀，你看空中雪花渐渐飘落，此去前途是何处地方？我们离赤炎岭多少路程了？"行者道："师父来时走一程问一程，盖为灵山不知多少路？如今走回头路，料着走一程近一程，何须担忧？"三藏道："悟空，不是这等说。我们如今走的路，前不巴村，后不巴店，雪又渐大。你看那前面树林深处，且歇下经担，避一时再走。"行者道："师父，雪比不得雨湿淋漓，冒雪还走的。"三藏依言，乃冒雪赶着马垛前行。八戒猛然笑将起来。沙僧道："二哥！你笑怎的？"八戒道："我看师父冒雪前行，那嘴唇儿动动的，似做雪诗之意。向日吟'冬至诗'惹了妖怪，如今又想雪诗，只恐又勾引出古怪来！"沙僧道："二哥，师父或者无此意，你却又生出一种狐疑心！"行者道："你岂止一种狐疑心，还有两种儿心哩！"

却是何心？且听下回分解。

第十五回

因缘理指明八戒　木鱼声击散妖邪

沙僧问道："大师兄，二哥却还有两种何心？"行者道："他见师父嘴动，不恭恭敬敬听师父开口，或是师父教导徒弟好言语未可知，乃发长笑，这叫做一种'慢师心'。却又题起往日冬至吟诗惹妖怪，而今说勾引甚么古怪，这叫做一种'妄诞心'！我想日前取经，说我动机变心，不如他老实心；如今这几种心，不见甚么老实也！"三藏道："八戒既动了狐疑心，我便除了他疑罢。"行者问道："八戒怎么与他除疑？"三藏道："且到那树林少歇，莫要苦苦冒雪前走。"

行者依言，乃进入深林，歇下经担；果然林密遮风，攓的些风雪。三藏乃开口道："悟能，你休要疑心。我果然是心中想一联雪诗，不觉的练句动唇。"八戒道："徒弟笑实不虚，请师父吟出来罢！"三藏乃吟道：

"真经喜得返东方，过一冈来少一冈。忽地淡云生四野，霎时片雪到穷荒。
天寒地冻因风冷，马倦人疲觉路长。惟有山僧无可望，但祈丰瑞万民康。"

按下三藏师徒在密树深林暂歇避雪。

却说赤蛇与灵龟老妖他两个虽未抢得真经，却也沾了真经神异，又遇着比丘僧化现的真经，虽说假化，总属道理，提明了他。他两个配合阴阳，躲入深谷修真，不复喷热吐冷，把赤炎洞小妖多叫散了。这小妖内有一个得了蛇妖毒焰的，名为蚖蛇，又叫着蜥蜴。这小妖没处去向，却走到这黑树林间住下。不题。

且说三藏师徒歇着经担，吟诗咏雪。师徒们说一回，咏一回。八戒道："师父只是好吟诗，误了路程。徒弟看这路似来时黑松林遇着妖怪女子的地界！"三藏听得，惊了一吓道："悟空，挑着担子走罢！"行者道："当初来时，过了黑松林，便是镇海寺。如今镇海寺未曾到，那里就是黑松林？若是到了镇海寺，只恐那寺中长老要迎接我等，吃他一顿饱斋哩！"这八戒只听得"一顿饱斋"，即忙挑起经担便走。那雪渐渐微小，师徒们欣然上路。

却说这蚖妖在林子里，冷冷清清，没有岩洞，存身不住。因听着他师徒说黑松林镇海寺，乃想起当初有两个结义弟兄，一个叫做蝮子怪，一个名唤蝎小妖。"只因我跟了赤花老妖，相别多年。近闻他两个在黑松林居住，不免顺着风雪到那林中，寻我这两个弟兄。正是'同锅儿吃饭，打伴儿修行'，也强如在此只身独自！"这蚖妖果然顺着风雪刮到黑松林，那里有个蝮妖？尽是一派树林丛杂，没处找寻。这蚖妖腹内饥饿，在那雪树林中凄凄惶惶。却好一个小虺儿游出树根底来，见了蚖妖，说道："天寒地冻，你如何不在深崖藏躲？"蚖妖答道："我只因跟随着赤炎花蛇，故此不畏寒冷。你如何也冒雪出来？"虺妖道："我奉洞主差遣，打探事的。"蚖妖道："你洞主何人？打探何事？"虺妖道："我洞中有两个大王：一个叫做蝮大王，一个叫做蝎大王。只因洞近镇海寺，尝时听得寺中和尚说：'向年有唐僧师徒四众往西天取经，路过此处，收了女妖怪，救了一寺僧人。'闻得他取了真经，将次回来，要差人远接。我洞主听了，思量要夺他经担，以求长生不老，故此每日差我等打探。"蚖妖听了，便道："我当年有两个结义兄弟，正是蝮、蝎二妖。闻得他正在这林中居住，不知可是你大王？”虺妖道：“我便引你到洞中认他一认。”蚖妖道：“你大王要知唐僧消息，我尽晓得。烦你引进一引进。”小虺乃引着蚖妖出了深林，过了小涧，一座石山，山中微微一洞。但见：

乱石参差，玄崖险峻。青苔点点藏深雪，绿藓茸茸耐岁寒。洞外有曲径幽芳，洞里有山泉滴沥。薜萝深处，不闻鸟雀飞鸣；溪壑丛中，时见虺蛇来往。

蚖妖到得洞前，小虺入报。蝮、蝎望见，忙迎入洞中。彼此不是那原形旧体，都变了精怪身躯，两下叙了些寒温，便询问来历。蚖妖便把赤炎岭龟、蛇抢经，被和尚诱哄的情由说出。蝎妖笑道：“你那蛇老洞主虽说喷热毒人，就不该让了他过岭。你既饶了他，他便不饶你。”蚖妖道：“让他过岭，原为取他经的。”蝮子妖道：“我们如今不取他的经了，只算计那和尚，与你洞主报仇罢！有经无经，再作计较。”蚖妖道：“取经和尚进了寺门，便有僧人防护。须是乘他未到，先设一计：或抢夺他经担，或毒害他性命，方好。”蝎妖道：“我有一计，管教经担、僧人俱入我圈套！我们就变作镇海寺长老差来迎接他的，必然替他挑着经担，那时却从小路拐他到洞来，要经要和尚，都在于我。此计如何？”众妖道：“此计甚好。”不说蝎妖定计。

且说比丘僧同灵虚子变全真保护了真经，两个复了原形，在三藏们前途行走。正到黑松林内，偶见了蚖妖虺怪，乃忖道：“天寒地冻，虫蚁入蛰，怎么这蚖、蛇外游？莫非是取经僧们又引惹出异怪来了？”这灵虚子神通灵异，就变个小虺随他游入洞中。众妖不疑，说许多抢经担、害和尚的计较，他听得忙出洞，复了原身，与比丘僧说知。比丘僧道：“真经万无与妖魔弄去之理。只怕他假变和尚迎接唐僧，引他到洞，把毒气伤害了他。不若先将此情与唐僧说明，好教他防备。”灵虚子道：“此事若先向唐僧说明，那孙行者知妖怪毒害他师，使出神通本事，定然把妖精性命送了。我等出家人不伤生命，只要保护经文，当以方便为主。不如我同你假做取经回来僧人，待那妖精来接，跟他洞来，我等敲动木鱼。这木鱼声响，万邪自避，那妖精必然远走！”比丘僧依言，他两个就变了唐僧同行者，向正路走来。

那蝮、蝎两妖带着蚖妖，果然向正路迎来。见了假唐僧、行者，蚖妖认得，说道：“这来的就是唐僧师徒两个。”蝮、蝎妖假变了寺僧，上前迎着道：“二位师父可是灵山取经回来的？”假唐僧故意答道：“正是，正是！”妖精道：“我乃是镇海寺长老差来远接圣僧的小和尚。我长老向年多蒙圣僧老爷除妖灭怪，保全了本寺僧人。闻得人说，老爷们目下回来，差我们远来迎接老爷。经担在那里，把与这后生挑了。我等引路，抄近路到寺。我长老已备下斋供，等候了几日也。”假唐僧道：“我们经担在后，因风雪行慢。”妖精道：“须是等了来，与后生挑着，省老爷高徒之力，也见我长老远接之意。”假唐僧道：“不必等候。料我先行，他们自然跟来。“妖怪依言，领着假唐僧抄小路儿走。

未曾走了一二里路，那灵虚子便袖中取出木鱼儿来，连敲了几下。那声响处，善信正人听了，清清亮亮，生出一点恭敬心来；若是妖邪一闻声响，即便消散，如东风解冻，烈日融冰。这妖精闻声远避，丢了二人，飞走到洞中。那蝮子妖说道：“取经的和尚利害，利害！怪道赤炎岭龟蛇老妖被他愚弄！我等神通也不小，怎么听了他那梆子声，就如轰雷聒耳，不觉的惊魂丧胆。”蝎妖道：“如今也休想引他到洞，只待寺僧迎接他来，待他们夜宿之时，那梆子不敲，和尚睡着，我等悄悄偷了他经担包柜来洞便了。”蚖妖道：“他若敲着梆子找到洞中，你我怕梆子，依旧要还他。”蝎妖道：“这事有我！他若知道找寻洞来，我自有毒气烟火喷起，料他不敢近洞。”按下众妖计较偷经不题。

且说三藏同徒弟冒雪前行，忽听得木鱼声响。三藏道：“悟空，是那里木鱼声？想是庵观寺院，或是善信人家。有斋，化一顿充饥。只恐是来时的镇海禅林了。”行者歇下经担，跳在半空，四下里一看，那里有个寺院？也没人家。乃下地来，向三藏道：“师父一时误听了。不是风生林内作响，定是樵子伐木声来，错听了作木鱼儿。这四处并没个人家、寺院。”三藏道：“真真古怪，分明是木鱼声响，想是我心意在诵念经咒，故此把往日情景生来。”行者道：“师父见的正是。”八戒道：“师父又说哑迷儿了！怎么今日的耳朵响声，说甚么往日的情景？”三藏道：“八戒，你那里知‘心念不空，涉诸影响’？”八戒道：“徒弟这时只知道用力气磨肩头挑经担，饥饿了化斋饭，尽着撑！甚么‘心念不空，涉诸影响’？其实不明白，没悟性。望师父老老实实、明明白白教导徒弟两句儿！后来若是遇着那磨牙吊嘴讲道谈禅的，徒弟也答应他两句儿，也见是师父门中出来的徒弟！”三藏道：“悟能，如今雪中要挑担子，赶程途，那里是讲道理，误工夫的！”八戒道：“师父空身赶马垛，徒弟费力挑经担，你便一面走一面说，徒弟一面挑一面听，却也散散心，不觉的劳苦。”三藏道：“徒弟！我若说着，你便听着，这便是你心念不空了！”八戒笑道：“还不明白，师父老实说罢！”三藏道：“徒弟！你挑着走，我有两句儿说与你听就是了。”八戒乃挑着经担，侧着耳朵，两只眼睛看着师父。只见三藏跟在马后，一面赶着，一面说道：

> 心念本虚灵，无声亦无臭。色相何有形，那里生孔窦？只为六情投，因缘相辐辏。目未见青山，已睹高峰秀。眼未视水流，已识洪源溜。六月冻寒冰，三冬炎火候。形影恍惚间，声音如左右。心念何尝空？真诚自不漏。

三藏说毕，八戒听了道：“师父，我也听见木鱼儿响也。”行者、沙僧笑道：“师父，这会子徒弟也分明听得几声木鱼儿响，料必风送远声，定是前后左右有庵观、寺院、人家。我们上前紧走一步！”

却说当时三藏们来时，过了比丘国外，走了几重高山峻岭，黑松林遇着妖精女子。背到镇海禅林，费了行者万千精力，平复了妖精，救济了寺僧性命，这寺中长老，无一个不感戴取经僧众，知道三藏们取经回来，逐日轮流差人远远打探消息。这日，两个沙弥出寺五六里探听，只闻得梆子响，乃说道："听得梆子声，却不是我寺中的梆子声音洪亮，多是取经圣僧来了！"两个沙弥笑欣欣迎上前来，却是比丘僧同灵虚子他两个敲木鱼吓妖精，见了沙弥，乃问道："小沙弥何处去的？莫不是迎接唐僧的么？"沙弥道："老爷！我两个正是来讨信息的。老爷若是取经回来的，请到我寺里去！"比丘僧道："我两个不是，乃过路的。那取经的僧人也在后面来了！"沙弥听了此信，急转到寺报与长老说："取经的老爷离寺不远！"长老听得，遂撞起钟来。各房僧众上殿问道："老师父，今日非朔望，不接上司官府，鸣钟何故？"长老道："往年取经的圣僧今日回来了。一则感他往日救济山门，灭了妖精女子；一则闻他取了灵山大藏真经。此经功德不可思议：大则见性明心，参禅悟道；小则济幽拔苦，释罪消灾。善男信女也当诵持，况我等出家人。经乃本领，安可不请求检阅。或是抄写，或是留贮，永为一寺之宝。汝等，一房须是派一个僧人，俱要香花、彩幡、鼓乐，到十里外路上迎接。"众僧听了，各各依从。一时就备了香幡鼓乐，齐齐出了寺门，望西大路来迎接唐僧。这正是：

若要佛法增隆盛，须是禅林敬众僧。

毕竟长老如何接待众唐僧师徒？且听下回分解。

第十六回

真经宝柜现金光　镇海寺僧遭毒蚕

话表镇海寺众僧香幡鼓乐，十里外迎接唐僧，远远望见三藏师徒从西走来。师父跟着马垛，徒弟挑着经担，道路奔驰，形容憔悴，不似往年体面。众僧便有几分炎凉怠慢。有的说："上国圣僧，当行跪接。"有的说："过往僧人，非僧录住持，只好拱手相迎。"

你长我短，正参差不前，不防灵虚子敲木鱼吓走了妖精，也随路跟着三藏师徒，在那十里远山，见众僧纷纷计议，乃察探得知情由，便想道："这众僧傲慢至此！古语说的好：'轩车清尘，则人让路；毁冠囚首，则人不让席。'据他们说，若是唐僧做个体面势头来，他便跪接拜迎；只如今见他师徒道路辛苦，似有狼狈行色，便情意懈怠。你便是不尊重唐僧师徒也罢了，难道佛爷真经到此，你一个释门弟子见了，不行拜跪迎接之礼？我如今怎么齐的这众僧敬恭之心？欲待要假变长老，教导他们跪接，既涉了虚幻，欲待要变些仪从，与唐僧装个威势，又非事体。我只动众僧一点敬畏的心罢。"乃隐身向前，向那经担上吹了一口气，只见那柜上金光万道，直冲在空中，现出一位金甲神人。怎生威仪：

金盔金甲亮空空，赤服朱缨辉日光。脚踏花靴龙嵌口，腰悬宝带玉雕妆。
真经到处神威护，宝杵旋时孽怪降。吓得众僧忙顿首，南无护法圣神王。

众僧一见了经柜上放出金光，空中现出神人，他齐齐跪拜在地，道：“镇海寺众僧禀上大唐圣僧老爷：僧等奉住持长老差来远接。”鼓乐响动。三藏慰劳，僧众各人凛凛排班导引。离寺一里多路，只见长老同着两个小沙弥，也执着炉香迎候。三藏师徒到得山门，众僧齐把经担抬入正殿当中供着。长老、众僧过来一班班先拜了真经，次后与唐僧师徒叙礼。长老便开口问道：“圣僧老师，向年从此上灵山，如何今日方回？”三藏便把路远遇怪，费了工夫，略说几句，却问道：“我弟子当年过此，上刹甚是荒凉，如今盖造的这等整齐。向日有几位喇嘛僧人，今日都不见；便是众位师父，俱堂堂闲雅，不似往年体貌。香幡鼓乐，件件皆精。想都是老师父功德。”长老欠身答道：“老师父当年到此时，小僧尚居闲散众中；这寺荒凉，皆因这山中多有妖邪、强寇，被他们作践倾颓。自从老师父高徒降妖捉怪，扫灭了强寇，把地方宁静了，远近施主发心盖造，招集各房众僧。蒙本郡官府说我弟子功行优长，立我做个住持，总理寺事。日前有两位行脚游方僧道过此，说曾往西山来，遇见老师父们取了真经回国，计日到此。所以弟子思念往年老师父功德，率众迎候。真是山门有幸！复蒙老师父大驾光临，得遇真经宝藏，使弟子们见闻，永为僧家传诵。”当下齐备斋供，敬奉三藏师徒。一面普请十方善男信女，修建道场，尊三藏为首座。老和尚便要拆开经柜包担，请出真经与众僧持念，又叫能书写的僧人，备了纸张誊写。三藏欣然从允。只见行者对三藏道：“师父，我等上灵山求取真经，原非依路与僧人诵念的。国度众多，道途遥远，寺院无限。若到一处，诵念拆开一番，可不费了工夫，延挨时日？况且妖魔觊觎宝卷，僧众仰慕真经，万一拆封散失毁坏了，是谁之过？依弟子之意，只当使寺僧香花供养，依长老建一日道场，赶我们路程，莫要拆封抄写诵念为上！”八戒道：“师兄，你只是多心。长老要抄写课诵，普请十方善信，方才做道场。我们不但有几日饱斋，便是衬斋钱钞也多得几贯，补补这身上破袄。古语说的：‘在家闲是闲。’”沙僧道：“二师兄，你只想要吃斋，又动了钱钞利心，那里是出家人的意念？”八戒道：“千里求官只为嘴。我们万里求经只为斋。”三藏道：“徒弟休乱讲！悟空也说的是。”乃向长老说：“我弟子有一句话与老师说：我等取经年久，道路远长，一则怕延挨时日，一则经文上有如来印封，不敢轻易开拆；就是启建道场庆贺真经，也不消得。况我弟子功行浅薄，怎敢便居首座？”长老道：“众僧有缘，恭逢至宝。从来闻得真经到处，人天利益，灾害不侵，岂敢亵慢？启建道场，不但本寺僧众一点恭敬之心，亦是众善信发心布施瞻仰。老师父中华圣僧，道德高重，灵山会上亲见如来，传与真经，若肯俯从尊居首座，开导愚迷，无量功德。”三藏力辞。那长老再三苦请，三藏只得依从。启建道场不题。

且说离寺十里多路有一庵，名“如意庵”。庵中有一僧，叫做脱凡和尚。这和尚蓄积饶多，享用丰厚，家下养着几个徒弟、道人，专一只迎奉富室户饮酒游乐。只见他一个出家人，做的是俗家事，便招出一宗大孽怪事。庵后邻着一山，山中一个多年狐狸，能识人性，变化多般。一日，脱凡和尚同富家子游到山中，只见一个妇人在那山树下，啼啼哭哭。富家子见了，问道：“娘子何人宅眷？在这空山啼哭为何？”妇人答道：“妾，山后良家妇也。无夫无子，又没娘家，无人养赡，饥饿难存。欲跟随他人，又恐失了妇节，故此在此空山，欲寻个自尽。”富家子听了道：“娘子，听你说来，也是个节义的了，何不剃了青丝细发，出家做一个尼姑，投入庵门，自有善信人家供奉你，何必寻死，可惜了残生！”妇人道：“好便好，我那里去投奔庵门？”富家子乃向脱凡和尚耳边“如此如此”，脱凡听了，便说：“女善人若是肯出家，便是我庵中也容留得你。”妇人道：“长老师父，你是个男僧，我是个妇女，怎么同住得一庵？”脱凡道：“我也无妨。我庵中左右前后闲房空屋尽多，便是隔开了一宅，分为两院，有何不可？”富家子你一言我一语，齐声劝好。这妇人遂止了啼哭，向众人拜了，又向脱凡深深拜了两拜，道：“多谢师父美意！”众人一齐笑欣欣，叫：“娘子果是真心，可跟我们到庵来！”那妖精扭扭捏捏，随着众人走入庵来。这富家子原携得有酒肴，摆在庵中，叫妇人坐饮，同叙到夜。脱凡收拾了一个空房，铺了床帐，把妇人安住在里。众人说：“今日权且安下，另日待我等与娘子披剃，再寻一两个女伴，与你同住。一应用度，众家自供给与你。”妇人谢了一谢，这富家子去了。脱凡虽有邪心，却于始初意还有待。这正是：

为人凡事依天理，怪孽何由作出来。奸狡一萌因即种，祸灾从此发根荄。

话说比丘到彼僧与灵虚子敲木鱼逼走蚖蛇蝎蝮众妖，叫灵虚子远远去照顾三藏们经担，他却执着木鱼，直敲到那妖精洞前。众妖不敢入洞，远避到如意庵的后山来，却遇狐狸变了妇人住在庵中，他的洞内空闲，这众妖存身在里。蝎妖计较说：“我等被唐僧们的梆子声逼，白日料难得他经卷，不如黑夜待唐僧与寺众安息了，去偷他的来。那时他必没处寻我！”众妖计议已定。

却说三藏被长老要拆开经担，叫行者开担。行者不肯，说道：“师父，要开徒弟的经担，除非是再上灵山，请下如来的封皮，方才开得！”三藏见行者不肯，乃动了个愠色，道：“悟空，你为何违拗我师父，不肯，说‘除非请如来封皮’？”行者道：“弟子有说。”三藏道：“你有何说？”行者便说道：

我师请静听，徒弟说原因。自从离花果，礼佛拜观音。皈依投正觉，跟我老师真。十万八千里，经来十四春。沿途除怪孽，受尽万千辛。到得灵山境，瞻仰大慈仁。感谢如来佛，怜念取经人。赐与真经藏，名为三宝珍。封皮密且固，恐遭风雨淋。我师当谨慎，保护到唐君。若还开动担，诵念与抄誊。轻则涂磨字，大则被灭尘。若还遇妖怪，水火或来侵。又要费徒弟，这场机变心。我师若不听，再去到雷音。

三藏听得，说："便不消动悟空的经担，把悟能的经担拆开了罢。"八戒道："也拆不得！"三藏道："你的担子如何拆不得？"八戒道："要拆徒弟的经卷，除非回到东土，进了国门，原封交与师父。那时节凭师父开拆，方见徒弟勤劳，有始有终！"三藏见八戒也不肯，心性越发急躁起来，说："悟空不开动，便有许多说；你也有说么？"八戒道："徒弟也有说。"乃说道：

徒弟也有说，说与我师知。想昔遭贬日，菩萨度脱时。将功折罪过，叫我拜恩师。保护灵山上，求经拜阿弥。蒙垂方便惠，不惜度群迷。钉钯收贮库，宝卷上封皮。金口曾分付，莫要少差池。徒弟怀兢业，挑来好护持。肩皮压肿了，不敢略愁眉。熬着头痛，忍着肚内饥。程途日夜赶，劳苦自家知。行津宁几里，就要拆包儿。万一有差失，大家没意思。长老陪不起，徒众没家私。我师须忖度，莫教后悔迟。

三藏听了，说："悟能，你既有说不肯，便把悟净的经担拆开，好歹请出几卷经文，与长老课诵誊写罢！"沙僧道："师父，我徒弟的担子越发动不得！要动徒弟的担子，除非挑回到中华，交上唐王。那时迎送到个寺院里，但凭师父开拆！"

三藏见三个徒弟齐不肯，反倒笑将起来，向长老说："老师父，我弟子到也愿开经担，取出经文与老师、众位誊抄课诵，争奈小徒齐说不便。他俱不肯，教我也难强他！"长老道："老师做了主，徒弟怎敢违？比如我和尚专要做一宗事，这众僧怎敢违拗？"三藏道："这却不同。老师为一寺住持，主张法度由你。我小僧虽然请得经来，却要远路由徒弟们出力担荷。万千程途，也要靠他经心照管。"长老道："高徒挑的，便不敢强他开动。那马驮的两柜，乃是老师押的，这柜内经文，却求开动几卷，料诵写后原封交还，师父必然见允！”三藏被长老苦求不过，便要开动马驮的经柜，说：“徒弟们，真经原也是如来慈悲，济度众生，便是开了与众僧抄写在寺，永远看诵，也是个顺便功德。”行者道：“师父，非是徒弟执拗，开柜有几宗不便。”三藏道：“那几宗不便？”行者道：“途远，我们要赶程。抄写捱日费工，磨弄了字迹，拆动了原封，都是小事；还有一宗大事：万一众手众丢，你携一卷，我取一卷，失落了，如之奈何？”长老听得，道：“小师父莫要多心。都在我老和尚身上，多不过十日，少不过五日，我叫众僧一面做道场，诵的诵，一面抄的抄。放心，放心，管你不得差失！”

行者只是不肯。那长老便动了嗔了，说道：“你这小和尚到底是个怪物脸，惫懒心！你师父既肯做情，偏你执拗？”叫众僧：“齐上来，把经柜拆开！莫要依他这割气脸的主意！”八戒道：“老师，你骂我师兄是怪物脸，却又改口骂甚么割气脸！那里一个和尚两个脸？我们在此，也不肯与你开经担。”长老道：“你若不肯，便是个死尸脸！”沙僧道：“老师，便是小和尚也不肯。”长老道：“越发是个晦气脸！”八戒道：“老师，你难道没个脸？”长老道：“你便说，我是甚么脸？”八戒道：“你必定要我们开柜，那个腆颜赧色，我说你是个肮脏龌龊脸！”长老、众僧怪八戒开口不善，便挥众抢柜开拆。行者三人压伏在柜子上，那里肯与众僧抢？无奈僧多，他三个势寡，夺众不过，将有夺去之态。恼了行者机变心生，身上拔下许多毛来，变了无数大毒蜂，把众僧光头上三个五个的乱咬乱叮。众僧自顾不暇，那里再敢抢柜？那长老见了，也只道是神力不容，忙向殿上圣像前祷祝，说道：“弟子请经抄诵，原是为教广传方便。便是唐僧师徒不肯也罢。一时叫众抢夺，是我弟子之过也！”祝罢，便叫：“众僧莫要争抢，神力不容！飞来这阵毒蜂相护。”那众僧也不肯，长老叫住，他各人咬的头面疼痛，飞往外走。行者乃收了法，那毒蜂一时不见了。长老只得叫众僧设坛场做法事，再不敢开口说要开经柜。这众僧见行者有些神通，也不敢轻慢了大唐僧，齐齐的敲钟打鼓，凛凛的礼佛焚香。只见那：

长老端然首座，知磬举念齐声。表白敷宣意旨，阇黎率众开经。知客接宾款待，沙弥剪烛明灯。只有监斋执厨司馔，满身作料香馨。

话说三藏师徒被长老留住在寺，设醮庆贺真经，只得暂住几日，待道场元满方行。

毕竟后来何如？且听下回分解。

第十七回

盗真经机内生机　迷众僧怪中遇怪

念善胜烧香，心劳徒作伪。肆毒要伤人，人岂无反噬？
嗟哉一微禽，灵山尚有智。世事尽皆因，好还原无二。
人无害虎心，虎无伤人意。种瓜原得瓜，但培方寸地。

话说孙行者动了机变心，恼那众僧抢夺经担，他见寡不敌众，拔下许多毛来，变了无数毒蜂，把众僧叮的摸头徕嘴，飞走躲去。这种根因，就动了那蚖蛇蝮蝎一派毒心。这众妖在狐狸洞内计较道：“经卷本与我等无甚紧要，但因弟兄家一时被挑经担的和尚耍弄到此，古语说的好：‘一不做，二不休。’我等神通本事，岂不能奈何这起取经的和尚？如今闻得他们安住在镇海寺中，修建道场，他那经文必然开了包柜。我等到彼，可取则取；不可取乘空偷盗他两三柜包，只教他四分五落，不得个全经返国。”众妖在议计上。

却说三藏与长老、众僧依科行教，方才做了一昼夜道场，这晚大众吃斋毕，各自安息了。有三藏师徒，行功静坐。那长老心肠只是要开经柜，想起毒蜂多是行者变化，见他师徒歇息了，乃与众僧计较道：“我原为要开唐僧经担，所以远接。如今经担现放在我堂中，错过机会，诚为可惜。”众僧道：“昨日已被我们抢到手中，吃了毒蜂亏，螫了头面，想是神理不容。如今想他也没用。”长老道：“我想起来，我等要开经担，也是敬重三宝，又非邪魔外道，如何神理便不容？同是佛门弟子，他们既取得，我们也看得。这都是那孙行者弄的法术！如今不如乘他睡了，大家偷了柜担，抬去僻净庵庙，拆开包封，任意抄写。事毕还他，料唐僧也不怪。”众僧道：“倘或他徒弟找寻着了，如何处？”长老道：“纵然找着了，也得三五日，已是写了一半，经已入手，由得我们，怕他怎的？”众人计较已定。

不防这晚正是那妩蛇蝮蝎等妖变做人形来寺内偷经。妖精各逞着毒气烟火，到得寺门，走入殿来，先喷毒气，指望要毒在殿的僧众，不匡殿上炉香冲出，把些毒气冲散。那妖精不敢入殿，在殿门外偷看，只见殿中供着经柜包担，那包担上毫光灿灿，众妖那里敢入殿来？

恰遇着众僧悄悄入殿，把经柜移出，这妖精上前一口毒气，把众僧毒倒。你看他喜喜欢欢，齐来抬柜，那里知真经自有神气，便有千万斤重，那里抬得动。妖精着忙，却听见众僧虽着了毒倒在阶下，口里尚能说话。内中一僧说：“长老叫我等偷了经担，远送庵庙。想如意庵脱凡长老处房屋且多，又是僻静，极是方便。怎么经担未偷，先遭迷倒？多是神力不肯。日间既是毒蜂护下，夜里又被气焰冲倒，身体不知可挣挫的起来？万一唐僧师徒起早看见，如之奈何？”一个道：“待我挣起来，抬送入殿上，莫要惹他罢！”妖精听了，乃计较道：“原来经担他僧人便扛的动，我们不如借他力量扛去，况且他要搬到如意庵去，正是我们近洞之处，莫便如此。”众妖乃假变了几个僧徒，把众僧毒气解了。只见众僧爬将起来，要扛担包入殿。妖精忙说道：“经柜已抬出殿门，再复送入，若唐僧师徒惊觉，反为不便。不如远送到如意庵去，乃为上策。”众僧依言，把经担扛抬，从小路前来。妖精却留下蝎小妖，防着唐僧师徒来赶。

却说孙行者虽在殿后斋堂同众打坐，他的机变心肠那里长久耐烦，时常觉察。见炉香烟直冲出殿，他便起身走出殿来，早不见了经柜担包。急忙叫醒八戒、沙僧说：“经担何处去了？”八戒梦梦挣挣说：“叫我吃斋么？是饭，是馍馍？”行者道：“呆子，梦里只想吃斋。经担被僧家偷了去也！”八戒慌的叫醒三藏。三藏正在静中醒来，听得失落经柜，慌忙叫唤，请出长老问道：“老师父，你此处有甚贼人或是妖怪，把我经文偷去。你那里知这经文阿：

自从一别唐朝地，万苦千辛见世尊。休题途路十万里，莫言岁月十余春。只说灾难遭九九，妖精到处会伤人。多亏神力匡扶救，赖得吾徒把命存。上了灵山朝佛祖，真经救取感慈恩。到得宝方投上刹，何人偷去殿堂门。望发慈悲还弟子，万载千年颁善根。”

三藏说一句哭一句，行者道：“师父莫要哭。多管是长老、众僧叫做明取不如暗偷。好好交还便罢，莫是推三托四，老孙说不得复往灵山，讨了金箍棒来，凭你甚么住持方丈，打个干净！”长老道：“小师父，你休性急。天明亮了，各房去搜看，有谁偷你的？我住持专司僧录，怎肯饶他！”八戒道：“待到天明，经担送到九霄云外去了！”行者道：“师弟，我们只得各僧房去搜寻。”三藏道：“徒弟，寺院广大，僧房又多，怎么搜寻得着？况有心弄无心，他定然藏在密室幽居，叫我们何处寻觅？”行者道：“师父放心，徒弟自有机变。”八戒笑道：“猴儿真也撮空，行动说有机变，把个经担失落不见，机变也无用了。”行者道：“呆子休要饶舌！你寻你的经担，我找我的担包，师父寻师父的马垛，沙僧搜他的担子。料在众僧房，不宜迟延，以防拆动包裹。”三藏悲悲啼啼道：“徒弟啊，众僧房此时各关门闭户，怎能家家去寻？”三藏说了此话，那长老即便暗着人传谕众僧房：家家把门关闭不开。行者走了一家，搜寻不出，自觉费力，便拔下毫毛，化作无数猴子，叫道：“师父，师弟，你不须去搜了。待我往僧房寻着我经担，则众担自在也。”好行者，他的变化真能！一时百千猴子把些僧房敲门打户；不开的，从天井窗槅乱钻下来。一家三个五个，搜的这众和尚徒子徒孙钱钞也藏不及，米粮也收不成，好衣好服都替他乱丢乱弃。急的众僧也有报怨长老的，说：“取经的师徒原惹不得！往年闻知他师徒降妖捉怪，把我这寺作兴起来，今日长老不知报恩，反要苦苦拆他的经担。神力使然，日间毒蜂拥护，夜里又是猴子搜寻，我们家不安了。不如老实说出，叫他到如意庵去挑罢！”有的说：“神僧有本事千乡万里到灵山取得经来，他岂没本事保得经去？”及到天明，你家说“被猴子三五个吵闹了半夜，翻盏弄碗，不得安卧”。我家说“被猴狲六七个搅扰到天明，开箱盗笼，没有停留”！

却说行者变化法身，众僧房搜寻，那里有个经担？乃向三藏道：“师父且安心坐在寺内，待徒弟把往年找妖精的手段，上天下地，也定要寻出头项。”又向长老道：“老师父，你也难推却。经文分明是你要抄誊，日间尚且叫众僧抢夺，况夜晚间，岂有不设法偷盗？我去找寻着便罢，若是找寻不着，必要在你老师父身上取讨！”行者说罢，叫沙僧、八戒看守着师父，他一个斤斗，顷刻不见。长老与众僧见了道：“爷爷呀，原来是个腾云驾雾的。这夜晚众猴，定是他神通化现。”按下不题。

且说脱凡和尚收拾了两间空屋，铺设了床帐、家伙，把个狐妖变的妇人，藏留在屋。那几个富家子每日置备酒肴，来此戏乐。众人拽了这妇人就座，说道：“娘子青年美丽，却把世情撇了向空门，要落发出家，真也可敬。我等已简择吉日，来与你披剃。只是如今尚在尘俗，不弃我等，同乐一回。”那里知这妖精往日变怪，专一迷人，遂欣然不辞，与众富家子正满酌玉斝，相酬共劝。忽然，那庵门外剥啄声传。这妖妇吃了一惊，向众人说：“门敲甚急，恐有乡村游客到来，我小妇在座不便。”随起身往僧房去躲。这脱凡与众人把手扯着妇人，口里叫沙弥，问敲门的是何人？沙弥走出殿外，看那敲门的，却是一个僧人同着一个道者，只得开了庵门。那僧道两个便向沙弥问道："庵主何在？"沙弥答道："我师在后园陪伴施主。"僧道坐下，脱凡只得出来，见了两个僧道，便问："二师父是何处来的，往何处去的，道号何称？"僧人答道："我弟子二人往东土游方，从灵山雷音寺来，法名'到彼'；这道友唤做'灵虚'。偶遇宝方，特来随喜。请问师父，宝庵何宅香火，道号何呼？"脱凡随把名号说出，便将在庵内富家子，指做香火施主，总是他遮盖游戏荤酒的形迹。那里知神僧他无故不到这庵来。他见了庵僧，便道："师父，看你宝庵清净，你举动庄严，怎么色相有些妖氛不正之气？出家人便是不断荤酒，却也不至如此！"脱凡听得，心头惊异，只得外面言辞，左支右吾。僧道见他支吾，乃说："师父，你自去陪施主，我两弟子且借经堂，课诵功果一时。"脱凡只得开了经堂。比丘僧与灵虚子捻动菩提数珠，敲起木鱼梆子。他两个在庵堂。正是：

入门瞻礼黄金相，上殿皈依大法王。

却说脱凡和尚安住了比丘僧两个在经堂，叫沙弥安排些斋饭与僧道吃，他却走入后园。但见众人正在把杯，却不见了妇人。乃问众人。齐说："女娘听得经堂木鱼声响，他进屋去，半晌未出来。"脱凡忙去寻看，那里有个妇人？众富家子各处去寻不见，大家只得散去。

却说蚖蛇等妖精变了众僧，浑把经担扛抬，从小路到山洞来。那众僧说："如意庵去！"妖精道："庵中不便，唐僧定然找来，不如这洞中隐藏，待唐僧寻取不着，去了，我等再移到庵中。"众僧说："洞中怎么安得经担？"齐齐不肯。这妖精便变出怪相，口吐毒烟，把众僧吓的飞走，懊悔说："空费一场心力，依旧替妖精偷了经担。"只得忍气吞声，各归僧舍。这妖精得了经担，搬移入洞。大家计较：要分的，要拆的，只等蝎妖到来，方才开动。不知狐妖变了妇人，在庵内指望迷弄富家子与脱凡和尚，未防比丘僧两个到庵，敲动木鱼功课，邪不胜正，木鱼声逼走了狐妖，仍归山洞。只见洞中这蚖蛇等妖据住在内。狐妖见了，问道："何处孽怪占住我的山洞？"蚖妖答道："我等均是山谷中生育出来的。谁是你的山洞？便是你的，我等已据住在内，你当别处存身，休想居此！"狐妖听得大怒道："孽怪，你有甚本事敢占我山洞？"蚖妖道："狐妖，你要问我本事，你且听我说：

生在山冈大树，蜥蜴是我洪名。任伊勇猛孟贲行，见我惊魂丧命。只因乾坤历久，神通果是狰狞。借伊山洞匿真经，休得前来争竞。"

狐妖听了怒道："原来是个蜥蜴。孽怪，你道勇士孟贲见了你变色而却步，他岂是怕你？只为徒手不曾防备，遇着你这个丑怪妖精，动了他憎嫌之心。若是我，一拳两脚，叫你魄散魂消。"蚖妖也怒气填胸，说："狐妖，你不过是假虎威而作势，事谄媚而迷人，有何本事，敢来夸口？"狐妖道："孽怪，你要问我本事，且听我说：

自小生来九尾，山中经历多年。神通变化实周全，四海五湖游遍。为恋富家子弟，庵中长老盘桓。借他精气欲成仙，不似你昆虫下贱。

狐妖与蚖怪争长竞短，两不相让，在这洞中吵闹，却不防蝎妖归来。他众妖合力，把狐妖一口毒焰喷倒。

毕竟后来如何？且听下回分解。

第十八回

喷真火逼走四妖　示蒲鞭法惩八戒

话表孙行者一个斤斗，要打到灵山重问佛祖，探看经文包担在何处。只因他拔毫毛变毒蜂螫众僧的根因，就还他个毒报，却遇着蝎妖在道路上四边施毒焰。行者一时斤斗打不去，被毒焰当他身上一燎，即时毫毛燎着。他急收了斤斗，把眼一看，却是近寺不远一个妖精吐的毒焰，恨那棒不在身，空拳又不中用，头面身体带了毒伤，忙在山前一个青草池塘打了一个滚，即时平复，笑道："好妖精，到也利害，把老孙几乎也捞倒。只是我老孙可是好惹的？想你弄火弄烟，定是偷经担的妖精，少不得树倒寻根，定要查出你这毒物的根脚。"行者一面说，一面找寻。却说蝎妖毒了行者，料他不敢找寻到洞来，他却回洞。只见洞内狐妖吵闹，他便帮助众妖，一口毒焰把狐妖喷的连头带脸似火燎的一般，疼肿难当，只得飞跑出洞。远远看见一个小和尚走来，他随变个妇人。只是被妖蝎毒焰燎伤了头面，变不去，却是一个残面妇人，将手遮着。他见这小和尚生的古怪，不似那脱凡模样，又吃了一惊道："世上怎有这一个小和尚：

不是头陀喇嘛僧，难将和尚上人称。闯黎班首无他份。长老沙弥又不应。

尖嘴缩腮猹耳朵，磕额毛头凹眼睛。那里像个禅和子，却似山中猴子精。”

狐妖把行者估了一番，只得走近前来道：“小师父那里去的？”行者答道：“女善人，我小和尚是找寻经卷担包的。”狐妖道：“师父，你是那里经担，来此找寻？”行者道：“我是灵山取来的。昨在镇海寺殿上，不知何人偷了去，故找寻到此。”狐妖正恨毒物伤他，又曾听蚖妖说“借他山洞，藏匿真经”。乃说道：“小师父，我曾听见人说，这山内有一起蚖蛇蝮蝎妖精，把你经担偷来，藏匿在内。只是这妖惫懒太毒。我因丈夫砍柴山中，送些茶饭他吃，不匡遇见此妖，被他喷了一口毒焰，把头面见个伤害。小师父若要到洞找寻，须是防他恶毒。”行者道：“不妨，不妨！我有医毒疮的药方，那青草池塘水好，女善人可去洗，就愈了！”行者心中暗忖道：“这妇女说甚么妖精藏匿经担，莫不就是毒我的妖气？这仇怎恕！况经担既有着落，且去叫八戒、沙僧来帮助挑担。”方要回寺，忽然听得木鱼声敲，便问那妇人说：“女善人，木鱼之声，想是附近有庵庙么？”狐妖也怪那僧道敲木鱼惊逼他不敢在庵，便顺口答道：“这是如意庵敲梆子也！是偷你经担的两个僧道在里面打开经包念经哩！”行者只听了一句“打开经包”，那里顾甚远近，撇了妇人往前走去，山凹里果见一座小庵。行者见那庵：

横倚山冈路，旁临松竹林。梅花开屋角，野鸟唤山阴。门掩一堂静，墙围四壁深。时闻香细细，风送梵王音。

行者见庵门闭掩，只听得念佛声音，便知有僧道在内。敲那庵门，见一个沙弥手捧着茶汤来开了门，便惊道：“师父那里来的？”行者道：“沙弥，你莫要问我来历，且说你捧着茶汤与何人吃的？”沙弥道：“捧与念佛师父吃的。”行者道：“便是你庵主师父么？”沙弥答道：“不是。我师父不在庵，是外方来的两位僧道哩！”行者说：“这两个师父可曾带许多经担到你庵来？”沙弥道：“不曾见甚么经担。”行者听了想道："那妇人既说洞妖，又说僧道，不足为信。如今若进堂去，又惹动僧道，误了找经工夫，且回寺叫了八戒、沙僧带了禅杖来寻毒妖，经担自有下落。"乃叫沙弥："且把茶汤借吃一盏！"沙弥看见行者生的古怪吓人，不敢违拒，随把茶汤奉上。行者吃了，也不进庵堂，一路回到寺中。

三藏见了，便问："经担找寻着下落了么！"行者答道："下落便是有了，只是徒弟不似往日有金箍棒在身，没奈何妖精，只得来叫八戒、沙僧帮助去寻。"八戒道："你没金箍棒，我也没九齿钯。你没本事，却又来叫我。我听寺僧说道被甚么妖精毒气伤了他，甚是报怨长老连累了他。"行者只听了这一句，便走近长老身边，一手扯着长老衣袖，一手就要抡拳，说："老和尚，原来是你要誊抄经卷，见我等不肯，故意勾引了妖精偷了经担。到何处去，快早说出，好好交还，免得我与你讲说！"长老慌了道："小师父，我原是好意留你师徒在此，便是要抄经文，也是善功，岂有勾引妖精之理？你此话从何来，是甚么妖精，也要说个明白！"行者道："我师弟听知得的。长老，你只把昨夜抬经的和尚叫出来，问他说个明白。"见见长老叫出一个被妖精毒焰喷伤的，道："离如意庵数里，山洞有几个妖精。他始初变了我寺僧，诈哄我等扛抬经担。到洞后，却变了怪相，把毒气喷出，我只得丢了经担回来。师父若要经担，须是速往洞中去取。"三藏听了，问道："长老与寺众要经，却是要抄写在寺，永远课诵，与山门僧众。不知那妖精要我们经文何用？"寺僧说："我等也闻知妖精说：当年唐老师父求取经时，被高徒剿灭了许多妖魔，如今是这些根因，要夺经复仇之意。"行者听了道："经担既有下落，师父在此守着。我与八戒、沙僧洞中寻经去也！"按下不题。

且说蚖妖等把寺僧毒了回寺，他们计较把经担打开封皮，取出经卷来，看是甚样经卷？他也不敢乱开，却才动马驮的柜子，把那封皮掀动，只见那柜子缝内金光万道射出，火焰直喷，把个妖精冲的站立不住，如烈火销膏。这妖精半个也存留不住，直逼出洞来。众妖精飞走离洞三五里，犹被金光真火把他那邪氛毒焰，消烁的无影无踪，尚敢来看甚经文。

却说那狐妖依着行者走到青草池塘，打了一滚，也把头面伤痕医好了。欲到庵来，又怕木鱼声响，欲回洞去，又恐众妖毒焰。正踌躇去向，只见那蚖妖们一个个丧魄消魂，失张失志，飞走前来。狐妖听得他真情，乃忖道："原来经文神异。他既不敢近，待我到洞，看是何等经文？待我报个信音与那小和尚，免叫他四处找寻。"狐妖只存了这点好心，便走回洞里，见柜担经包齐齐在洞，金光火焰却也不冲他。他看了柜上封皮脱落，忙粘将起来，急走出洞。远远见行者们执着禅杖走来，这狐妖依旧变个妇人，手里提着个篮儿，装做民间送饭之妇。行者见了道："女善人，你脸上毒伤好了？"妇人道："正是，多劳小师父说的药方治好。你经担找着了么？"行者答道："我们正来找寻。说洞中妖精利害，特寻我师弟来帮助灭妖。"妇人笑道："小师父，你到也夸口。那妖精毒焰喷人，你那里灭得？还是那经文神力，我知那精怪他离远去了，有几担经包见在洞中，快走去取！"行者听得就走，八戒掣出禅杖要打，行者忙止住道："师弟何发暴性？"八戒道："师兄，这分明是个妖精。"行者道："我岂不识？但他有指引好意，我等如何下得恶意？"沙僧道："二师兄，灵山为何缴了器械，与我们几条禅杖？正为戒你伤生。你如何又起恶心？"八戒口虽答应，心里却只是要打狐妖，临行看着那妇人道："好了，你去了。"瞅了那妇人几眼。这狐妖说："这和尚面貌丑恶，心地便凶。我到好心与他说经担下落，他却存不善心肠，且看他取了经担作何光景，再与他作个计较。"狐妖也不远去，远远跟着前来。见行者三人找寻着经担在洞，他把禅杖挑着六包，却丢下两柜马垛子。行者道："谁在此看守着？待我去牵了马来驮去。"八戒道："我在此看守罢。"行者依言，先与沙僧挑了四包到寺。三藏见了，便问八戒与柜垛。行者把八戒看守话说了，便去牵马，叫沙僧伴着师父。三藏方才放心。那寺中长老愈加好款待，把道场散了。三藏只等经担完全起身。

却说狐妖正恨八戒要打他，恰好远远跟着，看见行者、沙僧两个先挑了去，洞中只丢下八戒。他却复了原身，悄地到洞来，看八戒何为。只听得八戒口里说道："分明那妇人是个妖怪，留他在这山间迷人作甚。不依我把禅杖打死了他，却放了他去！"又说道："这两个担担包去牵马来驮柜，这许久不来，叫我一个冷清清坐在此洞内。"狐妖听了道："原来那两个去牵马，待我前去探看甚么马，且假变来哄了他经柜去，叫这丑恶和尚吃那两个打骂他一顿，以还他要打我之心。"狐妖随出到洞外，照路走来，果见行者赶着一匹马来。他仍变妇人，故意问道："小师父，你挑了经担去，又赶匹马来作甚？"行者道："尚有两个柜垛未曾驮去。"狐妖道："方才一个长嘴大耳的长老，挑着两担包，顾觅了两个村人，扛抬着两个柜垛，从旁小路去了。说是经担，小师父不消又去。"行者道："此话可真？"妇人道："我三番五次指引小师父，何尝欺你！"行者被他哄的信了，乃赶回马到寺。这妖狐仔细端详，看那马：

壮体莹然白玉，昂头拖着青鬃。四足宛如铁锯，一声咶耳嘶风。

狐妖看了那马皮毛色相，他却摇身一变，宛然无二，飞奔到八戒洞来。八戒见了道："弼马瘟何处去了，却把马走了缰到此。我那里等他来，且把经柜与马垛着，我挑去担包回寺。"乃把柜垛放在马身，挑了经担，直走旁路前来。狐妖驮了经柜，走不止二三里路，见一个山冈岔道，他越山飞走去了。比及八戒歇下担子，上冈来寻，那里有个马垛？一面急躁起来，一面咒骂行者，只得挑着担子，走到寺来。行者便问道："我已赶马来驮垛子，你却又顾觅人抬，如今柜担在何处？"八戒道："何处！何处！你不跟马，却走了缰到洞来。已把柜担与他驮来，谁知他又走了缰跑去，料必驮来！”三藏听了，恨了一声道：“我做师父的，从来不以法度加你，今日见你做事颠倒，失落了经柜，且着悟空把禅杖打你十杖。”八戒道：“大师兄不牵马来驮经，到不打他。却叫徒弟一个挑着担，又跟着马，如何行得？”三藏骂道：“夯货，你看马尚在槽间，你顾觅村人，多是僧房一党拐了经去，却来诳言是马。”

八戒走向槽间，果见马尚在槽，把脚一跺道：“罢了！罢了！此必是妖精诈去了。我当初要把那妇人打顿禅杖，都是行者不肯。今日定是那妖精诈骗去。”行者听得，便把禅杖指定八戒道：“我奉师命，虽不以杖打你，却以蒲草示辱。为此以杖指你，便似打你之意。你自知么？”八戒答道：“我知也。你机变心生，种种怪生。我打妖心动，便好还这种孽怪。少不得要找寻经柜出来，把这妖精不饶他，定打他几百禅杖！”三藏听得，说：“夯货！你尚怀此心，只恐那怪风闻，越隐藏去远。”沙僧道：“师父且放心，都在二师兄身上，问他要经担。”八戒道：“我也难推却，只得山前山后去找。”八戒说罢，卸下经担，禅杖拿在手中，竟奔山路来找。

毕竟八戒可找寻得着？且听下回分解。

第十九回

比丘僧指引经柜　唐三藏行遇樵歌

却说比丘僧与灵虚子在庵堂住下，探听唐僧与寺僧建宝经道场，他两个安心歇在庵中。见这脱凡和尚面带愁容不快之色，乃问道：“庵主，你有何事关心，面有不乐？”脱凡道：“实不瞒二位道友，小庵靠的是几个富家施主，来此赏梅玩景，近见二位道友在堂中焚香课诵，他多不便，故此不来，嗔怪小僧留二位道友在此。小僧衣食靠他，故此不快。若是二位他方随喜，莫使小僧失了施主，乃莫大方便。”比丘僧听了，笑道：“庵主，你话到也老实。只是我初进你宝庵，见你面上有些妖气，如今却消去。但见愁容，乃是忧贫之心。出家人莫要忧贫，自有伽蓝打供。若是容留赏玩，图施主资财，虽快一时，终成罪业。”脱凡那里是为施主不来赏梅，乃是为那妇人被木鱼声逼走去，不见形踪，心思忧闷。比丘僧见庵主如此，乃与灵虚子辞了脱凡，正才出庵门，却遇八戒找寻经柜。他两个见了八戒，问道：“师兄何处来的？”八戒没好没气的说：“找经柜的。借问二位，可曾看见一匹马驮着两个经柜么？”比丘僧答道：“我们不曾见有甚经柜。请问师兄，是那里马驮经柜？”八戒只得把始末说了一番。比丘僧故意说：“师兄！都是你自不小心，只山路多歧，你须耐心去找。我二人也分头与你寻去，若是寻着，叫你师父们顺路赶程，莫要久住寺间，耽搁道路。”八戒依言，转山弯又去找寻。比丘僧乃向灵虚子道：“师兄，我们只因岔路，住此庵中。据猪八戒方才说话，多是妖魔诈去，作何计较找寻？”灵虚子答道：“此事只在山前山后，料妖魔离山不远，待腾空四望，自知下落。”灵虚子说罢摇身一变，却变了一只白鹤，展翅飞入半空，但见：

六膈蹁跹舞半空，一颗珠顶献丹经。颉颃岂是凡间鸟，长唳凌霄任御风。

灵虚子变了白鹤飞在空中，左顾右眄，只见一匹马驮着两个经柜，在那山后僻静处歇下，就地打一滚，变了一个妇人，丢着柜子，竟扭扭捏捏飞往如意庵中来。灵虚子随飞下复了原身，向比丘僧说：“经柜已有着落，但不知是何妖怪变了马，驮到山后僻静处放下，他却变了一个妇女投奔庵中。我想庵僧面带妖气，那里是忧愁施主不来？定是这妖作怪，畏我们木鱼声，他不敢来庵。我等离了庵门，这妖便飞奔到庵。如今真经既未失落，当叫八戒去寺中牵马来驮。”比丘僧听了道：“原来是这个情由，多是唐僧师徒又动了邪念，以致如此。我等不必说知，且看这妖妇作何情景。将此经柜，就着他送上大路，以节省唐僧心力。”灵虚子依言道：“师兄，你去报与唐僧知道，说‘经柜在东行大路’，待我听看妖精怎生入庵迷那庵主长老？”

比丘僧变做老僧模样赶上八戒，道：“小师父，你可是找经柜的？”八戒听得，忙答应：“找经柜的。”老僧说：“前边大路上有两个柜子。”八戒听了就要回转身来，老僧忙扯着道：“小师父，你不必又转去看。老和尚岂有打诳语欺瞒你？你当去寺牵了马，同众顺路取道，却省了工夫力气。”八戒道：“老师父，我平生老实，便听信你了”老僧笑道：“好，老实，老实！”按下八戒回寺报知唐僧。

且说狐妖变了妇人入庵，仍在那空屋中坐下。脱凡和尚见妇人复来，喜不自胜，便问道："女善人，你往何处，把几位好施主没兴趣，都散了。便是我也思想了这两夜！"妖妇道："实不瞒师父说，我等在此饮酒，遇着那两位僧道来，见了我们不是嫌厌，便是嗔怪，传出外去，是你的行止不端，故此避去。只待他出了庵门，我方敢到此。又有一宗好事：我在山后遇着一匹马驮着两柜经卷，那马想是走了缰到山后，把柜子丢下去了。我听说是灵山下来的真经，镇海寺长老要誊写他的，千方百计求他，那唐僧师徒只是不肯。师父，你速去取来，也是一宗珍宝。"脱凡听了说："正好，正好！我有一件心事，正得罪寺中住持长老，如今着人扛抬到庵送与长老，乃是将功折罪！"

和尚与妖妇计较，却不防灵虚子变了个老鼠儿，钻入屋檐听得，随出庵门变了一个住持的长老，走进庵来。

脱凡见了合掌迎接道："小和尚不知住持老爷到来，不曾远接，得罪之中又得罪！"住持道："我非为别事到你庵中，只为东土取经唐僧师徒不肯把经文拆封与我抄录，灭我山门，藐我长老，昨令众僧取得他两柜包在山后，僧力绵弱，不得扛得到你庵中。我又想扛到庵中，只恐唐僧知觉来取。离此大路二十里，有座'吉祥古刹'，意欲借你沙弥、道人扛送到那里，待唐僧去后，取来抄誊不迟！"脱凡听得，满口答应，随叫沙弥、道人去扛抬经柜，照大路走来。灵虚子故意辞了庵僧出门，跟着柜担前行。只见比丘僧走将来，二人各把前情说出。灵虚子道："经柜便诈将来，虽不负了保护之意，只是以诈遇诈，恐招人之诈，这也是没奈何！"

正说间，只见唐僧师徒挑着经担，辞别了镇海寺僧人前来。见了经柜，三藏一面喜，一面谢那沙弥、道人。沙弥与道人那里肯把柜子与三藏，乃回头，又不见了住持长老。三藏再三把备细说知，那沙弥、道人只是不肯，说："我们奉庵主长老叫抬到'吉祥古刹'，你如何要夺我们担子？必定要去，也等住持长老自过。"行者道："住持长老在何处？"道人说："方才押着我们柜子，与一个老师父计较话。怎么不见？”行者见他执拗，乃吹一口气在经柜上，二人那里扛抬得起。八戒又掣下禅杖要打。那沙弥慌惧，只得丢了杠子走去。三藏方才叫：“徒弟们，把经柜与马驮了，照路前行。”师徒们在路，正值春光明媚，品物鲜妍，虽然外国风景，却也与中国一般。正是：

桃红柳绿妆春艳，水色山光畅客怀。

却说沙弥与道人丢了经柜，明明看见唐僧师徒挑着担包，驮着柜子前去。他回到庵中，备细说与脱凡。这和尚心下生疑，只见妖狐笑道：“是了，是了。取经的唐僧又弄了法术去了。事虽小节，只可恨那长嘴大耳和尚要抡禅杖，那猴子脸小和尚也会生毒心。我如今辞别师父赶到前途，有两个结拜的哥哥，好歹叫他算计了他的经担。”脱凡道：“女娘，这事也无关于你。你既要择日披剃，在我庵中出家，这烦恼障碍丢开了罢。你便要辞别前去，这富家施主也不肯放你去。”妇人只是气昂昂要去。脱凡一把手来扯着他，道：“女善人，你若去了，叫我又要害相思！”只这一句话，惹动了那狐妖疑心，不觉的疑处难藏假，把个变幻露了，妇人仍复了一个狐狸。脱凡见了，吓的往门外飞走，叫道人：“呀，原来青天白日狐狸作怪！”道人忙拿了一根棍棒来时，那狐妖从屋檐窜去。这和尚方才信来庵的僧道，说他面有妖气，遂乃持斋洗心，不复再动邪念。好笑：

脱凡未脱凡间欲，过后方知洗却心。长老若能依本分，妖魔何事敢来侵？

话说三藏师徒们离了镇海禅林，不觉的又走了一月多路。正是有话即长，无话即短。忽见一座高山在前，三藏乃叫道：“徒弟们！你看那：

接天高耸峰峦，真是留云遏汉。拦路崎岖冈岭，须知阻鹰停车！”

三藏心里焦愁，说道："徒弟们，是那一个上前探个路境。却是从岭上过去，或是下边还有条平坦路儿前走？"行者道："师父，你当年从天上飞过来的？必须是从山间过来，怎么走过的路头都忘记了？"三藏道："悟空！你那里知道，我们当初来时，是山前看的，乃那边形势，及过了山往前直走，又何尝回头望景？"八戒道："师父，你为何过这山来不回头一看？"三藏道："悟能，我那时节只恐是遇着妖魔，得了性命往前飞奔，还有甚心情回头看路？"行者道："师父放心前行，料必有过山的路径。"三藏道："徒弟，我不愁无路径，但虑这等险峻去处，不是藏隐强人，便是容留妖怪。"行者道："当年来时便是有几个妖魔作怪，也都被徒弟们消除了，放心前走，莫要生疑。俗语说的好：'疑心生暗鬼。'"师徒正讲，忽然见旁路走出一个老叟来。三藏看那老叟白发萧萧，形容枯槁，手执着竹杖，一步一步缓缓徐行。三藏便问道："老尊长，我僧家是回东土去的，借问你个路径：是过那高岭走，还是下边有平坦小路？"老叟答道："老师父，到是你问我老拙一声。东土大路原是下边有一条开阔平坦大道，只因近日有几个妖魔专一吃人，往来行商客旅，若是单身没有行李的，都从岭上崎岖险峻攀藤附葛过去，到都免了那妖魔祸害；若是有些行李货物的，看造化舍着个后生汉子与他吃，便保全过去了。若是师父们这些柜担货物，怎过得峻岭？须要从大路走，免不得要把一位与他吃。却又有些古怪：这妖精却要拣嫩的、标致的吃，若是丑恶粗糙，他又不吃。若遇列位，只恐老师父有所不免。"三藏听了跌足道："这却如何处置？"行者笑道："师父，你莫性急。徒弟有个道理：把经担包柜待徒弟们挑，从大路走；师父往岭上空身过去，到前途会齐。"三藏道："马垛却叫谁跟？"行者道："待徒弟们轮流照顾罢！"三藏道："你们只顾的自己担子，万一照顾不周失去了，怎生回得东土？"行者把眉头一皱，计上心来道："师父，我徒弟到此，不得不用机变心了。如今把挑的担子卸下禅杖来，待徒弟们拿着先把马垛与师父送过大路，却再回转取我们挑的经担，凭那妖魔有甚神通，料徒弟降的下。”三藏道：“我与马垛便过去了，这担包却与谁照顾？”行者道：“借重八戒照顾照顾。”八戒摇着头拱着嘴道：“你们过去，叫我一个在此，若妖魔来，担包抢去不打紧，万一看上了我这标致一口吞下，若是囫囵吞还好，倘细嚼嚼的，怎当得起。”行者道：“不然，你便送师父过山，待我在此照顾。”八戒道：“又不好。万一妖魔手段强，我敌他不过，那时不吃老师父，要吃小和尚。我看沙僧青头蓝脸，那妖定不吃他，依旧下顾于我，却如何处？”行者道：“呆子真老实。你只推说‘后边还有个极嫩的和尚哩！’那妖魔自然来下顾我！”八戒道：“也罢，也罢，依你计行。”乃卸下禅杖，同着沙僧赶着马垛，保着三藏，一直从大路前来，那里知这路越走越远。三藏道：“悟能，你我只听了老叟说妖魔，便不曾问他这山名，有多少里路。过山走了半日，还在山脚之下，妖魔又不知藏在何处！”

正说间，只见一个樵子从山凹里走将出来。三藏看那樵子状貌魁梧，衣衫褴褛，腰间插一把板斧，肩上负一条扁挑：

> 家住山腰，斧斫生柴带菜烧，富贵非吾好，名利虚圈套。噤！兰桂与蓬蒿，同归野草。见了些老干新枝，败叶枯条。斫伐从吾，博嗔香醪。醉乐淘淘，独向空山笑，收拾乾坤一担挑！

三藏乃问道：“善男子，小僧是东土到灵山取经回路的，过此山不曾问个山名，有多少里路过去，才有平坦大道人家？”樵子道：“此山经过有八百余里，且是险峻难行，高高低低，没有三里平坦路径，名叫做‘耐山’。当年闻得有个愚公老者，父子孙孙，开了这条便路，虽然平坦，近日有几个妖魔在那僻林深谷洞里，时常出来。师父们小心些要紧！”樵子说罢，径往山凹去了。

三藏听了，心惊胆颤的前行，约走了三五十里，只见一阵风来。

那风始初微微似春风坦荡，渐次的狂大，山中便凛冽生寒。三藏道：“悟能，好生牵着马。悟净，小心押着后。这风来的有些跷蹊古怪，恐怕是妖魔的威势！”八戒道：“师父放心坦行。若有妖魔，文便师父与他讲理，武便徒弟与他打仗。”正说间，只见那风过处，几个小妖笙箫鼓钵，吹打前来，后边围绕着二三十个小妖，中间两乘山轿儿，抬着两个妖魔。三藏与沙僧看这妖魔谨躲着身子，但半侧着眼儿。那八戒耳又大，嘴又长，身子狼犹，他又不会隐藏，被那妖魔看见了，叫小妖：“那树下是那里来的丑和尚？如何见了我大王不躲，大胆观看？可拿他过来！”小妖听得，便跑入树林中，连唐僧、沙僧、八戒一齐拿将出去。

不知何如？且听下回分解。

第二十回

魔王送唐僧过岭　沙僧帮战斗忘经

却说小妖把唐僧师徒扯的扯，推的推，拿到妖魔面前。三藏只得鞠躬合掌，打了一个问讯道："大王，小和尚是东土僧人，上灵山求取真经回来，路过宝山，不知避忌，冒犯威灵，望乞恕罪！"魔王听得，把眼看了三藏一眼，呵呵笑道："这和尚到也善良！"便看着八戒说："你这个长嘴大耳丑和尚怎么也不回避，大胆看吾？"八戒道："大王车舆偶过，小和尚身子狼犺，一时躲避不及，得罪！得罪！"魔王大笑起来说："这丑和尚到也老实！"八戒听了忙道："我原老实。便是取宝经，见佛祖，也只是这老实。"妖魔听了，又见沙和尚恭恭敬敬在旁，乃问唐僧："你既是上灵山取经，如今取的经文在何处？"三藏道："树林中马驮的柜子便是！"妖魔叫小妖牵出马来，只见那柜包上毫光灿灿。妖魔见了，齐下轿来，尊礼唐僧道："圣僧远赴灵山求取真经，言果不虚。看这柜包上毫光灿灿，若不是真经宝卷，怎有这等毫光？我闻此经功德，无边利益，不但众生得以见闻，消灾释罪，降福延生；便是我等瞻仰，亦得以超凡入圣。又想我等在此山中，食百兽，啖行商，堕落罪业。今幸圣僧经文过此，固不敢阻滞行程，又何敢亵慢宝藏？"乃叫小妖："好生清道，护送圣僧过山！"三藏合掌称谢道："大王有此方便，真乃慈仁，但愿你寿比乔松，福如沧海！"那妖魔喜喜欢欢，叫小妖送唐僧直过山路。三藏走了三四十里，乃对沙僧说："徒弟，我想当年来时遇着妖魔，便要蒸我、煮我等，再无一个仁义存心的妖怪。今日取了经文回去，便是遇着这等恶狠狠妖魔，他也方便。可见真经灵应，到处自显神通。只是我等过来，那担子悟空独自看守，如今待过了八百里山，却不误了工夫？且把送我们的小妖辞了他去，等寻个人家，等我看守在此，你两个转还去挑来，料魔王必然好意差小妖送过山来！"沙僧道："师父说的是。"三藏乃辞谢小妖道："多多拜谢你大王，也不劳你等远送，我师徒前行去了。只是后面若有取经僧到，还望列位与大王方便。"小妖依言，便回转去了。

却说这两个妖魔，一个叫做虎威魔王，一个叫做狮吼魔王。他两个都是当年狮、象、大鹏在这八百里山作怪难唐僧的，被佛祖、菩萨收他去了，遗下两个小妖，日久盘据在此山中。他知当年取经僧神通，故此放过唐僧前去，恐怕惹事，还叫小妖远送。

他两个正当春日，鼓乐游山。狐妖忽然远来，变了一个美貌妇人，在那山间拾取残枝败叶。妖魔见了，叫小妖："把那妇人拿来！"狐妖也不畏怕，随着小妖扭扭捏捏，走上前来道："大王拿我妇人做甚？"魔王见了也不说话，只叫小妖扯到山洞里，闭了洞门。虎威魔便要吃他，狮吼魔也要吞他。只见小妖道："二位大王，三个肥胖胖和尚妖到，不夹生儿吞吃，却放了他去，还着小妖们送他过山。一个娇滴滴美貌妇女，如何舍的吞吃？"虎威魔道："你这小妖们那里知，那取经僧惹不得。当年过此山，闻知他神通本事，把三个魔王除灭。那时他尚无真经在身边，如今他灵山回转，人人都证了正果，不但难吃，便是吃了下肚，也讨人议论。"小妖说："大王吃几个和尚，有何人敢议论？"魔王笑道："和尚家人人说他吃'十方'。我若吃了他两个，便是吃'十一方'的了！若似这山村妇人，他这娇娇媚媚，也不知吞了多少人，故此我要吃他。"这虎威说罢，方才要动手来抓，只见狐妖把脸一摸，笑道："二位老兄，久未相会，连小弟也认不的了。"虎威与狮吼两妖魔一见了，大笑起来道："原来是狐妖老弟！久不见你，你越弄出本事，怎么把我们也捉弄一番？且问你，变化这美妇好便好，只是花前月下，也不知迷了多少痴子蠢汉，卖弄了多少美趣风情？"狐妖道："正为这变妇女风情，惹动了风流浪子、邪僻僧人，做了一场笑话。"魔王便问："如何是一场笑话？"狐妖便把变妇人哄和尚事说出，又说如何遇着蝎妖，如何撞着经担，"八戒几次抡禅杖要打，后来变马驮经，又被和尚们变住持哄骗去了。这和尚们种种机心，层层恶毒，那里像个出家的？我一路跟他到此，本欲拿他报仇，只是孤掌难鸣。正欲求二位兄长作主，适间小妖说'送三个和尚过去'，想必就是他们。你怎么就放他过山？"魔王听得大怒起来道："我见那押马垛跟经柜的几个和尚，到敬奉他，还差小妖送他过山，谁知却是狐弟仇人。此事不难，如今叫小妖赶上他，抢了他柜担来，料那和尚必定来争，那时拿那老和尚囫囵吞，把那丑和尚细嚼慢咽，替贤弟出这一口气！"狐妖道："那老和尚到也饶得他过，便是那猴子脸小和尚也还和气，只有个蒲扇耳、碓梃嘴的丑和尚惫懒，要把禅杖打我，不可饶他！"虎威魔随叫小妖赶唐僧，狐妖道："唐僧可恕，况已过山去了。小弟方才从山前来，看见那个猴子脸和尚守着经担在山下，料是等那两个送师父过山转回来挑。如今只等在山路当中，待他来时拿他吃了，经担定然归了我等！"魔王依言，一面吩咐小妖整备酒食款待狐妖，一面叫小妖探听挑担僧人。

却说沙僧、八戒送了三藏到山下平坦路时，已日暮，借一个小舍茅檐下歇了一夜。等候天明，他两个携着禅杖，复回山路，大踏步来挑经担。却遇着昨日送他的小妖，被八戒好歹甜言哄过路去。内中也有说："大王叫探听和尚，如何放他过去？"那小妖道："让他过去。他必然挑了担包复来，那时报与大王不迟！"众妖依言，半晌果见行者三人挑着经担，飞走前来。

小妖忙报与魔王。只见虎威魔王与狮吼魔王各顶盔贯甲，手执着大棍，率领许多小妖，到得路前，摆开个阵势，高叫："挑担的和尚，看你这三个丑陋，不中吞吃，只好一顿棍子打死了，赏与小妖们当个点心。早早快把担包丢下，过来领打！"行者三人正挑着担子走路，猛然见妖魔当前阻路，口中大叫："领打！"行者笑道："山下那老儿说妖怪吞吃人，原来不似当年妖怪了，张口便吞，他如今却要先打后商量。"乃放下担子，叫八戒都卸下禅杖，拿在手中；叫沙僧保守着担包，以防小妖乱抢。八戒道："大师兄，虽然妖魔说狠话，我先前送师父，曾向他说老实话；如今且再向他老实一番，只恐他以老实相待，依旧放我们，还差小妖护送哩！"行者笑道："师弟，你也说的是。我且听你如何与妖魔老实说。"八戒乃把禅杖双手攒着，上前打个躬身道："大王，小僧便是昨日蒙大王说我老实的和尚，又蒙差小妖送过前路的，今复来挑经担，望大王积个阴骘，放过山。"去虎威魔王笑道："我昨日误信了你老实，放你过去。原来你最不老实，甜言美语，骗我过去。"八戒道："大王，那里见我最不老实？"魔王把狐妖话说出。八戒道："事没对证，便是冤屈。"狮吼妖怪道："有对证的。"乃叫小妖去洞中请了狐妖来。

狐妖听说，心中欢喜，依旧变了个妇人，走到阵里，向狮吼魔王道："正是这丑和尚了！"行者听得妖精口口只是说"丑和尚"，乃叫八戒："休要说你老实话了。如今只得用我机变心。你何不变个标致脸和尚，他必爱你，放你过去。"八戒道："要变大家都变。莫要变一个，他放一个留一个，到底费工夫。"行者道："你且先变了，试他何如？"那魔王正叫小妖："把那长嘴大耳丑和尚捆上来，受用我棍！"八戒忙把脸一抹，随变了一个标致俊俏小沙弥。小妖见了，不拿八戒却去拿行者。那狐妖忙叫："不是那猴子脸！"小妖道："不是他，却没有个长嘴大耳的。"狐妖道："方才在此讲老实话，怎么不见？且住着手休拿，只怕他会变化，躲到山凹里去！"叫小妖去寻。狮吼魔王道："老弟，你便与丑和尚有隙，我却不喜吃他。看这俊俏小沙弥正中我心。”叫小妖：“休要捆他，且等我吞吃他罢。”遂乃丢了棍棒，走近八戒身边，将手来揪八戒。那里知八戒虽缴了钉钯兵器，尚存着降妖灭怪之心，禅杖顺在手中举起来，照魔王当头打去。好魔王！侧身躲过，飞入阵里，拿棍来打八戒。这边虎威魔王也举棍来帮，却得行者舞起禅杖，他两对儿厮斗起来。这一场好斗！怎见好斗？但见：

妖魔逞虎威，八戒施雄壮。狮吼展嘴唇，行者抡禅杖。这一个金睛暴钻，只要灭妖精；那一个狼牙张口，只要吞和尚。魔王棍打来，使个蟒翻身；和尚杖去迎，出水蛟龙样。两下打斗许多时，这回恼了沙和尚！

行者与八戒斗这两个魔王，看看力弱。沙僧看见了，举起禅杖来帮。那魔王败阵，飞走回洞，叫小妖：“放那和尚们过山去罢！”谁想沙僧帮斗，不曾顾的经担，被小妖扛去了八戒的担包。八戒抱怨行者道：“等我求他说老实话，便照本色丑和尚也罢了。却是你又使机变、机变，弄的我担包不见面。”行者道：“呆子，你也休怨我！如今只得挑了两包到师父那里去，待我到这山中找你的经担便了！”八戒依言，与沙僧挑着两担，往大路前走。约有五六十里，一个平坦山冈，小小两间茅屋，三藏却歇在屋里。那屋中只得一个老婆子，且又聋瞎。师徒没奈何，只得权住在内，等候行者前来。

却说行者待八戒去后，他沿着小路儿变作沙弥模样，来找妖魔。这山既远，又且深阔，那里去寻妖魔。思量要腾空望个路头，却又被那妖气遮迷，那里看得明白。心里也怨有机变无处使。

忽然一个小妖从深树林中走将出来。行者拿着禅杖，上前一手扯住道：“小妖怪，我不打你，快说，我的经担抢到何处去了，你那魔王叫做甚么名号，住在那个洞内？”小妖看看行者道：“小和尚，料你不敢打我。便是你打我，这灯草棒儿也不足畏惧。”行者笑道：“你这小妖说这样大话。我这禅杖，若是你这小妖，禁不得三五下，叫你没个哼哈第二声。”小妖也笑道：“小和尚你不知，我人物虽小，年纪却有一把了。想当初在此山中跟随三个大魔王的时节，曾遇着东土僧人取经和尚，叫做唐僧，他便有徒弟，叫做孙行者。那猴精神通广大，把我那三个妖怪降伏了，他有根金箍棒，要大便大，要小便小。且说要大，就如井栏粗，似这样的棍棒，我也见过。希罕你这小和尚拿着这根灯草拐杖儿？”行者听了笑道：“你原来人儿虽小，到也是个老妖精。你不知，我便是孙行者，这禅杖还是金箍棒的老子。”小妖道：“说乱话。那孙行者猴子脸，尖嘴缩腮，不像你，不像你！”行者道：“你看，那树里坐着的不是孙行者？”小妖回过头去看，行者把脸一摸，变了一个大猴子像貌，比他平常更长大，只是禅杖却不能变金箍棒，仍执在手。小妖转过脸来，见了是行者模样，慌了道：“爷爷呀，你果然是孙行者！只是这禅杖，却不是金箍棒的老子。”行者道：“我正为念你是当年打过的小妖，今且好好的问你，若是不老实说来，便拿了棒来，叫你送了残生！”小妖慌慌张张道：“爷爷呀，我这魔王，一个叫做虎威魔王，一个叫做狮吼魔王。他两个虽在山中吃往来的人，却也惩前警后，敬礼和尚的。”行者道：“你又说谎！方才与我僧家厮斗，又抢了我们经担，怎还说敬礼和尚？”小妖道：“只因魔王有个结义的狐妖，他到此说，有甚么丑恶和尚诱弄他，惹了甚么毒虫夺了他洞，人假变甚么僧道敲木鱼逼走了他的风流美趣。我魔王听了他一面词情，如今替他报怨，方才斗不过老爷，躲入洞去。有两包经卷是小妖们扛入洞里，闻知要请甚么山后寺里三昧长老来，拆开担包课诵消灾哩！”行者道：“你言可实？”小妖道：“看着爷爷这个割气脸比当年还利害，也不敢扯虚拉谎！”行者乃放了手道：“饶你去罢！只说他洞在何处？”小妖道：“转三个山弯，一层深树便是。”

行者喝去小妖，乃走过三弯，果见一层密林深树，乃忖道：“我如今若现身去取经担，三拳不敌四手。纵我用机变，只恐妖魔更会用机变。不如探个实在消息，再作计较。”乃摇身一变，变了一个长老，把禅杖藏在树林，却走到洞门前。

只见几个小妖在洞前，一个说：“我洞主魔王平日敬僧，叫我们送押经柜的长老过山。”一个说：“洞主魔王今日听信了甚结义的狐弟，恼和尚，把他经担夺抢了来。如今不要请山后寺里长老来诵哩！”一个说：“他不过是个狐妖，我洞主如何听他便改了敬僧心情，到与和尚做个冤家债主！”一个说：“只因老狐会变风流妇女，我虎威魔王陪小下低，狮吼洞主也点到奉行。已曾差小妖到山后寺里，去请三昧长老去了。”众小妖正说，行者乃叫一声：“题名道姓，你们请我作甚？”众妖笑道：“老师父莫非就是三昧长老么？”行者道：“正是，我便是三昧长老。”

毕竟后来如何法取了经担回去？且听下回分解。

第二十一回

狐妖计识真三昧　三藏慈悲诵五龙

诗曰：

天地既两分，阴阳岂能一？有正必有邪，邪正每相匹。
旁门钩样弯，大道气立直；佛法固多塞，野狐不无识。
了悟大光明，着迷暗如漆。意马不能驰，心猿安可失？
得意笑欣欣，失路苦滴滴；三藐三菩提，不惹波罗密。

话说小妖将假三昧长老请了来，报知虎威、狮吼两个大王，出来相见。假三昧长老忙上前作礼道："二位大王，不知呼唤贫僧有何用处？"虎威大王道："我在山前抢夺了两包经来，说是灵山妙典，故此请老师来开诵，保佑我两个大王，日日有人来吃。"假三昧长老佯吃惊道："这经莫非就是那唐朝僧人到西天去求取来的么？"狮吼大王道："正是他。"假三昧长老道："若是他，此乃我佛至宝，开诵了大有利益，但是亵渎他不得。若在洞中开诵，未免亵渎，反为有罪。莫若待我老僧先细细功课一番，然后权请到小庵里去开诵供奉，也胜似留在洞中！"魔王大喜，正要叫小妖点起香灯，与长老功课，只见狐妖从洞里走将出来，见了三昧长老，乃向魔王说："这长老那里是三昧？那三昧年已六十余岁，面多皱纹……”行者听得，忙把脸一摸。只见魔王把眼一看，见行者脸上皱纹叠叠，便笑道：“狐弟从洞中黑暗出来，看人不真。这长老却是个老年，面带皱纹的。”狐妖看了，又说道：“三昧我岂不识？他面上多痘疤，此长老面却是光的！”行者忙又摸一把。魔王走近行者一看，道：“老弟越发眼花了。这长老面却是个麻子！”狐妖道：“脸便是三昧。那三昧五短身材，这却体胖！”行者听了，忙把身一抖。不防魔王两个四只眼看着行者变化出来，便道：“狐弟，看此长老形容忽变，我闻唐僧师徒变化多端，这定是他徒弟妆假！”叫小妖闭了洞门。魔王掣出大棍道：“长老，是假是真，早早现出真形，免受棍打！”行者见势不谐，一个斤斗从洞里打将出来。魔王向狐妖道：“贤弟，你眼力果真，定是唐僧的徒弟假变将来，希图骗了经担去。如今看破了他去，再作何计？”狐妖说：“只待差去请三昧的回时，自有道理。”正说间，小妖来报说：“三昧长老来的，到在洞外。”那里知这长老仍是行者变来。只因行者听了众妖说：“大王已差人请三昧。”且狐妖看出他，破他计，一个斤斗，顷刻就打到大路上，果见一个小妖跟着三昧长老走将来。行者看那长老：

皱面似干荷叶，光头如大西瓜。穿着一领旧袈裟，数珠胸前高挂。

行者见了，忙变化一个小妖，上前说：“师父来了么？我大王得了真经，急等师父开包课诵，故此又差小的来迎！”长老问道：“这经担内有多少经，我一个怎诵得完？”行者道：“正是。师父，到不如叫大王莫打开担包，求他施舍了回寺，乃是镇寺之宝。若是打开了，大王定要你诵完。他不知经文，必然乱取，失了次序！”三昧长老听了笑道：“你这哥哥说的虽是，我长老喜的是银钱米布，好开口乞化；若是经文，寺里尽多，自尚不能看诵，又请求他的作甚？”行者听了这话，把口向长老一吹，却把他变的似八戒一般，自己却又变做三昧。那请的小妖一时错认，便跟着行者先走。行者把个真三昧又吹他一口气，两脚那里跨得开，踉踉跄跄，歇歇走走。故此行者先同小妖到得洞来。

小妖报入，魔王向狐妖道：“贤弟，你却要仔细，认真是三昧。莫要使唐僧的徒弟们妆假，又弄神通！”狐妖道：“我自认得。”魔王请得假三昧进洞，行者依旧叙个礼节。狐妖乃向虎威魔王说：“这才是真三昧长老！”行者故意说：“大王，那里又有个假三昧？”狐妖说：“方才正被取经的和尚变了你相貌，来混骗经担，被我们看破了他走去。”行者道：“正是。小僧也闻得唐僧取了真经回来，有三个徒弟，都是往年降妖捉怪的，神通变化多般。他们如今又不同了。当年有个孙行者，惯使一根金箍棒，这棒却也利害，说是龙宫海藏得来的，要大便如井栏粗，要小就如绣花针，凭你甚么妖精荡着，莫想哼哈第二声。又有个猪八戒，惯使一个九齿钉钯，这钯也凶的紧，闻是天宫铸造来的，遇着妖怪，只一筑九个窟窿儿，利害，利害！又有个沙和尚，惯使一条降妖杖，他这杖也非凡间器械，说是上界神兵，乃吴刚利斧伐下来的梭罗树，鲁班制造成的，利害，利害！专灭妖打怪，不留一个。”魔王听了，打一个寒噤道：“狐弟，守你本分罢了，惹这唐僧做甚？况他取的是经文，又非宝贝器物。”狐妖道：“二位长兄有所不知，这经文利益与你我大着哩。你且试看这三昧长老开了经担课诵起来，道理甚深，功德无量。”魔王听得，便请三昧长老开经。行者故意迟捱。

忽然，小妖报入道：“洞外又有个长老来了，自称是大王差人请了来的。”魔王惊异起来道：“狐弟，怎么又有个三昧长老来了？看起来，这也是假！”狐妖道：“也不必说真说假，且着他进来，他自然当面分别。”魔王乃叫小妖放入长老来。只见真三昧见了狐妖就认的，便道：“洞主，许久不见。你说在如意庵脱凡长老处，原来在二位大王这里。”狐妖听了，他话却真，声音是旧，及看他面貌，乃是猪八戒模样，心上正疑猜；那两个魔王却认的是阵前赌斗的八戒，见了大喝道：“这分明是唐僧的徒弟，如何诈做三昧？”举起棍子照长老打来，把真三昧光头打出大瘤，身上又是几棍，打的个三昧叫苦无伸。行者忽然一笑，动了一点欺狡心。那真长老打的痛叫冤屈，念了一声：“佛爷爷呀，这是怎么来？”不觉的真心发现，本像复原，依旧还了个三昧长老，与行者假变的，并立在魔王面前。你指我为假，我指你非真，众妖那里分辨得出？狐妖道：“二位贤兄，我能分辨他真假！”乃向虎威魔耳边悄语：“如此，如此。”又向狮吼魔耳边悄语：“如此，如此。”却向两个三昧说道：“你二位各向魔王耳边把你寺中景象境界报个来历，我自知那一位是真。”行者听了，忖道：“这妖魔到是个能干的。我只会见相变化，那里知他来历。若向魔王耳边报差了，他的棍子见成，我的禅杖不便，怎生抵敌。说不得，与他个假中假。我还去叫了八戒来帮助降魔。”乃拔了一根毫毛，变了自身，在魔王耳边胡支乱吾。自己却一个斤斗，打在唐僧面前。

唐僧与八戒、沙僧歇在那聋瞽老婆子屋里，等候行者，见行者忽然立在眼前，便问道：“悟空，悟能经担找寻着下落了么？”行者把魔王洞中缘由说出。三藏道：“似此，如之奈何？”行者道：“师父放心，且与沙僧在这里坐候，待徒弟与八戒再去取来。只恐师父未得斋，腹中饥饿！”乃叫：“老婆婆可有便斋，施些与我师父充饥！”行者叫了三四声，那婆子那里应？三藏道：“悟空，这婆子耳聋眼又瞎，像似倚靠别人过活的。”行者道：“师父，你守着真经，如何不与他医聋治瞎？”三藏道：“悟空，我一时不谙，如何真经医的他病？”行者道：“徒弟曾在经担包内见有《大光明经》。师父可开包请出，与婆子诵一部，他目自见；有《五龙经》，诵一部，他耳自闻。”三藏道：“徒弟，此经功德，若能受持，但聪明将来，未必一时医得婆子病。”行者笑道：“师父，你到先存不信，还要想去济度众生？”三藏道：“悟空，若果灵应，我在灵山宝经阁检阅过，尚记在心，不必开包，我当诵念。”

行者道："师父且念着经，徒弟与八戒去取经担也！"行者说罢，扯着八戒道："师弟，我与你从路走，费了工夫。你不会斤斗，我先去，你可驾云速来！"八戒依言。

行者乃一个斤斗，不劳片刻到了魔王洞前。只听得小妖们嘻嘻哈哈笑道："唐僧的徒弟原来假变三昧长老，被洞主一计识破，大棍打死，却是一根毫毛。"行者听得，忙变了一个小妖，混入洞中。

果见那真三昧在魔王前说道："大王且不必打开经担，小僧一时恐诵不完。倘肯布施小僧到寺中供奉，慢慢课诵，一则心静，二则竭诚。若是在洞中，这些荤腥秽污，不为作福，且还招愆！"魔王道："依长老之言。只是我们不知经文说的何话，且待用过午饭，再打开我等一看！"魔王说罢，备了午饭，款待长老。行者听得，喜道："亏我当时说了不开这担包的话！只是他吃过饭，定要开包，怎么处？"乃走出洞来。只见八戒腾云到了洞前，行者把洞内魔王与长老之言说了。八戒道："师兄，你左也夸机变，右也夸机变，费了多少变，经担尚在洞中！待我老实，不如复上灵山，要了你的金箍棒、我的九齿钯，打入妖魔洞，取了真经担，一本老实账！"行者道："迟了，迟了！他吃毕午饭就要开包，待取了兵器，万一不肯与来，岂不误了大事？如今你可做个主意，守定包担，不要与他开看。若是他开时，凭你使个神通变化！待我到三昧长老家，看他个光景来好！"

行者这机变心动，一个斤斗直打到三昧长老家屋内，变了一个老鼠儿，只见一个烧火上灶的道人正在屋内，口里说："长老魔王洞中请去念经，甚么来由与这妖怪往来？"道人咕咕哝哝自言自语。行者听得，忙出屋外，又见那长老经堂内悬着一匾，上写着"始燃"二字，乃是长老法号；旁壁上贴着一纸"三昧词儿"。行者看那词，说道：

三昧三昧，岂无真伪？始焉一爝，倏尔如慧。乃道之贼，为身之累。识得真如，绵绵常熄。消长因缘，毋作烽燧。不入嗔门，坦然无恚。有时化焚，刚坚舍利。

行者见了，熟念记在心中，道:“这长老原来是火心退了的，怪道与魔王一顿棍打出瘤来不急，还忍着痛吃他午饭。我如今只得使机心去骗他！”乃一斤斗打到洞中，忙变了道人模样。长老见了问道:“你为何来？”行者道:“闻知大王留老师父吃饭，特来伺候。恐有经担，我道人挑去。”魔王见了，道:“此是何人？”长老道:“此乃小僧家下道人。”魔王说:“你来的正好。我们吃了饭，看了经文，就着你挑回去。”道人答道:“不必看罢。闻知唐僧的徒弟要来取经担，若是开了，不便收拾。且待唐僧去后，再开看可也。”那狐妖听了便疑起来，向魔王道:“这道人，小弟看他又是假的。我们不依他说，且开了担包看！”

狐妖方要开担包，只见八戒舞着禅杖，直打入洞来。虎威魔王忙掣出大棍迎敌。他两个在洞外厮斗。道人便叫一声:“大王，经担我挑回去罢。免得抢去！”狐妖道:“你若真是长老的道人，你师父屋堂里有何光景？”行者道:“一个自家屋里，岂不知？我师父有两字‘始燃’道号，壁贴一纸‘三昧词儿’！”行者便念将出来。那三昧长老笑将起来说:“大王不必疑他！若是假变的，如方才毫毛变小僧，耳边且说不出，况他如今把词话熟背出来！”狐妖只得信真，叫道人:“好生小心挑到寺中藏了。”行者即忙挑出经担，望山大路前走到唐僧处。唐僧见了行者挑着担子前来，不胜心喜。

却说八戒正与魔王打斗出洞，只见道人挑着经担照大路前走，便知是行者神通。他无心恋斗，把禅杖放个空，一路烟飞走归来。唐僧见了，便叫收拾行路。行者问道:“师父！我去取经，你可念《光明》《五龙》经卷么？”三藏道:“悟空，自你去，我便念一卷《光明经》，那婆婆便说眼看的见；又诵了一卷《五龙经》，他便叫耳听得说。他感我恩，喜喜欢欢到山中寻他老汉子去了！”三藏正说，只见老婆子同着一个老汉，肩上挑着一条布袋米来进门。那老汉子向着三藏师徒倒身下拜，婆子也无数的磕头，说道：“圣僧老爷，我婆子耳聋眼瞎多年，今日何幸，遇着老爷诵经念咒救好了。老汉在山下籴斗米来度日，婆子寻来备说我知，这斗斋米，正好供献一顿素斋。”三藏道：“事出偶然，何劳赐斋。但请问：这八百里山路，小僧们走了几多里路？前边可有什么歹人、妖魔、邪怪？”老汉听的把眉一蹙道：“老爷不问，我也不敢说知。”

却是何说？且听下回分解。

第二十二回

虎威狮吼寄家书　凤管鸾箫排队伍

经问心兮心问经，两相辨问在冥冥。心居五蕴原无相，经本三皈孰有形。
妖怪尽从心里变，老僧确守个中惺。任他道路崎岖远，试看真经到处灵。

话说三藏诵得真经，把婆子聋瞽灵感复好，师徒收拾起身，却问老汉前途路境。老汉愁着眉道："老爷，你不知我这婆子眼原不瞎，耳也不聋。只因往年有几个经商过客，在我这茅屋歇足，老婆子多了一句嘴，惹了这场冤苦。今日得遇圣僧救拔，若不说来，你恩德未报；若说了，又恐惹出事来。"老汉待说不说。三藏道："老尊长，你便明说，莫要吞吞吐吐。我这几个徒弟也都有些神通本事，便是有甚冤苦，也能替你分剖救解。"

老汉道："我这山自东至西八百余里，平坦处间有些村落人家，险峻处多是强人窝聚，劫掳行商客旅。近来官府清廉，法度严肃，虽然盗贼稀少，只是山精兽怪藏隐在洞谷，时常出没。他却不扰害居人，只要迷弄过往，三五中抽吃一两个儿。当时我婆子见几个客人，内中有两个标致俊雅的，他不忍，恐怕被妖精吃了，伤生害命，便叫他小心防范。谁知正遇着妖怪变做同伴的行商，勾引那客人，恼我婆子多嘴，只吹了一口气在婆子脸上，眼睛便瞎，耳朵便聋。老汉如今说出，万一老爷中又有妖怪在内，我老汉多嘴，也免不得了。只是婆子既救解好，料必没有妖怪得知。老爷们八百里山路方走过百里多来，前途尚远，还要小心着意！”三藏听了，向行者道：“悟空，这却怎处？”行者笑道：“师父，徒弟们一个丑似一个，那妖精既要拣标致的吃，谁叫师父生的这般整齐？妖精必然要拣师父下顾。徒弟想：当年来时，师父还是凡体；自从灵山下来，必然也有几分神通，难道没几分变化本事？何不把面貌变个丑陋的，那妖怪便不吃了。”三藏道：“悟空，你岂不知，我本一至诚求取真经，原从正念，不习那虚幻。这变化都是你们的机心，若遇正人，自是邪不能胜。”行者道：“师父，你怎见的邪不能胜正？”三藏道：“徒弟，只就这老婆婆被妖怪吹了一口气便耳聋眼瞎起来，今日两卷真经就好，盖因妖气邪，经文正，故此灵验。”八戒笑道：“师父说的有理。这经文不是医聋治瞎的药饵仙方，如何灵验到此？”按下师徒被老汉夫妇留吃斋饭，要赶路程。

且说虎威魔王见八戒虚丢一杖，飞星走了，他也不赶，回到洞中问三昧长老：“经担那里去了？”狐妖忙答道：“长老的道人挑去寺中收藏。”虎威魔王道：“事有可疑。我正与那丑和尚厮斗，见道人挑着担包从大路东行。那丑和尚见了，便无心恋斗，飞走去了。看此事，莫不又是假道人设骗而去？”狐妖道：“贤兄疑的也是！如今差小妖一面到寺中探看道人，一面往前途看唐僧可有经担，自然得知情实。”魔王道：“便是唐僧的徒弟弄假，事已过去，探他何益？”狐妖道：“二位贤兄，你便忘了山南二位魔君夫人么？”虎威魔笑道：“贤弟不说，我真是忘了！”狮吼魔王道：“便忘了也罢，又说他怎么？”狐妖道：“近闻你这两个贤嫂与你隔越多年，你修你的道，他养他的神，法术甚精，变化更妙。若是唐僧不曾弄假，弃了两包经担前去，则亦罢休；若是弄假骗去，我劝二位贤兄修个旧好，写一封‘家报通问书’，待小弟前去说知与二位贤嫂，叫他设计擒拿唐僧师徒，也莫管他标致丑陋，一概蒸吃、煮吃、零碎嚼、囫囵吞，叫他灵山徒往，真经落空！”

狐妖说了，魔王依言，唤两个小妖，一个寺中探看道人，一个前路探看唐僧。两个俱探看了来，说：“道人并未来挑经担，唐僧打点往前行。”虎威魔王听了大怒道：“我看此事，到也是狐弟多这一番事情，何苦与那唐僧们认真斗气。今看这情节，真也可恼！想我弟兄当年在此八百里莫耐山，也是有来历，不怕甚么强梁本事、变化神通的。只因狮吼老弟与我招赘在山前鸾箫、凤管两个魔君娘子家，可怪他坐家招夫，受尽了他倚强仗势那些悍恶。没奈何离了他处，到此山后，落得个眼前干净，肚里快活。今日狐弟既说出他近日修炼的神通本事，料能擒捉这几个取经丑和尚。如今说不得，写一封通问家书，便差小妖同狐弟去那山前达知两个娘子，叫他待唐僧路过此山，必须用心擒拿，或煮或蒸，等我们来享用，做个合欢筵席，伸了这一口仇气！”虎威魔说罢，就要写书。狮吼魔忙止住道：“我与贤兄原是难受两妇之气，挣脱担子出来，今又通信去惹他，万一他一纸来唤，那时进退触藩！看来唐僧师徒仇隙可忍，这宗帐目只宜罢休！”狐妖听了笑将起来，啐了一口道：“狮吼贤兄忒也懦怯。大丈夫终久可躲得过这个门户？便是受他些懊燥，也非外人，忍一时省半句，便过了日子。”虎威魔笑道：“贤弟，你不知，却也有些琐碎。我为这个魔君，被他手下小妖编我两句口号，甚是可怪！”狐妖道：“编的口号何说？”魔王道：“那小妖们背地里说我：

夫宜唱，妇当随。可笑魔王号虎威，面孔大，腰十围，见了魔君不敢违。”

狐妖听了笑道：“贤兄，你有这般事情？”狮吼魔也笑道：“贤弟，我不敢瞒，也被这小妖们编有几个词儿。”狐妖道：“也说与小弟一听。”狮吼魔含着笑面，说道：

夫与妻，百年守，相亲相爱当如友。我魔王，偏装丑，空向人前说狮吼。

三个妖魔说一回笑一回，只得写了一纸书信，差小妖跟着狐妖，从岭头转路往山前来。

却说这山岭崎岖险峻，往来都是那没行李的客商，攀藤附葛行走。岭中有个小庙儿与人歇力，只有一个哑道人在里边看守。这道人因何口哑？只因指引行人路径，被妖魔邪气喷哑。这日正坐庙中，忽然庙外比丘僧与灵虚子走入来，问他过岭路径。道人那里说得出？比丘僧见了，合掌念了一声梵语，便把数珠儿在项下取下捏着。那道人见了数珠，把手一摸道："老师父，这数珠是菩提子，该一百单八颗，如何只八十八颗？"灵虚子见他开口说话，乃问道："道人，我方才问你路径，如何推聋装哑，这时却又问我师父的数珠子？"道人不觉的喜笑起来，道："二位师父却也有些大缘法。我小道日前有个过往客人，在此问路，我便指引他说：'从险处不险，又苦了你些心力。'那客人恼我说诨话，把我喝了一声，便不能开言。今日不知见了师父数珠便说得话，也是小道难星退了。"比丘僧笑而不言，捏着菩提子只是念佛。

两个坐在庙中，道人烧出一盏茶汤，两个吃了。比丘乃向灵虚子道："唐僧料从大道前行。虽说山路迂远，他师徒自是坦然过这一程。我与师兄且在这庙中歇足，再往前去。"灵虚子道："师兄，既是此山通路处乃平坦大道，客人过往又何须历此。便是我等空身，只为防范唐僧们，恐他抄循小路过此，有碍经文。方才道人说，客人喝了一声，便哑了，口不能言，必定有个缘故。师兄可审问他个来历。"比丘僧依言，乃向道人问道："此山叫做甚山，经过有多少程途，山中可有甚妖魔贼盗么？"道人答道："师父，我弟子本不敢指说，但你数珠儿救好我哑，料必是神圣。我这山叫做'莫耐山'，东西八百余里，山岭上人稀妖魔少。到是大路上，近日有几个魔王吃人。我日前指引那客人路径，本是好心，不知怎反招他怪。今日指引二位师父，切莫见怪。”比丘僧道：“指引迷途，乃是莫大方便。怪你的，定然是怪！我方才见你口哑，问了一个方便菩提，正叹你我均是父母生身，可怜你独受哑口。只一点慈悲，称道梵音，不匡你的灾难解脱。以后道人还是指引迷途，自有方便功果。”比丘说罢，乃叫灵虚子飞空看唐僧师徒从那条路上行走。

灵虚子依言出了庙门，摇身一变，变了一个灵鹊，一翅从大路上看来，只见唐僧师徒坦然在路前行；却又一翅复回庙来，只见狐妖变了一个行路客人，跟着一个小汉子，手里持着一封书信，口内咕咕哝哝，说道：“唐僧师徒从大路前行，迂远百五十里，我们走，抄小路去罢！”灵虚子听得他说“唐僧”二字，料有甚情节，乃一翅飞下，把小妖手中书信一嘴叼去。那小妖慌了，便向狐妖道：“书被鹊叼，必有古怪！”狐妖道：“甚么古怪，料必是走露消息，那唐僧师徒弄甚手段。你看那鹊叼书，飞向何方去了？”小妖道：“尚在前树林枝上。”狐妖一望，果见树林枝上一个喜鹊，把那书信一口撕开。那里知是灵虚子拆书观看，想道：“原来是这个情由。”乃一翅飞起，直到庙来，复了原身，把书呈与比丘僧，看了道：“原来山前有两个鸾箫、凤管妖魔，好生利害。想这虎威、狮吼二魔不能抵敌孙行者与猪八戒、沙僧，故此写信前来求魔君帮助。万一唐僧师徒被他擒捉，这真经叫谁担去？且把他信焚毁了，叫他不得通知。”灵虚子道：“师兄，出家人与人方便，自己方便。莫烧毁他信，原还与他寄去。只是我等仰仗如来，且看唐僧师徒作何计较过此莫耐八百里山？他如有本事过去便罢，如是不能，那时我等再作计较。”两个计议了，却敲动木鱼，在庙中功课。

却说狐妖看见树林枝上喜鹊撕书，他也摇身一变，变个鹞鹰飞来啄鹊，不匡灵虚子到庙复了原身。狐妖一翅飞来，只听得木鱼声响，他的心神便乱，那邪氛怪气顷刻退了十里，仍复了原形走入洞来，备细说与虎威二魔。这小妖在路守了半晌，见狐妖不知何处，书信落空，哭哭啼啼，怕魔王嗔责。

比丘僧听得山岭上人啼，探知情节，乃把书信还了小妖，道：“我出家人不没了人书信，却也不容人通同挠阻真经，今仍还你这书，你可持回复与那妖魔，叫他安心守分，莫要再去算害唐僧！”小妖得了书，那里敢前去，只得复回洞来缴上虎威魔王。魔王益加大怒道：“这僧道总是唐僧一起，好生惫懒！如今一不做二不休，难道我们的神通不如几个取经长老？说不得亲去山前相会两个魔君，一则看他近日修炼的本事，一则报那僧之仇恨。”狮吼魔笑道：“万一唐僧师徒神通把魔君败了，如之奈何？”虎威笑道：“小弟正要使他个鹬蚌相争，渔人获利。魔君若败，我等方好逞威！”两魔计议了，却叫狐妖同行。狐妖辞道：“小弟原意来投二兄，只为报那取经僧使弄法术愚我。到如今仇恨未报，反使二兄生恼。本当奉陪贤嫂处，与二兄和好反目之嫌，以报那师徒之恨，不意他师徒到处似有神灵护送，往往前遇两个僧道敲动木鱼，我便心神散乱。我闻‘事不过三’，已经那木鱼声逼两次，再若逼来，恐遭荡涤。小弟只得辞回，原归山洞，拜那脱凡长老。若得转生入道，得自持木鱼课诵，脱却尘凡，幸矣！二位前去，那唐僧可计较则计较，如不可，放他去罢！”狐妖说罢，别了二魔而去。这二魔只是忿忿恨唐僧师徒，带领小妖从岭头变作行客前来。

却说这莫耐山八百余里，东三百里，当年唐僧西游时，却是大鹏魔王在这山中占据。后被行者破散，遗了两个小妖：一个叫做凤管，一个叫做鸾箫。他两个日久成了精气，幻化做二美妇。凤管招赘了虎威魔，鸾箫招赘了狮吼魔。这两魔神通本事不如两妖，这两妖强悍，又恃本事多能。两魔受气，无奈乃离却两妖，到岭头西处为巢。这两妖聚了几个小妖，专在山间迷那过往行客。他却与虎威二魔心性不同：二魔专吞吃标致过客；这两妖专吞吃丑陋行商。年深日久，两魔外去，他受了日精月华，却又与山后一座道院隐士名唤“陆地仙”，讲炼些服食丹经。这两妖遂神通变化多般，只是妖氛未绝，终是占据山洞吃人。他两个自称“凤管娘子”“鸾箫夫人”，又号为“妈妈帐”。手下小妖，到也有数十个。这日春气融和，山色晴朗，两妖叫帐下小妖摆起队伍，前往道院，相会陆地仙一行。众妖听令，随排起队伍，摆列清道。这两妖坐在两乘花藤轿儿上，雄赳赳的气象，正才转过一坐山头，只看见前面尘灰起处，一簇人马到来。凤管娘子远远看见，叫小妖探看。小妖报道：“是两位魔王归来。”凤管娘子听得，乃对鸾箫夫人道：“这两魔外出日久，闻他在山后安乐，吃尽了美貌男子，标致人儿，誓不回还。今日归来，必有缘故。我与你把这妈妈帐排开，形容变改，叫小妖只说是妈妈帐老魔君，看他怎生相待？若是礼貌不周，便与他斗一阵论输赢！”鸾箫夫人依言，摇身一变，变了个七八十岁老婆子，坐在轿上；凤管娘子也变一个六七十岁丑妇人，随在后边。

却说虎威与狮吼魔王变作行商，走了百十里山岭。两魔计议。只见虎威魔道：“我等辞了凤管、鸾箫多年，闻他近日势焰高涨。我们若是这等凄凄凉凉，变作行商归去，他只道我与你落魄归来，不是受他卑贱，便是被他鄙辱。我欲大张个声势，使他敬畏，那时他方听我们调度！”狮吼魔听了道：“有理，有理！”两魔毕竟如何大张声势？

且听下回分解。

第二十三回

陆地仙拂尘解围　唐长老奉旨封经

却说虎威魔与狮吼魔计议定了，乃叫众小妖各排个阵势，他两个变的容貌整齐，把小妖变两匹金鞍白马，采些树枝花叶，扮的旌旗簇拥，虎威魔似个白面郎君，狮吼魔如龙阳汉子。两魔正行了多路，只见前途鼓乐响来，一簇人马拥至。虎威魔忙叫小妖探听，小妖走近前问："是那里来的人马？可是山前驻扎的凤、鸾二位魔君，或是过往的上司官从与出行的将军战马？"小妖答道："不是，不是，俱不是。却有个口号儿，念你去猜！"乃念道：

曾是夫人旧寨，两行娘子营军。如今改了老魔君，妈妈帐休来盘问。

小妖听了这几句口号，那里明白，乃记了回复两魔。两魔心疑，又问小妖："你可曾看见队里有何人在内？"小妖道："里边只见两乘花藤大轿，内坐着两个七八十岁的老婆子。"

两魔听了道："想我当年离了两妇出门，不曾过了三年五载，怎么两个妖妖娆娆、少年窈窕的凤管、鸾箫，怎换了两个老婆子？况原前不闻有甚老魔君，妈妈帐，却是谁人的号？小妖们探信不的，模模糊糊说几句哑谜口号，叫我们疑猜。思量寻个地方村落人家，讨个来历实信，却又都是被我们禁忌他，不许指路途说事迹的。如今只得且停住阵势，看他如何前来？”却说妈妈帐两妖见是两魔归来，却何故又停住阵势，不肯上前？乃另叫小妖探听。小妖走近前来一看，那里是虎威、狮吼两魔，却乃两个青年俊俏汉子，便问道：“阵内大王是那里来的？”阵上小妖道：“是山后来的。”小妖道：“大王名姓何称？”阵妖道：“我们也有个口号，念与你去猜！”乃念道：

昔日虎威没势，当年狮吼远藏。修成白面转龙阳，看那婆婆不上！

小妖听了口号，记回念与两妖。两妖听得大怒起来，叫小妖：“排开队伍，待我上前叫那对面阵内，是何处来的魔头，出来打话！”小妖听令，排开队伍。

这两妖掀起轿帘，叫道：“对面阵内何处魔头？出来打话。”只见两魔骑着金鞍白马拥出阵前，见了两妖大笑起来，说道：

当年凤管与鸾箫，娇媚须知压二乔。今日容颜何处去，空留强悍老丰标！

凤管、鸾箫听了，便大怒起来，也说道：

何处生来白面郎，风流自古羡龙阳。阵前笑我婆婆老，不识王婆是汝娘！

两妖念罢，怒喝一声道：“你这两个小厮，莫不是那虎威、狮吼两魔生下来的小魔么？难道你不识我是何人，却替你老子说话？”两魔笑道：“我那里是你那虎威、狮吼生的儿子，却是他近时相结交的两个小友。只因听的他说，被你强悍逐出他远避，我两个特统了一队健儿来剿你这强悍。不匡你两个这等容颜忽变，到可怜你那强悍名儿空留！”两妖听了怒道：“我也曾闻这两魔离了我，专一吞吃标致儿男，原来这派情节！”叫小妖递过刀来。两妖持刀直杀过阵来道：“我平日不伤俊汉。今日汝两魔过恶，不由人忿怒填胸！”两魔忙跳下马，夺了小妖手内两根棍抵住刀，道：“婆子三思而行。莫要逞忿一时，只恐着气生恼，你那憔悴，益加枯槁！”两妖那里肯息怒，只是举刀砍来。两魔只得举棍厮战。他四个在山岭上一场赌斗！怎见得？但见：

婆子双刀舞，魔王两棍迎。只为一时反目，顿教两地无情！那知幻化皆成假，何用强梁忿不平？凤鸾犹未老，狮虎莫虚名。识得阴阳颠倒，何须姹女婴儿和合成。

四个妖魔正交战斗，那妈妈帐变了脸的婆子怒不解，这假威势装腔儿的魔头笑不休。怒的似认真，笑的似赔礼。却好陆地仙当春暖花香，游山玩景，只听得山前吆吆喝喝，如虎斗龙争。他走近前来一看，笑道：“你这四个泥形骸、忘牝牡的，为甚逞雄角力，自耕精神，两相争斗？何不当初效法投我？”乃把那手中拂尘只一挥，顷刻，那妈妈帐老婆子复了娇容，仍还是两个鸾箫、凤管；这龙阳白面郎君更换模样，原来是两个狮吼、虎威。两下一见了旧时容貌，怒的也不怒，到笑将起来，丢去手中刀；笑的反不笑，到愁将起来，拿着手内棍，直是呵呵颤。陆地仙乃问道：“你四位如何见面不叙暌违，乃相矛盾争斗？”妖魔答道：“只因彼此变了面皮，一时叙情不出。”魔王乃问道：“仙丈何法解了我等这回争竞？且闻得说甚效法投我？”陆地仙道：“便是我小道自少随师学得不斗不争的个方法，方才见四位争斗，故说出口。”狮虎两魔听得，便叫两妖拜师求法。隐士道：“鸾、凤两位夫人旧在门下，只是传炼了他些变幻神通，却不曾授他这不争的方法。”两魔道：“请教仙丈法号何称？”隐士答道：“小道只因得了这不争法在观中养炼，人称我做‘陆地仙’。却也有几句口号，试念与魔王听！”乃念道：

不恋红尘鄙事，节饮独宿毋贪。安步快乐胜车骖，日食三餐淡饭。漫笑争名角利，更叹暮北朝南。倚强逞势不知惭，怎如我逍遥散诞？

妖魔四个听了，齐齐拜谢山前，随把阵势解下，队伍散开，邀请隐士同到鸾、凤两妖山洞，仍旧和好。两妖叫洞中小妖设起合欢筵席，大吹大擂饮宴。虎威魔方才把唐僧师徒设机变骗哄狐妖，并他两个战斗的仇恨说出。鸾箫夫人听得说："我当年曾闻大鹏魔祖说，他曾以一翅遮大众闻法。想这唐僧取的真经，便是佛祖说的法。这法却又比仙丈的道理深奥，真是得闻受持，可超凡入圣。二位魔王且不讲甚仇恨，只是设个计较留下他的经文，便是上策！"按下妖魔在洞叫小妖探听唐僧师徒，不题。

却说三藏师徒吃了老汉夫妇斋饭，收拾了经担，辞别前行。三藏一面赶着马，一面看那山路，接连长远。时值春光，好山景！但见：

绵绵不断，坦坦平冈。野鸟啼深树，空林挂夕阳。高峰远似削，幽境僻如荒。正是和气融融情觉爽，春风荡荡草生香。人稀鸟不乱，力倦路偏长。

三藏师徒走几里，停着担儿歇息几步。只见天色渐晚，三藏道："悟空，长途力倦，日已西沉。看前途可有庵观寺院，借宿一宵再行。"行者道："师父，此地虽说山冈，却喜路到平坦，况春气晴朗，便是深林密树，可以栖住一宵。"八戒道："不寻人家寺院，这肚中叫冤，怎生安妥？"师徒正说，只见两个小妖跟着一个道院隐士，摇摇摆摆，似有醺醺之状。三藏见那隐士：

逍遥巾齐眉包裹，粽草履双足牢穿。四明道服着身宽，一把拂尘手攥！

三藏见了隐士，忙上前打个问讯道："老仙长，小僧是从灵山下来路过此地，不觉的天色渐晚，人家稀少，无处借宿，敢求仙长居住的上院，暂停一夕。”隐士听了，笑面欢颜问道：“老师们可是大唐西游取经的长老？”三藏道：“正是我小僧师徒四个。”隐士见了经柜包担，便道：“天色真晚。我此处不但狼虎甚多，且是强人出没，妖怪丛生。老师不弃，可到小院住宿一宵。只是山野荒居，无有好斋奉供。”

三藏大喜，乃跟着隐士到他院来。进了分围竹径，转过粉壁砖墙，那隐士叫小妖敲开院门，只见两个童子恭恭敬敬开了中堂槅扇，请三藏堂中坐下；把经柜扛下，牵了马到旁屋。一壁厢打发两个小妖回去，叫他莫向洞主说出唐僧在此；一壁厢叫童子烹茶备食。三藏问道：“老仙丈，宝院果是清幽，真乃神仙宅院。敢求大号。”隐士答道：“荒野山居，聊避尘俗，贱号‘一真人’，每遇人称‘陆地仙’。老师父名号，久已播扬，这东西道路，谁不知道。请问这包柜内是诸品何经？”三藏道：“小僧是灵山求取的《大藏真经》。”隐士道：“这经文却载的何义？”三藏道：“中间载籍却多：天文地理山川草木飞禽走兽，无不备载。”隐士笑道：“这等说来，也只是个广见博识几部书文，不是我道家丹经玄理。”三藏道：“若论玄理，这真经备载。乃见性明心，超凡入圣，比仙丈的丹经，更出一步！”隐士听了道：“老师这等说来，小道拜求一览！”三藏道：“经文虽是济度众生，只是上有敕旨封记，小僧们不敢妄开。若是仙丈要看，小僧有诵记在心的，朗诵一两卷与仙丈一听，便是见闻一般。”隐士见三藏不肯开柜与他看，便心上不悦道：“老师，你不肯开柜，说上有唐主的封记。我这西方道途远僻，便开了何碍？”三藏只是不肯。这隐士乃叫童子飞走到虎威魔洞，报知唐僧师徒在院投宿，可乘夜来抢夺经担，擒捉他师徒。

虎威魔知道，乃与狮吼、鸾箫们计议道：“陆地仙报说‘唐僧在院投宿’，我们若是乘夜去擒捉他，明人岂做暗事？万一那唐僧师徒作下准备，好生不便。不如天明在这山路大道上与他较个雌雄。那时胜了他，取了他经担捉住他，报那诈骗仇隙，他死也甘心！”狮吼魔道：“假如唐僧神通本事，日间也作了准备，不怕我等，到把我等败了，如之奈何？”鸾箫娘子笑道：“你这两魔空撇了我们日久，名说在外炼习神通，却原来见识不高，智量仍是隘小。闻知唐僧是一个至诚长老，八戒是一个老实和尚，沙僧也有几分忠厚禅和子；只有那猴子脸孙行者机智万变：你有一法擒他，他便有一法算你。我想：他只一个的机智，我们四个的神通，况又有陆地仙帮助，料可胜他！”只见那跟送回来小妖道：“上告洞主：小的送陆地仙回院时路遇唐僧，彼此各相欢敬，隐士且嘱咐小的，莫要说收留唐僧在院。今叫童子来报，此必有故！”虎威听了大喝一声道：“大胆业瘴，早如何不报？”小妖道：“一时失记。但只因那唐僧们把小的吹了一口气，就忘记了。”虎威魔道：“即使便是他的神通，权且饶你。”乃请禀凤管娘子，作何计较。

凤管乃与鸾箫计议道：“我当年曾闻孙行者本事虽大，神通虽高，却遇着敌手强过他的，不是上天请救兵，便是西方求佛祖。长庚替他报信，菩萨与他解危；所恃不过一根金箍棒。闻知今日金箍棒缴还在库，只靠着些机变存心。我们如今着一个与孙行者交战，叫小妖围困着他；待他变化出甚么形状，我这里也变化敌他。一个去擒一个。纵八戒、沙僧尚有能，也只敌的我们一个。却把唐僧捉来受用。他三个徒弟没了师父，自然散走。”鸾箫夫人听了道：“既是孙行者遇着强敌的了，能上天求解，入地寻救，我们胜了他，他又去寻了救兵来，事却如何处？”凤管道：“我自有个计策！”鸾箫道：“计策何出？”凤管道：“他惯好请救兵，我那时假变做灵山，待他来时，愚哄他一场，再做计较。如今且分付隐士的童子去，叫他师父小心在意，好生款待了唐僧出院，到前途大路，我们自有计较。”童子依言，回复隐士。隐士笑道：“此明是这几个神通不济，本事欠高，不能奈何唐僧师徒，设此缓兵之计。我想人称我做陆地仙，也只因我与世不争，自得逍遥快乐。乃今遇着这等不遂意的事，拘泥的长老，不由人动了妒忌之心。他们既不肯乘夜来抢夺经文，我难道不设个方法开他的柜担？”隐士想了一会，只得叫童子备斋供，款待唐僧。

却说虎威魔同三个妖魔打发了报信童子出了洞门，计议道：“隐士既戒小妖莫要报我，怎么又叫童子来报？这个缘故须是待我去探听消息，看他是何主意？”三妖道：“有理。”

虎威魔走出洞门来到院外。只见院门紧闭，他却从后门探看。听得童子开后门取水，他遂隐着身形，直走入隐士卧室。只见隐士自言自语，计较弄开经担方法。毕竟是何等方法？且听下回分解。

第二十四回

八戒再哭九齿钯　行者两盗金箍棒

人各有机心，何须巧弄幻。我欲计愚人，谁无谋暗算。微哉方寸间，能经几合战。邪恶终必消，善良自无患。宽厚此惟微，小射含沙箭。此既发慈悲，彼岂无方便。莫云人可欺，神目真如电。

话说一真隐士自言自语说：“我本恭敬唐僧，求他把经文包开，无奈他执定封皮不肯。我叫童子报知妖魔来夺，他又惧怕孙行者们神通本事。俗语说的好：‘好意翻成恶意’；又说‘见钟不打打铸钟’！我且把不贪不竞心肠丢开，做个小人志念，愚哄他们几卷经文一看。”隐士说罢，乃叫童子守着卧室，他出了房门摇身一变，变了个唐僧模样，走出堂来。

却说唐僧师徒吃毕了斋，到个静室打坐。只见行者对八戒说：“你们随伴师父打坐，我去照顾经柜担包。”八戒道：“师兄坐着罢，经柜担包好好的安放在前堂上，莫要生疑心，又动暗鬼！只是你这猴像没有个坐性，招风惹草，又不知甚么机变心动了。”行者道：“呆子，你那里知道，俗语说的：‘吃饭防噎，走路防跌。’我看院主苦苦要开我们经担，师父不肯，他沉沉吟吟，只恐动了不良的心肠！”八戒道：

“这院主恭敬款待我们，况是个忠厚长者，休要过疑。静坐，静坐罢！到了天明，好往前行。”

行者那里听他，出了静室，悄悄到前堂照顾担包。行者把担包封皮、包裹摸了又看，看了又摸。忽然那隐士变了唐僧，走到行者面前。行者见了，道：“师父请自打坐，却又出来作甚？”隐士道：“孙行者徒弟，我想院主款留我们，无非要开看经文。我等在此扰他，便开了一两担与他一看何妨？况经卷也是济度众生的！”行者见他叫了一声“孙行者徒弟”，便疑将起来道：“我师父平日只叫‘悟空徒弟’，那里叫‘孙行者’？分明言语差错！莫不是妖魔假变？我如今拒了他，只恐又是真师父；不拒他，又恐是隐士或妖魔来乱真。”好行者！一面答应道：“师父既是要做人情与院主看经卷，徒弟们的经担不便开动；可把马驮的柜垛动开看罢！”一面拔下两根毫毛，变了两个马垛子经柜，却放在马屋外边，假唐僧道：“好徒弟，不违我师言，做人情行方便。”行者又见他语言真不是师父的口音，乃道：“师父，你请打坐去。待院主明早要开时，徒弟自是开与他看。”假唐僧道：“只恐院主如今夜静正好看经文，出堂来时，你便开与他看！”行者道：“晓得，晓得！”那假唐僧随进屋去，复了原相，叫：“童子们，你可待我哄开经柜，大家你三卷，我两卷乱取他的进来！”童子们应了，方才跟隐士出卧室。

却不知那虎威魔隐着身，看见隐士变唐僧诈哄孙行者，他等假唐僧方进屋，随变了隐士形状，走出屋来，向行者道：“孙行者小师父，你师三藏许我小道开经柜看几卷真经，趁此夜静，望你把许我的马垛子打开封皮，见惠几卷！”行者道：“老院主，甚么开柜子看几卷，我师父既做人情，我徒弟又岂不能做人情？你叫童子抬一柜进屋，自己慢慢的开看去罢！”虎威魔道：“童子小弱抬不动，到是我自己扛去罢！”行者道：“院主如何扛的动？”魔王道：“待我试力重轻！”行者见他试力，故意把柜子毛变的轻了。魔王道：“这柜如何这样轻？”行者道："经文原是纸张，如何不轻？"魔王怕隐士出来，忙忙背负了一个假柜垛出了院门，欣欣喜喜的去了。

隐士方跟着童子出来道："孙悟空，你师曾与你说过，许我一两柜经卷开看。此时一则夜静好看，一则小道睡不着枕，思想看经。望你不背师言，做个人情，打开经柜见惠几卷一看。"行者道："院主，你方才说童子小弱，自己扛了一柜进去，如何又要？"隐士道："我并不曾扛去，你如何冤我？"行者道："分明背去，如何冤你？也罢，尚有一柜在此，院主扛进去，慢慢看罢！"隐士听得行者把柜垛与他扛进屋去看，大喜，叫童子去扛。行者故意吹了一口气在假柜上，把个童子压的东倒西歪，那里扛得动。隐士自己也来扛抬，那柜子就如大石块。扛到屋内，隐士正要拆开，只见柜垛封锁甚固，一时难动。

且说行者见两次隐士取了假柜去，心疑，进了静室。见三藏与八戒打坐，乃问八戒说："师父可曾出静室？"八戒道："师父入定，何尝出室。"行者道："是了。何处妖魔诈哄了假柜子去？"一面笑，笑的是以假诈假；一面思，思的是妖魔扛了毫毛去，作何计较？复转身来，行者思量了半刻道："说不得！再到院主卧室探看消息！"乃出了静室，假变个童子，走入院主卧室。

只见他把柜子扭锁撕封。行者又拔几根毛变了几根芒刺。院主也戳了手，童子也伤了指，那里开得。隐士却叫行者假变的童子开柜。行者道："师父，夜深了，明早开罢。"隐士只是要开。行者把口向童子们一吹，个个打盹瞌睡起来。隐士只得也打坐。

却说虎威魔背着假柜子走在路上，喜喜欢欢想道："陆地仙变幻唐僧，诈那孙行者要经，怎防我去诈来？但此柜不多，怎得再诈他几担，方遂我报仇之气。"那里知毫毛是行者法身。行者见隐士打坐，童子睡熟，乃一斤斗打到路上。只见虎威魔背着假柜垛，口里咕咕哝哝，说的是："柜子轻，不曾多诈得两柜来。"行者隐着形，近前听得，乃向柜子吹了一口气，那柜陡然沉重起来。魔王道："古怪，跷蹊！怎么这柜子沉重起来，不似前轻。”越背越重，便背不动，只得歇力。行者乃弄个神通，向空中一喷，顷刻大雨淋漓，专在魔王身上直落。魔王既背不动，又被雨摧，乃躲入树林。看那雨：

汹汹如海搅，阵阵似盆倾。
顷刻山溪满，须臾沟浍盈。
树枝无鸟宿，道路少人行。
妖怪生烦恼，真经背不成。

虎威魔躲入树林，见那雨只在他面前落，柜子又背不动，心中懊悔道：“可恨这陆地仙要唐僧经看，设这圈套。我又不合诈骗了他柜子来。虽然出了这口仇气，背了他经柜，叫那唐僧走路不成，定是我们口里之食。只是未曾防得这一阵大雨，柜子又重，再加雨湿，益难背走。”

行者听见魔王懊悔怨隐士，他却变做隐士模样，假做奔林避雨之状，走入林中，见了魔王道：“洞主乃忠厚人，我叫童子报知你乘夜来取唐僧经担，你既来了，如何连我也瞒？不取他担包，却把我问他要的经柜暗背了来？”魔王见是隐士，俗语说的“当面抢白，乃恼羞变成怒”，便指着隐士骂道：“你这假惺惺！说甚么不争无竞陆地仙，原来见利忘义，更起争心。是我取了柜子来，便欺瞒了你，何惧之有？”隐士道：“我也不管你，只是还了我这柜子去！”乃上前来夺柜子。魔王也来夺，那里知是行者一根毫毛，他法力一遇，依旧归元。假隐士飞往林外道：“雨晴了，我回院去罢！”魔王在林中寻柜子，那里有，气忿忿的空手回洞。众妖魔问他到院中消息何如，虎威魔备细把前因说出。那凤管小妖向虎威魔王一口啐，骂道：“你这没用的短识见！此分明是唐僧的徒弟又设了计策，哄了你来也！我想陆地仙虽说有神通，还有几分忠厚，岂有叫小妖莫说，又叫童子来报，要我们去夺抢经文？况你是隐形设变来的，他如何知道冒雨来赶？定无此理！况此晴夜月明，何曾落雨，定是唐僧的徒弟弄巧！”狮吼与鸾箫听了笑道：“议论果是不差。”虎威魔被凤管啐了一口，闭口无言，立在洞旁，只是叹气道：“唐僧的仇恨益深了。”

话分两头。却说行者复了身上毫毛，回归院内，见经柜担包俱各未动，乃入静室。三藏却好出定，见行者问道：“悟空，你去照顾经担么？”行者道：“几乎，几乎！”三藏惊道：“怎么几乎？”行者道：“这院主原来是个妖魔，见师父不肯开经柜与他看，乃勾引了山内妖魔，又变了师父模样，诱哄徒弟，乘夜来诈骗。被徒弟弄个机变，愚哄得他们去了。但只是愚哄的他黑夜，却难欺他白日。天明起来，师父须是小心跟着马垛，八戒、沙僧各人俱要仔细。徒弟看这妖魔，不是等闲小妖，定有一场争夺！”八戒听了，道：“大哥！你方才弄的是甚么机变？”行者道：“苦了我，又拔下几根毛。”八戒笑道：“如今再苦了你，拔几根弄个神通，哄过山去何如？”行者道：“这神通可一不可再。妖魔既识破，定然不信。”三藏道：“八戒，你也善腾挪，何不拔几根毛弄个神通，愚哄妖魔过山？”八戒道：“师父，猴王久惯会机变，惯拔毫毛。徒弟虽有几根鬃儿，却也善变。如今只苦了没那钉钯在手，若是有这宝贝，怕甚妖魔？”八戒题动钉钯，便哭将起来道：“我的钉钯呵！我想你：

> 自从遭贬出天关，不做天河宪节官。授我钉钯名九齿，降妖打怪灭无端。如今缴在灵山库，只为求经不复还。若得当年真利器，何愁不过此魔山。”

行者与三藏计较保经担过山，八戒却只是啼啼哭哭想钉钯，便引动了行者想起他的金箍棒来。

时方夜半，行者拔一根毫毛变了个假行者，随着师父，只晓的劝八戒莫要哭，他却一斤斗，又打到灵山雷音寺来。却是盗过一遭金箍棒，走过的熟路；又遇着把门神将跟从如来赴莲花海会，行者乘空儿走入大门，旁有宝库。见那库门封锁，不似前时，屋檐丝毫也没个缝隙。行者左张右看，无处可入，正心里躁急，只见板门旁一个蛀虫小孔儿，针尖儿大。行者见了心喜，摇身一变，变做蛀虫，钻入孔内。看那金箍棒依旧与钉钯、宝杖拴在一处，却不似前放光。行者忙去解绳索，那知那绳拴百结，坚固难解。行者叫一声“小”，那棒也不小；叫一声“大”，那棒也不大。行者心疑，使出手力一推，也推不倒；双手来举，也举不动。把眼往上一看，只见上面贴着一道朱符。行者去揭那符，那里揭得起？行者无计，躁急起来，又恐费了工夫，天色将明，只得钻出孔儿。

正在库前思量，设法取棒，只见一个老比丘僧提着一盏明灯，走到库前，见了行者道：“何人在此？”行者忙上前打一个问讯道：“老师父，是弟子孙悟空。”比丘僧听得道：“孙悟空，你久随唐僧取了经去，缘何还在此处？必不是他，定是何处妖魔来希图库藏经宝！”行者道：“弟子实不瞒老师说，跟随唐僧取经回去，路遇妖魔抢夺经文，手中没有金箍棒，往往降不得妖，灭不得怪。明来取，又不肯发，只得乘空隙来取了去。”比丘僧笑道：“事情果真，我实和你说：经文乃济度众生宝卷，你那棒儿乃杀生害命凶器！我这里慈悲方便之门，怎肯与你这凶器去弄？休要痴心妄想来取！前闻你来偷过一次，已托付这兵器的旧主，封固甚密，便是你取了去，也不听你使用了！”行者听得，欲要问金箍棒的旧主儿是谁，无奈天色将明，又恐唐僧在院中，八戒、沙僧照顾经担不周，只得辞了比丘老僧出寺门，一斤斗依旧打在三藏面前，收了毫毛。只听得八戒还咕哝钉钯。行者道：“呆子休要想他了！只把经文正念，料妖魔不敢来犯。”师徒见天已明，乃出静室。隐士也起来，看屋里那有个经柜？心里甚疑，走出堂前说道：“老师父既不肯开柜把经文与我看，只是前途却有几个妖魔，定是抢你的经担，那时你来求救于我，便请我看，我也不看你的。”行者道：“老师休说此话！天上人间，方便第一。我等山僧不知礼节，过扰了斋食，又安身了一夜，无以报答；倘前途有甚妖魔，还望解救。便是我弟子，也有些小神通，不到得被妖抢了去。”隐士道：“我也不问列位师父别项神通，只说夜来明明承你见惠一个经柜，叫童子扛入屋里，只因封锁难开，若刺戳了手。今日如何不见，依旧在外堂中？”行者道：“老师父，这原与我等无干。但圣经到处，他自有神灵保护，不得离开的。便是妖魔神通广大，也不能夺得，还要受那神灵磨折哩！”隐士听得，道：“此话我也不信，但看前途若不遇妖魔便罢，倘遇着被他夺去，再看你这保护的灵神！”

隐士只说了这句，却不防凑巧那比丘僧与灵虚子在小庙儿住了多时，却前来探听唐僧师徒可有妖邪阻道。正是到这道院前，见门儿闭掩，里面却是唐僧师徒在内。灵虚子隐着身，变了一个苍蝇儿飞入，却听了行者对隐士说“保护灵神”的话，乃飞出复了原身，向比丘说了。比丘僧道：“且莫要惊他，我与你且等唐僧去后，进道院拌扯着他，免使他去帮那妖魔。”灵虚子听了，与比丘躲在院后树林。果见唐僧师徒担着经包出院门，谢辞隐士，照大路前行。

毕竟后来何如？且听下回分解。

第二十五回

当战场行者骂妖　入眼过唐僧被难

话说三藏师徒照山路大道前行，三个徒弟们闲话说：“院主既称‘陆地仙’，与人不争无竞，缘何强要开我们经担，生了一个设骗心？”三藏道：“徒弟们有所不知。这隐士不争无竞，是个未见名利时心肠不动气欲的时候，俗语说的‘快话见成话儿’，若涵养未纯，利欲一投，争竞不觉的难遏。除非真正大罗仙，方无这般火性。”八戒笑道：“师父，岂但隐士，便是我们和尚没涵养的，火性更易起。”师徒正说着前行，忽然一阵风起，十分狂大。怎见得？有诗为证。但见：

> 掀土飞砂从地起，翻方卷雾自天排。五湖刮起千层浪，
> 四岳摧倾万丈崖。走兽忙寻深谷躲，飞禽急奔密林埋。
> 渔翁离岸不撒网，樵子归家难打柴。树叶枯林翻搅落，
> 茅檐草屋尽皆摧。呼声只听如雷响，聒耳难禁似虎来。

这风刮处，早有两个小妖当前拦着路问道：“和尚从那里来的，柜担中是何货物宝贝？”三藏上前答道：“善人，我僧家是从灵山下来的，柜担中不是货物，也无宝贝，乃是《大藏真经》。”小妖听得，道：“你可是唐僧么？”三藏道：“正是大唐来取经的僧人。”小妖道：“我洞

主魔君正等候你多时，你不消前往，可把经文柜担挑到我大王洞里！动劳你们开了柜包，课诵一遍，我大王必定设筵款待。”三藏听了小妖之言，颤兢兢的道：“善人，我等经文有封锁，不妄开的。便是你大王要课诵，我小僧自有记的经文念念罢！”三藏说着，那小妖渐渐添来，顷刻就有二三十个。赶马的赶马，夺担的夺担，扯唐僧的，拉行者、八戒、沙僧的，乱拥将来。行者向八戒说道：“师弟们，事不谐，多是妖魔来了！”八戒道：“大哥说不得，动武罢！”行者忙掣下挑担的禅杖，照小妖劈面打来。小妖见势头不好，飞报与虎威等妖魔。

当时妖魔听得小妖来报说：“唐僧师徒到来，好意邀请他来洞，他徒弟们到掣出禅杖来乱打！”两魔王听了大怒，乃披挂起来，执着器械，带领小妖摆列前来。行者与八戒、沙僧只得举着禅杖，看那妖魔凶狠势焰，却不似在那山头的模样。八戒便指着说道：“妖魔，我前日已曾饶了你性命，过此山来赶我的路程，想往日与你无冤，今日与你无仇，何苦又到此处拦阻我师徒归路？”虎威魔笑道：“你这蒲扇耳、碓梃嘴的和尚！我到饶你们丑恶，不吃你，你何故诡诈变幻，把我们弟兄愚哄？你敢再与我斗么？”八戒那里答应，举起禅杖便打。虎威魔执棍来迎。旁边恼了狮吼魔，也执棍上前；这里行者、沙僧一齐动手。这场好斗！怎见得好斗？但见：

> 虎威魔势狠，狮吼怪威雄，八戒、沙僧真猛勇，猴王行者更英雄。两个妖魔棍来风搅雪，三个和尚杖打虎降龙。这边不服软，那里岂容情？只斗的山移与海泛，地暗并天昏！

虎威魔与狮吼魔两个那里斗得过行者三个，败了阵往洞里飞走。众小妖方才也要跑，只见凤管、鸾箫两妖装束的整齐，带领一班小妖簇拥到山前。见三藏、八戒们看了他一眼，便叫道：“唐僧休得无状！赶早把经担丢下，一个个上前听我拿去，蒸吃、煮吃、囫囵吞、零碎嚼！”八戒听得，道：“好妖魔，肠子壮。好歹将就吃罢，还要蒸煮、细嚼、慢咽？”行者说：“呆子，这妖魔斗不过，叫出妇女兵，妈妈帐来了。你也休觑做等闲，好生小心抵斗！”八戒笑道：“妖魔不耐斗，叫出内眷搪抵，怕他作甚？陌在人眼！”舞起禅杖，直奔两妖。那凤管妖举起刀来，喝一声：“长嘴大耳朵和尚，莫要粗糙，动手动脚。你那知我这刀下不留情！”八戒道：“甚么不留情？你是那方妖魔，甚么精怪？赶早通名道姓，顺头顺脑，来领老猪禅杖！”凤管妖听了“老猪”二字，便笑道：“你原来就是猪八戒，到也久闻你姓名！”八戒道：“妖魔，你在那里闻我大名？”凤管妖道：“你的名儿可是：

曾管天河膺节钺，总督五兵守帝阙。只因酒醉闹蓬莱，天王要把伊形灭。多亏太白李长庚，一力挽回命不绝。降你下凡令立功，云栈洞里安家业。高老庄上弄风流，流沙河里降魔孽。护持东土取经僧，浑名叫做猪刚鬣！”

八戒听了，道：“好妖精，你知道老猪名儿，也不是个无名少姓之怪。你两个也递个供招来，好领老猪的禅杖！”凤管妖笑道：“猪八戒，我既知你来历，难道你不知我的真实？是这西方路上虎威、狮吼两个大王的魔头！”行者听了，道：“妖精，八戒不知你，我老孙却识你。”凤管妖道：“你这猴头识我两个是谁？”行者道：“你两个可是：

欺公骂婆强悍妇，执熟偷生馋老婆。背夫天涯曾远走，吵邻聒舍不随和。牝鸡司晨夫子惧，狮子吼叫折磨多。戴着珍珠思玛瑙，穿来绸缎要绫罗。搽胭抹粉精妖怪，惹事招非没奈何。小叔姑郎齐报怨，悔教娶这搅家婆！”

鸾箫妖听了，怒道：“好惫懒猴头，到被你毁骂我们！难道你会骂我们，我便不能骂你？”行者道：“我外公有何过恶与你骂？”鸾箫妖道：“不知你的便不能骂。我自当年跟随金翅雕，便就知你！你可是：

无祖父，没爷娘，花果山中大石冈。成精气，受阴阳，一块鹅卵出空桑。

具五体，拜四方，惊动灵霄上圣王。神兵剿，天将降，不遇菩萨一命亡。跟和尚，做伴郎，求取真经过此乡。金箍棒，入库藏，纵有神通手内光。说寡嘴，夸高强，今日相逢你老堂。留下担，与经囊，饶你残生归大唐。”

行者听了，怒从心起，道：“好妖怪，你敢骂老孙！”举起禅杖打来。鸾妖侧身躲过，舞刀斫来。沙僧见了，也挥动禅杖。这场好斗，正是：

鸾箫女怪发无情，凤管妖魔更不平。两个钢刀分胜负，三个禅杖论赢。往来使出降龙势，转斗翻成缚虎形。大战多时俱力倦，妖魔设计弄精神。

两妖斗行者三个，看看力弱。小妖忙报与虎威两魔。两魔一则歇力，一则看两人手段，故意旁观，让行者们降下他两妖势力，乃是两魔报复私恨之意。不匡这女妖有几分神通本事，他战不过三个，使了一个“拿法”：格开禅杖，凤管妖把八戒一手横拖，拦腰捉将过去；鸾箫也把沙僧五指揪翻在地，拿进洞里，便叫两魔出来。虎威魔一面敌住行者，狮吼魔乃叫小妖把唐僧捆将入洞，经担马垛俱被小妖扛入洞中。那虎威魔虚架一棍，退走入洞。顷刻山路冷冷清清，不见一个小妖。唐僧、八戒、沙僧、经担、马柜，都被妖魔抢拿入洞。单单只丢了一个孙行者，拿着一条禅杖，在山路中东张西望，不见些影响，自己不觉的悲惨起来，道：“师父呵！只道你：

来时遇难苦妖魔，今日经回没难磨。好事谁知多阻隔，想因自作孽冤多！”

行者虽然悲惨嗟叹，到此只得思量个计较，乃跳在半空看个头向，只见远远树密林深，那山路险隘之处，毫光腾腾涌出。

行者道：“是了，是了！这毫光却见宝经所在。我如今只得到此毫光处找寻师父们下落。”却又想：“妖魔不比往常。看这几个，也都是有机变神通的。我能撮空变幻，他若识破圈套，怎生救师父们与经担？说不得因机设变。当初隐士与他们往来，如今只得变隐士去探听。”行者随变了隐士形状，走到洞前。把洞门的小妖见了，忙报入。

却说鸾箫、凤管两妖拿了八戒、沙僧入洞，叫虎威、狮吼两魔捉唐僧、行者。他却知行者神通，捉不得，只捉了唐僧，抢了经担，到得洞里，闭上洞门。虎威魔便叫小妖：“捆起他三个和尚去蒸！”狮吼魔道：“且莫忙，凡事不先计较，后来彼此未免争竞。如今蒸了他三个，却是如何吃？”虎威魔道：“凤管娘子与鸾箫夫人那两个原好吃丑恶的，我们却只吃俊雅的。如今他两个丑和尚蒸了，一家一个。我便吃这老和尚，他人虽老，却面貌整齐。你吃那白马罢！”狮吼魔道：“你到也公当，公当！我等原誓在先：有官同做，有马同骑。今日你三个受用三个，我合当吃马！”虎威魔道：“不如此，便与你共吃这老和尚。”狮吼魔道：“也使不得，夫人、娘子到吃两个，我们堂堂汉子只吃一个，更不公当！”凤管妖笑道：“大王，你也不须争长竞短，如今轻易也吃不得唐僧三个。尚有那孙行者是个割嘴费手的。必须把他拿倒，那时一家一个，方才公当！且叫小妖把唐僧三个送在洞旁空谷里，待拿着行者，再计较蒸吃！”

八戒听了，道：“好也！又停停，到是整蒸。一家一个囫囵吞罢，莫要两个各一个，苦哉，痛哉！”唐僧道：“悟能，你这徒弟平日也有些神通，来时到能降妖，怎么如今不能灭怪？”八戒道：“来时是师父应有之难，今日是猴精的机心拖累我等。师父放心，且看猴精作何计较而来？徒弟也不老实了！”

却说行者变了隐士，走到洞前。小妖报入，妖魔只得请入。行者方才走入洞，虎威魔笑迎着说道：“骗哄我们的仇僧，今被夫人、娘子捉进洞来；只是不曾捉得那猴子脸和尚。待捉了他，再作计较。”隐士道：“料那猴王也不难捉！只是唐僧们是你夫妇吃得，经担须惠与我罢！”凤管妖听了，向鸾箫笑道：“魔王错认了定盘星！俗说：‘瞧着灵床，与鬼说话。’你看这隐士可真乃陆地仙？分明孙行者变化来的！”凤管妖原非看破，乃是故意猜疑，题出这句话。行者一时装假，自惊道：“是妖魔认出来了！”忍不住的露出本像来，往洞外飞走。鸾箫妖见了，笑道：“娘子真有神眼，看破了猴精弄假。”凤管妖道：“夫人，我见他称猴王，要经担，便知他假。如今他又弄假来愚我，我便弄个假去捉他！”说罢，飞走出洞门，摇身也变了个陆地仙。

却说行者见女妖识破了他，走出洞来想道：“这事须得真隐士到洞来，方便求放。当日隐士虽恼我们，但他原以不争不竞为心，好意卑礼求他，或者肯做方便？”行者正前行，要到院来，不知那女妖变了隐士走向前，迎着行者道：“小师父，你不随三藏挑经担去，却又转回，何故？”行者把妖魔捉去师父三个，并经文抢去的话说出。隐士道：“经文是讨不出来了。你师父圣僧，料他不吃；只怕那丑长老，他不肯饶。纵我去方便，也只好饶唐僧罢了！”行者听得，忙把慧眼放出一看，笑道：“好妖精！又来弄老孙！”乃掣出禅杖，劈面就打。女妖飞星走了。行者急跟将来。女妖却不回洞，一直只往陆地仙院中走，道：“长老，我分明要与你去洞中说方便，你如何到怪我？赶打将来！”行者那里答应，只是赶着。

却不知比丘僧与灵虚子在院后树林，远远见行者赶着隐士，口里骂着“妖精”，灵虚子窃来听知，随变了陆地仙，迎上路来道：“唐长老的高徒，赶的是那里妖魔，假变我真形！”行者道：“是那山洞里凤管女妖，只当是真隐士来了，自觉没趣。他现了原相，飞奔回洞去了。”行者忙上前，又把妖魔拿了唐僧三个，抢去经担的话说出，求隐士方便。隐士道：“妖魔方才假我愚你，被我说破，恨我回去。这方才难行。你且到他洞前吵闹！我自有一个老师父，神通广大。待我请他来解救你师弟子，取了经担马垛前行。”行者拜谢辞去，依着灵虚之言，在洞前吵闹。

妖魔只是闭着洞门。行者无奈，变了个萤火虫儿，飞入洞中。寻到洞旁谷内，见三藏与八戒被妖魔捆着。乃飞到三藏耳边，道：“师父，你取经回去，原无灾难。今日何故被妖捆缚？”三藏知是行者声音，乃道：“悟空，我也知是你与女妖战斗，我在旁偷看了一眼。我本无心，那女色误入眼来，便入了这魔难！想要解此愆尤魔难，须是劳你再上灵山，求那位菩萨来度脱。”行者道：“师父放心！徒弟顷刻就上灵山寻救去来也，只是八戒、沙僧何以遭此？”三藏道：“必然也是眼观之过。”八戒听得三藏说话，似与行者平日交谈，乃道：“猴子，快弄个机变救我们。若救得出去，以后再不敢把眼作过也！”行者乃飞近他耳，道：“呆子，你既知改，难道你往日没有个变化神通，还老实与妖魔捆着？”行者只这一句，提动八戒，那八戒自悔眼过之非，果然那老实丢开，也动了一个机变神通。

要知八戒神通，且听下回分解。

第二十六回

唐长老不入邪踪　猪八戒忽惊梦话

话表孙行者变了个萤火虫儿，飞入妖魔洞里，寻着三藏，耳边报了个消息；又向八戒说一番。八戒也动了一个机变心肠，道："大师兄，你会拔毫毛变假，难道我不会拔根毛儿变假？只是师父不肯假诈，沙僧没有毛变。也说不得，拔两根毛，替师父、沙僧假变。大家走出洞去，再计较取经！"行者道："我拔毛假变师父、沙僧不难，只怕妖魔拿入锅上蒸笼，那时露出假来！我等走了路，这经担、马垛如何取去？"八戒道："且躲过蒸煮，到了外边，那时再作计较！"行者依言，便要拔他的毫毛下来，一根变三藏，一根变沙僧。却说往日拔毛，顺顺的就下来，这时毫毛挺硬在身，拔不下来，皮肤痛疼。行者道："事急矣！我知你这毛非难拔，必是师父以正念存心，不肯变假，连你也正气起来了！"乃向三藏耳边说："师父，如今妖魔捆着你，要蒸煮了吃，我徒弟们计较救你，设个金蝉脱壳之策，把徒弟毫毛拔一根，假变师父，与妖捆着，随他蒸煮，却把师父放走了，出洞再作计较！"三藏听了，道："悟空徒弟呵：

自从削发入禅门，一点真心不坏身。万年尽从诚实做，六根岂为欲邪惛？

须知我在真经在，怎使经亡我独存？汝辈但将经保去，我身宁受怪魔吞！”

行者道：“师父，保身者，实所以保经；莫要使身不保，经亦无存。徒弟这机变，乃从权之义。急早依徒弟，愚哄那妖魔，且出了洞，再作计较。”八戒、沙僧又劝。三藏只得念了一声梵语，说：“徒弟，凭着你罢！”行者即便顺手拔下毫毛，随变了个假三藏与沙僧；八戒拔下根鬃毛变的自己，与妖魔捆在洞里。行者乃使了个“隐形法”，乘妖魔在山洞深处，眼不曾见，走出洞口。那把洞小妖那里看见？

四个人出得洞门，只见一个老僧从西走来。三藏忙上前问道：“老师，你从何处来？欲往何处去？”老僧道：“我从后山脚下来，欲望前山施主家去。”三藏道：“老师，此处妖魔甚多，你如何独自行来？”老僧笑道：“家常熟路，妖魔只欺的是生人。”便问道：“老师父不像近地长老，何处来的？”三藏便把取经过此山遇妖魔话说出。老僧道：“师父，路本无妖，都是你们心生邪怪。”三藏道：“我弟子心原清净。”老僧道：“师父，你便说清净，只恐你对景不能忘情，一着了色相，即便动了尘根！”三藏合掌称谢。只见行者道：“老师父，走路只走路，莫要讲闲话，惹妖精知道，又来拿去！”老僧问道：“那个妖精又来拿你？”行者便把妖魔捆在洞，偷走出来话说出。老僧道：“老师父可随我先走过此山，一个施主家住了。我有一个同门的老道者在山后，与妖魔熟识，必然说方便，与你们讨出经担。那时过山前再会罢了！”三藏依言，同老僧先打点过山。那里知老僧却是比丘僧前来？

行者待三藏走路，乃与八戒计较道：“经担被妖魔抢去，老僧说‘后有道者来，与妖魔熟识，讨个人情儿，还我们经担’，如今假变的毫毛，若是蒸煮在后，道者先来，事还可救。只恐蒸煮在先，道者在后，弄破圈套，露出假来，道者做不得人情，我们反惹妖魔仇恨，如之奈何？”沙僧道：“师兄，我们只得等候道者前来。”行者道：“师弟，你与八戒在此路上等着。待我进洞探听去。”好行者！一面说，一面仍变了个萤火虫，飞入洞中。

只听见虎威魔计较道：“孙行者怕捆躲走去了，把唐僧们蒸了，大家共享。莫要你一我二！”狮吼魔道：“既是这等公当，我等也不可独享，还当去请了陆地仙来。况他向来与夫人、娘子讲论服食丹经。若是吃了这唐僧们久修禅和子，胜如餐霞服气！”只见凤管、鸾箫两妖走出洞里来道：“你两个魔王想要蒸煮唐僧吃，那里知那孙行者神通广大？他会拔毫毛变假经柜，只恐又拔下毫毛，变了假唐僧、假经担愚哄我们，他却笑欣欣往前途去了。”虎威魔听了道：“二位魔君说的有理。想我们在山后被他弄假愚哄前来，此时虽捆着他，安知不是假的？如今有个道理：把他三个捆在洞前，我们各显个色相，他若是真的，定然怕你，不是乞哀，便是惊怕；若是假的，自然败露出真形！”凤管妖听得乃问道：“我们如何显出色相？”虎威妖便叫小妖把捆的唐僧三个拿出洞堂，放在阶下，却自己把身一抖，只见那威风凛烈，大喊一声，真是摇动山岳！狮吼魔也把身一抖，顷刻金睛暴钻，张嘴獠牙。凤管、鸾箫两妖也都变的凶恶，如山精鬼怪一般。齐齐吆吆喝喝，恐吓这假唐僧三个。行者在旁听知妖魔计较。他见妖魔凶狠，便把假装的三藏与沙僧惊惧起来，乞哀讨饶。只有八戒说道：“大王，我这一个丑和尚，便吃了也罢。只是师兄孙行者到标致，你何不等拿了他一齐受用蒸煮？也见的我师兄、师弟患难同受！”行者听得，骂道：“这个囔糠的瘟毛，便跟着一气哀求也罢，如何说这自在话，又拔扯着我！想你这根鬃毛虽假，气体却是你本心不忿！我在洞外，你那里知我为师父、经文费一片苦心？你既拔扯我，我说不得弄你一番！”乃把变化的萤火虫忙改变了个小妖，向虎威魔道：“大王，看这唐僧与沙和尚似真的，听得大王要蒸，他便乞哀惊怕。这猪八戒却是假的！闻知他善腾挪变化，原在山后愚哄了大王，成了仇恨，如今若不拿了真的来，却叫他假变又愚哄了去，宁不取笑于人？”虎威魔听了道：“你这小妖说的是。真唐僧捆在一边，且把假八戒拷问他，是甚么变的？”假八戒听得，道：“不消拷问。我八戒原老实，便老实说与你：大家都是假的，连经担柜垛也都是假的！”虎威魔听了，道：“既是你说假，却是何法假来，何物变幻？”假八戒道：“都是我与孙行者的毫毛！”妖魔听了，道：“你假变在此，真的何处去了？”假八戒道：“挑经的挑经，押柜的押柜，此时已过了八百里莫耐山去了！”行者在旁笑道：“呆子粗中到也有细，先说老实，后却开豁经担。我如今只得顺他口救了经担。”乃又向虎威魔道：“大王，小妖看这猪八戒话果老实，且到前途探听真唐僧，把这假的且放了罢！那假经柜也不中用，要他作甚？”虎威魔方欲依假小妖之言，只见凤管妖笑道：“魔君，你被孙行者愚了！我看这洞中此时那有个萤火虫飞来飞去，且不曾见这个多嘴饶舌的小妖，看来只恐就是孙行者！”凤管妖一面说，一面便来拿行者。行者见妖精说破了他，往洞外就走。妖魔们笑道：“果然是孙行者在此弄假，料捆的唐僧，抢的经担，多是假的！如今且放在谷洞里，待去查看前途真唐僧可曾押着经担前去。若真押去，当设计拿来！”凤管妖道：“待我前途去查看真实！”叫小妖：“且把假唐僧们放在洞内！”乃点了十余个小妖，随身出得洞来。

却说真八戒与沙僧在路上等那老僧说的同门道友。等了半晌，只见八戒忽然如说梦话的一般。沙僧笑道：“二师兄说梦话了！”八戒道：“真也是梦话。我方才如梦，昏昏走到洞里，被妖魔说真说假，要拷问我真实，我哄他经担也是假，正要设个计较偷那经担，被大师兄惹动妖魔疑心，因此醒觉。”沙僧笑道：“二师兄，这都是你鬃毛不会变，还有个一气相连之因。”两个正说，只见大路上一个道者走来。

八戒看那道者：

不似仙家容貌，却如释子形装。木鱼敲的响铛铛，本是连毛和尚。

八戒见了，上前施了一个礼道："师父可是前边过去老师父说的道者？"道者道："也是，也不是。你问他怎的？"行者道："我们有几担经柜被妖魔抢在洞里，听得道者与妖魔相好，要求说个分上，取了出来。故此问他！"道者道："这等说来，想是陆地仙了。闻他与妖魔争这经柜，两下生疏了，他怎肯来？"行者道："他若不来，这经柜如何能够取出？"道者道："取不打紧！但不知你会变么？"行者道："会是不会，只好学变变罢了！"道者道："你既会变，我变了陆地仙，你变做童子，同去哄骗出经柜来，一件事便完了。何必等他？"行者大喜。道者因变做陆地仙，行者变做童子。既到洞里来，二魔迎说道："经柜小事，好朋友莫要为此生疏！正要着人相请。"假陆地仙道："请我做甚？"二魔道："前捉的唐僧师徒，要蒸煮他吃，又说是真，又说是假，一时难辨。欲求隐士辨一辨！"假陆地仙道："我也辨不出。我有一件宝贝，拿来一照，便真假立见！"二魔大喜道："千乞借我一辨，是真是假，便好吃耳！"假陆地仙道："大王既要，借甚么？我与你换了罢！"二魔吃惊道："此乃隐士的宝贝。我洞里有的不过是些人骨头，怎好与隐士换的？"假陆地仙道："不须别物。只你抢夺来的这些经柜，你要他也无用，何不送了我？我便将宝贝送与大王，留在洞中，常辨辨。(以下疑有误，但仍依底本)"真个道院隐士名叫陆地仙。来往也只因为争这经文，两下生疏。这如今还不曾相会哩！"道者笑道："你能变那隐士么？"行者道："已曾妆过两遭模样儿了。"道者道："如今你再变了隐士，待我们变做他的道童，且骗出经担，再作计较。"行者道："正好他有许多童子，我也曾变过。"道者乃叫行者先变出陆地仙模样。道者见了，道："悟空，你再变童子我看！"行者又变出童子形状。道者说道："你等都变童子。你还要分外多变几个。待我变了陆地仙。且去愚哄妖魔，翻出经担！"行者、八戒、沙僧依言，变了三个童子。行者分付拔了几根毛，又变了几个。道者摇身叫声："变！"却就变的与陆地仙一般。童子跟着，直到妖魔洞来。

小妖忙上前道："老师父，只因你来报了唐僧信，如今捉拿了经柜、唐僧。我洞主看破，都是甚么孙行者假变的！因此，凤管魔君前去赶唐僧，捉真的去了！"道者听得回过脸来与行者道："这却如何处？你师父与那道友不知此情，怎生防他？"行者道："师父，你且少待！我去报知你道友并我师父去来。"好行者！一面说未了，一个斤斗早已打到三藏面前。

三藏正与老僧前行，绕过了山前，在那处林子里歇足，讲论些道理。忽然行者到前。三藏见了，便问事。假妖魔听了，喜道："一言既出，只要隐士取了宝贝来。"隐士说："大王必先赐了经担，方取宝贝。只恐取了宝贝来，那时不肯赐我经担！"妖魔只想要知捆着的真假，便叫小妖："把经担送到院中去！"隐士说："既承见赐，我跟来童子有力能扛，便着他扛抬了去罢！"

妖魔被假隐士愚哄，便把真经担柜垛，俱叫童子扛去，乃把白龙马留下。隐士道："马垛须得马驮。"妖魔道："马不必去！多着小妖几个帮抬罢！"行者变的童子故意道："柜子重，抬不去！望大王暂借马驮了去，我便取了宝贝，骑着马，且来的快！"妖魔听了，道："也有理。"乃问隐士："这宝贝是甚宝贝，便知唐僧真假？"隐士道："我这宝贝非凡，却是有来历的。"

毕竟是何物？且听下回分解。

第二十七回

意正毫毛归本体　心清慧眼识妖魔

妖魔把经柜担包尽都送了隐士。你看行者、八戒、沙僧假变了童子扛抬出洞，走到大路上，各人把禅杖挑着，押着马，直往前行。

走了几里，行者忽然“呀”的一声，八戒问道：“师兄怎的又动了机心？”行者道：“我们只顾得了经担，便忘记了宝贝之说也！”八戒道：“正是。我也只图挑着担子，便不曾问道者，替我们取了经，却是甚么宝贝叫我们骑着马取与妖魔？”行者道：“师弟，我们既哄出柜担，且寻那个安静之处藏躲了，待我凑合道者去来！”行者说罢，他仍变作童子几个，走到洞里。见那妖魔等着宝贝来，忽见童子空手而至，乃问道：“宝贝在那里，取得来了么？”行者机心最巧，便答道：“我院主宝贝有几件，不曾问明白取那一件，故此前来，请问个明白。”假隐士会其意，乃道：“是我藏在宝箱内那件好宝贝儿！”妖魔问道：“这宝贝有何好处？”假隐士道：

“灵台上团栾一物，似菱花如月光辉。不拘真假是和非，对面时丝毫不昧。”

妖魔听了笑道："原来是一件镜子。这镜子果然照出人的是非真假？童子快去取来！"行者又故意道："院主锁在宝箱，封记甚固，我等不敢擅开，且是唐僧的徒弟那孙行者手眼极快，万一抢了去，不便！"假隐士道："童子也说得是！待我自己取来，与大王照这唐僧们真假！"妖魔依言。假隐士辞别出洞，与行者复了原身，大笑道："妖魔纵要蒸和煮，根把毫毛值几多？"道者笑罢，乃叫行者们托言担子，从容走来："我先行，赶你师父并我道友老僧。"行者依言，与八戒、沙僧押着马垛，慢慢前行。

却说凤管妖带了几个小妖，向前赶上唐僧，只见一个老和尚随伴，在林中歇足。这老和尚他却认的，是灵山比丘僧。只因他当年随大鹏听法，故此知识。凤管不敢轻犯，乃变了一个妖妖娆娆妇人，走到林中，向老僧拜了几拜道："二位老师父，是往何处去的？"老僧答道："是前路望施主的。"妖精又问道："从西来有几位唐僧，乃是我家旧相识。闻知他取了经回，我丈夫备下斋供伺候请他，叫我带领几个家童，替他搬取行李。等了几日，不见到来。二位老师父相貌，却像那唐老师父！"老僧道："这是我同伴道友，却不是唐僧。闻知那唐僧师徒挑着经担，老老实实走路也罢，却遇着妖魔。师徒们弄假设诈，把经担被妖魔抢去，师徒又捆在洞，那妖魔要蒸煮吃哩！"妇人道："我也听得，说有个孙行者神通变化，他拔下了毫毛，假变唐僧、经担，愚了妖魔前来了。"老僧道："娘子，你不知我还有同伴一个道友，他知的真！"

凤管妖听了老僧说，便辞了老僧回到路上。只见一个道者走来。他见这道者是灵山优婆塞，仍变了妇人，上前行了一个礼道："老师父，你可曾见几个取经回来的长老么？"道者问道："娘子，你问他怎的？"妇人道："他当年上灵山，路过此山在我家住宿。我丈夫被个妖邪迷成一病，感他师徒救好。近闻他取了经回，备下斋供接他。方才又闻说唐僧们被妖魔抢了经担，捆在洞中要蒸吃他，却被甚么孙行者神通变化，把毫毛假变唐僧、经担，愚哄了妖魔脱身来了。”道者笑道：“娘子，你耳闻不如我目见。唐僧师徒果然被妖魔捆在洞，经担也抢在洞，只不曾拿着孙行者，故此被行者变假，要骗哄了去。谁知有个陆地仙与妖魔相厚，他见孙行者弄假，却就也假变了唐僧、经担、马柜，哄了孙行者，出洞前来。已把唐僧蒸了，他们受享过了，经担真的送了陆地仙去了。”

凤管妖听了，怒从心上起，乃辞了道者，说：“原来虎威魔们乘我出来查真假，他却与陆地仙把真唐僧吃了！”带着小妖，急回洞来。却好遇着孙行者们挑着真经担前来。小妖见了道：“魔君娘子，前面是唐僧徒弟们来了。”凤管妖笑道：“这正是陆地仙假变的，哄了孙行者来了！小妖们可上前探问那长嘴大耳的和尚，看他怎样答你？”小妖依言，走到八戒面前问道：“和尚，你们可是唐僧经担，还是假变了来的？”八戒听的答道：“假的，假的。”

凤管妖听知是假，乃回到洞中。虎威魔问道：“娘子探听是真是假？”凤管妖怒色不解道：“你们已请陆地仙蒸了唐僧受用，又把经文送了他，如何还瞒我？”虎威魔道：“经文送与他换宝镜，来照真假是有的，只是唐僧尚捆在洞，何曾瞒你蒸他受用？”凤管妖听了道：“我闻陆地仙假变了经担，哄了孙行者去。”虎威魔道：“并无此说。娘子听见甚么人说知？”凤管妖道：“是一个老道人说知。我认得他，是灵山优婆塞。是了，是了！我起初遇着个比丘僧伴着一个和尚，与洞中捆着的相似，我道是唐僧，他说不是。看起来，一定是了。你何故又如此说？”虎威魔道：“说来一发可疑！只等陆地仙取了宝镜照看，便知真假。”乃叫小妖到隐士院中，催取宝镜。

再说隐士乃是一只仙鸾所化，一向在这山中修炼，求复人身。凤管、鸾箫二妖闻其得道，拜在门下学慕长生。那隐士只因动了骗经之心，假变唐僧希图利益，不知反被行者捉弄一番，自生懊悔，正在嗟叹机心无用。只见童子来说：“魔王催讨甚么宝镜？”隐士心疑，唤小妖入问。小妖便把童子抬经取镜照唐僧真假情由一一说来。隐士大笑起来道：“我只因假变唐僧哄孙行者经柜，被他以假弄假，把经柜骗去，还把我手刺戳。正在此笑人弄假撮空，纵得撮来，还从空去，何若不依老实本分为生？你魔王却又不知被孙行者弄了圈套骗去，乃来我处取甚么宝镜。那有甚么宝镜？待我到洞，与你魔王面白！”隐士说罢，乃到洞中。妖魔见了，便问：“宝镜带来了么？”陆地仙笑道：“我何曾来要你经担，那里有甚宝镜？这分明是孙行者弄的手段！列位魔王不消分剖，我知真行者弄了假唐僧、八戒、沙僧在此，抵换了真的前去，料必是他说的毫毛假变！你不知这毫毛乃他分出化身。我有一法，叫他必来收此化身，那时魔王们拿住真行者，连假唐僧蒸煮，大家受用，消这一口仇气！”虎威魔问道：“隐士，你有何法能使他来？”隐士乃走到假唐僧面前，问那猪八戒道：“闻你老实。你真说：‘是真还是假？’”那八戒随口道：“你真说：是真还是假？”隐士笑道：“此是假也！”便叫魔王设了蒸锅，把假唐僧要蒸；乃聚起柴火，把假八戒要烧。假唐僧故意泣求饶恕。那假八戒道：“魔王还是蒸罢！蒸的好受用，烧的不中吃。”

按下妖魔设法弄这假唐僧。却说孙行者与八戒、沙僧得了经担，押着柜垛，照大路前行。只见三藏已过了山，在那山前密树林间，与老僧、道者席地而坐。见了行者们挑经押马来了，心下大喜道：“悟空，你来了。我亏这老师父救护前来！”行者道：“我们经担也多亏这位老道救护前来。”三藏便问老僧说：“老师父曾说过山望施主，不知施主在何处？小僧们可也望的他么？”老僧道：“师父，你望他虽好，只是路境不顺。我这施主要从南过去百里，恐误了你们走路工夫。你师徒弟可从此往东，便是你当年来的朱紫国别郡地方。”行者听了，道：“原是我当年捉妖精、救那金圣宫的地方了。二位老师父自去望施主，我们向东赶路罢！”三藏乃谢了老僧，叫徒弟们挑着担子，三藏押着马垛，照山前大路而行。

这老僧别了三藏，与道者看着三藏们行远，乃复了比丘僧、灵虚子原形，私自说道："唐僧经文不被妖魔抢夺，虽说是我们保护之力，也亏了孙行者腾挪之法。只是他们的毫毛法身尚未保全，未免还惹妖魔之害。我等须是在唐僧前后保全了他法身，这经文方得用全而去。"他两个那里望甚施主，只在这林间坐地。

却说三藏与行者正放心前行，忽然行者与八戒打了一个寒噤，三藏、沙僧也打了一个喷嚏。行者道："师父，不好了。徒弟们只顾得了真经，便忘了收复毫毛，这定是那妖魔弄法苦我们法身也！"八戒道："一根鬃毛有甚打紧？便舍不得！"行者道："呆子，你那里知道？这两根毫毛甚有要紧！"八戒道："我实不知，你且说来！"行者乃说道：

这毫毛，有关系，原与此身同所寄。勿谓茸茸遍林丛，根根都是精神气。安可伤？莫教弃！保全父母还天地。悔却当年误此身，为除烦恼从披剃。远随师，取经义，度脱众生为世济。逢妖骗怪没奈何，拔一毛而为师利。必须正意保完全，莫教失散伤元气！

八戒听了，笑道："师兄，我们兼爱门中，怎么一毛计利？"三藏道："悟能，你有所不知，还依悟空正意罢！"行者道："师父，既是依徒弟正意，我们看前途有甚寺院人家，借住一时。且把经担保全了，待徒弟去收了这两根毛来！"八戒道："你既舍不得，要去收，我也舍不得，同你去收了来！"行者道："你不可去，照顾师父经担要紧！"行者说罢，一个斤斗就去了。

却说陆地仙叫妖魔设了蒸锅、柴火，要蒸、烧假唐僧、八戒。凤管、鸾箫两妖道："院主且不要蒸烧！我闻孙行者神通广大，会打斤斗，一霎时十万八千里也能到。我当年曾闻鹏祖说，他曾斤斗打不出如来五指中。我鹏祖留下一根翅翎，曾说：'此翎能盖无边无岸之海。'如今将此翎待那猴头来，与他打斗，若打斗胜了他，便捆起来同唐僧们一锅蒸；若是不胜，将此翎盖罩着他，叫他斤斗打不出去。"陆地仙听从。妖魔们正计较，不防行者一斤斗打到了洞门。见洞门闭着，行者乃变了个勇猛大将，手执着禅杖，只两下把洞门打开。小妖报入，虎威魔忙掣兵器在手，走出洞来。看见这勇猛大将，怎生打扮！

头戴金盔飘凤翅，身穿铁甲束狮蛮。手拿禅杖真英武，吓的妖魔心胆寒。

虎威魔见了心惊胆颤，忙叫小妖："快报狮吼魔与凤、鸾两妖，说孙行者不知那里又请了天兵来救唐僧了。看起来天将来救，这捆的乃是真唐僧！"狮吼、凤、鸾一齐也掣了兵器，出洞来帮斗，果见大将猛勇形状，正待要齐力打斗，只见陆地仙在洞里偷看，大叫说："这分明是孙行者来也！你看担经的禅杖尚拿在手中！"众魔听得，一齐笑道："是了，是了。"乃一齐举起兵器来战行者。行者只得打出精神，把禅杖相迎。这场好杀！怎见得？

勇猛大将真雄壮，狮虎妖魔更悍强。那边一齐舞枪刀攻行者，这边一直挥禅杖打魔王。四魔兵器无情义，一个猴王有智量。说不得再把毫毛拔，忽然间变化更强梁。只教斗处天地暗，须臾战的土尘扬！妖魔一时心胆怯，行者精神更不慌。只斗的虎威、狮吼往洞里走，凤管、鸾箫向谷内藏！

行者变的这员天将精强猛勇，又拔毫毛变了几个。那妖魔抵敌不住，往洞后躲去。行者走入洞来，先把假三藏、沙僧的毫毛收上身来，又把八戒鬃毛也替他收了。方才要弄个神通把这一洞小妖尽把禅杖打灭，只动了这个意念，那凤管妖躲藏在谷里，便把鹏翎往空掷起。行者正喜收了毫毛，得胜思回，一个斤斗打去，却被这翎神通罩住了。左打右打，只在那翎之下。行者心疑，慌了道："不好了，被妖魔弄倒了！"凤管妖乃假化出一座灵山雷音古刹，闭着山门，才把翎翅揭起。行者跳将出来，见了道："怪哉！我分明要一斤斗到师父前去，如何错立了主意复回灵山？也罢，既到此处，少不得见世尊，问取了经回，何故屡遇妖魔？且把我金箍棒明白讨出，这根禅杖缴还了他！”四面看了一回，只见山门紧闭，并不见一个人踪。正在疑惑之处。

却说那凤管妖把鹏翅收了，却化做一个优婆夷，走近行者面前来问道：“你是孙悟空！你师父取着真经，你为何不随着回去，却又来此何事？今日如来赴会，大大小小众圣俱跟从前去，只有我等比丘尼优婆夷在家。你远来饥饿了，可到我处一斋。”行者听了心疑，他当年来时，却无慧眼，遇着妖魔不识，便要问地里鬼。只因灵山取得真经，谒过佛祖，便有这慧眼。若是使那机变心，慧眼便阇。他这一会正了意，要礼世尊，问经回之念，慧眼便明，把这优婆夷上下一看，便识破了。

却是如何识破，且听下回分解。

第二十八回

假疯癫推倒庙碑　审来历欺瞒巡岭

却说行者把慧眼一看，笑道："妖精无礼，假化灵山；又变了优婆夷愚我吃斋，分明阻我斤斗！只得以假弄假，随他去，看他何法算我？"乃随口答应："女善人，我弟子果是远来，腹中饥饿，有便斋，乞化一餐。"凤管妖乃引着行者直到洞来。行者佯作不识，乃问道："女善人，这是那里？"凤管妖道："此是我家。"行者道："我弟子灵山久走，优婆塞家都是高楼逸阁，不似这般山洞家，看此处多是虎豹狼虫之窝，不然就是妖魔邪怪之处！"凤管妖听得，见识破了他的行藏，乃上前一把扯倒行者，将绳就捆。不知行者眼快手疾，夺过妖精绳索，反把妖精捆倒在地，搜出他身边翅翎，扯破了。妖精大叫起来，洞中虎威魔等出来，解救而去。

行者乘空，方才一个斤斗，直打到三藏面前。这才是：

扯开翅翎还斤斗，捆倒妖魔复化身。

三藏见了行者到来，乃问道："悟空，你收了毫毛来么？"行者具将前事说出，又把鬃毛还了八戒。八戒也复了化身。师徒们方才返本还原，一心往前。行了些平坦大道，时值夏初。但见那：

田野收春色，青和四月晴。池中飞白鹭，林底唤黄莺。日永风光暖，山高树色明。膏腴无旱涝，时序乐丰亨！

师徒正夸初夏晴和天气，忽然见一座城池，远远在那树梢头显出。三藏道："徒弟们，你看那城池现前，是甚么去处？当年我等可曾从此经过？"行者道："师父，当年来时，只因倒换关文，故此转过朱紫国中，惹出许多怪异。如今不换关文，都是旧批照验，便是朱紫国，也只好城外过去罢！"

师徒一面说，一面行，渐渐近前。只见一段稠密人家，店市整齐，居民广众。见了唐僧马垛、担包，就有几个客店牙人上前问道："长老们，是甚么宝货？请到小店住下，我与你发卖！"三藏道："我小僧是灵山取经下来的，不是货物。且问列位，是那个店中洁净，可以安住？暂寄一宵！"只见一个老汉道："长老们既不是卖货客商，若是要洁净，我老汉却是长斋积善之家，便请到舍下住宿一两朝。"三藏听了，随走入老汉店内。行者、八戒方歇下经担，那街市诸人见了行者尖嘴缩腮，八戒长嘴大耳，沙僧靛面青身，齐齐道："爷爷呀，前那个长老到也相貌堂堂，怎么跟从这样的徒弟？"也有看见害怕的，也有看着笑丑的。三藏只叫："徒弟们，且避些嫌疑，坐在屋内，莫要生出事来！"行者们依言，走进老汉屋内。不防屋内却是老汉的妻儿老小，一见了他三个进屋，吓的大叫起来道："爷爷呀！青天白日是那里妖怪来了？"跌的跌，扒的扒，齐喊入后面。那老汉却即入内安慰，出来取了几杯茶汤，递与三藏。三藏方才问道："老店主，请问你，这可是朱紫国中？"老汉答道："长老，我此处离国尚远，乃是属郡，叫做'安靖路'总辖。"三藏道："小僧们是回大唐去的。想当年来时，却往国中经过，怎么不曾到此？"老汉道："若是南来北往，要朝国王倒换关文，必须转路去国中，远走百里；若是朝过国王，换过批文，便不消远转，从我这路回南。且请问长老，来时曾朝过国王，换过关文么？”三藏便把当年灭妖救金圣娘娘的话略表出三五句。老汉听了，乃拱手称谢道：“原来就是当年医好国王、灭了妖怪的老爷！我这地方那一个不知敬仰？只恨不曾见面。今日降临，我这地方人众还不知道；若是知道老爷们来，便都来参拜，飞报入国王知道，必要差官来接。”三藏道：“老店主，切莫要传与人知是我三个。小僧们取得经文回国，巴不得一日到乡土，若入国中，未免费了时日，耽搁路程。但有一事请教：过了贵地，前去是何处地界？可有甚贼盗强人、妖魔邪怪么？”老汉道：“老爷不问，我也不敢说。只是说出来，也只是耳闻，未曾目见，离我这镇路往南百里，当年有条蟒妖岭：这岭东西有五十余里，岭内出了一条蟒蛇精，身长五丈，大有十围，白日食人。后被过往的神僧除灭。如今蟒精的魂灵儿，附着百余个强人，专一劫掠往来客商。地方官兵去剿捕他不得！”三藏道：“如何剿捕他不得？”老汉道：“闻知他立了个‘蟒神庙’，但有官兵去剿捕他，便倚仗那精怪的魂灵儿，飞沙走石打将出来。他如今最恨的是僧人，老人们又有这些柜担，他怎肯放你过去？”三藏听了，愁眉叹气道：“又费精力了！”行者在屋内听得，笑将出去道：“老店主，我小和尚们上灵山取经，实不瞒你，当年过七绝山稀柿桥降灭了条蟒蛇精，就是我们！谁知这孽畜尚留得魂灵儿作耗，附着强人。且问你：这强人既掳掠行商，如今过客却怎生行走？”老汉道：“有的远转；有的没行李货物，他便让过路去。”行者道：“不难，不难，我与你把强人剿捕了罢！”老汉合掌道：“善哉，善哉！老爷们若与地方安靖，除了这害，便是莫大的功德！”老汉便叫收拾斋饭。行者道：“老店主，你可收拾斋饭与我师父们吃。我去查看了蟒妖岭，得便就除灭了强人来，然后再挑担行路。”说罢，掣了根禅杖，往店外就走。三藏忙扯住道：“悟空，出家人慈悲为本，妖精当除，强人当化！莫要信着你当年金箍棒性儿，一顿无情，不留半个！”行者道：“师父放心！我如今这禅杖比不得当年金箍棒了。”老汉听得，且问道：“老爷，你甚么金箍棒比不得如今这禅杖？”行者道：“老店主，我要去查看妖怪魂灵，附托甚么强人，不得工夫说这缘因。你问我那大耳朵长嘴、蓝靛脸的师弟，便知。”

行者说罢，拿着禅杖出了店门，一个斤斗顷刻不见。店主道：“爷爷呀，果然是神圣临凡。怎么一面说了就飞空去了？”乃问八戒、沙僧：“二位老爷，你知他金箍棒比不得禅杖缘因，望你说我一听！”八戒道：“我要说我的九齿钯，尚不得闲工夫，那有心情说他的金箍棒？”沙僧道：“我自家也有降妖杖，也不耐烦讲他。真是比不得这挑经担的禅杖！”老汉道：“没奈何，二位老爷讲一句缘因，我老汉知道。”八戒道：“老店主必定要知，我只得说与你听！”乃说道：

> “论钉钯，金箍棒，还有降妖一宝杖，都来不是出凡间，利器从教自天上。本神工，成巧匠，神通变化无能量。妖魔荡着遍身伤，强贼打处三魂丧。世间没有这般兵，空笑挑经这禅杖：月牙形，弯弓样，等闲只好挂衣裳，抡起便知是和尚。”

八戒说了，老汉道：“老爷们当初既有这兵器，如今那里去了？”沙僧说道：“老店主，你却也不知。我们这几件兵器，如今都不在身边了。”老汉又问道：“既是这好利器，如何不留在身边，却放在何处？”沙僧道：“我小僧也说与老店主一听！”乃说道：

> “这宝贝，真停当，打怪除妖无限量。只因佛祖大慈悲，利兵不敢操和尚！取真经，求宝藏，且把三宗来缴上。身心既皈三宝门，方便何须抡棍棒？免生恼，戒无状，为担经文换禅杖。若还再想着这般兵，除非依旧为天将。”

沙僧说罢，老汉道：“原来老爷们当年西来，除妖灭怪全靠着这兵器。如今缴还了在灵山，单单只仗着这禅杖走路，却也不中甚用。”三藏道："老店主，出家人要这禅杖，一则担经囊，一则防虎豹，就是中用。难道要这禅杖伤生害命，便不是出家人用的。"

按下三藏与八戒、沙僧在店中住下，只等行者查看了来。且说行者拿着禅杖，直走到蟒妖岭来，果见一座高山，接连峻岭，行人不断，皆是单身，没有半肩行李。行者也杂在行人中前走。到那岭中，只见众人都向个小庙里进去，磕头烧香，也没个庙祝、香户。行者看那小庙门上，悬着一个木匾，上写着"蟒神祠"。行者看了道："是了，这店主老儿说的不虚。想我当年过了祭赛国，遇着黄眉怪假变小雷音，得古佛收了来。到驼罗庄灭了蟒蛇精，怎么这精又成了气，在这岭上附着强人？店主说他最恨僧人，想必就是恨我们打灭了他也。店主既说话不虚，我如今不可依旧面貌，且变作行人，到庙里看个光景。

好行者！摇身一变，变了一个过岭客人。走入庙里，那里有个神像？只见一木牌儿，上写着"蟒神大王"。行者故意装颠，走到香儿上，把他牌位推在半边，道："甚么妖魔？如何称神？在此受人的香烟，依附着强人！"只见那行礼磕头烧香的，齐嚷道："你这个风颠汉子好生大胆！大王神灵怎肯饶你？这岭中时时有巡风的喽罗，拿着你岂不拖带别人？"行者道："列位不消乱嚷。我与你们走路的人除了害，连那强人都叫他一扫精光！"这众人听了，有的骂道："风颠！"有的飞星走了。行者在庙内放风撒颠，故意吵吵闹闹，把些行人都吓的去了，后边传的一个人也不敢近庙。

行者吵闹一会，见没人来，又没处查强人的信，正坐在庙门槛上。只见一个小喽罗，手内拿着一杆长枪，走近庙来，大喝一声道："那里风颠汉子，敢冲犯神龙大王牌位？"行者故意装风答道："我是神龙大王差来查勘你这岭上是何庙宇。既是蟒庙，怎么不听我神龙大王节制？便是我一个公差上门，如何不见个鬼判？"喽罗听得，半信半疑道："你既是个公差，有何执证？"行者忙把腰中假变出个牌票来，上写着："总巡哨查看山岭蟒神小庙是何人香火。"喽罗见了，便信真道："巡哨长官，怪不的你推牌位，动怒心，你却不知我们这庙的来历！"行者见喽罗说他不知来历，他正要查听来历，乃笑嘻嘻道："你可把来历说与我知道！"喽罗道："我这山岭当年没有这庙，只因离此南去百余里有一村，唤做驼罗庄，先时有一条蟒蛇作怪，能飞沙走石，把人家的牛马猪羊吃尽，鸡犬也不留一只。乡村大家小户凑了金银，请得法官、道士来驱遣他，连法官也囫囵吞去。后来遇着上灵山取经的几个神僧除灭了。谁知神僧去后，这地方出了几个豪杰，聚在这岭上，专一掳掠行商客货。若是空身没有行囊的，一个也不伤。这豪杰中有两个头领，一个叫做'七情大王'，一个名唤'六欲大王'。他两个本事甚高，能飞沙走石，撒豆成兵。实不瞒你长官，那里有个甚么蟒神魂灵儿？都是我这两个大王假称名色，要这过往客商说他灵验，立此庙宇，希图往来许酬厚金，他却才放人过去！"行者听了，笑道："原来这庙是虚立名色，设骗往来许愿的金银。不如做个庙祝香火罢了，如何聚众劫人？"喽罗道："那里聚甚众，不过是大王法术，撒豆变成的喽罗。如今客商有行囊货物，都从正路远转几百里过去，大王没有生意，只靠着许愿的金钱，这便是来历。长官若是查看，这假庙有甚鬼判接你？"行者听了，笑道："你执着一杆枪，却做何干？"喽罗道："乃是轮流巡岭的。方才听见人说，有人推倒牌位，吵闹庙宇，故此来巡看，却不知道是上神的公差。"行者道："你这七情、六欲大王真也是呆，成甚豪杰。青天白日，老老实实做个庙祝香户罢了，何故法术欺哄行人金钱？官兵来捕，却又甘当一个强人之名。且何苦与那僧家作仇？那知僧家有经卷，专一与人消灾释罪，降福延生。若是把僧家经卷化动来往行人，许愿的金银更多！"喽罗笑道："长官知其一，不知其二。这行路的人不听见强人，不畏怕掳掠，他那里肯许愿？"行者道："如今你这两个大王今在何处哩？"喽罗道："在岭上密树林间。"行者听得，乃提着禅杖直奔上岭。那喽罗在后咕咕哝哝说道："长官，你问我方才直说。上岭遇着大王，千万莫题我说来历与你。"

行者那里听他，一直走到岭上，只见一个寨栅，静悄悄没个人在门前，紧闭着寨门。行者不便闯入，乃变了一个蜻蜓儿飞入寨内。只见两个强人坐在里面。这个说："七情大王，这几朝没有甚过客行商，生意淡薄。"那一个说："六欲大王，自从三尸魔王外游，打听个商客的买卖，不见回来，果是生意微末。"这一个说："莫要讲三尸魔王未回，便是昨日差的巡岭的小校，也不见回来。"正说，只见那喽罗走入寨栅，禀道："告大王，岭下只有许多单身过客往来，并无有货物行囊的。"大王道："庙中可有交纳愿金的么？"喽罗道："只因三尸魔王外游，庙中冷静。交纳愿金的却没有，到有一个公差查看庙宇的。"大王听了着了一惊，问道："甚么公差查看庙宇？"喽罗道："他说是神龙大王差来，查看着是甚么蟒神庙，何处香火？"大王道："你如何回他？"喽罗道："小校说了些虚谎，哄瞒了他，他把牌位都推倒。如今走上岭来，只恐要查看大王的来历！"七情大王听了，喜一会怒一会道："是那里有个神龙大王查看庙宇？若是三尸魔王在庙，定将这公差盘问他一番，拿来处治！"行者听了，自笑道："这个强人还有甚三尸魔王外游，想必就是蟒精了。听他言说生意淡薄，定是个剪径的，我如今查明了来历，说与师父。为这几个毛贼，转路前去，又费工夫，损了我老孙平日之名；若是抡出禅杖把这几个毛贼剿灭了，又恐打的他不明不白，背了我师徒取经方便之门。且再打听他，这三尸魔王是谁？若就是蟒精魂灵儿，待我除灭了那怪根！"

正说间，只听得寨外吆吆喝喝起来，却是何故？且听下回分解。

第二十九回

七情六欲作强梁　三藏一诚传弟子

七情六欲听三尸，使令生人贪与痴。喜怒乐哀爱恶欲，
眼耳鼻舌附须眉。伐人性命伤人斧，送客窝巢夺客居。
识得常人牢把着，灵明一点勿邪思。

却说行者听得寨门外吆吆喝喝，即展蜻蜓翅飞去栅外一看，只见许多小校摆列着数层头搭，后边簇拥着一个魔王。

行者看那魔王怎生模样？但见他：

光头滑脑赤精身，暴眼金睛阔鼻唇。满面毫无欢喜色，一团怒气带哼嗔。

行者看了道："不消讲，这一定是个割气脸魔王，到有些难相交！且跟他到寨内，听他说甚言语？"只见那魔王进入寨内，两个大王迎着笑道："魔王，因何久出外游，今日回来面又带怒色？"魔王道："正为昨往莫耐山过，会我几个旧交，说出我当年几个冤家仇对，他今日路必过此。我想报此仇恨，必须借重二位大王！"七情大王听了，便问道："魔王，是那个旧交，说出你的甚么仇恨？"魔王道："当年驼罗庄是我那蟒祖公在这村间作些威福，贪些受享。后来被东来取经的唐僧

领了几个凶恶徒弟坑害了，他这一灵儿不散，托附在我。承大王的势力，立个庙宇在此：一则作些威福，贪过往的愿心金钱；一则等那仇敌回来，报他当年杀害之仇！料二位大王久已知此情。只是他这几个取了经文回来，昨日，莫耐山岭下有凤管、鸾箫两妖魔君是我旧交，他说起唐僧中有一个孙行者，诡诈多端，一路来愚弄了许多魔王洞主，为此不免动了个嗔心。若是这孙行者们来时，二位大王千乞帮助一二，务要拿倒了他，以报昔日之仇！”六欲大王听了，道：“三尸魔王，你自有神通本事的昆弟，可以请他帮助。我等但听你指使罢了！”魔王道：“我弟兄虽有三个，叵奈离此甚远。若是拿不倒那唐僧，少不得也要远去寻我那昆弟两个。且问二位大王，我出外许多时，你在这岭上生意何如？庙中香火往来、许愿纳金的也多么？”六欲大王道：“莫要说起，生意淡薄，庙中香火也只如此。只是昨日来了个甚么神龙大王公差，他说蟒神庙应服他之管，上门查勘不见鬼判迎待，他把牌位都推倒，去了。”魔王道：“可有巡岭的喽罗拿他？待我来拷问。这地方那里有个神龙大王？一定是假诈金钱的！”

只见那喽罗在旁又把推牌位的话说了一遍。行者听了，不觉的笑了一声。那魔王惊觉起来，道：“此寨内如何有这大蜻蜓？怎么蜻蜓忽然如人笑之声？事有可疑！那二位道君曾说：唐僧的徒弟能千变万化，探听人事情来历。他们取经回来，只恐将次到这地方。这蜻蜓忽然笑声，莫不是那厮们假变到此？”叫小校：“快将大扇替我扑倒！”

小校听得，忙取扇把蜻蜓来扑。行者一翅飞出寨外，依旧变了公差，在外栅立着。那喽罗看见，忙报与三尸魔王。魔王叫：“拿进寨来！”行者早知要拿他拷问，乃想道：“神龙大王查勘他，是我一时的机变权宜，怎经的他拷问？若是露出真情，惹动妖魔，枉费手脚！怎生保护经文过去？不如就把他昆弟的话哄他一番罢！”乃随着喽罗进寨内。只见寨中设着三张交椅：正中坐着三尸魔王，左右坐着七情、六欲两个强人。行者上前站立道：“我是神龙大王公差，奉票来查这蟒庙是何处香火，怎么不以上司礼款待，却扯拿我来，是何道理？”三尸魔王听了，怒目环睁道：“你是那个神龙大王遣你来的？”行者道：“我这大王是黯黮林大蟒魔君，自号为‘神龙大王’。大王因有两个兄弟在外地，顺便道路，叫我查访他消息。”魔王听了个“大蟒”二字，便怒目少解道：“你莫不是我大兄差道的么？”行者随口道：“正是，正是！”魔王又微微笑道：“黯黮林在何处？”行者道：“在五百里祭赛国南。”魔王道：“他差你来，为甚查勘庙宇香火？”行者见他句句盘问，仍就使个机变，道：“也只为大王要报当年害祖宗的仇恨，访得唐僧取了经文回来，差小的们十余个，来此一路迎着唐僧们。果然三个徒弟挑着三担经包，唐僧押着两柜马垛子前来。被小的们盘到，晓的那孙行者们神通广大，专要搜寻沿路盗贼、妖魔，不与他半个哼哈。小的们设了个计较，假写了一个祭赛国王下一个官员名帖；又假说：‘金光寺住持也具了一个手本，远来迎接取经老爷的！’骗的个唐僧们欣欣喜喜，跟随小的们前来。他们住宿客店。小的闲得片时，大胆走到这岭中，看见‘蟒神祠庙’，故此说奉差查勘。不匡遇着三位大王！”三尸魔王听了，一时信真，便问道：“既是我大兄处公差，这也不消拷问你。只是你们哄骗了唐僧师徒经担，如今且拿了来，待我先处治他一番！”行者道：“这也不消大王处治，还是小的们押解了去，方才全美。若是大王先处治了他，我处大王要个活唐僧，那里去寻？”三尸魔王听得，信了真实，便叫：“喽罗们，备些酒肴与大王的公差吃！”行者道：“小的是胎里斋，不吃荤酒的。大王有斋饭，我吃些罢！”喽罗乃设了一席豆腐、面筋、闽笋、木耳，馍馍、饭食。那行者正饥饿，大吃了一餐，辞谢魔王，就走回到客店。

三藏见了，道：“悟空，查看了来历么？”行者道：“查明白来历，且设了一个骗局来了！”三藏听了，道：“徒弟，凡事只以实行去，你又设骗局，便坏了心机，只恐种出此因，非取经文的道理。”行者道：“师父，凡事当以实，徒弟岂不知？只是妖魔诡诈恶毒，徒弟不得不以诡诈恶毒灭他。”三藏道：“以诡诈诡，不如以实应实。”行者道：“怎见得不如以实应实？”三藏乃说道：

我叹世人不从实，暗骗明瞒多虚饰。那知忠信格豚鱼，须识至诚贯金石。使心用心反自伤，欺人欺己徒无益。识得玄机通一诚，鬼神上下都孚契。

三藏说罢，行者笑道：“师父，你是取经的心肠，徒弟是降魔的意念。”三藏道：“徒弟只当用我这取经的心肠，自然不动你那降魔的意念。”八戒笑道：“师父果然是取了经回来的心肠，若是当时往灵山去的意念，也不见的忠厚！”三藏道：“徒弟呀，我为师的自从流沙河收了你，那一日不把忠厚待你？”八戒道：“我弟子原是老实，果然师父未曾虚假待我。若是那紧箍咒儿念起来，却十分利害，怪不得猴王弄个虚圈套骗妖魔！”行者道：“你这囔糠又题旧话！金箍棒已缴还，难道紧箍儿咒师父不忘记？”三藏道：“徒弟，今日紧箍儿咒果是忘了。只因你无叛道之心，我便无降汝之咒。”行者道：“师父，我徒弟自从跟着你，一路前往灵山，何敢一毫叛道？”三藏道：“只因你遇着生灵动辄抡棒，便是违了慈悲方便，故此有那紧箍儿咒你！”行者道：“师父，我徒弟自从取了经回，半个生灵也不敢打了。只是遇着妖魔，要保全经文，不得不费些机心。方才听了店主说‘蟒妖岭强人立了个蟒神庙’，徒弟备细查了来历，乃是当年来时驼罗庄我们打杀的那条大蟒，他遗下三条种类，假称三尸魔王。两条在别处，一条在这岭上。却有两个强人依附着他，叫做七情、六欲大王。他每劫掠往来有货物的客商，若是单身没有行李的过庙前，进去烧香许愿，便放过去。想我们这许多包担，他见了定然抢掠，徒弟只得假变个公差哄他，说是‘大大王处来查唐僧的。如今现哄了唐僧过岭，送与大大王报仇’！三尸魔信真，定然放过我们去。”三藏听了，喜欢起来道：“徒弟这等说来，乃是个权宜保护经文。但随你罢！”八戒道：“师兄，经文与师父哄得过岭，我们还要把这岭上安靖了。方便过往客商，才是我们和尚功德。”行者道：“依你，何如安靖？”八戒又悲惨起来道：“只是我的九齿钉钯不在手边，这禅杖恐不济事！”三藏听了，道：“悟能休得又动了杀机！若到前途，仰仗佛力，这经文解脱的六欲正念，七情回心，三尸向道，自然安靖。”师徒们说罢，辞了店主，挑担押垛前去。

方才到了岭头，行者却叫歇住林间，说道：“我早在魔王前说，是十余个小校假书帖接了来的。万一妖魔查看，露出假来不便。”行者乃拔了十余根毫毛，变了十余个小校，帮衬在内，齐拥过岭。早有巡岭喽罗见了，飞报与三尸魔王。却说这七情与六欲两个强人，原是聚了几个弟兄，在这山岭剪径为生。只因这三尸魔王是行者打灭的蟒精遗种，他弟兄三个专依着修炼不成的道人。为甚修炼不成？三尸不喜人修好成道，巴不得人务外，错入旁门，久之形衰气散，他又附着别人过活。两尸魔王远出在外。这三尸一日过此山岭，遇着七情、六欲劫掠他，他原性未改，使了幻法把七情、六欲降伏。这两个强人乃立了他做一个寨主。他便唤做“三尸魔王”。七情、六欲虽也称名大王，却都听他调度。立个庙宇，就把大蟒托名神祠。说起这三尸魔王，神通广大，智量高深。一时行者假变公差，愚哄了他信真，方才打发行者去了，这魔王忽然冷笑一声。七情大王便问道：“魔王为何发个冷笑？”魔王道：“我被唐僧的徒弟骗哄了去也！我那两个弟兄知在何方？既是在祭赛国南，料唐僧回路必往他处过，何必远来迎接，却又假写帖文？这分明是孙行者假作公差推倒了牌位，恐我拿他。你看，他不吃荤酒，又不肯与我这里处治报仇，可知其情矣！万事可恕，这推我庙牌，假作公差骗我，情理难饶！如今之计，他既诡诈骗我，我也诡诈骗他。若拿到了这孙行者，料唐僧之仇可报！”

魔王正说，只见巡岭喽罗报道：“岭前一簇小校拥着几个包柜，有四个和尚一同过岭。”魔王听了，道：“是了，是了，唐僧们来了！”乃叫众喽罗分作三队：左一队是七情大王，右一队是六欲大王，中一队是三尸魔王。三队儿摆开拦住岭上。三藏见了，慌怕起来道：“徒弟们，强人摆队成阵，如之奈何？悟空，我说你凡事该依老实，你却弄谎设诈，哄甚魔王，说放你过岭。如今这个光景，是你又被他哄了，把我们哄来也！”行者道：“师父放心！他既不信我前言，如今摆队而来，我必须仍照前与他讲说一番，他若不信，待徒弟再作计较。”八戒道：“计较计较，不如抡起禅杖，与他个老实一跳！”三藏道：“悟能，你只是要厮斗，你有禅杖，那强人也有器械，俗语说的好：‘两虎相斗，必有一伤。’此非万全之计！我们出家人以慈悲为本，况是取了经文回去。这经文乃方便法门之宝，如何你只想打人？依我不如上前恭敬尽礼，委婉求他发一点善心，放了我们过岭去。”沙僧道：“师父，你便尽恭敬委婉求他，他若不依从，反使出凶恶来，师父如何处？”三藏道：“徒弟，他若不依，反使凶恶，我便舍了残生与他，你等好生保护经文回去！”行者听得，说：“师父休要长他人威风，灭了我们锐气！料着有我们徒弟，那怕那强梁凶恶。且待我到他队里讲说一番来！”三藏道：“徒弟莫要轻视了他！你看他：

队队人如虎，行行马似龙。中央排大戟，左右执强弓。密杂杂戈矛耀日，跻锵锵旗帜飘风。帐中呼喝真威武，队里用旋甚猛雄。他那里逞凶肆恶无方便，你须要委婉求他过岭东。”

行者听了，道：“师父，你真也不济。你便看着他这等雄勇，徒弟却看着他四个字儿。”三藏道：“悟空，你看着那四个字儿？”行者道：“不见怎的。”八戒道：“这个说嘴的猴头，师父面前也打个油嘴！且看那三队儿整齐齐排开，你快作个计较斗他！”行者道：“你好生保护着师父、经担，我去讲一番也。”行者把脸一抹，依旧是个公差模样。你看他笑欣欣的走到那中队里来。

毕竟如何来讲？且听下回分解。

第三十回

悟空大战蟒妖岭　长老高奔石室堂

话说三尸魔王正坐在中队叫喽罗、小校："去拿了诡诈的公差并那唐僧经担过来！"众小校方才听令，只见行者变了公差走入中队，面见魔王道："小校来禀上三大王：已诈哄了唐僧过岭，送到黯黮林大大王处发落报仇去。望三大王收了众队，让小校们带唐僧们前去！"魔王笑道："孙行者，你也只如此一个本事！上人不做，却做个小校公差。你若有神通，拿出当年过此的手段，与我三个大王战斗一场！明人不做暗事，如何设这诡诈来瞒我，要掩饰你的罪过？你那里知我魔王明见万里，洞察秋毫。如何哄的我？早早把唐僧、经担送上，待我一口吃了，以消我向日仇恨！"

行者是个性躁的，被魔一诈，他便急躁起来道："妖魔，我便是孙外公，你却怎么？"把脸一抹，现了原身。魔王一见，站起身来，上前就拿行者。行者手疾，忙夺了旁边小校一根棍子，一路打出中队。那魔王随招动左、右两队，簇拥过来。这里沙僧、八戒执着禅杖，立在担柜前头，只是不容那魔王三个近前。行者丢了他棍子，忙掣下禅杖，与魔王在岭上打斗。这一场好斗！怎见得？但见：

阴风惨惨，杀气腾腾。阴风惨惨山云蔽，杀气腾腾海水浑。魔王怒发狠，行者恶生嗔。发怒挥刀无点涌，生嗔掣杖怎相应？一个有心降魔怪，一个只要捉经僧。真是铜锅撞着铁刷帚，不见输赢那个能？

行者与魔王两个斗了百十回合。那七情、六欲两个要上前助战，却见八戒、沙僧执着禅杖，气腾腾也要帮斗，便不敢上前。行者、魔王斗一会歇一会，各自想计较。不题。

却说比丘到彼僧与灵虚子，见孙行者收复了毫毛法身，师徒们坦然在道，挑着经担前行，他两个便远远随着脚步儿前去，歇在密树林间。灵虚子说：“师兄，我想唐僧上灵山取经，应该有许多灾难。今已历过九九，这真经既付与他，便当使他无挂无碍，顺流而东，怎么又叫他千辛万苦不了？且莫说他辛苦是正当的；只说这一路回来妖魔夺取经文，不亵渎了宝藏么？”比丘答道：“师兄，你有所不知，世法人心，若于事来看易了，便生怠慢心；若看难了，便生兢业心。唐僧取得真经，若依那藏经数，来难去易，后人便生轻慢。正使他顺来送去，这方叫做顺成人送，成道修行的妙奥。”灵虚子拜领比丘之教，乃问道：“我与师兄随路前来，唐僧们丢却在后，怎么不见上前？莫不是他师徒立心机变，又遇甚么妖魔？”比丘僧答道：“我也正虑到此，当与师兄转回西路探个消息。”两个乃腾起半空，往后一望，只见那山岭上阴云笼罩，黑雾迷漫。比丘道：“师兄，你看那岭畔光景似一团战斗气象，师兄可往探看，一定岭下有甚妖魔与唐僧师徒争斗！我在那高山顶上等候你回音。”灵虚子依言，乃变了一个苍鹰，一翅直飞到那阴云之上。但见他：

芦褐色身毛，猫儿眼眸子。展双翅上下搏风，伸尖嘴思量捉雉。任他狡兔莫要相逢，便是雏鸡也教啄死。从来虎豹配他行，利爪凋来吮骨髓！

灵虚子变了一个苍鹰飞到阴云之上，却又自己懊悔起来道：“我一个修行学道之人，怎么使这个鹰鹯的情性？世人比乳虎、苍鹰都是不仁禽兽。如今没奈何要保护这藏真经，只得拨开阴云，看是何方妖怪。”他把眼睛往下一看，只见八戒、沙僧各执着禅杖守护着经担，行者与魔王抵斗相争。这边是七情、六欲两个强人思量，要乘空儿捉拿唐僧；那边是三藏一个老和尚惊惊恐恐，只怕抢去了经担。灵虚子见了，恨那魔王与行者相斗。没有个上下，乃一嘴把魔王当手一啄。魔王手痛，那里拿得兵器，被行者一禅杖，打的往寨内飞走。七情、六欲见势头不好，也忙收了队伍，躲入寨里，紧闭寨门。

三藏明明看见行者与魔王战斗没个强弱输赢，又见那两队强人倚着人众，要打将过来，恐八戒、沙僧势孤，不能抵敌。忽然天上一个老鹰飞下，把魔王一嘴，啄了手指。那魔王负痛回寨，三藏便合掌当胸道：“善哉！善哉！这老鹰却好，真乃助我徒弟威风！”三藏只合掌称赞了一声，不匡灵虚子在半空看见，听得三藏之言，乃惊道：“怪不得他师徒屡屡逢魔，乃是他们立心不善，以至如此！我如今且莫要管他，到山顶上与比丘计议，必须先正了唐僧道念，再消了行者们雄心，乃是保护经文根本！”忙复了原形，直到高山顶上。

果见比丘到彼僧跏趺坐在松阴之下，见了灵虚子乃问道：“师兄，山岭下阴云黑雾，可是妖魔与唐僧争斗？”灵虚子道：“正是，正是。看来还是唐僧师徒自取！”比丘道：“如何唐僧师徒自取？”灵虚子便把变苍鹰啄魔王手，被行者他一杖打走妖魔说出；又说到唐僧见打走了魔王，合掌欢喜之心，乃是唐僧动了不平之念。比丘僧听了，笑道：“师兄，你责备唐僧固是，只是你变苍鹰啄魔之手，却动的何念？”灵虚低头一想，笑道：“师兄，我弟子可谓责人重以周，责己轻以约也！”比丘道：“既为保护经文，说不得权且驱魔之计。只是这三尸魔王调度七情、六欲阻截真经，恐邪正交斗岭下，亵渎经文。我与师兄且请上柜担，供奉在山顶。待行者灭了魔王，那时再与唐僧取去！”

灵虚子依言，两个计较，从岭西上高山数里，比丘一望，只见一座石室。看那石室：

> 依山巅，凭虚建，乱石垒成门两扇。也有堂，也有殿，但是无椽无瓦片。不像庵，不像观，不似僧房并道院。藤萝绕四檐，苔藓铺三面，周围箓竹翠森森，多是仙人高遁藏修炼。

比丘见了一座石室，与灵虚子走到面前，见石门掩闭，推开。里面到也干净，鸟迹蜗涎并无一点，宛似有人洒扫一般。比丘僧与灵虚子坐在里面，一个捻动菩提子，一个敲起木鱼儿，在里边功课。

却说唐僧见行者打败了魔王，乃叫八戒、沙僧："挑着经担往前走罢！"八戒道："师父忒性急！也须等行者平定了妖魔，扫荡了强人，方好过岭。万一这三队强梁诈败佯输，前途又生个法儿，不但长强梁志气，又损了我们神通，那时进退两难了。"

正说间，只见行者倒拖着禅杖，笑欣欣走将来，道："师父，强人、魔王被徒弟一禅杖打走，入寨去了。但不知他躲入寨去，又何作计？"三藏道："徒弟莫要管他作何计，我等乘他败阵躲去，趁前途平路，过岭去罢！"行者道："此路少平可往，且探听那魔作何计较。徒弟之意必要除灭了他，方便行商过客来往。"三藏依言，道："徒弟！方便行商固是好事，只是除灭须要费你的心力，切忌不可伤生！"

师徒正说，忽然一阵风起，只听得木鱼响，却似从半天下来。三藏道："徒弟们，你听可是木鱼敲的声响？怎么似自天来？"行者道："师父，这声随风至，来的高远，宛如天上。莫不是那处山凹里，有甚寺院人家诵经念佛？八戒师弟，你说不得去查探前来，若是有甚寺院人家僧道善信，可以借寓一日，安下经文。待我平定了这魔王，再往前去。"八戒道："我离不得师父与经担，叫沙僧去罢！"沙僧听得，忙把鼻子一嗅，道："远远不独木鱼声响，且是香气刮来，定是寺院人家做斋设醮。师父可照顾着徒弟的经担，待徒弟去查探，定然吃他一顿饱斋！"八戒听了，忙扯着沙僧道："我老实，不该推你，还是我去罢！”提着禅杖，就往岭西头高山顶上飞去。

且说三尸魔王被行者打了一杖，飞走入寨。七情、六欲两个也躲入来。魔王说道：“孙行者果然名不虚传！且莫夸他武艺精熟，只夸他神通巧妙：怎么战斗之间，他便弄个手段，变了个苍鹰，把我手指啄了一口，疼痛难忍，兵器丢抛，被他打一禅杖。如今斗智不斗勇，且赌赛神通，只是不放他过岭便好！你二人如何也收了队伍，躲避入寨？”七情道：“我全仗魔王威势。你败阵，我只得收队。”六欲道：“我也倚靠雄风！你既飞跑，我何敢存留？但是魔王既要斗智，我有一计，只叫唐僧敛息来投寨，行者低头入我门。”魔王听了，喜道：“大王有何高计？”六欲道：“我闻唐僧们一尘不染，六根清净，万苦千辛求得真经回去，一心只是要普度众生，超升极乐。你若是以兵威劫他，他至死不畏；以财利动他，他毫不沾惹；惟有投诚礼拜，求他度脱，他便慨然方便，俯就乐从。那时入我寨来，再设个计较，夺他经卷，害他残生。魔王的仇恨也消，我们的雄心也遂！”魔王道：“大王之计甚妙！只恐孙行者智量更高，计若不成，将如之何？”六欲道：“我计中自有计。如今且叫喽罗具了香幡，待我亲自求他！”魔王乃叫喽罗，依着六欲大王备了香幡，打点出寨礼拜唐僧。

却说八戒走到高山顶上，左张右望，那里有个寺院人家。信着脚儿走了几步，心不耐烦，便下山来。却好遇着六欲强人香幡鼓钹走将出来，看见八戒，问是何人，八戒只以鼓钹声为木鱼响，乃说道：“师父听三不听四，鼓钹声当做木鱼。想是强人做醮行香，我若被他拿住，不但没有斋吃，且要报仇，还那猴头一禅杖之打！如今只得老实求他。”乃答道：“大王，我是没用的老实和尚，叫做猪八戒。平日只晓的吃斋饭，嚼馍馍，也会烧火扫地，挑水运浆！”六欲强人道：“猪八戒乃是唐僧的徒弟。”叫喽罗：“请他到寨里待斋。”八戒道：“果然是你寨中做善事，我领你的斋供。”一面说，一面就走。六欲强人乃向喽罗耳边“如此，如此”。喽罗领了八戒到寨。八戒一见了三尸魔，道："不好了，我被猴头耍了来也！"乃向魔王道："打你的是孙行者。我是查探木鱼响声化斋的。"那喽罗乃向魔王耳边，也"如此，如此"。只见魔王笑道："八戒师父休要着惊。我们早时不知是取经圣僧，误当客商，故分作三队出来，浑斗一场。如今方知是唐三藏老师父取了经回，故此，那见教禅杖的是孙悟空！你既是八戒师父，且到后寨待斋！"八戒听了，便摇摇摆摆直入后寨。只见喽罗十数个，把八戒你一棍我一棒。八戒道："这是何说？请我吃斋，怎么乱打？"喽罗道："你那孙行者把我魔王打了一禅杖，如今还你个席！"八戒道："若是这样还席，吃不成斋。让我出去罢！"那喽罗渐渐添多，棍棒乱打如雨。八戒心里躁急起来，举起禅杖搪抵，那里敌的住？正在要走不得走之际……

却说行者见魔王败阵收队，他也退过来，只等八戒回信，久不见来。那木鱼声又响，三藏道："悟空，这木鱼敲的声朗朗若近，悟能久不见来，你还去寻他，莫要惹出事来！"行者道："师父与经担在此，徒弟怎敢远去？"三藏道："不妨。你行事原快当！"

行者听得，乃走上高山，果见一个石室，木鱼儿声响自堂中，乃走到门前击门。比丘与灵虚子知是行者来，乃变了两个白须眉道者，在内开了门。行者上前施一个礼道："老师父，你敲木鱼诵的甚么经典？"老道答道："我诵的佛爷《心经》。"行者道："老师父，你在石室内，这像貌似仙家，怎么诵我释门经典？"老道说："长老，我只是未曾削的发。且问你是那里来的？"行者道："我是随大唐僧人上灵山取经回东的。我师父在岭下遇着强人阻路，不得前行。"老道说："我也闻得这两个强人倚仗着个妖魔，在岭下截往来行客，到也有些利害。但可计取，不可力制！你可把经担挑到我这石室，堂中供养，莫要被妖魔亵渎。你们再去计较他！"

行者依言走回，把老道话说与三藏，叫沙僧挑了经担，同师父送到石室堂中，又把八戒担子也送去，并马垛一齐进得堂中。三藏问讯了老道，安坐在石室，却叫行者去找寻八戒，合力打斗强人。行者山前岭后找寻了一遍，不见八戒；想道："莫非这呆子被强人掳去？"乃变了一个苍蝇儿，飞入寨里。只见七情强人与三尸魔王计议斗智说："六欲大王以礼去诈降唐僧，先哄了个猪八戒来。送他后寨吃斋，多叫几个喽罗孝敬他去！"只见众喽罗你执棍他拿棒，往后寨乱走。行者想道："呆子定是贪口腹，被魔王耍了！且看他怎生贪嘴？"行者一翅又飞入寨后。只见八戒被喽罗你一棍我一棒乱打。他虽执着根禅杖，无奈势孤。行者笑道："我打了妖魔一杖，这会叫八戒还债。"乃飞到八戒耳边，道："八戒！何不弄个神通，到此还依老实？"八戒听得是行者声音，提明白了他，便就弄出神通。却好那七情强人走入后寨来看喽罗打八戒，道："好斋！多孝敬猪八戒些儿！"八戒见了，把自己脸一抹，即变了七情模样。行者见八戒变了七情，便把七情喷了一口气，随变了八戒。那众喽罗认错了，一齐上前，把七情变的八戒棍棒乱打。七情越叫："是我！"那喽罗越打道："不是你，是那个？"打的七情往寨前走，八戒变的七情在后又叫喽罗："着实打！"那寨前喽罗见了，又齐齐乱打将来。此时，笑倒了个行者，喜坏了个八戒。

不知后来何如？且听下回分解。

第三十一回

假圈套诈请唐僧　现神灵吓逃盗伙

六欲何多欲，七情最没情。三魔搬弄毒，五蕴怪邪生。

能濯明心鉴，须挥扫魅兵。长生超八难，世世保神清！

话表三藏与沙僧守护着经文，在石室堂中与两个老道者讲论诵的经典。那老道一掌，当三藏胸前打来。沙僧见了，忙把手去搪抵，道："师父，不好了，又错投奔山顶上来。这老道乃是魔王也！"三藏忙推开沙僧之手，道："悟净徒弟，你不知。此时老师父教诲，指明我诵的乃《心经》也！"沙僧乃悟。却说六欲强人带领喽罗，摆列香幡，走到岭西，不见了唐僧师徒，惊异何处去了，乃叫喽罗山前岭后找寻。到山顶石室，知三藏搬移在内，报知六欲，登山越岭来到石室前。三藏听得，慌惧起来道："沙僧，此事奈何？强人到此，行者、八戒不知何处去久，你一人怎敌得贼众？"老道说："圣僧莫要心慌。有我老道在此，自有法儿善化了他去。"乃大开室门。

只见六欲强人恭恭敬敬走入堂中，先拜了三藏，次拜道者，说："小子们自愧不才，违背道理，误倚上妖魔，阻挡了师父去路；且又安排队伍，冒犯尊颜。方才退归寨内，自相追悔，无可解释。谨备香幡，奉迎圣僧师徒到小寨，粗斋一顿，奉送盘费过岭前去。方才路遇八戒高徒，已叫小的们领到寨内。如今求圣僧把行囊、经担搬移到小寨，便多住旬日无妨！”三藏听了，合掌深谢道：“多承大王美意，只是两个小徒外出。今八戒既在寨中，但候行者回时，自当趋命。”六欲乜乜斜斜，只要三藏同行，叫喽罗们搬经担、柜包。三藏只是不肯。老道者乃说道：“大王，既圣僧要等候徒弟，且少待一时，未为不可。但圣僧师徒可以到寨中赴斋，经担行囊放在此处无碍。”

六欲定要俱搬移去，正在争论之处。却说行者把七情强人变了八戒，八戒变了七情，众喽罗赶着乱打。打到前寨，那七情叫喊魔王。三尸魔王正在寨中，思想计谋捉拿唐僧，听得七情叫喊，走出寨中看见，却是猪八戒的像貌。魔王原有神通智慧，把口向八戒一喷，只见原是七情；又把七情一喷，原还了个八戒。众喽罗不敢动手。魔王怒气倍增，道：“好和尚，你到有个变主为客之术，把我大王受了个屈打成招。”乃掣了钢枪在手，向八戒刺来。八戒忙舞禅杖相迎。此时在他寨中，八戒怎敌的过？

那七情恼恨十分，也舞起大棍，来帮魔王。幸得行者在旁，把苍蝇复了原形，举起禅杖，与八戒直斗出寨外。四个却也是敌手。怎见的？但见：

> 七情大棍狠，八戒禅杖凶。行者杖更恶，魔王枪又锋。你冲我撞去，左敌右相攻。齐忿无情手，谁人肯放松。

四个大战多时，魔王力怯，乃从腰间取出黄豆百余粒，向空一撒，只见那豆子变了百余个魔王，个个手执钢枪，来刺行者。行者见了，笑道：“好妖魔，这是外公的熟套！”随即拔下许多毫毛，变了无数的行者，俱拿着禅杖，一个对一个。八戒见了，也笑道：“老猪难道不会？”把鬃毛忙拔下一把，往空一撒，登时变了百十个八戒，也都拿着禅杖去打。七情见了，心慌道："好和尚，如何有此神通？"乃向魔王说："我弟兄全靠着魔王。你们都有化身，我只一个，难抵敌这许多和尚。"魔王道："不难，我与你些豆子，望空撒去，自然变成你状！"七情方去接魔王豆子，那知行者眼快手疾，百般伶俐，见魔王腰间取出黄豆，递与七情，行者忙又拔了许多毫毛，变了些乌鸦。待七情把豆一撒，这乌鸦齐飞起，一啄个干净。七情见势不谐，败阵飞走，逃避寨中。魔王势孤，也退入寨去。行者与八戒只得回到石室。看见六欲强人在堂中邀请三藏，恭敬礼貌。见了行者，说道："高徒已回，圣僧不必推却。"三藏正在进退两难之际，忽然见行者、八戒回来，乃向行者道："徒弟，你与这大王们争斗，那知俱是向善之人。如今要请我入寨吃斋，还送路费过岭。你二人何处探信，久不见回。"

八戒见了六欲，又听了三藏之言，举起禅杖就向六欲打去，道："你这强贼哄我到寨吃的好斋！不是我老猪吃的些儿，活活被你那喽罗撑杀！你今又来赚哄我师父吃斋。"六欲忙陪笑面道："八戒师兄，请你到寨，是我敬意。怎么反怪？"行者道："你既请入吃斋，怎么寨中又拿枪弄棒？分明你是愚哄我们。见今诈情已露，你那两个强梁与我大战了半日，败阵入寨。你尚不知，犹在此假弄圈套。俗语说的好：'伸手不打笑面人'，况我们是出家人。你既卑礼小心在此，说的是果子好看话，且饶你回去，好好的回心转意，散了喽罗，做些本等，这岭下安靖，让我们过去。若是执意不听我言，设诡阻挡，老孙这禅杖却也利害！"六欲笑道："孙长老，你说的固是，只是世间人有好有歹。我当初劝我七情弟兄们说：'取经圣僧到此，我等礼当敬奉，请入寨中待斋，送几贯路费。'他二人却也听从了。谁教孙长老设诡弄诈，假做公差，惹动二人不忿，以至争斗到此。如今还望长老体方便之心，俯从我来奉请好意，休兵罢战，过临山寨，消释我等罪过，顺便过岭去。"三藏道："悟空，听大王这话，或者出自本心。就是我，也疑你与八戒设出机心，以致大王们动了怒意。如今若不到他寨去，他又疑我们有甚计较。去的还是！”

行者见三藏迁就要去，乃是保全经卷之意，他把眉头一蹙，机变即生，乃道：“师父既要去，须是六欲大王先回寨，说与那二位大王，叫他也卸了兵器，出了寨来，同着大王相邀我等。我等也丢了禅杖，把那战斗休题，彼此和好，让我过岭前去，方信大王适才之话不虚。”六欲听得，满口答应，带着喽罗出石室而去。八戒道：“大师兄，你不知方才寨内吃斋之事，我等几被他打杀。师父如何去得？你如何应承他去？”行者道：“呆子，你不知他来是骗局，我只得也骗他。如今借重二位师父，把经担先请过岭。待我们到寨骗他。”老道说：“经担须是你师父保护过岭，我二人不便与你送经。”行者道：“我等不敢劳二位师父送经，只借二位师父设个权变。而今把一位装做我三藏师父，一位扮做沙僧师弟。我与八戒同到他寨，看他如何待斋？却让师父与沙僧押着经柜先行，到前途相会。”老道说：“你二位经担如何处？”行者道：“我与八戒经担权借石室堂中供养，待我灭了强人，再来挑去。”老道者依言，打扮假装三藏、沙僧。不题。

却说六欲回到寨中，对三尸、七情说道：“我到石室中哄骗，唐僧已是肯同我来。那孙行者定要二位大王卸了兵器，同去迎接，他们才丢了禅杖，一同来此。我已许了回来。如今何不齐去陪个小心。那时他没有器械行凶，到了我寨，凭我们摆布他，何劳拿刀弄杖？”三尸魔王道：“我已与他大战了两次，仇恨既深，他们如何肯轻易前来？况孙行者变诈百出，安足为信？”六欲道：“孙行者虽变诈，但听师父指令。况我见他们原是出家人心肠，他道：‘伸手不打笑面人。’好意儿迎请谢罪，料他们决无恶意！”三尸魔道：“便是有恶意，我也不畏。”乃叫喽罗们香幡鼓乐，摆列个大队，到山顶上石室门前，高叫：“唐长老圣僧师徒们，我等有眼无珠，不识好人。圣僧到此，不早迎请，乃敢操戈相向，自取其败。料圣僧们慈悲方便，不念旧恶，慨与更新。故敢登门拜请，乞赐降临小寨，供奉一斋。”

说罢，只见石室门开，比丘僧假装三藏，灵虚子假扮沙僧，随着行者、八戒，走出门来。假三藏乃故意谦恭，说：“弟子徒弟们有犯威灵，望三位大王恕罪。况弟子行脚山僧，礼当过贵岭拜谒宝寨方是，何乃过蒙大王驾临？”三尸魔一见了假三藏庄严，相貌不同，乃向七情私说：“大王，你看唐僧果系中国圣僧，相貌自是不同。”七情道：“果系非凡。”但见他：

清眉高秀目，隆准列丰颊。地阁朝轮廓，天庭贯伏犀。三停平等列，五体重威仪。岂是凡披剃？天人上相师。

魔王看了假唐僧庄严相貌，忖道：“若论这唐僧气象，真也该起敬起爱，本不当计算伤害他。若论他徒弟们假诈，欺诱我们抡棒弄杖，打斗仇恨，怎肯轻放他过去。如今也说不得，哄骗他到山寨，再作计较。”魔王乃请唐僧师徒出了石室门，叫声：“石室中二位老道，何不同圣僧到山寨共享一斋？”行者见魔王又叫老道，恐又抢夺经担，乃忙把三藏、沙僧吹了一口气，即变是老道一般，道：“三位大王恭迎唐长老，我等不得奉陪。且刻下要过岭前，去一施主家课诵经文，待回来领斋罢！”老道说罢，闭了石室进去。你看魔王大喜，正是：

闭门不管窗前月，一任梅花自主张。

这魔王与七情、六欲假作恭敬，迎了假三藏、沙僧，却是真行者、八戒到得山寨内。

正分宾叙礼，叫众喽罗整治斋食，又暗叫喽罗准备下绳索、棍棒，思量要吃了斋饭打唐僧师徒，忽然喽罗报说：“岭下两个老道：一个押着马垛，一个挑着担包过岭。”魔王道：“此必是石室道人，施主家课诵去了。”六欲大王说：“他如何押了唐僧马垛去？”魔王道：“正要他押去罢。我们只要捉唐僧师徒，要经担无用，由他拆散了经文过去。”

且说唐僧得了这个机会，与沙僧过了岭，到一座石桥处。唐僧见那石桥：

流水西来东向，萦回斜绕悠长。横拖石坂作浮梁，行道打从其上。

石桥旁侧青松，隐隐一座小道院，静悄悄无人在内，那门儿半掩。唐僧住了马，走到门前，推开院门，乃向沙僧道：“此处正好供奉经文在内，徒弟可去石室中，把行者、八戒经担挑一担，马垛一垛来！再俟他两个灭了强人，前来挑去。”沙僧依言，把担包挑入院中，复到石室，又把行者、八戒两个担子取来。喽罗见了也不问。

却说魔王整备斋供待假唐僧师徒，行者一面吃他斋，一面变了个化身，直入寨后打听消息。听喽罗们说：“奉大王分付：待吃斋毕，举茶盂为号，叫我们一齐动手，把唐僧们捆倒，听大王发落。”行者听了，笑道：“魔王原来假作谦恭，迎请我们，要加杀害。我若不预作计较，怎生防御？”乃出寨中，悄向两个老道说知。老道笑道：“行者师兄，你纵不说，我已久知。你计将何出？”行者道：“二位师父武艺可精熟？若是武艺精熟，我们先把他寨中好器械取几件，杀出寨去，再作计较。”老道说：“此计非万全之策。不如善化其心，使他改邪归正，乃为上计。”行者道：“万一其心不化，邪意不改，怎么处？”老道说：“那时再从你策。”行者依言。

只见魔王奉敬唐僧师徒，斋供将毕，捧起茶盂，道：“列位圣僧：可饮这盂香茗！”假唐僧方伸手去接，忽然寨内走出无数喽罗，执着绳索、器械，一拥上前，要拿唐僧。只见堂中忽然红光闪烁，紫雾腾拥，卷出阶前。那光中现出四位金甲神人，状貌威猛，手执宝器，大喝：“妖魔休得无状，我等拥护圣僧在此！好好焚香拜送圣僧过岭，饶你残生！”吓的喽罗往寨后逃避，那魔王一路烟飞走，不知去向。单单只剩了两个七情、六欲强人，双膝跪在阶前，只是磕头有如捣蒜，乞哀求饶，道："爷爷呀，我等无知下愚，不知圣僧道力，误犯威灵，情愿香幡送过岭去。只是恶因罪业，望尊神赦宥。"神人道："你送僧过岭，只免得你目前罪业。你从前掳掠行商恶因，却难解释！若要解释，须当拜求圣僧，作一会功课。"两个强人唯唯答应。

顷刻神人退散，红光紫雾潜消，只看见寨堂上唐僧四人端庄坐着。两个强人心惊胆战，面前不见了魔王，无的倚靠；前后又少了喽罗，失了威风，乃向堂前哀求功课。假唐僧笑道："功课不难。在汝等须要觉悟，若不觉悟，功课何益？"两个强人只是磕头，愿求四位圣僧功课。

毕竟是何功课？且听下回分解。

第三十二回

化强人课诵心经　诱夜叉喊惊魔怪

假唐僧见七情、六欲两个哀求功课，乃把脸一抹，仍旧是两个老道者，乃叫孙悟空："你二位可到石室中取了经担，前去随三藏师父赶路。我在此功课，度脱这二位大王恶因。"行者依言，与八戒出了寨门，却好遇着沙僧复来石室取经，三个相会，同到石桥道院。见了三藏，行者把老道化金甲神人吓散魔王与强人要功课缘故说出。三藏向西望空合掌称谢。

却说两个老道与七情、六欲功课，那里是诵经礼忏，却叫他焚起炉香，道者口中一个一句，念的都是词话。说道：

> "谩道人生为寄寓，犹如纷纷飞柳絮。荣华落在锦囚中，不幸投入污泥处。今喜花飞在岭头，出乎其类拔乎萃。丰衣足食乐滔滔，百千万劫难遭遇。因何违法作强梁，不做忠良居孝悌。士农工商尽可为，纲常伦理天爵贵。舍此不事聚山林，掳掠伤人无惮忌。损名坏节人道隳，王法无私宁不畏。怎如悔过恶因消，父母妻儿相共聚。安分守己乐清平，宠辱无惊居福地。山僧功课诵经文，老道与君说此义。"

老道说毕，见行者、八戒已去，乃辞别七情两个，回归石室，复了比丘、灵虚子相，计较离了高山，转路前行，伺候唐僧师徒前进。这七情、六欲两个烧了山寨，散了喽罗，下岭相议，进退两难。虽说是听了道者好言，散伙不做非为，但是势孤不能独立，一片盗心尤含糊不定。

他两个进前退后，正往石桥上走过，只见松阴深处，道院堂中，隐隐有人在内诵念经文。七情、六欲乃走入门内。原来是唐僧师徒在内收拾经文要起行。一面三藏口内朗朗诵念经咒，见了他两人进院，惊怕起来道："徒弟们，不好了！强人又寻将来了！"行者与八戒却晓得是道者善化他的，乃向三藏道："师父，徒弟曾与你说过，这二位回心散伙，不复在岭为非。休得惊怕。"三藏道："徒弟，你话虽说，我却见貌察情，看这二位面上犹带狐疑之色，不平之容，只恐又似前假作谦恭。"八戒道："师父放心，我徒弟的禅杖料不哄他也。"只见七情、六欲两个向三藏拜礼道："圣僧师父，向来都是我等罪过，今不必提起。只是方才两位道者说了一片好言语，怎教做功课。我等虽然回心，散了众伙，只是这功课不得明白，望圣僧明白教我。"三藏答道："二位要明白这功课，乃是我僧家修心忏悔道场，课诵经典，建立功德。"七情听了，便问："圣僧，你课诵是何经典？"三藏道："这经典，那两个老道也曾闻他会诵，如何只说些词话？使二位改过意向还不定信。我小僧诵你听罢！"三藏乃合掌，把《心经》从头至尾朗诵一遍。只诵到"无眼、耳、鼻、舌、身、意"，那六欲忽然大悟，双膝跪在地下，道："圣僧老爷，我明白这功课了，家去做本分营业罢！"七情道："圣僧，我还不明白，求再功课一通。"三藏又把经念起，方才说"照见五蕴皆空"，那七情也跪倒，说："老爷，我也明白了，家去做个平等心肠人罢！"两个欣欣喜喜，出门而去。

此时，三藏方才安心定虑，道："徒弟们，我想如来宝藏度化众生，真实不差。只说这强人听了，便回心转意，不复生非。"行者道："师父，那里是强人听了回心？乃是师父一念至诚课诵宝经，暗地里自有神明保佑，不致与强人伤害，他自然不是远避，便是回心。”三藏道：“徒弟，这事也只恐怕是侥幸遇着。”八戒道：“师父，怎说是侥幸遇着？他回心远避，依我徒弟还要他亲近奉承哩！”三藏道：“悟能徒弟，我正喜他回心远避，你怎么说要他亲敬奉承？这等人，巴不得他远避才是！”八戒道：“师父，你可惜了这两卷经咒，白念与他听，只落得他跪在地下，叫两声：‘好！明白了。’若是徒弟，遂要他不是斋饭，便是馍馍，不然好偏衫也奉承我一件！”行者道：“呆子，挑经担赶路罢，莫要想把真经哄斋饭吃。”八戒笑道：“师哥，此院静悄悄，不见个僧道在内，想也是出外哄人的斋饭去了。我们费了无限的心肠，脱离了蟒妖岭过来，这时节把两卷真经哄得些斋饭充饥，何等样好！”

师徒正讲说，打点经担挑出院门，只见一个头陀生得相貌古怪，远从山南走到院里，看见三藏，乃整襟敛容，上前相见。三藏看那头陀，生得：

面如瓜铁，貌似虬髯。准头高耸类番僧，两耳朵卷猹像猴子。留半发倒披金勒，开四明短褶布袍。手里拿着个蝇刷子左挥右拂，腰间系着个葫芦儿上尖下圆。看他模样怎了发除烦恼，想是主意留须表丈夫！

头陀走入院门，见了三藏相貌非凡，乃上前施礼道：“老师父何处降临？我弟子因募缘在外，有失迎候。”三藏忙答礼道：“弟子大唐僧人，上灵山取得真经回国，路遇贵院，偶借片时歇力。如今前行赶路，只是有扰贵院，礼却不当。”头陀道：“老师父说那里话？你我都是一会之人，便住几日，有何不可？只是小院荒芜窄隘，恐不便起居。”头陀一面说，一面就去看经担、柜垛，道：“老师父，这必是经典了。”三藏道：“正是。”那头陀方才看见行者、八戒、沙僧三个，生的相貌跷蹊，乃向三藏问道：“这三位从何来，想必是西域雇觅前来，挑押经文的么？大唐中国料无这般希奇人物。”三藏道：“此皆小僧弟子，生来这般相貌。”八戒听得，乃说道：“院主，你莫要轻觑了我们。若是要招女婿，我三个第一要让我。知疼着热，到是个风流佳婿；不敢欺瞒，当年来时，也曾在高老儿庄上做过新郎。若是要拿妖捉怪，却让我这大师兄，他是个妖精王；便是这师弟，也有八九分手段！”头陀一听了个“拿妖捉怪”，便扯着行者，道：“我不知是老师父高徒，且请堂上坐，待我备一顿素斋奉款！”行者道：“我师弟子取扰上院，已不当了，怎敢又扰斋？”八戒道：“降魔化盗，费了无限心力，正也用得些斋。叫着‘走千家，不如坐一家’，我弟子原老实，便一客不烦二主罢。”这呆子先走上堂中，把三藏也扯着，叫：“师父老实坐着罢！莫要佯推，走到前途，又叫我去化斋。”三藏依言，便坐下。

头陀乃开了后屋卧室，取出些米面素食，烧起锅灶。三藏见头陀自己一个当灶，乃叫徒弟相帮。八戒忙去烧锅，沙僧忙去取水，行者也洗碗抹碟。顷刻收拾了许多斋食。三藏师徒与头陀当席受用。这头陀方才问道：“高徒说拿妖捉怪，且问，我这院西蟒妖岭那蟒神庙，师父们如何过来？这岭上有聚伙的两个强人，绰号七情、六欲大王，依靠着一个魔王。往来客商没行李的，便要许愿还金过岭；若是有货物行李，都远转三五百里地方，受他磨折。既是师父们有手段，何不剿灭了他，与地方造福！”三藏听了，便答道：“弟子们过此岭，也不容易。”乃把前情尽说与头陀知道。

头陀一面啧啧夸奖行者们神通，一面又点头说道：“只恐，只恐……”行者便问道：“院主，你点头说‘只恐只恐’，却是甚么只恐？”头陀道：“依老师父说，三位神通本事，过了蟒妖岭来。你却不知，过此岭面东，闻知先年是八百里火焰山，无春无夏，四季皆热，寸草不生。后来被神人熄灭了火焰，得转清凉，人民安靖。只不该熄灭太过，风雨经年，山径都长出松柏，树木成荫。黑暗暗的地方，改叫做黯黮林。这林连结八百里，约有十余处，近来有几个妖怪盘据在林。这些妖怪神通广大，能囫囵吞人。莫说人，便是牛马，一口能吞两三个。他更恼的是僧人，说僧人与他结有世仇。我方才听得师父们会拿妖捉怪，我说‘只恐’者，只恐强中更有强中手。若是师父们强，能除了妖怪，这地方造化，平安过山；若是妖怪本事高强，只恐师父们有些难过。”

行者听了，笑嘻嘻道：“我老孙无心说个谎儿，骗那魔王说：‘有黯黮林大大王，等候要捉唐僧报仇。’今果有个黯黮林，若是有个妖精，便应了我无心之语。”八戒听得行者之话，乃说：“猴头，甚么无心之语，分明是你来来往往打斤斗熟游之路，听人说得在心。且看你怎生答应这院主？”行者乃向头陀道：“师父，这妖怪有多少？”头陀说：“一处林中都有一个。”行者道：“这妖都叫做甚名？”头陀说：“到一处自然有名。”行者说：“据师父讲树木成荫，黑暗暗的，过往路人怎么行走？”头陀道：“有紧急事的，转八百里山岭，往远方走。若是平常的，只走得一处，须是待日午后，我这里人聚着，等一个老祖的童子来，捧着一件宝贝——这宝贝名叫做返照珠，童子便唤做返照童子。他捧着宝珠，这林中方知是白日，妖怪乃藏隐，行路的方才安心。却也不常到，三五日、半月方来。若是没有童子宝珠照耀，那里敢走？”行者又问：“这老祖何名，住在何处地方？”头陀道：“我弟子也不曾到，只听得人说：离此地方几千余里，有座灵山，山中有位回光老祖，宝贝是他的。”行者听了，笑道：“老师父话说不虚，这事都是我弟子当年来时做下的。如今且请老师父上院住下，待我们先查看了黯黮林有几十处，妖怪有多少名，再去借那老祖的宝珠前来照路。”头陀道：“师父们说的忒容易，只恐查看林妖，再到灵山借宝，那童子却来过几十次也！”行者道：“不消，不消！”头陀道：“师父问我‘只恐，只恐’是何说，如今我也问你‘不消，不消’是怎讲？”行者道：“我弟子查看了到灵山，不消一个时刻。”头陀笑道：“出家人打诳语！”行者道：“不打诳语。师父们坐了，我去查看来了！”

说罢，一个斤斗，从堂前不见踪迹。头陀乃合掌道：“菩萨！原来相貌希奇，神通广大。地方人民有幸，得遇圣僧来除妖灭怪也！”却说行者一斤斗打到岭西住脚，走了几里路，渐渐黑暗。却有一村落人家，店肆也有，来往客商聚着许多。行者走上前去，把脸一抹，变了一个行路客人。只见店主人叫道：“客人，你还往那里走，且住下，待返照宝珠来时，大家前走。”行者依言立住脚，问道：“宝珠几时来？”众人道：“来时方知，定不得时日。”行者故意道：“天尚早，路且看的见，走几里是几里，如何住下？”众人笑道：“你这痴客是不知。再走几里便是黯黮林头，没住处，叫做：‘前不巴村，后不巴店。伸手不见掌，对面不见人。’如何行得？”行者听了，那里信他，往前便走。那店中走过一人来，扯着行者道：“你这痴子，是从不曾走过这路的，也不问个头向来！俗语说的：‘要知山下路，便问去来人。’莫要前去，有甚要紧？”行者笑道：“你这店主人，是贪图我老早住下，要吃你的茶饭，讨几个夜歇房钱，不肯放我前去！”店主人啐了一口，道：“好意留你，莫要坑了你这条性命。你好不知事，反把这样话说！”行者故意笑道：“走一条黑路，难道没个星月天光影儿，怎么坑了性命？”众人又说道：“谅你这个瘦小身躯，不勾那阴沉魔王吞哩！”

行者听了一个“阴沉魔王”，便知是头陀说的“到一处自然有名”。他挣着要走。那店主人那里肯放手。行者就弄个神通，使个拿法，把店主手一把拿倒，叫做“顺手牵羊”。岂知那店主会拳棒，见行者手拿有法，便也支吾起来。行者一心只在要寻事妖怪，“忽喇”一声，只剩了件假变的破布衣，被店主扯着。众人惊异道：“又不知是甚么妖怪？”个个往店内躲避。人家听了，闭门掩户。却说行者挣脱店主手扯，往前越走越黑，渐渐阴霾，那里看见的路径？只听得的松风声似吼，怪气戗如烟。行者当不得那毒烟戗鼻，乃想道：“这宗买卖却做不着。进前不见路头，退后又不知来历，打个斤斗走路，又损了名。说不得闯个祸，惹那阴沉魔王，看他怎么个妖怪？”乃黑洞洞的大叫：“阴沉妖怪，休要躲避着在林深处！趁早备火把点灯笼，照路境送外公！”叫一回，骂一回。忽然见松树林中一道亮光直射到行者眼里，行者看那亮光：

宛似荒郊磷火，又如高炬于陬。光辉远远射双眸，此时乌黑暗，方见树林丘。

那一道亮光远远直射到行者眼来。行者在那光中看去，却是一个小鬼头子，渐渐走近前来。见了行者，道："稀逢，稀逢！"一手来扯着行者，道："大王正渴慕，渴慕！"行者忖道："又不知是甚么稀逢？渴慕？也要似'只恐，只恐'，问他个明白！"乃把手也扯着他，问道："你这小鬼头子，甚么稀逢？渴慕？我不明白你话，可老实说来！"这小鬼头子说道："我本是阴沉大王麾下巡林夜叉，你如何叫我做小鬼头子？"行者便随口答应："我称呼你小鬼头子，是奉承尊重抬举你；若是叫你做巡林夜叉，便是轻薄你！"夜叉道："怎么奉承？"行者道："小鬼头子乃是奉承；若添上'可恶'二字，便是抬举你；再添上'憨懒'二字，便是尊重你！若是叫你巡林夜叉，这便是你的官差役名，你大王方才叫得；我若叫出，可不是轻薄你？"夜叉大喜道："世间那个不好奉承？况你抬举尊重我，便劳你尊重称呼罢！"行者道："我称呼你，却要远远答应，方不辜负了我好意思！"夜叉听了，便丢了手，远远走去。行者乃大叫："憨懒可恶小鬼头子！"那夜叉忙忙答应道："多谢尊重抬举奉承了！"行者连声大喊，那夜叉声声大应。却不防惊动妖魔听见，忙唤麾下小妖。

却是何说？且听下回分解。

第三十三回

阴沉魔误吞行者　猪八戒辜负腾云

灵山路上那有黯黮林头，方寸地中不无阴霾业垢。这业垢原来未有，要消除须是潜修。潜修何处去搜求？回光返照把暗昧平收。勿自欺，勿自宥。莫思邪，休有漏。任他幽沦两遮眸，我慧光一彻日明如白昼！

却说这阴沉魔王，那里是山精水怪？都是那深林密树阴气幽氛凝结不散，聚成怪异。却好遇着十余种妖魔，依草附木，气作五里云，口喷千尺雾，白昼弥漫，不见天日。也是行客善信有缘，得这返照童子时来引道。这妖魔唤做阴沉魔王，乃是个老牸牛成了精气，变化在这林间。

这牸牛成精，却有些来历：当初原是白起之党，坑杀兵士，死后地狱罚他变牛。正该警省从来，以求超脱；他不自知过，仍在世啮草饮水。不知青草根下，蝼蚁聚居；溪涧水中，虫蛭游衍，被他伤害万万千千。愈加堕落，无可解脱。一日，遇着回光老祖道过这林，他却喷出黑雾，遮了阳光。老祖叫返照童子放出珠光，当时就要剿灭了他。只因老祖慈悲，欲使他自悔觉悟，留与后来信道的度脱他。他因弄妖作怪，黑时迷人。地方防范，黑暗时并无一人行走。所以夜叉见了行者，说："稀逢！大王正渴慕。"这妖魔吞人，借人气便吞形。正在洞中思想个途人吞吃，忽听得喊声，乃叫魔下小妖："是那里喊声甚大？"

小妖忙出洞，随声前来。只见巡林夜叉在那里应声拱手，向着一个毛头毛脸猴子像的和尚讲话。小妖喝道："夜叉，你见了途人，如何不扯去见大王，却在此与他讲话？且声叫声应，如今惊了大王，叫我查看！"夜叉答道："我们在这林中迷人，虽说今日希逢，却也不曾见这个人会奉承抬举尊重我！我在此被他称呼的尊重奉承的快活，故此他不觉的大喊，我不觉的大应。惊动大王，只得扯他去，与大王发落！"小妖道："他如何称呼尊重你？"夜叉道："他称我做惫懒可恶小鬼头子。"小妖道："真真尊重你！这许多字眼，不说官衔，比'阴沉大王'四字还多哩！且问途人：你可有甚称呼奉承我？我却不要多字费唇舌！"行者道："有奉承称呼，只两个字儿：叫你做瘟奴罢！"小妖道："我不知'瘟奴'二字何义？怎便叫做奉承？"行者道："瘟者，标也！奴者，致也！奉承你标致之义。"小妖大喜，也叫行者多称呼几声。

行者也连叫几声，却不防妖魔见小妖久不回报，亲自走出洞来。他见了行者高喉大颡，借的行者声气一吸，把个行者吸在魔王肚里。行者被他吸入肚里，黑洞洞的，那臭气难闻。自己知是妖魔吸入肚里，笑道："这妖魔也不访访，孙外公是积年要妖精吞了，在肚里踢飞脚、竖蜻蜓，打个三进三出的力！"乃把手脚左支右吾，开五路，闯四平，那里动得妖魔分毫？

只听得妖魔叫小妖把夜叉带进洞来，叫他跪着，骂道："你这惫懒瘟奴可恶！怎么扯倒途人不拿进来见我，却私自与他叙甚闲言冷语？"夜叉道："不敢。怎当大王抬举？只因见了这个人生的古怪，说的跷蹊，不觉的被他奉承了两句，便不曾扯来大王前发落。如今既被大王吞吸在肚，料自成糟粕，以遂大王渴慕之私！"魔王道："正是。我只只因久未吞人，方才见了便吸入肚内；但不曾审问这个人来历。看他模样，觉吞在肚中有些不甚舒畅。你且把这个人说来我听！”夜叉乃说道：

> 此人自西至，五短小身材。驱眉凹眼角，尖嘴又缩腮。毛头毛手脚，瘦骨瘦筋骸。额上金箍勒，足下草棕鞋。像个小和尚，不是出娘胎。皮里包枯骨，多年吃长斋。大王吞下肚，臭气让他挨！

行者在妖魔腹中，黑洞洞的，眼虽看不见，耳却听得真。他听着夜叉说随口儿，也续四句道：“妖魔精晦气，老孙可是呆？弄起我武艺，叫你哭哀哉！”魔王听得肚里讲话说出“老孙”来，道：“罢了，罢了！惹了孙行者来也！”小妖道：“大王，那个孙行者？”魔王道：“你们不知。孙行者是保护唐僧上灵山取经的。他的名头，说起来老大！专一会钻入我等腹中支手舞脚，受他亏苦。都是你这夜叉可恶，不前来禀我，以致造次吸了他。如今只得求告他出来，有何话说，明白讲来。古语说的‘明人不做暗事’。”

行者在肚里笑道：“妖魔，你好个不做暗事！叫我如今摸门子不着，只得在这黑洞洞臭污处东撞西闯。好歹闯出个窟窿来，才见天日！”行者一面说，一面撞。妖魔肚内却也宽大，行者见撞不出个头项，乃把身一躬又一伸，就有几丈长。那魔王当不起行者这撑肠杵肚，乃叫道：“行者老师父，我放你出来罢！你想是随唐僧取了经回，要过这黯黮林，何不早来见教我。这里明白放条大路，让你师徒过去，却来此与我夜叉磕牙。我一时失检点，不审个来历，误吞了师父下肚，望你慈悲，饶我罪过！”行者道：“你既知过，我也不计较你。若是我当年来的心性，定要送你的残喘！你只说：这地方有多少黯黮林？似你这妖魔有多少？都有甚么神通手段？”魔王道：“孙师父，我这林原来明朗，只为人心暗昧，故有此种种幽阴。我如今说有，只恐圣僧经过，又显然实无。我如今说无，只恐途人指说为有。师父，你过一处，自知一处。只要你本心无昧，自然道途无暗。”行者听了，道：“你说的甚有理，我也不备细问你了。只是你从今远去，莫要在这路中作黑瘴漫空，坑害途人！”魔王道：“我自知恶业作造久深，巴不得圣僧到来度脱。只望师父出离我腹，你去请了唐僧师父来过此林。我当显明大道，让你前去。”行者听了，道：“你张开口，我出来。”魔王道：“我张口了。”行者“嘤”的一声，如虫儿飞出，顷刻那见个魔王？依旧黑洞洞的，不辨早晚。

行者进前不敢，只得退回几步，略见些路影，乃随路影走回，渐渐明亮，依旧走到村落店家门首。只见众人等宝珠的，又聚在店门。行者把脸又一抹，另变了个小和尚，故意走向店主面前化斋，说：“小和尚也是等宝珠走路的，久等宝珠不来，腹中饥饿，望店主化一斋充饥。”店主道：“你这小和尚走这十数处黑林，不知耽延多少时日，怎不备些盘费走路？乞化人斋，那有许多供你？”行者道：“列位善人，你们若是化我小和尚一顿饱斋，我便替你请了返照童子来！”众人笑道：“这骗斋和尚！你若能远请的童子来，不等的腹饿了！”

行者被众人这句话，便动了个好胜心：一则也是要这宝珠照那黑暗道路好行；又是要在众人面前显个神通。只这好胜机心，便碍了他平日本事，乃向店主、众人说：“列位们肯化我一斋，我和尚也不吃你的。把斋放在店主案台上，待我请了童子或借的宝珠来，方才吃你斋。”众人笑道：“这疯和尚，说癫话！若是等你到童子处去来，多则一年，少则半载，还不知可请得来。”行者道：“莫要闲讲。我去请童子宝贝去也！”“忽喇”一声，杳无形迹。众人见了，道：“爷爷呀！原来这小和尚是个神人。”按下不题。

且说行者一个斤斗打到灵山，四下里找寻回光老祖、返照童子。只见一个优婆塞说道：“你是前番在此取经的孙行者，何故又复转来？”行者把寻回光老祖话说出。优婆塞道：“回光老祖在玉神观，与复元道者讲道。童子也随在身边。”行者听了，随走到观前来。但见：

仙境清幽，玄宫华饰。丛林古柏色苍苍，绕径乔松清秀秀。山门里仙鹤和鸣，宝殿内炉香烟袅。出入仙童多采药，往来道众尽释伽。只听得钟鼓铿锵风远送，真个是天堂福地景偏奇。

行者走入山门，上得正殿。只见两个童子执着茶钟，问道："来的长老寻那个？"行者道："出家人遇缘随喜，何必问寻那个？"那童子问了一声，径往殿后去了。行者忖道："这童子执着两个茶钟，定是观主与老祖讲道。"乃跟入后殿。那童子复出来，止着行者，道："长老，不得轻自进内！我老祖说：'要取宝贝的，必须志诚恭敬。不然，便是老实来取，还可与去。'若是来请我童子，也要这一般。若非志诚、恭敬、老实，一概不与！"行者道："你老祖在那里，我要面见。且问你可是返照童子？"童子道："老祖到如来殿上去了。返照童子执着宝贝，去引途人道路过林去也！"

行者听得宝贝已被返照童子执去，老祖又不在后殿，思量要到店内吃斋，不敢迟留，乃一个斤斗，打到店家门首。那店主、众人正在那案台上摆小菜，见了行者忽然立前，乃齐扯着道："神僧老爷取了宝贝来么？"行者说："宝贝，说是童子自执着来也！"众人笑道："我说你是骗斋吃的！我们方才摆列小菜，你便去了灵山来，有如此之速？"店主说："也不管他迟速，只问他宝贝在那里？分明是撞影影壁巧儿，诈冒斋饭！"行者见他齐齐不信，讥讪他，就动了无明火起。只这无明越生暗昧，他也不吃那案上斋饭，乃拔下几根毛，变了几个饿黧猫，把那斋饭乱抢乱打，碗盏家伙，都打在地下。

店主、众人只顾赶猫，行者乃脱了身，走回院来。见三藏与头陀坐在堂上，眼巴巴望着行者回信。三藏一见了行者，便问："悟空，你查看的实了？果然黯黮林有几十处，妖怪多少，老祖的宝贝可曾去借？"行者道："都查明白了来。只是那宝贝儿，这老祖不肯借也罢，又被那童子骗哄了。把一顿好斋不得吃，怎生消这仇恨！必要再往灵山，寻着回光，扯了返照来，夺他宝贝，出这口气着！”三藏乃问道：“一个老祖的童子，如何骗哄你？”行者乃把他传出老祖之言“取宝贝的必须志诚恭敬老实，方才与宝”这一席话说出。三藏道：“徒弟，这分明说你使机心，不与你宝贝。如今要过黯黮林，说不得再去借宝贝。”八戒听了行者说一顿好斋，便道：“师父，那老祖说‘必须志诚老实方与宝贝’，我弟子原说老实，待我去取罢！”三藏说道：“路甚远，悟空有斤斗可去；你若去，往返不费工夫了？那童子只恐来了。”八戒道：“师父放心。徒弟也会聚云驾雾，多不过半日，少只消一时。”三藏道：“既然如此，快去快来，我在此专等。”八戒走下堂来，腾空直上，如飞向东前去。行者见了，道：“师弟取宝贝，向西去。”八戒道：“店家的斋饭却在东。”行者道：“呆子，斋饭被老黧猫打掉家伙了，且往西取宝贝要紧！”八戒方转回云头，道：“早知黧猫打泼了斋饭碗，辜负我腾云，也不揽这宗买卖！”八戒咕咕哝哝，方才走了半路，只见一个童子乘云而来。八戒见了，便问道：“来的莫非返照童子么？”童子道：“正是。你可是老实心肠那猪八戒么？”八戒笑道：“童子，你如何知道？”童子道：“我老祖说，你不老实，难取宝贝。叫我迎来回你，莫要费工夫，枉徒劳，作速去叫志诚恭敬前来取宝贝。”八戒道：“我是有名的老实心，佛爷也把真经与我取。你老祖怎说我不老实？”童子笑道：“你想吃斋饭便是贪心；孙行者叫你转西来，你生报怨便是嗔心；指望取了宝贝还要去吃斋便是痴心，如何叫做老实，速速回去！”童子说罢，乘云而回。八戒也把云头转回，道：“去也没用，不如回院叫志诚的师父、恭敬的沙僧去取罢！”

毕竟可取得来？且听下回分解。

第三十四回

比丘直说语沙僧　三藏闻言怨弟子

话表三藏眼巴巴望着八戒取宝贝来过黯黮林，只见八戒从空里落下云头，嘴骨都着，咕咕哝哝道："奚担挑水两头空！"行者道："呆子，这是怎么说？"八戒道："都是你这弼马瘟魔钝人！好好向东吃饱了斋去取宝贝，多少顺溜。平白地叫回转向西，斋又不得吃，宝贝又不与，可不是两头空？如今那老祖要志诚、恭敬去取，方才肯与。我想师父志诚有素，沙僧恭敬出名，你两个着一个去取罢！"三藏听了八戒之言，乃道："我去取罢！"沙僧道："待徒弟去取。"三藏道："你取不如我取。本一点志诚心去罢！"沙僧道："便是徒弟的恭敬，与师父志诚也差不多。语云'有事弟子服其劳'。还是徒弟去。"三藏道："悟净，你既要去，速去速来。"

沙僧依言，也下堂阶乘云起在半空，要往回光老祖取宝贝。却说比丘僧到彼与灵虚子变道者保护了真经，他两个转道前进，也来到黯黮林西村店住下，探听唐僧师徒如何过这黑林。他两个在那街坊来来往往闲步，众人也只当等候返照童子来的。却说沙僧乘云到空中停住云头，忖道："我如今不曾见怎个黯黮林，甚么妖怪，便去取宝贝。若是仗我这禅杖打走了妖怪，明嗔了路境，走得前去，也免得又上灵山求甚么老祖，借甚么宝贝！”

沙僧只动了这个心肠，那云头便转回，直到林西。正遇着比丘、灵虚两个坐在林西头树下，仰面见沙僧腾云在空，却认得，便叫：“沙师兄何处去，不随着师父护经？”沙僧忙落下云来，上前稽首道：“二位师父，弟子眼熟，却似在灵山会过面的。”比丘答道：“正是，正是。不然，我如何认的你？”沙僧便问道：“二位师父何处去？却是过东去，还是往西来？这黑洞洞的阴林，如何行去？”比丘僧答道：“正是。我等欲往东行，闻知地方来往行人俱聚在此，等返照童子宝珠，也只得随众在此。”沙僧道：“二位师父知道这林有个妖怪么？”比丘僧道：“不知。”沙僧道：“闻说这妖怪名唤阴沉魔王，神通广大，能吸气吞人。我弟子欲要仗此禅杖，打灭了他，与地方除害，好让我等前行。”比丘僧听了，道：“师父意念却好。你们还有孙行者、猪八戒，不与他协力共事，独自一个出来，万一妖魔利害，你却怎敌？”沙僧道：“我原是禀明师父，往灵山借宝贝照林。因先探个光景，以便前去。”比丘道：“便是借宝贝，行者、八戒如何不去？”沙僧便把要至诚恭敬的一篇话说出。比丘僧听了，道：“师兄差矣！既是老祖说要恭敬，你禀明师父，只该一心径往灵山，寻取老祖借宝。如何又在此处？不恭不敬，莫大如此！此去徒然，料老祖决不与你！”沙僧听了比丘之言，汗颜悚息道：“师父说的是。如今怎生为计？”灵虚子笑道：“怎生为计，便入邪踪。”

三个正讲，忽然半空中彩云缥缈，曙色光辉。沙僧抬头一看，只见一个童子飞空而下。沙僧见那童子：

> 双面挽乌云，两肩披短发。眉目更清奇，容颜多喜洽。清风鹤服飘，玉露芒鞋踏。胸前挂宝珠，端是神仙侠！

那童子见了比丘僧等，按落云头，道：“师父们坐在此，想是要过这黯黮林，等宝贝照耀么？我老祖说来：‘唐僧未来之前，此处大发三昧之火，他师弟既能扑灭，而今取得真经回去，见此九幽之地，他师弟岂难发一光明？彼自有宝，何须借此？’便是那阴沉魔王，吾老祖不行剿灭者，乃慈悲方便，正留与他师弟子仗此真经效灵也。”童子说罢，腾空就起。沙僧忙叫道：“留下宝贝。”比丘僧道：“沙僧，你岂不知他说‘彼自有宝，何须借取’，你当把此言回复唐师父。”

沙僧依言，辞了比丘僧、灵虚子，回到院中，把童子之言说与三藏。三藏道：“谁叫你不一心敬取宝珠，却打个翻转？这分明又是老祖化现，阻你去路。”行者道：“师父，那童子传老祖之言说‘彼自有宝’，这分明说我们各自有宝。又说妖魔留与我等真经效灵。如今只得信心前进，再作计较。”八戒道：“甚么计较？还是灭除妖魔，显白大道，然后挑担前进。莫要信着那童子之言，把经担去试那妖魔。万一童子就是妖魔，假变来诱，可不送上他们？”三藏道：“悟空，这计较悟能也说的是。”行者道：“师父若是不信童子之言，只恐宝珠不借，童子又不来，苦了途人久等，我们何日东还？去的还是！”八戒道：“先灭了妖魔的是。”沙僧道：“大师兄，你也休要执一。何不就叫二兄做个开路先锋，我们接应在后。”行者道：“这妖魔利害，我已做个先锋，尝过他汤水。八戒师弟，依我莫要去惹他，还是依老祖传言，以真经度化他为上策！”八戒道：“甚么上策，你做个先锋，尝过他汤水，这汤水酸咸苦辣，便偏背了我。如今还拦阻，不如我尝些儿！”

八戒说罢，拿着禅杖，道：“师父莫要信猴头，还依沙僧言语，等徒弟尝些汤水来也！”往院门外，向东飞走。路虽远，八戒到也有天马行空之术，神人缩地之能，顷刻到了林西头。只见比丘僧与灵虚子依旧坐在树下。八戒上前施了一个诺，道：“二位师父，黯黮林尚在何处？”比丘僧笑道：“八戒师兄，沙僧才去，你却自己又来作甚？”八戒听了，一惊道：“二位如何认的我，你莫不是黑林妖魔么？”比丘僧道：“你认不得我，我却认得你。你如今想是寻事妖魔，这也是你应当开路。要保经，只是你一人如何去得？”八戒道：“我赌气出来，你休得管我。”往前飞走。比丘僧见八戒急往前行，忙把菩提数珠子除下两枚，道：“八戒师兄，这两枚宝贝，可带在身边，若是妖魔利害，急难中也用的着。”

八戒接得在手，也不问个来历，往前走去，到了店市街中。店主众人立着，见了八戒丑恶，齐跑入屋，道：“妖怪来也！”八戒不顾，只是走。走到黑暗处，回头一望，那里见来路。却把禅杖当做明杖，点着路走了里多，摸着地下，都是荒草密菁。仰面不见天日，阴风飕飕，黑气漫漫。八戒此时方才慌惧道：“不好了！便是遇着妖精，不过战斗。似这乌洞洞的，怎生过得？”心内正焦，远远只见一道亮光射来，依旧是巡林夜叉来了。八戒曾听过行者说奉承夜叉八个字儿，他记得，便大叫道：“来的可是惫懒可恶小鬼头子？”夜叉听得，大怒起来，道：“我前被甚么孙行者骂我，假说奉承尊重。你是何人，敢又来骂我？拿去见大王发落！”八戒道：“我好意奉承你，如何说是骂你？便骂我，我也不怒。俗语说的好：‘骂的风吹过，打的下下疼。”夜叉道：“便是我要骂你，却骂甚么？”八戒道：“我最恼人骂我老祖宗。”夜叉听了，便骂道：“老祖宗！”八戒低低声答应。夜叉也低声叫：“老祖宗！”八戒乃大声应道：“小孙儿！叫怎的？”

夜叉听了，道：“原来你这人骗我！”乃扯着八戒，往洞里去见魔王。八戒黑洞洞的掣出禅杖来打，就如瞎子使明杖，那里打得着？夜叉把他扯到洞前。魔王正在洞外闲走，见夜叉扯了一个长嘴大耳猪头脸儿的个秃毛，他只道是个狐豕，一口便吞入肚内。八戒到得魔王肚内，那肮脏臭气难受，乃想起当年拱那稀屎洞也过了，不觉的笑将起来，在魔王肚中念几句词话儿。他道：

乌洞洞，黑洞洞，瞎摸四处没个空。肮脏臭气又难闻，蚀食蛆虫齐闹哄。

昏沉沉，如睡梦，这个冤缠如何弄？想我当年随唐僧，也曾拱过稀屎洞。好妖魔，休要动，看我老猪□□缝！扯开禅杖耍四门，只恐老猪手刀重！往上钻，从下送，叫你身躯成破瓮。妖魔纵是会腾那，也要忍着些儿痛！

魔王正把八戒吞吸在肚，若是平常人，便是大鱼吞虾儿一般在肚消化。他却吞了八戒。这八戒身既离了五荤三厌，皈依了佛法僧三宝，自与常俗不同，况身边带有比丘菩提子。虽就妖魔是吞吸入腹，却原是那阴凝结聚的一林幽沉郁气。被八戒用禅杖左支右打，魔王忍痛不住，又听得腹内说念，道出"老猪随唐僧"的话头，乃捶胸跌足起来，道："罢了。起初错惹了孙行者，这会又误吞了猪八戒，这两个都是闯祸的祖宗。如今只得好意求他出来，再作计较。"乃叫道："八戒师父，我不知是你，误犯威严，吞吸下肚。前者误吞了孙行者，也承他容我改过，陪个小心，饶恕出来。已许他开明大道，送你师徒东去。望你发个慈悲，出来罢！"八戒在里道："眼又看不见，臭气又难闻，我也要出来。只是想着汤水一点儿也不曾尝着，怎肯白白的出去？少不得大大的打搅他一顿，方才出来。"这呆子说了，不见妖魔答应，使起性子，把禅杖直管乱打。那魔王忍痛不起，只得满口道："快备好汤水，多加香料。八戒师父比不得别人，馍馍点心多蒸几百！"八戒只听了这一派话，飞跑出妖魔口。虽然出来，那黑洞洞的依旧看不见。魔王恨他在腹内狠打，乃掣出一根大棍照八戒打来。八戒忙把禅杖乱打遮架，早被魔王痛打了几棍，疼痛难当，懊悔不听行者之言，思量要退回旧路，又黑暗不见路头。

忽然想起比丘僧与的菩提子，说"急难可用"，乃在腰间取出那两枚菩提子，就如灯笼火把，照着旧路。八戒方才走回西路，到得林树下。两个比丘、灵虚尚在。八戒备细说出，还了菩提，稽首深谢，方才问："二位师父姓名？"比丘僧道："出家人何消问姓通名？便是说出，你师徒也相熟识。"八戒道："二位师父，看起这菩提子方才照着路，到也明白，何必求那返照宝贝？便是借几枚菩提子光，照着我师徒经担，过这林去也好！”比丘僧道：“此光犹小，不如智光为大。你当与师父大彻智光，自然过去。”

八戒谢教，辞了比丘，回到院来，把一席话说出。三藏心疑道：“徒弟们！依妖魔求你们出肚之言，似欲要我们脱度他，只恐又似那七情、六欲，假做谦恭骗哄我等！”行者道：“师父，谅这妖魔神通本事，也只会弄黑暗吞人。便是吞了我徒弟们，也不成内伤，还要叫他倒吐！大着度量，放开胆子前去！老祖说：我们各自有宝。或者就是我们大家担的宝经，也未可知。”头陀道：“这位小师说的也是！”三藏只得依着行者，辞谢头陀，师徒四人挑押经柜、马垛，往正道上走来。三藏两足虽行，一心却愁。这正是：

欲超黯黮登明觉，先涤虚灵净业根。

却说三藏师徒四人，和马五口，走到这村落西头。只见人家天晚各各闭户关门，惟有一二家门前挂着灯笼，上写着“安歇客商”。三藏道：“徒弟们，天色已晚，我们到这店中安歇了，明日再行。”店主听得三藏要住，他却忙把灯笼吹灭，便去关门。沙僧忙闯入门内。那店小二道：“爷爷呀，早上那弄神通的和尚们又来了！”行者道：“早上弄神通不是我们。”店小二道：“早上还是个骗斋打破了家伙的小和尚，如今却是几个丑恶相貌长老。休要惹他罢，宁少赚他几贯钞。”便来推辞沙僧。三藏只得走进门道：“店主人，我们是中国僧人，取经回东土的。我这几个徒弟相貌虽恶，人却善良。”店小二看见行者、八戒进门，越发慌惧。只见屋内走出个老婆子来，见了三藏一貌端庄，又听见说是中国僧人，乃叫店小二：“莫要推辞，容这师父们安歇罢！”店小二方才开了中堂。

行者们挑进经担住下，吃了晚饭，店主婆子走入中堂，问道：“师父们因何到此时夜晚方来？早两个时辰，也同着众人过黯黮林去了。”三藏听得，便问道：“婆婆，我闻过这林要等童子的宝贝珠来，方敢过去。”婆婆道：“午后童子过去了。我这街坊店市，聚积了许多人，便也有两个僧道同伴，都过去。师父来迟了！”八戒道：“店主婆，你说谎！早时我到此访探，人多聚等，何尝有童子到来？”店婆道：“正是。那两个僧道也说：‘可惜后边来的长老空走一番，不遇这巧。’”三藏道：“明日，童子料必又来？”婆子说：“那里定的？三五日也未可知。”三藏听得，便埋怨行者、八戒，道：“你两个查看何事？到惹动妖魔吞吸一番，却不如随众聚守过去。”婆子道：“师父，也不必怪你徒弟。众人都是没有行囊，空身前去，你们有这些柜担，只该转路东去，虽说远转千里，也强似此处耽延，还要受妖魔利害。”三藏道：“正是，正是。”

行者道：“师父放心。我们当年来时，师父尚在凡体，遭过八十一难，遇着无限恶妖，徒弟们也保护来了。如今师父已证正果，不是凡身，怕甚凶危妖怪？只是师父本一至诚，不作邪妄，若似徒弟使个机变，弄些法术，何愁这道途难走，经卷不去？”三藏道：“悟空，只因你机心种种，造出这种种根因，叫我也堕此不了之业。”八戒道：“师父，他是他，你是你。有何牵连？”三藏道：“悟能，你越发不明白。师弟本是一气，况取经同一心情，岂有不相干系之理？”八戒笑道：“正是，正是。”

却是何说？且听下回分解。

第三十五回

日月宝光开黯黮　庄严相貌动真诚

父母同一气，弟兄共脉流。师徒何不异？只为道相谋。

话说八戒道：“正是，正是。”行者说：“呆子，你也晓得甚么‘正是’？”八戒道：“只因你机变存心，不独师父被你惹出妖精连累，连我师弟们都也惹的不干净。”三藏道：“悟能，也不必怨悟空。只是大家努力上前，务要把阴沉魔王化为光明善知识，把这黯黮林转为朗耀路，与途人方便，也不枉了我师徒过此一番。”师徒讲说了，收拾过了一宿。

次早辞那店婆，往大路前进。婆子道：“师父们，我苦口劝你莫要前去，且等待那童子宝贝来。你看邻店又聚着途人，况你们有包担、行囊，何苦执迷担着利害？”行者道：“婆婆，你休要管罢。我师徒不怕甚么妖怪，打灭了妖怪，包你道路就明亮！”婆子道：“爷爷呀，巴不得与来往方便，只恐你们打不灭妖怪。”行者道：“不敢夸嘴，你但听东来的途人说信。”行者说罢，挑着经担出店，八戒、沙僧随后。三藏押着马垛。你看他师徒往东前走，那街市人也有说：“店婆，何故不留他的？”也有看着三藏们说：“大胆和尚们不知利害。”也有好胜的，随着三藏们走来，看和尚冒险的。那里知三藏端正了念头，口里念着佛号，又传与徒弟们，个个也都咕咕哝哝，念着梵语。只见到得密树深林，渐渐昏黑。那随来看的人都道："长老们退回罢。昏黑渐渐添来，不当玩耍！"三藏那里听他？乃高声大念："日月宝光菩萨！"行者们三人一齐念和，只见狂风陡然刮起，把林中黑雾卷开，树叶乱落如雨，都昏黑渐渐明亮起来。跟来看的都立住脚，叫："好狂风！"怎见得？但见：

满林树叶尽皆飘，大地乌云一霎消。走石飞砂迷道路，翻涛卷浪覆舟舠。渔翁收网难垂钓，樵子停斤不去挑。走兽飞禽皆躲避，眼前扫荡怪魔妖。

三藏与徒弟们见风狂大，只得躲在背风树下，但见天色渐渐复明，那密林树叶刮尽，当空现出太阳，幽暗之处，无微不照。顷刻风息。那跟来看的，都说道："怪异！怎么和尚们手段高？把个黯黮黑林，被风刮的光亮，见了天日。"也有顺路跟着过林，也有赞叹回店，报与村人信实的，照旧走来。

三藏师徒挑着经担，喜喜欢欢，只是口不住的念着"光明如来"。正才走了二三十里，明白大路忽然阴云复合，黑气又蒙。三藏道："悟空！想是黯黮林过了，又是甚么林接连来了？"行者道："师父且歇下，待徒弟去查看！"

方才歇下担子，只见那阴云黑气，不似前边黑洞洞不见形影，却看见黑气中一个妖魔，带领数十小妖，拦着大路，跪倒大叫："圣僧！可怜我等生前不自知恶，造此阴沉罪业，受诸苦恼。不是两次误吞了圣僧，怎知大众取了宝经东回？万劫难逢，伏望大展祥光，使得超脱！"三藏见了，道："悟空，原来这黯黮林是这种根因。我们出家心肠，专为超度有情。他既自知悔过，待我忏明了他罢！"行者道："师父，他这样无定准的，可恨，可恨！我不是当年来的心性，一顿金箍棒打，教他个无影无踪。”八戒道：“我那九齿钯儿也不弱。原来前头是你这妖精吞了我，受你多少肮脏臭气，还被你见教了两棍儿，这恨怎消？师父莫要听信他，与他忏悔甚的？”三藏道：“徒弟，我与他忏明，岂专为他，乃是：

为世指明心地，为我保护真经，为道途明朗便人行，为妖魔把阴沉荡定！”

三藏只说了这几句，只见那马驮的柜担上，现出五色祥光，行者们的担包，也腾腾起金光万道。半空中“忽喇”一声，那妖魔不知去向。但见：

红日一轮天上现，和风四壁吹人面。
满林树木绿阴阴，水色山光真可羡。

妖魔受了三藏几言解悟，真经光彩把他黑昧消磨，超脱了去。途人个个惊异、赞叹，莫不称扬圣僧功德。方才坦行百里多途，只见又是一村人家，店肆却也一般聚集。三藏腹中叫饥，令沙僧上前向人家化斋。沙僧依言，走到一个人家。见一个老官儿坐在竹篱内，见了沙僧问道：“长老是那里来的？想是起得早，不曾洗面。不然定是来路远，遇着风刮起尘灰，把你面污了。怎么这样灰尘白土的一个晦气脸！”沙僧道：“老官人你不知，小僧是出娘胎胞生来的这个嘴脸，不似贵地生的这等标致。我小僧还好些，若是我两个师兄，更不耐看。望老官便斋乞化一餐。”老官说：“斋不打紧。你既有师兄叫做不耐看，且请他来，待我一看，是怎个不耐看？”沙僧道：“这老官儿是个不舍斋说诨话的，我去叫行者、八戒来化他。”

乃走回，向三藏说：“师父，前边人家竹篱里坐着个老官儿，徒弟向他化斋，他说‘斋不打紧’，却把徒弟相了一番面，要看看行者、八戒，方才化斋。”三藏道：“徒弟，这分明是嫌你貌丑，故意拒你。

待我去化罢！”行者道：“师父，他既要看看徒弟，只得待我去化。”三藏道：“你去。他越发拒你。”行者道：“我自有主意！”三藏道：“你去。我且在此少歇，待你化出斋，有人应承，我们再去。”好行者！乃走了几步，把脸一抹，变了个标致沙弥。怎见得标致？

头剃光光乍，身披缁布衣。唇红齿雪白，粉面玉光辉。

行者变了沙弥，走到老官儿面前，打了个问讯，道：“老施主，小和尚是过路僧人，来化一斋充饥。”老官笑嘻嘻的起来，道：“小沙弥，你是那条路过来的？”行者道：“从西来的。”老官道：“从西是黯黮林。昨晚有一起途人，跟着返照童子执着宝珠，照耀过去了。你如何得来？”行者道：“侥幸过来了。”老官说：“小沙弥，你是独自过来，还是结伴过来？”行者道：“有师父们结伴过来。”老官说：“我不信。那里有这冒险过来的？我斋便有，却也要看看你师父结伴的，方才奉斋。”行者道：“老官人肯布施，便布施，不肯便罢。怎么这般勒措人？”老官便动色起来，道：“沙弥，我老人家怎肯勒措你？你便是要吃斋，也须同你师父来！”行者见他说的有理，只得回到三藏处，说：“师父，那老头子斋便肯化，却又要看看师父。”三藏道：“这也不足怪。既问出你有师父，他怎肯单单斋你？须是我们齐去，叫他也好一起斋僧。”行者道：“师父，我看这老头子，是一派骗人虚头诨话，便是师父一齐去，他定有法儿骗你。不如再叫八戒去，讨他一个的实。”八戒笑道：“你们不济，一个他嫌太丑，一个他疑太俊。待我变个凶恶像貌，吓出他斋来，你们现成去吃。”行者道：“你且变我看看，怎么凶恶？”八戒把身一抖，把脸一抹，只见：

赤发蓬松如鬼蜮，青筋暴钻似妖精。
龇牙咧嘴非人像，凹眼金睛类野猩。

八戒变出这样凶恶丑像，行者大笑起来。三藏道："徒弟们，老老实实待我们一齐去，不管甚人家化一顿斋罢。何苦装这样丑，费许多力，必定要到这老官儿家化斋？"行者道："师父，非是徒弟们定要到他家化，只因他怀不信心。我等出家人以度化为念，定要他回心转意，故此不妨三番五次去试他。"三藏点头。

八戒乃往老官家去。不防满街众人见了八戒这个凶恶丑像，一齐拿棍执棒，吆吆喝喝，打将起来，道："饿鬼林妖魔青天白日走来！"八戒被众人赶走，口里只说道："我是过路僧人，到老官儿家化斋的。"越叫，众人越打。只打到老官门首。那老官已执着棍子，等着八戒要打。八戒一时颖悟起来，忖道："是了。地方嫌我丑恶、异怪，故此齐喊打。"只得把脸一抹，将身一抖，又不敢复原相，乃变了一个尼姑模样。但见他：

削去青丝蝉鬓，留着粉黛蛾眉。
端然一个比丘尼，却说沙弥何异？

八戒变了一个尼姑，立在老官篱外。那老官儿拿着棍子，眼花误认，道："尼僧，你进篱来，让我打妖怪！"八戒故意问道："老施主，打甚么妖怪？"老官儿答道："方才村里众人赶打妖魔，说是饿鬼林走来妖精。我也只听的，不曾见。"乃问村众。村众说："方才一个妖精，被我等打慌，不知走到何处？"村众散去。老官乃问："尼姑何处来的？"八戒道："我是村后女僧庵比丘尼，特来化老施主一斋。"老官儿道："你女师自家吃，还是化与师父，庵里去吃？"八戒想道："我说自家吃，一则背了师父，一则恐他看我小尼姑，有斋也不多。不如说庵里有师父，他定多布施！"乃答道："小尼还有师父在庵。"老官儿说："既有师父在庵，不可偏背了他，须是去请了他来吃斋！"八戒见势头不好，忙转过嘴来，道："老施主，你先来斋了我，然后布施我师父罢！”老官儿道：“这个使不得。”

八戒见他坚执不肯，乃走回复了原相，见三藏道：“不济，不济。”三藏道：“我原叫你们不拘到那家化一顿斋，你却偏要到这老官儿家去化。”行者道：“师父，我徒弟生性有几分拗，偏要把这老头子化出他斋来！”三藏道：“悟空，好心肠又动了拗气机心了。罢罢，等我去化斋罢！”沙僧道：“师父，既要去，不如大家一齐去。”三藏道：“若是东行顺路，便一齐去罢！”八戒道：“略转过弯儿。”三藏道：“转弯便是贪斋逆道，还是我自家去。你们且坐守经担在此！”

三藏乃整衣襟、端僧帽，走到竹篱前。那老官儿一见了三藏，忙起身道：“老师父何处来的？”三藏道：“小僧是大唐中国僧人，往灵山取经回国，顺过宝方，求化一斋。”老官儿道：“这师父方才说的有头有尾，若像始初几个丑的、俏的僧尼说话，不像个志诚出家人。”乃手扯着三藏衣袖，道：“老师父，屋里坐下。待我老拙备些素斋奉敬。”三藏走入屋内。老官便问道：“师父，你取经在何处？却是一人自取，还有同伴？”三藏道：“还有三个徒弟，守着经担、马垛，在后路边。”老官儿说：“既有同伴徒弟，何不俱请了来吃斋？”三藏道：“因要看守经担，故此小僧一人来乞化。”老官道：“方才也有两三个僧尼来化斋，不知可是高徒？”三藏不敢隐瞒，只得答道：“敢是小徒一两个来冒突尊长，未蒙赐斋。”老官儿道：“师父，你不知我这村中西去有黯黮黑林，妖魔利害，想是师父们亏了童子宝珠照过来了。此去往东再过二十多里，乃是饿鬼林。这林中有许多妖精，白昼迷人。往来走路的，不拘三五日，要等个保卫尊者过此，他能驱逼这些妖精，因此途人仗胆来往。近日，这妖精没有人迷。饥饿了，往往假变人形，在这村里乡间设法求食。我老拙方才一时见丑的、俊的僧尼来化斋，疑他是妖精假变，街市众人棍棒赶打，忽然不见。所以我老拙盘问他。他没的答道，自然去了。”三藏道：“老尊长，你这等话来，安知小僧不是假变来的？”老官笑道：“师父，老拙虽愚，却也有一隙真诚。我见师父庄严相貌，说话老诚，走路端正，衣帽整齐，定是上国圣僧，故此请入屋来奉斋。斋罢，老拙亲自同师父去看令徒与经担，安奉前村良善人家，待那保卫尊者过时，师父们一同过这林中。”三藏听了，沉吟不语，想道：“又费工夫了。”没奈何，等候了一会，老官果然摆出素斋。

三藏饱餐了一顿，那老官分付家中添备余斋，留待徒众，却同着三藏出了竹篱大门，来到经担前。

八戒见了，向沙僧说：“师父吃了斋，同那老官见来了。”沙僧道：“你怎见得？”八戒说：“看他洋洋得意而来。”行者道：“你却不曾见师父惶惶如失意而至？不是不曾得斋，便是听闻怪事，他老人家有些胆秃慌张！”

果然，三藏走到面前，道：“徒弟们，老尊长有便斋备下，叫你们安奉了经担去吃。只是要等两日，待保卫长老来，方过得前路。”行者道：“前路又有甚阻隘？”三藏乃把老官话说出。八戒笑道：“师父放心。饿鬼林不知还有个饿鬼猪在此！”老官见了沙僧，方才道：“前边化斋，原来是高徒！”一面请他们家去吃斋，一面寻人家安奉经担。行者道：“天色尚午，趁早赶路。何必借人家安宿？不必等甚么保卫尊者前来。师父看守经担，徒弟们领了施主情来！”那老官方才同着行者三人，到家吃斋。

毕竟后来怎生过这林去？且听下回分解。

第三十六回

义士忠臣羞佞贼　孤魂野鬼辱权奸

话表这饿鬼林是何妖精作怪？乃是三国时魏王曹操。只因他权奸篡汉，陷害忠良，当死之时，遗命众姬妾朝夕在铜雀台奏乐上食，要如生前一般快乐，阎王说：“你也忒受用过分了！也该受些苦恼。”遂令狱卒驱入饿鬼道中，饥食铁丸，渴饮铜汁，遍体洞烧，焦灼糜碎。那一般苦楚不曾受过？后来遇着关圣帝君监押酆都，曹操十分哀告。帝君想起他不害二嫂情由，动了怜念，命狱卒少宽他一时。曹操得空，一灵飞走。那汉帝、伏后魂灵犹自不放他，追捉甚急。四下里没远没近，不论名山胜水，就是穷林僻岛，也闯去一躲。无奈腹馁，来到一处高山。他见这山：

削壁奇峰果异常，丹岩怪石接天苍。
清风隐隐松深处，鹤唳猿啼见首阳。

曹操一灵落到山上，四顾草色青青，山光翠翠；树上噪灵禽，峰头飞玄鹤。只不见个人踪，那里寻些饮食？正饿的叫天不应，叫地不灵，忽然那树林深处歌声清亮，远远两个仙人走来。曹操道：“好了！有人来，可求一粒度三关。”乃走上前，躬身作礼道：“二位神仙，小子是避难饥人，欲求济困。倘蒙施我一粒，饱得终朝，也是功德。”两人问道：“汝是何人？怎么到此？高冈峻岭不备办些食饮登临，且有甚难逃避到此？”

曹操乃把前因后节说出来。只见两人把曹操大啐了一口，道：“我只说是桑间灵辙义人，于陵仲子廉士！原来是你这奸贼！我且问你，曾闻你夺了汉宫金珠宝贝、美女歌儿，如今何不带两个来随身服事？有了金珠，到处饱暖，何劳这空山向我两个经年累月不曾一粒见面的饥人求哀乞化？”曹操道：“当年金宝美女莫说如今带不来，便是带得来，没了势，他也不服事你到这穷山荒野。且问你二位，一貌堂堂，欣欣喜喜，在山径松林闲歌雅咏，定是饱暖逍遥，怎说一粒不曾见面？”两人也不答话，啐了一口，径往山冈下摇摇摆摆而去。曹操赶上，一只手去扯他两个，要饭充饥。只见一人袖中抛出一纸简帖儿来。曹操忙拾起一看，两人遂不知去向。但看那帖儿上，写着五言八句：

义不食周粟，宁甘首阳饿；清风万载香，高节千年大。可恨汝奸伪，把汉作奇货。死后不含羞，饥饿求谁个？

曹操念了帖儿上八句，道：“愧死，愧死！”乃自啐了一口，道：“自己没饭吃，又寻着个有饭不肯吃的。”

正才嗟叹，只听的风声鹤唳，只道汉帝、伏后赶将来了，一灵儿乃飞到了荒沙漠地，远远见一座高台。他见这台：

巍峨四起在要荒，凛凛高风对日光。那是黄金铜雀类，孤忠沙漠望家乡。

曹操的魂灵儿见那台上有一个汉子，骨瘦如柴，形容枯槁。他想道：“这人定是个病倒在台上的。”又见这汉子口里嚼甚么物件，忖道：“且乞他些有余充饥！”方上前来，只见这病汉叹了一口气，那气喷出来直贯天日，霞光万道，瑞彩千条。曹操那里敢近？等了一会，那汉子仗着一根坏棍儿，上头有些烂缨络，挨挨挣挣，下台去了。台旁却来了一个黄巾力士，拾地上余物。曹操上前，道：“力士哥，拾得何物？想是那病人遗下吃的甚物，我肚饥饿，见惠了罢！”力士道：“你是何人？敢来到此要这件宝物吃？”曹操听见说“宝物”，乃把眼仔细定睛，乃是一团烂毛毡，笑道：“力士哥，这是一团毛毡，怎么那人吃它？你又说是宝物？我曹操不才，也是一世奸雄豪杰，吃过八珍，受用过绫锦，却不曾见毛毡是吃的宝物！”

他只误说出名姓二字，这力士听了，瞅了一眼，大喝一声，道：“原来你是魏王曹操。饿的你好！你已入饿鬼道中，还想要来吃忠臣余物！你道方才这病汉是谁？”曹操道：“不认得。”力士乃说了五言八句，道：

> 自昔出汉庭，远来此荒漠。单于威不降，李陵说不得。高节与清风，吞毡和啮雪。万古表子卿，堪笑奸雄贼。痴想吃人余，不思自作孽！

力士说罢，把曹操啐了一口，道：“本当扯你去地狱，与伏后阴灵辱骂去，但我要保护忠臣哩！”一阵风不见了。

曹操羞涩满面，无奈饥饿甚紧，只得魂灵儿又飞远去。刚刚来到一村落人家，却是西方地界。只见这人家门外，许多僧人做好事，摄孤施食；无数孤魂野鬼，伺候得食。他只得挨入其中。少顷，见那法座上一个长老念咒掐诀，一粒变的法食如山，众魂都抢了去。他本是生前富贵骄倨之人，怎能与众饿鬼夺食？且被他众魂辱骂一番，无奈只得跟着那有食的飞跑，口里哀求。那些鬼越走。走到一处深林中，只见许多美妇接着，说道：“我等饥甚候久，快把法食济饥！”曹操抬头一看，却认得那美妇中有二人乃是他在日铜雀台上的宠姬，便叫道：“你二人认得我么？”美妇乃见了，便惊问道：“大王缘何也到此？”曹操把他死后事说出来，乃问道：“这地方是何处？你们如何在此？”妇人道：“大王！我不说，你不知。我两个生前承大王爱，养在宫里，珍羞百味，享用太过。只因大王爱窈窕细腰，我两个生的肥胖，都是那饮食丰美养的，乃熬口不食。岂知饿伤，成病而亡。这许多妇女，也都是楚宫美妇，为细腰所误！”曹操听了，道：“我也不管你这远年冤枉，只是如今我被汉帝、伏后不容，没处藏躲。你这深林是何处？”妇人道：“这林当初叫做快活林，都是些贤良、富贵居住。只因他恃着快活，不做贤良，都变做饥饿鬼。因循渐渍，就招了一个妖魔，名唤做独角魔王。他神通广大，招集了我等，充为压寨。承他好意，不舍的吃自家供奉，专一在这林间吃往来别人。地方起了个名色，叫做饿鬼林。日前误吃了一个过路的道童儿，那知那道童儿有师父在前，道法也不小，与魔王战斗了一番，说：‘且宽饶你这妖魔，留与西还的和尚灭你。’因此我等羁留在此。大王若是无所躲，且面谒魔王，待妾身两个求他容纳。”

曹操听得，大喜道：“我生前做了恶业，如今只得随缘，倘两姬说的魔王肯容，也不枉了来此一番！”乃随着二妇人。那深林果有个魔王寨栅。进得寨门，只见上边坐着个魔王，生的几分凶恶。但见：

> 白额一角竖，赤发两边分。眼似明星皎，牙如稻草熏。肌肤干鳖虱，筋骨瘦伶仃。老大一张嘴，思量要吃人。

曹操见了，只得望上进礼。那魔早已知他来历，但叫：“且到林外，把法食分些与他充饥。且等那和尚来，看是做何事的长老？若是到前村与人家做斋醮的，须靠他摄施法食；若是回家还俗的，莫要留他性命；若是化缘吃十方的，也须吃他个十二方！”

按下妖魔督率些饿鬼，据住在这林间。且说三藏坐守着经担，等得徒弟们到老官儿家吃了他斋走来，师徒谢辞了他，望前路行去。那老官儿叮咛再三道："师父们切记，不可过于忠厚老实，信那妖魔骗哄，要吞吃你们。"三藏道："老施主，小僧生性原来以诚信待人，只以忠厚行去，凭那妖怪怎么罢了。"老官又向着行者、八戒们说："列位，你师父说的固是，只恐如今那妖魔不依你老实。"八戒道："老施主，他不依老实，我便不老实待他。说他束着肚子要吞我，不知我久已张着大嘴要吞他！"行者道："老施主，承你美意，我小僧自有临机应运，情愿与那妖魔吞了，才有主顾。"老官说罢而去。

三藏师徒趱步前行。却值着清秋光景。但见那：

飒飒西风来碧汉，哀哀蟋蟀增嗟叹。光景甚凄其，行人便倦疲。风林霜落叶，征途马蹀躞。休辞行道难，惟期饱不寒。

师徒担着经担，押着马垛，正行到林头，只见那路旁地上倒卧着三四个汉子，哼哼唧唧。三藏道："徒弟们，你看那地上倒卧着几个汉子，哼唧为何，想是疾病？我们出家人慈心不忍，有处取些药饵，与他治疗，也是个阴骘。"行者道："师父，你老人家走路罢。那个会医，惹他这买卖？万一摸不着病源，错下了药，不是积阴骘，反是损德行。"八戒道："师父，休信悟空扯谎！他在朱紫国行的好医。他只贪的是富贵人家，有金珠饮馔，便胡针乱灸。如今见路倒贫人，乃摇三掳四。"行者被八戒一激，把经担放下，道："呆子，有官同做，有马同骑。医好了人，有好处大家受用；若是差池，你也难辞！"走上前，见那汉子们颜色憔悴，身体羸弱。行者乃问道："汉子们缘何倒地哼唧？"那汉子答道："我等是行路的客人，身边止带着些干粮担子，过这有名的饿鬼林，却被林中妖魔抢去。抢去也罢了，又棒打棍掀，一个个都带伤损，望师父救命！那妖魔说是禀了魔王，还要来囫囵吞了我们哩！"行者道："青天白日，东西大路，怎容的这饥痨饿鬼当路？岂无个法官道士遣他？你们且安心卧此待我，我寻妖魔与你，取了干粮还你。"

汉子道："那饿鬼见了干粮抢去，那里还有的存留？"行者道："放心，我自有法叫他还你。"行者说罢，往林中寻去。

未行数步，只见男男女女许多饿鬼，拥着一个妖魔前来，坐在树下。行者忙变了一个鹞鹰，飞上树枝，听那妖魔讲些甚话。只听得那妖魔说道："日前误吞了道童儿，几被道士伤害。他道：'留与和尚灭你！'汝等男女，俱要小心在林外探听，若有西还的和尚，好生用计捉他！"众男女齐齐答应。只见曹操上前说："大王，我曹操承你收留，又分法食解救饥饿，愿带这两个旧姬，出林探听。一则报效，寻些美食献大王，一则探访西还可有甚和尚。"妖魔道："你果立心报效，便叫两姬同你去。"曹操领着两姬出林。

行者一翅飞出，复了原身，走到三藏面前，道："师父，那卧地众汉子不是疾病，乃是被饿鬼夺了他干粮，又被棍棒打伤了。他倒卧在地，行走不得。"三藏道："徒弟须要救他，你却何法？"行者道："徒弟已到林中探听，那妖魔原来是当年三国曹操，如今领着两个细腰旧姬，出林来探听我们到来，要捉去活吞！"八戒听得，道："爷爷呀，我只听人说吃死人，不曾听见活吞。"三藏道："这妖魔如何知道我们西还过此？且与他有甚冤仇，要来探听活捉？"行者道："我听他说，当初与道士战斗，说饶他留与西还和尚剿灭。故此如今防范我们。"三藏道："似此，如之奈何？"行者道："不难，不难！我们且住下。待那妖魔来，我自有法。"

却说曹操领着二姬出得林中，先看见了几个汉子倒卧在地，已知是抢了干粮的行客。他见这汉子们饿伤打坏，便设个美人计，叫两姬扭扭捏捏，上前道："列位汉子，可是被打抢了受害的？我怜你途中遇害，病伤倒地，你可强挣挫着，随我入这林后，有个安身养病之处。"那汉子们听得道："娘子救人一命，胜造七级浮屠！"两姬道："放心，放心。你随我来！"却说行者隐身在旁，看见这情，心中忖道："看这妖怪诱了这汉子何处去？"只见汉子们病卧在地，不胜苦楚。见了两个美貌妇人，你看他不知死活，动了那片淫色之心，听见说安身养病之处，欣然乐从。你挨我挣，爬将起来，就要跟着两姬走。

行者忖道：“这汉子一跟入林，只恐遭了妖魔鬼怪之迷，送了伤残呼吸之命！”乃动了一点方便心，拔下几根毫毛，连自身变了这几个汉子；把这众汉子吹了一口气，都隐了身形，倒地挣爬不起。曹操与两姬见了行者变的汉子，引着入林。好行者！故意踉踉跄跄跟着妇人，走到林中。那魔王犹自坐在树下。曹操上前说：“大王，我等出林，不见和尚，想是尚未到来。只见这几个病汉，到也勾大王一饱。他倒卧在林外，只恐有人来救去，故此设了个美人计，骗引他来，献与大王。”魔王道：“既是倒卧在林，叫几个小妖捉将来罢！如何又设甚美人计？”曹操道：“大王，你不知这病饿之汉虽恹恹待毙，其心贪财好色，只恐不休。若是叫小妖去捉，惊吓而死，则肉不中食。故此设个美人计诱哄他，活来进献。”魔王一看了，道：“病伤的汉子肉也不中食，况是你两姬诱来的，名不好听。也罢，这左右尚有许多细腰美姬，且赏了他们充腹去罢！曹操，你再去探听和尚到来，看有几多，再来报知。”曹操领了独角魔王之命，到林外探听西还和尚。

后来不知探听着怎生模样？且听下回分解。

第三十七回

饿鬼林拳打细腰　水晶宫哀求神棒

话说独角魔王把两姬诱来的病饿汉子赏众姬妇，那里知是行者毫毛变了来的？众姬领了魔王赏，一则久饥，思个活人吞吃，却见了这病汉个个丑恶，不甚中意，你捡我推。

行者便知其意，把脸一抹，即更换了一个标致模样汉子。众妇看见，齐来争夺，你也要，我也要，行者越变的美貌如花。你看他丢下那丑陋的不顾，把行者乱抢入后边僻静林树下，你也要吞，舍不得，我也要吃，爱不舍。行者忖道："不好！这些妖怪初见贪爱，丢了丑陋，齐来夺我。少顷顾眄色衰心厌，争竞不服，你扯我拉，只恐被他弄出马脚来不便，不如弄个神通，叫他们吃我一顿拳头巴掌，与老孙散散心，出出气！"那众妇正笑盈盈，你来温存，我来摸索，一摸着行者痒毛，行者"骨"的一声笑起来，现了个毛头毛脸尖嘴缩腮的猴子像和尚。众妇见了，哄然一声，吆喝道："不好了！和尚来了！"走过林来，那毫毛变的病汉也都复了行者像貌，把众妇你一拳，我两掌，打的东歪西倒。可笑那饿了的鬼怪，怎经的纯阳气壮的孙行者打的？正是：

> 落花流水两无情，散发披头观不得。本来几个粉骷髅，元精怎送红颜贼？

众姬被行者一顿猴拳，打将出林树前来。

独角魔王见了，道："原来是和尚变化，到骗了两姬人。"乃叫道："那毛脸和尚休要乱来支脚舞手，上门打我的妇女，有我在此！且看看我这是甚么东西？"行者住了手，看那妖魔手里拿着一把板斧。行者道："妖魔！你手里不过是一把明晃晃板斧。"妖魔道："可又来，不是板斧，却是何物？你既晓的是板斧，岂不知这板斧利害？如何大胆假变病汉，上门欺我这众姬？"行者道："外公有这本事，不怕你板斧，故此才上你门打妖怪！"魔王道："你有甚么本事？"行者道："我的本事也小小有个名儿。"魔王笑道："既有名，可说来我听。"行者道："我说出来，只恐你站立不住，便要骨软筋酥。"魔王道："莫要虚夸假奖，老实说来！"行者乃说道：

> 说来本事非虚假，炼就神龙与意马。七十二道变化能，十万千斤斗打。六根清净不沾尘，一任春秋与冬夏。十洲三岛遍经游，五湖四海多戏耍。曾拿金箍棒一条，打尽妖魔谁敢惹。今随长老上灵山，求取真经西还也。金箍虽缴拳头凶，那怕明钢斧一把。打教七魄丧三魂，活捉妖精去做鲜。这般本事岂虚夸，天下驰名真个寡。任你妖魔众美姬，不勾老孙这几下。

魔王听了，道："原来是孙行者，当年随唐僧过这地方，真个有些名望！且问你，不随着唐僧去取经，却来我处骗哄我众姬，是何缘故？"行者道："我已随着师父取了经文回还，过这林前见了几个汉子病饿在地，说是你抢夺了他干粮，还打伤了他，要囫囵吞吃。我师徒不忍，要救他命，却遇着你麾下曹操，领着两个美姬设美人计骗哄他。可怜几个客途汉子！夺了他食，又打伤了，恹恹待死，已是不忍，还使计活捉他充饥！你便顾性命，却叫他送了残生！我师徒只得停车住马，要把你饿鬼林荡平了，方才前去。"魔王听了，大怒道："我到听得说唐僧取经回还有些善果，你这孙行者有些名望，也有几分功劳，不看僧面看佛面，不计较你。缘何你反说要荡平我这林方才前去？休要走，看我斧来！”魔王把明晃晃板斧照行者斫来。

行者虽是炼就的铜头铁脑袋，不怕魔王斧斫，但是两个空拳，怎能打得魔王？只得“骨都”一声，回到三藏处。三藏道：“悟空，如何久去探听？教我放心不下。那病汉尚卧在地下，可救得么？”行者把前事一一说出来。八戒道：“正经事不做，又去变标致汉子勾引那妖姬怪妇，费了工夫，教我们饥饿在此！”行者道：“呆子，都是你一路来今日也叫饿，明日也叫饿，惹出这一种饿鬼林来。这妖魔好生利害，幸是我老孙，若是你，定遭他害！莫说魔王，便是那些细腰，你这呆子也当他不起。”沙僧问道：“师兄，甚么细腰？”八戒道：“问他怎的？莫过是细腰狗，不然就是细腰蜂？”行者道：“比这两样还利害，料你不敢惹他！”八戒道：“狗不过咬，蜂不过叮，怕他怎的？”正才说，只见林里摆出一队妖精鬼怪，大叫：“孙行者毛和尚怪，出来领板斧！走了的不是好汉，虚夸本事，玷辱了神道！”行者听了，忙向经担上掣下禅杖，跳出林前，道：“妖怪好生无礼！老孙久等在此。”魔王舞动板斧，行者挥起禅杖，他两个在林前一场战斗。好战斗！怎见得？但见：

行者威风凛凛，妖魔杀气腾腾。两边赌斗不容情，不辨高低谁胜！

他两个大战多时，不分胜负。八戒、沙僧见了，各掣下禅杖上前助战。妖魔队里，曹操领着许多细腰妇女，也上前助威。曹操使一杆长枪敌住了沙僧，众妇女却一齐围着八戒。八戒腹中先原叫饿，被众妇围着，咕咕哝哝只叫：“不曾吃饱了。”那众妇听得，一口气吹来，把个八戒吹的骨软筋酥，禅杖丢掷在地，被众妇扛抬入林，道：“好个胖和尚！虽然丑陋，到也尽够大王受用。”三藏见八戒被些细腰妇女拿了去，走出阵前叫：“悟空、悟净徒弟好生战斗，悟能被妖精捉拿去了！”行者听得，忙拔下许多毫毛，变了些沙僧，把曹操拿倒，随即绳捆索缠。曹操慌了道：“长老师父呀，不管我事，都是独角魔王生事，这些妇女们惹非。你好歹留着我，自然把拿去的长老来换！”乃大叫：“独角大王且停着战斗！把众姬拿去的长老放过来。”

魔王听着，把曹操大啐了一口，骂道：“原来你这贼贪生恤命！到此已入六道，还要用那生前心肠。”好魔王！一面啐骂曹操，一面腰间取出几把飞刀，撇在半空，把行者变的假沙僧乱斫，把绳索割断。小妖们上前，抢了曹操过去。那飞刀早向沙僧、三藏头上飞来。三藏见了，道：“悟空呵，这妖魔利害！你看他把你变化的沙僧将飞刀斫灭，又把捆妖绳索割断，如今在空中乱飞，似寻人斫杀的光景。你且休兵罢战，好求那魔王放过林去罢！”行者道：“师父，你只须正了念头，莫要害怕。妖魔有飞刀，我却有宝贝！”行者一面说，一面把手向耳后去摸，摸了一把，“哎呀”一声道：“奈何，奈何！”三藏道：“悟空，你哎呀甚的？看这飞刀在空中盘旋，好生利害！”行者道：“可恼！这宝贝儿缴在宝库。师父，你且叫沙僧拚命拒敌，保护着经担。我去取宝贝来降妖魔也！”说罢，“忽喇”一声，不知去向。魔王笑道：“孙猴头只会躲着，你躲到何处去，也少不得往这林中来挑经。”魔王收了大斧，却使那飞刀来斫沙僧与三藏。沙僧虽执着禅杖左遮右搪，无奈魔王利害，腰间又取出三五把飞刀，掷在半空。

三藏见了慌张，忙合掌向着经担道：“真经呵，我弟子万水千山受了无限苦难，今日求得你去，怎么受这妖魔飞刀伤害？”三藏只说了这一句，只见他头顶上现出一员神将，手执着钢鞭，却把飞刀一击，段段坏做几节，乒乓乒乓都落下地来。那神将帮着沙僧，直打过妖魔队里，将曹操几鞭打的无影无踪，又来打魔王。魔王慌了，飞走躲入林去。三藏见了，忙合掌顶礼。沙僧也跪倒在地，道：“多劳尊神救了我师弟子，想是保护真经大力神王？”那神将高立半空，道：“唐僧休要惊恐。真经到处，万邪自避，百灵保护。我神游三界追剿奸魂。恰遇妖魔冒犯宝藏，加害圣僧，理当保护。但愿你师徒不背真经，那妖魔刀自段段而坏！”神人说罢，飞空不见。三藏与沙僧只得坐地保护着经担。

魔王见神将打走了曹操，那细腰妇女七零八落，都散入洞去，只剩得手下小妖，把队伍退入林深寨内。魔王高坐在上，叫：“把八戒拿出来！”却说八戒只因动了饥饿求饱之心，惹了饿鬼夺食之报，被众妖妇扛入林内，只等魔王大胜，捉了唐僧、行者们，方才献与魔王受用。不知魔王战走了行者，撇起飞刀斫散沙僧，救了曹操，正欣欣得意，却被神将钢鞭打断了飞刀，扑灭了曹操，威风凛凛，神气扬扬。魔王慌怕，躲入寨中纳闷，叫他拿的和尚捆出来。众妇只得将绳索把八戒来捆。那知八戒前是咕哝腹饿心邪，被妖妇吹了邪气，扛拥拿入林来，神气定了多时，心情忽然明爽，道：“我猪八戒也是得了正果，不似那来时脓包，怎么一时见了这些细腰邪魔就骨软筋酥起来？如今他把绳索来捆，去见魔王，定要加害。我若不弄个神通，他那里知老猪的手段？”乃把项上刚鬣变了些锋利钢锥，待那妖妇将手来捆，照手乱戳，鲜血迸流。一个个妖妇慌了，谁敢近八戒之身？魔王亲自来看，八戒就要外走，无奈魔王手执大斧，挡着林前。一下斫来，那钢锥抵着，乒乓有声，犹如铁甲，不能伤害。八戒要走不得走，要战无兵器，急躁起来道：“钉钯呵，为何不得在身边？”魔王听得八戒说钉钯，他便知这和尚原来是猪八戒，他随唐僧当年过此，也有名望，如今且留着他，待拿倒行者们，再作计较。乃叫小妖：“多加些兵器围绕着这长嘴大耳和尚，莫要走了他！且把那林内倒地的汉子们捆来受用着！”

那知这饿病汉子望见林西三藏坐地，旁有经担、柜包，不知何事，想有可食之物，乃一步一爬走近经前，问三藏：“可有救病济生之食？”三藏正在树上摘那柏叶自啖，忙递几枝与汉子，又饮之以钵盂之水。那众汉子向经担与三藏俯伏，叩了几个头，顷刻都走的动。三藏道：“众客，此处妖怪利害，你作速勉强去罢！”众汉踉踉跄跄去了。那小妖到林外，不见了倒地汉子，欲往西赶来，却得沙僧拦着大路。魔王要来，又怕神人尚在，乃叫小妖：“且闭了寨门，歇息片时，再去捉和尚！”

却说行者与魔王大战，禅杖敌不过他板斧，忽然又想起金箍棒，道：“当年来时，一路降妖灭怪，全亏了这宝贝藏在耳后！一时撞着妖魔，取出来要大就有碗口粗，要小就如绣花针。今日缴了，逢着利害妖魔，无此宝贝，怎生保得真经回东？也说不得，明去取，又道经棒不容并行，暗去偷，把门神王谨守库藏，又不肯放。我想当年这金箍棒乃是龙宫所产，前番上灵山取棒，那神将说：‘物还原主。’我如今只得再去水晶宫寻着老龙王，讨了这棒来降妖灭怪！”行者这些情节兜底上心，故此“忽喇”一声，把唐僧经担托与沙僧看顾保守，他一斤斗只打到水晶宫。早有巡海夜叉传禀了龙王，说：“孙行者又来了，要见大王！”龙王听得，忙出宫迎接，道：“圣僧恭喜！如今位证正果，随唐三藏法师取得真经回国，善功圆满。可贺，可贺！”行者道：“正为这一事。经便取了来，无奈一路回还，旧魔消荡，新怪复生，梗着归路，费尽神力，不得前进。”龙王笑道：“以圣僧神力，再加之向日取去的如意金箍棒，何怕妖魔复生道路？”行者道：“若是这等，老孙也不敢又来轻造瑶宫，只因到了灵山，求得真经，如来把这棒缴还在库，说：‘经是普度有情众生善道，棒乃杀生害命凶兵，两不并立。要经便不与棒，要棒便不与经。’那时我三藏师父道：‘徒弟，我等上灵山原为求经，要棒何用？’故此缴还。谁知经回无棒，妖魔难敌。我想当年此棒系是龙宫所出，大王乃棒之原主，怎么缴在灵山库藏？我两次去取，那神王不发。望乞大王去取了，仍借我一用，保得经回国，那时缴还大王，方是名正言顺。”龙王道：“圣僧，如来之意果是方便门中慈悲心性，与你真经，收了铁棒。你当初师徒得了真经，只该志诚恭奉回东，自然路无阻滞。想是你师徒志虑不定，心神恍惚，便生出种种妖魔。这事莫怪无兵器，还是你没仁心。”行者道：“我既入禅门，怎说没仁心？”龙王笑道：“既有仁心，还想要这兵器何用？况这金箍棒都是物祖之物，缴了便罢！我断不认做原主，取讨与你！”行者再三哀求，龙王只是不允。行者低头一想，机心又动道：“三讨不如一偷。”随辞了龙王，一个斤斗直打到灵山，又设法取如意金箍棒。

不知可取得出？且听下回分解。

第三十八回

行者三盗金箍棒　唐僧一意志诚心

却说把守库藏神王一日听得库内乒乒乓乓声响，开了库门一看，只看见孙行者的金箍棒与八戒钉钯、沙僧宝杖断了捆束绳索，各自撞击有声，乃惊异道：“此必唐僧的三个徒弟有难，不然就是各自异心，相为矛盾！”乃上殿参谒如来，说此异事。如来道：“唐僧至诚，无有怠慢真经。当初只为那悟空机变，有心缴了他凶恶兵器。谁知他遇着妖魔，便动了一片剿灭之心，每每不忘此棒。悟能、悟净，又何尝不想此两件钯、杖？想这宝器原各从天宫、海藏造来，汝当送还了原主，勿使他复来取去，又生出一片打妖击怪心肠。”

神王遵奉旨意，走到库内把这三件兵器还了原主，归来把守山门。正贴封皮，库门扃固，忽然行者一斤斗打到山门。行者见了神王坐在山门之上，乃想道：“我两次不与他知，来偷我棒不去。若是明明白白问他讨去，俗语说的‘明人不做暗事’！”乃上前见了神王，道：“我弟子随师护经回国，无奈妖魔加害，非棒不能打灭。伏望神王把我金箍棒还了，我去剿灭了妖魔，自是缴还原主！”神王道：“悟空，你来迟了。吾已禀过如来，送还天宫、海藏，尽复了他原来本性。你那金箍棒也不灵，八戒、沙僧的钯、杖也都不利。便是与了你去，也打不得妖，除不得怪。你好好回路，便护唐僧经文回国去罢！”神王说毕，又道：“悟空快去！那独角魔王把八戒困住，将次要捉唐僧，你师弟沙僧一人，只恐保护不得！”行者听了，道：“这神王哄我。明明棒贮在库，怎么说送还原主？三讨不如一偷！”乃阳辞了神王，暗暗变了一个蝙蝠，候那神王上殿，他暗飞入库檐寻金箍棒，那里在库？急得个行者抓耳挠腮，想要龙宫去讨，又恐唐僧势孤，沙僧力寡，只得一斤斗，仍打到三藏面前。只见三藏跏趺坐地，食那柏叶。沙僧在旁执着禅杖，防御妖魔。行者见了，道：“师父吃这柏叶作甚？”三藏道：“徒弟，出家人到这荒野村乡，没有斋饭充饥，腹中饿馁，只得食此。”行者道：“待我那里化些斋来你吃，如何食此涩东西？”三藏道：“此处既叫做饿鬼林，那里有斋去化？你那里知这柏叶的好处？”行者道：“徒弟实是不知，望师父教诲！”三藏乃说道：

“苍苍翠翠绿沉沉，上发青枝下茯神。摘得叶来堪实腹，能会延寿可轻身。随方便，济饥贫，赛过肥甘并八珍。惟有仙家知饵此，服他岂是等闲人？”

按下行者与沙僧保护着三藏与经，只探八戒的消息。

且说比丘僧与灵虚子他两个随着众人，得返照童子过了黯黮林，已知三藏师徒平复了妖魔，过这一处林来。他两个游游荡荡，叹一回，说一回。叹的是世路险巇，都从人心奸狡；说的是人情安静，尽是意念和平。正行走处，见几个人你扶我，我搀你，搭肩携手走将来。灵虚子问道：“南来男子，从前路来可曾遇见四个僧人挑着担包？却是在那处停住？”这人道：“见有四僧挑着经担过林，遇着妖魔鬼怪，好生费力，而今停住着在林西。我等也是被妖魔抢了干粮担子，又打伤几死，幸亏老僧救来。只恐他救得我等，却救不得自己，正在那里与妖怪争斗哩！”灵虚子听了，乃向比丘僧道：“师兄，唐僧师徒遇魔不足虑，经文却有所关。我二人为何而来，怎么任他前去，不随他一步？”灵虚子道：“师兄慢慢后来，待我先去探看，是何妖魔与他师徒争斗？”比丘僧道：“我们不必前后分路。你先去探妖魔，我随后看他师徒作何计较？务要保护真经，莫教妖魔亵渎！”灵虚子依言先走。他却变了一个行路客人，走到林西头。见三藏与行者、沙僧坐地，只不见猪八戒，忖道：“唐僧们想是辛苦歇力，猪八戒去化斋？”乃走将过来。三藏见了，道：“客官孤身一个，须要防林内妖怪抢你干粮。”灵虚子故意道：“小子也无干粮在身。”沙僧道：“只恐还要毒打！”灵虚子道：“小子也不怕他毒打，还要打妖怪哩！”行者听得，便笑嘻嘻说：“客官，这妖魔利害，你怎么不怕，还要打他？”灵虚子道：“我小子时常往来，这林内妖魔被我打怕了。若是要过去，他还要送路费哩！”三藏听得，乃起身合掌道：“客官，千劳万劳，劳你带得小僧们与这担包过去。”灵虚子道：“此事不难。且问师父，你们只三位，怎么有四副担包在此？”三藏道：“我还有一个徒弟，被妖魔捉将过去，如今不知下落。”灵虚子道：“师父不必虑心。我与你探听妖魔，看可曾加害你徒弟。”三藏道：“有劳客官。若是救得我徒弟出来，重重谢你。”灵虚子辞去。

行者笑道：“师父，我看此客人定是个妖魔，说的一派虚话，他来探听我们的。”三藏道：“徒弟，也休管他是妖魔不是妖魔，你如今作何主意？”行者道：“徒弟没有金箍棒，委实战斗妖魔不过。我也三次去偷棒，恐费工夫，只是偷不得来。师父你可有甚计较，把我这兵器取来还我，这妖魔何难打灭？”三藏道：“徒弟，再休想要金箍棒了。”行者道：“师父，此棒原是徒弟龙宫得来，应当还我的，怎说休想？”三藏道：“徒弟！你

既已趋正果，如来给宝经。只有慈悲意，何思战斗兵？却除心上火，丢去怒中嗔。纵得金箍棒，须知也不灵！”

行者听了，道："师父教诲，徒弟从此再不想那金箍棒了。只是方才这客人，我疑他是妖魔。"三藏道："决非妖魔。若是妖魔，他怎肯说打妖怪，还要送他路费？只恐往来与妖魔熟识。若得他方便了八戒出来，带得我们过林前去，便是好了。只看他探听可来回复我们？"行者道："不济事。真个师父做人忠厚，立意志诚。比如这客人既与妖魔熟识，他只有相为妖魔，便要把八戒算计，岂有做人情与我们人生面不熟的？待徒弟随他后，查探他个实迹来！"三藏道："悟空，你既晓的我做师父的志诚忠厚，你也该一意志诚忠厚才是！凡事莫要生疑心。只恐你动了疑心，又暗生出一种妖魔来！"

师徒正说，只见比丘僧也变了一个行路客人，走上前来，见了唐僧，说："师父们何不趁此青天白昼前过这林？如何坐在此处？你不知此处当年叫做快活林，如今叫做饿鬼林，有许多妖魔抢夺往来行客。若我们空身常往来，熟识的便无碍。若是师父面生，自不曾过此林，便受他加害。"三藏道："客官，我小僧们正是为此，被妖魔把个徒弟捆捉了去，如今不知下落。方才动劳一位客官探听去了，不知真实何如？"客人道："师父，我们这里行往的人，不扯虚谎，他定然替你查探了来。但不知你这包担是何货物？便是货物，还可；若是干粮饮食之类，必要惹动妖魔来抢！"三藏道："客官不知，我这包担都是经卷真言！"客人笑道："师父，既是经卷，我闻'真言无妖不灭，无怪不除'。你只须坦然前走，那妖魔自不敢侵！"三藏道："我也是这般说，争奈我这徒弟们不肯老老实实挑着过林走路，却要去揽出是非，惹出祸来！"客人道："原来高徒们自家的不是！"行者听得，道："客官！你莫不就是妖魔之党？你哄的我们挑着经担，走到林中，见成与妖魔抢夺！"客人道："师父，你还是这样存疑心。我这地方来往的不欺人，好歹只等前边客人探了信来，我带你过林去，也是经文分上。"按下不题。

且说灵虚子走入林中，到那妖魔寨来，只见寨门紧闭。灵虚子乃向门缝里一张，只见堂前许多兵器，把八戒围着，却有几个细腰妇女看守。灵虚子乃变一个妇女敲门。只见门开，那妇女问道："你是被那神将鞭打走了的，在那里躲着，如今方来？"灵虚子便随口答道："是我先躲去了，不知后来怎么了？"妇女乃把前边大王使飞刀、捉八戒的话说出来，又说唐僧头上现出神人，把飞刀段段打坏。灵虚子已知唐僧正了念头，乃是行者、八戒们偏了意念，忖道："如今且救了八戒出去，再作计较。"乃问道："列位姊妹，如何把这长嘴大耳和尚将兵器围绕着他？"妇女道："你不知，这是猪八戒。被我们捉捆将来，献大王受用。大王说：'等捉了他这一起的，方才受用。'那知这和尚到也有些本事，他浑身变出许多钢锥来戳人，思量要走。如今只得把兵器围绕着他。等大王歇息片时，再去捉那几个和尚。"灵虚子听得，把嘴向妇人吹了一口气，只见个个打盹瞌睡起来，乃把兵器拿开，让八戒一路烟飞走出林，到了三藏处去。这灵虚子仍走入寨内。

恰好魔王歇息了一会，起身叫众小妖与细腰妇女："去把捉的大耳长嘴和尚蒸煮了来受用！这一会力尚倦，待吃饱了再去捉唐僧"小妖答应，出堂前那里有个和尚？只见众细腰妇女昏昏沉沉，倒在半边，报道："大王，和尚使神通，把众妇女迷倒，走了。"魔王听得，一惊道："好和尚，你会走，难道我不会捉？"乃叫小妖："快把飞刀再磨利了几把，待我捉那几个和尚来！"小妖依言，去磨飞刀。灵虚子听得，忙来到三藏处回复说："魔王磨飞刀，要来捉你们。"见了比丘僧，故意道："张客官，你也过林去？"比丘僧也假意答道："李客官，你如何从林那边来？"灵虚子道："我为这西还的师父们探听妖魔。如今妖魔要来捉他师徒，你计将何出？"比丘僧道："他师父志诚，我等带他过林，纵是妖魔要捉他，我与你也讨得个方便。只是三位高徒，却难保得过林！"行者道："二位老客，我们也不要你保，只要你带得我师父与马垛经柜过去，我们不敢动劳你。"客人道："这个容易。只等妖魔来时，你们与他战斗，我却带你师父过林。"行者道："话虽是你美意，只是莫要为妖魔来诈骗我师父！”客人道：“你终是疑心，前途又要生出疑怪！”行者道：“动劳，动劳。你便是来诈骗，我老孙也有处寻你！”

说罢，果然魔王带领着小妖前来。这边行者、八戒、沙僧三个各执着禅杖上前迎敌。那独角魔王抖擞雄威，小妖妇女扛帮战斗。这一场好杀？怎见得：

> 妖魔斧劈，行者相迎。众小妖齐齐助阵，八戒们个个争能。那斧劈光芒喷火，这杖迎势焰生云。那边是独角魔王一心要捉和尚，这里是三个长老合意要灭妖精。那一个会使飞刀真利害，这一个展开手段弄神通。只杀的林深叶落天风紧，播土扬沙眼目昏！

比丘僧两个变了客人，带着三藏、马垛，趁魔王与行者三个厮杀，他先过了林西，到得林东一座塔儿小庙。只见一个老和尚在庙门前晒日，补那破衲。客人乃叫一声：“长老，你可安住了这位师父，他尚有三位高徒在后，若是腹饥，可煮顿斋饭供他。我们前去，回来时自然谢你。”老和尚道：“客官，你岂不知这林近处留不得斋粮的？那讨有余供献长老师父？”客人道：“不难，不难。我们前去就回。”乃把三藏、马垛安顿好了。三藏也叫腹饥，眼巴巴只望着徒弟们过林来。

却说行者三个与独角魔王大战多时，那魔王忙放起飞刀。他三个见了，只把禅杖搪抵。魔王明晃晃板斧又劈将来。正在危急之际，幸得比丘僧与灵虚子护过三藏到了小庙，依旧退回路来，探看他三个与妖魔厮杀。见妖魔飞刀在空，只向他三个劈来，比丘僧忙把菩提子取下几粒，望空撒去，只见那菩提子粒粒如坚钢，把飞刀迎击，反向妖魔劈去。小妖与细腰妇女飞走散躲。只剩了一个魔王，势孤力弱，只得败阵。正要逃走，被行者一把揪倒，八戒忙把拴包担绳索捆起来。

魔王就要弄神通变化逃走，早被行者念动一句梵语，魔王逃走不得。三个人掣杖要打，那魔王哀乞饶命。行者咬牙切齿道：“你这妖魔也不知害了多少人，如何留得你？”只见两个客人道：“三位师父，我两人送你师父过林，方才也有些帮助微劳，可看我面，饶恕了他罢！若是将禅杖打灭了他，又非出家人慈悲本意。”行者犹自不解。沙僧道：“师兄，二位客官劳他探听，又送师父过林，恩德未报，何不听他分上饶了妖魔。我们也要挑担赶师父前去。”八戒道：“钉钯缴了，没有个兵器顺手打杀个妖怪散心，今日这禅杖有功，须也叫他试试本事！”沙僧道：“二哥，若是把禅杖打伤了妖魔，当初灵山到不缴了我们兵器！”八戒依言，便将绳解了，把禅杖挑那经担。

沙僧见八戒放了妖魔，只得也挑起经担要走。行者道：“师弟们，且住！我们便去了，这后来途人怎生处置，须要叫妖魔发个誓愿，将功折罪，方饶他打。”魔王听得，正也要骗哄一时，思量还要再整兵戈，报仇和尚。灵虚子早知了，乃向比丘僧耳中道了几句。只见比丘僧说：“我要过林去，去探你师父，你们叫魔王发誓罢了！”比丘僧说罢，不辞而去，丢下灵虚子。

他耳边说的何话？要知，且听下回分解。

第三十九回

木鱼声响散妖魔　猛虎啸风惊长老

世事逞强威劫，怎如善化机心！心机不变此衷真，纵是豚鱼可格，从教吴越堪亲。

话表灵虚子见妖魔口里求饶，却未心服，乃向比丘僧耳内说了两句，叫他到小庙保护唐僧、马垛，他却帮着行者说："这妖魔要饶性命，须是要依我两个，发个誓愿，方才饶你！"魔王听了发誓愿，那里心服，思量只是要口应心违，便问道："长老师父，你要我如何发誓？"行者道："再不许林中加害往来行客，也不许设假抢夺人饭食充饥！如违了便如何如何，发一个誓！"魔王道："不加害往来行客，依得。这一林饥鬼，怎么免得？"灵虚子只听了这一句，即时显个神通。他那里是客人，把身一抖，只见他：

头戴玄冠着紫袍，狮蛮宝带系垂腰。彩云拥出天神将，手执降魔大捍刀。

魔王见了，吃了一惊，道："爷爷呀！原来圣僧取的经回，暗中有神护祐，我等妖魔何敢猖獗？"便跪倒在地，道："小妖愿发誓，再不敢在这林间作横。只是这些饥饿妖精、小怪，望神将发落他超生六道中去罢！”灵虚子乃袖中取出一个木鱼梆子，叫道：“孙悟空，你可将我这木鱼梆子敲三声：一声叫他众妖惊耳提心，皈依三宝；两声叫他远去此林，再勿抢夺往来行客；三声叫他众妖饱法食，沃甘露，永离了饿馁道中。”行者依言，接过木鱼方敲了两声，只见林内无数小妖并那细腰妇女飞空散出。八戒见了，忙夺过行者手中梆子，道：“好耍子！道士令牌也无此灵准！”一连敲了十余声，只见那独角魔王站立不住，道：“列位师父们，好好挑了经担，前途去罢！这木鱼声已彻三界，通九幽。我等皈依正果也！”

行者三个方才知客人非凡，乃是神将保护他们。灵虚子取了木鱼，飞空不见。他三个过了林东，正找寻，三藏在小庙前，望着徒弟们到来，三个挑着经担，喜喜欢欢见了三藏。行者道：“师父，你说那客人是谁？”三藏道：“多是地方善信男子。”行者道：“说不着。”三藏道：“只恐是妖魔熟识，设骗我们。”八戒道：“越说的不是。”行者说：“师父，原来是保护我们的菩萨。”乃把木鱼唤醒众妖魔话说出。三藏合掌，望空称赞。

只见老和尚听的屋门外说话走出来，看见了他三个相貌古怪，乃惊怕起来，一手扯着三藏，战兢兢的道：“老爷呀！是那里来的妖魔鬼怪这般模样？”三藏道：“老师父！你莫要惊怕。这都是小徒，生的虽古怪，却是相恶人善。方才前路把妖魔荡平，饿鬼林都得了饱食、甘露，从此地方路道往来行客，皆安静了。”老和尚道：“爷爷呀，这等说来，就是圣僧不差。便是老和尚往林西去化缘，也不遭妖魔抢夺了。列位老爷可进堂中。我老和尚还有藏着过冬的些斋米，将就一顿饭，供养列位。”三藏道：“老师父，你过冬的斋米，我们怎忍吃你的？”八戒道：“师父，便是饥也不当吃他的，我们赶路罢！”行者笑道：“呆子！你每常还要撺掇师父起发人家斋吃，怎么如今也会说这好看话？”八戒道：“师兄，有些古怪。自从方才夺了那木鱼梆子乱敲，莫说饥饿妖魔安静去之，便是我肚中也不觉饥。”老和尚道：“列位老爷不必推却！我只从远远也听见梆子声，只恐是妖魔来设哄斋粮，便立心煮饭。供献了远来老爷罢！”行者道：“老师父，你又说虚话。怎么一个梆子声，便是妖魔设哄你斋粮？”老和尚说：“老爷，你不知。这林中饿妖，千方百计掠人饭食！”八戒笑道：“老师父，还是你每常敲梆子化人的斋粮，这些光景在心发见。”三藏也笑将起来，说：“悟能每常不似此时，说的到也有几分近理。”老和尚留住三藏师徒吃斋。

却说比丘僧与灵虚子变了客人，保护真经过了饿鬼林，后来地方丰稔，仍改作快活林，皆晓的是圣僧宝经灵感所致。这比丘与灵虚两个，远远见三藏师徒平安在庙吃了老和尚斋，打点前行。他两个随路也化缘吃斋，一程程前走。未及百里，只见冷飕飕寒风刮来，渐渐狂大？比丘僧道：“风色寒冷，非是冬月，怎么渐渐狂大。莫不是天气云蒸雨变，在前边刮来？”灵虚子道：“师兄，我与你且立在此地，看前边可有人来，问个消息。”两个等了半晌，那里有个人来？只听得远远犬吠。比丘僧道：“犬吠之声，想必有人家居住。”乃凭空四望：那西南显出两间茅草小屋，烟爨分明。他两个走近前来，只见一个老婆子和一个小妇人，在那里哭哭啼啼。灵虚子上前问道：“女善人，你为何悲啼？”老婆子见是两个僧道，乃答道：“二位师父，你从那里来？”灵虚子答道：“我两个从西来的。”婆子道：“你可曾往前去走？”灵虚子道：“如今正要前行，忽然风色寒冷，想是有雨？借问前路可有人家避风躲雨？”婆子道：“人家虽有，都也似我这茅屋，零星几家。此时都也没人在家，只恐你二位没处安躲！”灵虚子道：“婆婆，你两个悲悲啼啼为何？”婆子道：“师父，你岂不知，又要问我！”灵虚子道：“我们其实不知。”婆子说：“离我此处前走二十多里，东西接界有一丛深林，向来叫做薰风林。每年三春，花柳盛开，游人颇集。只因有几个纵酒少年生事惹祸，俗语说的‘无风生有’，便惹了一个怪物，在这林深处每日逞弄狂风，刮的飞禽走兽羽毛也没一毫，树叶枯枝也不存留半点。地方起名叫做狂风林。行人都转路走路，便转去，只是远又险峻。可恨这怪物弄风也罢，却逐日把我这地方老小汉子捉将去，帮他弄风。个个抛了妻子，不得赚钱过活。我婆媳两个饥馁，故此悲啼。”灵虚子听了，道：“原来是妖魔弄风！”两个听了此言，离了婆子之门，往前再走几步，那风越狂，只得坐在背风地下，计较唐僧师徒怎生行走。比丘僧说：“师兄，料他们必须有法过去。我与你空身，比不得他们挑着担包，且远远转路到那山顶上，看他师徒怎生过这狂风林？”按下不题。

且说三藏师徒吃了老和尚斋，辞谢了他，挑担押驮，出庙门望东才走，那老和尚一手扯着三藏，道：“老爷，我老和尚朽迈忘事，讲了半日，也不曾问你往那一方走？若是往前走，须要到狂风林过。这风还可处，只不要惊动林内一个妖怪，若惊动了他，你这包担休想过去，便是你列位也当不得那狂风狠刮！”三藏听了，道：“徒弟们，你听这老师父说，又费区处了。”行者道：“黯黮林西店主说的：‘走一林，便知一林光景；行一处，便晓一处名头。’行到此处，只得上前走去！”八戒道：“师父莫听老和尚吓我们！想是白吃了他饭，没有谢他，故此说这挖搭话！”老和尚听了此话，心下不喜欢，便不做声。三藏只得辞了。望前行走，果然走了半日，到得林西。又过十余里，忽然起了一阵狂风。三藏道：“徒弟们，老和尚之言不虚，风来了！怎生奈何？”三藏方才说，只见那风：

> 呼天吼地声如虎，无影无形谁见睹？但看尘沙劈面来，飞禽走兽如惊弩。纷纷树叶与枯枝，飘落空林无可数。五湖四海浪翻浑，南北东西行客阻。滩上渔翁住钓钩，山间樵子忙收斧。舟人怎敢扯篷帆，屋瓦翻掀蜂蝶舞。大家小户尽关门，冷冷飕飕都叫苦！

三藏越叫“风狂”，那风越刮的大。马垛子半步难行，八戒、沙僧担包怎立得住？惟有行者道：“师父，那怕他狂风！徒弟挑的担子燥热了，巴不得风来刮刮。”他挑着经担飞走。三藏心疑，越叫：“悟空，且住着担子。”行者越挑着走。

八戒、沙僧当不起狂风，看见了那婆子茅屋紧闭门，说不得挑着担子走去敲门。三藏也跟来藏躲。八戒敲了一会门，那婆媳在门缝里张见八戒、沙僧相貌，只是不开门。三藏知其意，乃叫道："屋内善人，小僧们是中国僧人。路过此处，遇着狂风，借避片时。”那婆子听了三藏温良之话，又张见三藏仪容，乃开了门，说道："师父们躲也没用。这林风不息，越说越大。到不如转远些山路去罢！”三藏道："女善人，如何这风不息，越说越大？”婆子又把对比丘僧的话，说了一遍。三藏道："女善人，没奈何且把经柜担寄在你家，马养在背风屋后，待我们探看这怪风是怎么起？我这徒弟们都也有些本事，万一与你驱除，静息了妖魔怪风，你家老小男子也免得捉将去，看家守室，岂不是好？”婆子没奈何，只得容留三藏住下。

只见行者把经担放在路口，走将来道："师父，风便有些，也还行得。怎么躲在此处？”三藏道："悟空，风委实大，你如何说走得？你不信，问这老婆婆，前说'越走过去，越狂了'。”八戒道："师父，这猴头故意要弄人！你想是当年过火焰山，敌那铁扇公主，得了定风丹，如今灵验仍在，故此不怕风？”八戒只这一句，就引动他昔年来时骗扇求丹旧事，便生出一种机心，乃沉吟思想个过林计策，除灭怪物的神通。

按下行者在婆子茅屋前思计。且说这狂风林内这个弄风的妖怪却是何怪？乃是远山走入林来一只斑斓白额猛虎。他在山中年久，吃人无厌。一日，伏虎尊者过山，见他咆哮凶恶，用道法灭他，他伏嵎乞哀。尊者大悲，有先知未来神力，乃纵虎归林，道："日后自有僧人点化他。”这虎遂走到薰风林成精作怪。他弄这狂风却不伤人，只要探听尊者说的日后僧人。只因他能啸生风，气力尚微，乃捉这地方老小汉子到于窝巢内，助他呼吸生风。他又有些妖魔怪气，神通本事，把捉的这地方汉子充作喽罗小妖，轮班换日，探听往来途人，报与精怪知道。

恰遇着三藏师徒避风在婆子屋内，这日该他父子回家，一见了四个长老避风在屋，不胜大喜。婆子问道："老官儿喜欢为何？看你往日归来纳闷，怨道：'不得做买卖安家'，今日喜欢，必有缘故！"老汉道："你不知，魔王提了我们，助他弄风，轮班换日，只要打听过往僧人。有能打探着僧人的，便为首功，免其捉入巢穴。今见四个长老在我茅屋，少不得去报作首功，安得不喜！"老汉一面说，一面来问道："师父们，你往何处去的？"三藏道："贫僧中国大唐人，上灵山取经回国去的。老善人，我方才听你与婆婆说：'要去报作首功。'想必是把我贫僧们去报知此地方官长。我贫僧们是有关文路引可验，不是等闲私渡官津。"老汉道："我这里官府实远，就有也不来查你。但是我这薰风林如今被一个魔王占住，改作狂风林。这魔王神威也不小，恼人说大风。但有过往客人，再无一个不说风狂大。一说狂大，这魔王越发施威，那风益发狂大。这些时叫我等探看往来僧人，只因避风怕怪的人多不走这林，魔王正在那里发急。恰好我父子回家，遇着四位师父，正合那魔王之意。我父子定要去报他知道！"

三藏听得，叫过行者，悄悄说道："徒弟们，这事如何处？"行者道："依我徒弟，方才冒着些风势，往前过林去罢。你却听信八戒们，躲在此处。恰遇着他父子，要去报妖魔。但不知是甚么妖魔？要探看僧人怎的？若是与我有德的，还有一顿斋饭迎送。若是与我们有仇的，又要费心力，与他争战一场！"三藏道："悟空，若是我，当年来时还与一路妖魔无怨无德；若说你，仇对却也不少。这老汉去报，多凶少吉。你们须小心作下准备！"行者道："师父放心。报的让他去报，徒弟探的去探。八戒说我得了定风丹，委实不虚。我姑且把师父与马垛定着他风，先偷走过去。他父子报了来时，再等我与八戒去搪！"三藏道："悟空，正经大路通道，我如今不明明白白、名正言顺过去，却偷走暗渡过去，纵妖魔不知，我与你已自欺自昧了，岂是出家人取经的正意？”行者道：“师父，我徒弟原说要使个机变。”三藏道：“徒弟，你只因要步步用此机变，处处便逢妖怪。我只依大道明明白白前去，决不偷走！”行者道：“师父，你莫要执一。少时这老汉报来，要偷走过林，恐怕迟了。“

三藏依言，只得等那老汉父子出门去报知魔王，乃押着马垛，随着行者过林前去。果然行者把马垛押着，那林中微微风色不动分毫。忽然三藏脚步一慢，离了行者。那风抖然狂大，把个唐长老刮倒在地，半步也挣挫不起。行者忙丢了马垛，回来要救三藏，马垛又被风吹离不得。行者心急忖思，只得押着马垛，忙忙先送过林，说不得再来救师父。正是：

路长人力倦，心急马行迟。

毕竟马垛子可送过林？三藏怎么救去？下回分解。

第四十回

灵虚道者伴唐僧　啸风魔王仇八戒

话表比丘僧与灵虚子坐在远远山顶上。他两个神运慧眼，也知林中有妖魔弄风，却看唐僧师徒怎生过林？正两人四目远达，只看见那林中行者与唐僧行走，不见甚么风景。少时马垛与行者先去，把个唐僧抛离在后。比丘僧与灵虚子说：“孙行者不挑经担，却押马垛，此是何意？唐僧押垛却又不前，必有缘故！师兄，我与你不犯妖风，远转过林寻一个人家，把行者马垛安下，再问他师徒们参差前后，是何主意？”灵虚子道：“师兄，你转路去问孙行者缘故，我还去探唐僧。”两个离了山顶。

却说行者押着马垛偷走过林，果然是当年得了灵吉菩萨定风宝贝，这些灵根在身，安安静静押着马垛。过了狂风林东三五里，只见有几家茅檐草舍。早见一个僧人跏趺坐在地下，手里捻着菩提子念佛，见了行者，道：“师兄那里来？马垛却是何物？”行者恐怕是妖魔假变，乃答道：“是些杂货儿，前途发卖。”僧人笑道：“师兄，你休瞒我。出家人说了一句诳语，就要坐一句诳语罪过。我知你是取来经卷。你一起师徒四个过这狂风林，想是你冒险侥幸过来了，他们定被狂风刮去！”行者见僧人说破他，乃直言不隐，说出八戒、沙僧尚在婆子草屋避风，老汉父子去报与甚么妖魔，我与师父偷走过林。僧人道："我知这林狂风刮，害行人转路，你如何过来？"行者道："我便侥幸过来了。只是师父同来被风刮倒在后，我只得押过马垛前来。如今丢了马垛再去救师父，只恐马垛又丢不得！"僧人道："不妨，不妨。你把马垛托付与我看着，你速去救师父！"行者笑道："你老实说是何妖魔，思量要诈我马垛！我老孙也有个名儿，你便诈了我垛子走到三十三天，老孙也寻的着你！"僧人笑道："师兄，你如何用此心肠？俗语说的'疑人莫用，用人莫疑'。想我与你同是一会之人，怎么立个诈骗你心？就是立了这心，却不坏了我释门体面？你休疑我，快把马垛寄在此空草舍处，待我坐在门前化缘，与你看守。速去救师父！"行者见僧人说出"释门体面"，乃合掌打了一个问讯，道："师父，动劳你了。"

"忽喇"一声斤斗，打到三藏面前。只见一个道者在旁，连那道者也被狂风刮的没撩没乱，见了行者在面前，那狂风便息了。三藏立起身来，道："徒弟，好利害狂风！伏着地犹可些，若是立起身，那里站的住。如今马垛子何处？"行者道："师父，你且随我过林去，有一位师父替我看守，在茅屋里。且问这位老道从何而来，也在此遭风？"道者说："我是转山路前走的。在那山顶上，见这位师父孤身刮倒在地，特来伴他，不知这妖风利害。小师父，怎么你到，此风便息？"行者笑道："也是侥幸。"道者说："都是出家人，不可说侥幸，必须有个捉拿的手段。小师父，你老老实实说与我！"行者乃笑说道：

说侥幸，非侥幸，你欲静时偏不静。本无意，自然性，一静从教万虑定。任冷飕，作枭獍，这点丹方力量圣！休远求，真个近，识得超凡便入圣。

话说灵虚子假变道者，他岂不知定风这神通。只因要试孙行者的手段，看这唐三藏的心情，故此随着三藏，也一样刮在地下伏着，等行者来。行者来到定住妖风，说了这一篇话。那道者笑说："小师父，你只能定住风，却不能灭了妖，使他不能啸！”行者听了这句话，乃扯着三藏，道：“师父，我且送你过林去，让妖精与这位老道灭罢！”三藏道：“徒弟，可怜这老道远下山顶路来扶我，我却不带他过林，这叫做忘恩失义，非我出家人所为。”行者笑道：“师父，谁叫他笑我只能定风，不能灭妖。徒弟既能定风，便会灭妖。”道者笑道：“小师父，我老道便是定你的风！方才只激你一句，你便啸起妖风，不能自灭，怎能灭的妖风不啸？”行者听了，便打个问讯，道：“老师父，承你教诲了。如今且伴送师父过林去，再来草屋婆子处挑经担！”道者说：“小师父，你自去挑担罢，我送你师父过林！”行者道：“你方才自家也刮倒在地，怎能保得我师父？”老道说：“你自去，我自有法。”

行者依言，往西走了半里路，回头望见三藏同着老道安静前去，他乃放心走到婆子处。八戒、沙僧见了，道：“师兄，你押了马垛，送过师父，不曾遭遇风刮么？”行者道：“不曾，不曾。师父已过林去了，我特来挑担，同你们过去。”八戒道：“你与师父去时，我两个挑着担子也要过林去，那里走得半步，越走越大，又刮回来了。婆子苦苦不肯放，说他老汉子去报知魔王，却又少了你与师父，正在此炒炒闹闹，婆媳两个报怨哩！”行者道：“炒也没用。老孙却来了，看他老汉父子报与妖魔，怎生来计较我们？”八戒道：

怎计较，怎计较，说来可恼又可笑。不是贼，便是盗，不是妖狐是怪貌。挡路头，逞强暴，便这狂风来罗唣！我老猪，性儿傲，任你传风报知道。我们只当化布施，斋饭馍馍定然要！

行者道：“呆子，老汉去报，不知是旧相知，又不知是有仇隙的妖怪？若是旧相知，你这呆子造化，尽性儿嚷；若是有仇隙的妖怪，知道你定然要捉了你去，当馍馍蒸哩！”八戒笑道：“蒸，也要先吃饱了斋饭。”

三个正计较，却说老汉走入林来，报知魔王。这魔王就叫做啸风魔王。他当时逞凶猛噬人，被伏虎尊者驯服了他，说："畜生！本当扑灭你，且留你。后日有僧过此林，让他们点化你！"他听受了尊者之言，在此林啸风，只待僧人到来。这日无事，正在林间查那轮班换日的地方汉子，恰好这老汉报说："家下有西来四个僧人，避风在屋。"魔王听得大喜，便把地方众人散了，却点起他兽类许多妖怪，摆出个头搭来到草屋。行者们正计较，只见那老汉父子先回，见只三个小和尚，生的面貌又丑，其中独不见了个齐整老僧，便骂婆子说："如何把个齐整僧人放了那里去！马又不见，想是藏躲在那里，或是骑了马，转山路过林去了？去便也罢，只是我已报知魔王，来时少了正经僧人，留得这三个丑陋小和尚，他发起怒来，怪我报信不的，怎当得他处治责罚？"行者听得，乃问道："老主人！你报知魔王，他却如今怎处？"老汉道："我也不知他怎处。只是我报了四位，如今却不见那正经老师父，不但魔王怪我报事不实，且与你们不便。只恐他看见了你们这个模样，恼将起来，不便，不便！"行者道："你休疑过虑，便是要我老师父，也不难。且等那魔王来，如不要便罢，若是必要，包管你有一个老师父还他！"老汉子只是埋怨婆子。忽然林内摆出头搭来。行者们躲在屋内偷看那摆的头搭内一个妖魔怎生模样？但见他：

白额金睛灿灿光，头圆鼻仰地颔方。两耳壁飞如石柱，双肩背耸似山冈。团花袍服全遮盖，白粉靴儿两嵌厢。大吼一声山岳震，威风真是恶魔王！

那魔王来到草屋前，老汉子忙出屋迎接。魔王便问："长老在那里，请出来相见！"行者正在屋内偷看，听见他说个"请"字儿，乃向八戒道："这妖魔叫'请出来相见'，一定是有些旧识，知我们名儿，好相处的。"八戒道："若是这等，怎么不进屋相见，却在门前要会？"沙僧道："这屋窄小。一则我们未见过，况师父不在这里，出门与他相见，无碍。"三个乃摇摇摆摆出了屋门。

魔王一见了，便惊骇起来，忖道："那里来的这丑恶和尚？且报说四僧，怎么只得三个？"乃故意骂老汉子报事不的，又没个礼貌。行者也浪浪荡荡，不为些礼。魔王怒色上面，口里便问道："和尚是那里来的？要过我这林，往何处去？"行者也故意乜斜着眼儿慢慢腾腾道："老孙是随着大唐老僧人上灵山拜如来求取真经的，今日回还，路过这林。想这林也是西方外国，平坦大路，正该刮些和风、薰风、春风、晴风、暖风、微风、景风、清风、好风，说不了道不尽的天风，怎么刮这样的狂风，拦阻我们行路？我师父听得，回转灵山问佛爷爷借定风神丹，来过此林。"魔听得了，未及回答。沙僧听得，悄向行者说："师兄，出家人不打诳语，你怎么说这些谎话？师父分明过林去了，如何说回转灵山？"行者低声道："师弟，到此只得用个机变。一者恐妖魔定要师父见面，二者回护了老汉报事不虚，三者妖魔怕师父请了定风丹，他便失了威势。"八戒听了，道："我一向只是老实。如今遇着妖魔，大哥既扯谎，我也扯他一个！"乃向魔王说道："我师父上灵山借定风丹，只恐借了调风神将来，把你这妖魔扫荡个干净！"魔王只听了八戒一句，怒从心上起，恶向胆边生，叫手下众妖："把这三个和尚拿了林内来！"众妖听令，魔王竟自回去。

这众妖齐来拿行者三个。行者一看，却都是几个獐狐鹿兔，拿枪弄棒围绕簇拥前来。被行者们担包上解下禅杖，打得个落花流水，一个个飞跑，顾命不得。那老汉父子、婆媳一面喜，一面怕：喜的是和尚有本事，打走了妖魔，可望与他地方除害；怕的是妖魔狠，去复来，和尚打他不过，带累他家。

却说这啸风魔王回到林内，等那众妖拿了三个和尚来，思量要逞威猛、报仇恨，也顾不得当初尊者说点化一言，乃分付众妖说："我听得西来僧人到，也思想是几个有德行的高僧，求他们点化。谁想三个丑恶和尚，我好意请他出来，他到说上灵山借调风神将，来扫荡我们！这等惫懒和尚，你众妖可设下蒸锅，蒸他两个，烧灶烧他一个。

前林去请了我那布雨魔王来，做个风云聚会！”众妖听令，只等拿得三个和尚来，便要蒸烧。

忽然林外跑了那几个獐狐鹿兔妖精，被行者们打的披头散发、折脚损腰，走入林来，道：“大王，和尚拿不来，到被他打伤了回来，似这等凶恶和尚，不如息了这口气，让他过林去罢！”魔王见了，大怒道：“本待饶他，无奈他上门欺辱，且说一个回灵山借神将来扫荡，又把你们打伤至此！快抬过盔甲兵器来，待我亲去拿他！”众妖得令，乃抬了盔甲兵器。魔王顶盔贯甲，手执一条丈八长枪，飞走到草屋前来，喊叫：“屋内和尚，趁早出来纳命！”

行者们听了，乃拿了禅杖，走出屋门。看那魔王：

雄赳赳威风凛烈，怒冲冲杀气飞扬。手拿丈八一条枪，口叫捉长腮和尚！

八戒听了，道：“一般三个人在此，这妖魔口口声声叫捉我！”行者道：“我扯个谎儿，只说借定风丹。谁叫你扯谎说师父‘去借调风神将扫荡他干净’，惹他仇恨，故此只要捉你。”八戒道：“他要捉我，且待我先捉了他！”乃奋勇执着禅杖打出门来，照妖魔乱舞。那魔王架着长枪，问道：“你这喇叭礁、挺脆骨、牛斤嘴的毛头和尚，正是大王的下饭。赶早纳命，去上蒸笼！也敢拿着棍棒来厮斗！”八戒笑道：“野妖，你那里知我是那个大胆前来赌斗！”魔王道：“你是谁？我却也不知。试说与我，少戳你几枪，上蒸笼多烧你几根柴！”八戒道：“野妖！我说你听着：

我生胎胞原在亥，名从木母居天界。曾将二气配金公，管理天兵称上帅。只因瑶池会蟠桃，酒狂犯法情难贷。降下凡尘入释门，取经便把唐僧拜。神通本事果然高，九齿钉钯今尚在。四海闻名会打妖，十洲夸我能拿怪。今朝取得宝经回，路转此林风色大。飒飒刮来自九天，吼吼声响鸣万籁。当年来取定风丹，如今去借调风帅。你若问我是谁人，法名叫做猪八戒！”

魔王听了，道:“原来你叫做猪八戒!”举枪直奔八戒。八戒掣杖相迎。魔王正斗间，把口张开，大吼了一声，只见狂风大作，把个八戒刮倒在地，那里动得分毫?众妖就要来捆八戒，幸得行者不怕风，举禅杖一顿乱打，众妖退了。魔王便把枪来战行者。行者道:“妖魔休得乱戳!你认得外公是谁?”魔王道:“只说知了猪八戒，便知你是猴头脸孙行者!”行者道:“你既知我，定是个旧相识!”魔王道:“相识果然旧，只是有些冤恨仇气，每每想要报复，不匡今日相遇此林!且与你战斗百个回合，再用神通本事捉你!”行者道:“既是相识我外公，事多失记，你且说在那里会过?有甚仇隙?说个明白，方好交战!”

魔王乃一程一节说出，却是何说?且听下回分解。

第四十一回

狐妖设计假心猿　行者全经愚脚汉

弥陀原在此心头，万句千言莫外求。
识得灵山经自在，何须费力向西游？

却说啸风魔王听得行者问他在那里相识，有甚仇隙，他便说出当年“两界山我一个同胞弟兄，被你成了个开山第一功。你还得了一件围裙，遮着羞处。”行者听魔说，想了一会，道：“是了，是了，外公想起来了！你今日想是这点仇隙儿要报，便与你斗个几百回合也不惧！”

好魔王，长枪直刺；好行者，禅杖横冲。这正是：

窄路相逢来敌手，冤家撞见对头人！

行者与魔王大战了百余合。吓的个老汉、婆子一家战兢兢的道：“爷爷呀！原来这几个丑恶脸的长老们都是有本事，不怕啸风大王的！”魔王听得老汉说出“风”字，却就把嘴一张，那喉里呼呼狂风直喷出来。八戒、沙僧躲入屋内，还是站立不定，心内慌歉。行者越长精神，道：“妖魔！这些微风色，解不的外公燥热。小，小！”行者越叫“小”，那风越小。魔王慌了，道：“从来没有搪抵我风势的，这猴精名不虚传！怪道黄风岭也被他打灭了那先锋兄！我如今狂风不能刮倒他，只得退回林内，计较个法儿拿他！”魔王虚架一枪，飞走入林。那些众妖慌张乱跑。行者收了禅杖，道：“野妖！老孙且记下你一顿禅杖，赶早息了狂风，让我们安安静静过林前去！”

行者说罢，走入草屋。老汉、婆子一家都磕头捣蒜，道：“圣僧老爷神通广大，把魔王战败，料是躲入深林，不敢弄风阻你！”叫婆子：“安排些斋饭，供献老爷。”行者道：“斋饭虽用的着，只是扰你不安！”老汉道：“老爷说那里话。你打败了魔王，他损了威势，以后他夸不的嘴，弄不的风。这路途安靖，行人也众多，地方也闹热，我们买卖也有些做，日子也好安乐从容过！”婆子听得，道：“老儿，你说的虽是，只恐这老爷方才不曾打灭了他，他退入深林，又生计较。俗语说的好：‘斩草除根。’若是不除根，萌芽又发。”行者听了，道：“婆婆说的有理。我们出家人到处方便，必须与你地方打灭妖魔！”八戒道：“大哥，依我小弟愚见，吃饱了他斋，效前边师父暗走的法儿，过林去罢！”行者道：“呆子，你不知道，我只定得一个人的风，若是你与沙僧，怎过得去？”八戒道：“我同你先去，沙僧再作一次去罢！”行者道：“不可！我与你过去，丢下沙僧，万一妖魔复来，叫做势孤力寡，不便，不便！”八戒道：“甚么势孤力寡，怕那妖魔作甚！”行者笑道：“呆子，你既不怕，如何躲在屋内？”八戒道：“走路便怕他风狂刮倒，坐在屋内自有婆婆一家照顾，那狂风也难入屋！”沙僧道：“二哥，据你说，我先同大哥过林去，你再来何如？”八戒道：“便让你先去，我等大哥再来罢！”沙僧依言，乃辞别老汉、婆子，挑着担包，同行者悄悄先行，丢下八戒。八戒只叫：“大哥快些来！”那老汉、婆子也不敢去报知魔王，让行者、沙僧前去。行者知妖魔说不的风字，他两个闭口藏舌，过了风林，前到草房处。只见三藏与两个僧道坐在那里看守经驮，见了徒弟，便问："你们吃了斋么？"行者说："师父，你不先问经担、风林的妖，却先问徒弟吃了斋，想是自己饥饿了？"三藏道："徒弟，我不虑你们不能定风走过林来，我经柜垛子既来，你们经担必然也到。但师弟之情，只恐你们与妖魔战斗，忍饥受饿。若是不曾吃斋，这二位师父有随路干粮，吃他些微度力！"行者道："师父，我徒弟们扰了婆子家斋饭来了。"三藏道："八戒怎么不同来？"行者道："师父，我的定风本事，只保得一个。比如在那林间，只保得师父，便保不得老道。"三藏笑道："悟空，你既是保我一个，怎么又丢我在林间被那狂风刮倒？"行者道："那是师父走慢了，马垛又在前，不能两顾。"三藏道："悟空，不是这等说。大抵我之意念说，明人不做暗事。"行者道："师父，你不知那妖魔不喜人说风狂，越说越狂。师父是犯了他这禁也！"沙僧道："大哥，莫要缠话费工夫，呆子在那里等你哩！"行者道："莫要急，且要呆子等等着。"

却说啸风魔王退入林内，对众妖说："当年尊者饶了我，叫日后僧人点化。谁想今日也轮班二日叫地方汉子打听僧人，明日也换日轮班差你们众妖探听和尚，谁知来了这旧仇隙！那孙行者神通大，些微风儿刮他不倒，唐僧又不知躲在何处？俗语说的：'仇人相见，分外眼明。'如今怎饶得他过去？"众妖道："大王虽然去，猪八戒却仗与孙行者。如今孙行者行动保守着他们，不如放他过林去罢！"魔王听了，大怒起来，道："你这小妖们长他人志气，灭我大王威风！如今我不与他斗力，却与他斗智！"众妖道："大王，若论力，无有猛过如你；若是斗智，只恐斗那猴精不过。众妖情愿举一小妖，他智能最狡。大王若是听了他，设个计策，管教大王雪耻除凶，报了唐僧师徒仇隙！"魔王听了，变了怒气，转过笑容，道："有计策的小妖在那里？"只见一个狐妖上前，道："有！不远，就在这里。"魔王说："既不远，你便举来！"狐妖乃说道：

这个小妖劣蹶，智谋果是奇绝。曾经捣药广寒，同住嫦娥宫阙。平冈青草蒙茸，碧汉苍鹰诡谲。看他御猎才能，运用狡通三穴。

狐妖说罢，魔王笑道：“你举的这小妖，我识的了，乃是林内这兔妖。便叫他来划一个计策，捉那和尚！”兔妖上前说：“大王，我看那三个和尚，止得那猴头脸嘴的不怕风。大王何不把老汉草屋，风掀倒了！那怕风的和尚自然刮倒，待小妖捆了他来。”魔王道：“我发烈烈狂风掀倒草屋，他却又移到别屋去躲！”兔妖道：“大王再掀，只掀的那和尚无屋藏身！”魔王听了，便叫左右帮助发风。

只见獐妖上前，说道：“大王，此计不好！看来和尚未曾捉得，人家草屋已先掀风塌倒。苦了人家，良非上计！”獐妖另举一小妖：“他变化多端，智能最狡。大王若是用他一计，管教那和尚不消风刮，个个拿倒。”魔王问道：“这妖在何处？”獐妖答说：“就在大王林内。”魔王乃叫：“唤他出来，看他有何能略！”獐妖说道：“大王，他能略多哩！他：

出自深山林里，灵心非是豚豕。神通变化多般，犹豫心情怎比。能为美女破男，善盗阳人骨髓。休疑此怪无能，到有拿僧奇诡。”

獐妖说罢，魔王笑道：“你举的这妖，我也识的他，乃是千年老狐！”便叫老狐：“你有何策？”狐妖道：“大王，此计不难。那孙行者不怕风，闻知他却怕火。大王与他战斗时，待小妖放下林野火烧他！”魔王笑道：“当年此处八百里火焰山，也不曾烧着他。没用，没用！再想计较！”

却说猪八戒在草屋里等行者久不见来，他见老汉一家奉承他们有本事降妖的和尚，流水茶汤、饭食、馍馍敬他。那知八戒食肠大，嘴又馋，倚着本事，不住要婆子烧汤煮饭。婆子不耐烦，乃向老汉说：“那猴头脸长老久去不见来，这猪耳长嘴和尚又不相应，况他怕风，躲着魔王，你还该去报知魔王！”老汉道：“我也为怕魔王怪我报事不的，又安着降他的和尚在屋，正要去报知。”乃飞走入林，报与魔王说：“孙行者先带了那蓝靛脸和尚，挑着经担偷走过林去了。屋中只丢下猪八戒，等孙行者复来带他过去。”魔王道：“此无他意。只是这猴精不怕风，手段又强，巡林小妖也不来报他偷走过林！”狐妖道：“大王，巡林小妖便来报，也无用，反惹一场懊恼！”魔王说：“如何无用，反惹一场懊恼？”狐妖道：“猴精手段强，大王必斗他不过，反费心力何用！到不如此时，正好设一奇计，把猪八戒拿来，足以消昔年仇恨！”魔王道：“正是猪八戒，昔年过黄风岭，把我那弟兄们钉钯乱筑。此恨更深！若拿的他来，于心更快。不知你计将安出？”狐妖道：“大王，此计不难。待小妖变个孙行者，引得他来过林，大王却刮起狂风，那时待小妖再哄他寻草屋避风，便着了大王之手。”魔王大喜，说：“此计最妙！你可速去，莫要迟了，万一孙行者先来，此计便行不得。”狐妖忙出林，打了一个滚，俨然一个孙行者，走到草屋来。八戒正在那里眼望行者前来。只见假行者忙忙走入屋来，道：“快走，快走！莫要使妖魔知道。”猪八戒也不审个来历，挑着担子，叫声：“婆婆，搅扰你！”便出门随着假行者前走。只见风色不起，林树不动。八戒道：“师兄，果然你身有定风丹，风色毫然没有。”狐妖听的忖道：“孙行者怪道不怕风，原来有定风丹在身。我如今若不弄起风来，怎生捉他？”乃哨了一声哨子。那魔王随放起风来。八戒道：“师兄，你说无风，怎么这狂风大作？”假行者道：“这魔王原禁人说风，谁叫你信口乱说？这风渐狂，少不得要刮你到半天云里！”八戒道：“难当，难当。这风越大了，怎走得？”假行者道：“连我这定风丹也不灵！如今只得转这弯路，寻草屋去躲！”八戒道：“我们挑着真经，原不走回头路，转弯儿！”又道：“师兄，你怎忘了？”假行者随口答应说：“是我忘了。你且耐着性儿，再走几里，那边林子里去避罢！”八戒叫将起来，说：“猴精，要我半步儿也难走。空身尚难，况担子又招风！”

八戒复坐倒在地，只是吆喝叫风大。巡林小妖远远望见，知是小妖困着八戒，乃飞报与魔王要捉拿和尚。岂知行者与三藏讲一会话，明要迟迟耍八戒等。

只见比丘僧与道者说：“师父们，经担既来，风林已过，趁早前行罢！”三藏道：“二位师父！你不知，我还有一个徒弟未来。”老僧说：“当速去迎他，莫要被妖魔计害！”老僧只说了这句，便动了行者真心，说：“呆子望我，当快去接来！”一斤斗打到草屋，不见了八戒，慌的他再斤斗转来，耳内半路只听的八戒声喊，乃止住神通，低头一望，看见一个假行者在那里扯八戒，八戒只是哼叫“难走！”行者远远笑道：“当年来假老孙的猕猴，费了多少力气，如今又是那里妖魔，敢如此大胆！若是竟上前，只恐妖魔也有神通，真假又费精力。且隐身去探听个来历！”

乃隐着身上前。忽然见左林内来了两个巡林小妖。行者暗自看他，一个是只獐妖，一个却是个地方汉子。他两个走将来，口里一问一答。汉子道：“巡林哥，你大王原是好意，叫我们轮班探听僧人，说是求僧点化。怎么如今到与僧人打斗起来？”小妖答道：“你不知大王本意求僧点化，只因那西来的几个长老把个正经老僧藏躲偷走去了，留下几个丑恶的，大王恼他先存了一个防魔的成心，且又想起他昔年打灭了他弟兄，剥了他皮毛，做了围裙，见如今穿在身上，俗语说的：‘恼羞变成怒！’如今叫狐妖假变孙行者，哄出他草屋，走到林中。大王大放狂风，先叫我抢了他担子，然后刮的他骨解筋酥，方才拿他蒸煮受用！”行者听了，笑道：“这小妖到也老实，路上说话，不知巧里有人。我如今且把这地方汉子抵换了着！”恰好那汉子走了几步转林去了。这獐妖走上前来，就要夺八戒的经担。八戒双手按着禅杖，道：“你是何人，敢来夺我担子！”假行者道：“师弟，这个无妨，是这地方闲人，常时与人挑担。我方才担子挑不动，也央求他代担过林去！”八戒总是刮的不耐烦，便道：“累你代挑去。”那小妖欣欣喜喜，挑着担子往林内走。行者随变了那地方汉子，迎上前道：“巡林哥，你把担子与我挑去。你速去林中，帮狐妖引了那猹耳长腮和尚来。他如不来，却扯他迎风上头，刮的他不扯自走，方才是狐妖手段。”獐妖见是同他来的汉子，忙把担子交付行者，往林中去了。行者挑着八戒担子，猛然想起道：“我便哄了妖精，挑了担去，这妖精听了我言，去林中帮着假老孙的妖精扯引八戒，却不害了呆子？”

正思个两全计策，却只见林外走了个挑脚汉子来。行者忙变了巡林小妖，歇下担子，叫一声：“地方哥，你可替我把这和尚担子挑到前途去，只到那狂风林外，方才歇下。我如今要去帮拿和尚哩！”汉子道：“巡林哥，你如何不把担子挑入大王林里？”行者道：“你不知大王怕那猴子脸和尚神通大，找寻了来，叫我挑到远处去！”汉子不知是计，乃挑着经担，往前飞走。行者怕他差池错误，待汉子走远，他却拔下一根毛，变了个假小妖，跟在后边。

汉子走了几里，歇下担包，向假小妖道：“巡林哥，你又跟来为何？”假小妖道：“我怕你不知挑到何处，故此跟来。”汉子道：“正在此不知挑到何处去？”小妖道：“自有去处。”

却是何处？且听下回分解。

第四十二回

正念头八戒知妖　说地狱比丘服怪

却说比丘僧与灵虚子伴着三藏、真经，在这林东草屋前化缘，却有几个善信男子走到面前，问道："列位长老，从何处来？往何处去？"比丘僧答道："我老僧与这个道者是往东行随缘，路上化斋。"三藏道："我小僧是大唐中国上灵山求取真经回还的。"众男子道："这地方亏你过来。你想是转山岭来的？"三藏道："正是有些难走。如今见有两个徒弟耽搁了路程，我们在此等候。"众男子道："只恐有些难走，风狂的狠！"一个说："风狂打甚紧，那妖怪甚利害！"一个道："没有这接连的山林，也不怕他利害！"三藏听了这一声"接连的山林"，便问道："列位善信，这山林连接，有甚么事故？"一个说："西来叫做狂风林，乃是啸风妖魔据住；东去叫做霪雨林，乃是兴云妖魔占住。师父们当初到转山岭过去也罢，如今过了西来，定要东去。只是在前林间，风固难当，还讨个干燥衣服，若是过霪雨林，这渗湿了行李物件，都要倏烂。"三藏听得，愁眉问道："善男子，若似我这担柜都有包封油纸，可得渗湿么？"男子道："你便是生漆罩了，也要透入。师父，你这担柜内料是经卷，都是纸张，一定要沾湿了，怎么治才好？”三藏抚膺顿足，道：“怎么了，徒弟两个又见来？”只见老僧与老道说：“老师父且放心！你看那林东尽处，可是一人挑着担包来了？”三藏抬头一看，果是八戒担子，乃叫住那挑担汉子。那汉子那里肯住，方要说出啸风魔王差他远送，回过头来看巡林小妖，那里是小妖，却是毫毛变的，见了个孙行者。沙僧见了，知是行者神通，乃扯过汉子来，把经担夺下。汉子没了势，只得空身转回林去，落得个三藏听了几声：“起动，起动！”三藏见经担、包柜俱全过了林，只不见行者、八戒前来，好生忧虑，等候许久，自叹自叹。不题。

却说行者拔根毫毛变了个小妖，押着汉子把经担直挑到三藏面前，他却走到八戒处。见狐妖假着他像貌，扯那八戒上风走去。八戒被风刮的昏头昏脑，道：“猴精，你便有定风丹在身，不怕风刮，原说保我过林，如今怎么狂风偏向我刮？你既不保我，且把我扯到风头上走。”假行者说：“我这会想起师父等着前行，你休迟挨！快走，快走！”

行者见了，笑道：“那里妖魔敢大胆假变老孙！我想八戒也有神通慧眼，怎么不拿将出来？是了是了，想因他怕风一节，把个方寸乱了。我如今救他事小，降妖事大。妖精既假变我捉八戒，我如今且将机就计，捉了妖精着！这事必须唤明了八戒，两个同心努力，方好捉妖精。”行者忙隐着身，走向八戒耳边，道：“师弟，你一向得了慧眼，怎么妖精假变我来诱你也不知道？我如今要捉妖精，你可正了念头，莫要怕风，有我在此，把慧眼放出来！”八戒只听了行者这几句话，心一安了，便智慧复生，眼见假行者在面前只不则声，让那假行者推扯他，只是叫：“风大难走！”却看着行者远远摇身一变，变了啸风魔王，又拔毫毛变些小妖，随在后边。口里也放着风，走近前来，道：“狐妖，你拿的和尚怎么了？如何捱迟许久不捉他来？”狐妖见是自家魔王，乃复了原形，答道：“大王，颇耐这和尚不肯走。小妖只等刮的他骨懈筋酥，方才拿他来！”假魔王道：“量这个小和尚何难捉拿？如今访得那唐僧们连担包都在林东头，不曾出我地方，且把这小和尚作眼，去拿了唐僧们来，一总受用、报仇。”狐妖听了，忙去扯八戒，把根绳子去拴八戒。八戒明明看着魔王是行者变了，他随着狐妖索系，走出林中。将近三藏处，狐妖道：“大王，那前面却是唐僧，还有几个和尚，如今我们作何计较捉他？”假魔王道：“且把这小和尚放了索，莫要惊了唐僧，只说我们来请他。”狐妖道：“他们已过了狂风林，怎肯信大王请他？小妖有一计：大王把小和尚扯了莫放，竟往前去乃霪雨林兴云大王处，叫他诡唐僧们，用计捉了。那时大王之仇报矣！”

行者听了这句，乃想道：“古怪！方才过了这狂风林，却又是甚么霪雨林？正是过一处有一处名色。想这八百里火焰山改了这几处林，老孙不往此处过便了，既往此处过，须是仗真经神力，定要平静了，方才是功果。可恨这妖精又要算计我们！”乃叫声：“八戒，莫要走了妖精！”行者把脸一抹，复了原形。狐妖见了一惊，翻身就走，被八戒一把扯倒。行者笑嘻嘻的，他两个把妖精拿到三藏前。八戒解下禅杖就要打，狐妖苦哀哀道：“老爷们俱是出家人，慈悲为本，乞赐宽宥。”三藏便要放他。行者道：“师父，他还有啸风魔王，说前边有霪雨林兴云魔王，必然是他一起妖魔。待徒弟以计诱了他来，除了这雨林之害！”三藏依言，道：“悟空说的是。”

行者叫把狐妖牢拴莫放。他一个斤斗打到啸风魔王林内，变了一个巡林小妖。只见魔王坐在林内，专等狐妖引了八戒来。行者却走近前，道：“大王，狐妖不曾捉得和尚，到被孙行者假变大王捉得狐妖去了。那孙行者乃说了两句大话道：‘拿了这妖精去，再来捉大王！’”魔王问道：“狐妖怎么随他捉去，便不弄个诡计神通？”小妖道：“狐妖被孙行者与猪八戒两个拿一个，把绳索捆个四马攒蹄，休想那甚么神通诡计！他只远远说，叫请大王速去传与前林兴云大王，再作计较救他。”啸风魔王听了，道：“可恼，可恼！”行者恐他不肯出林，乃故意又说两句激魔王，说："大王，那孙行者捉了狐妖去不打紧，他还说：'妖精，任你去传与妖魔，与甚么兴云妖魔，莫说两个，便是十个，都叫他来尝尝老孙的禅杖！'"魔王听了急燥起来，便点了许多麋獐狐兔小妖，出得林中，竟到三藏处来。

好行者！一斤斗先到了林外。见了三藏，把魔王事说知。三藏道："悟空，一林既过，便往前行罢。何事苦苦又要诈了他来。你说除了地方之害，我道你多生事端！"行者道："师父，你又说我行的是，如今又转过口来。"三藏道："悟空，不是这等说。只恐你诱了妖魔来，无计降他去。"只见比丘老僧与道者说："师父们，你既过了狂风林，保全了担柜，趁天早前途去罢，莫要又缠妖魔了！"三藏依言把狐妖放了，辞谢老僧、道者，叫了几声："动劳！"押着马垛前走。行者三人只得挑着担包，随后而行。比丘僧望着三藏去远，乃与灵虚子道："唐僧虽去，这狐妖定要报了魔王来，如何驱遣了去？"灵虚子答道："驱遣不难。大则以法力剿他，小则以智力驱他。"比丘僧道："不然。若以法力剿，伤了释门慈悲方便；以智力驱他，只恐他心不服，又往前途把唐僧师徒加害。虽然孙行者们有手段搪抵，只是保护经文，费了时日。"

他两个正说间，只见抖然生风林外。比丘僧一望，却是一簇妖魔来了。这魔王见唐僧师徒不在，却是一个老和尚同着一个道人坐地，手捏着数珠儿口里念佛，乃叫小妖问道："老和尚，那一起挑担押柜和尚那里去了？"比丘僧答道："他们上天堂去了。"小妖报与魔王。魔王即扯过那老和尚来，问道："你这老和尚怎么说'挑担押柜的和尚上天堂去了？'你出家人如何打诳语？"比丘僧道："我老僧是实话，不打诳语。"魔王道："我看这唐僧们不是往前途霪雨林去，便是从岭上转小道狭路过去。不然躲在那个庵观寺院，怕我大王们来加害他。如何谬言上天堂？这天堂在那里上去？若是有个路头，待我领着手下赶去拿了他来！"比丘僧道："大王，你们上不去，也没有个路头。你们逞妖弄怪，招风惹草，只有个地狱下去！”魔王听了，道：“唐僧们如何上天堂？”比丘僧道：“他们求取了如来真经，讽持诵念，自然上天堂。”魔王说：“怎见得？”比丘僧道：“有说。大王岂不闻道讽诵经文者：

龙天生欢喜，诸佛降吉祥！”

魔王道：“怎么我等下地狱？”比丘僧道：“有说。叫做：

一切诸恶业，尽堕地狱中。”

魔王道：“堕入地狱，便要受诸苦恼，如何解救？”

比丘僧笑道：“大王！你要解救，切莫要怀仇恨加害唐僧，休啸风惊伤行客，弭耳攒蹄，伏藏岩穴，修你的来世，自然不堕地狱！”魔王听了，道：“承老僧点化了。你众小妖白归山岩洞谷，安分去罢！”众妖依言，各各散了。那啸风魔王闭口驯服而去。只有狐妖恨了一声，往前飞走。

比丘僧与灵虚子道：“啸风魔既服心化去，这狐妖心怀忿恨，往前走去，定有个加害唐僧师徒之意。我等当为追捉！”灵虚子道：“师兄，狐本无怪，谁教孙行者以机心诱他。世间妖魔邪怪皆是以心斗心。我们保护经文要紧。这狐妖弄怪，那孙行者自有机变御他！我们且往山岭高处，远观他师徒怎生过这霪雨林去。”比丘僧道：“师兄，我与你奉如来旨意保护真经，万一唐僧师徒途中被妖魔加害，把真经亵渎，如之奈何？”灵虚子道：“真经到处，自是万邪不敢侵犯。即有妖魔，我们一路跟随保护。为何？”比丘僧点首。两个却拔树援藤，漫山越岭，到那高阜处遥望着唐僧师徒前走。不题。

却说狐妖忿恨行者设诈诱他，搁了多时，要弄神通逃去不能，只待唐僧发慈悲心放了他。他要退入狂风林，无奈啸风魔王已被老僧、道者点化驯服了，这点忿恨不曾消得，乃想着霪雨林兴云魔王广有神通，可以借他雪恨，又是啸风魔王一气的交契。他便往前赶来，投托兴云魔王。且说兴云魔王的来历是何妖魔？乃是当年泾河老龙。只因违了旨意，多降了雨泽，被魏徵斩了，恨唐王不曾救解，把唐王诉在冥司，后得唐王忏悔，他这一灵不散，飞到这林来。当先这林原叫做时雨林，地方有几村落人家，都是好善重僧的，只因老龙一灵到此，逐日兴云布雨，阴霾积出许多虾鳗蟹鲤水族，无日不淋淋漓漓，地方就改了名色，叫做霪雨林。这老龙之灵倒也显应，自称为兴云魔王。一日，地方人家苦了这淫雨不息，备了香烛到林来祈祷天晴。魔王见无牲礼，只是些香烛，说地方亵慢他，越淋漓不止。那些虾鳗等小妖，在这林内成精作怪。忽然狐妖到来，这虾鳗等小妖见了，齐具刀枪迎上前来，叫道："你是那里来的野货，敢在这里窥探！"狐妖道："列位不必动怒争强，我是云游四方的狐长，打听一件机密事情，来报你们大王的。"众小妖停了刀杖，忙问："有何说话？"狐妖道："必须当面禀明，列位自然知道。"于是众小妖押了狐妖，来见老魔。按下不表。

且说三藏见天色将晚，一心虑着霪雨林之阻隔，满面愁容，长声短叹。行者道："师父放心，且趁着天色尚亮，况且人家不多，又有高大房屋可安这包担马匹，如何便猜疑起来？"三藏道："悟空，只因你这心肠，把世事看容易了，偏遇着难的所在！"八戒道："师父不必催住，好歹也寻个有斋饭吃的人家去投。"师徒正讲，只见远远一村人家，屋脊现出，甚是高大。三藏道："徒弟们，你看前边恐是村落，那高屋大厦我们去投托住宿一宵也可。"行者道："师父，你看着似近，我徒弟看来尚远，尚远！只是这阴云渐渐密布，恐有雨来，只怕到了霪雨林！须另在此处不拘茅檐草屋，且安下的是。"沙僧道："师父，那旁路里是个人家，可探看借得一宵住，再作计较。"三藏道：

“乃勒着马採子！”行者忙歇下担包，走入旁路来探看这人家。那里是人家？

却是何处？且听下回分解。

第四十三回

隐身形行者打妖　悟根因八戒受捆

话说三藏与行者走入旁路，看是间倒塌草房，无人居住。三藏道：“悟空，这破草屋安便安下，只是要探看前路，可曾到霪雨林。我们须要打点苫盖包柜要紧！”八戒道：“师父，天色阴阴蒙蒙，想离不远。大师兄手眼疾作，何不往前打探？”行者道：“我们各自认一宗：我便去前途打探路境、妖魔信息，八戒去寻草喂马，沙僧看附近可有处化斋？”八戒道：“沙僧寻草喂马罢，我去化斋。”三藏道：“徒弟，我也认一宗：打点苫盖罢！”且说行者认了打探，往前走来，天已昏黑，果然雨渐落不止，高屋人家紧紧闭门，没有一人可问。他冒着雨前走，把个皮围裙子都湿透了。那林深黑洞洞的，只听得雨声滴铎的响，地下泥泞深，四望不见踪迹。他正要回路，说道：“回师父的话，也不过只是靡靡大雨，大家等到天明，冒雨走便了。”

话说未了，只听得林内呼呼乱响，似风非风，似雨非雨。行者站立一看，乃是一个巡林小妖同着那狐妖走来，呼呼是他两个咕咕哝哝说话，响响是他两个脚步儿声。行者在那暗处隐着身子，却听他两个说甚话。只听的小妖说：“狐哥，你吃了大王赏劳，安眠去罢。何劳你又伴我出来巡林？”狐妖道：“巡林哥，你不知道，我恨那和尚们要我、诱我，又还捆了，要把禅杖打我。若去安眠，只恐那和尚冒着雨黑夜过林去了，可不空费这番远来一场？”小妖道：“我们大王也不听人刁唆，你如何动的他？”狐妖道：“我一心只要报仇，便说和尚要平静了霪雨林，复还时雨林，把大王要如何打，如何辱。”行者听了，道：“原来狐妖先到此，刁唆兴云魔王与他报仇。我如今要掣出禅杖，一顿打死这妖，又恐背了师父主意，说我生事伤生；若纵他去，可恶他这派刁唆恶意。说不得与他个警戒，打他一顿出出气罢！”

乃掣出禅杖，暗地里把狐妖一下打了一交，仍把巡林小妖也是一下打了一个坐跌。狐妖大叫：“不好了。是那里打将来了？巡林哥，莫不是你要与那和尚报仇，故意到这黑林算计我？”小妖道：“我又不是和尚的故旧，你如何疑我、暗自打我？”两个你扯着我，我扯着你，都说是你打，我打，那里知行者隐着身暗地里抡禅杖，左一下，右一下，把两个妖精打的头破血流。这狐妖打急了，乃道：“巡林哥，这黑地又没有个人，难道你无故暗地打我？”（此处文气不贯，疑有脱文）“莫不你都来可怕，你千百个来，还不知老孙的帮手多情哩！”乃拔得毫毛，叫一声：“变！”他却不变自己的法身；却见几个虾鳖虫妖们，便变两个混战混打，把个小妖们打的自各不相识；却又变三四个金睛赤发似狐妖的，把个狐妖扛住，也都执着枪乱刺，混搅在一处。妖精那里分辨？只有行者明白。众妖慌乱，各自飞跑躲去。行者得了胜，那里肯退回？他且不到三藏处去报信，任着性子直打到深林，却是兴云魔王安眠住处。

打慌了的巡林小妖直入报与魔王：“一个毛头毛脸猴子像的和尚打将来了！”魔王听得，着了一惊，道：“狐妖话不虚传！怎么黑夜里他不安住在西村店肆人家，却冒雨来犯我林，又是一个独自前来？这必是来探听的，被你们苦恼了他，直闯到此！”叫小妖：“且不必与他战斗，快行大雨把他掇的呆头呆脑，气力也没些儿，然后待我披挂出去拿他！”众小妖听得，果然大雨淋漓，把个行者掇的没处藏躲，要拔根毫毛变件蓑衣伞盖，却被雨沾了毫毛，那里拔得下分得开？才想要一斤斗打回三藏处来，忽然黑林深处滂沱雨里现出亮光。行者定睛一望，就如日色一般，通红照曜。那光中明显显的一个魔王，手执着一把飞挝，也不问行者个来历，但叫道："猴头和尚上门欺负大王，休要走，看我大王飞挝！"行者举起禅杖，只当是甚么枪刀剑戟，把禅杖去迎敌。那知魔王飞挝如鹰爪一般，来挝禅杖，刁了过去，仍飞过挝来，把行者一把连衣带身挝将过去，叫小妖把行者捆倒。行者急使斤斗，那里打得脱？却被魔王口吐雾气缠裹，有如密网罗盖住一般。行者在内挣挫不得，只恨没有兵器，思量拔下根毫毛儿，变根当年金箍棒，一则毫毛被雨沾湿，一则思想恐又背了师父不忍伤生之意。左思右想，自心里说道："老孙可是与妖魔拿倒的？好歹思量个手段跑去！"乃大叫道："妖魔！好好的款待外公，放开这浓雾，待外公与你讲三句话。你不知外公性子。你越弄法儿缠裹，把绳索捆绑，冤仇越深！过后外公还你个席儿，却也休怪！"魔王与小妖道："这毛头毛脑和尚动辄自叫外公，不知是张外公？李外公？且吊起他来，问他姓甚名谁？是那家外公？"众小妖把绳索收紧，将行者高吊在大树枝上，却执着皮鞭打问："毛头毛脸和尚，你是谁的外公？"行者被他皮鞭打问，乃使出个神通，化出一个金刚身，任他痛打，皮鞭打断也不知痛痒，呵呵笑道："妖精，你必定不曾吃饭，或是害怯病没有力气。既要打，着力些，才打的外公快活！"小妖一面奋力加鞭，一面道："和尚你说，那里外公？"行者道：

> "老孙不做假，名分岂虚充。自小多男女，人间活祖宗。你爷曾入赘，坦腹在床东。你娘曾怀孕，生下汝孩童。识得娘生母，须知老外公。相逢该款待，何尝见酒钟？倒吊林间树，皮鞭打得凶。外公虽不怕，意思却欠通！"

那妖精们听了，呵呵大笑起来，说道："这和尚讨便宜占大，把我们当他女儿养的！"着实加鞭，就如敲石猴一般。行者越法弄个手段，变了一个精铜法身。那些小妖见皮鞭打断，把棍棒石头乱打，打的个行者像钟一般声响。那小妖们打的手酸软，没力气。行者越发唱将起来，道：

> “好笑小妖精，喜相逢，却没情，把外公高吊在深林境！皮鞭打不痛，乱石敲有声，没气力似害虚痨病。骂妖精，现你娘世，放了到相应。”

小妖听了，忙禀魔王说：“大王，这和尚是个妖精之祖，打也不怕，吊也不惧，还在树林里唱曲儿散闷。”魔王吩咐：“且放下他来，捆在那剥皮厅。待天明，看林西头可再有和尚来时，一总捉了，剥皮蒸了受用！”行者听了，道：“老孙炼丹炉里也陶熔过了，希罕你蒸？只是这妖魔到也利害！我想老孙从来没有被妖魔拿倒，今日他是甚么神通，把我捆缚着走不得！”

按下行者自思自想，只待天明要寻走路。却说三藏见天已晚，前途昏黑，雨又渐渐落，只得打点苫盖担包。沙僧寻了些草来喂马。八戒四下里寻人家化斋，那里有个人家。欲待远去，又恐撞见妖魔，只得空手归来，道：“师父，大家饿一宵罢，没处化斋。”三藏道：“徒弟，马有了草便罢。他是哑口众生，休要饿了他，明早要他驮柜担！”八戒道：“师父，你便熬的，我却难熬。早知这等，到不如叫猴精去化斋，我去打探路境。这会猴精打探妖魔，不见回来，莫不是撞见故旧妖魔款待他斋？不然就是善男信女人家款留他。”三藏道：“正是。我正在此说，他去探听许久，怎么不见回来？莫不是他好惹祸生事，遇着妖魔费了工夫？”沙僧道：“师父，大师兄有神通本事，料不着妖魔之手。只是怎么去探听许久，叫我们生疑！”三藏道：“悟能，你既化不出斋来，何不往前探听悟空在那里？假如他遇着善信人家款待他斋，你我便吃些，也强似熬饥在此！”八戒道：“师父，去探听不难，只是天晚昏黑，这雨落渐大，万一走到霪雨林中，撞着那兴云魔王，怎么计较？”三藏道：“悟能徒弟，难道你没些手段？”八戒道：“都是取得经缴了钉钯，逢妖遇怪，老大的不方便！”三藏道：“徒弟，你还要提钉钯！天道好还，世事反复。你要钉钯筑妖怪，便要惹妖怪兵器伤你。莫说钉钯九齿，凶器利害，不可筑生灵，便是这禅杖，也不可轻易打人！你们前日把绳索捆了狐妖，打了他许多禅杖，他便怀恨去了。我也恐你们种此根因，或被妖魔捆打！”八戒道：“这事都是猴精做的。”三藏说：“你也莫推他。快去探听，看悟空在那里？霪雨林可走得过去？好天明前去。”八戒还迟疑不去，沙僧却撺他一句，道：“此时，只恐孙行者正在人家热汤热水吃东西哩！”八戒听得，拿着禅杖就走。三藏道：“悟能，只恐前途雨落，你披一件搪雨的衣去！”八戒道：“天气暖，把身上皂布直裰一发脱了去罢！”

他赤着身子，冒着小雨，拿着禅杖往前走去，越走越黑，那雨越大。他使起性子，直奔深林里来，静悄悄没个形影，耳朵里忽然听见似有人声，恐怕是妖魔，乃蹑着脚步，侧耳听，走近林中。见寨栅内有人唱曲儿，八戒仔细听了几声，认的是行者声音，乃道：“这猴精，我与师父们等他探信，他却原来在此吃的快活，饱了唱甚黄莺曲儿！等我进去，撞一个席儿！”忙忙的把寨门乱敲。只见小妖开门，看见又是个和尚，生的古怪，忙入报与魔王。魔王道：“夜晚了，叫狐妖去认。”狐妖道：“来的正好。”乃入见魔王，说：“这正是猴精一起的。大王不要与他战斗，待狐妖设一计诱哄他进寨，捆倒剥皮厅；待拿了那两个，一齐报仇受用！”魔王道：“这和尚未被雨掇伤，只恐精壮难捆。”狐妖说：“他赤条条精身掇来，到好捆剥！”狐妖说了，乃变了个假魔王，走出寨门，道：“可是西来长老么？”八戒道：“是，是。”狐妖鞠躬，笑迎道：“方才有一位先来下顾，斗胆留他小酌。他到也老实，大杯小盏吃多了些，不能走回，宿在小寨唱曲儿哩！”八戒道：“这猴精怎瞒着师父背地里吃荤酒破戒，又唱曲儿散心。罢了，罢了！这经担怎生回去？”狐妖道：“长老不必迟疑！小寨虽陋，却也胜似茅草破屋。老实些进来罢，还有便席奉待！”八戒道：“我师兄老实，大王还不知小和尚更老实哩！”乃大踏步直入。见行者捆倒在地，吃了一惊，方才要走，那禅杖早被小妖夺去；又涌出许多小妖来，将他掼翻在地，用绳索捆绑起来。八戒道：“我既已老老实实进来了，你为何反不老实将我捆绑起来？单捆绑身子也还好处，为何连手都绑在里头？叫我怎生领大王的盛情？”狐妖笑道：“你不消着急，先来的那一位已做成先例了，他也是捆绑着吃的。如何因你又坏了规矩。”八戒道：“不是我定要坏你的规矩，但有一说，先来的那一位他的食肠小，吃不多，故听大王缚手缚脚的，多寡吃些就罢了。不瞒大王说，我小僧的肚皮颇大。俗语说得好：‘斋僧不饱，不如活埋。’既承大王的美情，须让我放开手吃个尽情，方见得大王好客盛意！”妖狐又笑道：“这不打紧，你且去剥皮厅去等等着，待我酒席备完了，再请你放手吃也不迟！”八戒道：“从来请客，那有个捆绑的道理？”妖狐道：“若不捆绑，倘被你逃席走了，岂不辜负了我一番美意？”遂叫小妖也抬到剥皮厅去。不题。

却说三藏在屋里，等到夜也不见回信，心下焦燥。沙僧因上前说道：“师父不必心焦，待我去打探一个信来！”

却是何信？且听下回分解。

第四十四回

小妖假变孙行者　喜怒哀乐源恐惊

却说三藏道："徒弟，你可速去速来，切不可又像他们了。"沙僧道："这个自然。"遂黑摸摸的冒着雨走入林来。四下一听，那里有个人声。只听得一个鸠鸟儿乱叫。沙僧道："鸠儿，你看这样绵绵不止，还要唤雨？你叫不打紧，便是添我沙和尚苦楚烦恼。"忽然那鸠惊飞而去，似有人来之意。沙僧冒着雨，说不得喊叫起来，叫："行者、八戒两个师兄在那里担挨，不早早回师父的信！"不知声动妖魔，却好狐妖又同着巡林小妖走来，听得沙僧叫喊之言，就摇身一变。狐妖变了行者，小妖变了八戒，走出林来道："沙僧师弟，你不随着师父前来，却自己一个冒雨到此，师父如今在那里？"沙僧也是皈依了正果的，慧眼也明，只因嗟叹报怨之心，把个光明一时蔽了，就真假莫辨，乃答道："师父见在草屋眼巴巴望你们信息，不见来报，等不得天明，叫我来寻你，探听霪雨林妖魔何如？"假行者道："我与八戒被魔王留住吃斋。他道：'天晚黑夜，大雨滂沱，歇宿了罢！'因失误回信。魔王知道师父同师弟必定天早前来，已备下斋供。师弟可过此深林前走，吃着斋。我两个去报信师父。"沙僧道："师父尚未得斋，我如何敢先去吃。同你两个回复了师父，大家挑担押马，一齐来吃，可是好么？”假行者道：“师弟，你说的固是。只是方才魔王说，他这雨要下三年，一时也不住。我们经担如何等得？我两个再三苦求魔王，暂住一日，待我们过林。他道：‘唐僧中国长老，让他个尊重也罢了，怎么你三个小和尚，如何不先上我门一拜？古语说：行客拜坐客。你二位既来，是知礼的，自然款待素斋，那一个沙僧既自做尊重，我定然不遂他心。你如今既来到此，魔王若知，更怪起来，连我们也不便！不如依我计较，顺着来路，先上门拜了他。魔王定留你吃见成素斋，把雨住一日，我们与师父一同前来，岂不是好？”沙僧被假行者一愚，道：“既是魔王有此意念，我只得上门先拜了他，便不吃斋，也是小事。”沙僧便走。假行者又道：“师弟，你把禅杖与我拿去拴经担，以便你来挑！”沙僧道：“随手家伙，如何离得？”假行者道：“拜望魔王，好意待斋，手里拿着根兵器，那魔王定说你不知礼！”沙僧道：“你两个的禅杖在那里？”假行者道：“我正恐魔王怪我两个携着禅杖，似有争打之状，故此藏在前林里；如今少不得取了去挑担！”沙僧一时信了狐妖之愚，把禅杖付与假行者，冒雨直入深林，希图拜魔王，吃见成斋。不匡狐妖见沙僧前走，他却转近路报与兴云魔王说：“大王！小妖又假变行者，愚了沙和尚来了。大王可把他也捆在剥皮厅，待小妖再去说了唐僧来！”魔王依言，开了寨门，等候沙僧。

沙僧听了假行者之言，走到寨门，叫一声：“把门大哥，我东土取经小和尚沙悟净特来拜谒大王，望你通报一声！”小妖听得，说：“沙长老，我们奉大王命：凡一应来拜谒宾客，惟有西来长老要捆将进门，待大王验过真实，方才以宾客礼待。”沙僧道：“世间那有个客来拜谒，先捆将进门之礼，只有主人倒履迎宾！”小妖道：“原无此礼。只因近日有妖魔假称拜谒，来侵犯大王，故此大王要先行此法。”沙僧道：“我中土无此礼，宁可不拜，回去罢！”方要转身，那把门小妖一声号令，顷刻聚有数十小妖，那里容得沙僧回走，一齐上前把沙僧拿倒。可叹沙僧没有禅杖在手，让小妖们捆入寨里。魔王见了不问，只叫送入剥皮厅。行者、八戒见沙僧又被妖魔拿入，便躁急起来，思量要变化逃走，那里逃的走。乃问沙僧说："师弟呀，你如何不跟随师父，怎么也被妖魔捉将来？"沙僧道："都是你两个如此长如此短，哄了我来！"行者道："师弟呵，不消讲了。我们会变妖怪，愚哄妖怪，如今妖怪就变我们，诡诈我们。把个降妖利器缴了，故此受妖魔之害。如今逃走不得，如之奈何？万一妖魔再愚哄了师父进来，眼见我师徒送与妖魔剥皮蒸煮！"沙僧道："师兄，你当日说以机变保护师父，你今日机变心何在？"八戒道："师弟还要提大哥的机变心，只因他这机变存心，一路来惹了多少妖魔机变！"行者道："你两个莫要讥诮我，老孙定要弄个机变走他娘！"八戒笑道："妖魔把我们四个腰儿捆的定定，莫说他娘，便是他老子，也不肯放！"

按下行者三人被妖魔捉倒。且说三藏一人在草屋，不见三个徒弟来回信，心中纳闷。他却皈依了正果，也看破了浮生都是梦，这些遭遇，一任往来。见天气阴蒙欲雨，便知道离霪雨林想是不远，乃信口题几句诗遣闷，以解思念徒弟之意，乃吟道：

"淫雨正凄凄，阴霾白昼迷。中华何日到，宝藏尚游西。虑澹忘乡井，情深忆别离。还期天色霁，不被此淋漓！"

却说狐妖假变行者，愚哄了沙僧到寨，被小妖捆倒，他却径来三藏处骗三藏，叫两个虾鳗小妖一个变沙僧，一个变八戒，他自己仍变了行者，各携着禅杖，走归草屋。见了三藏吟诗，乃想道："这长老情思典雅，坐在此处不焦心，还吟诗散闷，有此襟怀，只恐我们以假诈他无益！既已到此，只得假诈他。"

三藏见了三个徒弟回来，便喜喜欣欣问："徒弟们，探听的怎么光景？"假行者道："甚么光景？霪雨林滂沱不绝，委实难行。幸亏魔王是个旧相识，一个个留我们吃斋，宿了一夜。如今叫我们挑了行囊担包，到魔王寨里，仍大设斋供款待师父，把雨止一日，与我们过去。”三藏听了大喜，说：“徒弟们可拴上禅杖，趁早挑着经担，我押着马驮着柜，不可迟挨！”假行者忙把禅杖拴了担子，假八戒、沙僧也一样拴上，方才要上肩，那知真经显灵，妖怪那里挑得动？三藏见徒弟挑不动，乃问道：“悟空，你吃魔王斋，必定沾了不洁之物，怎么挑经担不动？平日气力在那里？”狐妖见经担挑不动，他一心只要骗哄三藏去，便道：“师父，想是徒弟快活了这一夜，又吃了些素供馔，把力气骄惰了。如今且请师父先到魔王寨吃着斋，这担子待我们慢慢挑来。”三藏道：“此事行不得！一则我认不得魔王寨何处，一则要押着马垛。”假行者乃随口道：“师父，此事不难，待徒弟先领了你去，复来挑担罢！”三藏道：“也难。便是我与魔王吃斋，这马垛没有人看顾。必须是等你们有力气，一同前去方好。”狐妖见愚哄三藏不动，经担又挑不起，乃把马垛子赶起来，道：“师父，我徒弟与你押着马垛，照顾也在我，只等师父吃毕了斋，辞谢过魔王，那时我再来挑担！如今且叫八戒、沙僧在此照顾经担。”三藏见假行者这等说，乃道：“徒弟，依你罢！”便赶起马来，往前走去。喜坏了个狐妖，把三藏愚哄前走。将近林中，那雨越走越大。三藏道：“徒弟，这雨却难行，你先去叫魔王停一时，让我到他寨里去。我纵冒雨，这柜垛却恐湿透！”那知玉龙马原有来历，口喷出逼水珠，雨半点儿侵他不着。三藏见马垛不透，只得冒雨前走。到得寨门，狐妖把脸一抹，见了原身，那里是孙行者？三藏一见了，魂不附体，道：“不好了，妖魔诈哄了我来也！”两眼落泪。只有个玉龙马驮柜在前。众小妖见了三藏庄严齐整，个个爱敬，不敢上前加害。那狐妖直入，禀报魔王说：“小妖已把唐僧诈哄了来也。”魔王道：“叫小妖捆到他三个和尚一处。”

众妖方才要捆三藏。却说比丘僧与灵虚子扳藤附葛走上山岭，远远望着三藏师徒被妖魔舞弄。比丘僧道：“师兄，唐僧师徒遇怪，你当上前救解。”灵虚子道：“谁叫他们喜怒哀乐忧恐惊惹出来，当令他自解。我看经文不曾亵渎，且看他师徒作何计较。”正说间，只见三藏押着马，驮着经，随着妖入林。比丘僧说：“师兄，唐僧入霪雨林，经柜受妖魔算计了，如何迟误不救？”灵虚子在山顶一看，道：“师兄，你在此观看着行者们担子，我去救马驮也！”飞空而下，直到寨前。那小妖方捆三藏，被灵虚子变了一个金甲神人，手执青锋宝剑，大喝一声道：“妖魔休得动手，吾神在此！”众妖慌了，报入魔王，随披甲戴盔，手执铁挝，走出寨来。也不打话，直奔神人。那飞挝腾空而起，把灵虚子挝将过去，叫小妖捆将起来。灵虚子忙要弄神通变化，被魔王口吐粘涎，一毫也挣挫不得。却亏比丘僧在山顶上看见灵虚子被妖魔加害，他念动真言梵语，把灵虚救回山顶，说妖魔利害。比丘僧说：“妖魔利害，终是杌上肉、釜中鱼，必遭正气扑灭。只是马驮的经柜见在寨门，须得解救才好！”灵虚子道：“待我再去战魔王！”比丘僧道：“师兄，你一战不胜，再战也只如此！唐僧事迫，马垛势危，待我去把这玉龙马柜驮转来，莫要被妖魔亵渎！”说罢，也飞空前来寨门。只见唐僧正在危急，被小妖要捆。比丘僧走近马前，道：“玉龙马！你听我说。”那马嘶了一声，两耳直竖起来，似有听说之状。比丘僧乃说道：

玉龙马，玉龙马，听我说来须听者。从前生长水晶宫，你的神通原不假。莫推聋，休装哑，快把唐僧救捆打！妖魔本是你宗支，诉出原因灾可解。

那马听了这话，点点头儿，心中细转念头，大悟前因，遂以意会身，复了玉龙太子模样，步进门来。见兴云大王高坐上面，遂叫声：“叔父，侄儿拜见。”老魔定睛一看，知是敖广之子，急问：“汝从何来！”太子道：“侄因昔年误失明珠，贬在鹰愁涧里偷生，蒙救苦的观音指迷皈正，将杨柳洒水，化作一马，驮了玄奘师父，前往西方拜佛求经。蒙佛祖垂慈，赐得真经一藏，今回东土，呈与唐皇，救度一切众生。路过此地，师兄们冒犯虎威，望叔父念侄儿千辛万苦的奔波劳碌，施恩释放！”言罢，不觉泪下。魔王道：“向者我求太宗救一剑之厄，允我所请，仍被魏徵依律，此乃昊天之敕，不敢怨他。今贤侄说出根由，何忍阻挠你们？”吩咐小妖：“快把取经僧的绳索解了！”即请三藏相见，安排素筵，大开东阁。太子称谢。

不想那设计的狐妖见魔王与这玉龙有叔侄之情，道出因果，不肯害这取经的师徒，一路烟出林，飞走去了。毕竟魔王如何款待唐僧师徒？

要知缘由，且听下回分解。

第四十五回

禁荤腥警戒神马　借狐妖复转毫毛

检点身心早夜时，无穷变幻费神思。毫厘差处邪魔入，

俄顷疏防孽怪欺。世法牵缠谁割断，人情暧昧更难医。

贪嗔破处真空现，莫把灵明误入痴！

话表行者三人被妖魔捆在剥皮厅，左腾那，右设法，把平日神通手段使尽，也莫想挣挫的一毫。行者不觉的悲哀起来，向八戒、沙僧道："师弟们，我自从皈依了唐僧，一路来逢山开路，遇水造桥，便是盖世的妖魔，我也上告天堂，下游地府，五湖四海，仙佛菩萨，定要剿灭了他，有谁敢禁住了我！怎么今日被这一个兴云魔王捆倒在此。我想师父孤另一个，不见我三个，心肠定是焦愁！"八戒道："莫要说师父记挂我，我也在此思想他。但不知他饿了一夜，谁人与他化斋？便是得了斋，这时捧着钵盂吃着斋饭，不知可记挂着我？"沙僧道："二哥，你真真也有几分呆，还想着吃饭景象！大师兄，你也莫要怪我说，这会正该端正念头，天下事一任往来。你还要夸来时的豪气，也都是你这灵心机变夸张，故有此报！"

三个正讲，只见小妖奉魔王令来解绳索。小妖方才动手，行者心

情急，他的神通便灵，骨都一声，斤斗即打到草屋前，不见了马垛与师父，只见一个八戒、一个沙僧守着三担经包。行者吃了一惊，道："八戒、沙僧尚搁在妖厅，是我便一斤斗打来，他两个怎能先来，此必是妖魔假变在此，把我师父设哄到何处去了？"乃向假八戒问道："师父那里去了？"小妖变的八戒忙答道："在魔王处。你到诱哄了他去，如何又来问我？"行者已知是妖魔假变他身，诱哄了师父去，却不知是何妖，乃故意问道："你两个变的却也真像个八戒、沙僧，我一毫也看不出你真形。你可看的我真形出来？"假八戒道："我只知你是狐妖变的孙行者，却看不见你真形！"行者道："你的真形我却看的出，乃是个小妖。"小妖笑道："可知是虾妖、鳗妖？如今在此看守经担，这担包又重，挑不动。"行者乃把自己担子挑上肩，说："你两个何如挑不动？我分些气力与你挑去！"行者乃向担包吹了一口气，只见假八戒、沙僧挑动担子。行者前行，他两个在后。行者笑道："且叫这两个妖魔替八戒们送一程经担！"按下不题。

且说八戒、沙僧被小妖放了捆，乃问道："魔王既捆着我们，要拿得唐僧一齐受用，如何又放了我们？"小妖道："大王与唐僧叙起旧相识，如今款待他，叫我们来放你三个捆，也请去款待斋。"八戒道："我师兄怎么不见了，想是你先放了他去？如何患难相共，安乐便先去了，也不等候我们？"小妖道："正是。那个猴子脸长老我方解绳，他便骨都一声，不知何处去了？"八戒、沙僧听得，道："不消讲。猴精脱了索，便弄神通。难道他会，我们不会！但我师父与魔王无甚相识，如何到放了我们？必是捉到了师父，哄我们出去，一齐加害！"沙僧道："不如我二人也走了罢！"两个也划地一声，脱离了剥皮厅，直走出寨门外。只见马垛子在寨外，却不见了师父，又不知在何处？两个正疑，只见远远三个挑着担包来。八戒向沙僧说道："师弟，你看担子行者挑到，我们的却是何人肯送来？"沙僧定睛一望，笑道："二师兄，你看大师兄又弄手段，不知把甚么变做我们两个，挑了担包来？”八戒也更笑道：“造化，造化！省了我二人力也！”只见行者与假八戒、沙僧挑着担包，此时魔王皈依了唐僧，即时把淫雨收了，行者晓的小妖弄怪，他却以妖耍妖，只叫他把担包挑到寨门。那虾鳗小妖假不能胜真，即现了原形。

行者与八戒们落得一声“哈哈”大笑，叫做：“妖魔空设无边计，归还真经送一程。”行者乃向八戒说：“经柜、担包完全在此，师父与玉龙马何处去了？”随把门上小妖扯一个来问。小妖道：“大王与唐僧叙起故旧，在寨内厅堂讲讲话。”行者问道：“我们驮柜的马何在？”小妖道：“大王认他是族子，请入寨后，大开东阁款待他。”行者道：“款待我师父，比那大开东阁何如？”小妖说：“我听得大王吩咐：备素食斋饭款待师父们，杀羊宰豕治酒款待族子。才叫做大开东阁。”行者听了，向八戒道：“师弟，这却不好。玉龙马随我等，原也有戒行，若是吃了荤酒，犯了戒行，怎生驮的真经之垛？我只得寻到寨后叫醒了他：莫迷了西来之性，又堕入五行之中。”八戒道：“正是，正是。且问你，龙马如何是魔王族子？却又与师父是故交？”行者道：“也待我去查出情由。“

话分两头。却说兴云魔王归命唐僧，说道：“老师父既求取了如来真经，西还东土，课诵忏开消愆我的冤业，千万求师超释！我如今收了淫雨，复还他个三时不妄，静听功果。”三藏只是合掌应承。魔王乃叫：“放的三位高徒快请来吃斋！”小妖道：“我等方解绳索，只听的划地一声，都不知去向！”魔王听了，吃惊起来，道：“老师父！这道是我错了主意，也不曾审问你这三个徒弟，是何处来历，那里行头，看他个个都有些神通本事，一放了他，必然手之舞之起来，又要费我智力，只恐那时动起无明，岂不辜负我与老师父这一番归命好意？”三藏道：“大王放心。我这三徒，虽然神通大，本事高，却也察情循理。小僧既蒙款待，他必须也看个师父情分；既看我情分，决然不再生非！”魔王道：“既是老师父见教，我安心候他来吃斋，但不知你这三位高徒的来历？见教与我知道！”三藏乃说道：

大徒弟，孙悟空，来历与众不相同。海外有个傲来国，花果山居大海中。此山雄处十洲势，祖脉根来三岛龙。中有石猴天产出，日月精华气所钟。说本事，广神通，百千变化不能穷。水帘洞里登王位，下游地府上天官。遇了祖师传大道，邀游四海弄威风！我佛只为真经计，将他压在五行中。小僧救得他形体，一路西来道法洪。妖魔荡着金箍棒，骨肉须臾化作脓。他若善时真佛子，说恶便是活雷公！半点私邪容不得，大王只要好相逢。

魔王听了，咬着舌尖道：“久闻，久闻，果是有来历的。不知那大耳长腮高徒来历，请见教一言！”三藏又说道：

二徒弟，猪悟能，说他来历也有名。曾为敕封大元帅，总督天河管水兵。木公本义原居亥，配合金公亦有情。等闲不是凡间产，却是阴阳姹与婴。只因蓬莱宴仙客，贪杯醉惹织娥星。降下凡间为释子，随吾礼佛取真经。变化多般有本事，降妖灭怪捉妖精。手执钉钯九个齿，威武从来不顺情。为方便，度众生，取了真经缴利兵。如今禅杖挑经担，解下来时也怕人。大王若是相逢着，斋饭馒头他便亲。

魔王听了，笑道：“我看你这个高徒像个度量宽食肠大忠厚人，这等说来，他也有几分来历！但不知老师的那位靛青脸、刮骨腮和尚，是那里来历？”三藏道：“他也有来历！”乃说道：

三徒弟，沙悟净，不是无名与少姓。天曹曾拜大将军，值殿随班神与圣。职司卷帘官不轻，养成一点真灵性。只因有过降流沙，叫他悔罪完功行。随吾西到取真经，不昧如来存恭敬。当年也仗一神兵，降妖宝器杖一柄。打尽邪魔谁敢当，荡着些儿都丧命！只为真经不并容，缴了这杖免争竞。论神通，真个胜，三宝皈依入门正。西来一路服妖魔，本分随缘无枭獍。逢邪一怒怎相容，大王好把他相敬。

魔王听了，道：“原来圣僧三位高徒都是有来历，神通广大，变化多般。我虽未面会，却也久相知。快叫小妖各处找寻，请了来！”

正说，那里知行者隐着法身，早已进寨，听着三藏夸奖他们，甚是欢喜，又听得魔王叫小妖找寻邀请，他一面拔根毫毛，变了个假行者，同着八戒、沙僧在寨门外，等候小妖报入，一面隐着身走入寨后，看那大开东阁怎生宴龙马。却说龙马现了原身，见了魔王，一气同枝，各相叙了衷情，摆了筵席在后寨，却捉唐僧不匡叙出大唐取经的功果，与魔王释罪消冤，他归命释门，与三藏讲说了一番。筵三藏在堂坐下，叫小妖去寻请行者们。魔王乃起身到后寨，齐整整设的是：

> 五糖五果桌席，三牲三道鲜汤。海珍陆味岂寻常，还簇拥笙箫丝竹，鼓板戏唱弋阳腔。

却说玉龙马只为比丘僧说破他，叫他救唐僧，一时认了同宗。魔王款待他进席，他便忘了释门戒行，看着桌席便要咀嚼。行者在傍见了，便把桌席一顿搬倒在地，那牛羊仍变了活牛羊，雉兔还他个活雉兔，哼哼唧唧，叫的叫、跳的跳。玉龙马见了怒将起来，道：“你这些业障已是大王见爱款我，乃我口中食，如何作妖捏怪！你道是活生之物，叫我不吃你。你那里知我东来西去受尽了无限辛苦，受那猴精们气，只把我龁草饮水，想你这牛羊能触，叫我这马不敢跟。如今奇逢我大王，正要享用一番，你却装成甚么圈套？”魔王见桌席推倒，牛羊转活，也惊异起来。行者此时真个神通高妙，乃把法身一变，抖然一尊金甲神人，在寨中席前现出，手执着降魔宝剑，看着玉龙马，道：“汝已皈依释门，驮经证果，功将成就。如何忘了戒行，又食荤腥？”那龙马原有智慧，见了神人，识的是孙行者变化，嘻的笑了一声，道：“瘟猴子又来诈骗自家人也！”往寨外飞走。

魔王见是神人警戒，只因皈依了三藏，也就正了念头，道："弟子也不敢设荤腥宴客，只是神人何圣显灵到此？"行者也嘻的笑了一声，现了本像。旁边小妖认得是孙行者，乃道："大王，那里去找寻唐僧大徒弟，这便是他也！"魔王也嘻嘻笑将起来，扯着行者衣袖，道："令师在堂，正着小妖奉请三位法师。圣僧道法高妙，劝戒谆切，已备斋供，乞少住留。"

行者乃随着魔王走入前堂。那毫毛变的假行者在寨外，同猪八戒们专等小妖禀报。魔王知了，叫迎入寨来。行者想道："我方才假毫毛变去陪八戒、沙僧，如今唐突，不能掩这机变，真假两个如何见面？到使魔王看我，轻薄款待！收回毫毛，又恐八戒、沙僧真的，妖魔也当他是假，虽然无甚关系，只恐款待斋供心肠，被疑心生怠慢了！"行者想了一会，就弄个神通，向魔王说道："大王，我闻知你原与我师父故旧相契，若是我们到此，那里动这一番争斗？都是那狐妖刁唆，要与前林啸风魔王出气报仇，他又会变化多端，把我老孙也不知变过几遭，哄骗我师父。他如今或者假变着我，陪伴着我那真师弟们，未可知，大王可分付小妖，看他能变的老孙像不能变？狐妖身臀后定有一尾。若有此尾，便是狐妖！"魔王笑道："我正在此敬奉圣僧，要捉住狐妖！"便叫小妖："看寨门外可又有个孙行者？"小妖道："果然寨门外又来了一个行者。"魔王道："看他臀后可有一尾？"小妖道："果有一尾。"魔王道："是了。孙长老说话不差，定是狐妖。可捆入寨来！"行者道："大王不须捆！待我真的一见，他假的自然现形！"

行者说罢，往寨外走出，把身一抖，那毫毛又假变狐妖，往前林走了，其实仍还复在行者身上。他欣欣得意，与八戒们直入寨来，受魔王斋供。只是机变甚深，偏惹妖魔拦阻。

毕竟如何过这霾雨林？须看下回分解。

第四十六回

蒸僧林六耳报仇　强荤店二客设计

话表兴云老魔设斋供款待唐僧师徒，道：“往昔愆尤全仗圣僧西还课诵真经，尽为忏释。自今我仍归沧海，稳眠安睡。愿你成就功德，普及一切，保那唐王风调雨顺，国泰民安。”三藏师徒合掌称谢，辞别魔王。那魔王收了霪雨，复还晴朗。师徒挑押经担，欢欢喜喜前行。但见一路：

曙色开乌，晴光散野。东方红日似火轮高拥，南向彩云如锦色平铺。耳不闻鸠唤，但听雀噪春晴；目不睹霾阴，惟看曦阳暖布。

三藏师徒前行过了百里，只见树木森森又是一林在目。三藏道：“徒弟们，我想当年来时，不曾经游此处，如今怎么一林才过，又是一林？”行者道：“师父，你忘了前边那店家老说，当初八百里火焰山，也是我徒弟平定九捣，弄了那铁扇，多扇了几扇，火焰都消，变成这些阴霾深林。我如今心情倦怠，也怕走这左一林右一林，妖魔叠叠的。上前看有甚村落居人，问一声有甚曲径小道，抄弯远转过一程也好。”三藏道：“正是。悟空，我也懒怠走这深林。你看那里有居人，问个路径。”行者把眼一看，道：“师父，那前山脚下是几家村舍，待徒弟走去问来。大家且歇着担子。”行者走近村舍。只见一个老者在那里晒日色，口里咕咕哝哝的，见了行者，道：“爷爷呀，那里来的这古怪僧人，活像个猢狲样子。莫不是蒸僧林走得冤魂来了！”乃向行者陪个小心，道：“师父呵，你不消来惊吓我，只怨你自家不是。遇着从山路小道儿不肯过去，偏要往这林中走，撞着妖魔，蒸了你吃，与我老汉子无干，休得要走村舍来，惊吓人家。”行者道：“老人家休得要睁着两只眼说鬼话。我是上灵山取经回来的长老，甚么过这林妖魔蒸吃？且是你方才自家口里咕咕哝哝，你到有些惊吓人！”老汉道：“长老既是取经的，可是当年唐僧么？”行者道：“唐僧便是我师父。”老汉道：“你却是何人？”行者道：“我是他大徒弟，叫做孙行者。”老汉道：“再有何人？”行者道：“还有师弟猪八戒、沙和尚。”老汉摇着手，道：“莫要高声！幸然你撞着我老汉，这冤孽正为你们，苦了往来多少和尚，白白的送与妖魔受用。”行者听得，忙问道：“老人家我不明白这缘故，你可从头与我说。”老汉道：“长老，你们当年来时，不知是甚神通，过了这八百里火焰山。闻说熄了火焰，灭了妖精。谁知火焰熄了，却变成许多雨水，阴霾深林，妖怪便盘据在内。这个林乃叫做蒸僧林。不知何处来了一个妖怪，他说当年被甚么取经僧人几金箍棒、九齿钯，把他打的呜呼哀哉！这仇恨不消。如今专一与僧人做对头：若是过往客商，坦坦直走，一毫无碍；只有僧人，被他拿倒了，上蒸笼蒸熟，加上作料儿受用。前日有个长老过此，也是我劝他小道转路去，他不肯信，被妖魔拿去蒸了。故此我方才疑你是他的魂灵儿。远远见你走来，只恐又是个送命的，所以咕哝。如今妖魔专恨的是取经僧人，你如何去的？”行者听了便问：“老人家，这转路小道，却从那里走去？”老汉道：“从我这屋旁，有个通路。”行者得了信，走回对三藏把老汉话说知。三藏道：“悟空，再不消讲了。当年来时，被你金箍棒打死了多少精怪，这冤恨难道不种了根因在此？既是蒸僧林难过，只得往小道转路！”八戒道：“钉钯的仇恨，只该寻钉钯出气，与我老猪何干！如今钉钯已在灵山库，妖怪那里寻的见。若要蒸我，一个活活的和尚怎么蒸？”三藏道：“徒弟，蒸僧之意，料不是上蒸笼。还是酷炎狠热，教行道的僧人受不得炎热，成了伤病。但不知这妖魔有甚神通本事？”沙僧说：“师父，如今莫问他有甚本事，既大哥问了信，有个通路小道，只得转路去罢。”师徒遂挑起担子，走向村舍来。

却说比丘僧与灵虚子坐在山顶上，看着唐僧师徒点化了兴云魔王，安靖了霪雨林，坦然前行，心中甚喜道：“也是真经感应，并未曾有分毫亵渎！”两个从山顶上行走过来，又见唐僧们过深林拦阻，进退趑趄。比丘僧向灵虚子道：“师兄，你看唐僧们歇下担包东张西望，又是深林在前。看这深林云气腾腾，非烟非火，鸟雀儿也不见一个高飞，必定又是甚么妖魔在内。唐僧呵，想是你们机心未净，只恐魔头复生也。”灵虚子道：“师兄！宝藏原无阻碍，机心实有缠绕。我与你既承认了保护前来，说不得为他探听个坦途，指引他个大道前去。”

他两个遂变了两个客商，下得山岭，忙奔林路。原来那林西头有许多客店。两个走入店中，只见店小二捧了两钟茶汤，道：“客官吃饭么？”比丘僧道：“我们是吃斋的。洁净茶饭便吃。”店小二道：“客官，我这里近日不许卖素饭。如要买素饭，大王便要来查问客人来历，恐怕是僧人长老假扮在内。”灵虚子道：“有一等神僧能变化真形不露，那妖魔那里认得，查出来历？”店小二笑道：“我们店家可瞒，大王却灵，那里瞒得？一见就知是假扮的，定将绳捆了到洞，蒸熟受用。”灵虚道：“这等看来，僧人难走这林，却从那里过去？”店小二道：“有个转路。只是地僻道险，崎岖难走。”比丘僧道：“行李马匹可过得么？”店小二摇头道：“过不得，过不得。”比丘僧说：“既是大王要查吃素的，我们不吃荤，只说吃了。”店小二道：“瞒不得他，他更知道。”灵虚子道：“店小二哥，这魔王叫做甚名号？”店小二道：“也只知他叫做六耳魔王。他恨的是僧人，不知甚么缘故？”比丘僧听了，道：“我这知缘故了。此魔神通连如今我们到此只恐也就知了，却与唐僧师徒大有往因。师兄，我们不必前去，当指明孙行者这件往因，都是他做下的冤家债主。”说罢，叫声：“小二哥，你备下饭，我们寻一乡客就来。”

两个出了店门，直奔山脚下来。只见三藏师徒走到老汉门前，正计较转小路前行，那老汉拦着三藏，道：“长老，你有这多行李担包，如何过得这崎岖峻路？”三藏道：“如今大路又有妖魔，小路又难代行李，如之奈何？”三藏忧心，即见如面。忽然两个客官走到面前，道：“列位师父是那里去的，这柜担是甚宝货？”三藏道：“小僧是大唐僧人，到灵山拜佛求经。这柜担都是经文。如今要过这山路，便往东去。”客官道：“入国问禁，走路也要访问道途事实。岂不知和尚难过蒸僧林，柜担走不得崎岖路。如今没个计较，可不徒取了经卷来？”只见老汉道：“此事已不难。师父们从小道窄路上过去，把这经柜、担包托烦二位客官，只说是贩来的客货，便就过去了。”客官道：“便是我二人，只好照顾，怎能挑得？就是能挑，一人只好一担，怎能挑得这许多？”三藏道：“这村落有代挑汉子，烦他送一程也罢！”老汉道：“我这大王一村大小都熟识，瞒不得。”行者笑道：“你们空设计较，不知老孙手段。方才要走小道之意，一则是师父懒怠走林，一则是我老孙小受耐烦。走大路若是假扮客官货，何必去求外人？如今师父先同八戒、沙僧过小道前去，待徒弟挑着担子、押着马从林中前去。”三藏道：“徒弟呀，那魔王专寻僧人，你怎送上他门？”行者道：“说不得。到此地位，只得用个机心。”乃就把脸一抹，变的与两个客官一样。客官笑道：“小长老，你变的果然像我等，只恐不中用，过不得林去。”行者道：“二位客官，你怎见的过不得林去？”客官道：“我小子有些见解处，试说与你听。”乃说道：

这妖怪，善聆音，世事他偏辨的真。你未说，他已闻，千里通灵响应声。
能变化，最虚灵，风顺从交到处听。多敏捷，便聪明，真假难瞒这妖精。

行者听了，道："客官，据你说来，我老孙也识得他了，悔我当初不该在如来前一金箍棒送了他路！闻此魔已绝种，如何又在这林作祟？"客官道："小长老，看来还是你往因未尽了。"八戒听了一会，道："大师兄他既揽了这买卖，趁早挑担，同客官过林去。我伴师父过山径小道去也。"三藏、沙僧便欣然前走。

行者笑道："师父且转来。说便是这等说，还有几分不妥。师父上灵山为何？本那一点志诚在那里？岂有到狭路上把真经抛弃，托与别人，自己能安心前去？"三藏被行者一句提明，说："悟空说的是。我也只因要走小路，就忘了来为何事。如今也不管他妖魔，一意只是大道走罢。"八戒道："师父，孙行者他便会变客官，你看他如今站在你面前，就像南来北往的行商坐贾。我们却不能。"行者道："呆子，你如何不能？若是叫你变小和尚——标致沙弥去骗人斋，便就能了。"八戒道："便是能变，只恐师父不能。"沙僧道："二位师兄何劳争讲？我想当年来时过灭僧国，我等怎入城？"三藏道："徒弟！我到也忘了。曾记得戴了帽子，半夜装做客人进城。如今我与你们寻顶帽子戴了，趁月色过林去罢！"行者道："千算万算，那妖魔件件都知，你算总不中用。只是师父平日以至诚无假，从权代顶帽子还无碍。"乃向老汉求借一顶帽子戴了。八戒、沙僧说不得也效行者，摇身变了个客官模样挑着，押着马，只等东方月上方行。那两个客官乃辞别唐僧道："师父好生小心过林，我们先去，离你不远。若是能为你欺瞒的妖魔，让你放心过去，也是方便功德。"三藏合掌称谢。

二客去了，三藏师徒方才坐在老汉家内。那老汉到也好善，忙备了茶点款待三藏，说道："师父，老汉留便留你，也怕逆了魔王怒僧之意。但是我这村间还不属他林，他不甚深怪。若是那林头店小二家，便要你们吃荤哩！”三藏听了，大惊道：“老人家，怎么店家要我们吃荤？”老汉道：“师父，过客若是不吃荤，他便要来查看，恐有僧人假扮客商，瞒哄店家。”八戒道：“我们吃不吃，他如何查的出来？”老汉道：“他便会查。”三藏道：“我们把马喂饱了，说不得再扰老人家茶点，等东方月上，径过店去罢！”老汉道：“林长路远，怎挨饥饿？”三藏道：“我们出家人熬的清，受的淡，便是一两日无斋也过了。”八戒道：“师父是句果子话，徒弟要挑重担，束着肚子却难！”师徒正说，只见东方月上，那月乃三五良宵，明朗十分，有如白日。怎见得？但见：

扶疏桂影映长空，真是清辉万古同。莫道山僧无所似，禅心一点照光中。

话表蒸僧林那里起得这个名色？只因当年孙行者棒打强贼，三藏纵放了心猿，被六耳猕猴假变了行者，他真假两个莫辨，连菩萨也没奈何，只闹到如来前，被金钵盂盖着，他方才露了本相，此时只该听如来发落他，行者恨他打伤师父，抢夺包袱，劈头一铁棒打灭了他。他种类虽绝，这一灵不散，怀恨孙行者道：“你也是我一类，怎下这无情？”乃走到这林来。当年这林乃火焰山中路，居人苦炎热，被行者平复，转了清凉，闻知是僧人平复的，每每店肆尊敬僧人。这妖魔恨行者，专一在这林弄炎热蒸和尚，故此起了个蒸僧林。便是这妖魔拿倒了和尚，名曰蒸了吃，实是炎酷当他不起，往来僧人道行浅的，皆被他害。却说这妖魔聪明伶俐，声入心通，变化莫测，原前当比行者神通更高几倍。只是行者皈依了正果，这妖魔离经背道，一心只要与僧人报仇隙，故此还有些障碍。这日正在洞中叫小妖摘桃献果，忽然大笑一声。小妖问道：“大王如何发这大笑？”妖魔道：“当年的对头取了经回，他也识我这一种往因，在那林西设计，趁月过林。如今拿上蒸笼，蒸热了尽受用，只是信起人吃斋把素，便是个油水素馍馍一般。汝等小妖速传与林西店肆：待他来投店，务要把荤强他。他若吃了荤食，过蒸林哩，你们大放炎蒸，蒸的他闷昏昏晕倒，便把绳索捆入洞来，再等我快心报他棒打之仇。”众妖道：“大王，他们若是不肯吃荤，也不投店，如之奈何？”妖魔道：“你直把他经担抢入店肆，他自然投店。”小妖们听了，道：“有理，有理！”乃到林西店肆人家，说：“西来有四个僧人，押着马垛，挑着担子。你们安歇他。大王叫必要强他食荤腥，破了他戒行。”店小二道：“他若不肯，何如处置？”小妖道：“大王叫设个方法儿强他。”店小二道：“晓的了。

却怎样设方法强人食荤，要算计唐僧？且听下回分解。

第四十七回

唐三藏混俗化光　孙行者机心变怪

话说妖魔一心只要等取经的僧人，报行者一棒之仇，终日在意牢牢。却遇唐僧们西回，到了前山脚下，在老汉子家师徒商议要扮作俗人，乘月色过林。他神通早已知了，即忙分付小妖传谕店肆：备下五荤三魇，等待唐僧。

却不提防比丘到彼也是僧人。他与灵虚子先变了客人，探了消息，复来到店中。店小二忙摆出饭食、荤物。比丘僧说："师兄，你却如何计较？"灵虚道："此事不难，但恐做出来那妖魔就知。我想妖魔纵然利害，只与孙行者有仇。我们如今把素饭吃了他的，将此荤物反要他来传谕的小妖吃，待我再收下些酒，把小妖骗倒。唐僧们乘空儿过林去，也未可知。"比丘僧道："只看你要骗他了。"

正说间，果然店外走进许多小妖，向店小二道："大王传谕：定要你们西来和尚吃荤，休得误事！"灵虚子一见了，笑嘻嘻的道："列位劳碌，不弃嫌店家现成酒肴，吃一钟儿！"那小妖也有笑嘻嘻的，答道："客官受用，我们不当。"就要外走。也有老老实实就接着杯儿吃下，拿起箸子吃肴。灵虚子把那外走的一手扯住，你一杯，我一杯，只把桌子上荤酒散的个干净。店小二又喜喜的，是卖了许多酒食。小妖又欢欢的，是这客官方情费钞。却不知灵虚子设计，荤酒内使了个迷魂法，把些小妖昏沉沉起来，倒在林中熟卧，如醉如痴。那六耳妖魔灵通原广，善于测识。只因他专意在报仇，知道唐僧们到林设法计较，已遣小妖们传谕设计，他这一点得意心肠，遂把聪明障碍了。

却说三藏戴着一顶帽儿，充做个客官，行者们都变了客官像貌，乘着明月，往前行走。只见八戒把三藏看了一眼，嘻的笑了一声。三藏道："悟能徒弟，你又动了嘲笑心，我知定要弄出假来。你笑这一声，却是何说？"八戒道："我徒弟：偶尔非他笑，见师戴客帽。四鬓精打精，强把光头罩。秃发如老翁，无须似年少。顶线怎么收，倒搭稍儿拗。"行者听了，道："真呆子！此时要骗哄妖魔，瞒昧店肆，你且自生疑笑！"

正说间，早已到林头。三藏便觉有些暖气熏蒸，道："悟空，果然这热气莫不是当年火焰未尽熄？"行者摇着手，道："张老客官，你只走路，照管货物。"只见店小二听了个"货物"，便齐来争扯，道："客官，我店安歇罢。月已沉西，时夜深了。"行者道："我们俱有旧主顾在前，休得争扯！"那店小二那里肯放手，却亏了比丘、灵虚两个假扮作客，走出店门道："店小二哥，你休得要乱扯这众客，我知他是前店吃饱了夜饭，乘明月过林去的。"店小二那里听。月影下却见三藏戴着顶帽子，不见有网巾四鬓，乃一把手揪过三藏帽子，露出僧头来了，去了手却不来扯，竟往林中飞跑去了。行者道："师父，事不谐矣。这店小二走去，定是报与妖魔。如今作速前行！"三藏依旧光着头，便把八戒骂道："都是你笑我戴帽！我说你动了嘲笑心，必定弄出假来。这店小二飞报了妖魔，蒸僧林罪业牵缠，如何过去？"行者道："师父如今说不得，你与八戒、沙僧速过林去，便是炎热如当年火焰山，也说不得苦熬着。待徒弟听探妖魔消息，看这店小二如何去报？"三藏道："徒弟，我便与八戒过去了，你这一担经担却如何处置？"行者正迟疑，只见比丘僧道："我等既相逢一处，挑却无力，也难代客官送这担子，只是照顾却不难。也罢，叫我这位客官替你守在店中，我乘月同你张老客过林去罢！”八戒道：“老客官，也莫瞒你甚么张客官、李老客。叫了这半会师父、徒弟，老老实实是和尚挑押经担，过林去罢！”三藏道：“这个呆子毕要露出体！”八戒道：“师父，你原说志诚不做假，你如何此时也竟弄假起来？”三藏被八戒说了这一句，点了点头，催着马垛前走。比丘僧也同行，只丢下行者。

行者把担子挑入店家，交付灵虚子，道：“客官，烦你照顾一二，我去探听店小二消息来也。”忽喇一个斤斗，不见。灵虚子变了客人，与行者守着经担。他见孙行者斤斗神通，乃夸奖道：“这猴头真也奥妙！”乃赞叹几句道：

妙哉孙行者，斤斗果然能。忽喇一声响，斯须万里风！尽皆方寸内，不出此虚中。寄语善知识，意知意马同。

却说六耳妖魔坐在洞内，向众小妖说：“唐僧做事颠倒好笑，装甚么假，戴个帽子遮了光头，那孙行者们俱变作客商，要乘月过林。只好瞒店家。如今已入林走着，如何店小二不抢夺也？担子入店，我遣去的小妖如何也不回信？”众小妖道：“大王通灵，自是知道。”妖魔道：“我每常精通万里，百事先知。今日只因仇心动了要报，过于欢喜，遂了生平，不知怎倒生了些障碍，知其一、不知其二。想是当年聪明太过，神化忒阳，与那孙行者打斗，上天下地，出幽入明，谁能辨别真假？后来被他扯到灵山，谒见如来，被如来看破，把金钵盂罩下，露出本相，被孙行者一棒。想是这一棒之亏，损了些知识灵性？料着如今小妖传谕了店肆，定然盘诘着他，必来报我！”

却说店小二扯下三藏的帽子，看见是一个光头和尚，丢了手，飞往林中，走到洞来，要报知妖魔。方入林来，只见地下东倒西卧，都是传谕那几个小妖，被灵虚子把荤酒迷倒在地。他个个去唤，那里得醒？只得去报与妖魔。魔王听得，把智元一察，笑道：“是我恃着小妖传谕店肆盘诘，就不曾细把这仇僧们查看。如今唐僧押着马垜，八戒、沙僧挑着担子，又有那灵山跟来的比丘僧随伴。我如今大弄神通，到前去拦阻了唐僧，却遗下孙行者在此尚未过林。这和尚原是我的对头，他却也是有手眼的，况店中他的经担尚在，却是那优婆塞假变客官守着。这道人把荤酒诈骗，迷了我小妖，情理难恕！如今把唐僧放过去罢，只教他受些炎蒸，蒸倒了他。待我擒了孙行者与优婆塞两个仇人，再去算计唐僧。店小二，你可到店把他经担封锁在屋，不可与他抢去。那客人定要强他吃荤腥，他如不吃，连茶汤也休与他一口。有一个毛头毛脸形像我的，此乃我的仇僧，切不可容他挑了担包去！”店小二领了妖魔说话，回到林西头。

却好行者找探前来，远远知是店小二，乃变了一个小妖，上前道：“店小二，你去把和尚报与大王么？”店小二道：“正是。”行者道：“大王如今怎计较？”店小二说：“大王智识已知唐僧们过林去。如今大放炎蒸蒸他，只待拿了孙行者，方才再去算计唐僧。”行者道：“闻知孙行者也挑着担子，随了唐僧前去。”店小二笑道：“大王已察知他未曾去，说有个甚么优婆塞，假变客官，与他守着经担，在我店里。”行者听了，道：“原来这妖魔灵通还似旧时，且优婆塞变客与我保护真经，我也不曾把慧眼看他。如今正用得着他，休得说破！”

一面辞了店小二，径往洞来看妖魔作何计较。不妨妖魔早知行者假变小妖，探听店小二消息，“如今往我洞前来了。我如今却变了他，先到店中诈了他经担来”。好妖魔！他原变过行者打唐僧，连菩萨也认不的他，惟有如来识破。那时比丘、优婆塞，如来前都识破了他。他却又变了孙行者到店。不知灵虚子在店中见行者一斤斗打去，虽然暗夸他神通，却就动了一种灵心，忖道：“孙行者斤斗固打去，丢下经担，叫我看守。想这六耳妖魔灵通虚应，当年如来面前尚弄神通，只恐假变了孙行者来，耍骗了担子去。我如今且敲动木鱼，唤回比丘师兄，计议保经担！”把木鱼连敲了几声。早已惊动比丘僧听闻，说：“灵虚子木鱼声来，想是真经被妖魔抢夺。”忙向三藏道：“老师父，你可住在这林前空隙地上，料出林也没多几里。可着一位高徒速去救护行者担包，莫令妖魔抢去。”三藏道：“客官，多承你陪伴前来，只是这炎蒸酷热，真实难过。如今幸已保全，过了大半路头。既是要救行者担子，悟能、悟净，你两个且歇下，谁人去救？”八戒道：“我被这蒸熟不说，腿酸脚软，好生难过。沙僧去罢。”三藏道：“悟能去，恐老实露出事来，倒不如悟净去罢！只是事不宜迟。”

沙僧依言，离了三藏，一朵飞云到了店中。那灵虚子木鱼方住了敲。妖魔尚未来店，小二也未准备。沙僧见了灵虚子，问道：“客官，我大师兄何处去了？”灵虚子道：“沙僧师父，你也休管他。只是事不宜迟，你可快把行者担子挑到师父处，待行者来。若迟了，只恐妖魔知机来抢也！”沙僧依言，随把行者经担挑出店门。店小二被灵虚子用个迷目障眼法，那里知道挑去？

却说六耳妖魔知行者来他洞前，他随变了行者，要到店肆来骗行者挑子。忽然呵呵大笑一声，道：“沙和尚，我到宽放了，随唐僧去罢，你却跨云躲热，又来把孙行者经担挑去！可恨这优婆塞以木鱼声传信比丘僧，我如今到店中没用，且假变了孙行者，骗了沙僧担子，有何不可？”

却说行者走到妖魔洞前，只听得洞里吵吵闹闹，咒骂连声。行者隐了身，走入洞来。只看见两个狐奴，一公一母。那母的变的似个婆子样，丧着脸撅着嘴，恶狠狠的把那妖魔骂；那公的变的似个汉子样，吞着声忍着气，笑嘻嘻的只陪不是。行者看那婆子生的：

妖模妖样，年纪到有五十八；粉黛胭脂，搽的眉眼和腮颊。绿袄身上穿，红花头上插。嘴喳喳全没个收留，脸丧着那里有些喜洽？说风流，已老有甚风流？论邋遢，到有几分真个邋遢！没法也是妖魔剥杂娶得这妖婆，怎不把人笑杀？

却说行者因何识的是两个狐妖？只因那狐妖在霪雨林走了来，恨行者、八戒捆打他，到这六耳妖魔处，刁唆他报仇。不知这六耳妖魔娶的是他姑党，这狐婆虽妖，却敬重僧道。他怪狐妖来借事报仇，却又遇着妖魔恨僧。狐婆屡劝妖魔，叫他莫与僧人成仇。妖魔听信了狐妖，那里肯依？狐婆没奈何，只等妖魔变了行者去骗沙僧经担，乃在洞中炒闹，咒骂妖魔。

行者听了他说变孙行者去骗沙僧经担，出了洞，一个斤斗打到三藏前，不见沙僧，问："师父，沙和尚那里去了？"三藏遂把叫他救经担话说出。行者道："徒弟的担子那要他去救？"他不等三藏说毕，一斤斗打到店中。

灵虚见了只疑做妖魔，那里说实话？行者见经担不在，也不问灵虚子，一斤斗打在林中。半路只见妖魔变了他原身，在林里要沙僧经担。沙僧也是得了正果，能用慧眼察得是假。两个正在那里争讲。好行者！摇身一变，随变了个狐婆，走上前来，指着妖魔道："你这不听好言的怪孽！唐僧师徒十万八千里程途，十余年的道路辛苦，取得真经，又不是他私用的货物，却是普济众生的真经。我好意劝你不要与他报仇，放他过林，你却听信了我那不才的狐妖刁唆，定然发炎蒸抢他柜担，如今又假变了孙行者，来骗沙僧。你明事不做，暗假这圈套，羞也不羞？"妖魔通灵，分明也知是孙行者假变了狐婆来说他。只因行者说他明事不做，羞也不羞，他这实是愧心，遂现了原身，跳在半空道："孙行者，你委实也有些手段！你固羞我明人不作暗事，你如何又变了我的婆子？更是可羞！你敢上空来赌个神通么？"行者笑了一声道："惫懒妖魔，你当年已被如来识破，遭老孙一棒灭踪，如何今日又在这林，要老孙复来灭你！"行者也把脸一抹，彼此各现了原身，俱无件兵器，只把两双手左支右舞。但见：

妖魔伸赤手，行者舞空拳。一个踢起双飞脚，一个推开两脊肩。一个单采领劈胸揾住，一个双剔灯当眼来剜。一个鲤鱼跌子偏生熟，一个枯树盘根怎让先。一个骑鹤老子展双翅，一个过海龙王敌八仙。两个本是铜锅撞着铁刷帚，迎春只打得过残年。

行者与妖魔在空中相打。沙僧乘空儿挑着担子，往林东飞奔前去。

毕竟后来怎生过这林？且听下回分解。

第四十八回

烈风刮散炎蒸气　法力摇开大树根

本是虚灵一点真，只因彼妄此存仁。
相逢莫怪争强弱，理欲难容共一身。

话表六耳妖魔原与行者同枝一派。只因行者皈依正果，护持真经回国，这妖魔怀那往日之忿，又生出这不了之因。他虽当年神通高出行者一等，只因如今入了邪妄之门，到底不如行者名正言顺。

不说他两个在半空厮打，却说灵虚子既保护了经担，付与沙僧挑去，他仍把客商相貌复还了一个优婆塞道者，从林西店内，与了店小二几贯钞。那店小二被他法迷的糊糊涂涂，也不知甚么和尚、妖魔，只照平日，送了一个客人出门。灵虚子乃走林中，要赶比丘、唐僧，只道行者已去，那里知行者与妖魔厮打？在林中半空里，那妖魔与行者本事相敌，不分胜败，却口里喷出热气蒸来。行者当他不起，正想要走，又恐妖魔不放，遗祸与三藏们。忽然，灵虚子见了两个猴王半空厮打。灵虚子却认得六耳妖魔，看见他喷热气，乃想道："这妖魔原意蒸僧。如今且抵换了孙行者，与他前途挑经去，待我与这妖魔赌个神通，必须也要把这蒸僧林宁静了，还他个敬僧林，方见我一番到此！”说罢，乃变了一个沙僧，走上前望空叫道：“悟空师兄，挑你经担去罢！我被这热气蒸的骨解筋酥，腿酸脚软，挑不动，走不上，拼着性命替你打妖魔。待我来把这妖魔拳打脚踢，送了他残生！”妖魔总是怒心昏了，听得沙僧之言，道：“孙行者手段比当年更强，敌他不过，如今不如放他去罢。这晦气脸沙和尚说话好生惫懒，到不如拿了他，蒸了报仇罢！”乃丢了行者，道：“饶你保唐僧挑经去罢！”行者分明要打灭了妖魔方去，只因听得个“保唐僧挑经去”，他遂息了争心，又慧眼照出沙僧是那客人灵虚变的，乃骨地笑了一声，一个斤斗打去了。

妖魔也笑道：“你会，我岂不能？但只是要拿这晦气脸和尚，且饶你去罢！”方才下地来与沙僧相打。妖魔把眼一看，乃叫道：“优婆塞，你好没来由，设假沙僧哄了我的对头去！且问你与唐僧有何相干，变客商保他经担！”灵虚子把脸一抹，道：“明人不做暗事。我便是优婆塞！你道我与唐僧有何相干？我且说与你听。”妖魔道：“你讲来我听！”灵虚子乃说道：

他本是金蝉长老，在释门几劫出家。取经回去到中华，福国保民功大。我奉如来旨意，暗地保护随他。妖魔何苦做冤家。你不怕那钵盂儿罩下？

妖魔听了“钵盂”二字，咬牙切齿道：“我当年与孙行者打斗，实是被如来金钵盂罩下，现了原身。你今日揭我的短，且问你既与唐僧有相干，他这西还东土十万余里路上，都是孙行者做下的金箍棒对头，处处要报他个仇隙，你有甚神通本事敢包揽这保护的大事？”灵虚子道：“你问我神通本事，我且说与你听！”妖魔道：“愿闻！愿闻！”灵虚子乃说道：

说我神通广大，本事其实高强。任他魔怪尽能降，变化百千万样。敬奉如来敕旨，真经保护归唐。笑你六耳怪魔王，空作冤愆业障！

妖魔听了，咧嘴张牙，大笑道："你夸变化多能，我如今更替你打个赌斗：你如胜了我，我便远离这林，不复与唐僧为仇，让他们前去。如你不能胜我，可早早脱了衣裳，洗个澡儿上蒸笼，替那孙行者当灾，把这林从此改做蒸道林！"灵虚子道："妖魔，你如今与我赌个甚本事？"妖魔道："我便与你赌个'顺风千里听'。你能听唐僧前途与徒弟们讲说甚话么？"灵虚子道："我听便不闻，却能知唐僧走到何处？"乃把身跳到空中一望，下地道："唐僧将次出林矣！"魔王怒目圆睁，道："趁早受捆。你已输我一筹也！"灵虚子道："我固让你一筹，你却不曾见我的本事哩！"妖魔道："你有甚本事？"灵虚子道："我便与你赌个'今知来日事'。你能知明日你做何事，我做何事么？"妖魔道："事来我能知，事未来却不知。"灵虚子也怒目大睁，道："你当远去罢！我也胜你一筹了。"妖魔笑道："我要验你明日何事，又费一日工夫。"灵虚子道："我要问你听唐僧何话，又一迟了那里去对？"妖魔道："你夸变化多能，我便与你赌斗个变化罢！"乃呼吸一口，顷刻一团热气，如云如雾喷出来。灵虚子看他这热气：

腾腾如雾罩深林，赫赫炎蒸遍体侵。烁骨销肌真可畏，宛如烈焰炽人心。

灵虚子待妖魔喷出热气蒸人，他也把口向东方巽地取了一口气，叫声："刮！"只见：

大风忽地自空来，密雾浓云尽刮开。任教炎蒸如火炽，顿令顷刻似凉台。

妖魔喷热气蒸灵虚子，被灵虚子刮起烈风吹散。他复了原形，道："汝能变风刮散了我炎蒸，必不能挽回风势，当我冰水之雹也！"复喷一口唾，只见半空中冰雹乱打，落下来。灵虚子看妖魔这冰雹：

翻空玉屑如鹅卵，大小粗圆有半斤。鸟兽行人忙躲避，稍迟打断脊梁筋！

灵虚子任妖魔吐出冰雹凭空打将来，他却腾起半空，反在冰雹之上叫道：“妖魔好冰雹！”哈哈一声：

笑妖空撒这寒冰，行见蒸僧又冻僧。只道神通居你上，可怜空费这场能！

妖魔正撒冰雹要打灵虚子，被灵虚子跳在半空，反在那冰雹之上呵呵笑他。他知无可奈何，乃复了原身，道：“汝能逃吾冰雹，决不能胜吾众小妖！齐来扯你不放，看你如何腾空躲我冰雹？”

乃于腰间取出兽面牌来，连忙敲了几下。只见那深林中来了许多麋獐鹿兔小妖，便要来扯。灵虚子想道：“这些小妖乱扯。我如今变个化身，也分出许多法体，事却不难，只是与这妖魔斗胜赌强，恐唐僧前行又遇着妖魔加害，比丘僧独自恐不能保护真经。你敲兽牌，我便敲动木鱼声，传了比丘僧，他必来策应帮助我！”乃把木鱼梆子连敲了几下。却说比丘僧变客伴送着唐僧前行，见他师徒离了蒸僧林，安心前去，忽闻木鱼声响，便知又是灵虚子有甚事情，乃辞别三藏，道：“我便同师父过林来了，那同伴在后怎么不来？如今只得等他。长老们先行一步罢！”三藏听得，叫了两声“起动”，辞别前行。比丘僧随着木鱼声，却好到得林中。只见众小妖将次把灵虚子扯手扯脚，要把索子捆。比丘僧上前大喝一声，道：“妖精休得无礼！”灵虚子见了比丘前来，笑道：“师兄莫要喝他，看他甚神通能捆得我？”比丘僧道：“师兄虽然比手段不怕他，也不可使他不知高低，犯上犯下。你何不上前行走？我与你保护唐僧经文，却在此敲木鱼唤我何意？”灵虚子便指着妖魔，说：“你看那妖魔形象狰狞，只要与我比神通变化，方才变了许多样数，彼此两不相下。他如今唤出众小妖，要拉着我，放冰雹来打我！若分出化身，也不怕他，但恐误了工夫，前途不得保护真经。故此敲动木鱼，请你来帮助，安靖了这蒸僧林，使后来僧人不被他害！”比丘僧道：“此事不难安靖。你可速往小路转过林去，到前边观望着唐僧们行路；待我在此遂了这妖魔之愿，因而安靖了他来。”灵虚子问道：“你如何遂了妖魔之愿？”比丘僧笑道：“此即舍身喂虎、割肉喂鹰之义。妖魔与孙行者有一棒之仇，异世不忘，费了无限心肠，蒸害了许多冤枉。如今遇着唐僧对头，又被我们多方保护。此愿未遂，必定此冤未解。我如今假变个孙行者，与他上蒸笼蒸了受用。他心即遂，他仇便消。”灵虚子道：“这如何得行？经尚未保护到东土，师兄怎便激义舍生？”比丘僧道：“我说舍身割肉，正是出家人本意。只要遂了妖魔报仇之愿，那惜舍生之嫌？”

比丘僧方才说毕，只见妖魔喝去众妖，走上前来，双手合掌道：“圣僧，是我自作业障，异世怀仇，不忘报复之过也。我想唐僧千山万水，受苦吃辛，取了经回，也只为普济众生，成就无上菩提。我当年纵受了他害，如今正该借经忏悔前愆，乃生出这无端过恶，蒸僧加害，正是冤业牵缠，终无了期。今闻圣僧喂鹰虎之喻，愿舍生激义。我情愿悔过消愆，复还个敬僧林罢！”说毕，化了一道清风，不知妖魔去向。比丘僧、灵虚子大喜，乃从那老汉村落屋旁小道上山崖，往前途走去。恰好老汉遇见，问道：“唐僧师徒过林去了么？”比丘僧把妖魔忏悔前情说出。老汉也合掌称谢，留两个吃了茶点，道：“我这林以后僧人不被妖魔蒸了！”

两人吃了茶点，从山岭方走了三五里，只见后面一个小汉子，领着一个婆子，赶上叫道：“那和尚、道人还了我六耳魔王来！”比丘、灵虚听见立脚住，看了一眼，道：“原来是妖婆与狐妖！你两个赶来为何？”婆子道：“我当原前怪我魔王报甚么仇蒸和尚，每每劝他，又恨我这狐侄刁唆魔王阻拦唐僧，却原来你们这和尚、道者不是个好人！方才闻知在林间变化多般，把我个魔王害的无影无迹。你岂不知我婆子靠着丈夫过活？你两个只还我个魔王便罢，若是没有个魔王还我，休想过此山林！便是那唐僧们也难安心挑押经担前回东土！”比丘僧说：“婆婆！你休扯着我们要魔王！你魔王解悟恩与仇总归空幻，他如今忘了报复，得往好处去了！你与狐侄当远去山谷修真养性，转生入道去罢！”狐妖听了，大怒起来，道：“放你的臭屁！你把我的仇人放过林去，又把我魔王不知害到何处，想要躲过这林！这如今冤家撞着对头人，怎肯放饶你去？”灵虚子也说不得发了嗔心：路旁一株大树，他使个大力神法，连根拔起，扯去叉枝，举在手中，就要打这两妖。比丘僧忙止住道：“师兄，出家人莫要动火性！”灵虚子道：“师兄，你便是出家人，我却不曾削发。待我打这妖精，与地方除害！”狐妖笑道：“你会拔树，我岂不会？”他也使出大力神通，比灵虚子更拔起一株大树，也去了枝叶，舞将来直奔灵虚子。他两个在山崖上大斗起来。但见：

妖狐手舞大树，灵虚架起丫叉。亏他十指怎生拿？非枪非剑戟，又不是狼牙。到使了一个枯树盘根势，盖顶旋来一撒花！

两个大斗了一会。比丘僧忙把手提着数珠，往空一丢：只见两株大树都被数珠子收束起来，动舞不得。比丘僧乃开口说道：“师兄，我劝你且停着手，息了怒。天地间事，有相干不忿则争。你两个有甚相干？拔起无干之树，斗这一番没来由之气！取经是唐僧师徒，报仇是六耳魔王。我们走我们道路，他与婆婆寻他的魔王。空费了这场打斗，这叫做不忍一朝忿！岂是你我吃斋念佛人所为？”灵虚子听了，把木鱼拿在手中，道：“我依师兄，做我的本业，走我的路罢！”那狐妖还恶狠狠的道：“那里去？送我魔王来！”比丘僧见他不放，乃道：“你要魔王，那山下林中不是你魔王坐地？”两狐妖回头一看，比丘与灵虚飞走前去。狐婆与狐妖赶来，灵虚子忙把木鱼儿敲了几下，那两妖畏惧声响，那里敢上前？

看看妖气消灭不见，他两个方才越岭过山，赶上唐僧。只见他师徒挑着担，押着马，安心过了深林，往前行去。那知这狐婆与狐妖怪心未遂，被灵虚子打斗这一番，比丘僧又诈哄了他回头看魔王，敲木鱼逼的他不敢上前，生出这段业冤，他却不寻比丘两个，转个弯路，又抄到唐僧前途，拦阻唐僧，说道："事从根起，都是孙行者、猪八戒捆打之仇！如今必定要报了他们，此恨方息！"

却说敬僧林过东百里，还是八百里境界，又有一林叫做臭秽林。如何叫做这臭秽名色？只因当年火焰焚山，有几条千尺大蟒焚死未尽，被孙行者把火焰消除，这蟒骸遗秽积臭在林，便起了这个名色。往来行人当不起这秽气熏蒸，更怕炎天，怎生行走？这林积阴日久，中间有些妖魔小怪，迷伤过客。

这日正掀播那臭秽，思量迷着个行人，却好狐妖同着狐婆两个抄弯到这林来。他两个闻见这秽气伤人，狐妖乃向婆子道："这林深密阴沉，不似前林，只是怎么这臭气难闻？料必有甚缘故。若是村乡众人家的，必是彼推此挨，不肯出心打扫；若是一家的，这主人定是个懒惰邋遢的。"

两妖正说，忽然那林中走出许多光头小孩子，个个手里拿着些臭秽东西，又在那上风处刮来。见了妖狐两个，就抢上前来，道："行路的休要走！看我这东西打来！"狐妖睁睛看那东西是甚物，又臭秽的紧。

却是何物？且听下回分解。

第四十九回

清净地玄奘尊经　臭秽林心猿遇怪

说话狐妖睁睛看那小孩子，个个手中捧着的，都是焚不尽的蟒身腐蛆烂肉。只道这两妖当他不起，丧魄消魂，他因而捉拿到林内，咬嚼受用。

谁知两妖神通本事多能，向孩子吹了一口气，那上风反向他刮。众孩子自当臭秽不起，手捧的秽物又抛弃不掉，个个如钉定住一般，莫想挣挫得动。

这狐妖又变了一把刀，拿在手内，上前要杀。那众孩子哀哭起来，道："魔王饶命！"狐妖笑道："你这些小厮如何识得我是魔王？"孩子说道："平日过客到此，被我们把这臭秽打去，不论他身体、行李，一着了这秽污作践，小则灾疾，大则残生。若是害倒，我们活活的吞吃了。吃不尽的，也都做成这臭秽。今见你神通本事，料不是平常过客，定是个有力量的魔王！我们一则年小孩子没有个管头，若是魔王肯饶了我，情愿拜你做个干老子爷娘！"狐妖笑道："做你们的干老子，这腌臜臭气却难过日子。我想你这些小妖精往往加害道途行人，不如灭了你，到也干净！"把刀就要去杀，只见狐婆拦住道："侄子，你如今赶过唐僧前来，原意要报仇，何不便安住此林，调度这孩子们？待那唐僧过林，这些臭秽打的他身体、行李没有一件干净，他们定然当不起这孩子们扛打，此仇可不报的快哉？”狐妖听了大喜，当时又吹口气。只见那小孩子们齐都动得，弃了秽物，各上前拜这狐妖为干老子。当下狐妖一同狐婆走入他深林里边，不闻臭秽，反觉异香喷鼻。两狐妖大喜，乃教这小妖们变化，跌打拳脚，按下不题。

却说唐僧师徒坦然过了蒸僧林，一路来到也安靖。三藏跟着马，走的力倦，叫声：“悟空且看那个洁净地下，把担柜歇半时，待我权坐卧一会。”行者道：“师父，这路上处处洁净，你要坐卧便歇下，何必又动一个好洁心？”三藏道：“徒弟，你不知我便随遇而安，这真经却又安住在洁净去处，恐尘垢染惹！”行者笑道：“师父，只要人心无尘垢，自然真经洁净。”八戒听了，道：“走便走，歇便歇，说甚么长，道甚么短，叫我侧着两个耳朵听。听的不明白，又费心思想，肩头上又吃着力。只因你两个一言半语，叫我一个三心二意不闲。这地下到也干净，便坐一会何妨？”八戒就把担子歇下，行者、沙僧也只得落肩。三藏把马扯住，行者、八戒搭下柜垛。师徒却才坐在背日色树荫之下，三藏忽然想起那陪伴客官，道：“徒弟们，我想出外行路，那里处处偏逢着妖魔精怪，难道没个善知识好人？就如前来这两个客官，一个伴我过林，一个替你看守店中经担，多亏了他。也都是真经感应，到处效灵。”行者听了，笑道：“师父，我徒弟久已知他，不好向你说的。只恐这客官半路上望亲戚，不往前行。若是往前行，他还要陪伴师父到地头哩！”

师徒正说，只闻得一阵风过，微微有些臭秽吹来。三藏道：“悟空，是那里臭气？”行者道：“都是呆子，不拣个洁净处歇下。想是近那个东厮粪堆去处，风刮将来。”三藏道：“这气味不是粪溺，多是腐烂臭物。你可探看上风处，若是风刮来的，我们可迁过下风处去。”好行者！把身子一纵，跳在半空，手做个阴篷，向前一望。只见：

密树荫荫一望高，摇摇风摆似波涛。

若得妖怪巢林下，怎得吹来这阵臊？

行者看了，跳下地来，道："师父，真是过一处，又是一处淘神费力所在也。当年稀屎洞动劳八戒师弟，如今又用的着他老人家了！"八戒笑道："甚么稀屎洞、干屎洞，只要像当年那些人家供给不迭的斋饭，把老猪吃饱了，然后看手段还钱！"三藏道："悟能徒弟，少不得用着你，便化一顿饱斋供你。如今就着你前路探个消息，看是甚地方？"八戒道："探甚么消息，大家挑着走撞天婚！只恐这刮来的臭秽，是那里人家妇女倒桶子哩。"三藏喝道："呆子休乱说！快去探看。一面探看消息，一面有人家可化斋便化一顿，吃了前行。'

八戒只听了个化斋，便爽爽利利往前走去。只见远远田陌中一个汉子在田里耕锄，那陌上一个妇人手提着茶汤饭罐，叫汉子吃饭。八戒走上前，深深唱个喏，道："女善人，我和尚远从灵山来，饥了，向你化顿斋。"那女人那里答应，八戒又说一遍。那女人只是两眼瞅着八戒。那汉子乃走上田陌来，道："长老，我这妻子是耳背的。你要化斋，当前走半里，有村居人家化斋。我这些微茶饭，是我辛苦做工的受用，那有的斋你？"八戒道："善人，斋便不化也罢，只是问你个路境：这前去是何地方？"汉子道："长老，你是那里来的，如何境也不识？我这里往东二十里多路，乃是个臭秽林。当初也不知这林甚么来历，但只是风不顺，便安靖；若是风从顺刮，我这地方臭秽难闻，家家都要备下香草焚烧，解那些秽气。"八戒道："远二十多里如此，那近林的却如何解？"汉子道："近林的只探风顺逆，去躲避。若是躲避不及，被这气秽多生灾病。灾病也还事小，只恐撞着些小妖精怪，拿了活活吞吃了！"八戒道："行路的却如何避他？"汉子道："撞造化，不遇着风顺，便过林去了。"八戒道："万一走到林中半路遇着转风，却如何处？"汉子道："总来看造化。我这地方曾有个仙人过，香了半载。众人求他荡秽除氛，他道：‘后有圣僧来，自是安净。’”

八戒听了汉子之言，随回复三藏。三藏听了，道：“悟空，这却怎处？”行者道：“信八戒这呆子不成。他又不曾到村落众人家探听，只在田间听汉子几句话，没个对证。”八戒说：“有那汉子的聋婆娘在旁看着作证。”行者笑道：“越发没对证。一个聋婆娘，怎对证你的话？打听不实，不实。”三藏道：“既是不实，八戒再去走探。须是到村落聚处人家，一则众论也是，一则有斋可化。那汉子曾说半里有处化斋，你如何只听个空信就来？快去！快去！”八戒只得再走前去，却好走到村落人家处，果然店肆星密，人烟济楚。八戒上前打了一个问讯道：“小僧是灵山取经回来的和尚，路过宝方，腹中饥饿，一行四众，乞施主化一顿素斋。”这村人见了八戒生的丑恶，有的说：“长老别家去化，我处不方便。”有的说：“丑和尚远走开！吓怕人还要化人斋？”八戒前街后巷走了一转，那里有个人应他？走一步，懊恼一步。只闻的鼻子里有三分臭气，那村落人家个个都烧草解秽。八戒上前，见一个老者烧草，乃问道：“老人家烧草薰烟，可是解臭秽么？”老汉道：“你这丑和尚既知道这情由，又何消多问？”

八戒惶恐起来，飞走回来，向三藏道：“师父，不消说道。村落人家也没一家好善，肯布施斋。徒弟到处去闯，不但化不出斋，还讨人没个好答应！”行者道：“斋是小事。你探打的前林可得过去？”八戒道：“斋也化不出，有甚心肠问路？”行者笑道：“呆子真个没用。原叫你探路消息，你却只在化斋上着力；便是化出斋，吃的你撑肠满肚，难道坐在这里，还要探听去？必须要到那臭秽林，找出根脚：那日好过林，何时没有风，可有甚么妖怪活吞人？”八戒道：“正是，正是，我到也忘了。那汉子曾说有个仙人过林，香了半年；人问他何不除秽荡氛，他说留与后来圣僧们安静。”三藏道：“悟能，既是仙人有此言，只恐就是我等。你更要去地头查看事实，我们方好计较安静的方法！”

八戒见三藏叫他再去，只得没好没气的，口里琐琐碎碎的叫：“我老猪三遭探听，斋饭谁知那家办哩！”他使着性子，一直径到这林来。始初风微，臭气犹小，渐渐大刮，那秽污难当。虽说八戒拱过稀屎洞的老把势，这时却也真个受不起，两只手扪着鼻子，口里骂着：“臭妖精不知是甚么怪东西，这等气味伤人。”正说间，那风越大，顺将来。只见林中一个小孩子，手内拿着臭秽东西，问一声：“前面是何人大胆闯将来？”八戒只道是地方人，还要说老实话问路境，乃答道：“我是灵山取经回来的，一起四众。一则我探路境，一则腹饥化斋。”那孩子是狐妖说明的，要与西来和尚作对头。这小妖一听了八戒之言，便上前说道：“长老你既说饿，我这手里见成馍馍，且吃一个儿，再指你路程！”八戒道：“馍馍尽是用得着，只是怎么这林中臭的紧？”小妖道：“且吃馍馍，休管他臭！”八戒近前一看，那里是馍馍，却是一团腐烂臭物。八戒把鼻子捂了，道：“这东西如何吃得？”那小妖见八戒不吃，便把手内臭物向八戒打来。八戒将手一搪，那臭物荡着手背，登时肿痛起来。八戒急了，把林树枯枝摘下来，照小妖打去。那妖一声喊，去叫众妖。八戒道：“且走罢，这妖的臭东西利害！”乃转身飞走。小妖叫得众妖来，八戒已走远。

见了三藏，把手背与三藏们看了，道：“都是师父叫我探路境！这是甚东西打在手背上，一时便毒气生疼，且臭味难当。”三藏看了，道：“悟空，这却跷蹊，如何作处？”恰好三藏捧着钵盂吃水，乃向盂念了一句梵语，倾在八戒手背，洗去臭气，少止了些痛。行者说：“师父，这宗买卖到也有些难处，比不得较武艺战斗，讲斯文屈直。见了面就把这恶东西打来，好好皮肤怎禁得他毒气疼臭？如今且歇住此地，便风顺刮些臭来，路尚离远。待徒弟去探看了来。”八戒道：“切记不可吃那孩子妖精馍馍，防他手内打了东西来！”行者笑道：“呆子，老孙决不像你为嘴伤身！”说罢一个斤斗，他却不打入林来，直打在山顶上，远远望他林内有何妖魔邪怪。正东张西望。

且说比丘僧与灵虚子诈哄了狐妖去，乃从山顶崎岖缓步行来，只看着三藏师徒们恭恭敬敬挑押着经文柜担。又见三藏恭敬之甚，行到洁净去处歇下，向经担前整襟瞻拜。比丘僧对灵虚子道："师兄，你看唐僧信心如此，便是我等也动了不敢怠慢之心。"灵虚子答道："师兄，话便是这等说，只是这信心是本来的方好，若是作意，便非真心。"比丘僧笑道："师兄，既日信，安有假？你看唐僧歇在那林西头，想是见了那东边深林风色气焰，师徒们又生出计较来了。你看那孙行者支手舞脚，必是要打斤斗探消息。恐来问我们，我与师兄设法待他，不可使他识破！"灵虚子道："我与你变个老虎，在此待他来。"比丘僧道："你变虎在这山顶，却也相宜。你看山傍一个水池，我便变条龙罢！"灵虚子把身一抖，顷刻一只虎。果然：

威猛不同凡兽，咆哮山顶风生。斑毛白额与金睛，吼动山摇地震！

比丘僧忙向池边也摇身一变，忽然一条龙在池内。但见：

云雾高腾池上，苍龙旋转山前。金鳞映日更鲜妍，岂是凡人能见！

他两个正变了一龙一虎在山顶池边，"忽喇"一声，孙行者斤斗打到。好行者！坐在石上一手搭个阴篷，看那深林气焰。一手招风来闻，果然臭秽气随风来。行者正恶那一气，只听得背身后呼呼风响，把那臭气直卷而去。顷刻池边云气蒸来，却也香的异常。行者回头一看，笑道："原来是你二位神通！老孙正在此没主意扫荡这腌臜臭秽，没奈何就借重你二位，到那林间扶持一二！"一面说，一面起身前走，把手招呼，道："龙虎二位老友，借重你深林护持护持！"果然那龙盘旋而至，虎咆哮而来。

行者徉徜得意，直奔深林。正才到得林边，只见那小妖被八戒枯树枝打走，叫了一林的小孩子妖精，前来捉八戒。不匡八戒走回，却遇着行者前来。他也不查个势头，一个个捧着臭秽，乱打将来。行者手疾眼快，见了道："龙虎二位老友！那小妖臭东西打来了。"这龙忙喷出一团云雾，虎吼起大风，直把那臭秽飞卷，反把小妖打去。那妖精慌了，齐齐奔入深林，报知狐妖与狐婆，说道："林西来了一个毛头毛脸的和尚，我们被他反风逆打，吃了亏来也！二位魔王干爷干娘作何计较？"狐妖道："我们有计较，到不来投你了。只是这和尚我却认的他，叫做孙行者便是。他有些手段本事，也不过会打斗能变化，却不能搪抵你这臭秽东西。他有何能反将你们打走？"狐婆道："狐侄！你平常说你足智多谋，也善变化，如今说不得斗个智能才好！"狐妖笑道："俗说强中更有强中手。我被这毛脸和尚破了几宗智谋，他还要就智生智哩！"狐婆道："事已到此，我与你设个圈套，诱哄着他来，却叫这众小妖暗把臭秽打他个防范不及！"狐妖笑道："姑计甚妙！"

却是何计？且听下回分解。

第五十回

神龙猛虎灭狐妖　八戒沙僧争服力

记得玄宗悟道时，婴儿姹女坎和离。
打开臭秽交龙虎，扫荡妖魔路不迷。

话说众小妖被龙虎风云直把邪氛卷退，他慌入深林报知两狐妖。那里知行者伶俐乖巧，一行打败了小妖，一行就变个小妖杂在众妖中，走入林来，闻见异香喷鼻。行者道：“这妖精自己受用这清香，却把臭秽加害别人。”及随众走入林中，听了两妖计较，又要设圈套诱哄，叫众妖暗打臭秽东西，乃想道：“妖精只要打臭秽，定是八戒的疼烂买卖，我老孙怎禁得他这买卖。如今幸亏了龙虎两个护持，但不知这狐妖是甚圈套，且再听他作何计较？他说叫我老孙防范不及，那里知老孙暗进林来，到先防范着了！”

只听得狐婆说道：“狐侄，我和你打斗他们不过，变化又瞒他不得，如今不如把臭秽收了，放些香气顺风刮与他，他师徒定然放心前来，你却把小妖与臭秽之物避在深林，待他入了林中，收了香气，却放出臭秽打他，那时他进退两难。此计可妙？”狐妖道：“此计虽妙，恐他们知道此臭秽林不可改，如何此时一旦刮去香风？事出变换，便是虚假。况那孙行者机变万端，智量百出，这圈套如何蒙蔽的他？”狐婆道：“正是，其中有一番理节。你且收了众小孩子臭秽，躲入深林，放些香风刮去，引了唐僧师徒来，那时我更有一妙计，管教他入我圈套，报了你历来捆打之仇，仍要还我个六耳魔王！”狐妖听了，道：“阿姑，且说你妙计何如？”狐婆道：“你我变个田妇迎着他，只说：‘往时臭秽，近被甚么孙行者神通广大，招邀了神龙猛虎，把些妖魔扫灭了。当年仙人过，曾香了半年，说留与圣僧安静。今日果然安静，臭气改了香林。乃是我地方造福，遇着这圣僧孙行者！’想唐僧必然信真。”狐妖道：“唐僧便信真，只恐那猴头不信！”狐婆笑道：“那猴头积年好奉承。我称赞他是圣僧，料他心喜。他喜心一生，定然疑心顿去！”

两狐妖计较圈套，那里知行者在旁一一听着，笑道：“这妖精到不像是蒸僧林妖魔家眷，如何不知俗语说的六耳不传道，怎么老老实实计较与老孙听知。你说妙计，我便将计就计。”乃走出林来，只见龙虎尚在林中。行者上前，唱了两个喏，道：“二位老友，动劳你反风卷雾打退了小妖，我方才变了小妖跟众妖入林，备细听那两妖魔计较，他要设圈套引了我师徒到此，入到林中与我们个措手不及。我如今借重虎友，料你威猛，能灭狐妖。狐妖既灭，借重龙友，到林中大施云雾，把那些臭秽孩子直卷的他无影无踪，把香风借出，保全我师徒经担过林，也是二位老友功德。”行者说罢，龙虎点首。行者道：“承你点首，似肯扶持。只是那妖魔奸狡，望你还留意，莫使他知情躲避！”他两个依着行者，把身形隐了。

却说三藏歇着担柜，只等行者打探回信，忽然风顺，只闻得香气刮来，异常喷鼻。八戒道：“师父，这风刮来香，想孙行者平静得臭秽林了！”三藏把鼻一嗅，道：“徒弟，这会果然香气刮来，且更异常，我们走路罢！”八戒道：“也要等大师兄挑他担子。”正说间，行者一斤头打在面前。他半句不讲，只说：“挑担子走罢！”八戒、沙僧忙挑起担包，三藏押着马垛，一齐走近林边。那香风馥馥，如焚沉檀速降。这长老欣欣，似升霄汉云天。只见八戒道："师父，也是你老人家功德，不似我来探听时那些臭秽。"三藏道："徒弟也不可作等闲看承，还须要兢兢业业过去。"沙僧道："师父说的是。且歇在这林头，须再探个的实消息。"行者道："且放心走，莫要怕他！"三藏道："悟空，悟净也说的有理。俗语说的好：'莫信直中直，须防仁不仁。"

师徒正说，只见一个婆子手提着一个竹篮儿，口里咕咕哝哝说："亏了圣僧真真好神通，把妖魔灭了。一个臭秽林，还了一个香气林，来来往往的都好行走。当初着了臭秽的生疮害病，如今被了香气的更走路精神。"三藏听他自言自语，乃道："徒弟，听这婆婆可信圣僧功德，但不知是那个圣僧？"那婆子便说道："闻知是西还的孙行者长老。"行者一听了，大笑起来道："这妖精朝着灵床儿说鬼话，老孙可是你欺瞒的！虎老友何在？"只见那林头跑出一只金睛白额虎，就地咆哮，真个吓人。三藏见了，道："悟空，我说不可轻易，须要兢业存心。你看猛虎出林，须要躲避了他！"只见那婆子慌张，走投没路，忽然现出原身，乃是一个母狐狸，往山高飞走去了。

三藏道："原来这婆子便是妖魔，他哄了我们入林。"行者道："此时休要疑畏，放心前去！"师徒乃坦然前走。方到林中，只见一个汉子领着许多小孩，簇拥前来。行者见了，笑道："妖魔免劳费心。白额金睛赶你婆妖，就来捉你！"妖狐听了，打个寒噤，不敢上前，去叫小妖："快把手内臭秽打来！"行者叫一声："老龙友何在？"只见半空中金龙飞下，把众小妖云收雾卷，半个不留，这深林香风馥郁。

你看他师徒放胆前行，方才出得林东数步，只见路前两只狐狸俯伏地下，若有哀鸣之状。行者便要掣下禅杖打来，三藏忙止住，道："徒弟，西还不是东往，禅杖不比金箍，当念真经，普行方便。"行者道："师父，他虽匍匐在地，其心实怀复仇。你看俯伏地下，两眼看着我们，实有不忿之心；双膝屈于真经之前，只恐是假！"三藏道："徒弟！世事人情都可假的，如来真经之前他假不得。非是他不敢假，也不是不容他假，彼此皆真，自是无假！”三藏只说了这几句，那两妖点首，化一道风烟去了。三藏师徒嗟叹了一会，往前行走。忽然东方云雾腾空，风雨将至。三藏道：“徒弟们，方才过了这臭秽林，爽朗晴明，不多几时，却又风雨来了，怎生行路。可急急上前，看有甚人家可以躲避风雨，化顿斋饭充饥。”

三个徒弟依言，忙忙挑着经担上前。果然那山凹里一村人家，正在那里烧烟做饭。师徒们上前歇下担子，道：“善人家，我们是中华大唐僧人，上灵山取经回还，路过到此。那东方风雨来了，求一个空闲房屋，暂避一时。”只见那一家人门里走出一个士人来。三藏见那士人：

头戴飘风一顶巾，身穿玉色布袍新。相逢未识情和性，举动飘飘已出尘。

那士人见了三藏一表非凡，乃道：“老师父请屋里坐。”却才把眼看行者们，也不惊异，道：“列位师父想是一路同行的？可把担子快卸下，进屋来，风雨只恐就到。”行者们便忙忙卸下经担，扛进屋里。只见一所大厅堂。师徒们坐下，那士人便问道：“老师父，小子在屋里已听知你们说是大唐僧人，上灵山取经回还。只是灵山到此，途路甚远。闻知一路来妖魔拦阻，甚是难行。就是我这地界，东去有一林，西来也有一林。且说这西来林臭秽难当，行路之人多少伤害，师父们如何过得来？”三藏便把过林这些功劳，多亏了大徒弟孙悟空如此如此手段过来。那士人两眼看着行者，笑道：“这位师父相貌非凡，真有降龙伏虎手段！我这村中曾说：‘这林要复了香气，只等圣僧来！’今日果应前仙人之言。”士人恭敬行者，一面叫家僮备斋，款留圣僧。八戒见了，便叫将起来，道：“师父，我徒弟也曾三遭探听！只看这手背被伤，难道过这林只是孙行者法力过来？”沙僧说：“便是这担子，也要我等用力担将过来！”三藏微微笑道：“请问先生高姓大名？这后林已过来了。方才说前一林，叫做甚林？不知可顺便好走？”士人把眉一蹙，道：“林虽好走。当初不知是甚缘故来了一个妖怪，盘踞在内。往来行人禁声悄地，便安静过林。若是咳嗽一声，脚步少走的响，一时惊动了这妖怪出林，拿将去也不伤害，只荡着他邪气一迷，把生前行过的事都忘了，便是熟识亲友毫不相认，痴痴呆呆，医药也不效，符水也不灵。”三藏道：“山上可有条小路转的过去？”士人道：“小路虽有一条，却转远了几十里，且是崎岖险峻，空手尚难，行囊怎过？师父们有这许多柜担，去不得！”三藏也愁着眉道：“如何处？人便蹑着脚步，忍着咳嗽，这马蹄却也要走的响，万一惊动妖怪，如之奈何？”八戒道：“古怪，古怪！我这两日辛苦，动了痰火，偏有几声咳嗽。”士人笑道：“师父，你却真个有些难过。你先进我屋，有个不忿，你老师父归功在你大师兄身上，只这个心肠偏要动了无明，惹出咳嗽。若被妖怪拿去，荡了他邪气一迷，那时把世事连你师父们都认不得！”八戒道：“我也不管认得认不得，只是还吃得斋饭，挑得经担，便由他罢了！”只见士人家仆捧出斋饭来。师徒就席吃了，天色已晚，安歇在厅上。这士人与三藏讲谈些道理。不题。

且说比丘僧与灵虚子变了龙虎，助了行者，把臭秽林扫静，点化了狐妖，他两个从山路小道走过来，看见三藏师徒在这村舍士人家歇住，安心前走。他却直闯过林，不曾问出这妖怪事情，走路脚步声响，那灵虚子又咳嗽了一声。忽然惊动了妖怪，叫声：“小妖们，看林外是何人声嗽？可去捉将来！”小妖得唤，便走了十数个出林。看见两个僧道林内走来，上前扯手的扯手，抱脚的抱脚。那知他两个本事高强，把手结了一个心印诀，口里念了一句梵语，把十数个小妖到禁住了，如绳捆在地。

比丘僧问道：“你这些妖怪快供出事情，叫做甚地方？是何妖魔？”众小妖那里肯说，只求饶命。灵虚子把林树枯枝摘下一根，道：

“师兄，这些小妖不打如何肯供？”小妖慌了，只得供称道：

这林久传来，西行计七道。总是世迷途，故把天真耗。生老病死苦，五者谁能拗。名唤迷识林，魔王从此号。任你秉聪明，过了这关窍，从前万有为，尽作不知道！

比丘僧听了，大喝一声，道：“妖精，我已知你事情。你那里知我僧道本来也有两句：万劫不能迷，回光有返照！”灵虚子说：“师兄，何必与他讲。待我打灭了他，让唐僧师徒好过！”

方才要举起枯树枝打妖精，不期魔王知了。随顶盔贯甲走出林来，手拿着狼牙棒一根，叫道：“那里来的和尚道人上门欺负我大王！不要走，吃我一棒！”灵虚子忙把树枝架住，道：“妖精，我已取了小妖供状，知你姓名事实。你何苦据住这林，迷惑往来人心，叫人当面尽不相认。今遇着我两人自有神通，不被你迷，还要扫灭了这一种妖魔，我方才过林前去！”魔王听了，呵呵大笑起来，道：“你这两个僧道岂不知往来纷纷？行客他若肯安心静气，自然过去。他自动了无明，招风惹草，惊动我魔王，荡着我气焰，人于不识不知境界，如何怪我迷惑他心！我魔王也不与你争论彼长此短，只说我这众小妖何事犯你，你把他们个个禁住在地。休要架住我棒，看我打来！”只见：

魔王狼牙棒狠，灵虚枯树怎搪？比丘见了便慌忙，手内菩提抛上。变了青锋慧剑，飞来劈那魔王。妖魔本事也非常，就变了凶模怪样！

灵虚子树枝敌不住魔王狼牙棒，看看败了。比丘僧忙把手内数珠子解下两粒，往空撒去。那菩提子即变了青锋慧剑，照魔王劈来。魔王见了，也不慌不忙，摇身一变，却变了三头六臂、七手八脚一个形象，口里喷出火焰。比丘僧与灵虚子当他不起，思量也要变化敌他，又计议道：“且退回山顶，再作计较。看唐僧们如何过去？那孙行者机变甚高，莫若等他来，弄个手段扫荡了这妖魔！只恐是他师徒心志不洁，造出这魔孽，还等他师徒来解。我等莫要轻身，与这凶恶妖魔交战。留些精力，好保护经文到那东土。这正是：

得放手时须放手，可饶人处且饶人。

要知后来事情，且听下回分解。

中国古典小说丛书

续西游记

〔明〕无名氏 著

下册

江西美术出版社
全国百佳出版单位

目　录

第五十一回

指心猿复还知识　遭魔怪暂蔽圆明

话说比丘僧与灵虚子退到小路山顶上，只看唐僧师徒如何过这迷识林？这妖魔得胜，也不追赶他两个，洋洋得意退到深林，叫小妖们摆设筵席，大吹大擂庆功。他这妖魔摆的却不是珍馐百味、走兽飞禽，摆的都是迷倒了的。来往营营，贪名逐利，只认得那纷纷利欲在前，那里认得人情物理、终朝熟识亲朋，过这林不曾吞声忍气，响动惊了妖魔出来，见了妖魔凶恶，又心中惊怕，那妖魔邪气一喷，便被这小妖们捆倒，蒸的蒸，煮的煮，把做筵席与魔王受用，却又不伤了他性命，只把这人的精神意气吞吸了。故此过了这林的，如痴呆懵懂，生平不曾相识的一般。这妖魔真也有些利害，诸般受用，只不曾受用过和尚、道人的精气。他与比丘、灵虚两个战斗，正要下手擒拿，不匡他两个退让了一步。这妖魔欣欣喜喜退入林中，一面叫小妖探听，和尚必定还要过这林；一面做庆功受用筵席。

却说唐僧师徒在士人家住了一宿，次日起身前行。那士人只是恭敬行者，说他神通本事，能安净了臭秽林，料这迷识林自有手段过去。无奈八戒不忿，只是争长竞短，夸自家本事也不小。三藏见八戒、沙僧都动了这不忿争心，乃向八戒、沙僧说："你徒弟两个只管较长短，起这争忿不平。自我看来，便是悟空有本事，成了灭妖之功，保得真经回国，也是你们大家功劳，何必较量尔我？若是这心一生，只恐前途就有这种魔孽。”行者听了三藏之说，乃笑道：“师父之言有理。前途若是妖魔，便是他两个惹出来的，就叫他去搪抵，莫要来缠我老孙，免得说我有本事，夺了他能。”八戒道：“不难，不难。且请问主人家，前去这林叫做何名？可有甚么妖魔利害？”士人答道：“我小子年浅，却也不知当年怎起。只知如今这前林约有百里路远，中有一个妖魔，名叫迷识魔王，这林因也叫做迷识林。但凡往来行人，都要忍气吞声，蹑着脚步儿过去。我这地方吃这妖魔亏苦，若是圣僧们道行神力打破了这一林，不使人被妖魔迷弄，阴骘不小。”行者道：“假如人被妖魔迷弄了的，却怎生模样？”士人道：“我们知道的保守性命，无事不过这林。若是不得已要过这林去，便轻身爬山越岭，多转几十里路过去。有一等把性命看轻了的，冒险过去，被妖魔知觉拿了去，把些毒气薰蒸，这人便昏昏沉沉，不识平日所为何事，连父母妻子也认不得。”三藏听了，合掌道：“善哉，善哉。这是看轻了性命，忘却原来，把这一点惶惶自迷了！”乃向行者道：“悟空，你能破除这妖魔么？”行者道：“何难！徒弟只消一个斤斗，往回他几千万遭，也不得迷失原来。”三藏道：“只恐八戒、沙僧不能过去。”行者道：“正是，正是！”八戒听得，笑道：“你这猴精便是有本事的，会打斤斗。老猪们难道不会腾云驾雾过去？”三藏道：“悟能，你便腾云驾雾过去，我与经担却怎过去？看起来便是悟空斤斗，也只好保自身一个过去！”行者道：“师父说的真是见道之言。如今且待老孙先打个斤斗过林，探个消息，再来计较挑经担。只是一件：老孙若是探个实信，过去无碍，我只顾我的担子，免得八戒又与我争本事！”八戒笑道：“你有本事探信，我也有本事。我的本事比你还更高哩！”沙僧道：“二哥，你的本事如何比大哥的更高？”八戒道：“他先存了个怕妖魔的心肠，打斤斗远远探信。我老猪老老实实拿着禅杖，直闯深林，看甚么迷识魔王成精作怪？”行者道：“好本事！各自赌本事罢。”行者说罢，“忽喇”一声，一个斤斗打去，不见了。

士人见了，合掌道：“真是圣僧！可敬，可敬！”八戒道：“主人家，你莫要只夸他的本事，你看我从老实上做本分！”拿了一根禅杖，道：“沙僧，你且保护着经担，陪伴着师父。我去探信过林，再来挑经担！”他雄雄纠纠，出士人大门，望前走去。

却说行者一斤斗打过迷识林，回头一看，阴沉沉树木森森，静悄悄人烟寂寂。虽然也觉忘记前来事因，却还不曾与妖魔会面，尚记得出来打探信息这一种知识。东张西望，只见高山在旁。行者登山望景。那比丘僧与灵虚子越岭前来，见了行者，道：“悟空，你过迷识林来了？”行者把眼揉了一揉，道：“二位师父是那里来，往何处去？”比丘僧答道：“我小僧去来，难道悟空不知？”行者道：“不曾相识。”灵虚子道：“悟空，你如何过这林来？”行者道：“我也不知怎样过来。”灵虚子道：“你出来何事？”行者道：“只有这探信一件尚记得。且问二位师父有甚信息，说一言与我。”比丘僧向灵虚子道：“师兄，怪哉！妖魔迷识，我等从山岭不曾染着。孙行者本事高强，尚然难免，况他人乎？如今他也在迷识一分之处，我们不提明了他，万一唐僧们冒突过林，迷了原来知识，这真经如何保护而去？”灵虚子道：“师兄意见颇是。当提明了他，回复唐僧。我们仍要走回，看他们怎生计较过这林来？”比丘僧乃向行者肩背上一掌，说道：“悟空，听我一言奉告！”行者道：“二位师父有何话见教？”比丘僧乃说道：

汝师林西望信音，如何忘却本来真。斤斗打回休怠慢，莫教迷识怪魔侵！

行者正忘记了斤斗打来的，被比丘僧一言提明，他一时省悟，依旧一个斤斗打到士人家。只见三藏、沙僧坐在堂中望信。见了行者，忙问道：“悟空，探的信息何如？”行者方才复省悟起来，道：“师父，这林委实的利害！除非转山路越岭岩，只是这经担怎生过去？”三藏愁眉苦脸，道：“徒弟，这事如何处置？”士人道：“师父，我小子原说有些古怪，好歹只看你八戒探信回话，再作计较。”三藏道：“先生，你不知我这徒弟不能探信，只恐还要惹出妖怪来！”

却说八戒提着禅杖走出大门，望前探信，那里有个信探。他渐渐走近林西路口，只见三五个空身汉子走将来。八戒忙上前问道：“列位大哥可是过林去的？”那汉子们瞅了八戒一眼，道：“长老，你不知此处过去不许声响么？你若胡言乱语，惹出妖魔来，连累我们。你且歇在此，待我们走去远了，方许你行。”八戒道：“大哥，我是初到此，不知路径的，百事但凭列位教训，只望携带我过林去！”众汉子道：“长老，也没甚教训。只是少咳嗽，休说话，脚步儿也没走的响。”八戒道：“谨依言戒。”乃随着众人静悄悄前走，到也走过了二三十里，平安无事。这呆子一时气闷走来，想道：“我出来探信，难道只是跟着众人走路，也须问这同行的姓名家乡，过林做何事业？为甚的闭着嘴不许说话，蹑着脚步不许走的声响？就是惹出妖魔来，这妖魔却怎个模样，有甚神通本事？也须问明了消息，好去回复师父！”呆子走了一会，肚里度量一会，忍不住口，不觉的叫一声：“同行的大哥尊姓大名，过林做何事去？”众汉子只听得八戒开口，便齐齐飞跑，不觉的脚步儿也乱了响声。八戒见众汉子跑去，便骂道：“我好意问你名姓，便一句也不答飞跑去了。难道有你众人，我八戒方才走路？你说叫我莫作声，我老猪生性忍不住，且也不怕甚么妖魔！拿着这根禅杖何用，便大闹他一番，看有甚魔王来弄我？”他把禅杖在林中越乱敲乱打，那众汉飞跑而去。却说魔王正大吹大擂吃筵席，忽然听得林中声响，叫小妖探听。小妖是被灵虚子法禁打过的，见了一个大耳长嘴和尚拿着禅杖在林乱打，那里敢上前？忙飞报魔王说：“林中来了一个大耳长嘴和尚！”魔王听了，大喜道：“我正在此思想个僧道受用，早晨那两个有些道法，他识进退回去。想这个和尚敲敲打打，是自送上门的买卖！”乃顶盔贯甲，执了狼牙棒，走出林来。见八戒手拿着禅杖，便大喝道：“那大耳长嘴和尚有何本事，敢大胆闯入我林，吆吆喝喝，不知避忌！”八戒道：“妖魔，你问我本事，大着哩！”妖魔道：“看你这嘴脸，有本事也不大。”八戒道：“你站着，我说与你听，我的本事不消讲那当年来灵山一路降妖捉怪，只说从灵山回转：

灭虎威狮吼潜踪，降凤管鸾箫绝迹。看权奸佞贼消魂，把霪雨狂风荡涤。饿鬼林手段安平，六耳怪风闻不及。说本事都是神通，那怕伊妖魔迷识？”

妖魔听了，笑道：“原来是你猪八戒。你说的这些本事，多亏了孙行者。便是孙行者本事也平常，只好鬼诨那前来几个深林，却不曾荡着我大王神通法力，若是荡着我大王法力，只叫你前边这些本事，一字儿也夸奖不出，便是连那功能，只当原来没有！”八戒道：“妖魔你有甚法力？也说与我听，免得我又去别处探信。”魔王道：“你要知我法力，且听我道来：

我本是灵台智慧，却装做懵懂痴愚。那途人不知进退，自丧了常住屋庐。荡着我后天一气，只叫他原始皆迷。把他个从前知识，尽都做过往空虚。”

八戒听了，笑道：“据你这妖魔说出来的法力，原来是个不识不知蠢物！你那里知我出家长老的道力？怎能迷弄的！”乃举起禅杖照妖魔劈面打来。

好魔王！挥动狼牙棒，直挺相迎。两个在林中厮杀，不分胜负。妖魔暗夸道：“一路传来，说西来有个唐僧，带着三个徒弟，都有神通本事。今日话不虚传，果然这和尚比那退去的僧道大不相同。”妖魔一面夸八戒的本事果强，一面同众小妖把妖气直喷出来，道：“看这和尚可能避得这一着法力？”八戒正抡着禅杖要打妖魔，不妨众妖魔一齐喷出妖气，把个八戒迷倒。众妖将索子把八戒捆入林中。妖魔叫：

“抬过蒸笼，把这和尚且蒸了受用！”众小妖依言，抬过蒸笼，方要把八戒上笼，妖魔忽然叫：“且住。这和尚是异味，从不曾尝着，且把他捆在深林，待拿到了他这师徒一起，大大设个筵席，去请了八林三位魔王来，庆个长生会！”众小妖得令，把八戒捆着在深林。这八戒被妖魔一齐喷出妖气，迷倒一时，昏沉不识从来做过事，那里晓得三藏是何人。做和尚盲然无知，取经文毫厘不记。但他原来根基大，本领深，还明白自己被妖魔捆倒在林，那一种要挣脱了绳索跑路的心肠尚在。他看着众妖喜喜欢欢，乃问道：“列位大哥，你们这喜欢何事？这地方何处？你们都是何人？把我这绳缠索捆住作甚？”小妖听了，大家笑将起来，道：“可见我大王法力广大！这和尚被迷，便不知原来事情。”只见一个小妖道：“我们平常拿倒个汉子捆将起来，便昏昏默默，这和尚还晓得问这些来历！”一个小妖道：“平常汉子利欲关心，生死系念，他那灵明被我迷了。这和尚无利欲、生死所关，他这一点儿灵光尚然不昧，所以还知。”一个小妖道：“若像那僧道禁住了我们，还要采枯树打，如今也该打他个一党！”一个小妖道：“我怜他个出家和尚把红尘撇了，便是知不知、识不识总入虚空，便提明了他也无碍！”乃向八戒说：“和尚，你问我们欢喜何事，乃是捉住了你这和尚，大王要蒸你受用。你问我这地方何处，乃是往东土去路，叫做迷识林。问我们都是何人，乃是大王的小妖。这绳索捆着你，只待拿倒了唐僧、孙行者们，一齐上蒸笼蒸了，请八林三魔王庆长生会。”八戒道：“唐僧、孙行者却是何人？”小妖们一齐哈哈笑将起来，道：“可见大王法力！这和尚被气迷了，连自己一路来的师徒都不知了。”八戒只听了这一句话，便定过性来，以心问心，还有八分不明白，却喜得神通本事尚存着一分变幻，乃把身一抖，使了个脱壳金蝉法，他把自己鬃毛拔了一根，变了个假八戒与他捆着，自己却脱了索，拿了禅杖而走，却不识的来路。

但见林傍有高山峻岭，乃飞空而上。四顾没个去处，远远只见有人爬山越岭。八戒只得走过来，问个消息。

却是如何问？且听下回分解。

第五十二回

胡僧举灭怪真仙　如来授驱迷妙法

却表八戒虽设了金蝉脱却之变，走到山岭上问那行道的汉子路境，汉子们也有指说前往东去，后自西来，也有混答应左往北行粜米，右往南去挑柴，八戒那里明白。任着自己性儿在山岭上东走西闯，没个定向。

却说比丘僧与灵虚子战妖魔不过退让，在山岭往下，往往来来，两头看唐僧师徒怎生过林？始初见行者斤斗打过林，已昏迷了几分，他提明了行者，复回士人家去。这回却看见猪八戒提着一根禅杖，如丧魄一般。比丘僧上前叫一声："猪八戒，你不随师父挑经担，却独自在此作甚？"八戒睁着两眼，如痴如聋，看着比丘僧不答。灵虚子又说一番，八戒乃答道："师父们讲的是那个猪八戒？甚么师父？挑甚经担？我却不识。"灵虚子向比丘僧说："师兄，八戒定是被妖魔迷弄了！我们当初若不知回避，往前闯将过去，被妖魔迷弄，想亦就是此等光景。只是我们原为保护经文到此，遇着这样妖魔，须是作何计较使唐僧们过去？"比丘僧说："如今且把八戒指回到了唐僧处，复了他原来灵觉，再计较他过林主意。只是我们原是暗中保护，不与唐僧们知觉，如今怎么去传授他，使他知了，不便。"灵虚子道："师兄，我们一路来变化诸般，却也不曾露出形迹。只是瞒得唐僧、八戒、沙和尚，那猴精伶俐，却瞒他不得！”比丘僧笑道：“虽然瞒不得孙行者，他却也仰体真经本意，决不说破。如今你我且点醒八戒，说明了他回见唐僧。”叫道：“猪八戒，唐僧是你师父，奉唐王旨往灵山取经。”八戒只当不听见的，摇着手，道：“没相干。”灵虚子扯着八戒衣，道：“我与你且回见你师父去。”八戒道：“我不识甚么师父，我只知往东前去。”挥起禅杖就要打灵虚子。灵虚子一手接着，道：“和尚，你诸色皆迷，怎么不忘禅杖在手中，还要把他打我？”八戒道：“我不知为禅杖，但只知是件打妖魔的器械！”比丘僧道：“师兄，八戒尚知打妖魔，中情尚未泯灭。你扯住他在此，待我士人家唤了孙行者来，设法他去。”灵虚子道：“师兄须要变化个不露色相，指引了唐僧们来此。”比丘僧道：“留着唐僧守着真经，且唤了孙行者来，料他自有机变！”

却说唐僧坐在士人家堂上，专等八戒消息，许久不回。行者道：“师父，这呆子一时好胜，愤然前去，定是被妖魔迷弄了。如何处置？”沙僧道：“待我去探看了来。”三藏道：“徒弟呀，你如何去得。悟空尚且被魔迷还，亏他空里去空里来，不曾与魔会面。你万一荡了魔迷，叫我怎生奈何？”沙僧道：“悟空像是赌气不管闲事，我如何不去找八戒？”三藏道：“都是担着利害的，如何他不管闲事？”沙僧道：“他只因我与八戒争说法力一般，师父只夸行者之能，便是主人也只敬行者有本事，他生这一种骄傲心，便知他不管闲事！”行者笑道：“师弟，你如何也学呆子动了竞能心，自昧了知觉，这妖魔便是八戒与你生出来的！”沙僧道：“甚么生出来的？便是我生出来的，俗话说的好：解铃还得系铃人！”沙僧拿了禅杖，也往大门外走了。行者道：“师父，沙僧性急而去，虽说动了嗔心，却还有义气，为救八戒心肠。料此去荡着妖魔，定然失却旧来，迷了真性。我当随他前去！”恰好比丘僧从山顶下来，远远见是沙僧前走，行者在后，乃摇身一变，变了一个碧眼胡僧模样，上前说：“小长老，看你雄纠纠、气昂昂执着禅杖，全没些僧人气质，欲往何处去？”沙僧道：“老师父，我弟子乃东土大唐僧人，跟随师父往雷音拜礼如来，求取真经，路回此处。闻说前有迷识林妖魔拦路，我师兄猪八戒去探听，久不回信。弟子特来找寻，访探而去，有甚神通？”胡僧道：“小师父你去不得！我也是师兄弟两个过此林，只恐妖魔利害，故从山顶小路远走几里。方才山顶上遇着一个大耳长嘴小长老，手拿着一条禅杖，被妖魔迷了。幸喜他还有一分知识，只是不记去来。如今叫我师弟扯留在山顶，老僧下山来找他个来历。不匡就是你师兄，可快去救他！”正说间，只见行者到面前，沙僧便把胡僧之言说出。行者看了胡僧一眼，笑道：“老孙方才也亏了长老，如今又来指明八戒了。只怕八戒不似老孙，他那一种争能的心肠，不能容易指明的。”胡僧也笑道：“你这小长老忒伶俐过了！难道你这伶俐太过，不动了一种妖魔？”行者道：“老孙也不管你甚伶俐太过，只是这林妖魔怎生计较除得？我们师徒何法过去？你那左变右变，休来老孙面前混帐！”胡僧笑道：“若是我老和尚有计较方法儿过去，如今不在此处来找那八戒的来历！”行者听了，乃叫沙僧：“我与你可到山顶去找了八戒来。多有动劳老师父！”胡僧道：“彼此都是一家人，何须作谢！我也少不得同你到山顶上救那小长老！”

行者、沙僧随爬山越岭，来到山前。果然一个道人扯着八戒。那道人也变的一个西番模样，见了行者、沙僧，便问道：“二位师兄，这位是你熟识么？”行者道：“师弟如何不识？”只见八戒两眼看着沙僧、行者如同路人，且问道：“列位长老是过山的么？”行者笑道：“呆子迷深了。如何医治？”沙僧只是哭哭啼啼，把前因后节向八戒说了又说。八戒如痴如呆，只是不答，说：“长老，你讲的是那里话？”行者见这光景，乃扯了胡僧到山凹里，道：“老师父，这事如何处置？我弟子使出本事，使从山路也过去这林。只是真经柜担，山路难行！望老师见教个方法。”胡僧道：“妖魔迷识，果是我无法灭。如今既为经文，只是远来了道路。若是路近，我有一个道友，见在灵山脚下玉真观里修真，这道友神通定能除这妖魔！”行者已知，故意问道：“灵山脚下果远，要往回年载，怎能济事。但不知这道友唤做何名何姓？”胡僧说：

“这道友，号复元，观□□真有几年。他与大仙相契久，又与如来历劫缘。修净业，悟真诠，如如不昧这根原。能知前后古今事，有甚妖魔得近前。若能问得仙真法，坦坦明明谁敢缠。只因道路行来远，便是腾云要半年。”

胡僧说犹未了，行者“嘻”的笑了一声，一个斤斗顷刻打到灵山脚下。见了玉真观，他那里管个禁忌，分个内外，直闯入山门，进了方丈，径到大仙面前。那大仙正闭目静坐，听了面前声响，开眼见是行者，他却熟识，道：“孙悟空，你不随唐僧护送经文回国，又来我观中何事？”行者道：“上禀大仙：我随师回东土，路过了许多深林，也说不尽的妖魔，幸亏我弟子机变，灭的灭，化的化，林林平静。如今到了个迷识林，这妖魔就叫做迷识魔王，却也有些利害，把猪八戒迷了。我弟子饶着有几分手段，也几乎被了妖魔之害！如今我师徒难行，经文又难越山岭。方才遇一胡僧盛称大仙道力，能驱除的他，故此远来冒渎师真方便，救我师弟八戒，保我师父、真经过林！”大仙听了，笑道：“救你八戒，保你师经，俱各不难。只是此处到彼，腾云驾雾也要几时。”行者道：“不消多时。咳嗽一声，老孙就打个往回！”大仙笑道：“你便有此神通，我小道却不会。”行者道：“如今也不管师真会不会，只是事急迫，快传我一个方法儿过林去罢！”大仙道：“我不亲去驱除妖魔，那讨甚么方法传你？你要传授方法，你当初原是如来给你经文，何不又把经文缴还了，师徒们就可轻身回国，便请求如来的方法过林去！”行者听了这“缴还”二字，便道：“好，好！我还了经文，少不得还我金箍棒！有了这件宝贝，怕他甚么妖魔？”他也不辞大仙，飞走出门，直上灵山来求方法。却遇如来在大雄宝殿讲说大乘法，聚集圣众听闻。行者当阶跪下。傍有比丘僧等问道：“孙悟空到此何事？”行者乃把迷识林妖魔迷了八戒，唐僧与经文难过的缘由说出。如来听了，道：“吾既把宝藏真经交付与汝师徒，为甚不仗此真经敬谨前行，却又多生一番枝叶，前来搅扰！”如来只说了这一句，即命左右闭了殿门，聚圣合散。孙行者沉吟了半晌，只得扯着一个比丘僧，又叮咛备细说，定要求如来个方法。比丘僧道：“悟空，如来已明示你方法，如何不悟？”行者道：“如来说我多生一番枝叶，前来搅扰。我老孙只因遇着妖魔，方来求个方法。如何是又多生枝叶？”比丘僧笑道：“正是。你走路只走路，挑经只挑经，管甚么妖魔？”行者道：“都是那胡僧教我玉真观寻全真！他又推到如来身上，如来又不明明传授个方法，老师父你又是句混帐话！”比丘僧道：“悟空，既是胡僧指引你来，他与我是弟兄，我知他有方法能过林，你还去寻他！”行者摇着手，道：“连他也在那里过不去，没法处置哩！”比丘僧道：“他虽不知方法，却善能解悟如来妙法。我写一封书信，叫他参悟如来这两句妙法，自然过去，包管妖魔扫灭！”行者道：“担上不捎书。老孙几万里可顷刻到，只是口传的消息，片纸只字却是带不得，碍手碍脚，打不得斤斗！”比丘僧说：“既你不肯带书，我便口传个信与你去，管教他见信即有方法传你！”行者道：“说来，说来。”比丘僧乃说道：

“身原不离经，经岂离得身？仗此无恐怖，诸魔谁敢侵？”

行者听了，骨嘟一声，斤斗打在胡僧面前。见他与道人尚扯着八戒。那八戒痴痴呆呆，只是要乱走去。行者忙把到灵山见如来与大仙的话，说与胡僧，又把比丘僧寄的四句说出。胡僧乃笑与行者说：“我听来已明明白白，传授了你方法来也！”乃叫行者与沙僧把八戒强扯回士人家。八戒进了士人屋。三藏见了，便问道：“悟能，你悻悻的去探信，如何久不来？”八戒那里答应，只道：“你们这一堂屋长老，扯我来讲何事？”三藏听了，道：“悟空罢了！你看悟能被邪迷了本来，如何处置？”行者道：“师父，如今且求这位胡僧老师父的主意过林！”三藏乃稽首胡僧，求个主意。胡僧说：“三藏师父，我老和尚也没主意。若是有主意，几时过林去了。只是你悟空徒弟到灵山求了如来妙法，又得我同门比丘僧信来与我，如今惟有挑经的挑经，你押垛的押垛，端正了念头，直往林中前去，莫要毫忽离了真经！”三藏听了，心尚迟疑。胡僧便把“无恐怖”说出。三藏乃向行者问道：“徒弟，你如何主意？”行者道：“师父，果是口传来实话，世事可无信，一个灵山来的妙法，如何疑畏？我便先挑着经担走罢！”沙僧也挑着走。八戒只是不识前因。三藏与胡僧众等强将经担抬上八戒肩，道：“长老，烦你挑一程！”八戒道：“这是何物，叫我挑走？”几次歇下。众人再三强他。他见行者、沙僧担挑前走，只得同着前行。三藏乃押着马垛，辞谢了士人，大着胆子，口中只念着真经。胡僧与道人说：“三藏师父，你因有行囊经担，不得不向林行。我们空身，还从山岭过去。到前面再会！”三藏与行者深谢，别了前行。不题。

却说迷识魔王把八戒迷倒，只等拿了唐僧们，方才上蒸笼蒸熟，请八林三个魔王受用。无奈三藏们疑畏，不敢轻易过林，住在士人家三五日。这妖魔等候不得，乃把捆倒的假八戒抬出来，上下看了一回，道：“好个胖和尚！只恐捆的日久，把元精丧了，不中受用。不如将此一个请了客罢！”乃写了一纸柬帖，差小妖到八林来请三个魔王。

这三个魔王却是甚么妖精？一个叫做消阳魔，一个叫做铄阴魔，一个叫做耗气魔。这三魔乃是当年孙行者随唐僧西来时牛魔王族种。他传来说：“祖上有个大力王，被孙行者害了。”他三魔因问：“孙行者是何人？有甚神通本事把大力王破灭？”有人说：“行者无他能，只是精、气、神三宗宝贝神通广大，行者全备在身，他能制的妖魔！”故此这三个妖精专恨孙行者，却没处相逢，只把这三宗做了个仇家对头。阳，神气也，他只喜消；阴，精血也，他偏要铄；气，元阳也，他一心要耗。三魔盘踞在这八林，起了这林名叫三魔林。魔王与迷识妖魔结为交契，常相筵席往来。只因往来行走的不是过山转路，便是忍气吞声过林，妖魔没有人迷，故此筵席稀少。这一日，三魔正相议说：“当年孙行者保唐僧灭了大力王，这旧仇不可不报！况每常筵席，只受用的是平常人精气，怎得个长老僧人受用受用，也不枉了与迷识林相近！”三魔正说，忽然七林一个小妖，手持着一纸柬帖儿，走入林来。三魔接了柬帖，拆开观看，上写着个《西江月》一词，道：

迷识人儿稀少，相欢筵席多疏。幸逢长老姓称猪，八戒声名久著。为此柬来奉请，长生庆会休辜。慨然命驾下临吾，足感交情不负！

三魔看了，道：“只说吃迷僧罢，又说甚么庆长生会？本不当来扰，但听得是猪八戒和尚，便动了复仇之恨！小妖可先去报你大王，说我们就来。”

后却如何？且听下回分解。

第五十三回

智度尊经破迷识　圣僧头顶现元神

却说唐僧大着胆子，与徒弟们直走迷识林。行者与沙僧见八戒的担子在他肩上东歪西扭，乃上前说道："八戒师弟！这担子是如来真经，好生谨慎着肩！"只说了这一声，那八戒忽然呵呵大笑起来，叫声："师父，我徒弟做了这半日梦！我尚记的与妖魔争打，被他一口气喷倒，便不知怎么回来，如今挑着经担东来也！"三藏见八戒省悟，便把从前话说与他知。八戒方才明白，道："师父，这妖魔利害，我们安可轻易前行？"三藏道："我也是这等说。独有悟空大着胆子前走，我们只得大胆跟将来！"行者道："师父放心。别人言语还可不信，岂有如来妙法、那比丘僧传言不足信的！况此时八戒复明，便可知矣！"三藏听了，只是念着经咒，一步步往前行走，便觉的精神爽朗。

只见林中忽然阴沉将来，远远百十余小妖道："那西来的和尚好大胆，高喉咙大踏步，你不知我大王法力么？"行者听了，大喝一声："咤！我只知我真经道力，叫你诸魔化为尘！"众小妖道："你真经在何处？"行者道："我们挑的便是。"小妖道："你歇下担子，与我们一看！"行者喝道："我们呼吸也不离得真经，怎么歇下与你看！"小妖中就有几个狰狞的上前便要来扯，只见经担上金光万道，光中现出金甲神人，各执着降魔宝剑。众妖畏怕，那敢上前，飞走报与魔王。魔王忙顶盔贯甲，手执狼牙棒，方才出林，只见唐僧师徒挑押着经担，便要上前挥棒来打。只见唐僧师徒个个头顶上现出元神，手里捧着宝藏真经。妖魔看那经签上大字写着:《智度尊经》。妖魔方要喷气，那里喷的出！看着众小妖渐渐矮小，如有渐灭之状。妖魔慌了，不觉的合掌跪在地下，半句声也作不出，静悄悄只把手往东挥，如指引叫去之意。行者就要掣禅杖来打，三藏忙说道:“徒弟，掣杖便离了经。”行者听了把指一咬，点点首，挑着担子飞往前走。三藏、八戒、沙僧也只得飞赶着前行。这正是:

身在经须在，心离道即离。慧剑将妖灭，安能把识迷?

三藏师徒见妖魔有如降伏一般，乃飞步前走，也不敢惹他。不觉的出了深林，安静无事，方才歇下担子，师徒们定一会心意。只见那胡僧与道人从山岭上走下来，见了三藏师徒平安过来，称贺不了。三藏也再三称谢。

却说迷识魔王分明要迷弄唐僧，怎当得经担上金光灿烂，唐僧们头上现出元神，若有拥护之状；且妖气缩朒，渐渐消灭，不是他合掌跪倒，几被真经正气荡涤无遗。他待唐僧们远去，方才退入林中，正要把捆着的假八戒放了，说道:“明明一个猪八戒挑着担子，随着孙行者去了。这捆着的却是谁?原说唐僧徒弟本事高强，料必是假变的在此哄我。”忽然小妖报道:“八林三位魔王到林！”迷识魔只得迎出林间，请入林里，叙了阔，讲到:“捆倒猪八戒，等不得捉唐僧，怕捆久不中受用，故此先来邀三位契厚，庆个长生会！”三魔笑道:“我等本该奉刍，只因与唐僧们旧有些仇隙，故此来领盛爱。但不知怎叫庆长生?”魔王笑道:“列位岂不知他们十世修来，吸了他一口精气元阳，必然长生不老。”三魔道:“若是这等说，我们来领盛会，却也不枉了！只是如今还该等拿倒唐僧，一齐庆会方是。”迷识魔叹了一口气，道：“休想了！唐僧们道力高深，挑押经担、马垛已过林多时，我们法力不能迷他。看来这捆着的猪八戒，还是他弄的手段：一个替头。”三魔笑道：“怎见是替头？”魔王道：“那真身已见他随众去了。”三魔道：“这不难。且拷问他真假便知！”乃叫小妖抬过捆的八戒来。却说真八戒已明心地，挑担过林前去，留下这根鬃毛，被妖捆在林间。形气既从真体分来，变化却也宛然无异。妖魔那里识得？只见一般肥胖、黑腻腻一个丑和尚，长嘴大耳，更是跷蹊。三魔说道：“何必拷问真假，看此便是假的。我等只见个意，遂了复仇之心！”乃叫小妖：“抬过蒸笼，把水火齐备，将假八戒上蒸笼来受用！”一壁厢大设嘉肴美味筵席。

却说八戒元神既复，精气更爽，正与唐僧们歇担定心，猛然打了一个喷嚏，身上发起热汗交淋，说道：“呀！师父，我徒弟随着你们过来，便忘记了拔鬃毛做替头，不曾收得这法身，料是被妖魔上蒸笼摆布！虽然是徒弟一根毛，俗云：‘打草惊蛇，含沙射影’，老猪怎肯与妖暗中摆布！欲回转去取，只恐又惹动妖魔。如之奈何？”行者听了，笑道：“呆子忒老实，怎么弄神通不照后！像我老孙常拔根毛儿，哄过妖精便复还本体。你如今既失记忘了，只得舍了这根鬃毛走路罢！”八戒道：“爷爷呀，我如何舍得！”乃向行者唱了一个喏，道：“大师兄，没奈何，你帮我去取了来！”行者是个好胜喜奉承的，见八戒求他，他便应承道：“师弟，这事不难。若同你去，只恐往返费工夫。俗说的：‘买一个，饶一个。’不如你在此与师父歇力，待我转去与你取了来罢！只是你的鬃毛如何收复？”八戒道：“只呼本来，便就收了。”行者道：“事便不难，只是老孙去时斤斗，回来驾云，也要费些工夫！”八戒道：“如何回来不打斤斗？”行者道：“斤斗可是与人捎带东西的？”八戒道：“我有一个省工夫的计较：你先去取鬃，我随驾云，半路来接你！”行者道：“这计较也通。”

说罢，行者一斤斗打到迷识林。只见小妖把捆着的八戒抬出来，刷洗上笼蒸。灶下烧着火，锅里放上水。那假八戒故意哼哼唧唧的。行者就要收他，乃想道：“左右是呆子鬃毛，看这妖怪蒸了怎生受用？”行者隐着身，一面看小妖蒸，一面走入深林，看妖魔怎样设席？只见上面坐着三个妖魔，下边坐着的乃是迷识魔王，面前摆列着筵席，彼此却讲的都是与唐僧师徒有仇隙的话。行者听那三魔说：“当年祖上传来说：‘唐僧乃是牛魔王之仇敌。’我等皆牛魔王之后裔。今日听得猪八戒正是唐僧的徒弟，那孙行者如今回来，怎饶的他过去？今承宠召，看这猪八戒怎生模样。只恐孙行者定来救护他，乘便拿他，报当年之仇。”迷识魔答道：“正是，正是。只是小弟法力微浅，敌那唐僧师徒不过，如今已屈膝降伏，让他过林去了。列位既仇恨他，便是假的也蒸出来，与你消这口气！”行者听了，道：“原来这三魔记恨前仇，但不知神通本事何如，又不知在那地方成精。我如今乘他不曾准备，一顿禅杖打灭了他，到也省力，只恐又惹出事来。且看他怎生受用蒸的假八戒？耍子，耍子！”只见小妖来报道：“大王，那长嘴大耳和尚也不知烧了许多柴，干了几锅水，他不死不活，还在锅里打鼾呼睡觉哩！”魔王听了，笑道：“我说猪八戒有本事，原也不受用他的形体渣滓，只吸他的元阳精气。快抬出来，便是夹生儿受用罢！”小妖得令，把假八戒抬到席前。三个魔王便先来嘴吸。那假八戒也不叫疼叫痒。行者隐着身，只看那妖魔吸了一会，向迷识魔“呀”的一声道：“这般一个胖肥的和尚，怎么一毫气味也没有？还有些臊毛气，倒像猪鬃滋味！”三魔只说了这一声，叫出了八戒原来本体，顷刻就复了根鬃毛在席前。行者见了，忙去要抢那鬃毛在手。谁知他着不得色相，一有了形质色相，便隐不住身，打不得斤斗，显然一个孙行者立在筵前。四个妖魔见了，道：“原来是孙行者假弄神通。”迷识魔道：“我已放过你去，如何又来惹事？”忙挥狼牙棒，跳出林来，道：“孙行者你既有本事，好歹出林来，与你大战几百回合！莫要使机诈，变假哄人！”行者忙去抢鬃毛时，已被三魔抢在手中，叫一声：“迷识魔王，你与孙行者战斗，我们回林备御，捉唐僧们，莫叫他走过去也！”行者道：“妖魔，任你怎么去备御，只是把鬃毛还我！”三魔把鬃毛拿在手中，道：“物各有主。你叫猪八戒亲身到我林来取！”说罢，飞星往山岭去了。行者那里有心与迷识魔战？提着禅杖道：“妖魔，你已屈膝经前，降心道力。我们既过了林，与你战斗何用。要往前取鬃毛去也！”一个斤斗，只打到三藏面前。三藏见了，道：“悟空，鬃毛取得来了？八戒到半路接你去也！”行者道：“师父，鬃毛不曾取得来，却探听了前途事情。原来当年八百里火焰山，今改了八百里妖魔林。我们托赖师父道力，已破灭了七林。这前去乃八林，却有三个旧仇据住，方才被迷识魔请来，受用蒸八戒，识彼是假，把鬃毛抢了回林，备御捉拿师父。不知这三个妖魔神通本事何如？又要费老孙机变也！”三藏道：“徒弟，你只说机变机变，偏生出许多妖孽！倘在前路抢夺经文，如之奈何？如今快去寻了八戒回来！”只见比丘僧与灵虚子变的胡僧、道人尚陪伴着三藏，听了行者之言，乃说：“唐老师父放心从容走来。我二人与你从山顶小路探林中甚么妖魔。倘有来抢夺经文的，自当先来报知。”三藏拱手称谢。

却说猪八戒见行者斤斗打去，他随驾云来接应，不知行者已斤斗打回。他腾空走到半路，只见空中怪云靉叇，妖气飞扬。八戒定睛一看，却是三个妖魔，跟从着些小妖，吆吆喝喝前来。八戒见了，忖道：“莫不是迷识妖魔又赶来了？莫要惹他！且落下云头，让他过去，再看他怎生模样？”八戒躲在树林里，看那三个妖魔生的着实凶狠。但见：

青脸露獠牙，唇掀耳又猹。双睛如火炬，十指似钉钯。赤发蓬松卷，精身靛染搽。不知何怪物，倒像癞虾蟆！

八戒躲在树林中，看那三个妖魔虽凶，却一个个欣欣喜喜，手里拿着八戒的鬃毛，笑道："猪八戒，你也只这样个神通！我把你这臭毛、瘟毛拿了去，火里烧，刀子割，看你怎样变假愚人？"八戒见了，又听着妖魔笑骂，忍不住怒起，道："孙行者替我取鬃毛去，如何又与这妖怪拿来？不趁在此处收复了上身，若被他拿去当真烧割起来，怎生区处？俗语：'身体发肤受之父母，不敢毁伤。'安可使妖魔拿了去伤害？"八戒在林下把身一抖，那鬃毛忽然在妖魔手里落将下来，复还八戒身上。妖魔见鬃毛如风飘在地，三魔齐怪异起来。一魔说："好好拿着臊毛走罢，却不小心失落了！"一魔道："这臭毛原是弄怪的，如何不防他？"一魔说："一时失手，莫过落在地下。林间检寻便是，何必多言！"

乃叫众小妖下地来寻，却好遇见猪八戒躲在林中。小妖见了，便大叫："大王，鬃毛又变了猪八戒，在林里吓我们！"三魔听得，随按落云头下地，果见了八戒，乃问道："好八戒，毕竟鬃毛是你，还是你乃鬃毛？"八戒道："是老猪的法身！"三魔喝令小妖："速把他捆来！"众小妖上前要捆八戒，被八戒舞起禅杖，小妖一个个飞走。三魔各执兵器上前，把个八戒围绕当中。八戒只得抖擞精神，左遮右挡。正在危急、寡不敌众之际，却好行者复来，正遇八戒敌三魔。行者见了，只得忙掣禅杖来帮八戒。这场战斗却也不小！怎见得？但见：

三个魔王舞兵器，两个和尚弄神通。舞兵器刀枪直刺，弄神通禅杖横冲。三魔是铄阴耗气消阳怪，两个是见性明心木气公。斗的不分邪与正都来求胜，争的有甚紧和要这件猪鬃。那里是一毛不舍遗妖怪，只为那万法仍归一体中。

三魔虽凶，那里战得过行者与八戒，看看气馁，这铄阴魔便弄一个神通：呼两魔一个敌住一个，他却口中喷出一道火光，那火直奔过行者、八戒身来。行者向八戒说："师弟，不好了！这妖魔放火，我们却要跳出这林外，莫使他焚林，我们怎避？"八戒道："只消捏着避火诀，那怕他焚林？”行者道：“呆子，手要拿禅杖，怎捏避火诀！且问你：鬃毛如今在那里？”八戒道：“已归我身。”行者道：“原物既有，与妖魔争甚闲气？跑他娘路罢！”八戒道：“你便会斤斗跑了，我却只会腾云，那妖魔也会腾云追赶上，如何跑的脱？你可诱哄着妖魔，待我先跑了，叫他没处赶，你却打斤斗走路！”行者笑道：“说你老实，这个心肠可是老实！难道机变生魔只归罪我老孙？”八戒道：“休得说闲话！妖魔喷的火焰渐已大了，且四下里奔来。”行者忙取了两个树叶，叫“变！”随变了一个八戒、一个行者敌住妖魔，让八戒先走路，他看着八戒去远，一个斤斗跑了。

三魔那里知道？那铄阴魔只是喷火。只见火焰飞来，把个树叶假变的行者、八戒烧成灰烬，复了原相，乃是两个树叶。三魔又笑起来，你笑我，我笑你。

却是何为而笑？且听下回分解。

第五十四回

妖魔喷火空焚叶　行者愚尼变法身

却说三个妖魔战斗了一番，喷火吐焰，只指望灭倒行者与八戒，谁知邪不能胜正，战斗不过却又口喷火焰。正所谓“强中更有强中手，此处难熬会手人”。到被行者把树叶换了身形，只待他两个真体到了三藏面前，那树叶儿被火烧焚出本色来。妖魔见了，你笑我空费功夫喷烈焰，我笑你可惜精神赌战争。三魔笑了一会，道：“俗说‘恼羞变成怒！’一不做，二不休，好歹到前边大逞神通，把这惫懒和尚拿倒了，洗的干干净净蒸甚么，多放些水，煮的他烂酱！也邀迷识魔王来，还个席。”三魔计较了，回到八林。他三个练习武艺，揣摩变化，只等取经僧人过林。

却说行者一斤斗真快，打到三藏面前，八戒腾空的也到了。师徒们备细把前情说了一番，大着胆子直奔大路前来。师徒四人，连马五口。时值秋天，但见风清爽，月高明，鸿雁贴天排，蟋蟀藏沙唤。三藏向行者道：“徒弟，我们离了灵山，路来时日已久，这路途还有多少？怎么这林有如是之多？”行者道：“师父，依着这路境，八百里火焰山改作深林，说是有八。如今已历过七林。过了这八林，就到西梁国地方，是我们旧来的女主国了。”三藏道：“悟空，我们当年来要倒换关文，说不得进城朝见他，到惹了妖魔。如今不换关文，你看那里有便道，就是远转几里，也没奈何过去罢！”行者道：“师父，如今尚有八林未过，天下的事莫要操成心预先料定，走一程是一程！”八戒道：“大哥说的是！如今且看那里有化斋的？必须吃饱了，与他赌斗过去！”行者道：“这呆子只是想斋，这魔又添几分气力！”八戒笑道：“馍多力多，我老猪生来买卖。”三藏道：“徒弟莫要讲闲话！你看那山凹里露出房檐屋脊，想是地方人家？我们走起一步，一则化斋，一则歇力。”

师徒走得前来，果见一所高檐大宅。但见：

静悄悄重门昼掩，密森森乔木周围。碧澄澄山溪环绕，丛杂杂竹径长堤。

三藏近前看了，道：“徒弟们，这宅院不是人家，乃是座庙堂道院，到也清幽。我们敲门借寓一时，有何不可？”正说间，只见那重门半开，里边走出一个小尼姑来。行者见了，道：“师父，这是个女僧庵，我们不便借寓，照大路往前走罢！”八戒道：“住固不便，难道门前歇着？茶汤也要得他些吃。待徒弟歇下担子，问他取一钟茶汤！”八戒歇了担子，方才上前一步，那小尼姑见了，把门一推掩，往里飞走，大叫起来。那里边问故，小尼道：“是那里山精鬼怪？吓坏了我！”只见门又开了，一个老尼走出来，张了一张，道：“爷爷呀！果然是古怪。番僧又不像番僧，怎么这般嘴脸？”一会里边就走出三四个尼姑来。三藏只得上前，道：“女菩萨休得要大惊小怪！我们是大唐僧人上灵山取经的，今日回国路过此处，只因我这徒弟要化钟茶汤，惊动小尼。若是有汤，便见赐一盏；如不便，可掩了重门，我们照大道前走，莫要惊动！”只见那三四个尼姑，内中一个年纪略长，说道：“既是中华上国取经的老师父，便请小庵吃一茶汤何妨？况我等出家为尼，正也要课诵真经祈保安康，将来得个成就功德！”乃叫老尼大开庵门，请三藏师徒进庵。

三藏还趑趄不敢，谦退站立。那八戒那里由得师父，挑起担子直进庵门。行者、沙僧也挑担在后。三藏只得进了庵堂，先参谒了正堂圣像，次与老尼问讯。那三四个尼姑都也稽首，却进屋去了。只有老尼与那年长的女僧陪坐，一面分付收拾斋饭素菜，款待圣僧老师父；一面便问大唐风景，又问："一路来多少路程？如今取得是何经典？"三藏一一答应，方才问道："女菩萨，宝庵何名？有几位在此出家？这地方唤做甚处？往前是何村乡？"尼僧也一宗宗应答；却说到"往前是何村乡"，那老尼便愁起得来，说道："老师父，但能过了这村乡，便转过西梁国地方去了。"三藏听了，忙问道："怎说但能过这村乡？想是我们前路来闻得说有个三魔林妖怪成精么？"老尼道："正是这一宗古怪。"行者笑道："女菩萨，你替我放心，莫要愁眉皱脸！你不知道我师父善眉善眼，是一个吃斋念佛的老禅和。我小和尚们，乃是捉妖灭怪的老教手！"老尼道："师父呀，你不知这三魔林有三个妖魔，利害的紧！你们怎能够灭的他？"行者道："女菩萨，你那里知道我们是与他相会过一面的。"老尼道："师父与他不知是何等相会？若是好相会，他们尽是有丰盛筵席款待；若是不好相会，他三个神通变化，你们怎当得他的本事，活活要把残生交与他！"八戒道："只说是不好相会，莫过那妖魔会放火。我们有避火诀，那里怕他！"行者道："惹着小和尚，他会放火，我还叫他火自烧身哩！但不知这妖魔放火之外，还有甚神通本事？"老尼说："这三魔本事多着哩！"行者道："略说两件儿，我们一听。"老尼说：

大妖魔，号消阳，本事说来真个强。诸般武艺宗宗熟，变化神通不可当。饶伊久炼禅和子，岁月难熬这怪王！被他消尽元来宝，不信看伊貌改常。

行者道："这个本事只好奈何那没手眼的和尚。若是老孙那五百年前，在花果山水帘洞时，却有个返老还童真手段，金箍棒打万魔降，不怕他，不怕他！且再说第二魔本事何如？”老尼道：

二妖魔，号铄阴，说起机谋广更深。能向太山为虎蹑，也能苍海作龙吟。不是久修老和尚，怎使妖魔不犯侵？被他发出无明火，炽髓焦肠更毁心！

行者道：“这个机谋也不广不深，只好奈何那半路上出家的长老！若是老孙，当年上天堂游地府，拔去身后无常，却有个熬尽乾坤多岁月，长生不老到而今！不怕他，不怕他！且请说第三魔本事如何？”老尼道：

三妖魔，名耗气，他的神通真可畏！有时一怒海水浑，斗牛冲处星光闭。堪笑老僧不忖量，惹动无明一旦弃。试问出家事若何？空教楷树为披剃！

行者道：“这个神通也不足畏，只好奈何那火性不退的僧人。若是老孙，从当年跟着唐僧，如今到灵山取了经文回来，却有个水火不焚真法身，妖魔怎竭先天气？”老尼听了，笑道：“小师父，据你口说无凭。便是曾与你相会，也是乍相逢。你不曾荡着他三魔手段哩！”行者道：“我也不管他手段，只是女菩萨你如何知他这等切？”老尼道：“小师父，难道你从西回，走一处也不访问一处？我这真切，都是东来西往过路的传说，便知。”三藏听得，只是愁叹道：“徒弟们，我听这比丘尼之言，怎么过这林去？”行者道：“师父放心。只要师父把持住了正念，自然真经效灵。便是徒弟们，七个林已过来了，何愁这一林不荡平了妖魔，使往来方便！”师徒正说，只见小尼捧出素斋。师徒们吃斋，便辞谢要行。八戒道：“师父，天色已晚，前途只恐没处安歇，何不就借庵堂暂栖一宿？”三藏道：“悟能你那里知君子别嫌疑，我们远路和尚怎居处在女僧庵！纵我们清白自守，也讨地方人议论，他女僧们也不便。”老尼听了，道：“正是，正是。可见老师父是道行真纯的，只是天色果然将暮，再走数里便是三魔邻近之处，如何是好？”行者道：“前途可有甚村庄人家好善的檀越，可以暂安一夜也罢！”老尼道：“小师父不说，我到已忘了。离我庵五里，有一村庄人家，这老员外姓波。只因他好善，多行方便，地方人都称他做波老道。但他虽然好善，生了几个儿子都不好善，虽不为恶，都与我僧尼道家不甚敬重。老师父们乘着天色，可走得三五里，到波老道家借寓一宿。甚好！”

三藏师徒方才打点起身，只见内里三四个尼姑出来，对老尼说道：“师父，众位师父虽然是男僧，我等庵中尝延请僧众建斋设醮，课诵经忏。今日幸遇中华圣僧取了真经回国，你看他经文成箱满柜，何不屈留这几位师父开了柜担，与我们课诵几卷？或是请地方善男信女，做一个道场，也不负了这众位师父降临一番！”那老尼犹自沉吟不答，只见那年长的尼僧也说：“众尼之言有理！”老尼遂向三藏说：“老师父，我众弟子欲留众位把经文课诵一番，或是见个道场。真是千载奇遇！”三藏道：“女菩萨，出家人诵经礼忏、建斋设醮，乃是本等，况相逢异地，众徒弟又发了这点道心，敢不依命？只是我们有三不便在此：一不便，经柜担有如来封记，包裹缜密难开；二不便，我们男僧在尼庵浑扰；三不便，离国日久，我大唐君王望取经回朝心急，若在外耽延，非但道路遥远，且费了工夫！”

老尼被三藏说了三不便，乃道：“此是功德，也要老师父们心悦意肯，强留不得。”众尼道：“师父，只是你主裁不定！列位长老已住在我们庵内，又叫我们忙忙碌碌收拾斋饭，吃的饱腹撑肠，便就在此做个道场，也不为不可！何苦必定要赶路。万一前林遇着三魔，抢经的抢经，捉和尚的捉和尚，老师父也与他讲甚三不便？”那尼僧一面说，一面就走出堂来，三四个把行者的经担抬进一包去。

行者性躁起来，道：“师父，这便是个妖魔了。掣下禅杖来就要打。三藏忙扯住，道：“徒弟，这师父们也是好意要留我们，况搅斋供方，感谢不尽；便是留在此课诵经文，可以不必开动包担，我们自会诵念！何必动粗卤就掣杖要打？”只见老尼笑道：“怪道高徒生的像貌凶恶，性子也暴躁。便是小徒们抬你经担，也只该好取。怎么就动杖要打？”行者道：“老师父，你不知我小和尚一路西还凡遇抢夺我担子的，便要抡禅杖！若是不抡禅杖，这十万八千里路程途，怎保得真经回国？”老尼道：“师父呀，出家人抡禅杖打伤了人，却不作孽？”行者道：“我打的不是人，却是妖魔亵渎我真经。既是女菩萨是人非妖，必定达道理，还我担子与我们，趁早赶一程路！”那众尼只是不肯。三藏乃说：“女菩萨，你定要留经担，我徒弟必不肯，这分明彼此不如意，便是课诵了这担子内经典也无益，功德何在？真经内说得好：‘海宝千般，先求如意。’”八戒在旁也说：“正是，正是。作福如意，受福坚牢。”老尼笑道：“小师父，你这两句是那里听闻？”八戒道：“这是我老猪化动斋，便有这两句化头。”行者见天色渐晚，尼姑抬了一担包入屋，乃弄个神通：拔下毫毛变两担假经包，又变几个小尼姑，把假担抬入，真担抬出。你抬我夺，浑抢乱争。老尼也没主意，三藏也分剖不来。行者忙叫八戒、沙僧挑担，同他先出庵门；又把三藏马垛随后押着出去。那众尼乱纷纷，只见有两担经包在屋，只疑如何这几个尼姑你也像我、我也像你？假的倒说：“与他们前去，便留了他两担经文，拆开封皮，长远供奉也可！”一个个喜喜欢欢，进入内去。三藏方辞谢老尼。老尼也不留三藏，待他师徒出了庵门，把重门掩闭。三藏与行者们乘天尚亮，前行走了五里之遥，果见一所庄屋。三藏看那庄屋：

灰粉墙围四角包，东西乔木接云高。迎门一座青砖壁，必是村乡富室豪！

三藏师徒方才到门首，只见里边走出一个老者来。见了三藏一貌堂堂，便道：“老师父从何处来？天色已晚，前无住处，思量还要走到那里去？”三藏合掌当胸，道：“老员外，小僧乃大唐僧人，上灵山取经回还，到此天晚，求借宝庄一宿。也不敢扰斋，方才前边尼庵用过来了。”老者道：“何不就借庵一宿？”三藏道：“老员外是明道理的，我们男僧不便寄寓女姑之庵！”老者笑道：“老师父，你便拘泥了。比如：比丘僧尼何一处出家？优婆塞夷何同居修道？对境忘境，总在老师父这点方寸。”老者一面说，一手扯着三藏衣袖，道：“请小屋里坐！”乃叫家仆：“快收拾打扫厅堂，把师父们经担好生供养在中厅！”家仆依言，不敢怠慢。

老者扯入三藏一个去，问名询号。三藏一一答了，乃说：“老员外莫非是波老道？”老者道：“正是老拙。老师父如何得知？”三藏乃把老尼之言说出，当晚在波老道家安宿，不题。

且说三个妖魔与行者、八戒战斗了一番，喷出火焰，被行者把树叶假变，弄个神通走了。他三个你笑我笑，只得回林，计较等候唐僧师徒到来，捉拿出气。

毕竟可能捉拿？且听下回分解。

第五十五回

唐长老夜走八林　比丘僧行全三藏

话说三魔在八林深处久等取经僧，不见到来，乃上山顶远观，只见山顶上来了比丘僧与灵虚子两个。消阳魔道：“何面相？是唐僧来了？”铄阴魔道：“不是，不是。唐僧们有行囊经担，这来的俱是走方游脚僧！”耗气魔道：“便是游方僧道，也拿来发个利市。”消阳魔道：“不可！唐僧师徒乃旧仇新恨，断不放他过去。若是游方僧道，我与你变个戏弄他的法，试他的道行何如？若是有道行的，便让他过山去，若是没道行的，且戏弄他耍子！”两魔依从说：“如今变个何事戏弄他？”消阳魔道：“我便变个担酒卖的。你两个扯他吃一杯。他如吃了，便是没道行。”两魔依言。消阳魔摇身一变，变了一个卖酒的客人，挑着一担清香美酒，歇在山顶上。两魔变作两个走路的，正买他酒吃。一见比丘、灵虚走到面前，二魔起身拱一拱手，便一把扯着比丘僧衣，道：“师父走路辛苦，有现酒在此，请吃一杯儿！”比丘僧摇手道：“客官，小僧是出家人，守戒不饮酒的，不敢相陪。”妖魔道：“山僻静处，谁人得知？我与你也是有缘相会，你们出家人背地里吃酒的也有，莫要瞒我！”比丘僧说：“老客，你吃你的酒，僧过僧的山，着甚来由强要小僧破戒？决不敢领，请二位自饮罢！”二魔又扯着灵虚子，说："道人，你陪我二人吃一杯，料你不是僧人！"灵虚子道："小道也是有戒，况天性不饮。请二位自饮！"妖魔笑道："我两人已是有伴对酌，但为相逢二位师父，在此高山峻岭幸遇沽酒，当开怀行乐！且你二位不知这酒的好处！"灵虚子道："酒乃伐性之斧，烂肠之物，有甚好处？"妖魔道："有甚好处？有甚好处？你听我道：

"五谷造成佳酿，清香滑辣兼甜。合欢散闷解愁颜，养血调荣遐算！"

灵虚道："二位客官！你只知酒有好处，却不知我僧道家五戒，把他做第一戒！"妖魔笑道："为甚把他做第一戒？"灵虚子道：

"助火伤神损胃，烂肠腐脏戕生。亡家败德事非轻，第一戒他乱性！"

妖魔见僧道不饮，一魔扯着灵虚子衣袖，一魔取一杯酒强灌灵虚。灵虚只是力拒。那妖魔便使出个大力法：十指揪来，两手拿住，欲把灵虚子拿倒。那里知灵虚是有道的优婆塞。他把慧眼一看，笑道："孽障，你这魔头如何来迷弄我？"乃使个重手法，反把妖魔两手拿住一捏，妖魔那里动得？吆喝疼痛起来。见这假酒迷僧道不倒，反被灵虚子说破，乃飞往山前走了。却又计较。铄阴魔道："你以酒迷这僧道二人，他有道力，不被我们迷。如今得我变个老婆子，你两个变美貌妇女去试他。他若是迷于色欲，便无道行。"两魔依计，变了两个娇娆女妇，随着老婆子，走山岭前来。遇着比丘僧、灵虚子，乃上前道："二位师父，老妇是山下人家，生了这两个妇女。只因丈夫打柴遇虎狼，丢下他无人养赡，思量欲嫁两夫，往来莫个相配的。我看二位师父年貌尚青，若肯随到我家下，留了头发，成个家室，生一男，种一女，也不辜负了青春年少，立在天地之间！"比丘僧听了，不顾先走。灵虚子把慧眼一看，道："妖魔一计未遂，又设此计。本当不顾而去，但是要保护唐僧经文，安可不顾，纵他作耗？他既设法迷我，待我也设法试他，因而驱除这妖，使唐僧师徒道路好行！”乃笑盈盈答道：“老婆婆，我那师兄是披剃的僧人，怎做得你女婿？我虽未披剃，却也是在教的，久绝了色欲，如何行得？”婆子笑道：“没妨。便成就了这宗姻缘，有谁来管你？”灵虚子道：“若说姻缘，也要个媒妁，三茶六礼，寻个门当户对。怎么撞着途路之人，做个露水夫妻？也被人笑为苟合！”婆子道：“没人笑，没人笑！你听我说：

男女阴阳配合，世间一种人伦。我娘作伐岂私奔，苟合何人笑论！”

灵虚子道：“婆婆，你说没人笑论，却不知我修道的道人，色欲最是大戒！”婆子道：“为甚也把他为大戒？”灵虚子道：

“这种元阳正气，生人固命灵根。修身见性与明心，怎肯邪淫迷混？”

婆子见灵虚子不肯从他，乃叫妇女上前弄娇做媚，说：“师父，你既说有戒，也只该像那长老不顾先走，为何笑盈盈与我娘讲话，却又乜斜斜不走？我知你是碍着那长老看见。待我娘儿三个扯你们到家，务要成一门家眷！若是坚意推却，我便扯你到地方官长，说你僧道不守清规，调戏良家妇女，须要大大问你个罪名！”妇女一面说，一面便去扯比丘僧，方才去扯，只见比丘僧如飞前走；一个来扯灵虚，灵虚把脸一摸，顷刻变了一个丑陋不堪，凶恶相貌。那妖魔见了，笑道：“原来这道人不恋色欲，心如槁木死灰，故此发出败兴的容貌，到是两个有道行的。去罢，去罢！”灵虚子道：“你这会叫我去，我偏不去了。只要羞杀你三个无耻的：青天白日，一个老婆子卖淫诲奸；一个妇女扯和尚；一个妇女看上我这个丑陋道人！”三个妖魔分明还要弄法迷灵虚子，却被灵虚这几句真话羞出他良心，乃往山坡下飞走去了。

灵虚子方才赶上比丘僧，道："师兄，这分明是三个妖魔弄假骗我等！"比丘僧道："我已明知，故此不顾。"灵虚子道："我也明知。只是要剿灭了他，故此只待说破，免的他愚弄唐僧！"比丘僧道："唐僧师徒这妖魔也不能愚弄，但恐被这妖魔缠扰，有误时日。我们原说探听前路有甚妖魔，报与他知道，如今只得仍变胡僧，再去指引他，莫教他被三个妖魔愚弄，方见我等不失前言！"他两个随又变了胡僧与道人，来寻唐僧。

却说三藏师徒在波老道家安歇更深半夜，忽然行者骨地笑了一声。三藏道："悟空，你笑却为何？"行者道："师父！我徒弟非笑他事，笑那几个尼僧不识真假，把我毫毛假变法身，信当经担；只因抢了经担又混忘了同庵尼僧，也不知谁是？谁喜欢在那里过夜？但徒弟拔的毫毛只能浑一时，不能久变。想这毫毛替徒弟取耍了一晚，须要收复他来。我看那老尼讲说三魔本事甚详，想他必与妖魔契厚，恐惹起这妖魔，又是一番费时日的事情！"三藏道："徒弟，那老尼恭敬我等，语言切当，必非妖魔契厚！"行者听了，道："老尼就非妖契，徒弟正要收复了毫毛来也！"一个斤斗回到老尼庵内，把经担、小尼都收复在身。

却说三魔戏弄了比丘、灵虚一番，不遂他计，暗夸两个道行，欲待再行试他，只为心怀的唐僧师徒，要报仇恨，乃从山岭探看唐僧行径。远远只见老尼庵内闹哄哄吵嚷，却是行者毫毛假变的小尼，与那众尼争抢假经包。三魔潜来暗听，大喜道："唐僧经担原来在这尼庵。经担既在此，唐僧师徒必在此。凭着我们通神变化，必然抢夺了他经担，捉拿唐僧！只恐孙行者们也都有变化手段，战斗才能，不免又费一番精力。不如也照前番哄愚僧道的事，料唐僧道行纵高，他三个徒弟心肠未卜，愚动一个，拿了报仇，也为豪杰！"三魔计较了一回，想道："酒难入庵，到是婆子、妇女可进尼庵！"乃依旧变了一个老婆子、两个小妇女半夜敲门。惊得老尼忙叫小尼开了山门，原来是三个女妇。老尼便问："夜静更深，三位女善人到我庵何事？"老婆子依旧道："是村落人家。丈夫打柴被虎狼拖去，欲来投托庵中。闻说西还有几位圣僧，能取宝经，能与人消灾度危，荐亡超祖。路远到此，不觉昏夜。"老尼听了，道："三位女善信，你来迟了。早间有几个西还僧众，是东土上灵山取了经文回来的。今日吃了斋，前途去了。"婆子道："你这老尼说谎瞒我！我们来时不敢造次敲山门，其实听得你庵堂众尼争抢经担，吵吵闹闹。既是经担在庵，那唐僧岂肯丢了前去？"老尼答应不出。婆子与两妇女便起身向庵后堂去看，那里有个经担？却是行者收复上身。

且说行者收了毫毛，正要打斤斗回去，忽见三个婆妇进庵。他隐着身，听了婆子这些情节，乃心问口，口问心，想道："何处村落夜静更深来投庵尼，要寻我们超亡祭祖，且是妇人家远来，岂没一个家童汉子？此必妖魔来探我们情节，这老尼忠厚诚实，便信了他。我如今试他，可是妖魔假变？若是这妖魔，我且设个机变，诱哄着他在尼庵；且同我师父乘夜过了八林前去！"好行者！又拔毫毛数根，变了唐僧经担这一起在后屋，故意炒炒闹闹。妖魔听得，悄悄来看，果见唐僧在后屋，便恨老尼瞒他，计较拿唐僧不如先抢经担。

却说行者假变了一起在后屋，他却一斤斗打回波老道家。此时夜半，只见两个胡僧、道人来报三藏说："前行三五十里，有三个妖魔假以酒、妇迷弄我等，只恐又要迷弄你师徒！纵然老师父们道行高深，不为所迷，但是经文须防他抢夺！"三藏听了，正尔焦心，忽然行者到了面前，把妖魔在庵事情说出。胡僧听了，笑道："唐老师，说不得夜走八林，到了西梁地方，何虑这妖魔也？"行者也笑道："老孙也是此计。只是妖魔赶来，如之奈何？"胡僧道："妖魔赶来，待我们三设假，误了他赶来工夫，你师徒自然过林去了！"行者听了，道："事不宜迟，只恐老孙毫毛被妖魔识破！如今说不得瞒了波老道，悄开了他门，我们且偷走去着。"三藏道："徒弟机变，又动了个偷走心！"行者道："师父，此时也说不得，把你那至诚心且放在一边。"八戒笑道："偷了些微麝香，便受了你们多少言语，你今日也动了偷心么？"三藏道："悟能，偷走路与偷东西不同，快挑担走罢！"

师徒别了胡僧二人，暗出了波老道门，往八林直走。行者把自己担子歇在林中，叫三藏们先走。"老孙去收复了毫毛来，挑担再赶。"三藏依言，催着马垛，与八戒、沙僧先行。

却说妖魔到尼庵后堂，计较先抢经担。三魔乃各挑一担。方才上肩，笑将起来道："我们又被唐僧愚哄了。岂有经担一轻至此，定又是枯树叶假托去了！且挑出到庵外，放火烧他，真假自知。"消阳魔道："连唐僧们只恐也是假的！"铄阴魔道："且莫惊他！万一是真，又要与他们战斗，费工夫！"耗气魔道："既是要看他经担真假，且到门外拆开担子自知，也不必放火，料经文、纸张岂是放火的？"

三魔挑出经担，正要拆动，却遇着行者到了庵门外，见了忙收复毫毛在身，又把假变唐僧们毫毛收了。一个斤斗直打到林中，挑了经担赶上。三藏们还不曾走过一里之遥，可见行者斤斗神通之快！

却说妖魔方拆经担，忽然无影无踪。妖魔又齐笑将起来，进后屋去看，那里有个唐僧？乃走到前堂，把脸一抹，变出妖魔本相，揪出老尼，道："尼姑，你识我婆妇么？"老尼慌的跪着说："我尼姑识得是消阳三位魔王！"妖魔道："我也不怪你，你原也说唐僧早离庵前去，但不知在何处投宿？"老尼道："我已指他波老道家去住，多是在他家！"妖魔道："是了，是了。我们且到波家去拿他！"乃出了庵门，驾起云来。终是不如行者之速，及到了波家，鸡已鸣了。

却说比丘僧与灵虚子待三藏出了波老道门，他却变了一个唐僧、一个行者，坐在门首。妖魔上前看见，消阳魔便把假唐僧捉住，却是比丘僧假变。两魔就来捉行者，灵虚子便掣出禅杖直打两魔。两魔空手无器械，帮着消阳魔把个比丘僧扯着，驾云回到林中。方才要动手害唐僧，报当年牛魔王之仇，不防比丘僧复了本相，乃是一个和尚。

三魔惊异道："想是我们天未晓眼目昏花，不曾问明，只当是唐僧，便拿将来了！"只见比丘僧合掌道："三位魔王，小和尚是西方下来的僧人，偶因夜宿波老道门首，不知有何得罪？三位不问一声，便把小和尚揪来！"三魔笑道："分明见你是唐僧，且还有那孙行者拿禅杖打我们！"比丘僧道："那里甚孙行者？乃是与和尚同来的道人。他见三位捉了我来，必然要找寻到此！"正说，只见深林外灵虚子复了原相，来求三魔释放了同伴僧人。三魔道："你从何处来？"灵虚子道："在波老道屋内，与唐僧喂马。"三魔道："你如何与他喂马？"灵虚子道："那唐僧有个毛头毛脸徒弟叫做孙行者，倚强作势，拿我替他喂马；他却说在门外防备甚魔王！"三魔听得，笑道："是了，是了。这猴精弄怪，把这和尚假充唐僧，哄诱我们。你且说唐僧们见在何处？"灵虚子道："魔王，若是释放了同伴和尚，我便指你唐僧住处。"三魔道："可恨孙行者把你和尚变唐僧！与你无干，放了你去罢。你只说唐僧在何处？"灵虚子道："尚在波老道的庄上花园里，等候吃了斋走路。"妖魔听得，随把比丘僧与灵虚子放了，飞走到波老庄上花园，来寻唐僧。

不知何如？且听下回分解。

第五十六回

陈员外女子逢妖　唐三藏静功生扰

谩道西游火焰山，而今改作八林湾。妖魔尽向机心现，
荆棘应从大道芟。肯熄无明超欲界，顿教正觉出尘寰。
若能参透西来义，万卷真经一字看。

话表三魔听了灵虚子说“唐僧们见在波老道花园内”，便放了比丘僧，飞走到波老道庄上，那里有个唐僧？又奔到花园内，也没个唐长老。三个魔王大怒，道：“分明是孙行者、猪八戒弄神通骗哄去了！俗语：‘一不做，二不休。’好歹追赶上前，再莫要信他们假变搪塞，只拿住了唐僧，方才干休！”

不说妖魔驾起云来追赶，却说行者赶上三藏师徒，坦然过了八林，走得三五十里大路。只见人烟济楚，店肆整齐。三藏道：“徒弟们，我等费了许多心力，才过了那八百里山林。看这热闹光景，想是当年来的西梁国地方了？你们可上前问一声！”行者道：“师父，我等走路，人马劳倦，何须去问？看那店肆，料安歇往来客商。我们且投店中住下，自然知道。”三藏依言。走到关口，便有店家扯住马垛，道：“师父们下在我店罢。我店房宽敞洁净，且饭食齐备。”三藏依言，

进了店门，中堂供了经柜担。店家收拾茶水，师徒们吃了。三藏道："徒弟！这店中真洁净，房屋果宽。我一路来辛苦，且闭了中堂，待我静坐半日。你们打听前途何处地方？可好行走？"行者道："师父放心入静，我们自然上心在意！"当时三藏闭了中堂门槅，焚了一炷香，供奉着经文。八戒、沙僧道："师父，徒弟一路难道不辛苦？我也打个坐，安息安息。"只有孙行者性本好动，他走出店来，探问店家："这是何处地方？"店家答道："我这地方唤做平妖里。当年妖精出没，被甚么西来圣僧平服了，故此唤这名。师父们若是往东走，却要过西梁女国。我此处离国中不远，前去渐渐都是女人，没有一个男子也！"行者道："我们当年来时走过的，也曾平过妖。"店家道："师父既见过，何劳又问我？"行者道："出门问路，也是我小心。店家，你收拾夜斋，待我师父出静受用，我去前山头观望观望了来。"

好行者！他那里是观望，乃是想起："胡僧与道人说设法骗阻妖魔，我老孙设空偷走，不是豪杰所为。万一胡僧不能拦阻，这妖魔追赶前来，终非万全长策。我如今还当防后，看那僧道如何设计阻他？"又想："阻妖魔莫如扑灭了，除了地方患，我们也好放心前行。"行者走回林间，正遇着妖魔各持兵器追赶前来。行者见了，手内没有器械，肚内正思量个计策。只见那林树荫中，胡僧两个坐在地下，一个手拿着数珠儿，在那里解下菩提子，叫："变！"一个手拿着木鱼儿，要把槌敲。行者忙上前，道："二位师父，多劳了你护送我们过了这林。只是这妖魔意不干休，思量还要追赶。你们曾说三设假费他工夫，我想费他工夫，他那报仇之心不已；且这妖魔神通本事，也会腾云驾雾，万一千里不辞，我们师徒终是被他搅扰，不如在此扑灭了他，或是化导了他，才是个万全之策！"胡僧说："悟空，你挑经已离了八林，前途自坦然无事，又何必再来自相缠绕？"行者道："二位师父，你不知我老孙不是当年西来的行径！"胡僧问道："你当年西来怎个行径？"行者道：

“我当年，过此地，说起妖魔真怪异。里连八百火焰山，炎炎不灭腾三昧。我老孙，真伶俐，借得芭蕉扇一器。一扇风来两扇云，三扇盆倾大雨至。保我师，往西去，又与地方除火气。谁知今日此山中，变了深林藏妖魅。论行踪，与昔异。金箍棒缴无兵器，也不遣将与呼神，一味慈悲为归计！”

胡僧听了，道：“悟空，你既发慈悲，难道我两个不行方便？方才也只是为你师徒保护真经回国，故助你们一臂之力。”行者道：“便是我弟子复来之意，也是赞成二位师父功德。”

三个正说，只见云端里三个妖魔飞来追赶唐僧。行者大喝道：“妖魔那里去？唐师父已前去了。我老孙恐你背后说我变假愚弄你，不忠厚，故此复来劝你回心向道，皈依了三宝门中，莫做邪魔堕入无明地狱！”三魔听的是孙行者之声，在云端里立住脚，往下一望，果然是行者同着那僧道在林间。消阳魔笑道：“这又是孙行者把枯树叶愚我们，莫要睬他，且往前追赶真唐僧！”铄阴魔道：“料唐僧去不远，莫要被他们挡住去路，误了工夫！”耗气魔道：“只恐是真行者！我们前赶，这猴精攻我们巢穴，截我们后路。”行者在地下叫道：“也差不多。我正要攻你后门！”三魔乃落下云头，执着兵器直杀将来。却亏了胡僧把菩提子变了瓜锤，与行者执着抵敌。那道人把梆槌只是敲。妖魔闻声胆怯。但见：

三个妖魔抡兵器，一对和尚舞瓜锤。道人莫说无神法，梆子敲来声似雷！

那三魔抵敌不过胡僧、行者，正要喷火，却被道人敲动梆子，那妖气忽然消灭。胡僧与道人腰间解下束衣绦，把消阳、铄阴二魔捆将起来。行者方要解束腰绳捆耗气魔，乃向胡僧说：“老孙的绳子乃拴虎皮围裙的，十余年不曾解了，没的束裙，弄出下体不便，好歹一顿瓜锤打杀这妖罢！”三魔苦苦哀告，只叫：“饶命！”胡僧说：“你既求饶，当远离此林，勿复作怪！”三魔拜伏在地。胡僧乃放了二魔。他三个化一道烟如风而去。行者辞谢胡僧、道人，说道：“老孙要伺候师父出静去也！”一斤斗打到店中，那供经一炷香尚未息，店家已备了晚斋，只等唐僧出静。

却说这平妖里居民稠密，离这店十余家有一员外，姓陈名叫做老生。家资颇富，止生了一女，名唤宝珍。这女子年方二八，聪明美貌真是无双。一日天晚，明星朗月，这女子叫丫鬟铺了桌儿，在窗外放下香炉，焚了一炷香，对月深深拜。丫鬟问道：“姑娘！你拜月却是为何？”宝珍答道：“我焚香拜月，保佑老员外、安人两个福寿康宁！”丫鬟道：“老员外、安人都享福延年，精健比人十倍，何劳你又祷祝？多是姑娘要保佑自己嫁个好人家！”宝珍啐了一口，道：“多嘴饶舌贱婢！怎么把这污言秽语讥诮我，好生可打！”这女子正骂丫鬟，忽然风起，那星月下一朵乌云，从空飞卷下来，把宝珍凭空摄去，骇得个丫鬟大叫起来。陈员外两口方寝，听得喊叫，忙忙起床出来询问。丫鬟备说乌云卷去宝珍之事。员外着了一大惊，道：“真是怪异！岂有乌云卷去之理？多是甚么妖精作怪！我想这地方当年有妖，如今宁静多时，已改做平妖里。此事却又蹺蹊得紧！”陈安人只是啼哭。当时乱了一夜。等待天明，央人找寻，四下里访问，那里有个踪迹？却说离平妖里隔界有座山，叫做寂空山。山下有一涧，环绕着一石洞。那涧水潺潺，人莫能到。非是莫能到，只因洞内有一个精怪，能作风浪迷害村人，居民不敢去惹他。这精怪积年已久，每每乘风步云，星前月下、远乡近里摄人家诸般物件，便是佳肴美味，他也摄去洞里受用。但凡人心自无邪怪，便不招妖魔，只因这女子不安处香闺绣室，多了这一宗焚香拜祷，但不知他心问何事？却惹了这妖魔看见，鼓弄风云，摄到洞中。这女被摄了去，昏昏沉沉，莫知何处。这妖怪却也不知淫乱事情，但只知吸人精气，迷害人身。他见这女子生的娇娆，只是瘦弱，也知爱惜。爱的是女貌娇娆，惜的是他瘦弱，因此不忍吸他。叫洞内小妖好生伏侍，又到处寻佳肴、美味饮食，供养、滋补他。女虽思父母，无能脱身，已经年余，遂与这精怪们熟识。要甚饮食，妖精便与他摄来。

这日，女子忽然思想素馍馍吃，向妖精说："我想我家邻店有素馍馍，可取几个来吃！"妖精听了，随驾云远来。方到平妖里店家关口，但见那关里金光灿灿，瑞气腾腾。妖精那里敢近前进关？却在别处乡村摄了几个荤馍馍。这女子见了，说："此非我家邻店素馍，一个我也不吃。"妖精道："你要这邻店素馍，若是往常打甚么紧？近日不知何故，关内金光瑞气，我亲近不得，如何摄得来？"女子说："当初你怎摄来？这金光瑞气必须有个缘故。你还去探个信，说与我知道！"妖精依言，驾云复来关口。只听得关口外有人说："从西来有一起取经和尚，内中一个长老名唤唐三藏，生的面貌端庄。却有三个徒弟：一个叫做孙行者，相貌毛头毛脸，就是个山猴子；一个叫做猪八戒，长嘴大耳，好生丑恶；一个叫做沙和尚，晦气靛青脸，就似灶君模样。说这一起和尚都有神通本事，专一捉怪降妖。"又有一人说："闻知当初我这一路地方，都是他们平过妖的，所以叫做平妖里。"妖怪听了，打个寒噤，忙飞回洞。见了女子，把这情节说出。女子听了，道："佛爷爷呀！世上有这样神通本事的和尚，怎么不搭救搭救冤苦之人？"女子一面听说唐僧师徒名姓，牢记在心；一面把荤馍馍与那小妖们吃了。乘那妖怪外去，他一心只想着取经僧人，乃在洞里称念"唐三藏师父！有神通救我陈宝珍一救！"

却说三藏在店家屋内入静，那静中忽然听得有人称念："唐三藏师父救我陈宝珍"一句。出了静，叫："悟空徒弟，我方才静中忽听得有人要我救他，叫做陈宝珍。此何说也？"八戒道："好打坐的长老！听了人叫，才显得好静功！"行者道："呆子多嘴！你那里知师父道行宏深？到处或有冤愆求救，欲要超脱。便是我老孙天下闻名会拿妖捉怪，有被妖怪毒害的，也常常心想着我，口念着我。师父怎晓得此处有个陈宝珍？待徒弟与师父查问！"

只见老店家挣了一担水。行者乃扯着店小二，问道："你们这地方可有个陈宝珍么？"店小二听得，说道："师父如何问他？想你晓得这宗事？"行者道："正是。我知这宗事。"那小二连晚斋也不等奉毕，飞走到陈老生家，道："员外，快把报信钱五百与我，我说个姑娘信与你！"陈员外听得，忙忙着要说。小二只是要报信钱。员外道："你若报得真实，便多谢你五百，足了一千。"店中人也喜，乃扯着员外衣袖，说："我店中住的取经长老，知道可有一个陈员外。"

即时到了店中。店小二便指着行者，说："这个师父题名道姓，他必然知道。"陈员外见了行者，一把扯住，说道："师父何处人氏？何方来此？因甚知道小女这宗事情？如今小女现在何处？只求指示明白！"行者道："我们本不知你甚事情。昨日跟随我师取经回还，路过此处，吾师静中闻得有人呼他求救，自称是陈宝珍。吾师恐有冤枉，命我查勘。适向店小二问一声，不意果是令爱。但不知有何情节？可一一说明，吾等拔救不难！"陈员外听了，抬头一看，见上面立着唐僧，相貌端严，知有道行。遂上前跪下。唐僧忙用手扶起，说道："员外请起。有甚冤苦事情，可以说出！"陈员外起来，对师徒四众施礼已毕，具将去年月下乌云摄去女儿之事，一一诉知。说了又哭。行者听了，笑道："陈员外，据你说来，似乎妖精摄去。你莫怪我说，恐你年纪老、家私大、房屋多，你女儿星前月下做了些不明不白之事，有甚逃拐私情，哄你说妖精摄去。及至到外面，遭人谋害，以此魂灵叫冤，未可知也。"陈员外道："我家户严谨，必无此事。那日已是三更时分，丫鬟喊叫，随即起来。中门封锁未开，又不曾失落一毫财物，定然是妖精摄去无疑！"说罢又哭。行者道："不消哭。我只怕不是妖精，若是妖精打甚么紧？不拘东南西北、天上地下，也要替你查出来！你且请回。"员外那里肯回家，只是眼泪汪汪，跪在地下，要行者分付明白。行者道："要明白须是问你丫鬟：那夜月明之下，乌云从何方来？"员外道："云自东起。"行者道："晓的了。"说罢，往店门外飞走。员外也飞赶将来。行者道："老员外莫要跟来！我替你捉妖怪去，你老人家跟不上我！"店小二说："员外，你好歹在店中等候。"员外道："看这长老甚么捉妖怪，那妖怪可是与你捉的？这分明知道我女儿所在，故意推托妖怪，必要跟他个下落！"行者走的快，员外只是跑。走到东关外，见四处没人家，行者把身一纵，飞空起在半天。这陈老见了，道："爷爷呀！原来是个圣僧。"方才回店说与店家，坐在店中守行者回信。

却说行者跳在半空，把眼一望，只见：

> 高的是山峰，连来数十重；长的是溪淙，迂回水向东。晚烟迷四野，皓月满长空。不见人形迹，何处觅妖踪？我师没搭撒，那迷扰静中？叫我孙行者，那里弄神通？

行者一面笑着，说道："精精拔嘴又没个头向，那里去寻一个女儿还陈老？"踌躇了一会，把手搭个篷儿，往东一望：只见那远隔数重，山凹里一湾涧水，水面上隐隐的起了一朵乌云，渐渐高大，云中若有一物上腾。行者道："想这光景只恐是个妖怪了！"他便一斤斗到那涧边，隐着身子，看那黑云中，却是一个妖怪。

乃是何怪？且听下回分解。

第五十七回

八戒假变陈宝珍　真经光射乌鱼怪

行者看那妖怪像个黑鱼精。怎见得是个黑鱼精？但见他：

烟煤脸，青靛头，金钻皮毛亮似油。如蚯蚓，似泥鳅，肥胖身材滑唧浏！洞里长，浪中游，只为成精谷洞收。真好笑，不知羞，这样妖精也吊喉！

行者看便看了他模样，笑他这样个嘴脸也要摄人家美貌女子，但不知可是他？只见这妖怪吐出乌黑烟雾，存身在内，思量要飞腾远去，却又复落下来，收了云气，钻入洞里。行者乃隐着身，变了一个小蛇儿，也游入洞去。只见那妖怪问众小妖说："宝珍女子可曾吃馍馍？"小妖道："他不吃荤馍，只要那店小二家素馍。"妖怪道："如今其实难摄得来，除非明日待那起取经僧人出了关，东行去远，方才取得来与他吃。"行者听了，游到洞里。果然见一个女子，生得美丽。怎见得？但见：

一貌如花花不如，香腮手托自嗟嘘。
口中称叫唐三藏，救我奴身返室庐。

“师父救他。我想他与我师父有甚相识？我师父静中知他，他在洞中又知我师父。我如今不免变个苍蝇儿，飞近他耳，问个缘故。”乃向女子耳边道：“陈宝珍你莫惊怕！我便是唐三藏，来救你。我乃有道高僧，神通变化。你怎被妖怪摄来，这妖怪何物，你却如何识得我？在此呼名道姓，叫我救你！”女子答道：“你既是唐长老，却在何处说话？”行者道：“我在这里，你看不见。只说明白了，我自能救你回去。”女子道：“我当时在家因烧夜香保佑我爷娘，忽然风生云至，被这妖怪背了来。他如今叫小妖供养我，要好东西吃，他便取来。说见我瘦弱，只等养的我强壮，便要与我成夫妻！昨因我要邻家店小二素馍馍吃，他不能取来，说有唐三藏长老在店内，会捉妖怪。因此我一心想着老爷救我，故此口中念诵，不期果然惊动老爷！若肯大发慈悲救我回去，便是重生父母，再长爷娘！”行者听了，道：“你放心。我去传与你员外，便来救你。只是这妖怪何名？”女子道：“我也不知。只听得小妖们称呼他乌金老妖！”

行者听了，即回到店中。陈老尚坐守，见了行者回来，又跪倒只是磕头。行者道：“员外，女子有了下落，只是路远，山涧难过，谷洞崎岖，那妖怪不时出入，怎取得来？除非驱除了这妖，方可承得。但不知这妖神通本事？若是有手段的，定要与他较量一番，输赢胜败，总未可期。纵是万分胜他，也要费工夫时日。我如今千思万想：妖怪既会摄你女子，我们也与你摄了来！只是我老孙一个纵背了你女子出洞，若遇着妖怪怎生应他？须得八戒师弟陪我去，做个帮手。”八戒道：“我要养精力挑经担走路，没气力管人家闲事。那妖怪又不是抢我们的经，阻我们的路，惹他作甚？”三藏道：“悟能，出家人方便为本，救人灾难第一方便！你如推却，便是万里取经，也是枉然。”陈员外见八戒作难，乃磕一个头，说：“小师父，动劳了你。老汉大大备一餐斋供谢你！”八戒笑道：“讲了半日，只这句话儿还听得！”便起身去解担上禅杖与绳索。行者道：“要他作甚？”八戒道：“有处用着。”

随同行者出得店门，走出关口静处，依前两个腾空，霎时到山涧边。

行者与八戒计议道："师弟，如今有三条计，用那一条好？"八戒说："那三条计？"行者道："一条是调虎离山，一条是引蛇出洞，一条是偷真抵假。"八戒问道："怎叫做调虎离山？"行者道："我调出妖精在别处打斗，你却进他洞，把女子背还他家。"八戒道："怎叫做引蛇出洞？"行者道："待我进洞叫那女子出洞来，你却背了去；妖精出洞，待我敌住了他，让你走！"八戒道："如何叫做偷真抵假？"行者道："你变个假陈宝珍在洞外，待我送他一个真的回家。"八戒道："三条计都不妙。纵还了陈员外女子到家，我们离了此处，妖精又摄了去，反害了女子性命。不如老老实实，我与你一顿禅杖打杀了妖怪，救了女子还家，可不是条妙计？"行者道："可知此计妙！只是师父自取了经回，缴了我们兵器，一味慈悲方便；若依了此计，又背了师父与真经！"八戒道："如此，乃是偷真抵假罢！我背了真女子去，你变个假的罢。"行者道："你这呆子不老实，莫要又像高老儿庄！我闻妖精供奉这女，尽有好东西受用。"八戒只听了"有东西受用"，便道："我变罢。"行者道："既你肯变，我进洞与女子说，叫他出洞来。你见了他面貌，照样变就是。"八戒说："你进洞去，我在外等着！"

行者乃隐着身进洞，向女子耳边说："我是唐三藏的徒弟，来背你回家。只是洞中妖精们看着，你可走出洞外来。妖精若问，只说闲走散闷！"女子听了，乃飞走出洞。行者忙背着他，腾云送到陈员外家。家仆报知，员外一家大喜。且不题他老两口儿了，女儿治备斋供谢唐僧师徒。

且说八戒看见行者背了女子去，他随变了陈宝珍。那妖怪见女子出洞，忙跟将出来，道："宝珍！你出洞何事？"八戒故意扭扭捏捏，道："奴家在洞中心闷，出洞来散散。"妖怪道："我终朝摄来的好东好西供你吃，如何只是这等瘦巴巴的？"八戒道："东西虽好，只是不遂我心。我要吃素馍馍，便是素斋饭也好！"妖怪道："素馍馍等一日就有，若是素斋饭，不难，不难！你进洞去，我取些来你吃。”八戒道：“我在家但是素斋饭便吃的多，须要多取些来！”妖怪说：“知道，知道！”忽的一晃，不知去向。八戒见了，笑道：“这妖精乌黑的，是个甚东西作怪？到也空里来、空里去，不知可禁的老猪的禅杖打？且等我进洞看他里面光景！”乃藏了禅杖、绳索在洞外隐处，走入洞来。

几个小妖跳钻钻耍子，问道：“女娘可吃荤馍馍？”八戒道：“不吃不吃。等老妖去取素斋饭来吃罢！”正说，只见妖精取得许多素饭蔬菜来。这呆子见了素斋饭，那里有个女子家风？连汤带水，吃个干净。妖怪心疑，说：“每日这女子只吃些微饮食，如何今日吃这许多，必有缘故。待我试他一试！”道：“宝珍，你可再吃的些了？”八戒道：“吃得，吃得！你取了来。”妖精笑道：“你可的有肚子吃这许多？不像个女子家！”八戒听了一句“不像个女子家”，他便心疑妖精识破，乃往洞外飞走，说：“狗妖！臭妖！我不像个女子，却像你家奶奶？”妖精听得，怒起，赶出洞来捉女子。八戒取了禅杖，把脸一抹，现了原身，道：“那里精怪？甚么妖魔？摄了人家女子来！”妖精见了，忙入洞取了一根枪出洞，问道：“那里和尚上门欺人？我便摄了人家女子，与你何干？”把枪直刺八戒，八戒举禅杖相迎。一来一往，两个在洞外涧旁一场好杀！你看那：

> 妖怪长枪明晃晃，如掣电长蛇；八戒禅杖滴溜溜，似钻风破浪。这壁厢涧旁逞威武只要打妖精，那壁厢洞外奋雄风专想截和尚。那妖精黑烟阵阵口中喷，那八戒金光灿灿眉间放；一个为摄人女子弄刀兵，一个为扫荡妖魔抡禅杖！

他两个战了三四十合，不分胜败。

却说行者送了女子还员外，走到店中，把这情节向三藏说了。三藏道：“徒弟，你两人计策虽妙，只是八戒装假，怎得脱身？就是脱身了来，这女子久后怎保得那妖怪不摄了去？”行者道：“须是打杀了妖精，方才保得久后！”三藏道：“这却行不得，不是我们取经回还方便法门也！”行者道：“待徒弟去看八戒在那里，怎样好设法脱身？”三藏道：“你去，你去。只是两全无害，乃为上计！”

行者听了，一斤斗打到涧边。只见八戒与妖战斗。他却拔下一根毫毛，变了一根枪，又想道：“背了师父之意，如何以枪刺妖怪？”乃去了枪头，又伤损了毫毛。正存了这心，那妖怪便设个金蝉脱壳之计，假变了个乌鱼精形体，他真身却钻入涧水。假形体被八戒一禅杖打的直僵僵在洞外地下。行者见了，道：“伤生，伤生！怎么回见师父？”八戒道：“这妖精原来是个乌鱼作怪！”行者道：“我原看他是这精。也罢，便伤了一个乌鱼，救了一家女子。且回复师父，再作道理。”两个走回店中。

恰好陈员外备下素斋，来请三藏师徒。他们却也不辞，到得员外家中。老者夫妻、女子齐齐出来拜谢，摆出素斋供献他师徒。三藏便开口问女子：“如何知我名姓，称呼我求救？”女子道：“也都是那妖精自己说出来的。只因奴身要店小二家素馍馍，他道关内金光瑞气，亲近不得。我问他金光瑞气是何缘故？他听得人说：‘西来有几个取经师父，叫做唐三藏，会捉妖怪。’我是以口口声声，只叫老师父名姓，不匡果然蒙救。但恐师父们前去，这妖怪复来，如之奈何？”行者道：“放心，放心。我与八戒已打杀他了，原来是一个乌鱼作怪！”三藏听得，便愁眉埋怨行者、八戒伤生害欲，背了取经方便之心。女子道：“师父们不知这妖怪有腾那计策，莫要信他。只恐变个假的愚哄了你来！”行者听了，笑道：“此事不难。待老孙再去查明的实，必须要保你久后！”陈员外大喜，随叫家仆到店中搬三藏行李、经担到家中供养。三藏辞谢，道：“小僧们路过到此，偶逢着令爱这宗怪事，既已周全，只俟小徒查实，与员外做个善后之策，就行前去。”员外道：“小女既说妖怪怕金光瑞气，可知便是圣僧。师父在此，老汉意欲屈留老师父们在舍，忙寻媒妁把小女远嫁他方，或者可绝了这宗怪事，然后多多酬送！”三藏笑道：“老员外，你却不知小僧们来历。如今日夜倍道兼行，犹恐耽延岁月！好歹只候小徒查实便行。”三藏说罢，辞了员外回店。

却说行者听了女子说“妖怪有腾那计策”，他随一斤斗打到寂空山涧中来，隐着身看洞里，果然那妖怪气哼哼的坐着，向小妖们讲说：“西来的和尚利害，敌他一个尚然不能，怎当得两个？是我使个金蝉脱壳之计，假变了个形体哄诱他去。只待他们离店出关前去，我依旧把陈宝珍摄来，这会也不管他瘦弱，便成了一对婚姻！”小妖道：“洞主，你神通本事那怕他和尚？便去与那和尚们打斗，待小妖与你把陈宝珍摄了来！”妖怪道：“你们不知，我那里怕甚和尚？便是和尚有手段，料敌不过我计策！我若把你众小妖齐执了兵器，与那和尚抵敌，我却把宝珍摄到西边，有几处深林藏了，料这和尚不走回头路，女子断然归我！只是和尚不足惧，这金光灿灿、瑞气腾腾乃是那和尚们取来的经卷，他们半步不离经卷，我丝毫不敢去近他！”小妖道：“便是这金光瑞气，洞主如何近不得？”妖怪道：“连我也不知。但见：

万道金光直射，有如刀剑攻来。腾腾瑞气满空排，尽是神王拥盖！

行者听了妖怪说话，思量要除了妖怪之根，又怕师父不悦，乃回到店中，把这情节说与三藏。三藏道：“徒弟，这却如之奈何？”八戒道：“师父，老老实实且把方便收起，待我们去剿灭了妖怪，与陈员外家女子断根！”三藏只是摇头。那员外哭哭啼啼，只叫老师父始终搭救。三藏道：“我小僧有一功德，留在员外尊府，想能驱怪！”员外问道：“圣僧有何功德？”三藏道：“妖怪怕我们经文金光瑞气，意欲留下几卷在宅上供养，但这封固柜担，不敢擅开。小僧腹中记诵的诸品经咒，员外可抄誊几卷，供奉在家堂。令爱若肯诚心诵念，自然妖怪不敢亲近！”员外听了，只得请三藏一面课诵，着人抄誊了几卷真经，供奉在堂上。那陈宝珍也终日焚香礼拜。然后师徒四众收拾柜担，辞别陈员外，坚执要行。员外一家款留不住，那女子千恩万谢，拜了又拜。三藏又再三分付，教他莫亵慢了真经。女子依言。后来，妖怪果然绝迹不来，员外的女子安静无事。这正是：

凭他妖魔千百个，不须妙法两三行。

却说三藏师徒救了陈员外女子，这里中大家小户莫不夸说西还长老神通广大，深信当年平妖之事，这平妖里唤不差。家家到员外堂中誊抄真经供奉，吃斋念佛。不题。

且说三藏师徒离了平妖里，往前直走有五六十里，只见远远一个村落现出。三藏道：“徒弟们，想到了西梁女国？我记得当年进城，那些闹热不减中华，也有官员、驿递，我们朝见倒换关文，却惹了妖怪，费了无限心肠。如今回还，这批文路引不消照验，看有那条路转的前去，也省了许多工夫。”行者道：“师父，你看那西关口外是个庙宇，我们且借寓一时。”三藏依言，把马垛催着，走近那庙宇。但见：

颓墙倒壁甚荒凉，那有山门共庑廊？但见破篱遮乱厦，仅存屋瓦盖中堂。

师徒走到庙前，那里见个人来？行者们歇下担子，走入破庙，推开破篱门。只见一个女道姑，年已过半百。见了行者，吃了一惊，道：“爷爷呀！青天白日，魍魉现形。你何不到那有受享的庵观去显灵？我一个老道姑存在这破庙，那讨甚么祭祀与你？”八戒、沙僧也进到篱内。老道姑见了，越慌道：“又是两个，吓杀我也！”行者见了，笑道：“老道姑不必惊疑！我们乃中国取经僧人，回来路过到此。便是我们生象如此不中看，却是有道行的师父在庙外，你且看他可是魍魉？”道姑把眼向外一张，见了三藏，却才放心。行者乃问他：“这地方何处？可是西梁国境界？”老道姑尚虚喘喘的答说。

却是何说？且听下回分解。

第五十八回

道姑指路说古怪　师徒设计变尼僧

话说老道姑见了唐僧一表非凡，又听了行者开话爽朗，乃放心答应道："师父们，要知我这地方，正是西梁国隔界，也半属着女主。师父们要往东土去，须要到国中倒换关文。"行者道："我当年进国内朝女主，已倒换过关文。如今回还，不消验了。便是要验，不过差一徒弟进朝看验。只是当时过此，惹了许多怪事，费了我们许多工夫。如今意欲那处有路通的过去，便转道过去罢！"道姑说："路便有一条，只是远三五十里，山路崎岖，不甚好行。"八戒道："不知可有斋饭吃？我们这柜担可碍？"老道姑说："我当年曾也走过。没碍便是没碍，只恐有两个女古怪，要抢夺你汉子僧人、行囊物件，须要小心！"行者道："怎么叫做女古怪？"道姑说："就如强劫一般！"行者道："这也好计较。"道姑说：

好计较，好计较，我今说与僧知道。这宗古怪利害多，盘据山冈如强暴。夺行囊，甚罗唣，汉子僧人拿捆吊。将刀割肉做香囊，更喜青春与年少。活捉了去做夫妻，日久心烦成一笑！

行者道：“如何成一笑？”道姑说：“他迎新送旧，过后憎嫌起来，都碎割分了，不是成一笑？”八戒道：“大哥，这等看来，还是穿西梁国城照旧过去罢！”行者道：“我等已取得真经，师父大道已成就了几分，如何又进女主之朝？不如转这山路。就是遇着女古怪，他既喜青春年少，我师父已老，我等丑陋，料他不喜！”八戒道：“只恐师父听了这事，不肯过此路。”行者道：“瞒着他罢！”乃走出庙来。三藏道：“徒弟，这破庙可住得么？”行者道：“住便住得。只是徒弟打听了个转路，免得又进西梁国女主之朝！”三藏听了，道：“转路罢！你不记得来时要我招赘么？”

当下行者们走到西关外。果然，十个九个妇女都看着他师徒们。也有说道："那里来的和尚？又不象番僧喇嘛！"也有说："这等丑恶，看着十分吓人。"忽然见三藏在后，乃道："若似这个长老，只恐到了国城，不放过去了。"三藏听得，道："悟空，你听人言至此，且问转路的所在那里？莫要前走了。"行者道："师父，你只跟着徒弟，包管你好行。"三藏依言。师徒们出东关转路，渐渐来到山冈树密之处。三藏道："路虽险隘，还喜经担不碍。"前行正走了三四十里，只见前面一座高山。师徒抬头观看，那座山：

崔巍接云汉，广阔压东南。雁雀难飞越，行人都道难。树密风声吼，林深石径湾。豺狼时出没，莫做等闲看！

三藏走近山崖，道："徒弟们小心前行。你看这等远阔山冈，其中纵不藏着歹人，也须有虎豹豺狼！"行者道："师父但把道心放平稳了，莫要愁行路崎岖！"三藏笑道："徒弟，我自从出中华到今日，此心无时刻不放平稳。到只恐你机变时生，这崎岖多见！"正说间，只见树林里一声锣响，走出许多妇女，打扮的就如娘子军、妈妈队，齐喝道："行路和尚莫要前走，赶早存住！待我女主升帐出林，盘验看是何物何货？然后放行。”行者道：“师父，我们不可轻与争竞。老道姑曾说：‘叫做女古怪。盘据在此山，拿人捆吊；若是青春年少的，就要成夫妇。’我们年也不少，料他也不要和尚成亲！”八戒道：“只恐要割肉做香袋！”三藏听了，慌怕起来。行者道：“师父莫慌，可容老孙设个机变心么？”三藏道：“徒弟！也说不得，凭你计较罢！”行者道：“锣声响，女古怪摆出林来，叫我且住，待女主出林发落。我们只得且住。待我去看看那女主是何模样？再作计较。”

话分两头。却说比丘僧与灵虚子，一个把菩提子变瓜锤，一个把木鱼儿惊灭了妖氛，他顺着山岭，也过了八林，到了西梁国境界。比丘僧向灵虚道：“唐僧师徒道心深重，过此国虽说不乱，但恐这国内女僧尼姑甚多，女主若偏听了这僧尼，把真经留下不发，他比不得妖魔好以法剿，事怎奈何？”灵虚子道：“师兄！我们既受保护之任，说不得到处为唐僧们防备，且登山岭，看他师徒到何处了？”说罢，乃乘空一望，只见他师徒转路前行。乃向比丘僧道：“师兄，唐僧不走西梁，叉路过去了。万一小路妖魔盘据，歹人出没，如何处治？”比丘僧说：“我与师兄只得前去帮助。”他两个也转山前来。远远见唐僧师徒歇着担子，左张右看，不行上前；又见那树林深处许多恶刹妇女，各执着枪刀剑戟。灵虚子道：“师兄，你看唐僧伫足不前，那林深里众女兵拦阻，我想此系西梁女国没有男子，必是这般恶刹作横！待我去探个消息来。”乃摇身一变，变了个雀儿，飞到林中。只听得那女众们说：“造化，造化！西来了几个和尚，挑着许多担子，想是贩货物的客僧。我们只等女主升帐，禀报查盘货物，夺了他的。那和尚若是青春年少，只恐女主留他匹配；若是丑陋，大家割他肉做香囊！”灵虚子听了，一翅飞报与比丘僧。两个计较道：“我等须变一个青年僧人，一个俊俏汉子，待他拿入帐内，相机设法救唐僧们前去。”按下不题。

且说行者歇下经担，叫三藏们住着，他变了个鹞鹰飞入深林，探听众妇女说的，与灵虚子听的一般；乃想道：“这宗事到有些费力！师父虽不青春年少，却容貌齐整，他拿了去，定然相留。我与八戒、沙僧像貌凶恶，他断然要割做香袋。这都不怕他。只是我们的经担，怎能保全挑去？且与八戒们计较停当，莫待这女古怪升帐，准备不及。”

行者想罢，回到三藏面前，把这话说出。三藏道：“徒弟们，这如何作处？悟空你机变那里去了？”行者道：“徒弟机变在这里。如今只得都变做女僧，挑着经担，诱哄他过山去罢！”三藏道：“徒弟，你便有神通变化，我却不能，怎得成个女体？”行者道：“师父你只存想着一身，就如比丘尼、优婆夷一般。待徒弟与你改换！”三藏道：“这存想不入了邪境么，男女如何得改换？”行者道：“男女虽异，心实一般。”三藏只得依言。

师徒大着胆子，上前直走。只见众妇女齐走出林，先把个行者拿住。行者道：“休拿，休拿！我们是挑经担的尼僧。”众妇那里听？把三藏们一齐都捆入林中。那女古怪升帐，便问：“担内何货物？”行者道：“尼姑等是灵山取来经卷。”女古怪道：“既是女僧，且念他一体，解了捆索，放他去罢！只是这柜担须要打开看验，如果是经，再作计较。”

却说比丘僧两个，见众妇女把唐僧师徒连经担都捆拿入帐，道：“事急了。”忙走到林间。众妇女见了，飞报女主说：“林外两个青年汉子、僧人。”女主传令说：“既是青年俊俏汉子，好生请他进来，莫要惊吓了他！”妇女依言请入，两个进帐。比丘、灵虚进得帐内。那女古怪见了这两个僧人、汉子生的：

> 眉清目秀，齿白唇红。面如傅粉莹莹白，声似铜钟朗朗洪。一个宛然沙弥和尚，一个不异龙阳狡童。真个的美丽青年称绝少，那知是神通变化这仪容！

女古怪一见了两个青春年少，美貌非常，乃下阶迎接到帐内，取座坐了，便问来历。只见灵虚子答道：“小子是外国人氏。因这个哥子出了家披剃为僧之时，许了上灵山求取经文，这柜担中俱是，路过宝方，往国中难走，只得转远小路，不匡遇见魔君，只求生放。”女古怪听了，笑盈盈道：“你两人只道躲离国内，怕拿了汉子割肉作香囊，却不知我们在此专为偷转小路的！你二人断然是不放去了，自有好匹配到你，只是这柜担果然是经文，我们没处用着。且问你：这挑担尼僧是那里来的？”灵虚子道：“我雇觅挑担之人，都说道远，地方难过。这都是前途庵庙出家女僧发心舍力，替我哥子挑押前去。”女古怪道：“既是如此，只留了二位在帐内成亲，把这经担都舍与这尼僧去罢！”

三藏们听了这女古怪之言，当阶谢了。那众妇女不敢违拗，反撮合三藏们挑押前去。三藏师徒欣欣喜悦，向前坦然走了三五十里，歇下感激这僧人、汉子高义。行者只是笑。三藏道：“徒弟，你这笑中又动了机心了。”行者道：“师父说话也不差。我们虽亏了僧人、汉子舍身计哄了女古怪们，救了我等脱了虎狼之口，只是老孙却也要救他离了淫乱之门！”三藏道：“徒弟，你立心固好，只是你去救他，我们在那处等你？必须也要离了这西梁地界，直要到那有善男子的地方。”行者道：“师父之言有理。”

乃复挑起担子，又走了三五十里。行者依旧歇下，道：“师父，徒弟必要去救那僧人、汉子，若再迟延，到是我等害了他！”正说间，只见一个老婆子走将来。三藏忙上前，问道：“婆婆，这往前去何处地方？”婆子道：“师父，我这地方叫做百子河，隔西梁界远了。河这边妇女多，无男子，还是女国流来气脉；河那边便有男子，却也不敢渡河。”行者道：“如何不敢渡河？”婆子说：“一则我这边见了汉子，便要害他；一则河内有个妖魔，专一禁革女妇不许过东，汉子不许过西。”行者道：“我们却要东越，如之奈何？”婆子道：“我看你们都像女僧，怎么过得去？”行者把脸一抹，道：“婆子，你看我们可是女僧？”婆子见了，道：“原来毛头毛脸，都生的是丑恶和尚。和尚便是男子身。我去传与远村近里，齐来捉男身和尚也！”飞往旁路去了。

三藏道："悟空，只是你多嘴饶舌！方喜过了女国，躲了女古怪之难，却又遇着这婆子，你便照着女僧模样走罢，却又变转原相来，叫我那存想之心一动移了，便装女僧不来。如今尚未出界，不曾过河，这婆子去传了妇女来，怎生奈何？"行者道："师父放心。料婆子走到村里，传了妇女来时，也要半日。我如今且回去救了僧人、汉子来，再与婆子讲话。师父与八戒们在此等候我！"

行者说罢，一斤斗直打到女古怪林前。却说比丘僧与灵虚子，被女古怪留入帐内，叫众妇女备办筵席成亲。这女古怪不是一个，他却有五六个。那为首的便扯着僧人，其下你扯汉子，我也扯汉子，彼此相争起来。灵虚子想道："我如今意要变出凶恶像来，只恐唐僧们去路未远，万一这贼们追赶上，又生出不美情节。若是不弄个一通，他们你争我夺，情又可恶！"灵虚子思思想想，暗与比丘僧计较脱了之策。却说行者到了林中，隐着身形走入帐前，见僧人、汉子被妇女们扯拽争夺，乃想道："小男汉子且由他，只是僧人如何与他们吵弄？"乃出林变了一个老尼，直走入帐，向女古怪们说道："老尼一个徒弟，被魔君们错当做僧人，留在□内，叫我各处找寻！"女古怪们听说，齐把眼看那僧人。比丘僧却就会意，随变个女僧模样。这些妇女齐把眼看，见这小和尚容貌比前越娇，大家呵呵笑将起来，说道："果然是个尼僧。我等惶恐惶恐！老尼，你领了他去罢！"行者随把比丘僧领出到林，问道："师兄，你在何处出家？有这高义，救了我们经担过此，我只得复来救你！但不知你那位善男子是你何人？如今作何计较？"比丘僧道："小僧也只为师兄们远来，恐被贼妇女害，故激起义气，与我俗家的一个兄弟舍身救你。既已救了你们，但只问你走到何处？可曾离了这女国境界？"行者便把百子河事说出。比丘僧道："师兄，你且去保守经文，计较过河。那婆子去传村里，万一妇女齐来，又为反美不美。你休管我，我自有计救我兄弟出来！"

却是何计去救？且听下回分解。

第五十九回

山行者智过百子河　水贼代送西来路

不贪淫欲恋尘华，净此身心是出家。
莫道婴儿婚姹女，丹家道合莫疑差！

话说比丘僧见孙行者来救了他出帐，他忙将数珠一粒解下来，变了个苍蝇，飞入帐内，向灵虚子耳内道："唐僧师徒已临百子河将渡，料这女妇不能追赶！"报了这信。灵虚乃向众女妇道："方才女僧是我妹子，众魔君既放了他去，伏望一视同仁，也放了我去。"只见为首的女古怪道："如今只这一个小汉子，须是我要他成婚！"众妇女道："千载奇逢，难叫你独占！不如大家割他一块肉，做个香囊佩带。"便执刀在手，乱要动手。灵虚子已知唐僧去远，把脸一抹，将身一抖，变了一个八十老尼，衣带上解下木鱼儿敲着，笑道："列位魔君，真是千载奇逢，化你盖造一座庵堂，与我母女修行！"众女妇见了，惊怕起来，道："分明僧人、汉子，怎都变成尼姑，这必是菩萨化现！我们在此山林啸聚，伤害人多。"乃俱依着，说："我们情愿捐金，与老尼盖造庵堂。"灵虚子道："盖庵堂是一宗末事。还要你等解散了，各归国内，莫要聚此行恶！"众女古怪依从，只问老尼："在何处起盖庵堂？”老尼便指出：“西关外破庙便是。”这妇女们也有知道的，说：“是了，是了。”老尼说罢，大踏步出林。众妇女那里敢留他，真是成了一笑。后来众女古怪把西关破庙复新，那女道姑先不知这善缘从何自来，后知是西还取经僧人神通变化，过这女主国显的手段。这正是：

莫疑变化为虚幻，总是心猿万种机。

却说孙行者腾挪救出比丘僧来，一个斤斗打到三藏面前，日尚未挪寸影。三藏见了，道：“悟空，你救了那僧人、汉子么？”行者道：“师父，那僧人、汉子也不消我救，总来也是会使机变心的。”三藏道：“徒弟，他们如何也使这不正心肠？”行者道：“师父，机变若邪，便是不正；若是不邪，便是至正。如今百子河在前，那婆子去传与村里，恐又惹出事来，早过去罢！”师徒到河边。只见那河：

阔岸平分，长流直达，深浅不知，但见风生波浪。源头何自，只看水势东奔。弯弯曲曲快鱼游，涌涌汹汹知汐发。四顾不见渔舟，只有那鹭鸥浪里翩翻；一望何处渡头，尽都是水泥崖前绕杂。这正是流澌阻隔人何渡？地限东西客怎行？

三藏见了河水流澌，道：“徒弟，那里寻只渡船渡过去？”行者道：“四顾东、西两岸，不见一只渡来。少不得在此岸边等候，看有甚么渔舟钓艇、来往客舟，借他渡过去。”八戒道：“当年来时，老老实实朝谒女主，倒换关文，他便有官员驿递相接，虽说是妇女差役，却也成了个体面过河。如今前怕狼，后怕虎，躲躲拽拽前来，到象个私渡关津的了。”行者道：“呆子！你那里知道，当年来时，女主要招赘师父，费了多少精神力气，保得师父前去。那时师父还是个空身，如今有这许多经文，万一他留下一宗，怎么了当？故此宁可暗渡陈仓，不可街亭直走。”八戒笑道：“猴精，只说不惹是非便罢，说甚陈仓、街亭。我老猪学问浅，那里知道！”行者道：“这正是汉武侯机变心肠。”三藏道：“徒弟，闲话休题。快寻只船儿过河，莫要惹那婆子传了村里众妇女来，又要费力。”

师徒正说，只见远远那河流上头，一只客舟撑来。沙僧先看见，道：“师父，那里是只客舟来了。”这只客舟，乃是比丘僧与灵虚子前来，见唐僧阻着河流，远寻了一只虚舟，撑驾而来。他两个变做舟人，把舟直撑到岸口，道：“师父们是何处去的？”三藏道：“从西来，往东去的。”舟人道：“师父们好大胆，甚造化，过了这个没男子汉的境界，快快上船！你看那后边几个婆子领着无数妇女来也！”三藏回头，果见后面许多妇女赶将来，忙忙上了客舟。行者赶上马到仓里，齐挑经担上船。那船如顺风直刮前行。婆子领着众妇喊叫：“河中的魔王，今有我们拿倒的私渡官津贩货物的和尚，他逃走到此过河，动劳你替我拿住他，好歹分一两个与我们！”

却说这百子河中那里有甚妖魔？乃是近河村乡有一孙老员外，这员外生有九子，俱不务本等：做山贼的，为水贼的，截境剪路的。且说这为水贼的，那里是鬼怪妖魔，他却是会泅水，在水里凿人舟，翻沉客船，行劫往来之人。女妇过河，被他劫掠多少，说河有妖魔，“不许妇女过东”；男子过河被他劫掠，便说：“是魔王不许男子过西！”几个水贼正看见远远两个舟子，驾着一只客船，上载着柜担、马垛与僧人，忙钻入水底，等候凿舟沉水，他因而抢货劫财。又听得许多妇女赶叫，个个以为贩货物的客僧。待三藏们船到中流，他把船底轻凿，抽掉一板，那水直滚，漏入船内。行者乃向舟人说：“不好，不好！你这舟子如何以破船载我们？”八戒道：“想必是妖魔假装客载！”舟子道：“师父们不劳疑我，且傍了河岸，把经担保全。”舟子急撑舟傍岸，那水贼把船撑翻。这贼只当平常僧人，贩货的和尚，那识的积年弄神通的猴王？他使出神力，连舟共载都送到东岸傍浅。这水贼跳上岸来，手执着板斧，道："仓中和尚，也是你造化，船破未沉，傍着浅岸。快把担柜的货物、囊中的金宝献上来，饶你性命！"行者笑道："你这几个毛贼！若是当年来时金箍棒见成，都叫你烂酱。只是如今师父不肯，我等回心，与你金宝又无，不与你货物，你又不得遂意。只是见在的柜担，你们若挑的动，让你挑了去罢！但我僧人远来，肚中饥饿，若是你家顺路，化我一斋。货物既送了你，我出家人不打诳语，挑去挑去，省得失水落在河中！"这几个贼信真，齐齐来挑经担，到也挑得起。行者道："且住！有斋饭化了我们吃，方才送你柜担。"众贼说："你这呆和尚！饶了你残生，免污了我板斧就够了，还想要吃斋？"行者道："斋是你不肯，只为难为这两个舟子远送到此，你有余钱，与他几贯罢！"水贼道："饶了他性命，还了他船回去也够了，还想要钱？"大喝舟子："快走，快走！"舟子看着三藏，道："师父好生前行，我二人驾破舟去也。"三藏两眼只看着行者、八戒，道："徒弟，千山万水取来经文，如何送与水贼？"沙僧悄向三藏说："师父，孙师兄自有本事。你且看他笑欣欣，慨然把担子送贼挑去。"

却说众贼挑担的挑担，赶马的赶马。他道："好了，你这几个和尚去了罢！如不快去，板斧不饶。"行者道："一言既出说送，难道又跟着，小和尚往前去了。"这贼众喜喜欢欢挑着担子，却往南走。行者向南吹了一口气，顷刻白茫茫，水阻在南。贼众只得向东路走，又转过北来。行者又吹气去，只见高山苍苍在北，那里有个通道？只得从东大路前行。欲要歇肩，行者拔下无数毫毛，变了许多樵夫、猎户在后，那贼恐生事端，只得奋力挑担前走。约走了五十余里。只见一个老者，布袍竹杖，从一所庄门出来。见了这几个贼，骂道："本分事儿不做，又伤理胡为！且问你：挑来这柜担是何物？"众贼说："老员外休管我！我弟兄做惯了这宗买卖。实不瞒你：是几个长老贩来的货物，过百子河被我们劫来。"老员外笑道："和尚家那里贩甚货物。方才有一个僧人、一个道者在此化缘，我留他吃一便斋，讲起我几个儿子。我说起你们，他道你们做了一向水贼，堕了无边罪业，今日有缘遇着西还取经圣僧，与他出一臂之力，送了五十余里程途。这柜担内都是真经，料你们误当货物！”众贼听了，方才掀起苫包看那封皮，知是经文，大笑起来。一个水贼乃动无明，执起板斧便要劈柜。忽然行者当前一口气吹去，那贼两手举斧如闸住一般。只见柜子金光现出，那马化了玉龙，抵住他斧。众贼见了三藏们走到面前。老员外见了，便请入中堂，叫家僮仆把经担抬入焚香礼拜，向三藏问其来历。三藏道：“贫僧们师徒四人，奉大唐君王旨意，上灵山求取经文回还，路过宝方。”乃把一路这些辛苦说与孙员外。员外欠身施礼，道：“原来是中国圣僧老爷！老拙姓孙名行德，年近八十，生有九子。叫他务本生理，他却不听，乃做此违法事情，冒犯圣僧。罪过，罪过！”行者听了，笑道：“老员外！你姓名与我一家。小和尚叫做孙行者，想是排行弟兄。”员外笑道：“小师父，你今年面貌看来不过三十来岁，怎说排行弟兄？若是一家，只恐老拙还古长一倍！”行者笑道：“老员外若看像貌，我小和尚连三十也未满；若说生来年纪，在花果山水帘洞，已庆过五百余岁了。”孙员外听了，合掌道：“爷爷呀！出家人莫要打诳语。我老拙也不知道甚么花果山水帘洞，你既庆过五百岁，到如今又不知多少岁了？”行者道：“小和尚出娘胎胞也不打诳语，我且说你听：

东胜神洲海外国，花果一山通祖脉。中有一石育仙胎，日精月华成感格。因风化出我当身，五官六腑皆全得。目运金光射斗牛，惊动天曹说我贼。老君炉火炼成形，历尽春秋千万百。只因要入牟尼门，万劫不坏真金色。菩萨度我拜真师，随取真经建功德。说起传流混道孙，行者名儿师起得。若还问我几多年，那记经熬日与月。几见儿童作老翁，几见沧海成田陌。”

孙员外听了，两眼只看着三藏。三藏道：“老员外，我徒弟说得有几分不差。”员外只得整备斋饭待三藏。按下不题。

且说比丘僧与灵虚子变了舟人渡过唐僧师徒，见孙行者设出机变，把经担到使众水贼挑送一程，他两个知路必经孙员外家门来。一面夸行者机变之妙，一面又嗟叹机变失了真诚，背了经义，却也说不得，步步保护要紧。他两个先到员外家化斋，说："过百子河，有西还取经僧众挑有经担，被你众子夺来。他道是货物，要行劫掠，殊不知作了罪业，却又成了功德。"两个一面说知员外，一面吃了员外些素斋前行。行到一处地方，只见山高岭峻行人少，树密林深虎豹多。比丘僧席地而坐，向灵虚子道："师兄，这等一处险隘地方，空身行人尚难，唐僧师徒经担如何得过？但不知远近何如？我们与他探个路径！若是走不得，看那里有转弯去得，便是远几十里，也只得转去。"灵虚子道："师兄你坐地，待我去探来。"他把身一纵，起在半空。看那山，高低凸凹犹还可，只是密菁藤萝碍路程。再把眼四下里一望，三面山阻，只有一面无涯无际的大河。灵虚子看了下地，说与比丘僧："唐僧师徒来此，除非又要转那大河。料这河不比百子河，隔界分男女，没有客舟往来。此河我与师兄先到河口，寻下舟船，以待唐僧到来。"比丘僧依言。他两个直走到河口。只见那河水茫茫，无风也有千层浪，那里有只船儿。两个守了半晌无船，只得沿着河岸去寻。恰好走到一处港中，见四五个木筏在那里，摆列着三牲、烧纸。见了两个僧道前来，便跳上三五个汉子来，把比丘、灵虚拿上木筏，也不分说，就将绳索捆起来，要投下水。比丘僧与灵虚子聊施小法，那绳索根根两段，换了又断。众汉方才道："古怪，古怪！且问你这僧道独自两人，身无行李，到此大河，要往何处去？"比丘僧答道："出家人那里有个一定方向，随所行住。今白西来，遇见此河，料是有舟济度。列位具此木筏，必然东西往来。但不知见了我二人不问个来历便拿上筏来，绳缠索捆，有何话说？"一个为首的汉子道："你这和尚！尚兀自不知。我弟兄数人是河上豪杰，专一劫掠往来客商。方在此祭祀烧纸，讨个利市彩头，却撞着你这和尚与道人，身无片囊，又是个空门，怎不拿你做个五牲祭祀！只说你两个有甚神通？把我绳索根根断了。”比丘僧答道：“列位原来是河上豪杰，摆列三牲，在此祭祀，讨个彩头。真个是遇着利市！你说我僧家乃空门，到不是空门，乃是送财宝的和尚！”汉子道：“财宝在那里？”比丘僧说：“我自西来，过百子河，前路见一起贩宝货客僧，柜担甚多。料他高山峻岭必然难过，定是来渡此河。豪杰若是放了我，留我做个引头。那客僧见我在你筏子上，定然来渡。你那时就中取事，可是我们两个来送彩头的？”汉子们听信，乃放了二人，只等贩宝货客僧到来。

却说唐僧师徒在孙员外家吃了斋，打点前行。那员外一手扯着行者，道：“师父，你既称是我宗兄，生逢异地，我年已老，不至你教诲甚事，只说你这几个侄儿，朝出暮归，不做些本分，今日替你师徒挑了五十余里路程，你可有感化他回心向善的功果？若是劝化的他们做本分生理，也是师父们功德！”八戒笑道：“员外，此事何难！只恨我师兄师弟缴了一件宝贝儿在灵山库藏，若是在手边，都替你一顿结果了，包管你个个本分生理。”行者道：“呆子莫乱说！员外，果是要你儿子学好，安分守己，可烦我三藏师父。他最能感化人回心向善！”孙员外听了，随向三藏礼拜请求。三藏道：“员外，你可叫出你令郎来，待小僧劝化他一番。”

却是何等劝化？且听下回分解。

第六十回

山贼回心消孽障　比丘动念失菩提

诗曰：

莫道弥陀没有灵，万千感应在真经。消灾降福如声响，
缚魅驱邪似日星。恶业片言归正道，亡灵半偈出幽冥。
若人悟得禅中理，三教原来共一铭！

当下孙员外叫他的儿子，只有挑经担的来着三个在家，正在那里讲说跷蹊古怪。“怎么明明白白凿沉了舟，就如神力把船送上河岸？我们昏昏沉沉只当宝货，南走水阻，北走山拦，挑往东行来，便无阻碍，可见是圣僧，自有神人护佑！像我们这不守本分，违父，只谓的报应不知何日？”一个说：“从今以后，我去耕田种地罢！”一个说：“你去耕种做农工，我去为客作买卖。”一个说：“我无资本做买卖，寻一个手艺做罢！”三人正说，只听得员外声唤。出到堂前，他也不待三藏开口，纳头便拜，把他三个本分要做的事，直说出来。三藏合掌道：“善哉，善哉！小僧没有半句可说，只是保你享福延生！”员外听闻也大喜。父子们拜谢唐僧。他师徒出了员外之门，挑起经担。三藏

押着马垛才走，那孙员外一手又扯住唐僧，叹了一口气，口里“呜哑，呜哑”说不出。行者道：“员外，你又有甚说？”那员外叹了一口气，道：“可惜那六个顽子不在此见师父们佛面，沾经卷的功德！倘前途幸逢，望圣僧开度他做个好人。”三藏拱手领诺。师徒走了几步，道：“员外，记你出这点真心，那为子的也该仰体老父，做些好事。”行者道：“师父，总是孙员外为父的不是。生了这几多儿子，从小时就该教他士农工商各执一业，他自然各安本分，谁教他少小不教训，长大习纵了性，为非做歹。方才这三个，也是师父道力，真经感应，把他们回心转意。果然员外说的有理，还有六个不在此眼见功德！”

师徒正讲说，只见寒风凛凛，云气腾腾，前途又是一派山路。八戒道：“西北风急，只恐天将落雪。走路只走路，管他甚么眼见功德？”八戒一面方说，果然雪花飘落。但见：

> 初起漫漫飞柳絮，渐来密密散鹅毛。高山峻岭银铺顶，古木残枝玉林梢。梨花落，蝶翅飘，道路迷漫溪岸高。莫道丰年人不喜，山人闭户煮香醪。

三藏道：“徒弟们，这等大雪，前途乃是山路，相近又没个人家，我们冒雪行程，怎生是好？”行者道：“师父且自宽怀，徒弟要这雪顷刻晴霁何难！但只是这两日风吹日晒，浑身干巴巴的，正要落些雪儿润润！”说犹未了，只见山树林内跳出一只虎来。三藏见了，道：“悟空，老虎来了，怎么处？我们且住着担子，放他过去便罢！”八戒、沙僧忙歇下，掣出禅杖来。三藏道：“徒弟，舍身喂虎是我出家人功行，切莫要伤他！”八戒道：“师父，据你这般说，这猴子身上虎皮裙从何处来？”行者笑道：“这囔糠夯货到会踢人疼腿！你岂知那是当年随师父初出来，那片花果山为王的心性。如今随师父年深日久，取了这真经担子在身上，就要仰体真经义理，安可造次伤害生灵？只是我老孙不用禅杖，自有伏虎手段！你且住脚，待我降他。”行者说罢，走近林来。上前才要去揪那虎项，那里是虎？只见一人站起身来，道：“和尚慢来，你担柜中老老实实是何货物？快献上来，我大王受用！”说罢，往林中飞走去了。行者笑道：“原来是剪径小贼假以虎皮吓人。他飞走入林，定是有个头领在里。”乃走出林，向三藏道：“师父，虎乃贼人假扮。他入林去，定是报信的。料这贼必是孙员外之子，我们如结果了他，一则老者分上，一则师父以方便存心。如今等他来，可以劝化则劝化，如不可劝化，待徒弟使个机变服他！”三藏道：“徒弟，凭你怎使机变，只是莫要伤害了他。”八戒道：“师父，你便慈心叫莫伤害他，他却假扮老虎剪径伤人哩！”三藏道：“孙员外分上，看机会可劝化叫他做本分，不在此剪径，可不是两全功德！”行者道：“师父，你说得两全功德甚有理。依徒弟，这起人若出林来捉我们，师父先把个道理与他讲；他如不依，八戒、沙僧你便说出：‘员外分上，饶了我罢’；他又不依，你两个与他捉过林去，我老孙自有计较。”八戒道：“事便不难，只恐这贼不听员外教训。”

正说间，只见林中三个头领带着无数小贼、丫钯扫帚，吆吆喝喝出到林间，雪又狂大，只叫：“和尚留下货物！”三藏乃上前，合掌道：“列位豪杰！贫僧是上灵山求取真经回还。这柜担内俱是经卷，那里是货物。豪杰们用他不着。放过僧家过去，到了东土课诵，与你增福延寿。”只见一个头领笑道：“便是经文，我这里镇市上庵观僧尼谁人用不着！”三藏道：“说也不当仁子！经文可是卖钱的，可是抢夺了去念的？你三位豪杰莫怪贫僧说，人身难得，盛世难遇，正道难闻。我贫僧把个正道说与你听，及早本分，做个士农工商事业。上孝父母，下和弟兄，以乐盛时。这人身一劫不修万劫难再，如何在这深林做逆理违法之事？玷辱祖宗父母之身！”一个头领笑道：“这和尚只要利己，不顾别人。你便劝我们本分做士农工商，且问你不耕不艺，穿衣吃饭，做何事业！你今说我，我且说你：留了须发，做些本等，快把担子献上来！待我打开看是甚么经卷？”三藏无言回答。八戒乃说道："豪杰，我僧家知你是不信三宝，堕地狱的。只是你员外是我这个师兄的同宗一派，方才在你家多承员外留斋。便是你三个弟兄，也承他替我们挑经担子，送了五十里程途。你可看他分上，让了我们过山去罢！"一个头领笑道："这和尚越发乱说！我家员外布施你斋，犹足信；只是我那三个弟兄更比我们狠恶，他岂肯饶你过来！闲话休题，叫小的们把那和尚们拿过来！"只见小贼上前捉唐僧，被行者掣下禅杖保着师父，把个八戒、沙僧被他小贼拿过去。八戒、沙僧也要抡禅杖，行者忙使个眼色与他。八戒、沙僧只得顺着贼手，拿将过去。行者连忙拔下几根毫毛，变了一个孙员外，三个贼兄弟，挑着经担。那老员外气喘喘，叫："挑不动！"行者执着禅杖，恶狠狠的说："老头子！你养这好儿子！拿了我挑担的徒弟去，我安得不拿你们做替头？"那毫毛变的假员外父子，故意泣哀哀道："做了好事业！惹了取经圣僧叫我们挑担。"只见三个头领见了大怒起来，抡着兵器上前，与行者厮杀，要抢员外。行者把身一抖，变了个三头六臂金甲神人，手里执着宝剑，道："你这伙贼人如何不知敬重真经，尊礼长老，还要执兵加害！你那知我神司且加害你家老幼！"三个贼人见了，慌惧起来，只得弃了兵器，跪在地下求饶；一面叫放了八戒、沙僧过来，只求圣僧放了他员外、兄弟。行者道："你三个要放老头子，你须替他挑担送过山岭！雪不晴，休想放你。"三贼只得满口应承，叫小的们扛抬担子。行者依旧复了原身，故意把假员外叫他回去，却使出大力法，把担子压的那些小贼个个都丢了飞走。

行者只是不放三个头领。他三个见小的都去，只得自行挑送。未过三二十里，雪已晴了。只见高山峻岭当前。三贼道："圣僧老爷，委实前途山路，树林狭隘，这担柜难行。望乞饶了我们，回家做本分生理，决不为非了。"行者笑道："你为何前为不善，今却悔心哩？"三贼答道："方才贻累老子、弟兄，几乎送了他残生，想起不如习本分，这雪天在家向火围炉，父子吃一杯薄酒，怎教堕落在这不义违法之中。”行者听了，道：“你们若是实心，放你去罢！”三贼道：“爷爷呀，怎敢虚谬？”行者说：“去便放你去。这前路既难行，我们当从何道前去？”三贼说：“转弯抹角，过去便是通天河。此河不比百子河，滚浪滔天，幸有木筏可渡。只是要小心在意，倘遇着不良之徒，老爷只说我孙员外之子弟兄们都是你一族同宗！”行者笑道：“老孙说出来历，可是认你做一家的？”当下行者放了他三个得命回家，惊异这事，备说与员外，弟兄六个改行修善。

且说他九个尚有三个，便是在木筏上的豪杰。他这三个结交了一个巫人。这巫人却有本事，能呼风唤雨，撒豆成兵，变化多般。劫掠了客商货财，他要上分。这日正烧利市，被比丘僧与灵虚弄法断了捆绳，信了两个说出“西来客僧货物”，他便放了二人。比丘乃与灵虚子说：“唐僧们来此正无船渡，好借此木筏渡去。”灵虚子道：“事难顺，只是贼舟可是我们出家人搭的？”比丘僧笑道：“师兄，你正不知，这其中有一种功德！只是我与你既留下了贼筏，须是引领了唐僧们来搭。他若见我们本相，再附搭同行，又犯了送经之意。如何作计？”灵虚子道：“不难。待我敲动木鱼，那唐僧自然闻声而至。师兄，借你菩提，变为舟航，我与你先渡过河，在前岸相等。”比丘僧依言，把菩提数珠往河内一投，顷刻变了一只船儿。他两个一面敲了几声木鱼，一面登舟先渡。这木筏上三贼见了，惊异起来，道：“两个僧道原来是个神人。怪道方才根根捆索皆断，这时又以数珠化舟飞渡，看起来说客僧货物，都是诱哄我们！可恨才烧利市，被他虚谎这一番！”只见巫人说：“弟兄们，此事何难！你们留此候着那客僧货物到，待我驾一筏前去，捉这两个僧道！”巫人说罢，撑了一个木筏，他作起法来，呼动顺风，直赶僧道。比丘僧与灵虚子正在河流。他两个：一个夸奖行者机变功能，一个议论这机变正乃魔生之种。说犹未毕，回头只看见木筏上一个人来，口中大叫：“那僧道是何障眼法愚哄我的弟兄，快早过筏来受捆！看你在我面前，有何能断了捆索？”比丘僧两个看那人：

身着青袍腰系绦，道巾一幅带风飘。手中仗着青锋剑，口内呶呶听絮叨！

灵虚子见他来的凶恶，把手一指，那筏就停住，只在水面上旋转。巫人笑道：“好本事，好本事！”把剑也一指。比丘僧的船只见板缝绽裂。灵虚子道：“贼人到也有些手段！”把木鱼儿抛下水中，顷刻化成金色大鲤；把梆锤变成宝杖。他一跃骑在鲤身，直奔过来，举杖便打。这巫人也不慌不忙，叫一声：“老鼋现身！”只见水面上浮起一个大鼋。巫人跨着大鼋，舞起青锋宝剑。他两个在水上一场好斗！怎见得？

杀气从河起，威风各逞强。剑挥龙吐焰，杖舞电生光。金鲤翻洪浪，神鼋奋巨洋。只教河水混，谁肯服输降？

两个大战多时。灵虚子见这贼人本事高强，乃把金鲤化了一条金龙，自己变了一个金甲神将，把宝杖变为大刀，那威风真也雄壮。这巫人不能变，将身原跳在木筏上，叫一声：“老鼋！借你的神通，与我报仇抵敌罢！我要回河口，伺候那贩货物客僧去。”说罢，返上了木筏，飞身去了。这灵虚子收了木鱼，道：“强贼，我且不暇追你，你当那客僧是好惹的哩！”正说，却不防那老鼋听了巫人说替他报仇抵敌，他却在水里一头把比丘僧舟航撞破！比丘僧的菩提子粒粒落水，急急收取，被老鼋抢了一粒，躲入水底去了。

比丘僧与灵虚只得登了河岸计议。比丘僧道：“这贼人何有此法术，呼动老鼋窃了我一粒菩提子去！想这菩提子八十八粒，乃灵山至宝，一路保护真经，如何少得？师兄，你计将安出？”灵虚子道：“河水渊深长远，这老鼋必是个妖魔！他在这水中，知游何处？除非师兄以道力收来。”比丘僧道：“师兄，我平日一举念头，这菩提数珠随在何处，无远无近，即收复还来。如今不知落于何处？果是这妖魔窃去，便车干这河水，也要收复将来。但是我们道力尚浅，如之奈何？”灵虚子道：“师兄，你我原不该把唐僧指做客货诈哄贼人，有此邪妄，便生出这一种愆尤！说不得，原为唐僧师徒，少不得变了色相，在此河岸待孙行者来。这猴头神通本事，方能找寻。”两个计定，乃变了一个老僧、一个沙弥坐在河岸上，隔栅功课。

毕竟后来怎生找寻菩提子？且听下回分解。

第六十一回

假宝珍利诱贼心　喷黑雾抢开经担

话表唐僧劝化孙员外之子，说人身难得，盛时难遇，正道难闻，把一派本分正理与他讲，他那里肯信！只待行者使出机变法术，他方才倾服，替行者们挑送经担到近河的地方，行者方才放他去。

三贼既去，行者们挑着担子，三藏赶着马垛，道："徒弟们，方才三个说：前途是通天河。我想当年来时，你们除了鲤鱼精，无舟过河，亏了老鼋渡过我等，那时还是个空身，如今求取了这许多经卷，柜担又重多，却怎生过去？"行者道："师父，我老孙也正虑此。意欲附近善信人家求化些木料，叫个匠人造只舟船过去。"三藏道："徒弟，舟可是容易造的？我与你到河岸口看一看，只恐今来古往，时易事殊。或者河中有船来往，顺便搭去，也不见得。"师徒们走到河边。只见茫茫河水飞流，那有一只船儿来往。三藏正然心焦，只听得木鱼儿声响了几下。行者道："师父莫要心焦！你听，木鱼声响，定是庵观。我们且投到那边住下，再计较渡河。"师徒们循着河岸走来，不闻梆子之声，只见一个木排筏子。八戒道："师父，那远远摆着的不是船只？"三藏望一望，道："徒弟们，好了！果然今非昔比，岸边有木排摆列，定是揽载的舟子。我们上前，叫他搭载。"行者道："师父，你这个‘叫’字儿，有三不妥当。”三藏道：“徒弟，那三不妥当？”行者道：“这木筏若是客人停泊的，他走他的路，你怎叫的来，一不妥当。若是渔舟钓艇，他停泊河边晒网，或是沽酒与众为欢，怎肯听你叫得来，二不妥当。若是揽载搭客的舟筏，他见了我等柜担，只道是客僧贩卖货物，自然来揽载，师父何必去叫，这可不是三不妥当！”八戒笑道：“这弼马瘟！我们搭船也不讨个利市，只是说不妥当！我看那木筏上人，凶狠狠的在那里望着我们，倒莫不又是孙员外三个儿子？”行者道：“莫笑这呆子，到也见得透！师父且歇下在这里。八戒，你问个信来！”八戒依言，走近河边。

那筏上，正是孙员外三个儿子，带了众小贼在上。方才登岸，见了八戒，惊了一吓，忖道：“那个地方来的，怎有这样和尚？”乃问道：“长老何处去的，想是要搭我木筏么？”八戒道：“正是，正是。我们东土僧人，上灵山取经回国的。列位若肯搭载，愿你作福如意，受福坚牢。”三贼说：“我们是守候客商贩卖货物的。长老柜担是何货物？”八戒道：“我们是经卷担包。”那三贼摇手说：“不搭，不搭！”八戒走回，说：“木筏上人不肯搭我们。”行者道：“我说不妥当。待老孙去问，包你便搭！”行者走近筏前。那三个见了行者，越发惊异，道：“长老，我们不是搭客载的，乃是渔舟钓艇，停泊在此晒网。”行者便知他意，乃说道：“列位，我小僧们异国到此，贩卖些珍珠宝石到外方卖，路过此河无船，望乞顺便容留，自有金银谢你！”贼人便问：“方才那长嘴大耳长老说是经担！”行者笑道：“这是瞒人耳目之言。列位都是善男子，又何须瞒你？”一个贼人便问道：“你们柜担既是珍宝，怎么过百子河？一路山岭深林，就不曾遇着我弟兄们？”行者道：“遇着，遇着！幸喜孙行德老员外是我老孙一族，认出同宗，放我们过来。还承他款留斋供，挑送一程。”三贼心里忖道：“有这样信愚哄的老员外！异国贩宝的和尚，那里查他的根脚？只据他口说，便把这些货财放将过来。”乃随口答道：“既是我老员外认了一家弟兄，果然我听见有个族弟兄在外出家为客，快请来，趁顺风送你们过河！”

行者大喜，随与三藏们把这情节说了。三藏道：“徒弟呀，人有宝，尚然隐藏以防不虞；分明经担，你如何反说珍宝！万一他要开看，或是动了不良之心，真是你说的不妥当！”行者道：“师父放心。有了老孙，包你妥当。”

师徒正说，那贼人亲来抬柜牵马。上得木筏，贼人一个个问了名号，果然假托熟认行者一家。行者只是暗笑。上了木筏，贼众便掀那担包，见是经卷箱笼，便要开看，诈说：“师父们，这担包内是甚么珠宝？若要获利，我这河北有几家大户，专要收买。我们替你发落，无非希图几贯牙用。如今必须打开柜担，与我们一看！”行者道：“好事，好事！既蒙装载，又承作成，且从容到前，自然与列位看了，方才好讲。”三藏听见行者许他开看，只是愁眉，忖道：“这猴头真是揽祸！”

当下贼众撑着木筏，竖起风篷。那巫人作起法来。果然顷刻二三百里，到了河中。那贼人忽然把柜担抢入筏内仓中，执出刀来，说：“长老们，你要囫囵，待我们绳捆，抛入河内。”三藏见了，道：“豪杰们，我僧家委实是东土西游，上灵山取了经文。你莫信我徒弟哄你说珍珠宝货。若是货物，前途你弟兄怎肯放过来？出家人决不打诳语！”巫人道：“好个不打诳语！如何使我们开筏送了这二三百里？你这大耳和尚与你老和尚，言语老实，还与你个囫囵下水；你这毛头脸和尚明明打诳语，只教你吃我这刀！”只见众小贼把绳索就要来捆三藏。行者忙拔了无数毫毛，变了许多小贼，混乱在里。两三个假的，到把一个真的个个捆起来。那三个贼人被八戒、沙僧一顿禅杖打倒，反将绳索拴了。单单剩了个巫人。

这巫人不慌不忙念动咒语，只见黑雾迷漫。怎见得？但见：

一天阴云满布，四方黑气攒来。满河木筏乱撑开，马垛担包不在。

三藏见黑雾攒来乱纷纷，只留了一个木筏，却是行者、八戒、沙僧与自己站立在上，马垛、担包俱失落，不知何处，乃道："悟空，都是你打诳语，以致贼人动了不良之心！如今这黑雾虽散，我们担柜、经文何处？我与真经存亡相系，这如何计较？"行者道："师父，贼人被我法身变化，个个捆着。我这里再加一个紧索咒儿，叫他们个个难脱！只是这贼人如何会布黑雾，把这木筏分开？八戒、沙僧，你两个可把这一筏撑到河岸等候，待我去查探，看是甚么妖魔、贼人弄的手段？"八戒依言，撑筏傍岸。只听得木鱼声响，却是一个老和尚同着一个小沙弥，坐在岸头功课。

行者见了，便上前道："老师父，我小和尚们是西还的，被贼人抢了经担、行囊、马匹，不知何处去了？又看那贼中一人会弄法术布黑雾，莫不是个妖魔？你老师父可知么？"老和尚道："这木筏上乃是孙员外三子，他附托了个巫人，专在河内为非。"行者道："一个巫人有甚本事？"老僧说："他到也有些神通变化，方才把我一粒菩提子抢落水中，无处找寻。"行者道："找寻你菩提子也不难，如今我要找寻经担大事去哩！"老和尚说："快去，快去！迟了恐那巫人放了众贼之捆，打开你的柜担！"

行者只听了这句，飞忙腾空，把眼四下里一望：只见那巫人撑开三两个木筏，在那西边僻港内，解那贼众的绳索。行者待他解一个，又使个紧绳法。那毫毛变的小贼又伶俐，解开一个又捆起一个。急的巫人解不开，丢了手却去解柜担。行者道："这却不好了！"一个斤斗，直打到巫人面前，一手抓住衣领，道："好贼呀，解我经担作甚！"巫人不曾准备，兵器又不在手，被行者扭住不放，他便口中念念有词。只见木筏上火焰飞来。行者怕的是火，忙把变小贼的毫毛收上身，紧绳咒儿也念不成，只得放了手，跳在半空，看着巫人救起三贼与众小贼。巫人便要去开经担，那三贼忙止住，道："料这担中明明是经卷，我们用他不着。只是少了一大筏，当去找来！"巫人道："你们找的找，我开的开。”方才掀苫包。行者道：“事急了。”拔下毫毛，变了几条蜈蚣，在那经包之内。巫人不知，将手去解包索，被蜈蚣把他手指尽力咬了几下。巫人害痛。三贼笑道：“我说你且从容。看此担包日久未动，蜈蚣隐藏，未可造次开他！”巫人凶狠狠的、怒忿忿的左看右顾。行者道：“不好！这贼恨蜈蚣咬手，莫要寻刀杖敲打？不早防护，怎生奈何？”正在半空踌躇。

却说老和尚功课了一会，向八戒说：“你那位师兄寻着经担，只恐敌那巫人不过。你可急驾此筏去帮助他！”八戒道：“老师父，我这河中不熟，知他们在那里争斗？”老和尚说：“我这小沙弥河路甚熟，叫他帮你驾筏前去。”三藏道：“甚好，甚好！”

他那里知小沙弥是灵虚子？他与八戒驾着木筏，未走了十余里，三贼驾筏找来。巫人在筏上，一面叫痛，一面正寻刀杖，要割打担包。行者半空跟着，正思索计策。却好八戒同着个小沙弥驾筏前来。三贼见了，大喝道：“和尚，快还我木筏！”八戒道：“你快送过经担、马垜来！”三贼掣出刀，飞跳过筏。只见沙弥把手一指，忽然两筏离开。三贼落空下水，巫人急去扯救。行者在空中见了，夸道：“好一个小沙弥，倒有手段！难道老孙便没手段？”急变了一个水鸦，钻入水里。等那巫人来扯三贼，他顺手一扯，把个巫人也扯入河中。小贼忙来救，被他个个扯入河水。这起贼却都是会水的，在河中泅浮。早被八戒、沙弥夺了经担的木筏，驾了飞走，到三藏处来。好行者！越在河水中变了鱼鹞子，把三贼你一啄、我一咀，个个有屈莫伸。只有巫人扯了一筏，飞身上去，口中又念了咒语，遣了许多山精水怪，来奔八戒，夺筏抢经。那知巫人纵有神通，却是幻术，怎比行者的道法！他变了鱼鹞子，直啄的三贼丢了巫人，得了一个木筏救命回去。这巫人回头不见了众贼，只指望弄幻术抢担包，夺木筏，拿僧人出气，谁知行者们神通，见巫人遣了山精水怪来助战，忙掣下禅杖来打。巫人只是使法念咒，喝令精怪帮助战斗。被行者大喝一声，道：“何处精灵敢听贼人呼唤，犯我正气禅宗！”只见众精灵走的走，散的散。那巫人犹自口中呫呫哝哝，念道：“山精，山精！速来助力。”只见那山精笑嘻嘻的，反去打巫人，口里说道：

> 山精助力，助力山精。你惹和尚，却是圣僧。元阳正气，万邪荡清。柜包担子，扁固真经；金光烁烁，瑞气腾腾！我何妖魔，敢去犯争？

那山精说罢，散的一个影儿也无。巫人又念咒道：“水怪，水怪！速来助力。”只见水怪也呵呵大笑，口里说道：

> 水怪助力，助力水怪。那晓僧人，神通广大。三藏法师，沙僧八戒，那个猴王，更加利害！保经西还，当供筏载；笑你贼人，错做买卖！

那水怪说罢，一路烟不见半个。只剩了个巫人。他见木筏夺不去，和尚又利害，只得大声喊叫：“老鼋来帮助！”却说这老鼋精自把比丘僧变的舟航撞碎沉散，他抢了一粒菩提子躲入河底巢穴。众小鼋怪见菩提子放五色毫光，齐上前观看，问道：“主公，这是何处得来的宝贝？”老鼋道：“此宝名为菩提子，乃是僧家正念数头。人若得他，在手捏动，清心寡欲，延寿消灾。我今被那巫人叫我帮助他，战斗河上两个僧道，谁知那僧人驾一只舟航，却是菩提数珠子变化，被我一头撞破，那些菩提子落水，僧人急急收去，却遗失了一粒，被我抢来。我想在此河中年深岁久，正没个脱离人天功德，今得了此宝，且躲藏在巢穴。只恐那僧人查出数来，不肯干休，料他也没奈何。此八百里长河，水里广阔，也难寻找！”众小鼋各各相喜，道：“主公造化，造化！得了此宝，延生出世。就是我小鼋，也得沾些福荫。”正说，只听的巫人在河面上呼“老鼋帮助”！老鼋听了，怕是僧人向他要菩提子，任他喊叫，只当不闻。小鼋说：“莫要去！莫要去！万一僧人收了此宝，主公可不空费了这一番欢喜？”按下不题。

且说巫人连声喊："老鼋帮战！"那里喊得他来？他见势头敌不过众和尚，乃把口一喷，只见火焰腾腾，向木筏烧来。行者忙叫八戒、沙弥搪抵。只见沙僧一口喷出，如大雨淋漓，把火顷刻熄了。巫人便作法，顷刻河中风浪大作。行者把手一指，风浪随止。巫人随口念咒语，只见黑雾又腾腾布来。那老和尚与小沙弥向东方取了一口气喷来，那黑雾如风散，依旧青天白日。巫人无计，只得丢了一座木筏，与三藏们载着经文乘坐。他撑着一筏飞走，道："让你且去！"这正是：

大道肯教邪法乱，真经自有圣灵扶！

毕竟不知后来何如？且听下回分解。

第六十二回

行者入水取菩提　老鼋将珠换宝镜

话表三贼与巫人指望劫客僧宝物，谁知遇着圣僧们，空费了一场心力，到送了一座木筏，与唐僧们乘坐载经。

他师徒欣欣喜喜。八戒、沙僧撑驾着木筏，望东前行。三藏便问老和尚，道："老师父还是何处去的？我等动劳你小沙弥帮力破贼，若是也要过这河向东，便顺在此筏同行，若是往别方，我等就此奉辞。"老和尚答道："我老僧东也行，西也往。只是这粒菩提子，如何舍得失落不寻？"行者听了，道："呀！老师不说，我已忘了。不知你这菩提子失落何处？"老僧说："知在何处，老和尚自家去寻，又何须问你？"行者道："我等方才也蒙沙弥帮助道力，小和尚情愿与老师父找寻这一粒菩提子。师父可与八戒、沙僧先撑了木筏，载得经担，前向东行。徒弟去找寻菩提子去也！"说罢，骨都一声，跳入河中。那老和尚便叫三藏们："开了木筏，顺风前行去罢！"他却与沙弥坐在河岸，等候行者。

却说行者跳入河中，捏着避水诀，直到河底。走了许多路，遥见一座门楼，上写四个大字，乃"水鼋之第"。行者呵呵笑将起来，道："我说此路曾走过，眼甚熟识，原来是当年我来时鲤鱼精夺占老鼋之所！想这老鼋定知这老和尚菩提子，待我问他一声，便知下落。”只见门掩不开。行者敲了几下；里边走出几个小鼋，把门开了，道：“和尚好大胆！此是何处，你敢避水前来！”行者笑道：“列位，我也不敢夸说入海的手段，降龙的神通，只说你们可知老和尚失落了一粒菩提子？若是知道，说与我，免得拨嘴拨舌，坐你们身上要！且问你：这宅第乃是个老鼋居住，如今他在何处？快传知与他，相见我一面！”众小鼋听了，忙入屋内，报知老鼋，说：“门外一个毛头毛脸和尚，来寻找菩提子，要主公相见。”老鼋听了道：“罢了。这是那和尚来取菩提子！”乃分付小鼋道：“你去问他何名何姓？是那里和尚？他若说出西来与巫人敌斗的，便是那僧道来找寻菩提。你便回他：不知甚么菩提子，我主公到前河回流港望二主公去了！”小鼋依言，出屋来问行者。那老鼋说罢，把菩提子藏入怀中，从屋后顺流直走，到回流港而去。这小鼋出屋，道：“长老，我老鼋不在屋内，他去望客。且问你何姓何名？道号何称？”行者忖道：“我老孙若说出真名，怕他念昔日恩情款留我，耽误了工夫；不如便认作老和尚，只是老和尚也不曾问他名号。”乃随口答道：“我叫做外公孙！”小鼋道：“你可曾与巫人争斗么？”行者道：“正是与那贼争斗，方才失落了此宝！”小鼋听了，道：“我们不知，不知。你到别处找寻去！”行者听了，一手扯着个小鼋，使个重力法，把他肩臂拿住。那小鼋疼痛难当，大叫：“长老饶我！我实说与你听：菩提子果系我老鼋抢了你的，他却躲到河东回流港去了！”行者揪着他，满屋寻看，果然不见个老鼋，只得放了手，出了屋门，想道：“我曾走过的熟地方，便好打斤斗，这回流港不曾游过，如何去？我只得捏着避水诀，在河底向东找来。”

却说这老鼋有一个兄弟，叫做二鼋。这妖精神通却也大，本事果然高，在这河底建了一个巢穴，在里安身。这日正静卧在巢，忽然老鼋到来。两相叙说，讲到帮助巫人战斗和尚，抢得菩提一粒。二鼋道：“我闻此宝有得之者，转生人道，享福延年。老兄既得，殊为可贺！

且借与小弟一观。”老鼋乃向怀中取出。二鼋一见了，惊异起来，道：“好宝，好宝！”但见：

圆陀陀宛如舍利，光灿灿不说金丹。宝珠莫做等闲看，怀藏福似海，捏动寿如山！

二鼋见了，称赞："好宝！”忙叫老鼋："好生怀藏！”那老鼋听得，一面把菩提子藏在怀中，一面向二鼋说道："此宝藏便藏着，只是那和尚不肯轻舍，方才找寻到我巢来，已分付小鼋回他，只恐那和尚不肯离门，故此到老弟处躲避他。万一找寻将来，望你帮助些法力，使他畏怕而去！”二鼋道："不难，不难。任他甚么神通和尚、本事道人，他若有菩提，还要抢尽了他的！”老鼋大喜。

两个正讲，却好行者找寻到了门前。行者一望，也有牌楼一座，四字上悬："水鼋广宅"。行者道："这妖精，我想当年与他除了鱼怪，复了宅第与他，他感我恩德，送我师徒们过这通天河。如今若是见了面，定然念昔日之情，把菩提子还那老和尚。无奈不曾见面，且是我不老实，不说出名姓，故此他躲避到此。如今且变个水老鼠，走入他宅内，看可是当年老鼋？如是他，便直说向他取；如不是昔年老鼋，再作计较。”行者见他门掩，乃变了个水老鼠，从屋檐钻入。

方要进屋，那大门里几个小妖手拿着大棍，见了水鼠，喝道："此是何处，你敢进来！看你非河中之鼠，乃何处妖魔托化！”便把大棍打来。行者想道："此妖如何知识？必是这河无此水鼠，他们诧异，指做妖魔。我如今就变做小妖，混在他伙里，便可进去。”忙把鼠身一抖，随变了一个小妖。只见屋门小妖见了，把手来揪着行者，道："你是何方妖怪？敢假变我们容貌身形！”众小妖执棍便打，说："扯他去见两个主公！”行者忖道："老孙从来假变飞禽走兽，小妖大怪再无识破，怎么这妖精灵通识出？也罢，趁他扯入见老鼋，便就知老鼋详细。但不可露出我真形来，惹妖精笑我老孙手段与人看破！”行者想了一想，乃变了个老和尚的容貌，被小妖扯入。

那老鼋见是老和尚进来，往屋后飞走，又回自己宅第去了。二鼋见是一个老和尚，乃问道：“你这长老既失了菩提子，只该去向老鼋处取，如何假变水鼠、小妖闯进我门？本当吞吃了你，念你出家僧人，姑且饶恕，只问你这菩提子有多少？却失落了几枚？”行者那里知数，但知失了一枚，乃答道：“多着哩，五千四百单八个哩！只是被老鼋抢了一个来。”二鼋听了，笑道：“这定非失菩提的老和尚，岂有不知一百单八数珠菩提子？想那老和尚出家僧人，岂肯为一粒数珠，假托变化来此？定是妖魔设诈来骗宝贝的！”叫小妖：“快把绳索捆了，取出照妖镜，看是何处妖魔？甚么精怪？然后处治他。”小妖听得，便把绳索来捆。行者想道：“我若使出神通不与他捆，便要打斗起来，又不知他是个甚么照妖镜？”乃随着小妖绳索捆在阶檐下。两个小妖却抬了一个雕漆镜架，放着一面古镜在上，把行者抬到镜前。行者道：“我且坚定是个老和尚，看他怎照？”那二鼋走近镜前，向光里一看，呵呵大笑起来：“我说是个妖魔假变老和尚来骗菩提子，原来是一个猴子精！”你看他：

凹眼金睛尖脸，猹耳孤拐毛腮；龇牙獠嘴似狼豺，乃是猢狲精怪。

二鼋见了，执起大棒便打，口中骂道：“把你这猴精实实供来，是那山那岭甚么洞谷成精作怪，敢到我这里来骗宝贝！”行者大笑一声，道：“好妖魔！外公也认不得，还要我说与你知！”忽喇声响，绳索皆断，夺过小妖手中一根棍子，跳上屋阶，照二鼋劈脸捣去。那二鼋举棒相迎。两个方才交手，行者想道：“河里与他打战不便，且到岸上交锋！”乃从屋外跳出河水。二鼋那里肯出来，只在河中暗自夸道：“何处妖精敢变化来骗老和尚菩提？到也神通高强！我又不曾抢他菩提，与他打斗何用？”乃叫小妖到岸上叫明：“那猴精休来我处讨菩提子！你还往别处去寻。”行者道：“臭小妖！分明老鼋在你屋内，我到何处去寻？快早献出，免得老孙费力！”行者说罢，只见河里钻出一个妖魔来。行者看那妖魔怎生模样？但见：

龇牙咧嘴，圆额尖头。背如灵龟广阔，足如巨鳖爬游。水内雄威，真个虾鱼难犯；岸边动荡，怎与大圣为仇？

行者见了那妖魔，笑道：“你这业瘴只该安伏在窝巢养你性灵，怎敢藏匿了老僧至宝？我且问你：你那菩提子今在何处收藏？照妖镜何处得来？想都是偷来的了？今日撞着老孙，都要献出来，便饶你性命。若还迟延，我老孙只把你这河水熬干，叫你存身无地！”那妖魔抖一抖身躯，变得似人形状，手执大棒，道：“猴精！菩提子是吾兄得去，你何故上我门索骗？照妖镜乃我从天宫得来，你有何法力敢要此宝？”行者道：“汝即妖。何不自照？敢把人照！”妖魔道：“我妖不妖，专照你那不妖而妖！”行者呵呵大笑，想道：“这妖魔到也说得有理。我方才分明变鼠，变老和尚，此身形已做了不正之妖，他便照出我原是个老孙。这件宝贝儿怎肯把与妖魔之手？如今，上计除了这妖，取了他这镜儿，一路妖精断难瞒我；中计设个机变，盗了他的去用用，纵不能长远得他的，好歹下计也抵换的菩提子还老和尚！”行者心自裁划。那妖魔暗把镜子悬在手里，向着行者照来，也呵呵大笑，道：“猴精，空费了你心机，这上、中、下三计都不中用！”行者听了，惊异起来，道：“这妖魔通灵，如何知我心间事？我在此与他战斗也无用，纵剿灭了他，又背了师父取经方便之心；如今要过了河挑担，又要寻老鼋讨这菩提子，可怪这老鼋只是未见面，东躲西避。他既到宅第去了，我只得再去寻他。这会莫要说假，老实说与他知罢！”行者思想一会，乃向妖魔说：“老孙不暇与你争长竞短，既是菩提子不在你处，多系你那老鼋藏在他处，我去问他取也！”一斤斗，却打将来。行者此时如何会在水里打斤斗？只因他走过的熟游之地，便不难。

却说老鼋在二鼋处只见了个老和尚，恐是来要菩提子，心慌便走回宅第，叫小妖紧闭大门。不匡行者斤斗快，早已打入他屋内，立在阶前。老鼋一见了是孙行者，随下阶一手扯住，道：“圣僧师父，别来已久！想当年蒙你灭了鱼精，复还了这宅第与我安居，此德至今不忘。今日怎么唐突到我屋里？想是令师三藏老爷取经完成回国，路又过此？”行者道：“老鼋哥，你还不知我们师徒取了真经，路过此河，遇着木筏贼人，大战了一番。”老鼋呵呵笑起来，道：“怪不得巫人两次呼我帮他战斗！先一次乃是两个僧道，被我撞碎他船，得了他一宝。只因爱惜此宝，后次巫人又唤，我便不曾应他。不知后边却是师父们与巫人争斗，早知出来帮助师父们一番，也见不背恩德！且问师父到我处来，三藏老爷在何处？”行者说：“先往河东前去。我正为那老僧师徒失了菩提子，替他找寻到此。”老鼋道：“此宝现在。只是两次三番他亲身到我门，又到我弟宅去讨，不曾与他。如今既是师父面上，还他便了。”乃自怀中取出一粒菩提子，递与行者。行者接在手中，说道：“高情深感。却还有一事奉问：你道老和尚两次上门，实不瞒你，就是老孙假名托姓，变化将来！但不知令弟怎便识我？”老鼋道：“他有一镜名唤照妖，乃是张骞乘槎误入斗牛宫得来月镜。被他偷得此镜，邪正不能隐藏，一照即知。所以，师父就是肺腑机心，他也识得。”行者道：“妙哉至宝！我怎能得他此宝？一路回国遇有妖魔，何难知识？”老鼋道：“师父要此宝也不难！我正在此怪他不念弟兄同气，既在他处识得是假老和尚，何故不说，使我又从屋后逃避回家，直推菩提子在我处？到是师父也罢了，若不是师父，他可该推我？如今师父既要他此镜，须得此菩提子抵换了他的来！”行者道：“此事又难行。我专为取菩提还老和尚，如今抵换镜子，不得菩提，反失了我一诺之信！”老鼋笑道：“师父，你道菩提子换了照妖镜么？”行者说："一物抵一物，自然得此失彼！"老鼋说："此镜非同凡物！吾弟常悬了一架，明照四方。只除了不动声色，无形无影，便不入明镜之中。他纤尘不染，万象觅形。你偷他不得，瞒他不能，只好实心听他心喜，取得过来，入了你师父之手，再作计较！"行者道："偷不得，瞒不能，你将菩提子抵换，便是欺瞒了！"老鼋道："师父，我故说实心听他心喜。他见我得了菩提子，甚爱此宝，说：'得之者，转生人道，享福延生。'我今实心向他抵换，则必心喜。那时师父得了宝镜，再计较取菩提，虽说仍是欺瞒，则照妖之宝已在师父之手矣！"行者听了，大喜道："老鼋哥！老孙去不得，他有宝镜识破；你可将菩提去换，我在此等你来罢！"老鼋道："正是如此。"行者遂将菩提递与老鼋。那老鼋接了，留行者在宅第住下，分付小妖："好生收拾茶点汤果！"供献行者。他却怀着菩提，飞星走到二鼋处来。

毕竟如何抵换宝镜？要知后来，且听下回分解。

第六十三回

变鳖鱼梆子通灵　降妖魔经僧现异

人须要识此真心，实不虚兮正不淫。但愿寸衷皈大觉，
何须此外觅知音。谁交屋漏欺明镜，却把生平愧影衾。
不负上天临鉴汝，又何孽怪敢相侵。

话说孙行者只因机变时生，便有妖魔机里生机，变中设变。这老鼋那里是把菩提来抵换宝镜，他见了行者变老和尚取讨不去，却又一斤斗打到屋阶，当面来要，推托不得，且知当年行者扫灭鱼精神通本事，一时设此巧谋。行者信了他狡计，坐守候他。

他走到二鼋宅里，把这情节同二鼋说出。这妖魔听了，笑道："吾兄且在我宅第安心居住，料那猴精守候不得，况且老和尚之物，与他无甚干系，他要随唐僧走路，那里有工夫等你，则这菩提一粒，老和尚不能取去，永为吾兄之宝也！"两鼋正计。却说孙行者是个好动的心肠，况且机变百出，等了一会，吃了那小妖们茶点，一个斤斗直打到二鼋巢穴。他要变化进去，只恐怕照妖镜难隐藏；若不进去，又恐这老鼋机巧设哄他。想了一会，道："老实向他要罢！"便大叫："老鼋！老孙等久没工夫，要前面赶我师父。那老和尚的菩提子，快拿出

来！不换那照妖镜了。”老鼋那里出来？众小妖把守又紧，假变的事儿又做不得，无计奈何，只得一斤斗，打到老和尚前。只见老和尚与小沙弥仍坐在河岸上等。见了行者，便问：“我老和尚的一粒菩提，小师父找得来了么？”行者道：“找便找着。颇奈两个妖精奸巧，三番五次耍弄老孙，取他不来，只得回复你。我要赶唐僧木筏，恐到了东岸等我也！”老和尚道：“找着如今在何处？”行者便把前因后节说了。只见老和尚道：“既有尚下，小师父你请随师父去罢！我与小沙弥自能取也。”小沙弥也说道：“既是两个鼋精，谅此妖魔何难处治？”行者是一个好胜的，见沙弥说此话，乃道：“老孙既管了这闲事，岂有不全终始！毕竟要与老师父取来！”老和尚道：“多承美意，只是你唐僧前途又遇着妖魔抢行囊了！”

行者听了此言，随辞了老和尚，说：“老孙得罪！为人谋事不忠也。”忽喇一声，赶上唐僧的木筏。只见三藏坐在上面，当中供着经担。八戒、沙僧撑着篙子，正在那河水上行。见了行者到来，便问：“徒弟，与老和尚找着菩提子取了还他么？”行者道：“费力误工夫。谁知这菩提子乃是当年我等来时那老鼋得去。他如今恃着有个二鼋，这妖魔有一宝镜，邪正照出，分毫难隐。我被他识破，用尽机变，终不能取。”八戒笑道：“只说你机变，此时也穷了么？何不学我老猪，百事只以老实！你何不老实向他取？”行者道：“八戒，你能老实向他取么？”八戒道：“何难，何难！但不知这妖魔躲在何处？”行者把眼在河上一望，道：“早哩。我在水底斤斗也打了几个回转，走了数遭，如今看来还在前面哩！”三藏道：“悟能，你既是能老实去取，替那老和尚一取，也是功德！莫要差失了一粒，损了他念头。快把篙子紧撑！若是那老鼋念旧，好歹把宝镜借与我们一照，这点身心邪正，自家也讨个分晓。”行者笑道：“师父，徒弟正也想着他的镜子，无奈偷不得，骗不能，除非你们老实向他借。”

按下师徒在木筏上前行。且说比丘僧变了老和尚，灵虚子变了小沙弥，他只为保护真经。见唐僧们得了木筏，安心东行，乃复了原身。比丘僧向灵虚子道："师兄，我与你只因设了些假诈，欺诱了巫人与那三贼，乃失落了一粒菩提。孙行者既找寻着根由下落，我与你只得去寻那妖魔，问他索取。"灵虚子道："师兄，如来赐的至宝，安可失落？取也不难。方才只为保护唐僧们经担，便未暇谋及于此。如今既知在两个鼋精之处，只得使出神通道力，复还了你至宝，再去前途照顾他师徒走路。"比丘僧说："师兄计将安出？"灵虚子乃把木鱼儿执在手中，口中念了一句梵语。只见那木鱼顷刻变了一尾鳌鱼，好生神异！怎见得？但见：

龙首高昂，金鳞光灼。喷云吐雾赛长蛟，摆尾摇头过猛鳄！看飞腾激水扬波，观形状高山峻岳。任他狡谲老鼋精，见了藏头须缩脚。

那鳌鱼直下河水，径来到老鼋巢穴，直把鱼尾在他前后宅屋一搅。吓的些小妖飞跑到二鼋巢穴，道："主公快把菩提子送还了那老和尚罢！他如今遣了一条似龙非龙，如蟒非蟒，把巢穴一搅，根椽片瓦也没一件！"老鼋听得，慌张张战惊惊的，向二鼋道："怎么了？吾弟何计救我？"二鼋笑道："吾兄莫慌！他欺你个不在家。待他到此，我自能保你。"

正说间，比丘僧依旧把菩提变了舟航，只是缺了一舵。他与灵虚子撑驾水面河底。却是鳌鱼游来，到了二鼋巢穴。那鳌鱼把尾又一搅，只见二鼋宅第屋瓦皆震。二鼋忙执了宝镜，走出屋来，向鳌一照，道："何处僧道？梆子也来成精！"只见鳌鱼被镜照了，依旧是个木鱼儿，浮在水面。灵虚子见了，忙收起来，再念梵语，那里变了？乃向比丘僧说："师兄，道法不胜妖魔，定是他神通广大！我与你又不能入水交战，如之奈何？"比丘僧正无计，只见后面一座木筏撑来，却是三藏师徒与经文在上。比丘僧见了，道："师兄，唐僧们来了。此事还要孙行者，方能妥当。只是我原与你是个老和尚、小沙弥，如今莫教他师徒看破！”乃依旧变了老小二人，将舟航泊在河岸，把木鱼儿敲着念经。

三藏在木筏上听闻，道：“悟空，是那里木鱼声响？”行者往前一看，道：“师父！那河岸边泊着，不是一只船儿？”三藏道：“船上敲木鱼定是善人，可与你近前去看。”八戒忙把篙子撑着木筏到前，依旧是老和尚与小沙弥在舡上敲梆念经。行者见了，道：“老师父，菩提子取了么？”老和尚道：“不曾，不曾，这妖魔真是神通广大，本事高强！还乞师父们替我老和尚一取。”行者看着八戒、沙僧，道：“师弟，你们出没波涛，好生便当，且八戒善能老实去取，方便门中做个功德，扫荡了妖怪，也与河中往来造福！”八戒听说，乃两眼看着老和尚舡仓里放着几个大馍馍，他笑道：“老师父，你叫我下河取数珠，放着馍馍却舍不得斋我老猪。”小沙弥道：“师兄取了数珠来，便奉你受用。”八戒道：“先受用了，去取数珠。”沙僧上前一手扯着八戒，道：“只是师兄贪图口腹。你不快走，我去建首功也！”往河中骨都一声，跳入水底。那八戒方才也下水。两个在水底走了一程，只见一所宅第屋门大开，那两个鼋精坐在上面，一个手拿着宝镜，一个怀藏着菩提，那光彩射出。八戒道：“沙僧师弟，如今却是老实向他要，还是假变设法向他取？”沙僧道：“二哥，我与你一善一恶罢！”八戒道：“善便大家善，恶便彼此恶，怎叫做一善一恶？”沙僧说：“善取只恐妖魔倚强恃势，恶取又恐妖魔也有神通。我与你，一善与他好取，一恶与他狠争！”八戒道：“我老实善取罢！”沙僧道：“你既善取，待你好讲一番；取得便罢，如是不肯，待我恶要！”

八戒乃整整身衣，走到二妖面前。那二鼋忙悬镜一照，道：“不好了！那里猪精走入屋来？”八戒道：“二位魔王，小僧不是精怪，乃是跟随唐僧灵山取经的第二个徒弟，法名猪八戒！”老鼋听了，忙起身道：“吾弟，果是不虚，乃我当年恩人。且请坐下，有何见谕？”八戒道："别无他说。只因路过此河，遇着贼人，亏一个老僧助力打斗巫人，他却失了菩提一粒，央我们替他来取。闻知我大师兄不老实，弄机巧变幻，魔王不耐烦与他，故此小僧来取。望你方便，还了他罢！再者，闻知有一宝镜，能照人邪正，我师父唐三藏欲求借，一照自己身心。"老鼋听了，笑道："本当奉命，把菩提子还那老和尚。只因他将此变舟航，来敌斗巫人，便失了菩提正念。此宝既失，莫说我怪他变幻不肯还，便是菩提子也不肯复归他手！猪师兄你请回，万万不敢奉命！"八戒道："宝镜暂借片时，料此不敢骗去。"二鼋笑道："此吾随身护命之宝，如何借得与人？"八戒苦求哀取，那个妖左推右拒，那里肯作人情？只得走出门来，向沙僧道："不济，不济。善求不如恶取！"

沙僧听了，摇身一变，变了个三头六臂、雄威勇猛大将，恶狠狠的一脚，把小妖踢倒，大门打开，直奔上妖魔屋来。那老鼋忙掣兵器在手，这二鼋只把宝镜一照，明明一个沙和尚在内。二鼋举着宝镜，道："和尚！休得要凶张恶致，假变前来，速速回去！菩提子也非你这假妆混去，宝镜不肯容你变幻前来！"两妖只把兵器来舞。沙僧见空手又无兵器，那些假变凶恶被他照破，只得与八戒叫道："妖魔！你有神通本事，可出河水，上岸斗个胜负！只躲在水底，不为豪杰！"他两个叫罢，二鼋只是不出。没奈何，只得钻出河水，把事情说与行者。行者道："今只除非妖魔出了河水上岸，我自能降他！"乃向老和尚说："老师父，你如今说不得，且再把菩提接引菩提，这宝方能复还。"老和尚道："说的有理。"乃在舟航中取了几粒菩提子，交与行者。行者接得，捏着避水诀钻入河中，叫："老鼋！只一粒菩提，怎能两相成就功德？我如今有数粒在此，你得了你成就，我得了我成就。你敢上岸来决个雌雄？我如不胜，便把这数粒送你！"老鼋听得，与二鼋计较道："老弟，此事奈何？"二鼋道："妙哉！我正在此想要一粒，不便向老兄取。他既自送上门，便与他上岸赌斗，有何畏惧？老兄可装束齐整，我与你出河水，上崖岸，看那和尚们如何抵斗？”

两鼋整束了盔甲，上得岸来。只见三藏合掌，在木筏上向经柜担包作礼。口中朗朗，诵念真经。二鼋一见忙把宝镜一照，只见三藏与真经在镜中现出，把两鼋实形消灭。怎见得？但见：

庄藏无上大真经，宝镜菩提总一空。可惜妖魔空费力，真灵照处两消形！

却说二鼋把宝镜向木筏上一照，只见唐僧庄严色相，在镜中现出真经，万道霞光□，□是通天彻地，出幽入冥，把个两鼋形消精散，菩提子那里存留得在怀，照妖镜空执在妖魔手。行者见了，笑道：“老鼋！我叫你好好做个人情，送还了老和尚。如今只等形迹败露，要留无法留了。”八戒、沙僧掣下禅杖就要打，三藏忙止住，道：“徒弟们，若一打行凶，这宝镜、菩提复归妖魔，悔无及也。”八戒道：“师父，我老猪原叫他上岸来决个胜负，如今不打他，怎成个豪杰？”行者道：“老孙也叫他决个雌雄，必要打两禅杖儿，方才消了那三番五次取他不与之仇！”只见老和尚道：“师兄们休要存此心罢。前途尚远，妖魔叠出，只恐两鼋虽服，尚有五气未调，作梗路间，又要定豪杰，决雌雄也。”老和尚说了这句，行者随扯着衣袖，问道：“老师父，两鼋五气，老孙不知。请教，请教！”老和尚说：“我也随口道出。只是那妖魔见了真经，将菩提子供献在前，宝镜妖魔也不敢收留，老和尚大胆收了菩提去罢！”三藏忙把菩提送与老和尚，自己收了宝镜。老和尚将菩提子接在手中，叫了几声：“动劳！”与小沙弥驾舟去了。那两个妖魔乃向真经顶礼，求三藏超脱。三藏悯其真意，仍复课诵真经一卷。两妖化一道青烟而去。三藏方才叫八戒撑筏前道，只见空中五色祥云，云中现出一位真仙，道：“快还了宝镜来！此宝即是真经，不容并立。那唐长老只可至诚恭奉经文，休持二种！”三藏见了，忙向空合掌，把宝镜献上。那空中一只金手伸将下来接去，不知所向。

师徒们方才惊异，未行了三二十里，抖然天风效灵，木筏不知何故，一夕直达了八百里，到得东岸。三藏登了岸头，把经柜、担包、马匹俱打点停当，乃向木筏合掌拜谢，道："我弟子陈玄奘，一路前来并不曾白央人，夺取人舟车、马匹装载经文。今日过此通天远河，抢夺了贼人木筏，非我本意，实乃巫人自作自取！虽然，借人之力，寸步难酬。我弟子欲要谢你，囊又无钱。舟人不在，只得向木筏拜谢远载送程之劳！"三藏下拜。八戒笑道："师父迂阔的紧。若是那巫人与三贼送来，老猪还要打他几禅杖，送他到地方官长处治他哩！"行者道："呆子立心凶狠！"八戒道："我老猪是有传授的。沙僧取菩提的法儿：一善让师父做，一恶待我行。"三藏道："徒弟休说闲话。你看，这河岸上光景我甚熟，却似走过一番的。"行者道："亏师父认，却不是当年来时渡水之处，拿鲤鱼怪之所？"八戒道："是了，是了。造化，造化！斋饭又在口头了。"三藏说："悟能，你如何晓得斋饭在嘴头？"八戒道："我记得陈员外备斋供送行在此。他们感我等替他除了妖精，救了童男童女祭祀之患，难道不接个风？以此知斋饭在嘴头！"

师徒正说，果然走了二三里，只见居人稠密，较前更觉热闹。那村众大大小小，也有认得的，说道："当年平妖捉怪的老师父们回来了。"那认不得的，见了说道："我也曾听闻说，当年有取经圣僧过此，那陈员外感恩，至今念念不忘。若是圣僧回来，快去报知！"只见一个老苍头见了，道："不消去报。我员外这两日做梦，说圣僧目下西还。他时刻到此打听，方才家去吃饭，叫我在此等候，真真造化，造化！"八戒听了，把经担歇下，上前问道："老哥，你是替陈员外报信的么？甚事真真造化？"苍头道："我没工夫说。你师父们会着我员外，自然知道！"他飞往前报信去了。

却是何事造化？且听下回分解。

第六十四回

误把五行认妖孽　且随三藏拜真经

却说三藏师徒正离了河岸，到得村店人家，人人认得的，道:“取经圣僧一去几载，今日回还了。陈员外望着了。苍头的造化！这村舍人家，少不得苍头几匹布了。”正说间，只见陈员外弟兄两个远远见了三藏们，笑容可掬，飞奔前来迎着三藏，道:“老爷们回来了，往返辛苦。老拙梦寐思念！”携了唐僧的手，请他师徒到家，叙了阔别，便谢他当年恩德，一面备斋款待，一面问道路来平安。三藏道:“托赖施主洪福！一路妖魔不少，仰仗真经感应，诸徒弟心力，得以到此。”便问员外:“一向纳福？”陈老道:“托赖圣僧老爷！自当年灭了精怪，我乡村受了无量的功德！”八戒道:“功德功德，替员外拿妖捉贼，受用你些斋饭馍馍，不曾得你些银钱谷麦！一秤金已嫁了郎君，陈关保已做了商客，还有村男乡女到今并无祭祀的灾厄。我方才听造化了苍头，不知有甚青红白黑？道朝元村里人家，少不得他几匹帛布！”三藏听了，道:“徒弟老实说罢，何消说词连韵有这许多？”八戒道:“师父，你老人家不知。我徒弟听说，苍头报信与员外，便得村家几匹布的造化。我老猪当年费了许多心力，也不曾得一丝布帛，这皂直裰还是跟你来时的！如今说不得，员外布施老猪几匹，做件上盖！”行者骂道："呆子莫要又动了贪心！且问老员外，我老孙也听闻与苍头布匹，却是何故？"陈员外道："老爷们有所不知，我这地方属车迟国元会县。料你必往县治回去，离我这处十余里，有一村唤名朝元村，人家户户都也良善，不知何故近来瓶儿也是怪，盆儿也是精，吵得家家不得宁静。日前有两个僧道打从村中过，一家善信好意供奉他一顿素斋，把妖怪的事说与僧道。那僧人怀中取出一串数珠儿来，念了一声梵语，到也好了半日。待那僧道出了门，依旧妖怪又在他屋里作耗！"行者道："这妖怪却是怎来怎去？弄的是何等神通？"陈老道："闻知这妖怪不是一个，乃五个五样名色。到了人家，看是那个名色的入门，这人家一概家伙便照妖怪的名色，于是成起精来！"行者道："他名色叫做甚么？成精却是何状？"陈老说："师父，我老拙还不知详细。苍头为布，已去报知，说当年我家捉妖拿怪的圣僧回还了。此时定有村人来探望。"

正说间，果然朝元村人来了十余个，都是香幡花烛来迎。见了三藏师徒们，一齐拜倒，说道："圣僧老爷，我等凡民人家自不知冤愆罪业，十家有九苦被些妖精缠扰，专望圣僧到来，与我等驱除！"三藏扶起，道："闻知日前有僧道与你解妖除孽，你如何放他去？"众村人道："那僧能除一家，不能家家解；能解见在半晌，不能长远除。我们也留他，他道：'后边有取经的圣僧来，内中一位孙行者老爷，原是收灵感大王的，会家家灭怪，长远除妖！'是以我等望列位到来，如大旱之望雨！"行者听了，笑道："这僧道知老孙的手段，也不是个无名少姓的。"八戒听得，道："这两个和尚、道人，就不夸老猪更会家家灭怪，长远除妖哩！"村人说："那道人也说出有一位大耳长面的八戒老爷，妖怪也会捉，只是要吃饱了斋饭，方才上心！我村家听知此情，个个备下闽笋、木耳、石花、面筋、大馍头、小碟点等候着！"八戒只听了这话，便道："师父，我们也是顺回东土正道，便趁着天气尚早，往前行罢。况且扰了员外斋供，没理又住在他家。"这呆子一面说，一面就去挑经担。三藏道："徒弟，且从容一时，待我与陈员外叙了久阔，也消受他高情斋供。"只见村众巴不得八戒就走。孙行者笑道："师父莫要阻了八戒兴头，正要他慷慨前去捉妖怪哩！"三藏只得辞谢陈员外弟兄。

那众村人香幡前导。方才走不上三五里路，只见五个大头大脸面色各异之人，带领着许多汉子，鼓乐吹打前来，说道："朝元村众，来迎接圣僧平妖捉怪的。"说罢，吹吹打打一套，那几个汉子便替行者们把经担要挑。行者道："宝经柜担比不得等闲货物东西，劳列位借力。此乃我师徒灵山求取的真经，时刻不离我师徒身心的。"那汉子说："师父，你不肯与我们挑，乃是不离身，如何说时刻不离心？"行者道："列位那里知？比如这担子上了你们肩，你只当个担子，挑着前行；若是我们，身虽挑着，这心却敬着！可是时刻不离？"众汉子那里听，只是要挑。那五个村人说道："老师父放心！与我众汉挑走一步，也见我们来迎接你的敬心。"说罢，便喝叫众汉夺挑。行者心疑，向沙僧耳边悄言："如此，如此。"沙僧点头，道："有几分。"八戒见了，道："你两个计较甚么你七分、我八分？老老实实，他列位要代挑，便与他挑走几步，也歇歇我们力！"

行者不言，乃向先来陈员外家的村众问道："列位善信！这鼓乐吹打来的，想也是一村之人？"众善信道："实实不认得。我们乃朝元村众，只恐这又是别村人户听得圣僧过此，鼓乐来迎。不曾会面，那里认得？"行者道："就是不认得，远村远里必须有个熟识。他如今要挑了我们经担前去，你众善信却在先到陈员外家来的！"众善信道："我们是朝元村见有妖魔作耗，求老爷们解除，故此远来迎接。且是陈员外家苍头报信在先，见送了他几匹布的，如何肯把老爷们经担与他夺去？"几个善信便上前说道："列位是那村那里来接圣僧的？我们朝元村众远接到此，你如何抢夺经担？"只见那五个人道："我们也是朝元村的善信，特为村中家家有妖魔邪怪，来迎接圣僧去扫荡。你们何人，敢来争夺！”三藏道：“列位不必争竞，小僧少不得到了贵村，也都要拜望。料列位也都是一块土亲朋邻友？”只见香幡的人说：“认不得甚么亲朋！”鼓乐的汉子道：“认不得甚么邻友！”行者道：“列位只因一个争竞，便对面说不相认。何处去捉妖怪？这便是妖怪了。”那香幡的人道：“老爷，谁是妖怪？”行者道：“你们便是妖怪。”这香幡众村人听了，笑道：“老爷说的好笑。”只见那鼓乐的汉子也道：“老爷，谁是妖怪？”行者道：“你们便是妖怪。”那汉子们丢了鼓乐，道：“好好的来迎接你这和尚们，如何说我们妖怪？”一阵风齐走了。只剩下五个大头脸的，笑道：“长老，我们那里是妖怪！有句话儿，说与你听。”行者歇下担子，道：“你说，你说！”那五个汉子一个个说来道：

自古阴阳两判，乾坤比合五行。相调无犯各相生，谁教他失原来情性？不顺彼此复克，朝元各失调停。看来他是怪精，怎把我们错认？

这五个汉子说罢，飞星走去。众善信齐齐向三藏说：“圣僧老爷，这便是妖怪了。”行者道：“师父，你看这可是妖怪？”三藏道：“悟空，我看这几个头脸觉异，面色不同，来混闹了一番，这会你题破，他飞星去了，便是妖怪。”行者道：“师父，我见他一来迎接，便与沙僧说明了。”三藏便问道：“悟净徒弟，悟空附耳何言？”沙僧答道：“师父！他说道：

五般五色相，尽在五行中。能调非孽怪，不顺化妖风！”

三藏听了，道：“果然，悟空说的有十分是。”八戒笑道：“好，好。师父要了十分去，你七分，我八分，你两个也分不成！”行者道：“呆子，你晓的甚么，七分八分是你吃斋饭哩！尽着嚷，便是十分，也只说七八分。”八戒道：“猴精，你莫笑我，老猪早也知你那唧唧话。”行者道："呆子，我甚么唧唧话。方才沙僧已明明白白说与师父听了。你既晓的，这些善信在此迎接我们，你却到那一家去住？便就知他家有何妖怪？"八戒听了，便向众村人道："多承列位来远接，如今不知到那一位宅上安住我们？"只见众中一人说："老爷们，我等都是迎接要家下住的，但只是进了我村西关便是小子家，顺便安住罢！"众人道："好，顺便安住，免得又复转来。"三藏道："列位善人，住便随路相扰，只是要洁净处所供养真经，不要有碍之地。便是小僧们与善人扫荡妖魔，也要个洁净不说去处。"那人道："老爷放心。小子家房屋颇宽，尽洁净，不说庵观寺院。"

三藏听了，乃赶着马垛，进了西关。那街市来看圣僧的，挨肩擦背，都道："好怪异和尚，那里去寻妖怪？"有的说："没有这怪异相貌，怎有捉怪的神通？"一时进了这善人之门。只见屋里果然宽大洁净。师徒们把经担供奉在中堂之上，向真经礼拜过。那来迎的众人与地方看的，也都合掌礼拜。当下三藏问道："善人大姓名号何称？"善人道："老爷，小子姓丁名炎。实不瞒说，做些陶铸生理。家有老父母，弟男子侄，人口众多。只因家无生活计，那怕斗量金，为些做这生理。岂知近日的这些陶铸的铜锡钢铁器物，件件都成了精怪，吵的家小不得安静，都害了些痰火哮喘之疾！"三藏笑道："丁长者，你道铜铁器物成精，那有此事？"丁炎道："老爷你不知，那里是这器物成精。却有个妖怪在家中，使作的这器物响的响，打的打，变妖变怪的。日前请了个巫师来，方才敲起钟磬儿，连他的钟磬也随着那妖怪跳舞，乱响起来。始初，还只在小子家吵起，如今但是我族姓，或是做我这生理的，家家去作怪！"三藏听了，看着行者，道："悟空，你知此怪么？"行者道："师父，我徒弟走来降妖捉怪，个个多有名。须是见了形，方才可捉。这个妖怪，看来还是丁善人家家鬼弄家神。依老孙计较：只须家主积些阴功，行些善事，自然安静。"行者说犹未了，只见丁家屋里老小走出堂前，道：

“老师父们，你便堂前讲话，那妖怪却在屋后煎炒，锅也乱鸣，刀铲儿也敲敲打打，多会说话，道：‘丁炎！请了和尚来，也没中用，只叫那猴头脸和尚也咳嗽起来！’”行者听了，他原是个好胜的，心下一怒，打一个喷嚏，便咳了两声。八戒道：“好妖怪！来捉弄和尚了。”行者道：“呆子，此怪须是你去查探个根由，待我后治他！”八戒笑道：“好猴精，又捉弄起老猪来了。没个形踪，那里去查？”行者道：“你就到他屋后，看是那件器物？便与我拿了来，待我审问他个妖怪来历！”八戒道：“你便去查了拿将来，何须要我？”行者道：“呆子快走！我在堂中，自有作用。”

八戒依言，往丁家后屋去查。方才进到厨房，只见刀铲与锅铛件件铜铁器物，齐把八戒攻来，八戒忙把禅杖搪抵，那禅杖也不能敌。那锅铛便说起话来，道：“丁炎已恶，怎当你这干和尚们来助恶？叫我等受亏，怎不叫他家老小生病？”八戒听了，那里敢去拿，忙跑出屋来，道：“猴精你捉弄我！妖精利害，你自不敢进屋，却叫我去。你看那些铜铁家伙都成精作怪，说起话来。”行者问道：“他如何说话？”八戒道：“那里见形？只听得屋内空里说：‘丁炎已恶，怎当你干和尚来助？叫他受亏。故此叫他家老小生病。”行者听了，乃叫：“沙僧师弟，你去查探了来！”沙僧依言，也执了禅杖走进屋来。只见那器物齐敲敲打打。沙僧喝道：“何物妖魔敢白昼在人家作耗？”只听得空里如人说道：

碧眼僧，听原委，我非妖魔亦非鬼，与僧曾在沙里淘，问我生身出丽水。与人五体乐相和，老者安康少全美。谁叫丁炎大毒情，把我形藏来相推。你往东，我在彼，各存恩怨休来惹。

沙僧听了半空中的话，明知丁炎做了炉火资生，熔化了五行之性，即回身来见师父，将这般话儿细细说明。

行者在旁，根灵心彻，参悟因果，遂向师父耳边几句。三藏大喜。

不知道出何事？且听下回分解。

第六十五回

五气调元多怪消　一村有幸诸灾散

五气朝元识者稀，识时炼已筑根基。我强彼弱成灾咎，
主懦宾刚受侮欺。岂是妖魔生户牖？多因调摄拗明医。
若能参透真经理，把握阴阳正坎离。

话说三藏听了行者附耳之言，乃走到后屋。方才要开口，只见空里又说道：“换了个老和尚来了。老和尚你来何说？”三藏道：“我来自西，知你有助丁炎之阴功，那里有作耗之理？只因丁炎不知，借你们为本资生，乃逞三昧腾腾，无明烈烈，有伤了坚刚之性，酿成他一家老小哮喘之殃，误把你做妖魔，却不能安慰你本来，反叫巫师遣汝。我老和尚与你作个功德，这功德非积善事，行阴功，乃是叫丁炎莫腾燎原之忿，且熄昆冈之焚！我老和尚生来以信自守，乃从中华而来，愿从东土培植你，不到伤毁。汝等安常处顺，不要在他家成精作怪！”三藏说罢，只听得空里道：“老和尚以何取信？”三藏道：“丁炎堂上，见供奉着西来真经，金刚菩萨，宁不为汝们作证？这是不坏之身，料丁炎不敢背叛，复逞无明，妄生三昧也！”三藏说毕，那空里道：“圣僧之言，真如金石。我等不独离了丁门，亦且安静村坊，且去朝

元罢！”

三藏合掌念了一声梵语，出得堂前。只见丁炎同着一家老小，出拜谢道：“自从老爷入屋，与空中讲了些道理，那锅铛安静，刀铲不动，我一家老小个个病愈，果然是妖怪去也。”当下随摆出素斋。

三藏师徒饱餐了一顿，正要打点安歇，门外却来了一人，自称叫做甘余。这人急燥燥的走进屋来，道：“西回圣僧师父，闻你方才把丁家妖怪三言两句平定了。我小子家中被这妖怪闹吵，大大小小饮食都减，疾病忽生，望乞老爷们驱除驱除，也是莫大功德！”三藏道：“善人家，你家老小灾病，那里就是妖怪煎熬？多因是饮食无节，寒热失调。可回家请个良医，服帖药饵，自然病除。”甘余道：“小子也请了个良医诊脉。他道：‘肝脉只是有余，肾气只是不足。’下了一帖药饵，全没相干。我小子说：‘先生，脉最看的是，怎么药不灵？’他道：‘药只医得病，却除不得妖。你家砖儿也作怪，瓦儿也成精，青天白日大泥块土坯打将出来，把我的药箱都打破，这难道是病？’”行者听得，道：“善人，你家必有前亡后化冤家债主作耗！”甘余道：“小子做些杉木生理，板片营生，有甚前亡后化冤家债主作耗？”行者道：“善人，此时已晚，明早当到宅上查探，是何冤愆。”甘余那里等的，只是求圣僧到他家去。

行者道：“此妖须得我老孙亲去！”乃跟着甘余到家。进得堂中，只见墙壁上说起话来，道：“长老何来？”行者道：“我自东土来。一路捉了无限的妖魔精怪，却也不曾见你这邪魔，墙壁都会说话！”那墙壁答道：“岂独墙壁，连瓶壶碗盏也都会讲哩！”行者道：“你会讲些何话？且讲来我听！”那墙壁道：

“我讲话，你试听，我非妖魔作怪精。生在中身荣卫里，吃些娘饭与爷羹。人能饱我多增寿，谁叫甘余把我倾！’恃着成林攻伐甚，彼此相仇忿不平！忿不平，真惫懒：弄瓦翻砖因此害，恹恹病减食无行。莫道无妖也有怪！”

行者听了，呵呵大笑起来，道：“是了，是了。甘善人，你莫疑是妖怪说话作吵，叫你家老小不安，都在你主人偏枯成害！今日你万幸遇着我老孙，我今与你说他几句，他自然安静。只是我真经供奉在丁家，你当到彼礼拜忏罪，自然消灾！”甘余唯唯，听行者之言。行者乃向墙壁道了一声梵语，念一声“唵”字，说：“我孙行者乃仗三昧之真，来生汝等。汝当安守中屋，勿作妖孽。若违吾意，当叫吾师弟猪八戒来助甘余主人，你等悔之晚矣！”行者说罢，那墙壁寂然，不复作怪。

甘余大喜，忙到丁炎家拜谢三藏、行者们，向经前磕了无数的头。众来看问的，个个善心称赞。只见天色已晚，谯楼已打初更，众皆散去。三藏师徒各入静定。只有行者火般心性，那里坐得住！心又不放闲，乃自裁怀道：“丁、甘二家有此二怪，我已知前来迎接那五个大头大脸之人，今已安静了两个。还有三个，不知在何人家作吵。虽说五人五家作吵，只恐同类合党，被他害者不少！”行者正自裁怀，忽然旁边说起话来道：“悟空老师，你如何说人家被我等把同类合党相害？若是我等害他，情愿受妖怪之名，甘当害人之罪！你那知皆是人情变幻自生妖孽，把我们伤害，使我们不得调元，偏枯了本来面目。故此我等鼓乐远接，也只图圣僧们仗真经灵应，调摄我等得以朝元，超凡入圣！今幸两个同情异类得沾功德，尚有我三个未蒙道力扶持。”行者听了，道：“你是何怪？”他便笑道：“又说何怪？我便是悟空师父，你便是我。”行者也呵呵笑起来，说：“这会连老孙也不知谁是谁，你且说来我听！”只见旁边有人说道：

我是你，你是我，岂是妖魔那一伙？炎炎灼灼在心胸，赤赤红莲花一朵。放开大地现光明，一正从教万怪躲。莫使龙腾虎不扬，也愁泛滥成坎坷。成坎坷，性不扬，无病也教害一场。老师若识谁为怪？你我同生共一娘。

行者听了，道："老孙备知，备知。只是你如今见在何家作耗？那两个又在何处？"旁边答道："我起灭无时，人家何定？师父只看那慎渔父，便知也。"行者听了，笑道："你们都不安分守己，便为妖怪。若说与我老孙共一母，我老孙却不是怪！你叫我看慎渔父，不知这慎渔父与我老孙曾相契旧。想我在花果山时，与他在清风明月之下，水帘洞府之前，同着穆樵夫歌吟耍乐，怎叫做妖魔！你如今必定偏执己性，成精作怪！"他两下正讲说，只听得旁边又似两个说道："如今慎渔父也弄得七颠八倒在这里，连我穆樵夫也把歌吟做了悲哀痛苦！"行者呵呵笑道："你两个正来，请的好！老孙却要到人家查你这五个妖魔。看来你们都是五个契合相生的正气之交，地方村众不知自作妖，把你们作怪！且问你：慎渔父与穆樵夫为甚家家作耗？"那旁又说："圣僧，要知其情，听我说那慎渔父！"行者道："你说，你说！"只听得旁有人言道：

慎渔父，说你知，终日纶竿在海溪。满目自恃汪洋量，那问你当年旧契时？可怜遇着无情士，峻岭高山把彼欺，只教沟浍成干涸，霖雨淋漓没救医。没救医，鱼儿少，日食三餐那里讨？慎老不知怨恨谁，把我指做妖魔炒。

行者听了，道："此是慎渔父不足处，到把你作妖怪，可不屈了你？真经在堂，汝当代那慎渔父消了这宗冤孽！且问你：穆樵夫可有甚说？"只听的空里道："穆樵夫也有几句，说与圣僧师父知。当年他盛时夸他有力能扼虎，会焚林，谁知被张铁作、李铜匠欺凌，他没有个力量打柴，无以资生，到这故旧家歌吟，人便说他上门吵闹、絮聒！他无处出气，也只得向师父说出此情。"行者道："你说，你说！"乃说道：

穆樵夫，向日乐，打得柴来肩担着。长街短巷卖人钱，夫妻子母相为活。最无情狠李张家，打铁锤锢樵力弱。岂是铜铁克伤他，有斧刀把樵生夺。樵生夺，没资生，故旧不认反相憎。一贫彻骨犹歌咏，那一个不笑是妖精？

行者听了，呵呵笑起来，道："你说是妖精，我却道是个高人！想我当年寻大仙师父，在那山中会过渔樵，歌咏那等旷达！我如今晓的你等鼓乐前来迎接我师徒，无非因朝元村人不自知，失了元阳正气，自作妖邪，乃说你们是妖怪。幸喜我们师徒将心比意，都说明了你，上又供奉着真经。此真经到处，灾病消除，妖魔荡灭。你等安常处顺强旺者，勿伤克柔弱，则村家户户大小安宁，有何妖怪二字加于汝等？"行者说罢，一时堂中静悄悄的。但见：

> 禅灯普照，宝月通明。老僧静定出关，真经供奉在屋。这正是五气各安无挂碍，一村尽扫有情妖。

行者安静了这五个有情汉子，讲说了半夜。却好三藏出了静定，道："悟空，何事在堂中絮絮聒聒半夜？"行者道："师父，静者静，动者动。你静安知我有事，我动岂犯你静功？但各行其志耳！"八戒道："甚么各行其志？明明的乘我们打坐，他要丁善人的夜斋吃。"三藏笑道："悟能，你只把个斋饭口口不离，我知悟空为一村消了妖魔灾晦。"八戒道："这半夜里消甚灾晦？我不信。"三藏道："你若不信，到明日天早自知。"

那里等到天早，只见鸡鸣，那村中众善信人等有来谢他师徒的，说："自从老爷入了村里，进了丁炎之门，我们大家小户那里有个妖怪煎炒？便是灾病，个个平安。"有来请他师徒的，说："合家老幼妇女都要瞻仰礼拜，求降临，安慰几朝。"三藏都安慰了他，随辞谢丁炎，师徒挑担押垛。方离了朝元村，出得东关数里，早见那五个汉子依旧鼓乐相送。行者已知其神异，道："众位不劳远送。但愿你永保一村平安，无灾无障，即是功德。"那五个汉子道："真经感应，师父们至诚，道力洪深，功德无边！我等且沾安靖，尚敢不与一村作福？"说罢，一道祥光飞散。

师徒正才赞叹，只见东关之外左山右水，中间一条大道，有一座石桥，桥上石栏杆好生齐整，上边坐着一人，见了三藏们前来，慌忙上前，问道："老师父们可是取经回还东土圣僧？"三藏答道："小僧们正是。"那人听得，向三藏拜了一个揖，袖中取出一个柬帖儿，道："我小子乃元会县老爷差来迎接圣僧的。"三藏接了柬帖，看了官名，道："多劳你远来，只是小僧们来时到一国邑，便有关文倒换，如今回还，原批尚在，故此一路来都不敢惊动官长，便是国王也不曾去朝见。况此去县中又要绕道转路，我等经文担柜不便前去。动劳回复一声。"那差人说："老师父，我官长非为他事奉迎，只为有个公子在衙门后园里习学书史，偶被妖魔白昼迷倒，昏昏沉沉如病一般，求神罔效，服药不灵。昨偶好了半日，我官长大喜，说是药医着病，神驱其邪。忽至天晚，公子复又病沉，说是：'西来有圣僧取得宝藏真经回国。百里之间，诸邪魔妖怪远避的远避，接送的接送。'故此那妖魔不知是接送或是远避，公子得安了半晌。我官长打听朝元村里有圣僧到来，平靖了一村灾病，驱逐了众户妖魔，特差我来迎接奉请。"三藏道："多多拜上官长，小僧们实是远转道路，不便。"那差人那里肯依，只是要三藏前去。行者道："师父你不消苦辞。老孙听见捉妖怪，就如八戒听见斋一般，心便痒了。"八戒道："这弼马瘟动辄就沾惹我老猪！难道你去捉妖怪，不是希图人家斋饭吃？"三藏道："徒弟们且休戏谑！既是悟空要与官长捉妖怪，你看前石桥边可有庵院人家？我们住下，待你去捉妖怪。"行者道："师父说的是。"乃走近桥边，来寻庵庙。

话分两头。且说比丘僧与灵虚子得了菩提一粒，依旧复了原体，往前行走。到了朝元村，这丁炎众人乃留了一斋，求他除妖。两个计议道："这村家灾害，那里是妖怪作耗，都是村人自失调摄，生灾惹害。我们虽安得一家，不能家家都安；就是平了一朝，也难平复以后。须是待唐僧师徒来，仰仗真经灵感，自然家家吉庆，永保安宁。"

他两个计议了，故此向村众说："后有取经圣僧到来，能捉妖灭怪！"他两个离了朝元村，到得石桥。见这差人坐在桥栏，问知乃元会县官长迎接唐僧的，便计议道："经文不可枉道远转，只恐唐僧们去与官长捉妖，岂不误了走路？"比丘僧说："如今只得留住他们在此，莫使他去。"灵虚子道："何计方才留得他？"比丘僧道："除非桥边有座庵庙，方能留得住他。"灵虚子笑道："师兄，便是庵庙也难留，他们归路之心甚急。"比丘僧道："师兄，怎见得他归心甚急？"灵虚子说："他师徒——

日月久离东土，灵山已取真经，归心急急怕稍停。不辞绕路进，怎肯误前行？"

比丘僧说："事便是如此，却要我两个远来保护何为？若教经文枉道远转，失了唐僧至诚恭敬之心。须要设一个道法阻住他！"灵虚子道："师兄，你看那桥边一间茅屋，东倒西歪，无人居住。我与你变个破庙，留住他罢！"比丘僧把眼一望，道："破庙他师徒怎肯存留？须是变座齐整庙堂，我同师兄变两个全真道者，他师徒必来投住。"灵虚子道："变全真，那唐僧也不肯留，还是变僧人，方才契合。"他两个走近屋前，运动法力，果然破屋顷刻变了一座齐整庙堂。但见：

朱门双掩色初新，白粉围墙高罩深。日射琉璃光灿灿，果然清洒绝凡尘。

他两个变了僧人，敲着木鱼在庙里功课。

不知唐僧可肯留住？且听下回分解。

第六十六回

孝女割蜜遇蜂妖　公子惜花遭怪魅

话表孙行者歇下经担，走上石桥，左观右看，只见前面一座庙堂，甚是整齐，就如新建的一般。他在桥上把手一招，说道："有座庙堂，可过桥来。"三藏乃赶着马垛过桥。师徒走到庙前，那木鱼声越响，僧人诵经声益高。行者敲门。只见灵虚子变个老道，开了门，道："老爷那里来的？"行者道："从西来，回东土去的。"老道说："师父堂中诵经，老爷请进堂来！"三藏进入堂中。看那僧人怎生模样？但见：

一顶僧珈帽着头，偏衫大袖罩缁裘。庄严色相非凡品，也与唐僧共一流。

三藏与僧人彼此问讯为礼。僧人便问："老师从何处来？"三藏道："弟子从灵山回来，往东土去，这柜担都是取来经卷。本意从大路回国，却为本地方官长差人邀接前去除妖，但恐枉道与经文不便，欲借宝房暂住一日，待小徒安靖了官衙，来时方去。"僧人道："老师，我这地方妖怪颇多，且是利害！是那一位高徒会安靖？"三藏指着行者。僧人把行者看了一眼，道："这位高徒能捉妖怪？"行者笑道："不敢，能捉几个。"八戒道："便是我小和尚也会拿两个。"僧人道："正是。若说从灵山回来，一路妖魔却也数不尽。只说朝元村，有五种妖怪，怎么安靖了来的？”行者道：“仰仗真经、我师的道力，把这一村疾病痊瘥。那里有甚妖怪？”僧人道：“老师们到是从官长县中枉一枉道路，虽与经文不便，却还有一宗便当。”三藏道：“师父，那一宗便当？”僧人道：“若救了官衙公子昏迷病症，随便受官衙些斋供，又借得些脚力远送经文。若是住在小庙等候高徒，虽然经文不枉了道，你却不知这条路要过一山冈，这冈高峻，虽说行人无碍，却有几个妖精。青天白日，专欺外方远来过客，若是你、我出家人僧，更要着妖精之手！师父们依我弟子说，还是同这差人到官长衙内住一朝好”行者听得，呵呵笑道：“我老孙到也要随差人到官长衙去住，你却说此路有妖精，老孙偏要住在此也！”乃把经担、柜垛竟搬进堂。那僧道故意说：“小师父，我僧人念同道，说的是好话，这路妖精果是利害，还是枉道去罢！”行者道：“师父，我们不敢多扰，好歹一时，多不过一朝。”僧人笑道：“此处到官长百余里路程，就是回转也要两日，再与他安靖一两日，也算要四五朝。”行者道：“我老孙不同，不同。”便叫差人先行。

那差人那里肯，行者因是不曾走过的州县地方，斤斗不便，只得安住了唐僧经担，与差人一路走来，果然离县不远。那差人同着行者到了城门，他叫行者立在城门市上。但见人烟辏集，店市整齐，老老小小见了行者模样，都来看捉妖精的和尚，个个说：“妖精不知在何处，可捉得医了公子之病？到先惹个妖精来了！”行者听得人说他，忖道：“这居民说我生相丑陋，指做妖怪。只恐官长见了也疑。且变个俊俏僧人，看他怎样相待？”乃把脸一抹，顷刻换了一个标致和尚。且说差人撇下行者，进入县中报知官长，说：“接得西还圣僧来了。”官长随差衙役备了轿马，出城来接。那差人四下里望不见了行者，急燥起来，向衙役说：“捉妖圣僧分明在此，那里去了？”衙役指着标致小和尚道：“这僧人是了。”差人道：“那里是他。那圣僧毛头毛脸，古怪的相貌。”行者听了，道：“那毛头脸古怪相的是我师兄，他方才回庙去了，说你家老爷不亲出郭迎接他。”差人道：“你却从那里来？”行者道：“我老师父不放心，叫我随后跟来的。”差人道：“你可会捉妖怪？”行者道：“我也会捉。但怕的是妖怪利害，我的本事敌不过他。若是我那毛头脸师兄，专要降捉的利害妖怪！”众人没奈何，只得瞒了官长，把这小和尚便当做远接来的，扯上轿马。行者上了轿，扯下一根毫毛变了一个小和尚，坐在轿里。他却隐着身先进官长衙内，探听妖怪信息。

却说这元会县官长姓卞名益，夫妇二人止生了一子，名叫学庄。这公子年方弱冠，到是个清俊之才，父母甚爱重他。这衙后一园花木山池，尽是可玩。一日当春光明媚，景物鲜妍，桃柳芬芳，蜂蝶游戏，公子看书劳倦，走出书斋，到那桃柳之前观看，只见那游蜂浪蝶：

阵阵花间眷恋，双双墙内蹁跹。几回来往过东轩，正是春光无限景，蜂蝶也欣然。

这公子只因感叹这蜂蝶情怀，不觉就惹了一种妖怪。

却说离县三五里有一山庄人家，蓄养一窝蜜蜂。这庄人生了一女，名叫做贤姑。为父母患病要蜜调药，他开了这蜂窝，取了些蜜。那里知这蜂年深日久成了精怪，恼贤姑割了他蜜，乃逞弄妖氛，把贤姑夺了精气，昏昏沉沉似病痴呆一般。这女子一点性灵既被妖蜂所夺，他遂随在妖蜂身边，一翅飞在县衙园中，采桃杏花蕊。不匡公子走到花前，见这游蜂浪蝶采花，他忽动了惜花之心，道：“春光艳丽，全靠着这桃杏鲜妍。都被你蜂蝶采残，可恨可恼！”便把春衫小袖去拂。那知贤姑一点情性被公子衣袖一招，惹在身上。进了书斋，满目只看见一个女子。这女子：

斜挽乌云半插花，不施脂黛着铅华。凡间那有乔装饰，宛似嫦娥出彩霞。

这女子忽见忽隐，公子被他迷乱了心性，不觉的也昏昏昧昧，如病如痴。官长夫妇只道是病，那医药不效；认为邪魅，法官不灵。

却说行者拔了根毫毛，变了一个小和尚，被差役们轿马抬在公堂。官长忙下阶迎接上堂，以礼款待。这小和尚两眼看着官长众人，并无半语片言。官长问道："长老从灵山下来么？"和尚答道："从灵山下来。"官长说："师徒几人？"和尚道："师徒几人。"官长说："闻知一路来拿妖捉怪。"和尚道："闻知一路来拿妖捉怪。"官长听了，大笑起来道："原来是个痴和尚！"他依着也道："原来是个痴和尚。"官长大怒，起身叫把迎接差人拿过来重责了，分付众役把小和尚扯下公堂，问道："你这秃厮是何处来的？虚冒圣僧名头，诈言会拿妖怪，惊动远近，叫我一个堂堂官长，投名帖差衙役远来接你。"这小和尚也不慌不忙，照依官长问答一样说出。急的个官长在堂躁暴起来，思量要行罚。

却说行者隐着身走入官衙。只因说公子在花园被妖魔迷倒，他进了公堂，直入园内。那里有个公子？原来他夫妇见公子在园中惹得病，移入卧房之内。行者找寻到卧内，果见那公子卧病在榻，恹恹若醉如痴。行者察他光景，看他左右，并没有个妖怪，乃忖道："看他少年公子，丰姿俊雅，定是思春惹病，怎么冤屈甚么妖怪？可恨用药的摸不着病源，空叫那法官乱看邪魅。我如今还出堂，变个医家长老，指明他病症！"

行者走出前堂，只看见官长坐在厅上，左右把小和尚拖翻在地，将要加刑。行者隐着身走近前，见了惊道："呀！是我忘了。只顾进园内探听公子病，遂未打点毫毛假变。必定是对答不来，惹官长疑惑。我老孙的毫毛法身，怎教他受辱？"乃向小和尚身上吹了一口气。只见左右方才举杖，那小和尚身上现出一道五色毫光，光中一朵红莲花蕊。这官长堂上见了，飞走下阶，双手把小和尚扶起，道："凡夫俗眼不识圣僧，冒犯冒犯！"行者见那小和尚答应不出，乃道："是了，是了。方才必是如此，使官长见疑。我老孙不得不现身！"乃从半空飞下，现了原身。那差役见了，忙上堂禀道："小的迎接的，这才是圣僧。"行者摇摇摆摆走近官长前，道："大人休得见疑！这是小僧徒弟子，向来有些癫痴！"官长只得迎了行者上堂，照前问说，行者句句答应。说到公子被妖怪昏迷的情节，行者道："大人，此非妖怪，乃是公子有甚心情，自着了迷。待我小僧见面诊脉，病源自知。"当下官长同行者入得卧内，见那公子卧枕在榻。怎生模样？但见：

容颜枯槁，形体尫羸。容颜枯槁似霜后残荷，形体尫羸如风前败絮。但见伏枕恹恹似有思，向人矻矻如难叙。真个是不遇圣手神功，难必卢扁不望闻而去！

行者入得卧内，见了公子这模样，乃问道："公子，你这病源何起？"那公子昏昏沉沉，那里答应？行者见了，把口向榻上一吹，手中结了一诀。只见公子似醉方醒，如梦才觉，把眼看了官长，叫了一声："阿爷！"那官长喜之不胜，便向行者拜了一个深揖，道："我的师父，你真是圣僧，人言岂谬？"行者道："这才是小僧与公子开了昏昧，还不曾审问出病源。"乃向公子问道："公子你病从何起？"公子叹了一口气，说道：

一自春光明媚，后园问柳寻花。偶然蜂蝶乱交加，只因才拂袖，不觉病归衙。每日心情恍惚，凝眸便见娇娃。我心不染这冤家，无端翻作怪，日夜在窗纱。

行者听了，向官长道："公子之病，一半在己，一半是妖。幸亏他一心说不染。这在己的旦夕自安，那在妖的小僧去查探。若查探出来，定然为公子除灭了！”官长大喜，方才吩咐衙内治备斋供，送行者出堂。行者道：“大人，小僧进公衙工夫时久，不敢动劳备斋，便是送我出堂，也费工夫。老孙要与你公子查系何妖来引诱他哩！”

说罢，忽然一个斤斗打在半空，顷刻不见。那官长只是望空作礼，道：“我小官父子何幸，得蒙神僧救拔！”乃上堂叫差役请小和尚，早已被行者收复那毫毛身上。他在半空，正思想道：“公子亲口说衣袖拂蜂蝶惹了妖怪，不知是何妖怪？要觅这情由，不去问柳寻花，便查蜂究蝶。”他正在空中思想，却好密丛丛一阵游蜂，采了花心飞来，闹吵在空。行者忖道：“这虫飞薨薨，那知人性？便问他公子情由，料为枉然。我如今也变个蜜蜂儿，飞入阵里问他，自知公子拂袖情节。”摇身一变，果然与众蜂无异。杂入丛中，那里问得出，只得随众飞到村庄人家，进了屋檐。只见那檐下悬着几只木桶。众蜂出入那桶，行者也随众入桶。只见桶中一个大蜂，见了行者假变的蜂子入内，看他不识采花，罔知造作，“快与我咬杀了他出桶！”众蜂果然一齐把行者假变游蜂上前乱咬。行者伶俐，忙把那采花的蜂使了一个法术，夺了他两个的花蕊，献上蜂王。那大蜂见了，方才说道：“我正恨贤姑女子割了我御冬之食，把他精气夺了，送入公子花园，使他昏沉终日。若是你这蜂勤劳，一个兼两个之采，这御冬之食尚可补足。”行者听了这话，道：“原来是这情节！”乃飞入那女子卧内，果然见一个女子昏沉在床。行者看他怎生模样？但见：

袅娜身躯卧在床，形容憔悴实堪伤。只因割蜜为亲药，误惹群蜂作怪殃。

行者见了，道：“原来是怪蜂夺了这贤孝女子的精灵，到那公子园中，又遇着公子怒蜂蝶残花，把衣袖招了女子之灵，乃是这个情节。可喜他一个心不染邪，一个为亲行孝，遇着我老孙安可不施一方便救他？若是淫私调媾之情，弄月吟风之病，我老孙岂肯救这样男女，以亵渎了我僧家之体！”

行者一面说，一面飞出这人家门外，复了原身，叫一声：“庄内有人么？”只见屋内走出一个汉子，见了行者，道：“师父那里来的？若是化缘，我家有个女子病卧在床，没甚心绪，别转一家罢！”行者笑道：“我乃西来圣僧，不化你缘。是本处官长请来捉妖医病，查得公子衙内病根在此，特来医一救二！”那汉子听了，忙请行者入内。行者道：“不消进去。我已见了你女子病源，汝家可将游蜂用发系一两个，到官御园外叫汝女贤姑名，他自病愈！”

庄人依言，用发系了两个蜂子，到官衙园后，叫了一声：“贤姑！”那女子精灵果附在蜂子归来，其女即醒。庄人大喜，留行者斋供，捧出布帛金银酬谢。行者不受，忽喇一声，不知去向。这人家焚香望空礼拜，说是神僧下降。

毕竟后来怎生除这邪妖？且听下回分解。

第六十七回

老善人动嗔生懈　小和尚供食求经

却说女子精灵复了原身，那里有病。那公子目中不见了这女子，也安靖起床。只是这妖蜂在庄人屋内飞来飞去，见行者传这庄人以发拴系，招了这女子精灵回家，他众蜂道："这和尚是何处来的？既非医僧，到有几分神通手段，破了我们之法，又系缚我等之身。此仇不可不报！"乃查探这和尚是西还取经僧人，见在石桥一座小庙堂内安住。这众妖蜂一时离了庄人之家，却飞到石桥小庙中来，那里知庙乃比丘僧与灵虚子假化留住唐僧以待行者，不过一朝。行者一斤斗打回。三藏见了，道："悟空，医了公子病，捉了妖怪么？"行者把公子与女子话说了。

三藏向庙主僧说："师父，到是我等在此等候悟空，若是枉道去时，果是于经文不便。如今须向大道前行。只是师父前日说，前去要过此山冈，冈上妖怪甚多，我又有经文马垛，可碍？"僧人说："老师父放心，于经文无碍，只是要高徒们费一番心力。我与道人也要离此庙过山冈，探望一个施主人家。这施主却是敬我僧家，师父们到彼，自不敢慢！"三藏听了，道："老师若肯扶持，便同过山冈。万一妖精作耗，也仰仗一二。"僧人说："老师父先行一步，我与道人随后便来。”三藏辞谢僧人，师徒们离了庙堂，上路前行。

却说那妖怪飞到庙前，丛聚在那殿脊之上。见三藏们离庙前行，知道他必过高冈峻岭顶，先一翅齐飞来，指望弄妖作怪，迷昧唐僧师徒，报行者救公子、女子之恨。那里知圣僧保护着真经，到处有百灵默助。却说这山冈树木森森，中有一巢，是几个灵鹊聚居。这灵鹊只因久在山林，成了精气，迷昧往来行人过客。怎见他成精迷昧行客？他：

有时变妖形，有时变兽类。变兽类好似虎豹豺狼，变妖形宛如魍魉魑魅；或在冈头，或在林内。在冈头喳喳声是飞禽，在林内凶凶势如蜂虿！只因他巢顶曾闻一字经，善根未把灵心蔽。

这妖鹊聚居冈头巢内迷弄行人，一日自相悔过道：“我们生居扁毛畜类，昔日曾巢于灵山，得沾了僧家法会，听了经文。如今在这山林，正当引迷人归正道，如何作妖弄怪，缠害途人？堕了恶业，转生怎能脱离禽兽之道？”只见一个妖鹊说：“我等原与世人不相干涉，无奈一等渔猎之辈张弓打弹伤害我等。他打了我等去，且莫说伤我等生，可那一番苦楚，只说不曾被打去的，那惊弓高飞，心慌意怕。如今成了一种灵异，正当遇行人过此迷弄他，报打弹之仇！”又有一妖鹊道：“你我既投此六道，欲求超脱，仍弄妖氛伤生害命，益堕了无边罪孽！还是做些善事好。”这几个妖鹊你要行善，我要作恶。一个老鹊儿道：“汝等不必乱生意念！依我行善的行善，作恶的作恶。只是行善的，见往来的是善人，便以喜喳喳指他迷途荒径；作恶的，见往来的是恶人，便以凶狠狠伤他残生性命！”众鹊依言，在高冈树林专等那往来行客。

却说比丘僧与灵虚子见唐僧师徒前去，收了道法，依旧石桥边是一间破屋。灵虚子向比丘说：“师兄，分明过山冈是一条正道东土大路，若是转远枉道果于经文不便，你如何不留住唐僧，反说高冈密林妖魔利害，专欺外方僧道！”比丘僧道：“师兄有所不知，唐僧行止都听那孙行者。你岂不知这猴王性情执拗？你若说山冈平静可行，他便住官长衙中捉怪，定不住留庙堂；我说山冈妖精利害，专弄外方僧道，他断然要走此路，正乃留唐僧之意。”灵虚子听了，笑道：“师兄，你意见虽高，却动了虚假之魔，只恐前途定有妖精之阻！”比丘僧说：“是呀，师兄之见更高我也。只因一时恐唐僧不留住在庙，故设此意。看来连这假设新庙，才属不情，前途定有妖魔阻拦他师徒。我与师兄须是超越在唐僧前路，遇有妖精当为唐僧扫灭了，他好挑押真经柜担前行。”

两个说罢，随驾云在空，离了石桥，赶过唐僧前路。他两个在半空云端里，看着唐僧师徒四人连马五口，挑的挑，驮的驮。但见：

唐僧押马垛徐行，行者沙僧赶路程。
惟有悟能挑着担，乜斜两眼望妖精。

比丘与灵虚在半空看唐僧们恭敬至诚挑着经担前行，惟有猪八戒左顾右看。唐僧道：“悟能，走路只走路，那两眼左观右看是何故？”八戒道：“我被那庙堂和尚说山冈妖精利害，专要迷和尚，恨我在庙里少了些见识，不曾借得那道人一顶布巾戴来！”行者笑道：“呆子，若是我老孙是个道人，在庙里还要剃了须发来过此冈。”八戒听了，哈哈仰面一笑，早已看见半空两个僧道在云端里行。八戒大叫道：“才说我左观右相何故，你看半空里不是妖怪来了？”三藏举头一看，道：“徒弟们，你看空中果有两个人，却不是妖怪，明明一僧一道腾云驾雾。这必是圣僧、圣道鉴察我等挑经，须要至诚，不可怠慢！”三藏说罢，便合掌望空，道：“菩萨，我弟子玄奘寸步也不敢怠慢经文！”那八戒、沙僧也合掌望空下拜。只有孙行者大叫：“动劳你二位查探查探，前途有甚妖精？替我老孙剿灭剿灭！”三藏道：“悟空，你开口便说把妖精剿灭，我们出家人以慈悲方便存心，这‘剿灭’二字，无乃忍心害物！”行者道：“师父，你不剿灭了妖精，那妖精却不饶你！”三藏道：“徒弟，你那里知割肉喂鹰，舍身喂虎？有此慈悲功行，方成佛道！”三藏正说，只听得那半空里夸道：“好一个仁心和尚！”顷刻云飞如箭，那僧道往前去了。八戒道：“快得紧！”沙僧说：“果然去得疾！”行者笑道：“还不如老孙的斤斗儿更疾更快。”

按下他师徒四人走一程说一程不提，却说比丘僧两个离了唐僧，往前赶过三五十里，到了山冈峻处，停了云头，坐在岭上。灵虚子道：“师兄，此冈虽峻，经担到也可行，且这树林深密之处，清风徐来，鹊巢联络，定是没有妖魔之处。我与你敲动木鱼，课诵两卷经文，也是功德。”比丘僧依言，向胸前除下菩提数珠捻动。他两个正才朗诵经文。

却说妖鹊居巢等候过往行人，忽然听见梆子声敲。出巢观看，见两个僧道坐在冈子上，口中念念有声。那作恶的妖鹊向老鹊道：“这两个敲梆子，口咕哝，定是猎人网户，待我去捉他！”那行善的道：“明明一僧一道课诵经文，但恐他远路走来，腹饥力倦，我当于前村设法化些斋食来供他。”老鹊道：“好事，好事。”这妖鹊出巢，摇身一变，变了一个小和尚，走到山冈凹里几户人家门外说：“小和尚是西来往东路过的。我师父肚饥力倦，坐在冈上敲梆诵经，叫我小和尚到善人门上，乞化些斋饭充饥！”这几户人家到也信心，有斋饭便布施出来。又走到一处冷静孤村，一家房屋颇高大，不见个人在屋中。小和尚连声呼叫，只见那墙里飞出几个游蜂来，见小和尚也不管光头滑脸，乱叮将来。一面叮，一面传呼，顷刻飞来了千百，把个小和尚顾头顾脸不迭。那里知这小和尚是妖鹊变来的？动了他心，复了原相。鹊嘴啄蜂，更是利害。虽然利害，却不禁毒蜂势众，他只得一翅飞回巢树，报知老鹊。老鹊不知缘故，只道妖鹊变了个和尚，惹了众蜂，且叫他把斋食去冈上供僧道。不题。

却说众蜂见和尚在屋门化斋，变化灵鹊，把他们啄伤无数，齐齐怒道："我等远飞到此，本意报那和尚系发之仇，谁知他们已过冈子，又弄这神通，把我众啄伤无数，此恨益深！快探这和尚们走到何方？我这里摆齐众队前去，定要把他们个个螫倒！"众蜂依言，查探的冈子上两个僧道坐着敲梆念经，便领了无千带万，一齐飞到冈前，也不查实，照两个僧道螫来。又有几个鹊妖变的小和尚，正来供斋食，见了蜂拥，动了他那作恶之心，都复了原身，把妖蜂去啄。

灵虚子见了，向比丘僧说："师兄，你知这情节么？"比丘僧说："师兄，此即你我留唐僧师徒说的山冈妖精无数也！"灵虚子道："妙哉！妙哉！我与师兄乘他两相争啄，径往前行。这妖怪定是随我们逐去，此高冈峻岭必要安靖。唐僧师徒奉经前行，可保无虞也。"

却说比丘与灵虚子离了山冈前行，那众蜂簇拥跟去。这灵鹊行善的，保护着两个僧道过了山冈。到了一处地方，有几家烟火相连，一座接官空亭所在。那亭内一个老叟坐着，见了一僧一道前来，便恭敬相待，问道："二位师父自何处来？"比丘僧答道："从西来，要往东去。"老叟道："有何去住？"比丘答道："出家人随所去住。"老叟道："二位师父不弃山乡，我家中正才收拾晚饭，奉供一斋何如？"比丘僧说："多谢善人布施！只是后边还有西来四众取经僧，善人不知可肯方便一斋？"老叟道："此四众可是二位一起的？"比丘僧说："出家人那里分个一起与否？但是我两个承善人赐斋，他四众到来，只恐老善人不便布施多人？"老叟道："这事不难。且请二位到我家下，供奉一顿见成素斋。"

比丘僧与灵虚子，方才随着老叟，走到家门，只见妖蜂成阵飞到老叟门外，树林枝上的那灵鹊飞来乱啄。老叟见了，忙拿了一根竹竿，把灵鹊乱打；道："是何人家走了养蜂，飞到我家，到有十分财气。可恨你这鹊子啄他！"一面打鹊，一面叫家仆取桶，接蜂下树。他却才扯两个僧道衣袖进门。比丘僧说："老善人打鹊啄蜂，固是一种善心，只是接蜂入桶，又生了一种冤愆孽怪！”老叟道：“师父，打鹊禁他伤蜂，真是善心。接蜂入桶，怎么是又生一种孽怪？”比丘僧笑道：“这蜂簇拥，本来螫我二人。众鹊啄他，也有些缘故。我小僧不敢说破，悉听老善人主意罢了。”老叟道：“原来二位师父恨蜂来螫你，你便快心鹊子啄他。看来乃非出家人心肠了！”老叟说罢，便把面色放出嗔心，有个不肯供斋之意。比丘僧见了，退走一步，道：“老善人，我小僧承你好意，方便斋供。只是后边尚有一起四众，若是同仁一视，且待他们到来，领你布施罢。”老叟主意只为比丘僧说他打鹊，起了一种嗔心，便答道：“寒家晚饭原也不多。既是二位要候一起，且在大门前等候一时！”他往屋内进去，只叫家仆好生安置了蜂桶。比丘僧向灵虚子道：“看此老叟只为贪接蜜蜂生利，又因我们说他打鹊，遂起了不布施嗔心。他情意既懈，我等见机当行，留此斋饭以待唐僧师徒罢！”两个不辞老叟，出门而去。

且说三藏押着马垛，行者们挑着经文，一路安靖前来。到了山冈，师徒力倦，也坐在岭上。八戒道：“师父肚中饥饿，这山凹处可有人家？化一顿斋充饥也好！”三藏道：“徒弟们谁去化斋？”行者道：“八戒既叫饿，他便去化！”八戒道：“我化来了，你可吃么？”行者道：“先供了师父，自然供我。”八戒道：“既是我化出来，还该让我！”行者道：“呆子！我却是师兄，理当让我。”沙僧道：“两个不必去化斋。又不知这山冈内可有人家？就是有人家，不知可肯斋僧布施？斋在那里？且先你争我争，动了这争竞心，只恐怕又生出一种妖魔来！”

沙僧正讲，只见那树林中走出两个小和尚来，手捧着一钵盂斋饭，一个要分吃，一个要先吃，抢抢夺夺。被三藏见了，叫一声：“小和尚，你两个有甚相争？”那小和尚见了唐僧，忙向前道：“老师父是那里来的？这些柜担是何物？”三藏道：“我是东土大唐僧人，上灵山求取真经回还。”小和尚道：“这柜担内必是取来经文，不知老师父取他何用？”三藏笑道：“可见你两个是山乡小子，只知剃了头发，手里捧着个钵盂，化些饭食度日。这会听得你一个要先，一个要分，全没个礼节！不知道出家自有三宝真经。这经文课诵，上则超凡入圣，次则降福延生，三则忏罪消灾！”小和尚听了，恭恭敬敬把钵盂斋饭献上唐僧，道：“老师父，这是我两个山凹人家化了来的，既是老师父远来，情愿奉敬一餐。”三藏道：“你两个为这饭，动了争长竞短，我如何受你的？就是你两个，也饥饿难当。”小和尚道：“老师父请受用。我们再去化罢！”三藏见他诚敬，接了钵盂在手，食了一半，道：“徒弟们，吃了这一半罢。”行者道：“八戒，你吃了罢！”八戒笑道：“你看这猴精，他嫌师父残剩，故此让我。你吃了罢！这些微不够老猪塞牙缝。”行者道：“既是你嫌少，我吃了也罢。”方才向三藏前取钵盂，八戒看了一眼，早已取得在手，三扒两咽，一顿吃了。那小和尚见了，便向三藏道：“老师父既受了小和尚供奉一钵盂粗斋，但求把经文与我两个一看，也不敢指望超凡入圣，但求降福延生，就是老师父的功德了。”三藏听了只是摇手，道：“这却不敢奉承！”

却是何故不敢奉承？且听下回分解。

第六十八回

真经只字本来无　片语仁言妖孽解

诗曰：

种种机心种种妖，些微方寸不胜嚣。
老僧识得除妖法，一句仁言万怪消。

话说这两个小和尚乃是小灵鹊变的，山凹人家化了斋来，供那僧道："被妖蜂叮了，赶蜂的赶蜂，斋僧的斋僧。不匡比丘与灵虚子前去，却遇着唐僧们到来。见了经文，献了斋食，唐僧受了他献，两个就要把经文与他开看。三藏乃摇手道："小和尚，这经文柜担有包封扃固，开不得。"小和尚道："老师父，说不得你吃了我斋饭，若是不把经文我看，这功德怎消？况经文也是公器，就是师父们取到东土，少不得也要开与人看。"他两个只是要看，三藏只是不肯。三藏道："小和尚，我腹中记的，诵来你听罢。"小和尚道："耳闻不如目见。老师父若不肯开与我两个看，我到山中叫了我大大小小师兄师弟来，少不得也要开看！"他说了，便走去。

三藏道："徒弟们，这如何处？想这荒野山村，和尚们不知礼法，倘众来抢夺，如之奈何？”行者道：“师父，老孙看这小和尚面貌语言，不似个僧人，只恐是两个妖魔？待我跟他去，看是何怪成精？”三藏道：“徒弟，倘看出是妖精，千万不可伤害他！”行者道：“师父，古语说得好：‘人无伤虎心，虎无伤人意。’只恐妖怪是来伤害我们的，老孙却不饶他！”

且说两个小和尚离了唐僧往山中走去，不知行者隐着身跟将他来，在无人处复了原身，一翅飞入窝巢。行者见了，笑道：“我说是妖魔。原来山冈僻路，鸟鹊也作怪成精！我不免也变个小鹊儿飞入他巢，看是怎个光景？”摇身一变，变了一个小鹊雏。怎生模样？但见：

> 小小身形一鸟，茸茸毛羽初生。喳喳不住会嘤声，正是学飞方展翅，虽小却通灵！

行者变了一个小乳鹊，飞到那大巢。他却用了一个法里法，又把身形隐了，飞入巢中。只见那巢深大广阔，无数的在那深林。行者看那巢中，一个老鹊在上，来来往往无数的妖鹊。有的说：“我们行善的化斋供僧。”有的说：“我们作恶的赶啄怪蜂。”老鹊道：“你们赶啄怪蜂虽是行恶，但为保护那僧道，便也是行善！”只见这变小和尚的鹊子说：“山冈下见有四众僧人，正是取经和尚。我方才献了斋饭，求他真经一看，那和尚坚执不肯。”老鹊道：“经文乃是度脱众生至宝，世人尚是难闻难遇，我等禽类正想超脱，真是希逢！可叫众巢诸鹊齐变作村居善男信女、和尚道人，去求他真经一看。如是不肯，汝等作恶的便抢夺了来，也无伤于义。”老鹊一面说，一面传与众巢那鹊，顷刻飞聚了来商议，只见那啄蜂的鹊也回来了，向老鹊说道：“我们保护那两个僧道去啄那游蜂，到了前途，被一个老叟怪我们啄蜂，把竹竿打了我等回来，却把那众蜂用桶收去。闻知这蜂正要与取经的僧人报仇，我们若是看了他经文，便为他护送前行；若是他不肯把经文开看，便哄他到老叟家安歇，那众蜂定要打他们螫害。”老鹊听了，道：“且去求他经文要紧！”一齐离了窝巢。果然个个变了村居僧道、善信人等，走出林来。行者听了，忙飞去到三藏面前，叫：“八戒、沙僧快挑着飞走！”叫三藏赶着马垛，莫要迟慢。“老孙打听了妖魔来也！”遂把众鹊计议之言，一一说出。三藏心忙，八戒、沙僧着力离山冈飞往前去。

好行者！忙向空中念念有词，只见那五色彩云从空飞下。行者捉住云头，挝着云尾，道：“求你暂作经担柜包以诱众妖鹊，待我老孙挑着真经，同师父过了山冈，到得前途，你再散去。”那彩云果然待行者挑了经担前行，他照依柜担变化，无有两样。这众妖鹊一齐走到冈前，不见了唐僧师徒，但见经柜担包完全在地。众妖鹊变的善信僧道大家你抬我扛，都搬到深林巢前。那老鹊大喜，向众妖鹊道：“我当年曾见僧尼道俗焚香拜礼，方敢开诵经文。汝等可焚香开看！”这妖鹊们却也神通，随向村庄人家取得炉香焚起。你看他动手把柜担拆开，那里有片纸只字？但见：

五色祥烟霭霭，一天瑞雾蒸蒸。何尝一字见真经，尽是彩云光映。

众妖鹊齐惊异起来，道：“好和尚，变假藏经愚哄了我们前去！”只见老鹊向空拜礼，说：“你众鹊不知，这正是真经从来无字！况我与汝辈何物，有何功行便要见闻至宝？且欲见闻至宝，却生一抢夺之心，宜乎付之长空无有。如今必欲要见闻，还当发一善行消除恶念，前去保护取经众僧，莫教怪蜂作孽。那时有此功行，料众僧感汝等，必把经文你看！众鹊依从老鹊之言，齐齐一翅，飞到那接官亭处树枝之上。你看他：

飞的飞，叫的叫，飞飞叫叫不停留，叫叫飞飞如快乐。满空上下翻，深林接树噪。黄昏日已晡，众鸟奔来到。喳喳一片听他声，真是灵禽来喜报！

却说那官长卞益夫妇二人止生了卞学庄一子，被妖迷乱，喜得西还取经圣僧救好。正值花柳争妍，园亭赏玩，夫妻两个说道："这等一个好园景，怎么百花芳菲，就没个蜂蝶儿飞来妆点景致？"卞学庄道："爹，娘，正为这蜂蝶一节，孩儿惹了一场灾病。"卞益听了，道："正是。我要问你，当初这病源怎起？"卞学庄答道："那日孩儿看见桃杏花开，春工富丽，苦被那浪蝶游蜂争采残伤，我一时拂他春衫大袖，不知怎么那游蜂作怪，孩儿被他迷昧了，昏愦不省，目中只看见一个女子来来往往，或见或隐。今幸那取经圣僧救了，病虽已愈，只是心疑。怎么两个蜜蜂儿便作怪迷人？"卞益听得，次早出堂便问左右："这地方谁家有蜜蜂探花？"左右报出村庄人家所养，官长拘了来问。那庄人供称："日前有蜂只因作怪迷了女子，幸亏西还取经的圣僧救好，如今把蜂巢逐去了。"卞益听了嗟叹："有此异事？公子既好，这圣僧尚未酬谢！"乃复差衙役持了布帛金钱向前途接官亭来，酬谢唐僧师徒。

这差役正坐在接官亭内，等候唐僧。却说那众妖蜂被老叟叫家仆收了在家，这众蜂出入他家，往往来来，采花做蜜。不防那众鹊见了，道："那螫僧道的妖蜂益多越盛，看他逞妖弄怪，似有螫那僧人之情。我等既要保护取经圣僧，安可容留他在此？"却好两个蜂子飞到官亭，这灵鹊一翅飞入亭中，一口啄了一个。一个忙飞去报与众蜂，众蜂大怒，一齐飞出屋来，不见灵鹊，但见一个差役卧在亭中。他一螫把差役叮伤。差役打听得老叟家下养蜂，随回衙禀知官长，探老叟家仆，拿了到官。差役依旧来亭上等候唐僧。老叟见养蜂惹出祸害，遣那众蜂又不散去，正在无计救仆，不免到亭子上打点差役，却好三藏师徒到了接官亭内。老叟正为恼日前僧道不辞而去，见了唐僧们在亭子上敬坐，心下正嫌。只见官长差役忽然走到唐僧面前，捧出礼物名帖，道："小人奉官长差来，远送圣僧，以酬救好公子之病。"那老叟见官长差人远送唐僧，一时便起恭敬，请唐僧到家内待斋供，备细把养蜂惹了官长缘故说出。行者听了，道："这妖蜂到此处还生事惹非！"三藏道："徒弟，不是这等说。天地间物各自相安，这蜂岂来害人？必定是人去伤他，惹动他毒心，故作妖孽！徒弟你说妖蜂，我还说是人自作怪。如今老善人也不必逐蜂，随他自安其处；也不必忧虑家仆，待吾徒弟与你讨个方便人情，包管官长放了你家仆回来。"老叟听得大喜。三藏随写一纸禀帖，谢辞远送礼物，顺便与老叟方便家仆。差役回复了官长，果然官长不究，家仆放回。这老叟见唐僧与官长交通，乃大设斋供，款留三藏师徒在家。

且说众蜂原为报和尚拴系之仇，飞聚到此等候唐僧，只为灵鹊生端，螫了差役，被老叟遣退不去，恰遇着唐僧到来。众蜂计议正要齐来螫害唐僧，不匡三藏对徒弟们说了一句"各自相安"好话。那众蜂听了，道："原来取经圣僧果然存心仁厚，说我等原不害人，因人来伤我，故作妖孽。比如这老叟敬藏我们，虽说觅利，他也有安我等之心。只因他起了一个嫌恶那僧道而去，便生出这官长捉仆之情。又来这几个僧人，我们也当保护他前去。"众蜂说罢，一齐飞出老叟之屋，方欲往前飞，只见众鹊在东树枝头飞噪，吓的往西飞去。

却说众鹊在林间见老叟家留住唐僧，那众妖蜂又飞散去了，乃向老鹊道："我等护送僧人到此，你看他那柜担供奉在堂上，却不见那化为乌有无字经文，必须去要他开看！"老鹊道："论护送有功，那僧人必然肯开与你看，但是汝等以何法去要他开那柜担？"众鹊说："还是行善的变做和尚道人，去求他布施一柜担来罢！如是不肯，待我们作恶的再计较一法去取。"

众鹊计议了，却叫两三个行善的鹊，依旧变作僧道，走到老叟门上化缘。那老叟看见是僧道，仍恭敬请入中堂。三藏师徒见了，彼此问讯。三藏便问："师父们何来？"僧道答说："我弟子们自车迟国智渊寺来，游方化缘为生"三藏听了，乃向行者道："这寺乃我们昔日来时救他灾难之僧。"行者道："正是，正是。"乃把昔日救他们事情说出。他那里答应的来？三藏忙替他说：“昔日想师父们避难在外，故此不知。”这僧道说：“正是，正是，且请问老师父何来？”三藏道：“我等自西还东。”僧道又问：“往西何事？”三藏道：“上灵山求取真经。”僧道听了，说：“这柜担中想是经卷了？”三藏道：“正是。”只见那为首的僧人走近三藏面前，深深打了个问讯，道：“圣僧老师父，我小僧昔日闻得东土圣僧上灵山取经，路过本国，救了我一个僧。至今感恩，都说：‘待老师父们西还，务要求赐一担经文看诵，不负出家修行本愿。’今日何幸在此相遇，万望老师父慨然方便，赐我弟子一担，回到寺内课诵看阅。”三藏道：“这不敢奉承。我等奉唐王旨意，万水千山，经年累月，取得真经，且有皇封扃固，那里开得？况说布施，万万无此事理！”

（此处疑有脱文）这僧人门前风刮来的楛树叶。三藏道：“徒弟！你虽说假，于道却也合真；只是你不该说破。天地间事，说假便不真，当真便不假。如今快辞了老叟，前行去罢。只恐弄出假来，那僧人又来要经！”行者道：“师父所见甚明，我们速行为上。”三藏辞谢老叟要行。那老叟道：“老师父大德，感恩不尽。正该留住几日，如何要去？就是要去，此时天色黄昏，前路盗贼啸聚，不便夜行。”三藏只是要行，老叟那里肯放？

毕竟如何？且听下回分解。

第六十九回

悟空三诱看经鹊　比丘四众下灵山

话说那灵鹊变的僧道欣欣喜喜扛抬着两个经担，到了林中。正向老鹊夸能，忽然歘下一风吹起，与那林中树叶混在一处。众鹊笑道："又被和尚诱哄了来也！"老鹊道："非哄，非哄！"众鹊道："何为非哄？"老鹊道："我当年听闻过经典，便是这风这树与叶，皆是经文所在，怪你等缘悭分浅，自不识耳！"众鹊那里肯听，又计较说："这和尚们，善求两次，被他诱哄，如今只得作恶问他取！"老鹊说："不可，不可，真经岂容你恶取，不如回林去罢！"

众鹊中行善的也动了嗔心，乃与恶鹊计较，变了一伙盗贼，明火执杖，乘着夜尽，飞走到老叟家来。却说三藏师徒被老叟留住，正才安息，忽然门外喊震。行者忙起来向天井一望，但见那明明火把照着一簇强人，口口声喧，只叫："开经来看！"行者道："师父，那树叶儿果然识破，弄出假来了。"八戒道："偏我使个机变就不灵，如今怎么处？"行者道："沙僧师弟，你也使个机变，诱哄他去。"沙僧道："师兄，我当初原以恭敬取得经文；本不会机变。若是强人来恶取，古语说的好：'恭敬不如从命'，把我们经担献与他自家去看罢。"三藏道："悟净，这却使不得！悟空徒弟，还是你设个计策，第一莫惊吓了老叟之家，第二还要保全了我们经担。”行者道：“师父，我老孙又要使机变了。”三藏道：“徒弟，由你罢，只是莫要似来时打杀了强人！”行者道：“放心！放心！金箍棒不在手头了。”行者一面说，一面把毫毛拔下几根，都变了经担空柜，叫八戒、沙僧都躲入柜担中，却把真经柜担移在老叟深屋，与三藏看守，说道：“师父谨守经文，切莫惊惶恐惧，待徒弟们退了强人，自然前去。”三藏依言，躲入深屋。

却说众鹊变了一伙强人，到了老叟门前，吆吆喝喝，吓的那老叟一家大惊小怪。老叟听那强人口口声声只讲：“快献出经担来！”想道：“这和尚们必定是贩宝货的，惹了强人眼目。我也不管他，且开了门，让他劫了去罢！”只见门开，众贼抢的抢，抬的抬，把柜担一齐搬出。且说行者毫毛变的柜担，里边坐着八戒、沙僧。行者把那空柜中，自己又多变几个在内。却说这众鹊变了强人，恶取了柜担，喜喳喳叫出歌声儿来。他道：

吾辈真灵果是灵，神通变化取真经。两次善求被僧耍，三番恶取到消停！扛了去，到山庭，看的看来听的听。

行者在柜内听了，道：“这妖精，抬着走罢，还要打个歌儿。我不免和他两句末韵！”乃接着后句，说道：“那里把经与你看，外公实是不相应。”那抬柜的妖鹊听了，道：“不好了！怎么柜里经文说起话来了？”老鹊道：“休要嚷！经文原是说的话。”妖鹊道：“他那里有经？却是外公在里。”老鹊道：“到山冈去看罢。”妖鹊道：“远些好。免得那僧人来吵闹，要还他。”只见八戒听得行者接他歌韵两句，他也忍不住说：“近些看罢好便当，包回换。”老鹊听了，道：“呀！这分明又被他们耍了。”忙叫众鹊歇下柜担。看那封皮甚固，苫盖又全，绳索粗，缚的又紧。个个笑道：“这那里是假？”老鹊道：“是真是假，打开看罢。”只见开了行者的柜子，钻出一个毛头毛脸的和尚。那妖鹊们齐诧异起来，道："经在那里？"行者跳出柜子，说："我便是经。"老鹊叫："再开那经担！"只见八戒在里钻出来，道："我就是经。"沙僧也一样钻出担子来，说："我就是经。"老鹊见了，向众鹊道："是了，是了。不差，不差。和尚是经，经是和尚。我昔年闻过道法，真是不差。"乃向行善的灵鹊道："善求恶取，明明已如看见。去罢，去罢！"那行善的听了，仍复了灵鹊，一翅复回山冈巢窝去了。丢下作恶的那里肯去，说："我不信。这和尚三番五次变假诱哄我们，我们既已明火执杖来劫他柜担，如今只拿这三个和尚，明明要罢！"乃举起手中棍杖，齐上前来打斗。行者三个见势头不好，说不得掣出禅杖相迎。只见众鹊齐拥将来。行者三个力寡，左支右搪，看看斗不过。好行者，叫声："八戒，沙僧，你去老叟家保护着经文与师父，待我一力剿灭了他罢。"八戒道："大师兄，我们三个尚然力寡，你一个怎剿灭的他？"行者道："你不知。我们三心两意，有此反不能胜众妖！你快去，快去！我自有机变。"八戒、沙僧依言，去回到老叟家来。这行者设出机变，拔下许多毫毛，变了无数行者，个个拿禅杖，在树林外与众鹊变的强人打斗。但见：

假强人，伪行者，两下相争交战野。一边恶鹊想夺经，一边神圣怎肯舍。你空抬，我枉扯，抢来柜担都变也。妖精空费一场心，那识猴王不可惹。不可惹，徒作恶，当听巢中那老鹊。明明三次见真经，一想回头无限乐。善来求，恶莫作，作恶便惹恶来缚！我衰世，不闻经，怎教方寸乾坤阔？

众强人被许多行者一顿扛打，复了原形，乱飞而去。行者收了毫毛，笑道："原来这些怪鹊成妖。若是我当怎么孝心惹了妖怪？"（此处疑有脱文）行者笑道："谁教那两个男女家耽误了婚嫁之期，就生了这种妖魔之害。幸亏女子是孝心所为。那公子虽迷，还有不淫乱之意。所以得徒弟两家之救。"三藏听了，道："悟空，你话便是篇因果。只是这起恶鹊又被你三番哄诱，只恐恶心未遂，又要作别项妖怪，前途夺我们经文。”行者道：“师父！我们各有经文在身，大家谨慎保守前行，莫教怠慢。”师徒们说了，天早明亮，乃辞谢老叟前行。

且说比丘僧与灵虚子见老叟面动嗔色，他两个不辞而去。走到前途，却好一座庵庙，大门前立着两个和尚。见了比丘僧，便上前问道：“老师从何处来？”比丘僧道：“我从灵山来。”那两个和尚深深打个问讯，道：“老师莫非就是大唐中国取经圣僧？”比丘僧答道：“我非东土圣僧，乃是灵山下来僧道，信步到此。二位师兄问取经圣僧何意？”两个道：“我等乃是车迟国智渊寺住持长老差来，远迎圣僧的。”比丘僧道：“你长老怎知圣僧此时到来？我那灵山离此道路遥远，难计岁月算时日的。必定有个先知！果然后边相隔不远，有四位僧人取了经文，将次到此。”那两个和尚听了，笑嘻嘻道：“我长老真是妙算！”比丘僧问道：“你长老怎么妙算？”和尚道：“我长老说：‘当年我寺中和尚们被妖怪扰害，遇着取经的圣僧，每人与一根护身的毫毛逃难。若遇着兵役拿他，叫一声：“齐天大圣！”就有一个神人救他。故此寺中僧人救了性命，到今感念不尽。’日前长老屈指一算，道：‘今年今月吉日，圣僧取了真经回国，路必过此。恐他百里之外不进国城朝谒国王，倒换批文。’故此差我二僧远来迎接他们。”灵虚子听了，道：“你长老既能妙算，就算出进城不进城，如何又说恐他不进城方才差你远接？若是圣僧不进城，你来远接也无用！”和尚说：“我长老正有一句话说，那圣僧听了，必要进城。”灵虚子问道：“你长老有一句甚话，那圣僧听了便进城？”和尚道：“说不得。我长老妙算，封了一个锦囊袋儿。叫我两个待那圣僧不肯进城，方才拆看。”灵虚子笑道：“我这师兄便是圣僧一起，先来探路。果是此处有一便道，又近百里东行，真是不绕道进城，多多拜复你长老罢！”那和尚笑道：“老道者，我们削了这几根头发，便不打诳语的。你方才说有四位圣僧在后，将次到来，如何却又说一起？且我长老说，那圣僧中有一位猴王像的，乃是齐天大圣，这封袋儿只等他不肯进城，方才拆开来看。”灵虚子只是要他的封袋儿看，两个和尚那里肯？灵虚子道：“前边不是圣僧来了？”和尚回头一看，灵虚子随把脸一抹，变了一个孙行者像貌，立在面前道：“我们走近路，不进城。”两个和尚回转头来，见是孙行者。一个道：“是了，是齐天大圣了。长老临付封袋时，曾说：‘那圣僧毛头毛脸，彀眼凹腮。’便快拆封看罢！”一个道：“不是，不是，可见长老推测妙算！他道：‘圣僧取了经文回来，必有包担行囊，或挑或抬或马驮。前途妖魔甚多，莫要被妖魔装假，设诈看此封袋，露了我事情。’”灵虚子见他只是不肯，乃向比丘僧说：“师兄，想来也不必看他封袋，多是长老感行者昔年为他寺僧剿除妖魔，远接。或者，这寺中近来又有甚么妖魔作怪？孙行者心性好揽是招非，只恐他听信了长老封袋儿情节又进城，便要朝谒国王，照验关文，远转百十余里道路，又费了时日工夫。我与师兄莫若驾云进那国城，到智渊寺面见那长老，看是何样情节？”比丘僧依言，两个乃向和尚说：“你不肯把封袋拆看，我们实是不进城，往便道近路去了。”乃向前走。那和尚只是坐在庵门，等候大唐圣僧。按下不题。

且说灵山宝经阁上一尊古佛，闻知如来以真经一藏发付唐僧取去东土，又命比丘僧与优婆塞保护一路前行，一日忽然发大智光照见前途妖魔阻道，乃向白雄尊者道：“自汝作起神威取还那唐僧无字真经，换了有字经文，也是唐僧们至诚功德，也是东土众生有幸，得沾人天利益。但唐僧来时有妖魔等难，如今真经到处，诸难尽消，如何还有种种妖魔？虽不敢干犯真经，只恐亵渎宝藏！”白雄尊者道：“真经功德，真乃人天利益，众生得见闻，果是万劫难遇。但来取之易，而去之不难，只恐人情视为轻易。所以，唐僧们来也使他万苦千辛，真经去也显出许多灵应，方为济度众生。只是道路多逢妖怪！”佛言：“不遇妖魔，灵应何见？况路途本无妖魔，众等种种防御妖魔，即生种种妖魔。汝当传谕众圣：谁肯保护真经与比丘众等助些道力？莫教他逢妖作怪，自己先动了妖怪机变！则行道坦坦，何妖作耗也？”尊者奉旨，即传与众圣。当时就有比丘僧四大众说：“当初我等一个比丘法名到彼，领了如来旨意保护经文，去日已久，尚未见复命。我弟子等愿前去助些道力。”尊者道：“经文到处，灵感异常。汝等但去暗试他四众，看他那至诚的可常守至诚不变？老实的可始终老实不差？恭敬的可朝夕不违背怠慢？只是那机变存心，狡诈百出，若用之驱邪缚魅，亦当引之崇正，莫教机里生变，变中用变，则道路自然无妖魔阻拦真经矣。”四大比丘听了尊者传谕佛言，即时驾一朵祥云，早到了车迟国地方，料唐僧必由国中过，乃按落云头，径到智渊寺来。

长老正在方丈料理僧纲司事，忽然山门外进来四众僧人。长老看那四众僧人生的相貌非凡，庄严出众。怎见得？但见：

光溜溜发皆削剃，丰伟伟貌尽方圆，袈裟偏袒右边肩，宛似阿罗体面。更有一宗出众，威仪举动庄严。但看他开口个中玄，眼下圣凡可见。

长老见了，忙迎出方丈，请入中堂。那四众僧人进了中堂，向殿上圣像前瞻拜了，下得殿来，才到方丈房中，与长老叙礼坐下。长老便问：“四位师父何来？”四僧答道：“自灵山下来。”长老听了，道：“老师父只说个灵山，小和尚也只耳闻来，路却远我这里。昔年东土有四众圣僧，向灵山求取经文，已知到了灵山，取得经文，如今将次到来。当年去时，由我国中倒换关文，朝谒国王，留下莫大功德在这寺中。我等欲报深恩，只望圣僧前来，报谢他恩，借阅取来的宝藏。但恐近日东土大路新开了近便一河，地方造有船只，圣僧若取便往近路去，我小僧此处空望一番。”僧人听了，道：“唐僧师徒果是灵山取得经回路，已将次到此。长老如何便得知？”长老道：“小僧有一推测妙算，料他必要来。”四僧听了，笑道：“长老神术一至于此，我四僧借你一推测，从灵山到此何事？”长老听说，只得起动年月日时，排下吉凶消长。他推测了半晌，只是思想不言。那四僧个个端坐。

却是何说？且听下回分解。

第七十回

长老推测施妙算　行者开封识怪情

诗曰：

万事于心要至诚，至诚真可对神明。豚鱼有觉犹能格，
金石无情亦可倾。恭敬须知为进步，虚张定是失真情。
人能举动循天理，变怪妖魔永不生！

话说四大比丘闭目端坐，存了一点不偏不倚、虚空无我之心。那长老左推右测，那里推测得出。思思想想，没了主意，便走下席来，道："四位老师父莫非是圣僧？小和尚推测不来。"四僧开眼道："长老，你既不能推测，料妙算也没处着力。我闻那唐僧们俱以至诚、恭敬，向灵山取了真经回还，俱照大道行来。他自然由新开近路，从河觅舟而去。你却有何妙算？使他必进城到你寺来。"长老说："我小和尚已有一封袋付迎接的僧人前去，若是那圣僧不肯进城，见了封袋内说的情由，他必然不辞远道。老师父，我既是个妙算要动他来，这机做怎先泄的？只待唐僧师徒来时，四位师父自知也。

长老正向四僧讲论，只见山门外走进两个僧道来，见了四大比

丘，大家呵呵大笑起来。比丘僧到彼与灵虚子便问道："师兄不在灵山听法，却远来到此何事？"两个只问了这一声，那长老在袖中占了一课，便推测着了。忙下阶来，望着众比丘深深稽首，拜礼道："凡僧俗眼不识菩萨降临，有失焚香迎接。"众比丘见他识出，乃说道："长老这会推测入灵，总是我等几微先露了与你。你既知我等，必然知我等此来何意？"长老袖中又占一课，道："四位菩萨乃是照察取经僧人一路回还诚敬与否？若是诚敬，自然妖魔不敢犯；若是不诚敬，只恐邪怪横生。"四僧说："长老，你便再占一课，推测这取经僧人诚敬与否？"长老道："菩萨，弟子这推测只占得现在事情。若是那诚敬与否，乃在取经僧人之心，这心变幻无常，举动顷刻，须是试他以事，看其应答何心，然后方知。"四僧听了，道："果如长老之言，我等特为取经僧人到此。不知他心意如何？"灵虚子道："我弟子一路同到彼师兄前来，唐僧至诚仍守不变，八戒老实，沙僧恭敬依旧不差；无奈途次妖魔自外来犯，孙行者不得不以机变灭之。便是我两个时或助他们些法力，未免也入了一种机变。自知这方寸几微，不胜机变，堕了罪业，只为保护经文，不得耳已！方才路过前途庵堂，见两个和尚奉长老差遣迎接圣僧，他道：长老妙算有一封袋，只等孙行者到来不肯进城，方拆了看，其中有必使他进城到寺之计。我等欲要封袋一观。两个道：'机难先泄。'不知此袋中长老何计算之妙也？我两个原有保护真经之责，故到此探听，长老必要唐僧师徒进城到寺，何事相干？倘若系报他昔年来时破妖救僧之德，此为一端私情，叫他师徒又远转了百里程途，其亵慢真经，过在长老！若是有甚妖魔作耗，思想孙行者毫毛救难的神通，他如今不比昔年了。"长老听得个孙行者不比昔年，大惊，问道："孙行者自来谁不知他名叫做齐天大圣，降妖灭怪保唐僧的神通广大，怎么如今不比当年？"灵虚子道："长老！你实是不知。他自：

唐僧到彼岸，宝藏已求来。无用金箍棒，空余机变材。慈悲福地种，方便法门开。若说拿妖怪，推聋妆哑呆！

长老听了灵虚子之说，暗欢喜道：“我正要今日的齐天大圣不比昔年！想是他师徒求取了真经，信受奉行，一心只是保守经文返国，不管一路妖魔生事。想我生事扰害寺僧，若是他齐天大圣对此推聋妆哑，坐视不顾而去，也不费我差僧远接之意！”灵虚子看了长老暗自裁怀，乃向比丘僧说：“原来长老这暗喜心肠，便是妖魔！但不知他何等情由来寺做住持长老？若是扰害寺僧，我们当为寺僧驱除，使唐僧们经文好生可去。”乃向长老问道：“你欲接孙行者到此，想是叫他驱除妖怪。不知这妖怪是甚样精灵？在那里生事？”长老道：“我弟子若说出来，便是那锦囊封袋儿中妙算非是妙算，乃是求齐天大圣师徒们远转一程，莫要往那新开的河路一带前去。那新开河路一直东行，乃是我弟子寺中众僧的俗家住居在彼，且多有出场田地，一年租税米谷，倚靠为生。不知自从近日开了通路，生出许多妖怪，把稻谷尽数残伤，青天白日还要迷昧往来行人，我寺众僧大受其害。封袋中实是开载这些缘故，要报齐天大圣昔日救寺僧之恩。今日求了经文回来，宁可远转一程，讨个平安道路回去。”灵虚子听了，道：“长老，你这是个报恩好情，却怎说是个妙算？”长老说：“我弟子若不封个秘密袋儿，只恐他不肯听信前来。”灵虚子乃向众比丘道：“长老果然妙算！那孙行者听得封袋之言，定然进城到彼。师众欲试其初心诚敬，我与到彼师兄已知久矣。师众不信。当往前途再试。此长老处，让他迎接唐僧到来！”四大比丘与比丘到彼僧即离寺门。那长老敲动钟鼓，聚积寺众，齐拜留：“众位菩萨少住鸾驭，愿献香斋供养。”众比丘道：“留以待取经僧人。”乃驾云乘空而去。

这寺僧个个望空瞻拜，道：“爷爷呀，活菩萨临凡！”却说众比丘登了云路，乃向灵虚子道：“优婆塞道兄，你知这长老推测妙算么？”

灵虚子道："我弟子略知一二。因方才见其暗喜心肠，只恐这长老是个妖魔。"众比丘道："分明是一个妖魔！他怕孙行者路过他地方，定是为地方方便，驱除精怪，故设个计较，愚哄唐僧们不往他处走。"灵虚子说："师兄们既知为妖，就当剿灭他，如何放他推测计算唐僧？"众比丘道："师兄，你有所不知。我们是奉佛爷旨意，来察取经僧人诚敬。唐僧师徒，这妖魔到有灵机占测，正要留他以试唐僧们道行。若是方才我等一动了法力驱除，未免惊动一寺众僧。但不知此妖从何处变幻迷昧了寺僧，作个长老。你与到彼师兄原奉佛旨保护真经，非同我等前来暗试他的，你还当紧随唐僧前后！料孙行者不被他袋儿算计。"灵虚子依言，乃辞了众比丘，仍与到彼僧在那新河境界等候唐僧。那众比丘却去前途，查探那长老妖魔来历。

且说三藏辞别了老叟，师徒们挑押着经担前行，一路叹息蜂鹊也成精作怪。只见八戒道：

> 作怪，作怪，惹了这宗买卖。肩头生疼，脚步又快，肚里空虚，觉不自在。妖怪偏多，猴精惫懒。挑着飞跑，不肯少待。莫怪老猪，歇歇何害？寻个人家，深深下拜。化些素斋，几样蔬菜。他若不施，我便放赖。

行者听了，笑道："呆瘟，人家回言，不少你债。"八戒道："我也是挑的辛苦，腹中饥了，且说一句儿散散心。"行者道："你散心，我也戏你一句儿解解闷。"三藏道："徒弟，果然力倦腹饥，且歇下担子，寻人家化一顿斋饭接接力。八戒也说得是！"行者方才歇下担子，把眼往前一望，道："师父，人家到没有。那前边好似一座庵庙，待徒弟们去看看来，若是可安住的，再去化些饭米来煮。"三藏道："你们齐去走走，莫要推一个。"八戒道："师父好生照顾担柜马匹！"三藏道："无妨，我自小心在意。"行者三个方才走了几十步，那山门两个和尚远远见了，乃迎上前来，问道："师父们可是东土取经回来的圣僧？"

行者道："我们正是。"两个和尚听得，连忙稽首道："小和尚乃是车迟国城内敕建智渊寺住持长老差来远接的。我长老感昔年圣僧来时，有一位齐天大圣拔毫毛救了一寺僧性命，到今念念不忘。只等圣僧取得经回，迎接到寺，酬报大恩！"行者道："原来这地方到了车迟国。离国尚有多少路？"和尚说："尚离一百二十余里。"行者道："我曾西来问人，说新开一条河路，不必进城路远绕道，省得又朝谒。况我们来时要倒换关文，如今回还不用了。多多拜上你长老，说我们从新路回还。"那和尚听了，道："我长老正恐圣僧不肯进城，故此差小和尚两个远来迎接，还有一纸锦囊封袋儿，奉与圣僧老爷看。但我长老原说是四位圣僧，如何今日只三位？且说有行囊经担，如今不见。"行者道："我师父尚在前面看守着经担马匹哩！"和尚道："这等我们须要见了老师父，方好求他主意。"行者道："你且把封袋儿取出我看！"和尚道："长老原叫我小和尚只等齐天大圣不肯进城，方把封袋儿拆开。"行者笑道："老孙果然有名！我便是齐天大圣，快取出来看！"和尚道："看师父像貌，长老说与我的话到也是了。只是老师父尚未见面，他乃师长，须要见了他讨他个主意，方敢拆封。"

行者心躁，只是要和尚取出封袋儿来看。那两个和尚你推说在他身上，他推说在你身上，只等见了老师父方拆封袋儿，说家有长，岂有背了老师父拆封之礼。行者见他这等说，乃同他两个走回三藏处来。两个走不多几步，见三藏坐在地下，合掌向经柜前课诵经文。他两个看见经担包上五色毫光，映着日色，灿烂半空，那里敢上前，口里只叫："请那老师父近前拆封袋看罢！"沙僧道："二位师父，你既远来迎接我等，既见了我师，岂有不近前相会，如何叫我师父到来接你？"和尚说："我奉长老命，叫我见了老师父，须是他来看此封袋。这袋中乃长老妙算在内，有益与你师徒，途路便当的说话。"沙僧见他说到途路便益，只得飞走到三藏前，把这情节说出。三藏听了是途路便益之言，便起身飞走到两个和尚之前。各相问讯了。和尚又把长老迎接前情说了一遍。三藏道:“我等西游日久，归心甚急。既有便益新开河道，当觅舟前往，不必进城，免惊动寺中长老，又免得朝谒。”那和尚听见三藏之言，方才身边取出一个锦囊封袋儿，递与三藏。那行者心躁，也不等三藏接着，他便一手抢过去开了，大叫着念道:

敕建智渊宝寺住持长老原无遗僧，百里外程途迎接大恩师父：一则感恩图报；一则便你师徒，莫从新路惹妖魔，还走城中旧路!

那和尚走远，还招手叫道:“老师父从这山凹里来!”行者道:“你既要我们走那山凹，我却力弱不能挑这担子过山，烦你替我们挑几步!”那和尚道:“我们也力弱不能。”行者道:“劳你过来帮抬、帮抬罢!”和尚那里肯来？只见行者从新开路上走，道:“你那两个小和尚好好回去，莫要动了老孙当年来的性情，这挑担的禅杖虽不是金箍棒，却也不相应!”那和尚见势头不好，只得过山凹去了。三藏道:“徒弟，长老感旧，差和尚远接，也该好意回复他去，如何讲出金箍棒昔年情性?”行者道:“师父，你们真真至诚老实，不识这二人情景。我老孙知道他几分了!”

却是何说？且听下回分解。

第七十一回

比丘众共试禅心　灵虚子助登彼岸

诗曰：

心邪到处是妖魔，我欲平妖事若何。
信受奉行经万卷，只消一句佛弥陀。

话表两个和尚只指望开了长老封袋，取经僧便进城远走，那知孙行者听得新开河路有妖魔，越动了他拿妖捉怪之心。又见两个和尚不敢近经担之前，他便使出机心，叫和尚替他挑担。他明知妖邪不敢侵犯真经，就识两个是妖魔差遣来的，乃向八戒、沙僧道：“师弟，你知这两个和尚不敢近我们身是何缘故？”八戒道：“他怕我们扯他挑担子。”行者道：“非此之故，乃是邪魔不敢犯真经！我们既不进城，要从河路前进，你看前边可有船只？把经供奉船上，你与师父照管着。待我查探这长老为甚么差两个妖魔来迎接我们，想这长老也是个妖怪！”八戒道：“只恐前面没有船只。”行者道：“既通水路，岂无船只？”正说间，只见一个店小二走上前，见了三藏，便扯住马垛，道：“老爷们是往东行的？少不得搭舟船，安逸快活，胜如陆行劳苦。

须是到小店住下，寻觅舟船，包送前途。”三藏道：“悟空，你主意何如？”行者道：“师父，既是水路顺便，随着店小二到他店里住下，再觅舟去。”

三藏听了，随着店小二前行。方走了百余步，又见两人飞奔前来，道：“师父们可是往东土走的？”三藏道：“我是往东土走的。你问我是怎么说？”那人道：“过此山冈有个小路沿河，不过三十余里便是东行大路。这山冈三里，我家新开了小店，专下来往客商。师父们不必觅船，况那舟船不便载马匹，须是到我小店安下。”三藏道：“舟船安逸。我等一路劳苦，正要息息力。”那人说：“师父要安逸，我小店有车，坐的人又载的柜担，比他舟船更安逸，又无惊恐。”店小二听了，道：“老爷们不必听他。我这里只有条新开河路觅舟前往，那里又有条过山冈小路？闻知这山冈小路近日出了几个精怪，专一迷弄过往客商，老爷不要信他！还是从水路觅舟安稳。”那两人道：“老师父莫要信他！水路近来妖魔更多，还是从山冈小路前行安稳。”两下里你争我夺。三藏没了主意，向行者道：“悟空，你的心下裁夺，还是走那边路好？”行者说：“两边都有理，但徒弟不曾走过。当年从国中来的路，徒弟便知。如今要就一边前走，须是等个近处往来之人，问个的实方好。”三藏道：“有理。”乃向店小二与那二人说：“你们不必争夺，好歹等个行路之人或是本处居民问个端的，我们自定了主意。”八戒道：“等人问信，且歇下寻些水来吃着。”一面把担子歇下，前去寻水。那店小二随走近前，把担子挑上肩，道：“老爷们还是从我店觅舟安稳！”挑着就走。那两个人看着倒退，却不敢上前争挑担子。行者见了，上前把店小二扯着，道：“你何故抢夺人货物？就是到你店安下，也凭我客人。”乃招手叫那两人，说：“你来挑了去！我和尚一生性拗，店小二抢担子，我偏不往他店去。”那两人那里肯过来？倒往后退，道：“师父们若肯往小店去，请自行挑担，我怎敢抢夺师父们行囊货物？”行者听了，乃向三藏耳边道：“如此，如此。”三藏听了，道："徒弟莫要疑心动了。"行者道："师父，我徒弟不是疑，实实见的。"八戒笑道："两个说唧唧话，秘密教，想是瞒我老猪那里吃斋饭？"沙僧道："二哥只是把斋饭在口中讲！"三藏道："沙僧，八戒非是说斋饭，乃是动了疑心。"

说话未了，只见路旁走过四个僧人来，看着三藏，道："师父们计较何事？我远远风闻，你们讲的是妖魔精怪！出家人只该满腹真经，出口真经，如何口头不讲真经，但说妖怪？"三藏见那四个僧人生的古怪，说的惊人，打了一个问讯，道："列位师父，我师徒是在此计较，两边道路从那一条道路前行，并不曾讲妖说怪。"僧人道："我们听得你说疑心。这疑心动，就是妖怪生！且见你师徒附耳低言，说些甚话？出家人说正道，何必悄语低言，便使人人听得，方是个僧行。"三藏合掌谢教。行者笑道："四位师父！你说的尽是，行的却非。"四僧问说："我们从大路前来，怎么行的非？"行者道："老孙瞒不得的！你四位却是暗地里来试我师父禅心的。我如今也不管你。只是这路老孙不曾走过，依店小二说，到他店觅船前往，安逸快活；依那两人说，过山冈有条小路，且有车辆可载，更是安稳。"四僧说："你师徒如何主意？"三藏道："依我弟子，还是过山冈雇车辆安稳。那舟船，人与柜担虽安，马匹在上却不便。如今只因店小二说'旧无此路，近来多妖怪'。我弟子为此怀疑。"四僧问行者说："你主意何从？"行者道："前途有人指说，新开河路既通舟船，还是水路从店小二的好。只因说山路近来妖怪甚多，我老孙专一好惹个妖怪，所以主意不定。"四僧说："我们方才说你们不讲经文只谈妖怪，一个师父怕往妖怪处走，一个徒弟却好惹妖怪。依我四僧，还是从店小二去，觅舟安逸。"三藏道："列位师父，也恐近来水路多妖。"行者听了，又向三藏耳边道："如此，如此。"那三藏听了，越动起疑心，直说出："徒弟啊！我只以——

灵山求得此真经，日夕行来不敢停。过岭盘山游水路，惊心吊胆没时宁。妖魔有犯亏伊力，保护无虞仗佛灵。附耳教人无主意，不如明白说来听。”

三藏说罢，道：“徒弟，依你附耳之言，道那两个人不敢近前夺店小二的担子，就是那来接我们的两个和尚变化了来的。若是这等，我们就该往水路，随店小二去的是。你却又叫我往山冈过去，故此没个一定主意。”四僧道：“师父，你既是灵山求了来的经文，我闻如来真经不肯轻易与人，你仗何事何心求得来？”三藏道：“列位师父，我弟子——

上为国王水土，重恩来把经求。至诚一点在心头，功果喜今成就。”

只见那四僧听了，齐齐说道：

为报君恩求取，至诚不是私谋。始终信受莫疑忧，有甚妖魔敢诱？

四僧说罢，那两人听了飞走，道：“和尚附耳之言，乃是说破了我等来历，且报与我长老去也。”四僧听得他说长老来历。正要查探此情，乃向三藏道：“师父，你只把原来至诚心莫改，纵遇妖魔，自然荡灭。我四僧实是来暗试你禅心，看你至诚。若终守不变，不生疑惧，经文方为托付得人。我已知迎接你们的都是妖魔，须要正了念头相待，自是无碍！”看着孙行者，道：“悟空，你这个猴王，我等瞒不得你。只要你灭此妖魔，保你师父，莫生疑障，我等去也。”说罢，腾云而去。三藏忙合掌望空拜礼。行者笑道：“师兄，远劳你来查探。你可回去说：唐僧的至诚始终不变，到是我老孙机变，西还一步有百千万种也！”

却说八戒歇下担子寻水去吃，他正来到河边要吃水，没个碗盏，看着一湾人家又远，方才用手去取吃。只见比丘僧与灵虚子变了两个舟子，驾着一只船儿，摇着橹走近八戒，叫一声："那和尚要吃水，当寻一碗盏来取，如何动手？若是你手不洁，可不秽污了一河之水？"八戒抬起头来，见是舟人，便停住手，道："善人，有碗盏，借一件与小和尚吃些水。"那舟子忙在舱中取了一碗，递与八戒。八戒接了，取得一碗水吃毕，便道："善人可有瓶罐？再借一件取些水，与我师父去吃。"舟子故意问道："你师父在那里？"八戒指道："那远远西边歇着柜担的就是。"舟子又问道："柜担何物？"八戒把前后事情说了一遍。舟子道："原来你师父是中国取经的圣僧。既是到此，何不远转一程，到国王处讨一张勘合批文，来此取应送舟船！这所属地方，谁敢不应付？"八戒道："我们原有批文在身。"舟子道："既有批文，取了来我们照验。实不瞒你说，我这舟船，便是递运官舟来往，接应公差的。"八戒听了大喜，随取了一瓶水，走到三藏前，把舟子话备细说出。三藏道："既要看验批文，八戒可取与他看。若是官舟顺路，应付前去，莫便于此。悟空，你莫想过山冈雇车辆。店小二哥，你也免劳挑担，我们不到你客店去了。"行者心肠正为那两人要接过山冈，被四僧说破是妖魔，飞走而去，他定要找寻妖魔来历。争奈三藏没有主意，听了八戒这段情，坚意从水路搭官船，力辞店小二。店小二笑道："师父，我这地方那有应付的官船。看将来，方才那两个接你们过山冈雇车辆，就是这两个人。分明妖魔，休要错认！"行者听了此言，笑欣欣的道："正合老孙之意。师父不必三心二意了，上官船罢！八戒快把批文送与他验明了。我这里搬柜担上船。"

八戒依言随到河下。灵虚变了舟子，走上岸来，看了批文，道："应该应该。请师父们上船！"八戒传与三藏，师徒一齐到得河下。那店小二随后跟来，向三藏正言厉色道："师父们！我非争揽你们生意。实是我这地方妖魔甚多，看此舟非我地方所有，这两个舟子又非熟识，莫上他船，多是妖怪诱哄！"行者道："店小二，莫要为你买卖，破人上门生意！"三藏见店小二阻拦的紧，向行者说："悟空，你也要个主意。只恐店小二见我们僧家，出片好心。他此地人烟稀少，如何与舟子不相熟识？”只见舟子笑道：“师父你不必动疑心。舟船便与你载去，你们若会操篙扶舵，我两个不必相送，免得店小二疑我，也省了一路盘费。”八戒与沙僧道：“二位不去，更妙更便。我两个积年会驾船走水路！”乃跳上船，几篙子把船撑开。店小二扯着两舟子，说道：“你是那里舟子？私把船搭载人货，不由我牙行店家。”比丘与灵虚只不则声，看着三藏舟行去远，乃向店小二道：“你没要扯我！我两个那里是舟子？”店小二道：“你不是舟子，如何驾舟？我被你两个夺了生意，坏了埠头，那里放你？定要扯你地方官长去讲！”舟子见店小二扯着不放，把脸一抹，身子一抖，却是一个和尚，一个道人。店小二见了，丢了手，道：“爷爷呀！我说此处没有这舟子，定是那两个来接的妖怪，诱哄了这几个客僧去了。”比丘僧听了，道：“店小二！你休疑我僧道是妖魔，我两个是——

鹫岭比丘僧，灵山优婆塞，保护取经人，恐被妖魔贼，慈航神普渡，宝藏通南国。众生应有缘，而遇此功德。”

比丘僧说罢，与灵虚子腾空而上。那店小二见了，向空磕头道：“爷爷呀！原来搭船去的众僧也都是神人，想必是为地方平妖捉怪的！不免到村间说与众人，建个圣僧庵庙，为地方求福保安。”店小二说罢而去。

却说三藏师徒上了船，八戒、沙僧撑着篙，摇着橹，顺流而东。约走了三五十里之遥，傍那河岸里路，好一座山！但见：

怪石留云，峰峦接汉。菁葱绿树，远远似白鹤栖迟；缥缈青烟，漫漫把碧天遮荡。遥观岭头，云雾飞来飞去，随风变作奇形；近听脚下，溪流声高声低，带雨敲成雅韵。横遮路径，举头尽是松荫；直断云根，入眼许多怪石。静悄悄行人迹少，闹轰轰飞鸟声多。休言狐魅潜，只恐山精出没！

三藏在船上见了这山，说道："徒弟们，你看好座高山，景致秀丽，上面定有高人藏隐修行。我们上去登眺登眺。"行者道："师父，乘着这没舟子的船过河去罢！不必又上此山。只恐山中虎狼还是小事，万一妖魔在内，我们又去惹他？"八戒听了，笑将起来。三藏道："悟能，你大笑为何？"八戒道："我笑的是大师兄心口不一。你心里每每喜去寻妖捉怪，这时却怎生又怕起来？"沙僧也说道："师父要上山看看景致，你便阻拦说，没舟子的船过河去罢。正是有舟子恐他不肯，耽延工夫，没舟子随的我们。"行者被八戒、沙僧一激，便道："住了篙橹，大家上山走走。"三藏道："徒弟，我们停篙罢橹上山，有几宗方便的事，说与你听。"行者道："几宗甚事方便？"三藏乃一宗一宗说出。

却是何事？且听下回分解。

第七十二回

唐三藏登山玩景　猪八戒得意赏心

话说行者问:“师父，是那三宗?”三藏道:“徒弟，一宗是西方地界好山好景，也是我们来一场，登玩登玩；一宗是上有藏修好人，瞻仰瞻仰，得些教益；一宗我们在舟船，你们撑驾劳苦，歇息歇息，便是马也要与他放散放散!”行者道:“上山无碍。只是上得山，大家都不在船，何人照管经柜担包?”三藏道:“悟空所见的当，必须留一个在船照管，便是马也要一个人看他。”行者道:“马且放在河岸吃草，只是要人守船。”八戒推沙僧，沙僧推八戒。三藏说:“你两个都是要上山观望的，故此不肯守船。悟空原意不上山，你在此守船罢。”行者道:“师父到也公道，你们去观山玩景，我老孙守船?罢，罢!你们去，只是莫要延挨工夫，不可惹动妖精。”八戒道:“这猴头!气不忿人去，便诅咒人遇着妖精。狗妖精!臭妖精!我老猪也有本事降他。”行者笑道:“呆子，你动了诅咒心，如何到说我?你去，你去!只不要惹动妖精，没本事降他，还来寻老孙。”当下三藏叫沙僧把玉龙马牵上河岸，那马见了山根下青草茸茸，飞走去吃。沙僧钉了一个桩儿，拴着。

师徒三人一步一步走上山来，观玩景致。却说行者见他三个上山，那八戒指手划脚说景致夸山水，三藏喜气洋洋，眼观耳听。他便动了一点真不忿心，说道："你们观山玩景，叫我老孙守船，冷静静在此船内，我便去走走，有何妨碍？"遂拔下一根毫毛，变了个行者照顾经担，他却隐着身子，不与师父看见，直走到山上，跟在三藏后面。只见三藏道："山景果是秀丽可玩，只可惜不曾叫得行者同来一看。想他独坐舟中，必然纳闷。"八戒道："这猴头是个会潇洒的，怎肯纳闷？到是徒弟一片老实心肠，若是师父叫我守船，到有几分纳闷。"行者听了，道："好呆子！我到让他来观玩景致，他却背地议论我。且要他一要，看他如何？"那八戒正才两眼看山，一只手指与沙僧说："你看那——

山高望远路，河窄线般长。行人如蚁过，往来何事忙？"

行者听了，道："这呆子！他也晓的得意赏心处。"乃变了一个蜈蜂，先把八戒眼上一螫，又把他手指处也是一下。八戒叫将起来，道："沙僧，不好了！都是指景致与你看，惹了蜈蜂螫了手、叮了眼，疼痛难睁。这会就有好景致，也难看，到不如在船上看守了。"不知行者假变的蜂芒却无毒，一时便不痛。八戒把眼揉了一揉，睁开，看见一个蜈蜂正飞，便把手去扑，骂道："是你这狗蜂叮我！"行者见八戒骂他，即忙飞到树根下，变了一条小赤蛇，照着八戒脚下一口。八戒叫一声："哎呀！怎么脚又被土龟蛇咬了？疼痛难忍。师父，我不去望山景了，回船看行李，换了行者来罢。"行者心肠就转过好来，心中想道："师父老人家方才看着好景致，便口口声声思念我。八戒叮的没兴头，要回去守船，也说换了我来。这情意还好。"乃隐着身走回船来，收了毫毛。只见八戒走回船上，道："大师兄，师父与沙僧看山玩景，我恐他贪景忘归，惹动妖魔，虽说老猪有本事降他，只恐妖精利害，不如你是个降妖惯家。一则让你去看看山景，一则恐师父动了贪魔，惹了精怪，你去保护着他。”行者笑道：“师弟，你叮的没兴头，方才来换我。”八戒道：“罢了。老猪无心，被你有心耍了。你耍，你耍，只教山精出来耍你！”行者道：“呆子放心。”

却说三藏与沙僧看了一会景致，见八戒回船，乃坐在山冈之处，四顾青松隐隐，白石峨峨，隔着一湾溪水，却没个路境可登。三藏道：“徒弟，你看那松树傍白石内象个洞门，其中必有藏隐修行之士，避俗逃名之人。我们怎得个路径通得过去访一访？”沙僧道：“师父，这有何难？师父坐在此，待徒弟驾云过去，看了可通路径，再来接引师父。”三藏道：“有理。”

沙僧乃驾起云头，从空飞下。到那松傍石畔，果有个洞门。沙僧进入洞中。约走了三四里，都是一派顽石，渐渐从黑暗生出光亮。沙僧抬眼来看，见一个洞中许多小妖，咕咕哝哝在那里说道：“大王久去不见回来。把这长老大石压禁在此，再过两朝不是压死，定是饿伤！”沙僧听了，大着胆子直走入内。那小妖们见了也不惊异，连忙问道：“你这和尚想是长老的徒弟徒孙？来探看你师家也。谁教你出家人利名心胜，来买了这新垦山场，指望开山获利，恼了我大王，压禁在此！再迟两朝不见你来，你长老也难保，便是我们也要蒸他吃了充饥。”沙僧听得，口里诨答应，心里却裁怀：“甚么长老恼了大王？”便问小妖说：“我小和尚正是来看我师家的，如今被大王压禁在那里？”只见一个小妖道：“我怜你出家人，指与你去看，你可进这小洞去！”沙僧依言，进入小洞。只见一块青石板压着一个老和尚。那老和尚正在那里哭啼啼，说道：

自叹生来命薄，父娘早逝身孤。披缁削发剃须胡，老大为僧受苦。只恨利心惹忧，开山凿石贪图。妖魔动怒害身肤，怎得徒孙探顾？

那老和尚说一会，哭一会，沙僧听了，乃近前冒认做徒孙，道：“老师父，我徒孙特来看你。你为甚的压在此处？”老和尚眼昏，听见一个小和尚说是徒孙，便哭着说道：“徒孙，千不是万不是，我自家不是！想我出家多年，也挣得一个家私，又得了你们贤徒、弟子扶持，做了一个方丈长老，此心便该知足。古语说得好：‘知足不辱。’谁教我积了些私囊，又贪图产业，买了这山场开垦田亩、斫伐树林，惹恼了一个积年在此山洞的魔王！他嗔我开垦出路来，说：‘不日，有西还的取经唐僧恐怕从此路过。他徒弟中有个齐天大圣，这和尚却惹不得！当年，在国中剿灭了虎力、鹿力、羊力三个魔王，救了寺僧；至今提起来，妖魔那个不怕他？’为此，把我大石使了个妖法压在此处！这妖魔，闻他假变了我，叫两个小妖从西路去迎接唐僧，只要他们进城，不从这新开路来，方才放我。徒孙，你从寺中来，可曾听见两个小妖迎接唐僧到了那里？若是进城过了我们寺去，我就得出来了；若是再过两朝唐僧打从这里来，难为了他，妖魔怎肯放我？”老和尚哭着说，说了又哭。沙僧听的备细，说道：“老师父，你耐心一日。我打听了唐僧去向，再送信与你。”说罢退出洞来，驾云从空到得三藏面前。恰好行者也来了。沙僧便把这事情备细说出。行者大笑起来，道：“师父，我徒弟说，那来两次迎接的人不敢近我们经担，有些古怪，必定是妖魔！我等不知而去，到也罢了。如今他既知老孙的大名，我们又知被冤的长老，少不得师父上了船，叫八戒撑着篙前走。沙僧师弟，你牵了马到船去。我定要剿灭了妖魔，救了长老，方才来也！”三藏道：“悟空，妖魔只恐利害，还该留着沙僧帮你。”行者摇着手，道：“不必，不必！”一个斤斗不见了。三藏与沙僧下了山，回到舟内。

只见八戒笑欣欣道：“师父，山景好看？怎么行者不回？”三藏道：“悟能，你休要管他。你且撑着篙，我们到前路等他。”只见沙僧牵得马来，上了船。师徒顺流先走。

却说行者一斤斗不打到别处，当年他来时的熟路，直打到智渊寺山门。观看那：

梵宫原是旧，绀殿未更新。独有碑亭倒，惟存负重身。

行者看了那碑亭两座，石镌字迹全无，仅存了两个负重龟形，说道："可叹！我们当年来此，何等寺院整齐，几年间倾颓至此。"正左顾右看，只见东廊下走出一个长老来。行者犹认的他，是昔年相会过的长老；却又听了沙僧说的"长老被妖魔石压在洞"，机变心肠一时便动，把脸一抹，变的与长老模样一般。那长老见了，惊异起来，上前一把扯着行者，道："我已压禁你在洞，从何走来？"行者故意道："魔王，你好心狠也！你怕我指引唐僧从新开河路过你洞，却把我压禁洞中，动弹不得。那知唐僧不依你差人迎接进城，却觅舟从河路前去。到了山前，师徒们上山观望景致，进你洞来看见我压的苦楚，拿倒你小妖，备细知这情由。被甚么齐天大圣手执着金箍棒，把小妖都打杀，念了一句梵语把石板掀起，放了我回来，叫我遇着魔王说：'休要假变我长老！急别处安分守己学好也罢。'"妖魔道："你便放了。那唐僧们可曾去哩？"行者道："他已下山回船，顺流去了。"妖魔袖中把课一占，笑道："你人与说话都假。且等我差的两个回话！"只见山门外走入两个汉子来，道："大王差我迎接唐僧，叫他进城到寺来，他不肯，已觅舟从河路去了。我等又哄他过山冈小路，苦被店小二说破，只得回来。望大王再作计较！"这妖魔看着行者变的长老，道："我如今也不追究你真假，只说那和尚把甚么金箍棒打杀了我洞中小妖，这情理可疑。闻说齐天大圣近日缴了金箍棒，改心行善，如何又有此言？我且回洞，看可曾伤毁我小妖？"行者说："我还见他把乱石塞了洞门，一把火烧个干净。"

妖魔听了，咬牙大怒，飞星就走。行者斤斗却快，早已打洞。山洞里，果然那真长老被石板压住，口里哼唧。行者忙上前推那石板，那里推得动？只得念了一声梵语，也是长老灾晦该满，被行者轻轻推起石板。那众小妖齐上前来争。被行者一顿拳头打开，把长老背出洞来，叫声："长老，我不是别人，乃是唐僧大徒弟孙行者。先前假充你徒孙的，是我师弟沙僧，备细你情由，向我老孙说了，故此我到你寺中点破了妖魔。他如今回洞来，待我老孙再替你捉弄他。你可从小路走回寺，或是河边有甚相熟，且叫他送你回去。此后不要痴心贪利，忘了你做和尚本来面目。"长老满口答应。行者送了他到河岸。那长老慌慌张张、哼哼唧唧去了。

好行者！随即走到洞外，变了一个长老，卧在地下。只见众小妖出洞见了，道："长老，你被一个毛头毛脸的和尚推起石板，背你出洞，如何还卧在此处？"行者故意道："他好情方才救了我，叫我回寺去，怎奈我久被压伤，腹中又饿，只得倒卧在地。"众小妖笑道："谁教你贪图财利触犯了我魔王！如今若把你拿回洞中依旧压着，等魔王回洞，只可怜你是个老和尚，便是蒸了你吃，瘦巴巴也分吃不多！"行者道："我老和尚压昏了，不知为甚触犯了你魔王？且不知你魔王是何来历？"一个小妖道："你放了石压，救了性命，乘空去罢！还要根究我魔王来历？"一个小妖道："便说与他何害？且叫他知道我魔王神通本事！"行者道："说说我老和尚听，回到寺中吩咐寺僧，以后莫使他到这山中伐木打柴，惊犯了你魔王威灵！"那小妖便说："我魔王：

> 本是四灵之一，住居溪涧河中，只因开垦不相容，移入深山石洞，说起他身本事，推测妙算神通。经年历岁更无穷，似你山门负重。"

行者听了，道："你魔王来历本事，我老和尚知道了。只是你魔王恨我开山凿路冲犯了他，把我压禁在此，又怕唐僧的徒弟齐天大圣过此，却变了我在寺中差小妖迎接唐僧进城，免的他来此河路走，那里知那齐天大圣心性多拗？你说'城内寺里有妖魔，新开河路安静'，他便进城要惹妖魔；只因你说'此处多妖'，故此那唐僧偏来到此。如今多亏那齐天大圣救了我出来！我想他便去了，我老和尚怎能离得寺里？你大王神通又大，依旧拿我来压着，如之奈何？”小妖道：“我大王回来，若是唐僧去远，他不念旧恶，必然放你。”行者又问道：“你大王推测妙算，当初就该先知唐僧们必不进城，另算个计策使他必进城！”小妖道：“我大王常推测百事皆灵，不知如今怎么推测不出？妙算不来？正也为怕此一宗。”行者备细问了，正要使出猴拳打众小妖，却好妖魔复了原身，走回洞来。见了行者假变长老卧在地下，那众小妖周围守着，一时不暇推测，乃道：“我占测那山门长老，人、话皆假，不知是何处妖怪来设诈愚我？看此小妖围着，长老怎得出洞来？”众小妖便把毛头毛脸和尚念梵语、打猴拳、推石板、救长老出来的话说出。妖魔听了，忙袖占一课，道：“古怪古怪，怎么占不出那唐僧们去到何处？这救长老的何人？便是这长老，也不知真假？”

却是何故？且听下回分解。

第七十三回

贪利老僧遭怪压　含灵负重向经皈

诗曰：

推测前知事颇微，无计妙算说神机。五行颠倒原非幻，
八卦寻求果是奇。河洛灵含千古秘，鬼神奥剖十分疑。
老僧不露玄元窍，把握真经任你推。

话说这妖魔占验不出，乃向行者变的长老问道：“你是唐僧救你出来的么？”行者道：“正是唐僧的徒弟救我老和尚。”妖魔说：“我那石板之上载了真文，我又使了移山之法压住了你，他如何托得动？”行者道：“他先前也推不动。念了几句真言咒语，轻轻的就揭开。我老和尚出来也问他：‘爷爷呀，你念的是何咒语？’他道：‘念的是真经。这真经灵应，人若念动，诸魔化为尘。’他又说：‘念了真经，莫说救你一个老和尚，便是泼天的妖魔，也教他听了真经，尽皆消灭。’”妖魔笑道：“我魔王的神通本事，推测占验，妙算玄微，他那真经怎当得我这灵应？”行者道：“我当时也对他说魔王推占的神通。他道：‘任你甚神通，遇着他的经咒便不验。若是皈依了他三宝门中，念

了他真经咒语，便不消占验，比推测更灵，还要超凡入圣，成佛作祖哩！'"妖魔说："如今也罢了。料想唐僧到此观玩了山景，觅了舟船，前行趱路，我此处平安无事。你这长老也受了一番磨折，出了我魔王一口气！如今放了你回寺，以后不许叫你寺众来此山谷搅扰。"乃叫小妖扶他回寺。

行者故意起身，踉踉跄跄，道："谢大王活命之恩！只是你既有此好意，我老和尚也把个好意报你。那唐僧的徒弟救了我出洞，临去说：'传语那老龟魔：他会占测，不知我齐天大圣极会机变。我师父唐僧们虽乘舟奉经前去，我还要计较：他怎该变你长老，又叫小妖变和尚来诈迎我师徒？这却难恕！且是成妖作怪，在这山洞阻拦僧俗人等，不得打柴伐木。我大圣还要去取了金箍棒来，把这老妖、小妖个个打杀，叫他莫要信人说近日西还的孙大圣，小比往年采时剿灭那虎力等魔，如今慈善了。不知道如今的孙大圣更利害多哩！'"妖魔听得，慌惧起来，道："长老，实是唐僧的徒弟有个孙悟空，神通广大，当年在国中灭了虎力、鹿力、羊力三个魔王，到今闻他名的，心惊胆战！昨闻说他取了真经回还，一路慈悲方便。我如今自悔当初，不该假设迎接之计，又不该把石压禁着你，惹的那孙悟空不肯干休，却怎么是好？不知那唐僧们可容我改过，这孙悟空可肯发个慈悲，不去取金箍棒，饶了我们性命！"行者道："你这大王口口声声只叫孙悟空，不知'悟空'二字乃是他法名！你称名道姓，万一他有千里眼、顺风耳，知道你背前面后，益发动起怒来，这不是火上加油？"妖魔道："长老，你说的是。我如今到求为个妙计罢，只要那孙大圣开个方便之心，同唐僧们过去。"行者道："那孙大圣也曾说：只叫你魔王洗心归正，自然他便饶你。若是你要推测灵验、妙算神通，叫你好好的在河路效些功劳。你安他经文前去，唐僧师父自有经文一卷课诵与你听，包管你不堕妖魔之党！若是逞妖弄怪，不信他好言好语劝你，他定要抽你大魔之筋，剜你小妖之髓。依我老和尚之计，早早洗心归正，乃为上策。”妖魔笑道：“你这老和尚言语太毒，且那孙大圣那里这等利害？你也该为我说两句方便好言语！”行者道：“你这大王苦苦压我和尚多时，是我老和尚仇人，俗语说的好：‘仇人相见，分外眼睁。’那孙大圣救了我出来，是我老和尚恩人，岂有恩人说与你的言语，我不明白毒害向你说？”妖魔听了，叫两个小妖：“把长老推了去罢，免得在此长他人之智量，灭我大王之威风！”两个小妖方才举手来推行者，行者笑道：“你这两个倒了架子的、负重碑文压不怕的妖精！你假变人形方来迎接我们圣僧，此时何来推我？”把脸一抹，只见是一个：

光头未剃尽，毛脸孤拐腮；眼凹金睛现，风猹两耳开。虎皮裙一幅，皂布袄三裁。一个孙行者，打从何处来？

行者现了原身。那妖魔见了，道：“原来孙大圣也只是一个虚名！且莫说他小家子，变了两遭长老愚哄我魔王，有甚来由？便是这等一个毛头毛脸的和尚，也未见的有甚神通？”行者笑将起来，道：“妖魔！老孙非是小家子，变长老两次愚哄你，无非以善化导你，免了我动金箍棒，伤了我师父仁者之心！你若说我虚名，有甚神通？你却也不知我的神通乃机里藏机，不怕你怪中生怪！且听我说来：

我的神通说你知，鸿蒙初判我生时。花果山中曾养圣，水帘洞里乐嘻嘻。上天下地无人挡，捉怪拿妖谁敢欺？只因拜了唐长老，保护灵山谒圣师，一路西来功效著，诸经取去不差池。金箍棒缴多妖遇，机里藏机奇变奇。逢林荡涤拦经怪，遇水消磨阻路螭。手段当年今尚在，名儿昔日满车迟。饶你怪中生出怪，袖占了验往灵龟！

妖魔听了，笑道：“我只闻你神通，今听你本事，也只如此！你敢与我斗个神通本事么？”行者笑道：“你这龟妖魔！敢与我斗甚么本事？”妖魔说：“听你方才讲，金箍棒儿缴了，只用机变。我就与你斗个变化罢！”行者道：“既你要斗个变化，也须较个胜败。若是胜了的，如何处治败了的？”妖魔道：“我洞中有生铁杠子，叫小妖取出来，如是败了的，与胜的打十杠子！”行者道：“便是这等，立个誓约，不许反悔！”妖魔道：“我小妖便是中证！”行者道：“小妖是你一家，我老孙孤身在此，这誓约难凭。须是寻个外人作证！”妖魔道：“便依你。等个走路的过山冈来，扯他立个誓约！”

正才望山坡之下，只见两个汉子走来。那汉子不是别人，正是比丘僧与灵虚子两个。他把摄来舟船渡了唐僧前去，又警戒了店小二，却一路前来。远远见行者与妖魔在此斗胜，就变了两个汉子，走近前来。行者明知，故意叫道：“二位大哥！我们借你做个中证功德。”汉子道：“甚么中证功德？”行者说：“实不瞒你，我是唐僧的徒弟孙行者。这是洞中老妖魔，要与我斗个神通变化。若是胜了的，把不胜的打十生铁杠，不许反悔！故此寻二位作证。”一个汉子道：“青天白日，我们走山冈赶路的客人，怎遇着你两个山精邪怪斗甚么变化？且是败了的打十生铁杠子。爷爷呀！除非就是生铁头？”一个道：“这和尚说是唐僧徒弟，我也闻名，不是邪怪。只是这洞中老妖魔若败了，却反悔不得！”妖魔道：“不悔，不悔！”汉子道：“既不悔，你们斗来我看！”行者乃问妖魔：“你却变化何事？”妖魔说：“且叫小妖拿出洞中杠子来！”乃叫小妖进洞。他便使个机变，悄地分付小妖：“把两样杠子取出来，一根生铁重有五百斤，一根栗木假漆做铁！”那妖魔使了一口妖气在上，都是一般重。那里知行者是个积年伶俐的，见妖魔悄地吩咐小妖，他便使个机心，拔一根毫毛，变了个小妖跟着进洞，知道是两根杠子，乃向妖魔道：“杠子只要一根，如何取两条出来？”妖魔道：“你拿一根，我拿一根，不是两根？”便叫小妖把栗木的递与行者。行者接在手中，道：“且放下！待胜败见了，再拿。”妖魔就掣出杠子，指望就要乘机来打行者。岂知行者早先有这机心，叫毫毛变的小妖把他铁杠子抵换过来。

方要动手，只见比丘僧与灵虚子在傍见行者与妖魔俱动了杀机，两个计议道："不好，行者与妖魔动了杀机！料妖魔不能奈何行者，只是行者抡起铁杠，又犯了伤生之戒！不辜负了唐僧方便之心，我两个慈悲之念？"两个走上前，各拿一杠子，道："你二位原说斗神通变化，叫我作证明。怎么先抡着杠子，便是打斗之意。我两汉要行路，便不管你斗胜败了。"行者道："有理，有理！"且叫："老魔你变来！"那妖魔道："我与你变这山上乱石罢！乱杂在内，不许识出。若是与众人识出，便是败了。"行者道："待我先变！"乃把身一抖，飞入山间，杂入乱石。众人齐看，那里认得个行者的身形？但见：

奇峦凸凹，怪石参差。奇峦凸凹荜萝缠，怪石参差苔藓砌。青磷垒垒，数不尽的大小成堆；白璧苍苍，辨不出的高低作势。排排杂杂满山冈，乱乱纷纷当径地。正是纵横好似八门屯，形状足有千般异！

行者变了块峦石，杂在乱石之中。远远只听得山左叫道："老妖！你识得老孙在那里？"妖魔闻声，走近前道："孙行者！我识你在这一堆石里，那块猴子像的就是。"只见山右又叫道："不羞？不羞？我老孙却在这里。"妖魔又走近前，道："我识你在这几块石内，那藤萝不缠绕，独自一块就是。"只听得山前又叫道："乱说，乱说！我老孙却在这里。"妖魔没了主意，乃叫道："你变化果奇！我众人识你不出。你复了原形，看我魔王手段！"忽喇一声，行者早已立在面前，叫："拿过杠子来，让老孙打！"妖魔道："我尚未变。待我变，你若识出，方是你胜我败。"行者道："你变来我看！"妖魔也把身一抖，飞入山间乱石。众小妖齐齐叫："好！我魔王神通本事，果是非凡！"那知行者机变更奇，他把毫毛拔下无数，根根变了自家，拿着块石头，块块石上敲敲打打，道："妖魔！我识出你变在此。"把个一山石头，块块被行者说着、打着。

那妖魔躲藏不得，现出原身来。行者执过杠子，向两个汉子道：“二位大哥，这魔王被我说出，应该我打他十杠！”妖魔王袖占一课，道：“休要夸你能！是你分身变化，块块撞个影壁，你何尝直指那块是我？”行者被妖魔推测出他机变，停住杠子，道：“也罢！你既不服，且问中证可该打你？”汉子道：“孙行者就是分身变化，却也真奇，该算老妖之输！”妖魔只是不服，道：“再变个树木在松林内，若是识出，便算输。”行者道：“你变，你变。”妖魔道：“先讲明白，不作分身变化撞影壁，须要实实指出那株树木是变的，方算胜。”行者道：“老孙说过不撞影壁，你变来！”好妖魔！把身一抖，飞入林中，杂入众树。果然众皆不识，但见：

满山绿树，遍岭青松。满山绿树影萧疏，遍岭青松枝密杂。高冲霄汉真个是拨雾留云，连接冈峦果然如排山倒峡！鸟鹊飞投声韵奇，猿鹤栖舞欢和洽。正是苍苍郁郁洞幽阴，划划轰轰风乱刮。

妖魔变了树木，杂入众松之林。他也效行者，在山岭内东树上叫道：“孙行者，你识得我老魔王在何处？”西树上也叫道：“孙行者，你识得那株树是我老魔王？”孙行者被他东叫西叫，到也没了主意，乃答道：“你这老魔，我岂不知你变的树？你听我说着你：

你青不变，翠不变，郁郁苍苍又不变！笑你变得老枯枝，怎耐寒霜风打颤？高出山冈露着头，低居丛树难藏面。四肢痿痹怎挣扒，双眸空蔽人不见。东声西叫两头忙，到此何犹不服善？大圣不比昔年来，得了真经行方便。妖魔若不早回头，动起焚林灭一片！”

妖魔听了，道：“让你焚林！我挽动长河之水，往林中倾来，便就熄灭。你那混猜话儿，警我的言语，不信，不信！你只说这满山树木，那一株是我？”行者真伶俐，早已拔了几根毫毛，都变了些飞蛾儿，株株树上探听说话的在何处，乃变个啄木虫鸟儿，把嘴向那树上乱啄。妖魔被啄怕痛。行者见了，大叫道：“那株矮扒又四脚蓬松的是你！”妖魔被行者说着，他也忽喇一声，往山下河内躖去。许多小妖也随走了。行者便要脱了皮裙下河追赶，道：“这妖魔往那里走？”正是：

饶你走上焰摩天，脚下腾云追赶上。

毕竟后来怎么？要知详细，且听下回分解。

第七十四回

玉龙马显灵抓怪　老住持妄想留经

话表行者要下河追赶妖魔，那两个汉子道：“师父，你何故与妖魔打斗？我两个在此行路，青天白日遇着你们。你若有正事，出家人行些方便，放了妖魔去罢！”行者便把唐僧取经路过到此缘故，备细说出。两汉道：“既是你师父保全了经文，前途已去，你只该随你师父走路，苦苦在此计较这妖魔何用？”行者被两汉说明，看着河水道：“好了，这妖魔去也，这生铁杠子定是要打他！”两汉又劝了一回。

行者听了他两个解劝，又心系着三藏前行，遂一个斤斗打到三藏船边。三藏道：“悟空，你灭了妖魔，不曾伤害他性命么？那长老，可曾救他回寺？”行者备细说了一番，道：“只是不曾追赶的这妖魔！”三藏道：“悟空，你饶了他，不但不背了我方便之心，且成就了你慈悲之德。”行者说：“师父，我弟子追赶他，非是要伤害他性命，只是要感化他。这妖魔走入河内，是变化本事不如老孙，怕那一下生铁杠子！他的心肠尚未曾感化，只恐我们过来，他又去害那长老。”三藏道：“徒弟，我们只要保全经文，过这河去。我打听得，此河路长远。你也替八戒、沙僧撑撑篙，摇摇橹，省省他力。”行者笑道：“我老孙费了无限的心力降魔，他两个也该替我降降魔！”八戒道：“大哥，你降魔费心不难，我们撑篙费力却不易。此后，遇有妖魔待我去降。如今，你且撑撑篙着！”行者道：“师父既分付了，便替你撑一撑篙！”乃接过八戒手中篙来，胡撑乱撑，撑的那船左转右磨。八戒忍不住呵呵笑道：“吃饭有你的，撑船却没用。”行者道：“呆子，你岂知道细人做不得粗事？”

按下唐僧师徒舟摇摇而前行，且说比丘僧与灵虚子见行者去了，不赶妖魔，两个正要复了原身。只见那河中忽然妖魔钻出来，见了两个汉子尚在山间计较说话，乃道：“二位行客，非是我躲入河中，委实的那孙大圣神通广大，本事高强！你二位既做了证明，铁杠子怎饶得过？”比丘僧道：“你这没用的魔王！如何惹那孙行者？他是有名的齐天大圣，你闻他名，只该远离了山冈河水，怎么还与他比斗变化本事？想你还是不识他。若是不识他，该去讨个占，求个课！”妖魔笑道：“不瞒二位说：我的推测占验、妙算玄机从来灵异，不知因何今日逢着孙行者便灵验不出？妙算不来？”比丘僧说：“你既知占验，你就推测我两个是何人？过此山往何处公干？”妖魔听了，袖占一课，说：“呀，原来是二位菩萨到此救了我妖魔！但我只占的菩萨出，却占不出菩萨过此冈往前做何公干？”妖魔乃双膝跪倒：“求菩萨把这推测不出缘故指明！”比丘僧说：“汝能推测我两个来历也为灵验，却不能推测我前往何事公干，总是你尚在后天道理上用意，遇了先天道理，自是让了一步。”那妖魔听得又拜：“求菩萨指明先天、后天道理！”比丘僧说：“先天道理不能口说。你若悟得，岂复作妖魔？若必欲要明，除非求那唐僧把真经授你一卷！”妖魔听得，磕了几个头，依旧往河里飞走下去。比丘僧与灵虚子方才复了原形。两个从山路走过唐僧舟前，看着他师徒撑篙，把个船东转西磨。灵虚子说：“师兄！你看那舟航不稳载，多是他师徒又动了甚么机心？”比丘僧说：“明明是行者横撑竖撑，没好没气的！这其间必定是他与八戒、沙僧有甚不平等心，以致舟航不稳载。但恐经文在上不安，乃我等保护不敬。况舟船是你我道法设置与他，还当叫明了唐僧，把他弟子平等了不平之心！”灵虚子道：“师兄言之有理。”两个计议了，仍变了舟子，在河岸上叫道：“那船上长老们，好生撑篙摇橹，如何把只公差船撑的左转右磨？你想不会操篙。莫要撑翻了，不是当耍的，你们性命所系，况有经担、柜包在里，小心，小心！我们说与你，到前东关岸头，等候交还。”三藏听了，忙叫道：“二位大哥！这河路到东关岸头，还有多少路？”舟子说：“路便不远。只是要过两处河滩，有个三岔河道儿，莫要走错。且河水流急，更要小心！若似你们这样横东竖西，只恐错了三岔路头，弄翻了船只！”行者听了，道：“舟子大哥，你到把门户推在我们身上，在河岸上走稳路，说不利市话！你放心前去，我老孙撑翻了你船，料会掉转来。”舟子微微笑去。

三藏道：“悟空，舟人说的也是切要之言。你若不会，还与八戒撑罢。”只见八戒骨都着嘴在舱里打盹，道：“且再替我撑半会。我这时腹中饥饿，心力疲倦，便歇歇有何害？”行者见八戒这说，故意把篙子乱撑，那船几乎歪翻。吓的唐僧动了怒容，道：“悟空，你何故不小心？”行者道：“师父放心！没妨，没妨，莫要动了嗔心。”师徒正讲。

却说那灵龟妖魔，他听了比丘、灵虚两个说“得唐僧经一卷，自然占验通灵，转生善果”。他走下河，一直赶来，果见唐僧师徒驾着一只舟航；但见那舱中霞光灿烂，他随推测知是经文，却不敢犯舟。只因三藏动了怒容，行者说道嗔心，把篙子故意乱撑歪翻，这妖魔的心肠就变，说：“这几个和尚原来各心其心！我如今求那唐僧诵念一卷经文，不如掀翻了他船，抢他的经柜担子，把那孙行者弄他个七死八活，以报他变长老放长老之恨，斗神通躲铁杠子一羞！”妖魔方动了这个心肠，那知真经在舟自有神力拥护，况玉龙马在舱中见那舟船歪翻，他显龙性下水扶持，看见了妖魔在河内趁歪作耗，他抖擞神通复了原形，一爪把妖魔抓到岸上。八戒见了，便拿起禅杖，劈头照妖魔打去。三藏忙扯住，道：“悟能，休要动手伤生！”八戒道：“师父只说我不替猴精降妖，乃至我打妖怪，你又扯住。”行者道：“呆子！这样见成拿倒的妖魔，累及你好打？”只见那妖魔被玉龙马抓到岸上，他望着船中只叫：“孙大圣，你始终方便罢！”行者见妖魔乞怜，又见三藏扯着八戒叫：“莫伤生！”乃问道：“老妖！你已输了赌斗变化神通与我，躲逃了十下生铁杠子，如今又来侵犯我舟航何意？”妖魔答道：“实不瞒大圣，只因我推测妙算不灵，两位菩萨叫我求三藏老爷传授我个先天道理，故此前来。”三藏听得，笑道：“你这妖魔识甚先天道理？我也不能向你口说。”妖魔道：“望老爷把真经赐我几卷罢！”三藏道：“我求来的真经包封甚固，那有的赐你？但你既说菩萨叫你求我，我却记得菩萨的真经，课诵一卷与你听罢！”三藏方讽动了一句真经，只见那妖魔化一道乌云而去。当下八戒接过行者手中篙子，撑开了船，平平安安，稳载前行。这正是：

妙计称玄算，占验说灵龟。但存心里正，犹豫不须推。

却说四大比丘试了四众禅心并无怠慢，径回西方缴旨，乃于经阁见了古佛。四比丘向佛作礼毕，便说：“唐僧师徒一路西还，果然尊敬经文，无时刻懈怠。只是孙行者机变心生，未免道路多逢妖魔梗犯，因而保护诸弟子也动了灭妖降怪之心，用出机谋智巧之变，虽无伤于唐僧德行，只恐亵慢了经文，望乞我佛还垂宥护！”古佛道：“如来以大智慧力，付托了三藏真经与唐僧东去，料自垂宥护，我也不该过虑。但只是机变生魔，于我心终是放不下，须是谁再去究正了那保护诸弟子，各体唐僧至诚，方成就大家功德！”古佛说毕，只见优婆塞等五众走过前来，向上拜礼，道：“弟子等愿往究正取经僧师徒。”佛言：“汝等虽云在道，未授沙门，有何因缘欲去究正？”优婆塞说：“灵虚子系我等一体。前去保护真经，但恐机谋智巧他更用多，反于经文有累。”佛爷说：“汝众既与他有情，好生前去，试一究正，各复了本来至诚，即便回来。纵是遇有抢夺经文妖魔，那众诸弟子自有驱邪缚魅道法，汝等不必设出智力，又添了一番孽怪！”

当下众优婆塞领了古佛旨意，出了灵山宝阁，一驾云头，不消刹那之顷，早来到车迟国东界，却好一座古寺在前。众优婆塞停云而下，上前观看，好座古寺！但见：

绀官高耸碧琉璃，七级浮屠天样齐。楼分钟鼓声相递，阁列廊厢彩各奇。日照珠帘通宝殿，风吹香气满丹墀。禅堂大众如云集，班首须知是住持。

优婆塞五众走入殿堂，都是茶褐色道服，青裹头唐巾，向圣像合掌拜礼了。只见那班首走入殿来，相见了，便问道：“列位道爷从何处来？”一位优婆塞便答道：“我等自灵山下来。”那住持听了，道：“我等只知灵山乃西方佛境，不知此处到彼有多少程途？列位道爷从何年月日行来到此？如今欲往何处去？”优婆塞答道：“我等之来，不论月日的。因为东土大唐有几位取经僧人上灵山取得如来真经回国，我众奉古佛旨意来探看众僧可终始至诚、恭敬不轻易了经文，或是动了嗔妄之心略有改变？我等必须要究正他们，使他各复正念。”住持听了，道：“原来是列位菩萨下降！”乃唤过大众寺僧齐上殿行礼，便问道：“列位道爷，我住持和尚当年也曾听闻得有几位大唐取经僧进国城倒换公文，大显神通救了智渊寺五百大众、长老，僧人如今想念他的功德，怎能勾见一面？不知道爷可曾相遇着他们？”优婆塞道：“他们尚在河路舟船上，不日就到。”

当下住持整备斋供，请众人禅堂安下。到晚，住持在禅床上忽然起了一念，道：“我在这寺有年，早晚应酬地方善信、施主，做斋设醮不过是几句科仪套子、钟鼓声敲，怎能勾得一藏经典在寺？善信人家大斋大做，小醮小设。有此经忏，大斋醮定是常有，我这寺里断然兴旺起来！”住持动了这妄想，一时入静不能乃卧，卧在禅床上熟睡不省。只这妄想，就生了一种邪魔。只见一梦非梦，神游到山门外深树林间，遇着一起精灵邪怪，道："住持师父，你好做的人家斋醮也。"住持道："我和尚信受科仪，一从王法，也不知好与不好。不知列位有何说？"精灵道："你习成套子，了却道场，再禁的施主不虔诚，你僧众图应事，只为小乘，我等终未得度离幽拔苦。如今幸逢大唐圣僧取得真经还回，将次到寺，伏望你转求那圣僧把真经课诵，建一场大斋醮功德，使我等超生入道。"住持听得，笑道："列位，我正有一念，须是把唐僧们真经设法留他一藏，永远在寺，与人做醮，方才有益。若是转求他们做一会功德，怎能得长远？"精灵道："住持师父，你如何设法留他的？"住持道："如今见有灵山下来的道众随路保护，就是唐僧肯留，这道众寸步要究正他们，多是不肯。你列位可有个计较能留？"精灵说："此事不难。离此河路三十余里，有条三岔路口。从东直来，便是此处；若是转了一湾叉路，便往桃柳村去。入得此村，这村中有一大户人家，弟兄十余个，强梁跋扈，作恶非常。我等正也要生些灾难与他！你可到岔路指引唐僧从桃柳村去，到了他家，使他弟兄倚强夺留，就是留不得取来的经文，打开了誊抄，才放他去。这计何如？"住持一喜便醒回禅榻，自想道："此梦不假，岔路是真，桃柳村大户见有。我如今宁可信其有，不可信其无！"不等天明，悄悄开了禅堂门，分付徒子徒孙支应优婆塞道众。住持走到岔河路口，天尚未晓。但见：

满天星斗有余光，皓月虽沉尚照方。
堪笑住持蕉鹿梦，误同邪怪错商量。

毕竟后事何如？且听下回分解。

第七十五回

优婆塞究正路头　村众人误疑客货

词曰：

世事尽皆梦幻，人生自有真经。老僧披剃换仪形，只为了明心性。

一入贪痴皆妄，此中昧却虚灵。邪魔乘隙乱惺惺，早把一腔持定。

——右调《西江月》

这一首词，单说出家的人既然削发披缁做了和尚，便该打破无明，戒了贪、嗔、痴，方是明心见性，清净根因。住持只因妄想留经，引得精灵入梦，遂起了个早，走到岔路等着唐僧们到，要指引他师徒转弯岔河路，到桃柳村去。

只见远远来了两个僧道，见了住持，便问："长老师父，这清早在此何事？"住持到也伶俐，便答应道："我弟子是迎接往来善信，揽几位施主的。今闻得东土大唐取经的圣僧到来，故此远来迎接。"僧道说："何以知之？"住持道："昨日有灵山下来五众道爷在我寺禅堂安住，说后边有取经僧，明日准到。"比丘僧听了，乃向灵虚子说："师兄，前有四大比丘到来试唐僧禅心，见他至诚始终不变，已回灵山。

如今又是何人前来？”灵虚子道：“莫不是我等优婆？必定有意而来。我与师兄当先探他真实何事？”乃向住持道：“师父，你接着唐僧务要叫他好生操舟，莫要歪撑、乱撑篙橹，把人家船只使坏！我到你禅堂相会那道人去也。”说罢，前行去了。

却说八戒与沙僧他两个原在河水内惯熟舟船撑驾，连夜乘舟便撑过两滩，到了三岔河口，天已明亮。三藏看那三岔口：

> 河水流澌一样排，堤崖转角两条来。船行那道从东路，夹脊双关莫乱猜。

八戒撑到三条岔口，道：“师父，如今是从那条岔路前去方是东关？”三藏道：“悟空，你问个路境，莫要错走了。”行者道：“那前面，是个和尚来了。”住持走近船前。八戒道：“师兄，我们是往东关走的。这河三岔，两条前路，从那条是正路？”住持道：“列位师父要从东关正路，须沿这桃柳树湾前去。这前村三五里有一大户人家，弟兄甚是好善。师父们若是投到他家，不但款待斋供，还要奉送衬钱、布帛，且是车辆俱有，不须舟船，直送到东关。”三藏听了，不觉动了一喜心。那八戒听了有斋供，也不等住持说毕，便把篙子向桃柳村撑。这住持一面说，一面向桃柳村飞走前去。

话分两头。却说桃柳村中果有一大户，姓王，家私巨万，众人叫他王员外。这员外生了十个儿子，平日不守礼法，作恶多端。员外在日，还畏惧一分，只因员外不在，终日倚富欺凌乡村，谁不怨恨？却也古怪，天道祸淫，他这十个弟兄到有七八个灾病缠身，莫说家仆十有九害，便是六畜也不兴。这夜，却有这些精灵邪怪与住持计议了留经，就到他家托梦与他弟兄，说：“汝等作恶招灾，本当大降祸害！只因你员外在日尚有善根，喜遇的大唐圣僧取得真经到此地过，汝等须留他们在此建一斋醮，把他经文留在僧寺，永远与那寺僧看诵。自然你一门灾罪消除，我们也超生善道！”弟兄夜梦相同，早起半信半疑。

恰好门外住持前来探望，弟兄们便把梦事说出。住持也说出情由，道："果然取经圣僧到了叉河。若从右行，便往东关，打从小寺山门前过，小僧恐不能留得他经；因此指点他们从此村来，仰仗众位势力，自能留住。纵是他们不肯，便打开包裹，誊抄了还他，也是便事。"他弟兄道："住持，你寺僧求他留下，最为方便。如何要我家留他的经文？"住持道："我念老员外在日看顾我小僧，此德难忘，况且列位身体欠安，闻知圣僧经文到了宅上，定是降福消灾。若是长远供奉，家道必然昌盛。若列位留了经文，自家不供奉，舍与小寺，那时小僧与人家做斋设醮，这功德全归列位！"众弟兄听了，大喜，便叫家仆前村看守，等候取经僧到来，停舟留住。

却说比丘、灵虚两个，听得住持说"道众在禅堂"，奔到寺中，进入禅堂，两下相见。比丘僧便问："列位师兄到此何事？"优婆塞答道："前者，白雄尊者传谕四大比丘前来试唐僧禅心，已知他师徒本一至诚，始终不变，真经有托。但恐他机变心生，走错了路头，又惹妖魔作横，是以我等前来究正，务要他们莫生妄念，误入邪宗。"灵虚子听了，道："正是。我两个保护前来，逢山过岭，穿林入谷，不知遇了多少妖魔。幸亏唐僧不曾错了路头，行者有些手段，得万全过此。再过三五国邑，料到东土。只是我弟子们不得已，遇有妖魔，为保护真经，不得不生出一种机变。"众道听了，说："你二位师兄既为经文保护正念，便生出变幻，亦非邪妄。只是如今你随着唐僧前后，他如何不见到来？"灵虚子道："前途有河三岔，但恐他们认错了路头，便耽延了时日。"众道听了，说："我等前来，正为奉古佛旨意，究正他师徒志意。若是他们失了正路，必惹妖魔。二位师兄当速到岔河，探听他师徒趋向。"只见比丘僧听了，道："唐僧定然要走错了路！"众优婆塞问道："师兄，你如何知？"比丘僧说："我看唐僧喜怒动心处上见。"众道笑道："师兄，喜怒动心，怎么就要走错了路头？"比丘僧说："师兄们，你岂不知喜怒根乎七情？试听我说：

太喜毗于阳，太怒毗于阴。哀乐忧惊恐，过偏伤此心！灵台既有损，妖魔自外侵。举步恒迷乱，中逢何处寻？”

比丘僧说毕，众优婆塞道：“师兄，你二位有保护经文之责，我众等为究正唐僧而来。既是有个三岔河口，只恐此处他师徒心志毗于喜怒，错了念头正路，可速到岔河，指引他们东土大道！”灵虚子道：“列位师兄，你既为究正而来，莫惜一劳，须当前往。我两个后来。”众道依言，一齐出了寺门。那众寺僧没有住持在堂，便也没人做主款待相留。这众道驾起云头，顷刻到了岔河路口。

却说八戒撑篙方走了三五步远，却也古怪，那舟船左撑右转，半步不行，就如有绳缆牵扯在水一般，正在那里发急，说：“师父，那和尚说，这沿河随着桃柳树去三五里，有大户人家，车辆也有。我们把这船卸了载，去罢。那两个舟子既不操舟，料必来收了船去。”三藏道：“徒弟，世间那有白使人舟船不谢他的？”行者道：“师父说的有理。只是我们出家人遇处化缘，那有甚钱钞谢他？”三藏道：“我行囊中尚有白布两匹，是陈员外当年送我的，放在船上作谢礼与舟子。徒弟们若各有行囊中物，送他些也好。”行者道：“师父，老孙却没有甚物，只有一个金箍儿在头上束发。当年来时，受你念了千千万万紧箍儿咒的痛；如今取了经文，我也不生事闯祸，你也不咕咕哝哝，把这箍儿取下，送了他罢。”八戒道：“大哥，你便有物送他，我只有下灵山来时偷了些麝香，尚在囊中，送了他罢。”沙僧道：“师父，你老人家真有些差见。如今舟子不知在何处？丢了一只空船，又没人照管。把两匹布放在何处？有人见了取去，却不空费了此心？”三藏道：“徒弟，你不知我将此布放在舱中，舟子若得了，便尽了我酬他之心；如舟子不得，也尽了我这不白使他船之意。前辈菩萨过渡，这一文钱在空船为谢心，正如此。”

师徒正相讲论，只见优婆塞五个远远按落云头，见唐僧们船在河口，那八戒左撑右转，沙僧前摇后顾；船只在那岔边，行者呵呵只笑，三藏蹙着眉头。五众乃走近岔河之口，大叫："那行船长老们是东关去的，如何把船向南撑错了路头？是谁指你？急早转过篙来！"三藏听得，叫八戒："你看，那几个道友在那里说'错了路头，急早转篙！'"八戒道："莫要信他！方才那和尚走去，说三五里有好善大户，斋也有的吃。难道和尚哄我们一家？只恐这道人怕我们到大户家夺了他施主，不然恐是妖魔？"行者笑道："这呆子好人不识！你便不识，老孙却认得。"乃向三藏说："师父可认得这众道么？"三藏道："徒弟，我一时心在船不行，便忘了。"行者说："师父，这道众是灵山下来的优婆塞师父们，必是见我们错了路头，指引东土正道！"三藏道："既是你认得，叫八戒转篙！"八戒犹自迟疑，被行者夺过篙子，复回一撑，那船顺流即转。三藏停舟上岸，合掌向道众称谢，且问："列位老师，有何公干自灵山下来？"道众说："圣僧，你如何认得？"三藏说："小徒孙悟空说知。"众道笑道："悟空，你既认得我等，灵山也是你走过的熟路，如何今日把船向桃柳村撑？"行者道："我老孙也是一时因师父与八戒动了喜怒心肠，便没了主意。"众道笑说："一则是你师徒动了喜怒之念，一则你机变心肠寸步未忘。急早顺流从此前去，到了东关，再过一国邑，自达大唐境界。慎勿错了路头，妖魔便生挠阻！"

三藏合掌称谢，正才要行，只见住持领着许多汉子走近前来，道："老师父如何停舟不行？"又看着道众说："列位老爷如何不在禅堂安下，又到此来何意？"众道说："住持师父，这早一晌如何不见你？你到此何事？"住持道："弟子在这前村王姓人家做斋醮，偶因遇着圣僧到来，特为施主转请列位圣僧到他家一斋，求圣僧课诵几句真经，消灾释罪！既是众位老爷俱在此，请乞同到施主家随喜随喜。"说罢，便叫众汉子跳上船撑篙摇橹。行者听了，两眼看着众道；道众又把眼看着唐僧，问道："圣僧，你主意从何？"三藏道："善信家修斋设醮，既有了这位住持，何要延我等？我等僧人虽然出家人到处随喜，只是我们奉着真经回国，路既不顺，怎敢逆行？还是依众道师往东关，从此顺流去罢！”那住持道：“列位圣僧老爷，莫要辜负了这施主仰望延请，还是随喜，随喜！”乃叫汉子们撑船往桃柳村走。八戒、沙僧便去夺篙。行者叫：“莫要动争夺！”乃看着众道，说：“列位老师，我老孙不得不使个机变了。”把口向船舵一吹，只见那汉子们越往南撑，那船越往东走，如顺风扯篷之状，飞疾前去。船既行，众道在岸上大叫：“圣僧不要错路头！你看顺流遇风，何等如意！我等回灵山去也。只是孙悟空机心，莫要过用太刻！”说罢，彩云腾起。众等见了，齐望空礼拜。三藏安心在船。众汉子只得同住持回去。师徒顺流而行。早见树头上显出一座牌楼，上有一匾两柱，上悬着一联对句。且是人烟闹热，鸡犬之声盈耳。三藏道：“悟空，想是到了东关？不知这关内是何州邑？你近前探问行人一声！”行者笑道：“师父，你看那牌楼有字，近前自知，何必问人？”师徒正眼望着牌楼，只见岸上一起人上前，扯着船缆，道：“那里和尚盗了我们舟船装载货物前来？且问你：这船上原旧的客人货物何处去了？”三藏见了，慌慌张张问道：“列位是何人，扯住我船？我僧家非无来历，见有批文关验。这船是西关公差拨来应付我等的。”众人怒凶凶的道：“胡遮乱掩！我这船见有字号，乃是桃柳村大户王员外家装载客货，到西关贩卖。昨有地方官长行文来说：‘据西关店小二报称：客人王甲有船载布千匹，路被盗贼劫去，无处缉捕。’你们既装载货物前来，料必这柜担定是布匹！”众人一面讲，一面就扯着三藏上岸，要去报官；就有几个下舱，搬抢经担。三藏道：“列位，莫要乱做。我和尚非比等闲，来时曾与你车迟国王相会，回去自有批文可证。便是到你甚么地方，官长也要以礼迎待我们。那时查出我和尚的柜担却是经文，不是布匹，你众人悔是迟了！”众人那里肯听？只是乱争乱扯。

正在莫解，只见岸西走来一个和尚。三藏却认得他，正是岔河请他的住持，乃叫道：“老师父，你知我们是取经僧人，如何这地方众位冤我做掠布劫客之盗？”住持忙喝住众人，道：“莫要乱扯！凡事只以理讲。且问你众人：为何扯着这位师父？”众人说：“我村中有人贩了千匹布帛，载此船前往西关，今人、货不知所在？地方有文行来，说‘客货被劫’。今日这和尚们却载了柜担前来，事迹有据，安得不扯送官长？据他说是经文。便是经文，只问他此船从何处得来？”住持乃向三藏问道：“师父，你此船果从何处来的？舟子在何处？”三藏取出批文与众人看，说：“是西关公差应付了来，叫我到东关交卸。”住持笑道：“是了。分明公差把只无碍的船搪塞了师父们来了！先前我小僧劝你到大户人家随喜斋醮，你却不肯，虚负了那施主一片好心。你众人且莫争扯！便是这船，莫过是王员外家昆弟的。我与他昆弟莫逆，且是我寺中施主，方才正差家众迎请取经圣僧，到家斋醮随喜。如今且请列位师父到我寺禅堂，再查验柜担，果然不是布匹货物，这情节一是无碍。”众人听了，齐说：“既是住持相熟，知道来历，我们且把他行囊、柜担送到你寺中禅堂住下，再作计较。“三藏道：“住持老师父，我们东行你寺，路可顺？若是不顺，我们宁在这关外查明了来历罢！”住持道：“师父往东，我小寺正是顺路。“只见众人你抬我扛，把经担挑的挑，丢了船上岸就走。八戒道：“大师兄，你怎么由他扛挑？”行者笑道：“老孙正要他送一程省省力哩！”众人一齐前行。到得牌楼下，三藏方才仰面看那牌坊上有字写着：“雄镇古关。”那左右柱上一联，道：

清宁不扰开雄镇，机察无虞过古关。

且说三藏师徒随着住持进了牌楼，那街市人民见了行者、八戒们相貌古怪，个个惊异。有害怕的，躲在人背后看，道：“爷爷呀！中国圣僧怎么这等异相？”又有看见三藏的，道：“这位长老却真是不凡！”

按下三藏没奈何只得随众人挑着担包，押着马垛行来，且说比丘僧与灵虚子在禅堂安下，让五众优婆塞先到岔河探听唐僧，他两个却慢慢的你说我讲，方才出了禅堂，打从古关前来。

讲说的却是何话？且听下回分解。

第七十六回

警住持真容说话　附老妇王甲回心

话说比丘僧与灵虚子，见优婆塞道众前到岔河，究正唐僧师徒路头走错，他两个慢慢行将来。一个说："我两个保护经文，一向不与唐僧们识破，今日安可同他们前去究正？"一个说："我们撑得河中便船渡他师徒，还当终始了他。这舟船篙橹，原归了船主。"两个出了寺门，依旧变做舟子，往关前走来。远远的见众人把唐僧经柜担挑着前来，乃上前道："长老，我应付了船只便是公差，如何白使人，也不候我交卸？便是旧规上仪，也该送些酬谢！"三藏一见了两个舟子，连忙说道："二位大哥，多承你应付船只前来，却不知你这船从何处来的？这村中众人说，是被劫客货的盗船。今既见了二位，我小僧事便明白。"舟子道："列位不必扯这长老。他乃取经僧人。见有明文，我方应付。况此船乃西关民家，应当差的。"村众道："既是民家应差的船，如何你舟子不在船撑篙？且我这东西关谁不熟识，并不认得你。莫非你便是劫客货的？"连舟子俱扯着不放。只见住持道："莫要争讲，且到寺中开了柜担，再作计较。"比丘、灵虚子见事势不好，恐怕到寺中不便区处，乃说："莫要冤了僧人。我两个本是舟子，你们何故推不认得？"把手一挣，飞走道："且撑我的船去罢！"这村众也有赶去的，那里赶得上？忽然不知舟子去向。

且说众村人挑着经担，同着住持到得寺来。三藏见了一座大寺院，山门上有匾写着“大光禅林”。三藏见了山门。众村人把经担挑到殿上乱吵乱闹，便要打开了看。三藏道：“列位，我小僧果是取来的经卷。包封甚固，不但不可开，且不敢开的。你列位若果是被盗劫了客货，舟船捉获不着，我小僧这几个徒弟却会捕贼。不消时刻，便与你们捉获了贼来，包管你人赃立见。”众村人笑道：“这等会捕贼，除非是神人！”行者道：“你众位说的不差，我老孙比神人更灵应哩！”众人听得，道：“既是如此，且从容一日。务要长老们捉出盗来，我等见了明白，方免开你包担。”行者道：“列位且在山门外歇下，待我与你捕贼！”

众人依言，退出山门。三藏方才礼拜了圣像，问讯住持。这住持撞动钟鼓。只见寺僧齐出，参谒了三藏师徒。三藏乃通问住持道号。住持答道：“弟子法名通玄，管理这寺僧众，应接往来施主。昨有灵山下来优婆塞老爷，说指引取经圣僧路头，在此禅堂安住。只因小僧到桃柳村王员外家做斋，这老爷们去了。我早时劝圣僧到桃柳村那条路王家随喜，圣僧不肯去。不匡到此处被村众查认出有碍舟船，如今若不还他个明白，这村众岂肯干休？依弟子主意，不如开了担包，把经文布施在小寺。不消劝解，他们自然息争。”三藏道：“师父且从缓，待我与小徒们商量。”住持退入禅堂。三藏乃与徒弟们计较道：“徒弟，这事如何处？我们若不开担包与他们看，他众人指为布匹，倚势打开；况这寺僧又要布施在寺，如之奈何？方才悟空许他捕贼，这不过缓他一时，那里去捕甚么贼？”行者道：“师父，我看这事多系住持长老有个异念。怎么他领着桃柳村众汉子撑篙，要我们到王家去，我们不依他，从这东关来，便就是桃柳村王家被盗之船？你与八戒好生守定经担，待我徒弟探住持的心肠何意？”

行者说罢，隐着身径入住持房内。只见住持向徒弟说：“我这寺中与人家做斋设醮，只依得科仪小乘套子，便是小斋，所得无多。如得了唐僧取来大乘经藏在寺，与人家做斋醮事，山门定然兴旺。却好夜梦精灵，俱因我留经之故。但恐唐僧不肯，故此指引他们到桃柳村，叫王家弟兄倚着强梁，肯留便罢；若是不肯，便打开他经担，就抢夺下或抄誊了，才放他们前去。不匡到岔河旁，有众道人指引顺流而东。到此王家设计，说客货在船被劫，诬他师徒，拘留他在此。若是捕不出盗，这王家村众定要开了他担包。那时你们齐了寺众，各俱纸笔，若是唐僧不肯留下经卷，你们便抢去，抄誊还他。”那徒子徒孙听了，道：“老师父，你真是妄想。我们闻得唐僧当年上灵山，一路逢州过县，都有应付。便是国王也以礼相待，与他们倒换关文。如何把盗情诬害的他？况且闻他师徒到处拿妖捉怪，神通变化异常。抢夺他经文不得，反惹他们送到州县官长，师父定要吃他亏苦！”住持说：“徒弟，你们不知，我自从听得他们前来，便立了这心。恰好梦中精灵指引王员外众子，他弟兄势力那怕甚么官长？他弟兄留下经文，日后定是本寺中一宗斋醮大法事！”住持与徒弟计议。

那里知行者备细听知，乃笑道：“原来是这等情节！我说住持有个异念，若不警戒他，怎能保全经担？”回到殿堂，把这情节说与三藏。三藏道：“徒弟，这住持要大乘经卷在寺，与人家做斋醮，此心甚好。怎不明明白白待我等来时说要，却串同王员外家弟兄诬我们盗舟？思量要诈抢，这岂是出家人好意？”行者道：“他如今要我捕盗，更是难我计策。我如今就他计策，只得设出机心。”三藏道：“徒弟，心机由你。但只是要依我五宗事，方许你设！”行者道：“师父，那五宗事？”三藏道：

不行奸巧不伤生，不亵真经坏教名。更把住持村众汉，回心向道息无明。

行者听了，道：“师父，这却难！若设出机心，定有几分奸巧。”三藏道:“徒弟，奸巧机心，伤了本来浑朴。行不得，行不得！”行者道:“众人若来抢夺，只得相争。若抡起禅杖，难保不伤生害命！”三藏道:“抡起禅杖，这非出家人道理。行不得，行不得！”行者说:“真经是不敢亵。但住持立了妄想心，先自坏了教。他既与强恶弟兄设计陷害，立意抢留我们经担，怎肯轻易又回心向道？”三藏道:“不教他回心向道，经担怎能出这寺门？盗情事怎能洗白？”行者听了三藏这五宗事，眼看着八戒、沙僧，道:“你两个师弟可有不犯了师父这五宗教诲，出一个神通妙算保全了经文前去？”八戒道:“你许了他说拿出盗来，便保全了经担不开。”行者说:“他未曾有盗劫，明是诬害我们，叫我老孙那里还他个盗贼？”沙僧道:“不如师父老实求住持，叫他向王家解劝，放了我等去罢！”三藏道:“悟净此计甚当，只恐住持不允。再计较其次！”行者说:“料住持与村众串同，定是不允。”八戒道:“寻近处官长告明了去。”行者道:“等待告明，经文已被他众人抢开了。此策非良！”八戒道:“先须师父善求，他若不允，后讲告明。住持若畏官司，或者消了这段妄想？”三藏道:“悟空，且依着他二人。待我善求住持解劝。他若不允，你们再讲官司告理。”行者依言。

只见住持歇了半日，上殿来问道:“圣僧缉防着盗劫了么？”三藏笑道:“师父，我们一个出家人，且是过路到此，那里去捕盗？就是会捕，那盗劫了客货远去，我徒弟往返也要多日，怎能半晌缉着？方才说比神更灵，许众人捕盗，无非从缓。求师父念我等同在龙华会上，是一教传流，转劝王家昆仲方便，放了我们回国，也是积福功德。”住持道:“圣僧之言，敢不听从。但有盗无盗，只是把柜担开了，与他们一看，不系是布匹，自然放你前去。若叫我劝解那王家弟兄，便疑我弟子有私了！”八戒听了，道:“住持师父，开柜看验这事断然行不得！我们必须要到近处官司告明，况我们见有批关执照，那时只恐连累你老和尚，反为不便！”住持听了，变起面皮道:“小师父，你说话好没分晓！这村众正要把你们送到地方官长，审究来历。你纵有批文，那王家弟兄势焰却不怕你。便是我寺僧，也靠着他些势力！”八戒见住持咬定牙关只是不允，将次叫那山门外村众进殿来开柜，乃直说：“老师父，看你这语言相貌，多是与村众合伙串同诬害我师徒之意。”住持听得，大叫起来道：“爷爷呀！青天白日，我好意念你同道门中，请你到寺，免得在舟上与村众争辩。就是打开了经担，不过再一包封，如何说我串同诬害？便就与你们殿前发誓！”住持叫一回，跳一回。那村众已进山门上殿，将有抢打之机。

却说比丘僧与灵虚子两个，见村众齐拥了唐僧师徒与经担到寺，他两个忙复转，隐着身形进入殿中。见住持发咒誓，村众动抢心，随变了把守山门两员神将，站立经担之前，现出真形。但见：

顶上金冠八宝镶，红袍罩甲透霞光。手中执着降魔剑，显在真经护法王。

住持与村众人见了，吓的心惊胆颤，齐齐的跪在殿前。那村众只是磕头，住持便开口道：“菩萨，弟子一心救解寺僧冤诬，并无异念。”神将道：“那通玄和尚，你好妄想！欲留经建大斋醮，虽是为地方人民祈福，只是勾引王家弟兄，诬害取经僧人，这件邪心罪在不宥！那村众人等欲抢开柜担，亵渎真经，只叫你那弟兄家眷老幼灾殃，无可医救！”神将说罢，腾空而去。众人不知是比丘僧与灵虚子化身，惟有行者微察其意，随腾空道：“二位老师父警戒他们，其计虽妙，只是我师父还要他回心向道！”比丘僧笑道：“孙悟空，我们警戒他，留着回心向道与你设机变去罢！”行者说：“老孙这机变事儿尽惯，尽惯。”乃拔了一根毫毛，变了一个假行者，随着三藏在殿上。只见住持凛凛的回到房中纳闷。行者随隐着身跟他到房中。那众徒弟问道：“师父如何纳闷？”住持道：“圣僧难冤，经卷不可留。真真空费了妄想，反造下罪业，还要罚王家村众的灾殃！想当初，我这妄想心是精灵梦寐之间动的。今日，明明神将护着真经，说得我毛骨悚然，如何解救？”行者隐着身听了，看住持房中挂着一幅长老神相，却是住持的先师真容。行者乃躲在后边，叫一声：“通玄徒弟，你动了妄想，误听精灵，诬害取经圣僧，把我也牵连罪业，及早忏悔。若不忏悔，空负出家，还遭病害。”住持听了，忙向真容前道：“老爷呀，也是徒弟一时妄念，却怎样忏悔？”行者道：“作速向桃柳庄王家去，请他弟兄设斋供，礼拜真经，求那取经圣僧消灾，释罪释罪。”住持满口答应：“我徒弟就去。”行者又说道：“那圣僧在殿上口渴肚饥，岂可常住？供应莫迟。”住持连声应允，随出山门，到桃柳庄王家来。

行者随着他到得王家。只见王甲出迎。进屋，行者依旧隐着身，听那王甲向住持说：“家众接唐僧不来，设计诬他，指望留得经担，与师父或抄或留。谁知真经有神将拥护，到惹了灾殃。如今弟兄、老幼十有八九疾病起来，如之奈何？”住持答道：“我小僧为此，到牵连亡过的师长。”乃把真容说话，叫他忏的话说了。王甲笑道：“忏悔可信？岂有纸上真容会说话之理？”行者在傍见王甲不信，又动了一个机变，随走入他屋内。只见一个老妇人在屋后走将出来。行者看那老妇人：

白发垂双鬓，青绞裹半头。不同常妇婬，定是老忘忧！

行者见老妇执着一根拄杖在手，傍边随着两个丫环。那老妇人问丫环：“堂前何人讲话？”丫环答道：“是大光禅林住持。”那老妇在堂后听他两个说话，把耳一侧：这行者即变了一个苍蝇儿钻入他口内，把拄杖将屏门打了一下，道：“王甲，你与和尚讲甚么话？”乃走出堂前，指着住持骂道：“你一个出家和尚，吃斋念经，是你本等。便是要留下抄写那西来圣僧的经卷，也还是正念。如何不明白待圣僧到地方，请他到寺，求他把经文传你？乃来我村，串同我王甲这一起暴恶弟兄，设计诬害，把他们拘留在寺。不敬圣僧，亵慢经典，罪业难宥！你这王甲不孝，堕入无明。和尚连累我亡过师父，你却连累我不得超生！我非别人，乃是你父王老员外。你要家下大小灾殃消释，急早到寺整备斋供，求那圣僧建一场功德，仍着家仆汉子们把经柜担包送他过前村。闻知那圣僧中还有一个神通广大、手段高强的孙外公！他老人家要些后手，爱些便宜，你须是另外送他两匹布帛。”行者说罢，把老妇人使作的他东舞西跳一会，昏昏迷迷坐在上席。这王甲与住持满口应允，道：“是老员外精灵附着老母。”乃叫丫环扶入屋内。他两个随到寺来。行者依旧到殿，收了毫毛，侍在三藏之侧。只见王甲带着几个家仆、村众汉子，走上殿来。

却如何说？且听下回分解。

第七十七回

诵经功德病痊瘥　使计妖魔空用毒

诗曰：

福德由心作，灾殃自己招。妄想原非正，贪嗔即是妖。
虚空神有鉴，报应事难饶。忏悔从何道？真经一句消。

话表三藏与徒弟们坐在殿上，守护着经文，那八戒苦着脸，沙僧愁着眉，三藏面貌虽平和，语言却也倦怠的一般。只有行者拿过一根鼓槌来，敲敲钟，打打鼓，口里哼哼唧唧，不像唱曲儿，又不像念经咒。三藏道："悟空，你说设机心保护经文。方才神将显灵把住持、村众吓倒了去，虽说他不敢来开我们经担，只恐这村众人回去说与那王家弟兄，他有见了信的，有未曾见不信的，那舟船盗劫客货的事终是未明。万一再有地方或公差来盘诘，如之奈何？你机变不知在那里使？却敲钟打鼓耍戏，叫我师父心肠终是未安。必须依了我那五宗，叫这村人与住持都回心向道，好好的放我们去！"行者道："师父放心！你老人家一个不放心，使的那八戒、沙僧愁眉苦脸，不像模样。"八戒道："我苦着脸，是这寺僧供应的茶不消渴，饭不充饥！"行者笑道:“呆子略等一时,包你饱肚撑肠,还有两匹布儿送你!”八戒道:“猴精!你禁人妄想,缘何自己也会动了妄想?他假若肯大大斋我们一饱,放了我们去,便该许个大大愿心,还要妄想他布匹?”

师徒正说,只见住持同着王甲与村众多人上得殿来,齐齐拜跪在地,道:“圣僧老爷!我等凡僧俗子,不知圣僧取得真经回来,佛力无边,神灵远护;妄起邪心,致于罪谴,使得一家老幼灾殃!伏望圣僧老爷大垂方便,建一斋醮功德,赦罪消灾。我等情愿备一顿斋供,再不敢开动柜担,还着仆众远送前行。”三藏听了,合掌称谢。行者道:“善人们到也不劳斋醮道场,只是把盗劫的事开除了我们,便够了。”王甲道:“这都是虚记。神灵不宥,正为有此!”当时传的远村近里都晓的王家弟兄有此一件显应事情,个个齐来看圣僧启建他们忏悔道场。这正是:

只因喜怒生妖孽,妄想根缘动梦因。

却说三藏师徒见住持与村众人都回心向道,要建一会斋醮功德,只得依从。住持乃纠合众僧,一时香花、灯,净果茶食,宝珠衣,醮事整齐了,请唐僧主坛。三藏再四让与住持,道:“我小僧的法事,却是东土沙门传授,道路隔远。住持师父!此处离灵山路近,只恐科仪习来不同?”住持道:“圣僧岂不知万国九州风土虽异,惟我释子功课法事一样不差?”三藏道:“正是。三教一理,人人都在这方寸相同。”当时三藏辞却不过,只得登坛主持法事。王家弟兄扶病而来,听了三藏课诵诸品经忏,归家疾病痊瘥,人人欢喜。那王甲果然拿得两匹布帛走到殿堂,一看八戒,道:“小师父,你可是孙外公?”八戒见了布,便答应说:“我便是。”王甲悄悄把布送与八戒,道:“我老员外神附老母,说圣僧中有一个孙外公,他的功德更大。因此私具布匹奉送。”八戒接得布,笑道:“这猴精讨后手,待老猪且诈了他的!”那里知行者明试八戒禅心？见八戒暗接了布，乃念出几句曲儿来道：

僧家到处随所有，怎去打偏手？假充孙外公，诈布真羞丑，快将来四分分才悠久！

八戒听了，笑将起来，说道："猴精！我老猪固不该假充你，你却也不该先安下后手！"那王甲听得众弟兄灾殃皆愈，随具金帛相送。三藏不受，道："课诵功德是我僧家本等，只要祈保善信安福，岂有受金帛之理？若是希图善信金帛，明是把经忏为货利，罪过，罪过！"行者道："师父与人家功课，明白不受。还有假充，讨背后的哩！"八戒听了，把布向行者一掷，道："你是有功人役，让你得罢！"行者接了布在手，呵呵笑道："老孙有本事问人要，却也有处用！"沙僧问道："师兄！你那里用？"行者又念了几句曲儿，道：

僧家方便存心地，不贪名和利。若遇布施来，受了为贫济。这不为掠人美市恩义！

道场事毕，三藏辞谢住持、村众，要行。王甲唤家仆挑经担，抬马垛，远送一程，师徒们欢欣鼓舞。那地方观看的，那个不称扬圣僧道场功德，诵经的因果！把村家灾殃洗荡，疾病消除，都回心向道。

却说比丘僧与灵虚子两个变了神将拥护着真经，警戒了住持，村众不敢动开柜邪心，他两个复了原形，腾云前进，不止一日，来到了一座高山。他看这山景致，真个不同：

嵯峨山顶接云霄，俯仰林深杂树梢。翠绿荫中观鹤舞，崎岖岭上听猿号。成群獐鹿穿崖斧，结党豺狼动吼哮。不是真经神保护，怎能攀陟路岧峣？

比丘僧看了山巅高耸，路径险峻，对灵虚子说："师兄，莫道唐僧当年来时历过多少险难，只就如今回去这些山高岭峻、狼虫虎豹，若非是他师徒神通本事，一步也难行！我与你受了保护之责，只恐此山中有妖魔邪怪，须是保得他们平安过了此山，方才放下心意。”灵虚子道：“我看此山四围险峻，八面崔巍，乱石有妖魔之态，乔松多邪怪之形，寒气逼人，冷风透骨，定是精灵内藏！待我搜寻一番，且替唐僧们打扫洁净，使他安然奉经文过去，也不枉了我们保护一场。”比丘僧道：“你何法搜寻？怎打扫洁净？”灵虚子说：“你看，远远山松顶上氤氲错乱，非云非雾，必是妖气飞扬！我与你上前探看，底下是何因由？”比丘僧依言。

两个攀藤附葛，走上岭来，但见乱石垒垒，一个洞门。他两个看那洞门：不大不小，不高不低，青松环绕，蔓草平铺。两个正走进洞门观望，只听的里面呵呵笑道：“连胜三局，福缘君当有奇珍享也！”比丘僧向灵虚子道：“师兄你听，这说话定是玄隐在山洞有道高人。我与你进洞探谒何如？”灵虚子依言，两个进入洞来。只见两个隐士对着一枰棋局，见了比丘二人，忙立起身来。二人看那隐士怎生模样？但见：

箨冠束发道家妆，四褶分开吊角裳。腰下黄丝绦子系，手中白羽扇儿扬。形容不是凡常像，谈吐须知抱道藏。一局棋枰消白昼，深山相共乐羲皇！

隐士见了比丘僧与灵虚子，彼此以礼相叙了。隐士问道：“二位师真从何处来？怎到我这荒僻洞谷一游？”比丘僧答说：“我小僧自灵山下来，路过这山岭，偶以览胜，见山松青翠密围，不知有仙洞居此，唐突二位起居，得罪，得罪！且请问二位大号？适间听得说：‘福缘君当有奇珍享’是何意也？”一个隐士笑道：“小子道号福缘君，这友号善庆君。我二人潜名不仕，隐居在此。适因对局较一席奇珍胜负，是小子连胜三局，善庆君连负三局，例有奇珍之供！”灵虚子问道：“奇珍何物也？”隐士说：“我们先定的棋约：但兀负者，供胜者一味奇品珍羞。”灵虚子听了，笑道：“这山岭洞谷，不过是雉兔麋獐，山花树实，也不足称奇！”隐士道：“正谓此不足不奇。小子既负，如今只得下山去采取奇珍；若是采取不出，我有一友名唤美蔚君，他离此处六十余里，大山峰下洞中常有奇珍受享，我须往求，他定然帮衬我小子一两品！”隐士正说，只见洞外走进一个僮仆来，道：“我主人美蔚君到来了。”两个隐士忙起来，下阶出迎。只见一个人生的面貌跷蹊古怪。比丘僧看他：

兽面怪形人像，呇牙徕嘴嘻呵。分明一个野猩魔，怎与山人酬和？

比丘僧见了，悄地向灵虚子说：“师兄，我看这人有些妖气，须要留意待他。”灵虚子道：“我已识他面貌，知他情节，原为与师兄搜寻妖魔而来，少不得调出他实迹，仗我们的法力驱剿！”只见美蔚君向福缘君问道：“二位师父自何而来？怎么到得此洞？”比丘僧便把前话说出。美蔚君听了，又向善庆君问道：“二位看棋，谁胜谁负？”善庆君笑道：“正是我输了三局，例当具奇品佳肴奉享福缘君！”美蔚君道：“老兄！奇珍在何处取来？我们共享。”善庆君笑道：“山内无奇珍。正要来求老兄，帮衬一两品。”美蔚君听了，乃向善庆君耳边道：“奇珍不过此僧道二人！我闻出家和尚都是十世修来，若吃了他一块肉，自是长生不老。若似这一个道人未曾削发，便有俗缘未净，做不得奇珍！”善庆君听得，也向福缘君耳内悄悄说出。福缘君摇着头，道：“此事做不得！我便不受你这奇珍之享，也莫坏了一个出家僧道！况我等清白自守，隐藏在这山洞，餐些松花果实足矣。”善庆君点头道：“老兄说得是。”又向美蔚君耳内说：“做不得。”

他三个悄耳低言，比丘僧将慧目聪耳一听，备知其故，向灵虚子也附耳：“如此，如此……”灵虚子也悄悄说道：“师兄，我看这美蔚君明明是一个妖魔，若不剿除了他，只恐唐僧们经文过此怎留得？他计害我们，如今在他洞中，不便以法剿，须是诱他出洞方好！”两个计议已定。却说美蔚君见福缘君不依他，忽然心生一计，向善庆君道：“二位师父既是远来到此，你们也该整备一顿斋供款待！”福缘君道：“山洞荒疏，无可奉供，仅有些山芋花果。”美蔚君道：“快备办出来供客！”少顷洞里小僮捧出几盘山芋果实，茶汤松花之类。比丘僧两个见了，随起身道：“我僧道吃了早斋，偶步出岭，不意遇着二位隐君，又奇逢这美蔚君，幸睹清光足矣，安敢取扰奇珍？况我僧道夙有愿戒，不敢妄受善信一水之施！”两个一面说，一面出洞走。那福、庆二隐士但以口留说：“二位师父何碍一杯清茶？”只见美蔚君起身出洞，把手扯着比丘僧，说：“长老，你好不知敬重！出家僧道，谁不吃化人斋供？况我等以茶果、山蔬待你，何为见了反走？明明绝人太甚，岂是你僧道所为？”比丘僧笑道：“老善人何必动嗔？小僧们领你一杯茶汤，便犯了我誓愿，也不使善人生嗔！”美蔚君笑道：“我也是留名之意。既然见弃，我也不敢苦苦相留。”乃在袖中取出两个桃实，道：“此桃乃蓬莱山得来仙桃，二位师父且每人吃一枚，包管你长生不老！”比丘僧接得在手，笑道：“善人！此桃我小僧认得，非蓬莱仙桃，乃此山所出。若是仙桃，善人自食，肯布施我等？”美蔚君说：“真实不虚。”灵虚子问道：“怎见得是真实不虚？”美蔚君说道：

本是蓬莱海岛，灵根出自仙家。三千年岁一开花，结实三千年大。

灵虚子听了，笑道：“我小道说你这桃子是假！”美蔚君道：“怎见得是假？”灵虚子也说道：

“看此两枚桃实，常来在此山冈。吃他立刻把人伤，那里哄得道人和尚？”

灵虚子说罢，把那桃子往山洞一掷，只见那桃子化了一个毒蝎；比丘僧也一掷，变了一条白花蛇。美蔚君大怒起来，道：“何处山僧野道到此当面弄障法？专坏人行止！我好意奉你两枚桃实，你却变了蛇蝎□人。不当如是！”说罢，径往前山去了。这福缘两个隐士，也忙把洞门闭上。

灵虚子乃向比丘僧道：“师兄，分明这三个妖魔隐在山洞之间。唐僧师徒路必由此，万一遭他假以斋供、桃食供他师徒，怎么好？我与你为经文保护，不得不剿灭了这三个妖魔！”比丘僧说：“师兄！我看那两个隐士附耳低言，不肯以毒加害我们，似有人心，只恐非妖，误被那怪欺瞒为友，若一概剿除，又非我僧家方便法门！况那美蔚君走去，这两个又闭了洞门。我与你且到山前，等候唐僧到来，把这妖魔事因指说与他，叫他们好准备过山。”灵虚子依言。他两个乃走回山岭，到得个山坡下一间茅草空屋，变了两个过往汉子，坐在屋下，专等唐僧到来。

毕竟如何？且听下回分解。

第七十八回

孙大圣古洞留名　福缘君深山遇祖

话说三藏师徒自辞了王甲众人，行够多时，不觉到了一座山脚下。三藏叫一声：“徒弟们！你看这高山处是甚么所在？问一问人，好走。”行者道：“师父，你我当日来时，走过了十万八千，那时俱是生路，一路妖魔阻挡，尚然到了西天；如今回来，仗真经保佑，三停走了二停，纵有高山，都是日前走过，不足为惧！你还这样担心怎的？”三藏道：“徒弟呀，不是这等说。当初来时只是空身，没有挂碍，遇了妖魔要捆、要吊、要蒸、要煮，拚了一个身子！今日取经回来，万法传流尽在我们身上，干系甚大。万一有些差池，亵慢真经，岂不失了西来本意？东土永不沾恩。虽然走过许多路程，古人云：‘为山九仞，功亏一篑。’以此一发要小心。还问一问的为是！”

行者听了，只得走上山坡下来。却见两个贫汉坐在草屋之下，冷风凄凄，嗟嗟怨怨。行者见了，上前问一声：“二位老哥，过此山是何境界，那州府县？这山路可平坦好行？”汉子道：“此山峰接峰，溪连溪，其实险峻遥远。若往右岔路，便通乌鸡国境界；若从左岔道，便往东土大路。只是你们有柜担、行囊货物，恐要报关倒换批文。若说平坦，山路也未必甚平坦，但是山溪洞内，多有妖魔出没。师父们须要小心过去！”行者道：“有劳，有劳！这等寒风，我看你两人身上衣裳又单又破，有两匹布帛奉赠，倘不见却，可携去做一件衬衣！”行者乃取出两匹布，递与汉子。汉子辞道：“我二人贫寒甘受，怎好要你出家人东西？”行者道：“化将来，布施你，正是我出家人功果。”汉子笑道：“有余施不足。你既是化的布，不足方化去，不为有余，如何施我？”行者道：“你也莫说有余不足，只是要有名。我和尚家化得来的布，便不是无名；见你两个寒冷无衣，布施与你，乃是有名。老实收了去罢！”汉子接了布在手，道：“我若不收，辜负你济贫之心；收了你的，又损了我甘贫之心。也罢，我两个取你一匹成就你心，退一匹成就我心。”三藏与八戒恰好走到面前。三藏道：“悟空，你不问路境过山，却在此做甚？”八戒道：“他打偏手的两匹布，想是在此发脱卖钞？这钞还该分与我！”不管闲事，便找汉子退的一匹布，抢在手中，道：“大哥，你把钞买，我的让你些。”汉子笑道：“长老，你莫要动此鄙吝狭隘之心，留此布，过山找路有用处。我二人不买。”八戒道：“过山便过山，找路就找路，要此布何用？”汉子道：“我知过此山有两个隐士：一个叫做福缘君，一个叫做善庆君。他两个似妖非妖，作怪不怪，隐藏在个山洞，对局赌胜。你若过山访他山洞，可将此布送他作贽，问他个前途路境，到地妖魔，那二人定然指引与你。若是款留你们斋供，须酌量方食。”汉子说罢，拿着一匹布，叫声：“多谢！”往山坡下飞奔去了。

三藏听得，道：“徒弟们，看此指引二人一团取与的道理，莫不是个好人来指引我们？”行者笑道：“我老孙一时也被他愚了，不曾把慧眼看他。如今且打点过山。”师徒们挑担押垛，走上高山。不题。

却说五众优婆塞究正了唐僧师徒岔河路头，腾云回到灵山，禀复了白雄尊者，转达古佛。佛言：“唐僧虽正了路头，无奈他徒弟们一路种种心，生出许多妖魔！过了岔河，还有赛巫峡，九溪十二峰。这峰下有洞，洞内有妖。或藏于山，或潜于溪。只恐这妖拦阻了经文，唐僧师徒力量绵弱，敌妖不过，是我经卷之忧。”白雄尊者道：“见有比丘僧与优婆塞两个沿途保护，料妖魔自远！”佛言：“正谓他两个遇有妖魔也未免动了法力，变化机心，因此遇着妖魔利害的，变化更强，反吃了妖魔之累！汝可宣言：圣众中有愿捐法力前去扶助唐僧等过山越岭，不致亵慢了经文，亦是仰体如来至意，不负了保经功德！”尊者依言，随宣言圣众。当有四位神王出班说：“我等愿显神通，与取经人奋一臂之力，只是不远随行路，待他们遇有利害妖魔，我这里方去与他驱除。”尊者道：“路途遥远，妖魔变幻，俄顷之间，神王如何得知？”神王道：“我闻如来以紫竹数珠及木鱼梆子给与比丘二人，当令人传知与他：遇有难灭妖魔，敲动梆子，我处自闻声去救。”尊者听说，传白古佛，依允神王所说。神王乃令部下报事使者前往唐僧处探看他师徒，恰遇着比丘、灵虚两个手里拿着一匹布帛，便问道：“二位菩萨，你保护唐僧经文，如今作何光景？”比丘僧答道：“一路来费心劳力，幸喜保护周全。只是如今过这高山前去，妖魔不能必其全无！使者到此何事？”使者乃把神王叫他传旨报事说出，道：“凡遇妖魔利害，不能驱除，当敲动木鱼，神王自然来助力。又闻此山过去，有赛巫山九溪十二峰，极是险峻。倘遇有妖魔之处，须要与唐僧师徒努力前行！”使者说罢，就拨转云头。灵虚子忙把布送与使者，道：“远劳你传信，一匹布儿奉赠。”使者笑道：“圣经神力，安有徇私受贿之理？”灵虚子也笑道：“只因取经的在灵山讲要人事，说：‘后来诵经的恐怕白诵无功。’他存了这一句徇私之言，故我等不敢废了这酬劳之礼。”使者一笑而去。比丘与灵虚腾空前往。他两个隐身在福缘君山洞之傍，看唐僧如何过山？可到此洞招惹妖魔邪怪？

却说唐僧押着马垛上得高山，山虽高路却平，便是有些险隘，远望着有许多玄崖谷洞，乃向行者道：“悟空，你我山便走了几处，却不像此山峰头远接，洞谷繁多；山脚下溪水萦回，有如组练。不知此高山何名地界？过去何处？”行者道：“师父，正是。我徒弟忙忙的，与那两个汉子只讲了些布施布匹的话，便不曾细问他这些事情。”八戒说：“那汉子叫你将那布匹向甚么洞里问甚么福缘君，自知路境。你这会便匿起，故意说混话！”行者笑道：“呆子行行步步，只以私心窥我。”三藏道：“两个不必争讲。看那山松密处，似有人家？”行者道：“山谷那是人家？多是隐士处。待徒弟看来，请师父去相会！”

三藏与八戒、沙僧歇下担柜，坐在山树之下，等行者探问去来。行者心燥，那里由山路走？他从空一跃，就到石洞之前，看见洞门大开，乃隐着身走入洞来。只见两个隐士对局。一个道：“我棋输了，又要寻个和尚作奇肴也。”一个笑道：“休要讥诮，此乃往事。美蔚君立心险处，几乎惹动那和尚道人，生出事来。”行者只听了一句“又要寻个和尚作奇肴”，暗忖道：“此必是妖魔要捉我等蒸煮。我如今没有了金箍棒，又不敢背了师父不伤生之心，只得隐忍，看他是何精怪？再作计较。”

乃走出洞门，摇身一变，变了个标标致致小和尚，在那洞门外叫道：“洞内隐君可容我山僧探访么？”只见洞里走出福缘君来，见了行者，道：“小长老进洞里面坐！”行者随进了洞内。那隐士便问：“小长老从何处来？”行者答道：“从来处来。”隐士听了，道：“这小和尚答应非凡，一定是有些道行的！”便叫山童取山芋果实出来待行者。行者见了山芋果实，他也不辞便吃。方才到口，只闻得腥气钻鼻，行者想道：“山坡汉子曾叫我酌量吃他东西。看此腥秽之气，定非嘉果！”乃弄个障眼法术，把他果品摄在洞外，便问道：“二位隐君高隐山中，此必修炼服食，祈保长生；但不知交往何人以为师友？”福缘君道：“小子有友无师，即是这位善庆君，日相与盘桓在松�洞谷之间。”行者道：“人岂无师？就是隐士这一局棋，当年也有个师父传授，将来况你要学长生大道，岂有不从师指授？”福缘君道：“我小子不是从师指授的，却是积祖传流的。”行者道：“到是家传。且问你祖上是何人？”福缘君道：“小子祖上却也是有些来历。小长老若从西来，必定也知一二。”行者说：“十洲三岛，上天下地，凭你开辟以来神仙佛老，我小和尚都知道！你说是何人？”福缘君说道：

> 我祖说来根基正，不是无名与少姓。曾受天精与地华，坎离混合延生命。花果山里乐逍遥，水帘洞内修真性。只因放荡在乾坤，菩萨度他成功行。跟随长老号唐僧，前去求经到佛境。说起我祖本事高，神通变化多灵应。谁人不识孙悟空？美王齐天老大圣！

行者听了，呵呵大笑起来。“原来这隐士是我的流派！想我离了花果山多年，这遗下的大大小小不在花果山过日月，却走到外方来。虽然不为非作歹，只是变幻这隐士假名托姓，便是弄妖作怪！我如今且探他所行的若正，还指引了他归花果山；若只在这山洞为非作歹，定是惩治他！方才听得他说：‘寻个和尚作奇肴。’便就在此话上，探他个善恶行止。”乃问道：“隐士，我小和尚方才听得说：‘寻个和尚作奇肴。’小和尚见在此，不劳去寻。不识作甚么奇肴？”福缘君笑道：“小长老有所不知，我与此友终日在此洞中盘桓，约以胜了三局棋，那负的供一奇品珍羞。昨有两个僧道也走入我洞间，正遇着我一友来，要把那僧作奇肴，我小子们不肯。我那友把两个桃实送僧道吃，被他识破，几乎动了那僧道嗔心，惹出祸来。”行者笑道：“两个僧道有甚嗔祸？”福缘君道：“小长老，你不知那僧道。他说打从灵山下来的，万一是我那祖宗孙大圣一起的，取了经回来，闲到此山观山玩景，一惹了他，怎么了？”行者听了，又问道：“隐士，你那一位要把僧人作奇肴的在何处？”福缘君说：“他虽与我们为友，却不在此处居住！”行者道：“在何处居住？”福缘君道：“小长老，你问他住处何用？他不比我，我等看祖上面皮，还敬重你僧人。你若寻着他，便真真与他作奇肴也。你莫问他，我们也不与你说。”

行者乃从衣袖内扯出布匹，奉与隐士道：“小和尚前途人家斋僧布施来的一匹布，远路行走带在身边累赘，愿送与二位隐君，望二位把这友住处说与我！”福缘君接得布在手，大喜道：“小长老，我方才问你从何处来？你浑答应我：‘从来处来。’我所以不说明白这友住处。”行者道：“你若问我何处来，我实说与二位；我从灵山取得真经来！”福缘君笑道：“小长老，你是送经的么？”行者道：“灵山无送经的，只是我等取经的。”善庆君摇着手，道：“小长老，你休瞒我。我们久知唐僧取经只有三个徒弟：大的便是福缘君的祖，叫做孙行者；第二是猪八戒；第三是沙僧。闻知这三个生的面貌古怪，本事高强。你这小长老必是假借他们行头骗哄人的，这布匹也是骗哄来的，我们不受。”行者见他疑作骗哄，乃把脸一抹，现出原身来，道：“你两个认得我孙行者么？”一手便扯着福缘君，道：“你这妖魔不安分守己在山洞中，却诈称我派，在此变为隐士迷人！且问你：这个善庆君何怪？”福缘君被行者扯住了，乃说道：“我两个其实非怪，乃青松白石之下一啸一舞，结为双清之友，但求超出尘凡，岂肯堕入无明，有伤僧众？望祖宗怜而释我！”那善庆君见行者问他何怪，惶惧起来，扯了一个山童，往洞门外化了两只仙鹤，腾空就飞。却被比丘与灵虚两个，在山松之傍见行者到洞内收服了妖魔，隐士化鹤飞空，他便腾空而上，骑在鹤身，叫他：“且飞往前山峰处，再拷问你与那美蔚君在何处？”两鹤只得颉颃上下，飞到前途一座山峰住下。比丘僧与灵虚子方要拷问，不防他一翅飞去。两个只得在山峰高处，眼望唐僧从山峰大道前来。

却说行者扯着福缘君，道：“业障！我已知汝假托吾派，隐遁在此，逞妖弄怪；但据你说不伤害僧人，还知敬重我，今且饶你！快实说：把和尚要作奇肴的妖魔在何处？”福缘君道：“这妖魔在六十里外，大峰山下一洞名唤美蔚洞，他就叫做美蔚君，与我这善庆君交契。祖公若是前行，必要经这山下洞前过去。只是这妖魔不论僧俗人等，犯着他便要捉拿，到洞蒸煮还是小事，还要生夹而吞！”行者听了，道：“利害，利害！我如今本当要重处你，姑念你是吾一派，且与那鹤舞啸在此，还未阻拦我们回路，侵犯我们真经，恕饶你速回花果山养性修真，莫要坏了老孙的体面！”行者说罢，福缘君化了一个猕猴，往山岗飞走去了。行者方才显出一个神通，拔下毫毛变了许多猴子，把山前怪石搬了无数，填满了山洞；叫一声“长”，只见那石与山洞一时长起来，新旧粘连，合成一块，把个洞塞了。却走回到三藏面前，备细说出。八戒笑道：“猴精！这会自家称呼不的外公了。换了名色，我与沙僧也该出些份金贺你！”行者道：“贺我何事？”八戒道：“贺你做了妖精的祖宗！”行者道：“若是这等称呼，师弟你以后只叫我做孙祖宗罢！”沙僧道：“二哥，那有此事？”八戒道：“他一匹布儿现答贺了孙男嫡女来了。”行者笑道：“真真亏了这匹布，方才讨得前途妖魔实迹。”三藏听了，道：“悟空，你讨了前途实迹，却有甚么妖魔？可利害么？”行者道：“说这妖魔专要捉我们当奇肴，或蒸或煮或夹生儿吞！”八戒道：“爷爷呀！这等我老猪到放心，猴精却难过也！”

乃是何说？且听下回分解。

第七十九回

玉龙马长溪饮水　猪八戒石洞夸名

真经岂有阻，机变实生魔。无邪方寸地，到处是娑婆。

话说八戒听了行者说妖魔要把和尚作奇肴，他笑道：“我老猪乃时常肴品，不为奇，妖魔定然让的过。你猴精若被他拿住，真是奇肴！”行者道：“呆子，你那里知往时妖魔被老孙拿倒不为奇，如今拿倒的妖魔，我祖宗要把他做奇肴哩！”三藏听得，道：“徒弟们且打点走山路要紧，争甚么闲话。我们且从此山前行，到六十里再探那美蔚洞妖魔事情。”

按下三藏师徒盘山越岭前行，且说美蔚君把蛇蝎变的桃子，指望要毒比丘僧道，两个隐士不肯，又被僧道识破他计，他自愧没趣，飞走去了。到得美蔚洞中，唤过麋獐狐兔众小妖过来，说道：“灵山下来有两个僧道，他在福缘君洞中游耍，我正要以计毒他，作为奇肴，无奈善庆君不肯害他，却又被那僧道识破我计，以此归来，怀恨在心。汝等计将安出？”众小妖道：“魔王，一计不成，再生一计。只待那僧道过我这山洞，我假以布施茶汤、斋饭作礼，料僧道必来吃，可以毒害，便出了此恨！倘他再有本事识破，魔王可再放出威势，小的们一齐帮扶，好歹拿住他，或蒸或煮，当奇肴受用。”魔王道：“若论我威势，拿这两个僧道有何难哉？只要他前来过此山洞，大家努力擒他！”妖魔正议，只见半空大小两只鹤飞鸣而来。小妖忙报与魔王，说：“洞外两鹤飞来！”美蔚君听了，道：“此必是善庆君！他到此何事？”忙出洞迎接。果然是善庆君带着个小妖童。进得洞来，仍变转隐士身形，便把孙行者盘问福缘君的话说出来，道：“我闻孙行者随唐僧取得真经回国，路必由此。他们神通广大，本事高强，一路专一寻妖魔的过失，显他们的功劳，只拷问的老友‘要把和尚作奇肴，定是不与你干休！’”美蔚君笑道：“我与众小妖正在此计算两个僧道，却又有孙行者这一节！我闻唐僧取了灵山经卷回还，这经卷有无边的利益，人若得课诵的，消灾释罪，降福延生。我与善庆君待他过我山洞，整顿起众小的，把他师徒捉了，或蒸或煮，便是夹生儿吞吃；把他经卷夺了在洞，岂不乐哉？”善庆君道：“我闻孙行者有通天彻地本领，翻江搅海神通，我们万一敌不过他，到把声名坏了！”美蔚君笑道：“何碍，何碍？我这山洞连接十二峰，下有九溪滩港与谷洞星联，我相交的洞主溪魔甚多，任那唐僧师徒便有推山倒海本事，也出不得我这几处关隘。”善庆君道：“我与老友契交多年，到也不知你结交的洞主溪魔在哪地方？有多少名数？这山洞溪港之险要阻的住唐僧回路，魔王有甚本事敌的过孙行者们？”美蔚君说：“老友，你是不知，我道来。”乃道：

赛巫山有十二峰，五岳朝天顺不同。九溪十八洞排列，龙虎风云变化中。说起魔王真利害，天地人和变不穷。苏秦背剑能锋利，槅眼枝花满架丛。马军拗处应难敌，孩儿十个紧相从。二郎五岳虽游过，雁行十道不能通。任他八仙能过海，只教绝绿与孤红！

美蔚君说毕，善庆君道：“老友，你有这些交契，料那唐僧不能过这险隘处所。我也恨那孙行者把个福缘君老棋友逐去了洞，如今只得依栖在此，得那唐僧来，我也出一臂之力！”美蔚君大喜，当下唤小妖摆设起饮馔，他两个妖魔在洞中大嚼大争。

却说唐僧师徒盘山越岭，走了五六十里山路，暖风晴日，树色山光，师徒欣欣喜喜前进。唐僧跟着马垛，那马走得饥渴，看见山下清溜溜溪水，飞奔山坡之下，就去饮水。三藏怕他陷入溪泥，水湿了经柜，方上前扯缰，那马一个蹄跌，把柜垛掀下在地。慌得行者、八戒歇下担子，忙来扶救垛。那马直奔下溪饮水。三藏急向柜垛前合掌拜礼，安慰真经，说道："弟子陈玄奘路不小心，驭马不调，跌失柜垛，亵慢了经卷，罪过！罪过！"回过头指着溪内马，道："你这不良之马，缘何不驯服其性？造次赴溪，致闪失尊经！"却说那玉龙马那里是赴溪饮水？却是见了那溪中一个怪物，他一时性起，飞奔下溪，要去擒捉。岂知那怪物在溪水中正戏水取乐，见了玉龙马奔来，他这溪长相通八百余里，滩港岸头便连山洞，一时钻不见了。

却说美蔚君正与善庆君对酌，忽然一个小妖报入洞来，说："长溪报事黑鳗小妖要进洞见魔王！"美蔚君叫他入洞。那小妖气嘘嘘，道："魔王在上：小妖奉长溪魔王差向溪头探听西还取经长老，今偶在那溪头戏水，只见四个长老挑押柜担，从山岭前来，一匹马直奔溪水，来拿小的。这长老们必定打从长溪沿山岭而来，望魔王善待，则款留着他们，恶待则擒拿捉下。小的如今飞报与长溪我魔王去也！"说罢，飞走出洞。美蔚君听了，大笑起来，道："老友，'我欲人，斯人至矣'。快叫众小妖来！我如今待那唐僧到，要以恶待他，恐那孙行者们闹将起来，反为仇敌，不如设个计策，好好善待他们，务必拿倒他师徒，抢夺了他经担，方为良策！"众小妖道："魔王，良策莫如假设些斋供、果品款待他，暗放上些毒蛇、毒蝎等物，他一沾唇，自然被我们拿倒。"

魔王大喜，乃把洞内打扫的洁净，他两个变了清清雅雅隐士，坐在洞中，故意谈天论地；却叫众小妖都藏躲，准备下绳索、蒸锅、笼灶，只叫一个小妖变个小僮，立在洞外，专等唐僧过山。却说玉龙马奔入溪内，见水内怪物远走去了，嘶了一声，仍上溪岸来立着。待行者，八戒把垛子背上他身，依旧三藏跟押在后。那八戒没好没气，把马鞭子一下，骂道："瘟马！水又不饮，却把柜垛抛下，亵慢了经卷，叫我师父又陪一个小心。"三藏道："徒弟，我这玉龙马从来不造次趹烈，想必溪中有甚么妖魔邪怪。我们还从山路前行，不要沿溪走罢！"行者道："师父见的是。若是山路，老孙是地里鬼，便去探看妖魔。这溪水中其实不能测度，要探看溪中，须是八戒与沙僧两个去的。"八戒道："猴精好作成，放着山路走罢，何必沿溪岸，废了工夫，去找妖探怪！"

三藏依言，赶着马垛，上得山冈。往前正走，远远见乱石参差，乔松联落，隐隐现出一洞，洞门前立着一个山童。三藏道："徒弟们！你看那松林石洞之前立着个童子，生的清清秀秀，定然是修行的道童。好好上前问他前途地境，莫要惊吓了他！"八戒道："师父，只是你老人家说话有些伤简。徒弟们那一遭问路吓坏了人？"三藏道："只因徒弟们生相稀奇，往往人见了惊异。"八戒说："师父若是这等讲，我老猪便上前问路，看那童子可惊吓。"乃歇下担子，直走到洞前，向童子叫一声："道童哥，我小和尚请问你：这山路往前是何处地方？可有甚庵观寺院，妖魔邪怪？"童子一见了，道："爷爷呀！你现是个妖怪，如何又来问我？"八戒笑道："道童哥，我一个问路的外方和尚，你如何说我是妖怪？"童子说："我见你生像古怪。"八戒道："生像是父母遗体，你莫要大惊小怪！"童子道："你问路往何处去的？莫不是取经回还的唐僧么？"八戒听他提出取经唐僧，忖道："我师父来时，名儿远播，每每惹动妖魔，再没一个供奉款待的，只是要拿去蒸煮受用。我如今把老实心肠说不得捐起，捏个谎话儿，哄出路境去罢。"乃向童子说："我和尚不是取经回还的唐僧。"童子说："不是唐僧，想是唐僧的徒弟？"八戒道："也不是。我是挂褡游方和尚，前往乌鸡国望施主去的。闻知唐僧取了经回还，不往此山过，却沿着溪岸上往南去了。”那童子听得八戒这话，便走入洞内说知两个妖魔，说：“洞门外一个和尚，称说唐僧从沿溪岸去了。”妖魔听了吃一惊，道：“是了。黑鳗小妖去报他魔王，无人守候。所以唐僧不往山来。你且走出洞来，把和尚叫进洞来，待我问他真实消息。”

山童走出洞来，向八戒说：“长老，你要问前途道路，寺院妖魔，我年纪儿小，实是不知。我洞内见有家主，你可进去相会，一问自知。”八戒不肯进洞，说：“道童哥，我和尚生的古怪，你且憎嫌；若进洞去，你主人嫌我，推出洞来，没趣，没趣！”山童道：“没妨，没妨！我主人喜的是丑陋相貌僧人，到有斋饭供他；若是标致的，便心里不乐，常说：‘和尚家要腹中有些道理，身外不要美观。’”八戒道：“我知道了。想必你主人的生像，也比我和尚差不多。你既说还有斋饭，我远来肚饥，正用的着。”便往洞内飞走。见了两个妖魔变的隐士坐在上面，乃走近前道个喏，说：“二位隐君，我小和尚从乌哩乌喇来，要往乌鸡国望施主，不知前途何处？可有庵观寺院、妖魔邪怪？求隐君指引前行。且是远来腹中饥饿，有便斋饭布施一顿，也是功德。”妖魔听了，道：“和尚，你既问庵观寺院，只该问道士僧人，如何打听妖魔邪怪？你便是妖魔邪怪！本当捆打你无知野秃，姑念你是个游方的，叫山童推他出洞去罢！”八戒乜着眼看着妖魔，道：“二位隐君，推也要化一顿斋饭充饥！”只见善庆君笑道：“斋便有的，只是要等候西还的长老。我问你：可知西还的取经僧么？”八戒道：“闻得他从溪岸上过去了。”善庆君看着美蔚君，道：“老友，空费了一场计较。唐僧已去，这整备的斋供果品，没处款待人了。”八戒只听了这一句，暗想：“这隐士必与我师父有旧相识，方才整备下斋供等候；或是传闻大唐圣僧取了真经回国，要瞻礼我们经文，故此设下斋供。我扯甚谎，说是过路望施主的。”乃上前道：“二位隐君，我老猪平日有名的老实，不会扯谎，实实的是取经回还唐僧的第二个徒弟猪八戒！”

妖魔听了，笑将起来，道："我闻知唐僧乃中华有功行的长老，必定面貌庄严，那里有你这样长嘴大耳的模样？"八戒道："隐君，难道你既知唐僧，就不知他徒弟有个猪八戒？"善庆君说："我们只晓得唐僧，实是不知甚么猪八戒？你试说个来历我们听！"八戒道："我若说出来，只恐你二位要吓破了胆！"妖魔道："你说，你说！"八戒乃说道：

老猪不是凡和尚，曾受敕封称上将。督理兵众管天河，手握金符坐玉帐。只因酒罪犯邪非，贬下凡间为和尚。立功跟得取经僧，一路降妖歼魔障。九齿钉钯利害凶，妖魔荡着神魂丧。八戒名儿谁不知，如何只认唐三藏！

美蔚君听了，笑道："我也曾闻唐僧有三个徒弟，惟有一个孙行者会弄虚头，到不知又有你这个更会弄虚头吊谎的！"八戒道："二位隐君，我老猪句句是实，怎叫吊谎？"美蔚君笑道："方才说唐僧，你推不知，此时直认做他徒弟。且问你九齿钉钯在那里？明明虚头假话！也罢，既是唐僧徒弟，莫要虚负了我设备的斋供。且请在后洞少待，唐僧与孙行者一齐到时，款留斋供。"八戒道："知他们何时才到？若是见成备了，我老猪先领了盛情也罢！"美蔚君道："山芋桃实，你先吃两个儿。若是别项，须是等唐僧到来。"八戒道："老猪从来不吃果品，便是馍馍先拿两个儿也好。"美蔚君乃吩咐众小妖把毒物变做热馍馍捧出。

八戒见了也不等他摆设，便将手去取，连吞带咽，不觉的吃了二三十个。一时毒气发作，把个八戒毒倒，被众小妖捆入后洞。这正是：

自作虚魔招谎怪，更生贪孽惹妖氛。

毕竟后事八戒怎生解救？且听下回分解。

第八十回

比丘假魂诉毒害　行者设计诱山童

话表三藏见八戒向洞前童子问路去，乃叫:“悟空，你看八戒莽莽撞撞去问路程，他这模样只惊唬了人，恐生是惹非，且走去半晌不见回来，叫我系心。你可探听个事实前来！”行者道:“师父，我闻这高山长溪，妖魔甚多。八戒问路不来，定是动了邪心，惹了妖魔。我老孙若去，须是得当初来的金箍棒在手，相机行个打礼。如今没这棒子，遇着妖精利害，连徒弟也没力量。沙僧师弟，你可前去，探八戒如何不来？”沙僧道:“大哥，你推没力量，我越去不得。”三藏道:“悟净，你莫推阻，也该遇事上前，大家共同合力。”

沙僧依言，乃掣下禅杖，往洞前走来。只见那山童走出洞来，问道:“长老，可是找寻长嘴大耳和尚的？”沙僧道:“正是。他如今在那里？”山童道:“我洞主听他说是唐僧徒弟，请入后洞，款待斋供。”沙僧说:“许久怎么不出来？我师父望他回信。”山童道:“他贪着馍馍、斋饭，不肯动身，须得你进去唤他一声。”沙僧依言，走入洞门。只见两个隐士坐在上面讲谈，那里见个八戒？乃走上前道:“二位善信，小僧问讯了。”那两个妖魔站起身来，道:“长老莫非唐僧么？”沙僧道:“小和尚乃唐僧徒弟。”妖魔道:“孙行者可是长老？”沙僧道:

“那是师兄。小僧乃沙僧，法名悟净。”妖魔听了，忙笑道：“原来是唐长老第三位高徒，请入后洞待斋。”便叫众小妖迎入洞后。只见桌上摆着馍馍、果品，便叫沙僧受用。沙僧道：“此斋难领。一则不见我八戒师兄在何处，一则主人不进来陪斋，叫我独自受用，乃是赏赐我僧家，没这情礼。”众小妖道：“我洞主备下斋供，专候唐长老。长老未来，故先设个小桌，待你小长老。你莫虚负了我洞主好意，聊吃一个，以见迎接之意。”

沙僧见了桃实在前，便去取一个桃子。方才开口去咬，那腥气难闻，想起汉子指路说：“隐士款留斋供，酌量方食。”沙僧便停住口不食，把桃子袖入衣袖，只问八戒何处？那小妖们只待沙僧毒倒，动手要捆。猛然，八戒被捆，毒气伤疼，在洞后哼了一声，道：“师父呵！我徒弟只是贪馋为嘴，吃了他毒害，被妖捆缚在洞中。你若不知来救护，何人与你挑担转回东？”沙僧听了，道：“原来八戒贪心惹了妖魔，捆缚在此。我也误闯入来，到是不曾着了他毒，只是怎得出他洞？如今说不得，且救了八戒，再作道理。”乃闯入后洞。只见八戒被妖魔绳缠索绑，捆吊在洞。见了沙僧入来，道：“师弟救我！”沙僧道：“二哥，你怎么不使出变化法力？”八戒道：“沙僧师弟，我恨当初把九齿钉钯缴在宝库，没有兵器，怎打妖精？又因嘴馋，动了贪心，自家作了业障，变化法力那里使得出来？没奈何，救我出洞！”沙僧道：“我孤树不成林。你且忍耐，待我打出洞去，叫了大哥来，帮着救你！”沙僧抡起禅杖，便把小妖乱打。小妖叫喊起来。只见两个妖魔走入后洞，见了忙掣了兵器来敌。沙僧力寡，被妖魔拿倒。美蔚君就要取蒸笼，把八戒、沙僧且先蒸吃。善庆君道：“老友且从容，如今先吊他两个在洞，待拿倒唐僧与孙行者，然后一齐动手，邀了长溪等友同来受享，也见你的情分。”美蔚君依言，把八戒、沙僧捆在后洞。

却说三藏与行者分付沙僧去寻八戒，他师徒两个坐在山冈子上，看着山松石洞，野岸长溪。三藏道：“悟空，我与你们自出了大唐国门，到了灵山，受了多少辛勤苦恼、怪难灾屯，今幸的取得真经回来，又过了许多时日，路途辛苦，不知到中国家门尚有多少路程？似这等高山远水，叫我为师的真真不耐烦恼！”行者道：“师父！你原说仗一至诚求取如来宝藏，今幸遂愿，正该欢欣鼓舞打起精神，料离灵山东来，时日已久，国门也将次到了，怎说出不耐烦恼？又动了烦恼障碍，所以步步招惹邪魔怪异。”三藏道：“悟空，你说便说的是，只是这会沙僧去问路找八戒，如何久不回信？怎不教我系肚牵肠？”行者道：“师父，你且耐心，再等一会不来，少不得徒弟也要去探信。”三藏见行者宽解忧心，只得放下愁怀，对着高山流水，又动了唐人风韵，道：“悟空，你既宽我怀抱，谅你怀抱必宽。我与你对此高山流水，联一两句散心。我便咏流水，你却和高山。”行者道：“师父尊大，当咏高山；徒弟卑小，当和流水。”

三藏依言，乃咏高山道：

泰岳逼云霄，唐

行者忙接韵和道：

溪流涨远潮。孙
雁飞人不到，唐
风落叶随飘。孙
上有天光映，唐
傍无野树招。孙
登巅瞻万里，唐
游浪越千桥。孙
樵子步难蹑，唐
渔翁网不消。孙
只因峰势耸，唐
端为逝滔滔。孙

三藏与行者心志在高山流水，坦然自得，一时便忘了八戒、沙僧去探路境不来，不知他两个被妖魔捆缚在洞内等师父们去救。

却说比丘僧与灵虚子两个自从变汉子接了一匹布，指引了唐僧师徒过这赛巫山溪，他一路远远在唐僧前后随着。也明知妖魔计阻唐僧们，只因他师徒一种心生出一种邪氛，任他师徒自相扑灭，遂由他行走歇坐。二个从峰险道乘云而来，正见唐僧与行者两个坐在山冈，彼此谈讲。比丘僧说："师兄，你看唐僧与孙行者两个坐在山冈讲谈，似传授道理的一般。怎么不见八戒、沙僧两个？"灵虚子道："八戒、沙僧想是那里化缘？孙行者的道理纯熟，唐僧必然私相传授。我与师兄隐着身形，听他讲说甚么道理？"比丘僧依言。两个隐着身形，走近三藏面前，听得他师徒联诗，乃相说道："出家人联诗赋句，虽说是活泼心胸，未必不思虑劳神。"又听得三藏咏毕诗句，想起八戒、沙僧问路不见回来，动了忧虞之色。两个计议道："我们曾指引他师徒说：'山洞有怪，溪水多妖。'怎么不小心防备，轻易去找探路境？定是八戒、沙僧遭着妖毒！"

两个离了唐僧处，依旧隐着身，走过山冈，到了美蔚洞。进了洞内，只见两个妖魔坐在洞内。一个说："唐僧不见采找寻徒弟。"一个说："摆出毒馔，上前迎他来罢！"两妖计议。比丘两个又走入洞后，见八戒、沙僧被妖魔捆着，惊道："原来这两个痴子遇了妖魔毒害！"比丘僧道："师兄，这如何解救？"灵虚子道："师兄，我们原为保护经文。经文既歇在山冈，唐僧坐守，我与你说知，须得孙行者来设计救他。如今若在这洞与妖魔争斗，万一妖魔利害，连我们也不便。"比丘僧说："师兄，唐僧虽有想八戒、沙僧忧虞之色，尚有联诗赋句之怀，我与你显然去报，又恐唐僧疑我两个无因而至。做甚情节去报？孙行者他又是个机变多心之人，疑中生疑，把我们也当妖魔使诈。不信在心，便是去救，也不着力。"灵虚子道："我有一计：你隐着身假作沙僧，我隐着身装做八戒，只说是被妖魔毒害杀了，魂灵儿来告诉他，求他拿妖报仇。那唐僧听得必然哀痛起来，这孙行者方才着力！”比丘僧笑道：“师兄，明人不作暗事。若这假装魂灵，两个在暗处报唐僧，不如明明的变了八戒、沙僧，替他挑了担子，从长溪岸上过了这美蔚洞，把经文寻一处洁净庵堂供奉着，再来救他两个罢！”灵虚子道：“师兄，依你这说，我们两个依旧是送经到东土，原非保护之义。有背佛旨，如何做得？”比丘笑道：“师兄，依你假他魂灵儿，却是孙行者的机变心肠。只恐那猴王机变又巧，怀个不信心，又识破我们之假。”灵虚子笑道：“说不得。这机变心肠用的正大，便是孙行者也向如来前讲过。如今八戒、沙僧动了贪嗔邪念，以致妖魔毒害，我等若拘小节，怎生救得他两个？真经何人挑担？”两个计议了，乃隐着身走到三藏面前。

正遇着三藏与行者联诗方毕。忽然三藏叹一口气，道：“悟空，他两个探信久不见回，莫非是：

> 错了路头行去远，化缘村里故来迟。
> 坐看水色山光景，也学讴吟谩赋诗。”

三藏正说了这几句，只听见空里道：“师父呵！你可想我徒弟探信久不回来？那里知我徒弟：

> 探路逢妖太不良，假供斋果毒中藏。伤了徒弟魂来诉，师兄师父快商量！”

三藏听得，道：“悟空，不好了！你听的空里八戒、沙僧魂灵说话么？”行者笑道：“师父，我老孙听便也听得，只是将信将疑。”三藏道：“如何将信？”行者道：“八戒久不见来，他平日好嘴头食，不顾生冷，必是贪斋供被妖魔要害！沙僧不该拿了禅杖去，必是遇着妖魔敌斗，寡不胜众，被拿倒了。一个贪伤命，一个嗔送生。这或可信。”三藏又问说：“如何将疑？”行者道：“八戒平日有法力，沙僧往常多神通，轻易妖魔不敢犯他。就是逢着妖魔利害，毒杀了他，他两个俱是有来历的神道，那里显个阴魂儿来讲话？这实可疑！”三藏道：“悟空，我也不管你信与疑，只是你须速去探信！”行者道：“师父，非是徒弟不去探信，只推在他两个，但是此高山长溪，闻得妖魔众多，师父与经文要紧，故此徒弟不肯远离。徒弟若远离了去，万一妖魔来侵近师父，他两个抵挡不住，反为不便。如今师父既叫徒弟去找寻他两个，须是师父正了念头，莫要系心忧虑他两个徒弟，也莫贪山光水色，又动了歌咏费却神思，牢守真经，勿使邪魔侵夺！”三藏道：“悟空，你说的真真正经，我件件依你。”

行者说罢，忽然一个斤斗不见了。三藏独自守着经柜、担包，只得依着行者正了念头，把平日记诵的经典课念几卷。那比丘与灵虚假做八戒、沙僧魂灵儿告诉了一番，又听得行者说将信将疑，他两个惟恐行者识破，只待行者信了唐僧之言去找寻八戒、沙僧，见三藏孤身坐守经担，他两个现了身形，变了两个樵子，走近山前。三藏一见了是樵子走来，便叫道：“二位善人，小僧是过路僧人，在此山冈歇力。徒弟前去探路，不见回来。请问你：此去有多少山路方才有城市人烟、庵观寺院？这山冈上路可平坦？或是那沿溪岸上可行？乞善人指引指引！”樵子笑道：“师父，你是出家人，随着路头走罢，何必问前顾后？你想：这问路的心肠，七情妖魔便从此出。”三藏道：“善人说的固是，我僧发一点平等心肠问路，本是一心在这经文上探个路头。”樵子道：“老师父，你原来是取经长老，为经文问路。你不知这山冈大路虽说平坦，却谷洞众多，狼虫虎豹等兽都会弄妖作怪。你徒弟既去找寻路境，独自一个在此，万一妖魔扰害，怎生奈何？”三藏道：“善人，小僧身命原付之不有，只是为经文不得不系念。二位善人若肯方便，少伴我小僧片刻，等我小徒回来，深深酬谢。”樵子道：“正是。我二人也有此意。老师父且安心守候！”按下不题。

且说行者一斤斗打到洞前，不半里多路，自家笑将起来，道：“几步子路，也费个神通！”方抬起头来，一个山童走到面前，说：“打虎跳的长老，此是何处，还打虎跳撒个欢儿？”行者见了，道：“山童，我和尚是打斤斗要子。”山童笑道：“长老，果然打斤斗好要子。我在这山洞前闷起来，要打个斤斗要子，无奈不会。长老可肯传授我？我偷些洞主的馍馍、果品送你。”行者道：“山童若说这话，我便不传你。我乃出家人，你怎说偷些洞主馍馍我吃？偷便是贼，不连累我做贼心？”山童道：“你若传会了我，凭你要甚谢礼！”行者道：“我若传会了你，便是师父、徒弟称呼。”山童道：“便做师弟子称呼也罢。”行者道：“称呼只是个虚名，还要个实意。”山童道：“实意是何说？”行者道：“比如我师父问你一句话，你徒弟真真切切说出，半字儿也莫扯谎，乃为实意。”山童道：“真假虚实，在我心里。比如扯个谎话哄了师父的法儿去便怎么？”行者道：“这叫做欺师慢道，大不为敬。凭你怎样学习，终久不会，便是会了也不精。”山童听了，乃作一个揖，道：“师父，你只要教会了我徒弟，凭你问我甚话，一毫不敢扯谎。”行者说：“先问一句，试你可真实？方才好传你。”山童道：“先传了，打一个斤斗着！”行者说：“传斤斗只消一句，问你话却多须是先说两句实话儿。你便听一句，就会打了。”山童道：“师父你问来，我实说与你。”行者乃问道：“有两个标致小和尚到你洞前来探路境么？山童道：“有的。我若说标致师父，就说我不真实。那两个和尚生的一个长嘴大耳，一个靛青脸孤拐腮，在此问路，被我洞主叫进洞去是实。”行者道：“这两个和尚进了洞，吃斋饭、喝茶汤，自在受享哩！”山童道：“斋饭茶汤虽有，只是不得自在受享。”行者说：“如何不得自在受享？”山童道：“师父传了我打一个斤斗，我便实说。”行者说：“不难，不难。我便传授你一个斤斗，你且实说来！”

却是何说？且听下回分解。

第八十一回

传斤斗直指明心　设机心何劳利斧

诗曰：

血肉身躯血肉群，思量底事暗消魂。百年事业浑如梦，
两字功名薄似云。行见朱颜成雪鬓，坐看白骨共山坟。
从来指出长生法，阴骘弘开方便门。

却说山童定要行者传了他一个斤斗，方才肯实说两个和尚进洞不自在受享的缘故。行者只得教他：把两手按地，着力一翻过身去。山童依着，果然一翻打了个斤斗，喜喜欢欢，就往洞里要走。行者忙一手扯住，道："山童，这个斤斗不好耍子。"山童道："怎么不好耍子？"行者道："两手按地，一则费力，一则污手，又且翻过去跌了一交，那里好耍子？你看我不按地不费力，半空里一个斤斗，好耍子！"山童道："师父，你打来我看。"行者就凭空里一个斤斗翻过去。山童见了，道："师父，这个斤斗果然好耍子。你传授我！"行者道："方才教会你一个接地斤斗，你会了就走，不肯把实话说完了。如今必须尽把实话说完，方才教你。"山童说："实话那两个丑和尚进洞，说是唐僧的第

二、第三个徒弟，我洞主把毒物假变馍馍、果品款待他。一个叫做猪八戒，贪馍馍中了毒，怎得自在受享？一个叫做沙和尚，不肯受享，抡起禅杖，不思想寡不敌众，只凭着他嗔心便乱打，被我洞主拿倒了，如今在洞后不自在哩！此便是实话，师父可把凭空斤斗传授我！”行者道：“你且说：他两个在洞后如何不自在？”山童说：“教会了徒弟这凭空斤斗，我便才实说。”行者道：“这也不难。你可把两手紧攥着拳，将头向空一钻，把脚向空一起，自然一个空里斤斗。”山童依言，翻了一个斤斗，道：“好耍子！”就往洞里要走。行者道：“山童，这还不好耍子。你看我，这七八个，叫做流星斤斗。”乃接连一路打了七八个。山童见了，道：“好耍子，真个好耍子！师父，我把洞里和尚实话说与你罢，你千万把这流星斤斗教我！”行者道：“自然教你。你且说那和尚在洞后如何不自在？”山童道：“都被我众小妖捆的捆，吊的吊，只等拿倒了唐僧，一齐蒸煮了，洞主们自在受享。”山童说罢，便扯着行者要教他流星斤斗。行者也只得把这斤斗说出，道：“你可乘着一个斤斗势力，只滚打去，便是流星七八个。”山童依言，果然打了七八个，喜之不胜。行者道：“山童！你若肯实实把洞主是何物妖魔说与我，他有甚么神通本事，一齐说出，我还有个万里斤斗传授你。”山童道：“师父，怎教做万里斤斗？”行者说：“前边这几样斤斗，只在面前打跳，不过眼见丈尺，我这万里斤斗，说一声千万里顷刻便打到！”山童听了，笑道：“似这样斤斗，极好耍子。师父可教我？”行者说：“这个，必须先把你洞主事情尽说与我知道，我方教你。”山童道：“料着师父不欺我徒弟，我先实说了罢。我这洞主是个猩猩成妖作怪，叫做美蔚君。那善庆君是个白鹤成精。还有个福缘君，是个猿猴成精。只因善庆君与福缘君有双清之雅，我美蔚君与他结契。若论洞主的神通本事，变化多般。他闻得西还有起取经来的唐僧师徒，取得真经过此溪山，说不论人物仙凡，就是飞禽走兽，得闻了真经道理，超凡入圣，降福延生。我洞主因此在这洞里假设斋供等候唐僧，如唐僧顺意把经文留在我洞间，长远与我洞主看念，便将就与他回去；若是不肯，便先毒害了他，后上蒸笼蒸熟了，还要请这一路结契的溪洞老友来受享哩！”行者笑道：“既是你洞主要留经，也不该便把那两个和尚捆吊起来！”山童道：“只因那和尚一个扯谎哄洞主，心肠不善，且先要吃斋，贪馋非礼；一个动了嗔怒，抡起禅杖打上洞门。故此我洞主怪恼起来，一个要就蒸煮，一个劝：‘且待捉倒了唐僧，再做区处。’”行者道：“你洞主可知道唐僧难捉的？他有个大徒弟叫着孙祖宗，利害多哩！要拿倒了妖怪抽筋剐骨剥皮揎草哩！”山童道：“我那善庆君曾说：前洞把福缘君认了玄孙，赶了出洞，往花果山去了。他也知这孙祖宗利害，如今叫众小妖做下准备，只等他来，就要以计捉他。”行者听了，道：“你真真不扯谎，果是实话？”山童说：“快把万里斤斗传授与我！”悟空道：“传你不难。只是你不曾走过万里路程，如何打的去？”山童笑道：“果是我不曾走过百里，怎说万里？比如我这三五十里走过的山洞，可打的去？”行者道：“此便打得。但不知这三五十里是甚么山洞？”山童说：“离我这美蔚洞五十里，有座慌张洞。洞主与我洞主相契，我曾去请慌张魔王来赴会，故此走过的熟路。”行者道：“你既心下走熟，而今想起来，斤斗已打到，往回来了。”山童笑道：“你这师父！我说了实话与你，你却扯个虚谎与我！我与你现在此讲说，怎么斤斗打个往回了？”行者道：“你要我教，须是待我打个你看！”山童道：“打来我看！”

行者一个斤斗，打不见了。山童守了半晌，不见了行者，埋怨懊悔进洞。却说行者一斤斗打入妖魔洞内，把身形隐了。见那两个妖魔口口声声只是要设计捉唐僧，又走到洞后。只见八戒与沙僧被捆吊着，八戒口里哼哼唧唧，道：“师父呵！我徒弟自从——

> 皈命投诚跟着你，西来礼佛取真经。十万八千途路远，往回终日不曾停。跷蹊处处逢魔怪，法力如何我不灵？捆在洞中只待煮，可怜一命入幽冥。你若

悯念师和弟，早着猴精做救星！”

行者听八戒咕咕哝哝说这苦楚言语，想念师父，心下想道：“呆子到此思念师父，也还是个好人。”只听的骂他猴精，又笑道：“这夯货囔糠的！既想要我救你，却背地里又骂我！”随假变了一个小妖，站在八戒之傍说道：“长嘴大耳和尚！你想甚么救星？只恐恼了我

洞内众妖齐动手，不将锅煮便笼蒸。”

八戒听了，道：“小妖哥，你蒸煮，说不得也由你。你却不晓得我有个师兄叫做孙行者，正是：

法力齐天孙大圣，拿妖捉怪不相应。”

沙僧听得，道：“二师哥，在此捆吊着，甚么心肠还联诗和句？此时不知师父知道不曾？若还大师兄知道，他是性急的人，怎肯延挨片刻不来救你和我？”

行者听了，依旧隐着身，到他两个耳边说：“师弟，谁叫你一个动贪心，惹了美蔚魔王全不放；一个生嗔意，弄做个捆吊冤家不放松！且耐心端正念头，待我来救你！”八戒、沙僧知是行者说话，便说道：“师兄快些救，但把绳索解了，我们法力自然能脱！”行者听得，上前与他两个解那绳索，越解越紧，怎能得开？八戒道：“师兄不好了！越解越扣的痛起来了。”行者道：“妖魔利害，连我也没法。你两个且少待，等我与师父计较，先打灭了妖魔，焚毁了他石洞，再设法救你！”

行者说罢，一个斤斗打到三藏面前。只见两个樵子陪伴着三藏，坐在山冈之上，等候行者回音。行者备细把八戒、沙僧情由说出。那唐长老听得，眼泪交流，说道：“徒弟呵！我只道你——

打探路径身耽搁，原来捆吊受灾屯。想因动了贪嗔业，自种还须自拔根！”

行者道：“师父，事已到此，悲泣无用。我徒弟只得再转灵山，求个解妖索的神通来，救他两个。”只见樵子道：“小长老！你何必复上灵山？我两个经年打柴，遇有藤索便用斧斤割断。我有利斧在此，你何不携去把他绳索割断？等他们挣脱了，使出他原来法力，出洞拿妖。”樵子向腰间取出一把利斧，递与行者。行者接得在手。三藏连忙扯着，道：“徒弟，二位好意借斧与你割绳索，你却切莫劈妖精！”樵子说：“师父，你莫要扯他。我这斧子劈不得妖魔，只割的绳索。”三藏笑道：“善人，一把快利钢斧，怎么劈不得妖魔？”樵子说：“师父，我这利斧当初也是一个念佛的长老与我解绳索冤愆，不许我伤生害物。若是拿他劈妖魔，只恐自己先存了一种伤生害物心肠，不但缺钝了这斧无用，且惹了妖魔动了敌斗心！”行者道：“二位樵哥！老孙先讲过：若是这斧割不断那绳索，或是遇着一两个没要紧的小妖，老孙大胆借你斧子略劈一个，也是借斧一场！”樵子说：“小长老若存了这一条心肠，我便不借了。”三藏道：“悟空，你便割绳只割绳去罢，不可又欺二位，动了杀害心肠！”行者依言，携了利斧，有物在身，打不得斤斗，一直走到洞门。依旧隐着身，走入后洞，把斧子去割绳索，那里割的断？行者性急，把斧子抛在洞内，直走回向樵子说：“割不断，割不断！我也不曾劈妖怪，抛在洞里来了。”樵子听得，道：“小长老，你不消去了。我二人曾与妖魔有半面之识，待我去说个方便，叫他放了两个来罢！”行者道：“如此却好。我不去，借重二位去讨个方便，便是那斧子现在洞里，自去取罢！”

樵子别了三藏。他两个走到洞门，也把身隐着，只入洞后。见八戒与沙僧捆吊在内；那斧子原是一个梆槌，抛在地傍现了原形。比丘与灵虚子说道：“师兄你变樵子可也，只不该把木鱼槌变利斧，未免动了杀劈之心！”灵虚子道：“为救人捆吊，这也不妨。如今他两个绳索紧捆，不得不借利斧！”便拾起那槌，依旧去割，那里割得开？两个忙把解结经咒念起。只见八戒、沙僧就地一滚，那绳索齐断在半边。

八戒两个只道行者来救，往洞外飞走。众小妖拦挡不住，急报与两个洞主。妖魔走入洞后。比丘僧与灵虚子变化不来，隐身不及，却被妖魔见了，道：“好和尚！前在福缘洞破了我桃实，化为蛇蝎；今又到我洞中放了我拿倒的僧人，好生大胆！莫要走，吃我一棍！”灵虚子见妖魔抡起棍来，说不得把梆槌变了根棒相敌。那善庆君也执着长枪来刺比丘僧，被比丘僧举起菩提子，只念了一声梵语，那枪忽然折做三段。两下里混战，不见输赢。

却说八戒与沙僧解了捆吊，飞出洞外，走到三藏面前，见了行者，道：“你坐在此，却是何人解了我绳索？”三藏道：“徒弟，亏了两个樵子来救你。他便救了你，不知如今怎生出妖魔之洞？”八戒道：“师父，如今说不得，我等回去报妖魔捆吊之仇，再探樵子如何出洞？”三藏道：“徒弟罢休！你既挣脱了来，那妖魔利害，不要去惹他。我们挑了担子，还沿溪岸去罢！”行者说：“师父，樵子既施恩于我们，岂有任他与妖魔相持，不去看看之理？况我们被妖魔捆吊欺凌，安可饶了他去？我老孙说不得背了师父方便慈悲，定要把妖魔剿灭！”三藏道：“徒弟！你又动了报恩灭怪之心。依我之念：只是善化了妖魔回心转意，好好放我们挑经前去，便就是功德！”八戒道：“师父只想着方便慈悲。一个妖魔把徒弟两个捆吊，要蒸煮受享，情理难甘，决不饶他！沙僧兄弟，你也曾受妖魔之辱，大家齐去攻他石洞！”行者说：“师弟！我闻妖魔设计拿我们，老孙不得不用个机变心。”八戒道：“又变甚么机心？老老实实，三条禅杖直打入他洞，料着三个斗两个，必然斗我们不过！”行者道：“呆子！他两个妖魔枪刀棍棒件件精利，我们的宝贝缴库，又不在手。这三条木杖敌不得利器！”沙僧说：“就依大师兄，何劳利器？但使个甚么机变？”行者道：“我已把玄孙福缘君度化回去，山洞火烧塞了。我如今变做福缘君孙儿，到他洞里，你两个变做小妖。他必然款留我。你可把他设下的毒物抵换了，就毒倒妖怪！那时再作计较！”

八戒依言，与沙僧变了两个小妖，跟着行者。行者却变作福缘君，走到洞前。山童见了，道：“大王且停住。我洞主与两个僧道打斗！”行者走入洞中。只见善庆君两个见了，丢了棍棒，道：“福缘老友！我只道你被孙行者赶逐回山，原来尚在此！”行者故意道：“老友与此两个僧道又为甚么打斗多时？他破了你仙桃之假，如今又到你洞来？”妖魔道：“可恨他把我拿倒的猪八戒、沙僧放了！”行者笑道：“老友你莫怪！古语说的好：‘兔死狐悲，物伤其类。’他因你拿倒了和尚，故此解放了。那猪八戒是我的瓜葛嫡亲。这两个既解救了他，也于我分上有些情义，可看薄面，放他出洞去罢。”美蔚妖魔心尚不依，善庆妖魔再三解劝，一时把僧道放出洞去。

行者却识的是比丘僧与优婆塞，只因变着福缘君，故意明讨个方便，只当不识。

这比丘僧出了洞门，向灵虚子道：“师兄，你认得这福缘君么？”灵虚子道：“识得，识得！”

却是如何识得？且听下回分解。

第八十二回

假神将吓走妖魔　揭山石放走猩怪

行者变了福缘君模样，劝解了僧道出洞，他识的是比丘，比丘也识的是行者。两下里各相藏隐事情，故此比丘与灵虚子不剿灭妖魔，让行者使弄机变，依旧变了樵子到三藏面前，道："老师父！我二人向洞中讨个方便，放了你徒弟，如今那里去了？"三藏道："他们到山洞与妖魔报仇去了！"樵子道："师父，依我二人计较：挑着经担，从溪岸前途去罢。冤冤相报，岂是出家人功行？"三藏说："二位之言极有理，我小僧也是这般计较，无奈徒弟们要扫清了这山洞妖魔，只得由他去做！"

话分两头。且说行者劝了两个妖魔，放了僧道出洞去了，美蔚君叫小妖整备了筵席，款待福缘君，便问道："老友怎说与猪八戒有些瓜葛？"福缘君道："只因我祖宗跟随唐僧做了入门徒弟，这个亲情友谊上来的。"美蔚君笑道："这不过是个同门的弟兄，怎么说嫡亲瓜葛？"福缘君道："老友不知。你听我说来！"乃说道：

论瓜葛，有着落，不是无情妄倚托。自从我祖入禅门，礼拜唐僧做行脚；登峻岭，走荒漠，八戒、沙僧同撮合。乌斯藏国与沙河，受度投师与发削。与我祖，情不薄，同上灵山登宝阁，取得真经保护来，师兄师弟相亲合。历高峰，逢猿鹤，感我祖宗垂度脱。劝回花果去藏修，口念如来莫作恶。礼真经，把善作，敬道隆僧无限乐。这门瓜葛岂无因？幸喜今朝相遇着。

妖魔听了，笑道："我两个正在此恨那孙行者，把老友赶逐回花果山，要拿倒他剐骨熬油！你原来不曾回山，却在何处？如今则认做祖宗，把那八戒、沙僧比作周亲！"行者道："老友息了这恨罢！我那老祖宗，闻得他神通本事高强，着甚来由与他结仇？"妖魔道："老友，你莫要管他。闻知唐僧坐在山冈，不敢前行。我这里已作准备，只等他来，再作道理。"便叫小妖大吹大擂，吃筵席。却说八戒与沙僧变了小妖，混入众小妖中。走到洞后，见桌上有馍馍、果品，乃问众妖说："这果品、馍馍怎不摆出筵席上与大王们受用？"一个小妖多嘴道："这是假变的毒物，等候唐僧来毒他的。"八戒与沙僧听了，暗偷了几个，送到妖魔面前。那两妖一时未分辨，吃了两个果品下肚，不觉的毒气攻心，那里作得住？起身就往洞后走。八戒、沙僧见了势头，忙对行者道："妖魔已被我们抵换了毒物发作，师兄何不动手？"行者听得，便跳入洞后；看那妖魔呕吐，吆喝疼痛，就现了原身。八戒、沙僧也现了原身，抢了洞中棍棒，杀将起来。妖魔见了，顾不得疼痛，忙掣了兵器，与行者三人斗出洞来。这场好斗！怎见得？

妖魔怒气发冲冠，行者雄心意不端。八戒咬牙怀毒恨，沙僧恶眼把魔看。那一边情同旧恨生嗔怪，这一边气忿填胸没转添。刀去枪来谁肯服？你想割心我割肝！

却说比丘僧与灵虚子伴着唐僧坐在山冈，见徒弟们去久不来，三藏一心只要从溪岸上前行，说道："二位善人，承你高义相伴，幸喜不逢妖怪前来。若是妖怪知我孤身在此，这经担、柜垛怎保？"樵子道："师父休使这疑心！你若从溪岸上行，这长溪名色甚多，妖魔藏聚极广。如今只得等你徒弟回来，再计较前行。”樵子正说，只见三藏望着空中，指与两个樵子看道：“善人！你看那山前树木之上烟云乱起，吆吆喝喝之声，莫不是我徒弟们在那里与妖魔战斗？你二位既与妖魔有半面之识，敢烦劝解两下里莫要相争，只求让我经文前去罢了。”樵子听得，随走到洞前，果见行者三人与妖魔两个战斗。

比丘僧向灵虚子道：“师兄，事势到此，我两个不得不扶助行者们灭此妖魔。只是我等以慈悲方便为门，伤这妖魔性命，于心未忍；不灭了他，这狞狰又可恶！事将奈何？”灵虚子道：“日前，报事使者曾叫我等敲动木鱼，自有神将来行剿灭。我们如今且不必敲木鱼惊动神将，我二人就变做神将，把妖魔恐吓走了，或是战败，与孙行者们灭了他，亦是成就了孙行者机变，猪八戒、沙僧报仇之心。”比丘僧依言，他两个即时变了两位金甲神将，现身半空，叫一声：“妖魔休得猖狂！犯我释门弟子。趁早皈命投降，改邪归正，如迷而不悟，看我天兵神将到此，只叫你胆丧灭形！”两个妖魔已是敌不过行者三个，又见了神将，畏惧起来，拖着枪刀兵器，往山前飞走。行者们随后赶来。那善庆君化个白鹤，乘风而去。这猩猩妖魔见势头不好，摇身就地一滚，变了一个兔子钻入草中，把地土穿了三个窟窿。行者停着步，向八戒、沙僧说：“我们追赶妖魔，他情急变了一只兔子，钻入草中；须是发动三昧真火，焚烧这岭上枯草，自然这妖精无处藏躲！”八戒道：“师兄，我说妖魔败走，赶将来怎么不见？原来他会变化！我们难道不会？我就变条小小蛇儿，钻入草中去寻他！”行者道：“师弟既举了此念，你就变化去！”八戒把身一抖，果然变了一条小蛇。但见：

赤溜溜细鳞光亮，紫威威小尾尖拖。双眸绿豆小差多，三寸身儿不大。

八戒变了一条小赤蛇，钻入草坡周围寻了一遍，那里有个兔子？但见草内有三个地洞。八戒个个地洞游进去找寻，费了许久工夫，不见兔子，只得走出草坡，复了原身。行者问；道："呆子！兔子捉到了么？"八戒道："那地下有三个窟窿，被我都游到，也没寻处。"行者道："是了，是了。只说我老孙行动捉妖拿怪用心机，这妖魔变了狡兔，又遗下三穴，他不知到何处去了？我们守此草坡何用？且去看师父，莫要孤身在山冈，被妖魔毒害！"八戒、沙僧依言，三个一齐走回。只因八戒钻那三个地穴，费了工夫，果然三藏坐在山冈，独自守着担柜。

却说猩猩妖魔变了兔子钻入草中，随向前坡出去，却离三藏处不远。他见了一个长老孤身守着许多柜担，想道："此必是唐僧。我被他三个徒弟杀败，那善庆君不知何处去向，众小妖料必被孙行者们残伤，我如今正好摄了唐僧到洞，再来抢夺他经担！只是兵器不在手中，又没个小妖帮助，怎么捉这和尚？也罢，照依我原来面目本事捉他罢！"乃跳出山冈来，到了三藏面前。三藏正身坐在冈上，眼望着徒弟，手捏着数珠，口口念经咒，不甚在意。忽然这妖魔上前，两手把三藏的数珠儿扯着。三藏惊慌起来，道："你是何物作怪，扯我僧人！"妖魔得了三藏之手，喜跃起来，不言不语，只是大笑不休，将有侵犯头面之状。忽然比丘僧二人变了两个樵子走到面前，见了道："老师父，此野怪猩妖，当褪了手上数珠，莫要使他扯着手指！"三藏听了，把数珠一褪。那樵子上前，把妖魔两足一拌。只见猩怪手捏着数珠，一交跌倒在地，乱挣不起；随要变化逃走，苦被那数珠子如铁索绵绳捆缚在地，那里挣挫的动？恰遇着行者三个回来，见了。八戒笑道："果然不出大师兄所料，师父一个被妖魔缠绕！"行者抢的妖洞大斧，举起来就要上前来劈。三藏忙止住，道："徒弟，当年叫你缴了兵器，正恐你们伤生，今日你们又何处取来兵器？妖魔固当剿灭，只是我取经回还这点方便之心，劝你暂且饶恕他。"行者道："师父，你固然怀着慈心，只是他来扯你的心肠，却也不善！幸亏数珠有灵，这两位善人护救，不然，徒弟们这时节向何处找寻师父去也？"八戒、沙僧也不等行者说毕，举起兵器，道："你这妖魔捆的老猪到快活！"沙僧说："我被他吊的到也颡松！"

两个就要下手，只见樵子向行者说："小师父，我闻此物作味，其唇最佳。我二人也是陪伴老师一场，你可饶他性命，活舍了我去，养肥了做一奇肴罢！"行者听了，呵呵笑将起来，道："我师徒感二位垂护之德，既是活要此怪，我们不伤害他生，却有一个计较，报他那假变毒馍、桃实之计，用个道力定住他，在此山冈，叫他永远不能挣挫！"樵子只得一笑，依着行者之言，道："但凭小师父的计较。"行者当时把口一喷，解下三藏的数珠，仍将一块山石压上妖身，口中念念有词。只见那怪毫不能动。八戒见了，大笑起来。沙僧问道："二哥笑是何故？"八戒道："大师兄前认祖宗，今又接代。"沙僧道："此是何故？"八戒道："他曾压在五行山，如今把妖压在长溪岭。"三藏道："徒弟们莫要闲谈，费了工夫，误了路程，趁早挑着担子赶路！"行者依言，一时三个挑起担子。三藏深谢那两樵子，于是看着那妖魔道："趁早洗心做些好事，超生入道，免使山冈大石压的不得翻身！"那妖魔方才开口叫道："圣僧方便，把这石埋揭去罢。"三藏道："业障！是你自作自受，不与我释子相干。"师徒四人乃辞了樵子，望山前大路而行。樵子看他们去远，复了僧道原身，腾空而起。猩妖压于石下，大叫："菩萨开赦我小兽，以后决不敢侵犯取经僧人也！"比丘僧与灵虚子一时动了慈悲，把石揭起。那妖翻身一纵，竟往山前去了。他两个腾空，依旧跟上唐僧师徒，远远望他们挑押柜担前行。

却说那善庆君原是鹤妖。他复了原形，一翅飞了五十多里，早见山峰下一座玄崖，崖下一个石洞。他展翅而下，仍变了隐士模样，走到洞前。只见洞内走出一个小妖，见了隐士，道："先生何处来的？"隐士道："你认不得？我乃是福缘洞善庆君，特来访你洞主。"小妖听得，忙进洞报与洞主，却是慌张妖魔。这妖魔立心奸险，遇事慌张，到也有些本事，就与长溪相邻交好。这溪中一个妖魔，乃是白鳗作怪，呼为孟浪魔王。他两个时常往来。此时正在洞中对酌，说起平日这慌张、孟浪，不得叫做豪杰英雄。只见白鳗怪说道："我昨日差黑鳗小妖到长溪岸头，探听可有甚么往来行客？擒捉两个儿，蒸煮受用。小鳗报说：'有西还取经僧人路过岸头，要径往此过。'守候了多时，不见前来。我如今要带领溪内小妖，前往岸头擒拿！不知老友计将安出？"慌张魔王笑道："你我正被别洞魔王笑说孟浪，如今不探听个虚实便往前去，又成了我慌张之名！我闻那取经的僧人乃是东土圣僧，来时跟随着三个徒弟，都是神通广大，本事高强。万一不量力，冒犯了他，叫做揽事上门，为害不小。且闻他取得灵山经文，这经文若是参悟了，大则成佛作祖，小则降福延生。我与你怎得见闻一两卷？料这慌张、孟浪，尽化为美德。"两个正讲，小妖报入说："福缘洞善庆君来访！"慌张魔王摇手，叫小妖回他："说洞主外出，不在家里！"孟浪魔笑道："老友人远来相访，如何拒人千里？"慌张魔道："此友原与福缘君自恃双清，不近我们凡俗。今日之来，正当拒绝！"乃叫小妖出洞回复道："洞主到长溪内与孟浪魔王饮杯酌去了，不在洞内。"善庆君道："我特为探知取经唐僧路过到此，报信而来，如何回我不在家内？"小妖复把此言传入两个妖魔。所以，慌张、孟浪便走出洞大笑，陪一个罪过，邀入善庆君进洞，便问取经唐僧事情。善庆君不隐，便把美蔚捆吊八戒，与行者战斗不胜，又被神将现圣，两个败阵事情，说了一遍。两个妖魔听得，道："老友！你到此何意？"善庆君道："一则报知二位，二则借力复他这一番之仇！"两个妖魔听了，便叫众小妖："各执了器械前去。迎着唐僧师徒，捉他的捉他，抢经的抢经！"善庆君笑道："老友，真真不是造次行的！那唐僧师徒智量高深，武艺精熟。只好设个计策，哄他进洞，把个法儿迷惑他们心志，乱了他师徒主意，方好擒拿他，要经卷；如不依从，捆缚起来，蒸煮受享，料他难逃性命！"慌张妖魔听了，说道："老友，若是叫我们设计，真是奇妙！只怕唐僧不来，若是来了，管教他入我计中。"善庆君道："你计将安出？"慌张魔道："如今我们采松柏，伐树枝，变化两间草屋在洞傍。善庆君，你可变作一个卖酒汉子；孟浪老友，你就变一个美貌妇女。待那唐僧师徒来时，乔装娇娆，引邪了他念头。那时，捆拿由得我们！"善庆君笑道："好计！好计！"

当下妖魔叫小妖采松伐树，果然变出两间草屋。善庆君变了一个卖酒汉子。孟浪妖魔变了一个妇女，真是变的娇娆！怎见得？但见：

乌云觯鬓，红粉搽腮。乌云掸鬓傍蛾眉，红粉搽腮描杏态。展双眸秋波清澈，簇两眉远山翠横。弓鞋步步衬金莲，翠推钿高高玉上玳。那里是酒家草舍女佳人？却原来石洞山溪鳗鲤怪！

毕竟这妖魔变了酒肆佳人，怎生迷乱唐僧？且听下回分解。

第八十三回

八戒误被邪淫乱　行者反将孽怪迷

诗曰：

为甚皈依三宝门？不贪酒色不沾荤。清心寡欲存真性，
种德施仁固善根。割断爱河无可恋，挥开慧剑岂能昏。
任他妖孽来迷乱，护得如来一点真。

话表唐僧押着马柜垛子，走着山路，望着溪流，道："徒弟们，自从离了大唐国门前往灵山，历过了多少山川，经过了无限苦难，那时还是个空闲身体，无有挂碍。如今有这许经文柜担，甚是干系在心。无奈——

走山山有怪，行水水多妖。不是飞禽阻，偏逢走兽嚣。家乡尤尚远，辛苦怎能消？流水高山望，添来步步焦！"

行者听了，道："师父，出家人行到那里，便由他那里。只是你老人家多心，走着山，望着水，巴不的一步到国门。怎知心越急路益远？当年来时，空门身体，只为无挂碍，却有磨难。如今有经文在身，仰仗

道力。虽说一路回还，飞禽走兽也成一个精，作一个怪，但非当年那些凶狠有名妖魔，费了我徒弟上天下地，盘山赴海，请神求仙驱除，荡涤容易，到得今朝。便是如今逢山过溪，遇着些妖魔邪怪，第一是师父乃一家之主，多这一番忧煎挂碍，便生出山精水怪；再加的我老孙为师父与经文，使出个机变心肠耍子，便就着识者说破，到处种种遇着妖魔；便是八戒、沙僧动了一个私心，便生出个邪怪儿来。”三藏道：“悟空，你说的果是，此后各人都要正了念头。想我当日在灵山取经时，原说至诚心取；如今只守着这一点，做个一家之主罢！”八戒道：“当日我们取经，原说至诚老实，自无妖魔。都是你机变生出来的！如今我只守我老实，看有甚么妖怪？”行者笑道：“呆子，你看前边草屋，挂着卖酒招牌，便是妖怪！”

八戒把眼望前一看，笑道：“猴头真真捉弄我老猪！天下那个山城水郭，野店村乡，不有个酒家？怎么，一个山溪大路上，便见村酒野花，也不为怪。”行者道：“我们少不得在此歇力，你敢到他店中走一走么？”八戒道：“我老猪肚中正饿，若是卖酒之家有素面饭食，便走入店中吃一顿，有何相碍？”三藏道：“徒弟，我正饿饥了。且扯着马垜，歇下经担，便是溪水也汲些来吃！”行者道：“师父吃水则可。”八戒道：“吃水也要借件碗盏去取。”三藏说：“我们现有椰瓢钵盂，又何必借碗盏？”行者早已知八戒的意思，要到酒店中寻素食去吃，乃凑他个趣儿，道：“师父！椰瓢器小，不够我们吃，须是借个大家伙取来，方够用。”八戒听得飞走，说：“待我去借了来！”三步两步，走到店中。

抬起头来一看，只见一个汉子当垆，叫道：“长老，屋里作耍。吃酒么？”八戒道：“店主，我们是出家僧人，不吃酒，不茹荤的。若是有素面饭食，肯布施便斋我和尚一顿，若是不方便，我也不敢强求。但有大家伙，借了取些溪水，与我师父们吃。”汉子道：“素面饭食尽有，木桶盛水也便，长老可进屋内来取！”八戒方才进了屋。只见屋内走出一个妇女来，叫道："长老要水桶，可进里边来自取，素食也有在此。"八戒一见了那妇人娇娇娆娆，便不觉把老老实实心肠，更变了个懵懵懂懂，走进屋来，道："女善人，你今年多少青春？"妇人道："二十五岁。"八戒道："才像个二八佳人。"妇人道："承过奖了。这几个点心，长老肯用么？"八戒道："用的着。"妇人道："要用，可进我卧房来！"八戒那里是贪色？只因贪那面饭，老实做了懵懂，走入房内。被那汉子闯入房来，道："好和尚！如何走入人家卧内调戏人妇女？"那妇人也变了脸，胡厮赖。屋后又走出几个小妖，不由八戒分辩，把绳索捆将起来。八戒要使用法力逃走，那里使作的出？皆因贪邪迷乱，被妖魔计陷屋中，昏昏沉沉不省人事。

却说三藏见八戒去久不见出店门，道："悟空，八戒又不知进酒肆借家伙取水，不见出店来，想是贪图人家斋饭？只怕酒肆中家伙不洁，若是吃他斋饭，怕沾了糟气，破了他八戒之名！"行者道："呆子行动只说他老实，只怕遇着不老实妖魔。"沙僧笑道："大师兄，你说八戒老实，遇着不老实妖魔；依我说，但恐八戒不老实，被妖魔老老实实捆倒了！"

行者道："师弟，你如何得知？"沙僧道："我看那酒店屋上妖气飞腾，有些不祥。多是八戒在下有甚话说？"行者把眼一望，笑道："师弟你见的不差。待我去探个信来！"沙僧道："师兄，你此去莫要老实，只怕妖怪不老实！"行者说："我自有机变。你可守定师父与经担，我探听去来。"行者走到酒肆门首，只见当垆的汉子见了行者，道："长老要吃酒，请入屋来！"行者只听了这一句，想道："八戒中了他害，决无疑也。老实和尚怎经的他这一声'请'字儿？"乃答道："店主，我小僧酒便吃，只怕你无肴！"汉子道："肴品且多，凭长老要吃何物？"行者道："却要美味佳肴中我意，爽我口，我方才用。"汉子说："长老，甚么美味佳肴才中你意、爽你口？"行者说："我要——

煮猩唇和烧豹胎，煠鹦舌搭炒鹤腮。龙肝凤髓将就用，大海鲸鲵脆骨骸。”

汉子听了，道：“你这长老却也跷蹊古怪！要吃的肴品那里去寻？”行者道：“别物没有也罢，仙鹤的腮儿，鳗鲤的骨儿，难道这两样也没有？”汉子叹了个“仙鹤腮”，忖道：“这和尚莫非知道我们变化迷他？故意难我？我只得哄他进屋，把那美人计迷乱了他，再作计较。”乃说道：“长老，你要鳗鲤脆骨，屋里尽多，你可进屋自去取用。”行者便走入屋内。只见那女卖个娇娆道：“长老！你要吃鳗鲤脆骨，尚未下锅蒸煮。”指着八戒，道：“这便是鳗鲤在此！少待下锅，蒸熟了与你下酒。你可进我屋来，与你说几句风流话。”行者一见了八戒被捆着在屋，昏昏沉沉如中毒的一般，乃叫一声：“八戒！你忒老实太过，总是被孟浪、张狂迷了。真经虽在担内，义理却在你心头。快正了念，把法力使出来！再过时刻，只怕妖魔拿你作鱼鲜脆骨了。”八戒被行者一声叫醒，睁开了眼看见行者，道：“大师兄，我好惶恐，你且与我解了绳索！”行者忙去解索。那妇人尤自叫行者进房说风流话，被行者大喝一声，道：“青天白日，妇女不守节操廉耻！我等是何人？你捆一个叫一个，我知你非酒家之妇，定是邪魅之妖。我的金箍棒可恨缴库，若在手中，怎教饶你？”八戒道：“师兄莫要说恨字，又动了恨心。”行者道：“解了你捆，不使出本身法力，且说我动了恨心！”八戒听得，便把那妖妇也大喝一声，道：“无耻淫泼！我出家人且不打你，自有人来处你！”八戒说未毕，那妇人吆喝起来，屋外便走进变汉子的，小妖齐嚷起来：“好无礼义！怎么走入屋调戏人家妇女？”顷刻只见一个凶恶大汉，正是慌张妖魔变来，手持刀斧，走入草屋，叫道：“店小二何事喧闹？”见了行者、八戒，方才要举斧，行者、八戒使出法力，乘一个空跳出草屋，呵呵一笑，走回三藏面前，便把八戒被捆，汉子、妇人的事情，说了一遍。八戒惶恐遮羞，沙僧与行者更加笑他。三藏道：“徒弟莫要嘲笑，八戒他本是个老实守戒的真心，只因他前劫使酒动了邪淫，这劫来时高老庄又犯戒，是这一段根由招惹这宗妖孽。且问你：那凶恶大汉定是卖酒店主？想这山溪路道，多有不良之人，故作胡为，挟骗过客。你两个既落了他计，又乘空跳将出来，他怎肯干休？必定伙同地方前来寻你两个。纵他不来寻你，我们要从他店前路过，如之奈何？”行者道：“师父放心！我看此地僻静荒凉，那有个酒肆？况且西还善境，怎得个淫妇？必是妖魔假设，要迷乱我等禅心。八戒老实，被他愚弄；我老孙怎放的他过？师父且坐在此，待徒弟使出机心，找他个根脚前来。”三藏道：“悟空，机心由你，只是要到处行些方便！”行者笑道：“师父你不知，我徒弟：

机心机心，作用甚深。但除酒色，绝去贪淫。腾云驾雾，入石穿林。遇妖即捉，逢怪便擒！若行方便，须魔不侵。”

行者说毕，一个斤斗打入酒店。他却隐着身走进屋内，看那妇人如何妆娇卖俏？这凶恶大汉为甚执着刀斧前来？可真是故作胡为，拐骗过往行客之计？恰好，行者与八戒跳出屋，那大汉与汉子、妇人故意把屋门掩上，在里边复了原形，三个都是妖魔假变。慌张魔道：“已把长嘴大耳和尚拿倒，却被那毛脸和尚救解了去。”善庆君道：“看此光景，两个和尚俱不可以酒色迷乱，当设别计迷他！”孟浪妖魔道：“和尚家不贪酒色，难道不爱钱财？待我两个假变行客，拾了路遗金宝，那和尚必来争夺。你可变作失金原主，他若迷乱了真心，便好拿他进洞！”慌张妖魔大喜，道：“此计甚妙！”乃走出屋门，取两块石头，假变了两锭金宝，在那大路上等候唐僧师徒前来。那里知行者隐着身，在屋内备细看了，是三个妖魔。又跟着他设这遗金之计。便自己先使出机心，道：“妖魔要我们来争夺遗失金宝，他此计算错了！怎知我师徒是：

久炼禅和释子，酒色财气俱忘。明心见性万魔降，争夺不存心上。”

行者一面自夸，一面设出个机变，道：“妖魔把酒色财来迷乱我师徒，待我们一相争夺，便动起无明烦恼，气从此生。我如今先把这四宗儿耍他一耍！”摇身一变，变了一个女子，头上戴着珠翠首饰，手里携着一瓶美酒，从山下走将上来。那三个妖魔一齐见了，忙走上前。慌张魔便一手扯住，道：“小女子那里去的？”行者答道：“过山看娘家去的。”善庆君问道：“瓶中是何物？”行者答道：“是一瓶玉香酒。”孟浪魔便去摸女子的头上金银珠翠，道：“小女子如何戴这许多首饰？”行者答道：“我婆家巨富，下的聘礼是这样多。”三个妖魔你扯我拽，道：“大家有分。”慌张魔道：“凡事让长，把女子让我。你二位，一个要首饰，一个要酒罢。”善庆君说：“首饰是死宝，我要活宝。”孟浪魔说：“瓶酒值几何？我要女子，值的多。”三妖乱争，动起怒气。行者故意说道：“青天白日，你这三个人怎么劫掠人家女子？”妖魔道：“高山峻岭僻静荒凉，有谁来往？那顾得你？”行者道：“你们既不顾我，我到娘家没有这首饰瓶酒，怎生答应？你看：那路上金宝许多，却不去取，乃来劫我！”妖魔道：“路上金宝怎如你这活泼宝贝？”行者道：“既是你这说，若把那金宝与了我，我携到娘家也有的答应，这首饰、瓶酒便随你们取去罢。”那慌张魔听了，忙把路上金宝拾将起来，递与行者。行者笑道：“你三个休起骗心来哄我！两块石头，如何是宝？”往地下一掷。孟浪魔笑将起来，道：“一个小女子欺瞒不过，如何哄得唐僧？”慌张魔道：“没管他石头，金宝，只是要让我这女子！”孟浪与善庆魔两个道：“大家在此遇着的，如何让你？”慌张魔乃发起怒来，说：“不羞不羞，你一个是福缘洞战败的白鹤妖，一个是长溪水内白鳗怪，怎夺得我当坊大洞老魔王！”三个妖魔只因行者这个机变，便怒气相争。笑坏了个行者：识破了妖魔假石变金之计，反迷了他三怪酒色财气之心。不觉自己一笑，现出原身，是一个毛头毛脸猢狲像的长老。鹤妖认得是孙行者，对两魔道：“这原来是孙祖宗！休要惹他罢。”一翅往高峰飞去。那慌张魔与孟浪魔道：“久闻说唐僧有个大徒弟叫做孙行者，小家子极会装假弄虚，今日果然。我们也见了。快叫小妖取了板斧来，与我较个输赢胜负！”行者手无寸铁，听得妖魔叫小妖取板斧，便一个斤斗，打到三藏面前。

毕竟师徒们如何过这山路？且听下回分解。

第八十四回

拔毫毛抵换板斧　仗慧剑斩灭妖魔

话说行者一斤斗打到三藏面前，把妖魔事情说出。三藏道："徒弟，妖魔要以利欲迷乱我们，反被我以利欲试出他来历。看起来，这一路都是些飞禽走兽为妖！"行者道："师父，你来时有八十一难，皆是你本来未得正果，应有这魔难化现，叫师父受尽了无限之苦。如今取了真经，功成行满，不过是客路回还见了的山光水色。这一段情景，再加之师父耳听之而成声，声即为妖；目遇之而成色，色即为怪。世间草木禽兽，皆眼前变幻。只要师父端了正念，任他当前，但苦了徒弟，费了些机变心肠！"八戒道："大师兄，挑着经担走路罢，还要讲甚么机变？正为你费了许多机变，叫我一路受几处捆吊。如今腹中饥饿，口中焦渴，且上前寻一处洁净所在，打点些水、饭，解这饥渴！"行者笑道："呆子，前面酒店里到洁净。"八戒说："你这猴头只要揭人短处！"

按下师徒挑押柜担前行，且说比丘僧与灵虚子两个，在山峰顶上远远看着唐僧师徒歇下担子，八戒到酒店借取水家伙这一番事。比丘向灵虚子道："师兄，我看此酒肆气焰上腾，分明是一种妖魔变化，又阻拦唐僧经担，迷乱他师徒禅心。我与你及早点破了他，莫使中了妖魔之计。”灵虚子道：“我们有保护真经之责，当扫灭妖魔，破了他迷乱唐僧之计。只是猪八戒动了不老实心肠，勾惹邪淫，且看他自家正念！待等孙行者机变何如，再作计较。”比丘僧依言。他两个远远看着行者与八戒使出法力跳出草屋，又看见行者变女子骗哄妖魔，甚是夸奖行者智能妙用。少顷，只见唐僧师徒挑押柜担行路，将次到酒店草屋前过。灵虚子道：“行者、八戒固然闹了酒肆，识破了妖魔，他如今草屋尚在。万一唐僧被妖魔又设出一番奸计，乱了禅心，又慢了经文，如之奈何？待我显个手段，把妖魔草屋焚烧，妖邪驱逐，让唐僧师徒好奉经文前进。”比丘僧说：“师兄主裁甚高，但宜速行。他师徒将次到也。”灵虚子口中喷出三昧真火，焚妖魔变化的酒肆草屋，焚个干净。那鹤妖早已逃去。只有慌张、孟浪二妖正被行者诱哄老羞成怒，只望他师徒到草屋中，又设一番迷乱之计，不匡草屋被灵虚子火焚。

他两个执了兵器，变了凶恶大汉，带领无数小妖摆列山前。正遇唐僧师徒到来。两妖见了，大喝一声，道：“挑担和尚慢走！早早把柜担献上前来受捆，若还迟了，你看我两个手中何物？”唐僧见了，道：“徒弟呀，若是妖魔，你们各有法力驱除。看这两个凶恶形状，多是劫掠强人。真真的你们缴了兵器，无寸铁在手。你看他那板斧明晃晃的，真个怕人！”行者听了，笑道：“师父，你老人家此时也乱了念头，想起兵器来了。假如徒弟们的兵器不曾缴库，尚在手中，这时遇着强人，你老人家每每叫我方便。如今你反想起兵器，是何心哉？”三藏道：“徒弟，我说兵器，非是要你灭妖，乃是要你镇怪。他见你有兵器，必然怯惧，若是妖魔有怯惧之心，我们便有保全之处。没有兵器，难必保全！”行者笑道：“师父，要兵器何难？徒弟满心都是兵，一身都是器！”八戒笑道：“猴王说天话！你心是血肉生来，身是皮毛长就，怎说是兵器？”行者道：“呆子，你那里知我胸中甲胄原非铁，心内干戈不用枪。一十八般皆武艺，任他妖怪怎能当？”

八戒道：“闲话休说，你看强人狠恶形状，拿着板斧，怒气凶凶！你说兵器不难，此时便会打斤斗上灵山，也要等开库取你我的宝贝；便是那里去借刀枪，也要认得个相知。缓不及事，真是空头架子，只好哄师父。”行者道：“呆子莫要多说。你会使甚么兵器？待我取来。不待你咳嗽一声，就有。”八戒道：“我老猪原只会使钉钯，却要九齿锋利的！”行者说：“就替你取了来。”暗地里把毫毛拔了一根，变做一把九齿钉钯。那八戒忙忙的咳嗽一声，道：“钉钯在那里？”行者道：“山坡下不是钉钯，却是何物？”八戒把眼向山坡一看，只见一把钉钯。他忙取在手，笑欣欣道：“我的宝贝呵！久别多时，今日相见。”他拿在手中，随舞了个三路，开了个四门。沙僧见了，道：“大师兄，顺手儿何不把我的宝杖也取了来？”行者依旧拔根毛，变了宝杖在山坡下，道：“沙僧，我替你也带的来了，在山坡下，自家去取。”沙僧一眼看见，也取得在手。行者忙变了一条金箍棒，拿在手中。他三个走近妖魔前面，行者看那两个妖魔变的凶恶，但见：

一个獠牙青脸，一个尖嘴捞腮。赤发蓬松头上，金睛努出眼来，鼻孔倒翻上卷，髭须横乱排开。两个高声大叫，好似破锣破鼓齐筛！

妖魔见了行者三个各执着兵器上前，便叫道：“是那个诱哄我魔王的？快出来领斧！”行者便上前，道：“我孙祖宗诱哄！你便出来，你敢赌斗么？料你那劈柴的斧头，怎了当我的金箍大棒？”孟浪妖魔笑道：“你那金箍棒，我曾听得是龙宫得来的，能大能小，大如粗杠子，小似绣花针，前已缴在灵山。如今是那里借了来的擀面杖？你如能把他变化，仍旧似当时大小，我魔王便不消与你赌斗，就拜下风算我输，请到我洞中，款你一顿斋供；若是不能变大变小，定是假借了来哄我，须要吃我一下大斧！”行者笑道：“好妖精！你道我这金箍棒是假的，你看我叫他大！”乃执在手中，叫声：“大！”那里大？叫声：“小！”那里小？行者心中慌了，道：“这毫毛不听我使令，怎么处治？”八戒见了，笑道：“大哥，妖魔利害，比你的机变又深！这金箍棒弄出假来，我的钉钯也要糟了。”行者见棒不变，心下一慌。那慌张妖魔便一斧劈来。行者一个斤斗，跳在半空。八戒与沙僧估着钉钯、宝杖是假，忙向经担上取下禅杖来，抵住妖魔两个板斧。他四个两对儿撕斗。好斗！怎见得好斗，但见那妖魔：

明晃晃齐挥板斧，雄纠纠各逞威风。沙僧、八戒俱枭雄，禅杖遮搪无空。一边似高山猛虎，两个如大海苍龙。只斗的太阳西下月生东，那妖魔方才回洞。

却说行者不曾提防妖魔说他金箍棒假，一时展转不来，几被妖魔斧劈！他一斤斗打在半空，看八戒、沙僧拿着禅杖抵敌。他也要下地来取出禅杖打妖魔，忽然想道：“老孙一生不仿效别人，便是拿了禅杖去斗，看这两妖利害，也不能取胜；且看八戒、沙僧与妖魔一个对一个如何光景？再作计较。”只见他两对儿撕斗，看看日落，也没个胜负，真个那板斧钢利。行者待妖魔罢斗回洞，他隐着身走到洞口。只见妖魔进了洞，叫小妖紧闭了洞门。行者不得入，乃变了一个萤火虫儿。但见他：

一黍微肢体，两翅小小飞扬；尾上一点似灯光，曾照囊吟亮。

行者钻入门缝，飞到洞里，见两个妖魔坐在上面，叫小妖摆开桌子，排开酒肴。慌张魔说：“老友辛苦，吃一杯得胜酒！”孟浪妖说：“相斗到晚，各自罢斗，那分胜负？”慌张说：“不是老友识破了他金箍棒假，怎把孙行者战败？”孟浪说：“不亏老友板斧利害，那孙行者怎肯脱逃？”慌张道：“明日与那两个和尚相斗，有个计较，先把他禅杖斧劈了！他无兵器，料是必输。”孟浪说：“今日只因斧钝，劈不断他禅杖。若是明日，须叫小妖把斧磨快，方才劈得。”慌张道：“有理。”乃叫小妖：“取出板斧来，好生磨快！”小妖听得，走入洞后，取出两把板斧。行者一见了，机变就生，待小妖取水石去磨，他拔下毫毛，假变了两把板斧，抵换了他斧。藏隐在洞中，却不得出洞。千思万想，自叹计穷：“只等那洞门开时方拿得出，如何得开？”想了一计，仍变虫钻出洞外，到了三藏面前。只见三藏与八戒们黑夜打坐山冈，谨守着柜担，正说：“行者的兵器被妖魔识破，如今不知在何处？这两妖板斧利害，明日若斗，我们禅杖不过是个木器，如何抵挡？”行者笑道：“我也能叫妖斧缺钝无用。”三藏听得是行者声音，乃睁开眼，看见行者回来，便问道：“徒弟，你何处去？你久不见来，叫我系心。如今妖魔利害，他两个虽敌斗一日不分胜败，只恐明日再斗，禅杖当不住利斧。”行者道：“师父放心。我老孙有本事，叫他利斧当不住禅杖！”乃向八戒、沙僧耳边说了句悄语低言，他两个随悄悄跟着行者前行。

到得洞前，行者仍变了小虫钻入。只见两妖盹睡，众小妖把守甚严。假变的板斧，妖魔取入洞内，真板斧却藏在洞间。忽然，洞外八戒、沙僧喊叫起来，道：“洞内狗妖魔，臭精怪！你敢夜战么？”行者假变作小妖，叫道：“魔王，唐僧徒弟又在洞门外讨战。”慌张两魔忙取了板斧，开得洞门，走出来道：“你这野秃！日间得了性命，这夜间正该养些精神，明早来领板斧！如何不审己量力？黑夜上门，自送性命！”行者待妖开了洞门，已把真斧偷藏出去，递与八戒、沙僧各拿在手，道：“妖精！我等要清平了山路，挑押柜担前行，等不到明日，怕迟了时日，费了工夫！”妖魔那里管个黑夜，举起假斧就来劈。只见那斧如一毛之轻。睁睛一看，道：“不好了。板斧作变，必是孙行者抵换去了！”乃奔走入洞，紧闭了洞门，叫小妖过来，拷问：“磨的钢斧怎么变作毫毛？”

小妖把毫毛一看，道："魔王，小妖们看这毫毛却是两根，猴子身上生的。"慌张魔道："是了。我久闻孙行者能拔毫毛变化。他既能拔毛，我当年也会，炼得有神通，且拔两根变化来看！"孟浪妖道："老友，你会拔毛，我也会剥鳞。且请问老友，拔毛何用？"慌张魔道："乘着孙行者三个在洞前讨战，待我拔三根毛，变了他三个，到唐僧处挑了他经担，前来洞中。那时权柄在我手，他拿我板斧来换，让我留难他。"孟浪魔道："老友此计甚妙！"慌张魔遂拔了三根毫毛，叫声："变！"不防行者见妖魔奔走入洞，随隐着身跟进洞里，看妖魔也拔毛叫变，他却弄个神通，吹了一口气在他毛上，仍变了三只獐子。但见：

一个头如麝鹿，四只蹄类豺狼。跳钻不定果慌张，仍是妖模怪样！

孟浪魔见了，笑道："老友收了毛上身罢！变化不的，依旧是原身形状。"慌张魔道："老友，你能剥鳞变化，且变来一看。"孟浪魔依言，剥下三片鱼鳞，叫声："变！"行者又吹了一口气在他鳞上，依旧变了三条小鳗鱼。但见：

身似白蛇三尺，尾如秤杆一条。光油身子不生毛，只会钻游不跳。

慌张魔见了，笑将起来，道："不济，不济，想那孙行者不知是何处得来那个师学？他有这样神通本事，我们怎斗的过他？"孟浪魔道："此事容易计较，想我当年有个家主名唤大鲲王，只因他能变化，乘风万里，化了一个大鹏上灵山去了，遗下几个子孙号为六鲲，在此长溪养性，思量也要超出六道轮回。前日闻他说：'不得上灵山见闻圣道，怎得超腾？'如今若听得有取经僧人西还，见挑押着宝藏真经，他怎肯放过这山溪道路？我如今且到长溪，传言与他。料他们积祖遗留的神通本事，那里怕甚孙行者？”

行者隐着身听了，笑道：“原来都是些不算数小家子妖魔！若像当时老孙把他家主祖宗都扫荡个干净，任他去传言；但只是闻此赛巫高峰联络长溪，接连被这小妖缠绕，阻拦我经卷，扰乱我师父禅心，费了我老孙们工夫辛苦！我如今欲待开了他洞门，叫八戒、沙僧持了他真斧，把这不算数的妖魔劈杀，只怕背了师父方便之心，又非缴金箍棒之意。”行者思想了一会，走出洞来，向八戒、沙僧道：“妖魔原来慌张、孟浪！敌斗不过，闭了洞门逃走去了。我与你且回复了师父，待天明过此山冈前去。”八戒、沙僧依言走回，见了三藏，备细把行者抵换板斧情由说了一遍。行者又把妖魔计较传言小鲲，要见闻圣道，欲求超脱的话，说了一番。三藏道：“徒弟们！板斧抵换将来在何处？拿来与我一看。”八戒道：“这黑夜看他何用？况且我们没了钉钯，正好得此降妖灭怪！”三藏说：“徒弟们！快把此斧埋入山冈土内，莫要带他前行，这器械原与我经文不容并行的。”行者道：“师父，你老人家真有些偏见，只要行你方便。不过妖魔阻着真经，正用着这斧！”三藏道：“悟空，你岂不闻‘我自有慧剑灭那妖魔’？”行者颖悟最敏，随答应道：“师父教诲的是。”乃向八戒、沙僧腰间取出板斧，埋在山冈土内。师徒们且定心打坐山冈，直待天明走路。

毕竟如何过此慌张洞去？且听下回分解。

第八十五回

灵虚子辨香烟气　孙行者抠怪眼睛

诗曰：

人心孟浪与慌张，都从燥妄作妖狂。
慧剑纵然能扫荡，宝经一卷尽皆降。

却说比丘僧、灵虚子两位圣师，为唐僧师徒放了三昧真火，把妖魔假设草屋焚烧，坐在高峰，用慧眼看着行者抵换板斧，战败了妖魔，心中大快。正在那峰头东顾西看，比丘僧道："师兄，这途路悠长，溪山联络，洞谷幽深，妖魔藏隐，都是孙行者当日取经设了这一种机变之心，就动了这山川之险。何时方才平坦，保护真经到了东土，完了我二人之责？"灵虚子道："师兄，十万程途，终有到日。但愿唐僧师徒不变了至诚恭敬，那孙行者机变不要亵慢背了真经，便是我们也早早回灵山，成就了功果。"正说间，只见一只白鹤飞到高峰，变了一个隐士，坐在那峰石之上。比丘僧见了，向灵虚子道："师兄，你看这个隐士兀坐高峰，到有些道行。"灵虚子答道："师兄，你看他正则为道，邪则为妖，何不把慧眼观他个邪正？"比丘僧依言，把慧光一照，道："师兄，他原来是被孙行者以四事点破了他，逃禅到此。虽然他变幻为妖，却飞扬上下，这高山长溪道路必熟，禽妖兽怪藏处必知。我与你且问他个通行大路，好保经文前去。"

灵虚子依言，走上峰前，叫一声："隐士稽首！"那隐士忙忙答礼。灵虚子又问道："不敢动问隐士，道号何称？住居何处？"隐士道："我乃善庆隐士，自号为善庆君，住在山冈之下。偶见洞天清彻，云树苍茫，来此一眺。二位有些熟识，莫非昔日掷桃实作蛇蝎者乎？"灵虚子笑道："君不说，我到也忘了。君既说，我便知你曾游三岛，声彻九皋。不向灵山听些道法，却在峰顶做此栖迟？"隐士听了，低头不语。比丘僧说："师兄你休要嘲讪隐君，但求指我们一条正道，莫要引入傍途。且问隐君：我们东顾西望，见许多高峰叠叠，流水滔滔；过此许多程途，方才到州邑郡县？"隐士道："二位既抛却疑心，从正问我。此山名为赛巫峰，不止十二长溪水绕，到处有名。当年来往商客，坦然行走。只因东土来了几个取经僧，把一路妖魔扫荡，遗下了些小妖孽怪，在这溪水、洞谷之间。闻说取经僧人回还，取有真经，有的要求圣僧超脱，有的要诵开经文，不意僧中有个孙行者，机心变幻，手段高强，一路前来，专要剿灭妖魔。故此溪洞中有几个妖魔备办几桩神通本事，待那唐僧的徒弟们前来，定要拿了他，或蒸或煮受用，还要抢夺他的经文。"灵虚子听了，道："隐君莫非也是孙行者打败了来的么？我劝你藏隐溪谷，养性修真，做一个清白高人，莫要惹那东土圣僧，这孙行者变化多能，利害，利害！"

鹤妖见灵虚子参破了他，依旧一翅，直飞到慌张洞来。见慌张魔独自一个坐在洞中，乃问道："老友，如何独坐忧闷不乐？"慌张魔说："老友不消讲了！我当初只因不自量力，慌张、孟浪与那孙行者打斗，谁知他变化多能，板斧也抵了去，我的变化也弄不来。如今孟浪魔王远去传言他结交的六鲲魔王，虽然那六鲲魔王有祖传的本事，怕不远来帮助我们，便是远来，只恐唐僧过山去了。我如今欲抖擞精神，出洞与唐僧们决一胜负，料一手独拍，虽疾无声，就是俗语说的孤掌难鸣；欲闭了洞门让他过去，此恨又不能消！”鹤妖听了，道：“老友，我有一言劝你，不知你可听我？前知那孙行者利害，故此飞逃于山峰之上，恰遇着两个僧道，他再三劝我藏隐山谷，养性修真，做一个清白高人，莫要惹那孙行者，说他利害；又想道唐僧取得真经，本是超凡入圣道理，我们何事阻挠着他，不如好好迎接，拜送他过山去罢。倘唐僧有个方便度化之心，我们皈依了他释子，也免堕三途六道！”慌张魔听得，低头沉吟。鹤妖笑道：“老友，早若沉吟，不与孟浪作交，岂至于此？”慌张听了，道：“既老友有此意，我们当备下炉香，守在洞门，专候唐僧师徒前来。”

却说灵虚、比丘听得隐士说，山峰溪水藏聚妖魔，要夺唐僧经文，乃相计议，在唐僧们前路探听实，可除则先除了，以防抢夺经文，坦然放心行路。他见鹤妖一翅仍回慌张洞，少顷香烟缥缈，直到高峰。他两个闻此香气，乃相计议。比丘僧说：“妖魔焚此清香，莫非设计引惹唐僧进洞，又要逞弄妖心？我与师兄既欲前行探妖魔虚实，当先从此洞。”灵虚子道：“焚香表敬，料非妖气上腾。或者是妖魔回心向道，实因我与师兄说透了那善庆君去也。”比丘僧说：“妖心难料，我与师兄前去试观。”两个乃变了唐僧与行者模样，下峰。走到洞前，闻得洞内香烟喷出，真是不同。怎见的不同？但见：

一道香烟似彩云，浮空忽变作妖氛。彩云蔼蔼香喷鼻，妖气腾腾臭味熏。

灵虚子见了香烟不同，乃说道：“师兄，你看香烟气味邪正交喷，想是妖魔心便向道，犹持在两可之间？师兄既变了唐僧模样，你先进洞，试那妖魔心意；我变行者随后，但看妖魔真假。”比丘僧依言，变了唐僧走进洞来。小妖忙报说：“洞外来了一个相貌堂堂僧人。”鹤妖听得，道：“此必是唐僧！”乃手执炉香，与慌张魔迎出洞来，那鹤妖屈膝跪下，道：“山林荒谷何幸，得蒙圣僧下降。”假唐僧道：“村野小僧，误造仙居！”鹤妖一面迎拜，一面请唐僧上堂。那慌张魔左顾右看，道：“闻知圣僧取了真经回还，如今这经文见在何处？”假唐僧道：“都是小徒们挑的挑，玉龙马驮的驮。”慌张魔道：“闻知圣僧有三位高徒，那一位神通本事高强？”假唐僧道：“论本事都高，说神通有个孙行者却大。”妖魔道：“果然。闻得圣僧一路前来，真亏了孙行者保护着你。但我等无知，冒犯了他。倘圣僧开方便之门，宽宥我等，仍乞转谕高徒：除了以往不究，不念旧恶，容我等拜入法门，亦是功德！”假唐僧笑道：“隐君早若有此高意，也免使小徒冒犯。但小徒平日也是个宽洪大量的，说过便罢。隐君既有此意，我徒孙行者见在洞外，未敢擅入。”鹤妖听了，便飞走出洞来，迎接行者。

那慌张魔也随出来，见是孙行者在外，躬身相迎，请行者入洞，也叙了些宾主之话。他却慌慌张张，向小妖耳边悄语：“如此，如此。”起身入洞后，把个小妖变了他身，出堂随着鹤妖行礼。他却带领了几个小妖，没有板斧，执着些棍棒，从洞后门直奔上大路来；叫小妖探看：“唐僧经担歇在何处？趁唐僧与孙行者两个在洞，料猪八戒、沙僧只顾的他担子，那玉龙马垛没有唐僧押着，行者经担没人挑，小妖们务要打起精神，抢了到洞，岂不美哉？”

慌张魔与小妖计议未了，只见山冈下唐僧师徒挑押经担前来。慌张惊异道：“小妖们，这事不谐。怎么唐僧师徒齐齐走来？那洞中走来的，却是那个？莫不是识破了我的计较，故此回去挑押担子。不知从何处过来？”小妖道：“魔王在上：我等也闻知孙行者神通广大，莫不是和魔王一般主意，也变了假身在洞，真身却在此处。大王既至这里，好歹上前，使个大神通法力！待小的们帮助，打起精神，明明的抢夺他经担，岂不是好？”慌张魔依言，摇身一变，变了个五头九臂大魔王，手里执着九般兵器，拦阻山冈之前，大声喝道：“来的莫非唐僧么？快把经担献来，饶你性命过山，如若迟延，休想放你！”唐僧一见了那妖魔：

五个大头生项上，九肢臂膊出身间。十只环眼齐睁着，龇牙咧嘴喷黄烟。

唐僧见了，惊怕起来，道："徒弟们，这却是甚么妖精，如此凶恶！"行者笑道："师父放心，莫要惊慌，看徒弟降他！"乃变了个小小孙行者，破头烂额，一只眼，两手只得三五指，跛着足，仰看妖魔，道："妖魔！老孙在此，何乃大惊小怪？"妖魔看了，笑道："你原来是孙行者的替头，也敢在我魔王面前耍嘴！"行者道："妖魔！你怎说老孙是替头？"妖魔道："分明唐僧与孙行者到我洞中，我那善庆君信了他，投拜他两个入门，你却假扮孙行者抵挡，看将起来，连唐僧也是假装！"行者笑道："妖魔！你不打自供也。看起来，这大头大脸、多手多脚，原来也是假变将来，恐吓我老孙的。休要走，看老孙抠你眼！"乃跳上妖魔五个头上，抠他十只眼睛，慌张妖魔一时遮救不来，搪了这只痛，又顾不的那只疼，把九个臂膊丢了兵器，护那眼睛。众小妖见了，打起精神，一齐上前，来奔捉唐僧。被八戒、沙僧舞动禅杖，打得那些小妖：

落花流水两无情，丧胆消魂都没命。

慌张魔见小妖败走，自己又被行者抠眼，他越变的大，行者越变的小，没奈何仍现了原身，是一个獐子妖精。他往高峰一路烟飞星走了。

行者也复了原身，挑上担子，叫声："师父，正了念头前行。"三藏道："悟空，我念头原自不邪，无奈这山溪险隘，可恨那业识乱生。你方才以小小心机，降那大大魔孽，真是手段！"行者道："师父，我徒弟也是有传授来的，让他大大做模样，怎如我卑卑自小得便宜？叫他那大眼睛睁不开，不敢小觑了我。”按下行者降了慌张魔，一道烟走了。不题。

却说比丘僧见鹤妖真心皈依，他把慧眼一观，早知那慌张魔是小妖假变。香烟一正一邪，便是这点怪异悄悄对灵虚子道：“我们既说化了鹤妖，这鹿妖弄怪，必去侵犯唐僧。他叫做双拳不敌四手，孙行者们自有法力驱除。我们须前行在唐僧路先，有妖魔当为扫荡！”灵虚子听得，乃指着鹤妖，道：“你既皈依我们，当远藏青松、白石之间，效那养性修真之事，莫堕六道之中人，免三途之苦。去罢！去罢！”善庆隐士乃拜谢，化一道白云而去。这洞中小妖被灵虚子说破了，俱走出洞外，却遇着八戒打走了的小妖，说：“魔王被孙行者降走，不知去向。我等当各自散去罢！”都化一阵清风，不见。比丘与灵虚子出得洞门，用一个法力，叫声：“山峰乱石各自奔来！把妖洞牢牢闭塞，以后再不容许山精兽怪藏匿其间！”只见那山前乱石块块，随大随小，如飞沙走石一般，顷刻把洞口掩塞。两个方才腾空，又到一座山峰之上，左顾右盼，看溪流可有妖，山洞可有怪，好去为唐僧们扫荡。

话分两头。却说孟浪妖魔原是白鳗作怪。他见慌张敌不过孙行者，一面传言小鲲，一面离了慌张洞，入得溪水。这溪叫做浪潮溪，因他与张妖为友，起名孟浪。他回到溪穴，众小妖见了，道：“魔王何事关心，这样气哼哼的？”魔王道：“今有唐僧取得经回，我只当以礼恭迎，求那长老们课诵真经，臻五福，超八难，乃信了慌张魔，见了他经担，到被甚么孙行者法力变化欺侮，几送了性命！如今说不得，到前溪寻我当年同气六鲲，料他有祖宗家风，神通变化不说，那孙行者若是传言与他，用此手段夺得他三两卷经文，消我这满腔仇恨，也不枉在溪中做了个豪杰！”众小妖听了，只见一个黑鳗小妖道：“魔王，若是慌张魔王不能敌取经长老，那六鲲魔也料敌不过，不如魔王省了这口气！那唐僧中有一匹驮经马，小的前在溪头探信，被那马看见，直奔下溪，几乎被他吞了。”孟浪魔笑道：“你说孙行者本事，我魔王曾见他高强。怎么他一匹驮经的马，也能奔入溪中吞你？”黑鳗小妖道：“小的那日只见他：四足奔蹄赴壑，一声吼叫鸣嘶。那里是骅骝饮水赴长溪，宛似蛟龙腾地。”孟浪魔听了，笑道：“你这小鳗妖，长他人志气，灭自己威风！你还不知那六鲲的神通本事。我如今传言与他，叫他准备唐僧们前来，纵不能捉得唐僧，料也抢夺他们几担经卷！”孟浪魔说罢，带了几个小妖，离他穴中，顺游到溪前。

却说这长溪不止有九。过了这孟浪穴，下有涌泉，上有尾间，路本通达，被这小鲲鱼盘据着。且说这鲲弟兄有六个，散则各在一穴，聚则攒在这穴，叫做六道回澜。此日，兄弟六人正在穴中，各人夸逞平日手段高强，设一个聚会筵席。只见把守穴门小妖报道：“顺流游来一个魔王，将次到门。”众鲲妖听得，道：“顺流而来，定是孟浪老友。快开门迎候！”只见孟浪魔摇摇摆摆，直到穴前。他抬头看那穴门上，四个大字牌匾，上写道：“六道回澜。”乃向小妖说：“我这间有几个朋友，在这溪间盘据，只许顺流，不许回澜。他今日匾上却有‘回澜’二字，正合着唐僧取了经文，许他回还之意。我如今见了他鲲众，须是要阻拦着唐僧，方消我……我这一番仇恨！”正自忖量，只见穴门开处，众鲲齐迎出来。

毕竟孟浪妖魔怎生传言阻拦唐僧？且听下回分解。

第八十六回

六鲲妖怪说神通　独木桥梁沉长老

话说这长溪内有六鲲弟兄，盘据在回澜穴内，各有名称：长的叫做司视魔，次的叫做司听魔，三的叫做逐香魔，四的叫做逐味魔，五的叫做具体魔，六的叫做驰神魔。他六魔各有祖传神通本事，这日相聚溪穴中，筵席上各夸本事。

司视魔便说道："列位昆弟！我等终日混迹溪流，浮生水穴，怎得似我祖变化为鹏？抟扶摇而上九万云程。闻知如今敕灵西极，一翅遮阴，成就了说经功德。可笑我等空有神通变化，都非超凡入圣之基，只怕堕落在红尘，不能脱离六道之穴。"司听魔道："大兄，弟辈闻你有神通的本事，如何不说与我们知道？"司视魔道："二弟既要我说出本事，须是各相表白一番。看有那个的超出寻常，便各相仿效他，也免得寻师传授，访友磋磨。"众鲲道："有理，便请大兄先说。"司视魔说道：

混沌初分日，阴阳即且形。双睛炯炯在，千古为谁青？

司听魔听了，道："大兄！只怕你瞻前不能顾后，这本事也只平常！"

司视魔笑道:“有如二弟所说,且把你的神通本事,说与我知。”司听魔说道:

一点虚灵内,双轮自达聪。任教音响远,此窍即神通!

逐香魔听了,道:“二兄,只怕你多听生奸,不如充耳。这本事也只平常!”司听魔道:“三弟既不瞒我,便把你的神通本事说来我听!”逐香魔说道:

怕逐人间臭,惟祈两窍馨。有时能屏气,秽恶不能侵。

逐味魔听了,道:“三兄,只怕你花气不来,腥风时至。这本事也只平常!”逐香魔道:“四弟言是。便把你的神通也说来我听!”逐味魔说道:

灵根管不烂,百味我能知。更有通玄理,丹田养玉池。

具体魔听了,道:“四兄,只怕你扪之而退,尝之不敢。这本事更觉平常!”逐味魔道:“信如五弟所言,也把你神通本事说来我听!”具体魔说道:

莫说原无有,生来自伟然。挺然横宇宙,七尺可希贤?

驰神魔听了,道:“五兄,只怕你摇精劳形,鬐丧不保,也只平常。”具体魔道:“据六弟所云亦是,但不知你的神通本事何如?也说来我听!”驰神魔说道:

一念静方动,何人能我知?不作瞒天事,惟存勿自欺。

驰神魔说毕，只见五个弟兄齐声叫："六弟所说，果是超出寻常。我们个个当仿效他！"正把酒筵杯酌齐齐奉敬，却有小妖报入："孟浪魔王到门。"弟兄们齐迎入穴，尊孟浪魔上坐，随洗盏更酌。孟浪魔开口问道："列位弟兄在此议论何事？"司视魔便答道："愚弟兄正在此各陈神通本事。"乃把六人所说念出："齐夸驰神六弟所说，不比寻常。"孟浪魔道："果然出人头地。但你列位不知，还有一件好事！"众魔道："还有甚么好事？"孟浪魔道："有西还的唐僧，他取有真经，这真经乃是灵山诸神宣说至宝，人得见闻，享福延生；若是参悟了的，超凡入圣。比你六位所说，更出寻常万万！"司视魔道："老友，这唐僧今在何处？"孟浪魔道："陆行则从诸神峰，水行则自溪岸。只是他有三个徒弟，神通变化多能！一路来，明问他要几卷经文，他定是不肯；设法取他的，又不能。不瞒你列位说，我与慌张魔百计设法，反被他徒弟们将计就计，斗败了。如今特来传言，列位有何高见？把唐僧师徒拿倒，把他的经文抢夺了，看的看，诵的诵，自然成就莫大功果！"当下六鲲听了大喜，即叫小妖在溪岸探得唐僧到来，再作计较。

却说比丘僧与灵虚子在山峰顶上左顾右盼，只见那远远溪岸上一个人进前退后，不离那岸头。比丘道："师兄！你看那岸头一人非渔非钓，只在那里来来往往。待我把慧眼一观，原来是个探事的小妖，不知是何物作怪？一定是这山洞溪穴之物。我与你上前探他个来历。好报知唐僧，叫他准备走路。"灵虚子道："师兄，你便前看那溪岸小妖，我却后看着唐僧行路。你看那孙行者机心真巧，把个慌张妖魔降走了。如今正该坦然放心前行，却又歇下担子左瞧右看，是何主意？莫不是他们乱了念头？待我把慧眼一观，是何元故？"定睛把唐僧远了一看，笑道："原来唐僧要从溪岸前来，行者却要从山路走。他师徒意念不相合，只怕矛盾心生，便妖魔怪出。师兄，你去溪岸探小妖来历，我去唐僧处探他们意念。"比丘僧笑道："师兄，我与你即此就分了个彼此，只怕也要惹着妖魔！"灵虚子道："师兄既分了个彼此，你便探小妖，如是溪内有妖，你便使出道法驱除。我去看唐僧。若从山路有怪，当为他师徒扫荡！”比丘依言，他两个分头各向。

却说三藏见行者法力降服了獐子妖精，心内是一喜，却又一惧：喜的是徒弟神通本事高强，惧的是山冈洞谷偏有这些妖魔邪怪。乃向行者们道：“徒弟，依我主意，把马垛赶下溪岸边，从水路前去罢。这山冈，一则险峻难行，一则妖魔扰害。”行者道：“师父，只是你老人家三心二意，前在溪岸上行，你又怪那马奔溪饮水，抛了经担；如今山路崎岖，又想要走溪岸。我老孙好的是要寻个妖魔，试试我手段耍耍。”八戒道：“你这猴精！拿妖怪试手段，有甚好耍？惹着不相应的妖怪，又要把我与沙僧捆吊起来上笼蒸！”行者笑道：“呆子！你便怕捆吊蒸煮，我老孙偏不。遇着妖魔，蒸煮个耍子！”八戒道：“猴子！你要蒸煮也不难。待我后遇着妖魔要蒸时，举荐你耍耍。如今还是依师父，从溪岸上走好。便是我老猪连日身上痒燥，也想溪水内洗浴洗浴。”

八戒正说，只见灵虚子变了一个全真，走过山冈。见了唐僧们歇着经担，道：“长老们此时尚在此行走？你们离灵山已久，何事耽搁？”三藏见是个全真，稽首道：“老师父从何处来？怎见的小僧们离灵山日久？颇奈道路遥远，行囊柜担重多，又遇着妖魔拦阻，故此耽延。”全真答道：“我从灵山脚下道观中来。见师父离灵山已久，出家人喜得取了经文，见闻受持，不必说重多，何须嗟路远？料妖魔见真经而远避，谁敢生拦阻？只要你们始终勤劳不倦，至诚恭敬不改，指日东土可到。且问你：走路只走路，师徒们你讲我说何故？”三藏道：“正是。我要从溪岸上行，我大徒弟要山冈中走，为此心意不定。”全真道：“我小道亦是山行，有心要望一个施主，虽说高冈，却无邪怪；溪岸虽平，只怕前途有水兽成精！你们还从山路走罢。”行者只听了一声“水兽成精”，他把马后一脚踢走，挑着担子，直往山下溪岸上行，叫道：“师父，依你罢。”三藏辞了全真，走下山来，那心内又疑惑不定。八戒道：“师父，我们依着你从溪岸上来，你又迟疑何故？”三藏道：“徒弟，那全真说溪中有水兽成精，故此我犹豫不决。”行者说：“师父，那全真只怕是山洞妖魔，故意来诱你前去。”三藏只听了这一句，便欣然去了疑心，赶着马垛前走。见那溪水澄清，不觉的走几步，讴吟几句道：

秋光澄彻景偏清，更在溪流两岸生。莫道荒凉无可玩，鸢飞鱼跃足怡情。

却说灵虚子见唐僧从溪岸上行，那孙行者心拗，听了溪水中有妖精，越往溪岸走，即忙飞上高峰，远望比丘僧在那远岸，与小妖答说。遂坐在峰头观望着，听他讲甚的？

只见比丘僧走到小妖面前。小妖见是一个僧人，便问道：“长老莫不是取经回还的唐僧么？”比丘随口答应道：“正是。”小妖说：“闻知你有几个徒弟，挑着许多担子，怎么不见？”比丘说：“却在后边走来。且问你是何人家的后生？在此何事？怎么知道取经回还的唐僧？”小妖道：“我家主也有些认得你。”比丘道：“你家主是何人？与我曾在那里相会？住居何处？你可说明，待我亲到你家拜望！”小妖只听了这一句，便道：“长老，你在此少待。我去报知我家主，亲来迎接。”比丘依言，站立岸边。那小妖转过溪湾，入得穴内报知六个鲲妖，说：“西岸前来了一个长老，口称唐僧，尚有徒弟未曾来。我哄他：大王认得他。他信以为真，站立在岸。特来报知！”只见司视魔把眼一张，笑道：“长老便是有个在溪岸，却不像是唐僧。也休管他是与非，且骗他进穴，再作道理！”乃带领两个小妖，变作村庄男子，远远从溪岸上走近前来，向比丘僧鞠躬，道：“老师父可是灵山取经回还的唐长老？”比丘僧答道：“小僧实非唐长老，却与他同门在道。”妖魔说：“方才我后生来报，说是唐长老。如何又非？”比丘僧说：“人若披剃了皈依释门，便都是一体叫唐僧，是我称我做唐僧，有何相碍？”妖魔笑道："老师父这个道理，我村庄愚汉实是不知，望你说个明白！"比丘僧说："善男子，此理易晓！听我僧讲与你知道：

万物本同气，皆天地所生。幸得生人道，知我总一情。僧家同一视，人己不相争。何必分名姓？当身昧了明。灵明既昏昧，妖孽怎能平？"

妖魔听了比丘僧所说，怒从心上起，恶向胆中生；忖道："这和尚没道理！我是我，人是人，怎么相同一视？且莫说别人，就是我六个弟兄，也各一另待；又说'妖孽怎能平？'明明骂我！此恨怎消？"这妖魔心里怀恨怒，面貌却假作和容，道："老师父！讲的一团道理。莫要说亲弟兄不当分尔我，便是异姓外人，也当同情一视！可怪我村家有几个弟兄不知这道理，你要强，我好胜，在家闹炒。老师父肯回我家，劝化的他们不分你我，同情合气，也是你出家人功德！"比丘僧听了，把慧眼一视，道："原来是溪水内妖魔假变村汉，前来诱我！我既要为唐僧先扫荡了山妖水怪，且随着他去，看是何处为怪？"乃答道："善男子，既有昆仲在家彼此异心，争竞长卑，我小僧极力去劝化。只是有一件：先要你为长兄的和睦公平，不相争竞，那众昆弟观感兴起，自然彼此也和好起来。"妖魔道："老师父你不知，我在家每每先自和好，无奈他众弟不平。你且到我家中，见了自知。"乃引着比丘僧向前。走了里来多路，只见一条独木为桥。比丘僧见那桥：

一木作津梁，溪流阔且长。看来枯烂久，更带早晨霜。

那妖魔三步两步飞走过桥，在岸上叫道："老师父好生走过来！"比丘僧把菩提数珠挂在项上，故意道："善男子，你是家门前桥梁，往来走惯了的熟路径，轻巧巧走过去了。我小僧不曾走过，见此枯烂独木，危哉恐惧！你可再转来，搀扶小僧过去。"妖魔听了，笑道："你这老师父！出家人怎么见危动了恐惧之心？不妨，可大着胆子，走将过来！”比丘只得脚搭桥梁。方才走到桥中，妖魔叫一声：“老师父快走，那桥梁塌了！”一声响处，木烂梁脱，把个比丘落水。这妖魔赴溪中，拦腰把比丘抱着，直入穴来。众鲲妖一齐上前，就要争抢吞食，那里知圣僧神通变化？那项下菩提珠子更灵，只见金光从粒粒现出。孟浪魔道：“列位昆仲且莫要乱争！你看这长老项下菩提数珠真乃无价之宝，若是除下来，不说那逼水宝犀！”司视魔道：“孟浪老友所说最当！我们取下他菩提，每人各分几粒，胜如报他毁骂之仇。”各各上前去取。菩提中忽然芒刺现出，有如钢锥锋利，妖魔那敢去取？只见驰神妖魔道：“列兄！依我愚见：且把这长老拘留在穴内，待那唐僧师徒路过此桥，便照这计策诱他落水。闻知他们各有宝物在身，我们可以各各分受，免得彼此相争！”众妖依言，扯着比丘到穴后一间无梁静室。比丘只因与灵虚子分了个山峰溪水各自探妖，被众妖拘留在穴室。

毕竟怎生得脱？且听下回分解。

第八十七回

妖魔齐力战心猿　机变无能遭怪缚

人身各具六鲲妖，切莫登他独木桥。
错了脚踪沉落水，菩提不现怎相饶？

却说比丘僧被六鲲妖魔拘留在穴室，他岂不知神通变化出来，寻灵虚子计较？只因妖怪众多，恐唐僧们过此危桥，被他计陷，不如且在他穴室，万一孙行者们过此逢妖，好与他协力灭怪。那灵虚子在高峰上，也西看着唐僧从溪岸前行来。望着比丘僧与那小妖讲话，一会间村庄男子引他过桥，落水。便欲前来救助，心中忖量：“妖魔必不能加害比丘！且坐在高峰，待听光景何如？再作神通本事。这点真心只在保护经文，且任比丘自行法力灭怪。”他看着唐僧歌吟，乃招摄神风送唐僧歌声入耳，笑道：“唐僧情怀虽说不乱，只是出家人未免讴歌凿怪。你道鸢飞鱼跃足以怡情，我怕玩物如何保志？”

按下灵虚子在山峰坐着看这段情节，且说三藏与徒弟们从溪岸上走到转弯去处，一座烂木危桥。三藏见了，道：“徒弟们，你看这长溪岸阔，独木小桥又朽烂了，如何过去？便是人走得过去，这马垛怎行？况你们挑着经担，越发力重，如之奈何？”行者道：“师父，马垛不难。他原是玉龙，便是沧海也能过得。就是徒弟们挑着经担，自有手段过去。只虑着你老人家万一失了脚步，虽说有徒弟保护，但水湿了褊衫鞋袜，事也关心。”三藏道：“徒弟，只要你保护得马垛、柜担过的溪桥，我慢慢拄杖过去，便是失脚落水，若不伤命，只湿了衣衫，也说不得。”八戒道：“师父，我有一计。且把担子歇下，待我先走过桥去，试上桥梁可坚？然后再挑担过去。”三藏说：“徒弟，此计甚好。”八戒歇下经担，上得木桥，把脚力试试，道：“木还坚固，走得，走得！”方才前进，忽然如人扯他下水，骨都一交跌下。三藏见了，道：“不好了！悟空你看，悟能失脚落下溪水，快去救他！”行者道：“师父莫要虑他，他原是会没水的，自有本事起来。”三藏依然两眼只看着桥边，等八戒起来。

却说八戒正走那桥梁，惊动了六鲲司听妖魔，听得桥梁被八戒脚顿的声响，走出穴来。见了八戒，将手扯他下水，拦腰抱入穴中。众鲲不识，但见一个大耳长嘴和尚，有几分相貌稀奇。那孟浪魔却认得，笑道：“这正是唐僧的徒弟，叫做猪八戒。”众魔道：“搜他身上，看有何宝物？取了众弟兄分。”只见逐香魔把八戒身边一嗅，道：“这和尚身边何物？这等窜我面孔！”八戒道：“不敢欺，是我灵山下来偷的客人些麝儿！”逐香魔道：“你这和尚老实。”八戒说道：“我原是有名的老实。”逐香魔说：“你既老实说偷的，这叫做巧里得来空里去，且把来与我弟兄们凑分。”八戒说：“麝便分了去也罢，只是放了我，出这穴洞。”妖魔道：“你休想出穴，还要捉了唐僧们，取了你经担，方才与你个好处受用！”八戒道：“甚么好处受用？想是这穴后摆斋，汤点全备的好处？”妖魔道：“正是，正是。”八戒道：“这等，不消你们费心！我老猪原老实进后堂吃着，等我师父罢。”大步走入穴后，只看见一个长老坐在穴后室中。见了八戒，道：“你也被妖魔扯下桥来了？你师父何在？”八戒此时还不明白，道：“长老呀！我们由溪岸行来，走危桥试桥木，不知怎么失脚到此？你却是何处僧人？也在此等他的好处受用！”比丘僧说：“八戒你真真老实！此乃六鲲妖魔要抢夺我们身中之宝，只待捉了唐僧，夺我经担，方才要把我们蒸煮了，他弟兄受用。”八戒只听了这一句，便要使出变化法力。比丘僧向八戒耳边道：“你休得性急！我与你两人不得胜他六个，且待你孙行者来，再作计较。”八戒道：“师兄，你不知我那孙行者神通广大，怎肯与妖魔扯下桥梁？”比丘僧说：“这妖魔力量不说，行者神通只怕算妖魔不过，也要被他捉将下来。你我忍耐一时，再使法力。”两个在那边低言悄语，那司听魔早已闻知，笑道：“这两个和尚计议要使法力，任你甚神通本事，也只等捉了唐僧，方才与你试个手段。”

话分两头。且说三藏两眼望着溪桥下，只等八戒起水，半晌不见踪迹，拭着眼泪，道：“悟空，八戒落水多是甚魔捞去？你快去探个消息！”行者道：“师父，我上山寻怪偏能，入水探妖到底有些费力！沙僧原是流沙河出身，极会泅水，你去探个消息。”沙僧道：“你听了全真一句‘水路有怪’，不待全真言毕，就挑往从溪岸飞走。此时却又推托！”行者道：“师弟，非是我推托，你也有保经护师之责，降妖捉怪之能！八戒落水，想是被妖魔捞去，孤掌难鸣，你当去帮助他。我若去了，只怕有妖魔到此，你力量敌不过他，师父、经文何人保护？”沙僧只得走上木桥。方才走到中间，忽然失脚跌下桥去。那司视魔就把沙僧拦腰抱入溪穴。不知沙僧是拿了禅杖上桥走的。虽失脚落水，那禅杖却未曾脱手，妖魔来抱，他便掣动禅杖，直打入穴门。六鲲妖见了，大怒起来道：“这个靛青脸、晦气色和尚到是个弄嘴的！你要与我们弟兄争斗使兵器，只教你先受捆吊，后上蒸笼！”那具体妖魔忙把沙僧的禅杖夺将过去，道：“此也是件宝物！拿了凑分。”沙僧敌不过众妖，被他拿倒捆将起来，沙僧忙使个瘦身法。那妖魔见了，笑道：“这和尚果然会弄嘴！你看他使瘦身法，缩的如枯柴一般。”看看走去，忙把索子也收紧了。沙僧又弄神通，把个身子变的膀阔三停，腰大十围，要挣脱了。那妖魔也把索子放松了，随他长大，紧紧捆住。

忙叫小妖把沙僧扛入穴后。八戒见沙僧被捆入来，问道：“师弟，你想是也被妖魔扯入水来，却又被他索捆？”沙僧说：“是我不是，不该舞禅杖使法力。妖魔说我弄嘴，捆将起来。师父叫我来探你消息，不知你已被妖魔拘留在此！这位师父是何处来的？也在此穴内。“八戒道：“我正要使法力，这位师父劝我莫性急。若是法力使不去，却不也像你多了这一捆？”沙僧说：“如今计将安出？”比丘僧乃向沙僧耳边低声：“如此，如此。”司听魔又听见了，说道：“任你怎计较，只叫你们出不得我圈套！”

却说三藏见沙僧也失脚落水，不觉的哭起来，说道：“悟空啊！看起来那里是独木危桥朽烂，明明是桥下有甚么妖魔！你再不去查探，这八戒、沙僧怎么了得？”行者道：“师父，此时真是说不得，徒弟要去水边打探。只怕徒弟一去，师父独自在此守着马垛、经担。万一妖魔来侵，师父只是端正了念头，切莫轻易上那危桥！待等徒弟探听了消息前来。”三藏道：“悟空，我谨依你言，快去打听他两个要紧！”行者依言，登了危桥，便又动了机变心肠，说：“八戒、沙僧只因老实，想是惹了奸狡妖魔！如今我若老实走到桥中，万一被妖魔奸计扯入溪水，便与他两人何异？师父怎得个的信？”好行者！拔下两根毫毛，变了一个假唐僧，一个假行者。两个搀着手，搭着肩，前走到桥中。

他自己却隐着身，一斤斗直打到水内。走上前看，只见一个大穴，门上一匾高悬。行者看那匾上写着：“六道回澜”，忖道：“原来是妖魔巢穴！我一斤斗进来，却不曾看我毫毛假变的我与师父，且看他两个过桥，是甚么妖魔作耗？”行者捏着避水诀，口里念着咒语，走到桥边。果然，一个妖魔见了桥上两个和尚扶着肩走，他把桥梁一断，两个假唐僧、行者被妖魔抱入穴里。行者隐着身跟了入来。只见逐香魔向逐味魔道：“老弟，你看这拿来两个和尚，怎么不像唐僧与孙行者？”逐味魔道：“三兄，我也疑。唐僧们都是十世修行，难道身体不馨香洁净？怎么这样猴臊毛气？”只见孟浪魔笑道：“列位不必心疑，我认得唐僧、孙行者，料此是真。”司视魔道：“休管他真假！且捆起来，送入穴后。那八戒、沙僧自然认得。”众妖把两个假的捆入后穴。

只见八戒一见了，哭道：“师父啊，你如何上那烂木桥梁？被妖捆入！”沙僧也哭将起来。只有比丘僧见了，微微笑道：“这个猴精，机变真巧！”不匡比丘一笑，那司听魔即知，向众鲲魔道：“如今唐僧师徒已用计捉了。少若迟延，怕孙行者又生机变！我们如今且叫小妖们打点蒸笼，把这五个和尚蒸熟了，一则与孟浪老友报仇，一则与我们弟兄贺喜：得了经文，分他宝物。”只见司视魔道：“二弟，依我且到溪岸，取了他经文来，再蒸他们作庆贺筵席不迟。”众妖道：“有理！”叫小妖紧闭了后穴。他六鲲连孟浪魔出了穴门。

那里知行者隐着身，在穴后备细听闻，想道：“此事如何作处？老孙欲待要在穴中救了八戒、沙僧，打斗起来，只怕妖魔众多知道我在此，倘若上岸抢了经文；如今欲待要回到岸上，保护着师父、经文，又怕八戒、沙僧被捆在此，没个帮手，怎敌妖魔之众？也罢，如今设个疑似机变，且把妖魔疑吓回穴，再作道理！”好行者！一个斤斗打到三藏面前。只见三藏坐在溪岸上，手捏着数珠，口念着梵语，闭着双目。真个是：

如如不妄动，一点个中存。万怪从教灭，谁侵不二门？

行者见三藏闭目静坐，不敢惊觉了师父，却又虑着妖魔齐来抢经，心下想道：“老孙幸喜会打个斤斗儿，来的快，料众妖将到，只得设个机变疑他。”乃拔下几根毫毛，依旧变了自己与八戒、沙僧，各人守着经担，手里都拿着棍棒、禅杖；他却隐着身，站立在傍。那众妖魔一见，惊异起来说：“唐僧师徒已被我们计捉入穴，怎的又在此处？”逐香魔道："我辨得出来。"望着唐僧一嗅，但闻得：

五体莹然洁白，六根清净馨香。至诚不乱守中黄，正是真如和尚。

逐香魔把唐僧一嗅，道："此处的是真唐僧！"又把八戒、沙僧一嗅，只闻得：

半点芬芳不有，一团皮血腥臊。明明五体上毫毛，假变僧人形貌。

逐香魔嗅了，道："假的，假的。"众妖道："既是假的，料无用处。且把真唐僧与经文抢去！"行者听得，急向唐僧耳边道："师父！众妖来抢经捉你，你还闭目静坐。"不提防他三藏听了，只当不闻，越加谨密，把念头端正。那众妖魔见唐僧闭目不理，端坐自如，大家称赞道："好和尚！"只见司视魔道："众弟们！唐僧若是只闭目端坐在此，他恃着有徒弟，我们不得他入穴，这经文也难抢夺；且把这假变的徒弟破了他假，他真无所恃，自然慌乱了他心神，我们乘机好捉他入穴！"众妖说罢，一齐把假行者、八戒、沙僧举起棍棒打来。果是假变的，只好设疑妖魔，那里会斗？行者隐身在傍，不胜忿怒，道："无礼妖魔敢藐视老孙法力！"乃掣下担包禅杖，现了原身，大喝一声："孙祖宗在此，谁是真？谁是假？"把禅杖挥开，直打众妖。众妖各举棍棒，在溪岸上战斗起来。这正是：

六妖魔齐把心猿斗，老和尚还将意马攻。

却说孙行者与六鲲妖魔在溪岸上大战。三藏心肠恃着行者神通，依了行者前言，端正了念头，把持定了闭目静坐功夫，知妖魔可却，故此不惊心意。及听得行者大声喝怪，睁开两眼，只见众妖魔狰狞恶刹，行者独自一个抵敌。三藏便叫道："悟空抖擞精神，小心在意！那妖魔众多，好生恶刹。”行者听了，把身一抖，变的三头六臂，火眼金睛。众妖魔见了也个个变的异怪模样。三藏在傍看着，不觉的动了个畏惧之心，道：“悟空，须是降服了几个，方才得免了魔害。你看他个个狰狞，你只一个怎生敌得他过？”行者听了，道：“师父，莫要畏惧，看徒弟降服他！”乃拔下六根毫毛，变了六条索子，往空抛来，把六魔齐捆起来，慌得孟浪魔忙执棍敌着行者。那六魔方被索捆，微微笑道：“这个法力怎降得我等？”把身一挣，索子皆断，却个个口喷毒气。行者被他毒气一攻，不觉的败了阵，那手中禅杖乱了，被孟浪魔一棍打来。行者见事势不妥，一斤斗打在半空。这六魔见了，笑道：“孙行者！你说会斤斗跑路，我弟兄比你更伶俐万分！”乃乘空直上，把行者一把拦腰抱入穴内。

行者被妖将绳捆吊起来。他忙把假变唐僧收复身上。只见八戒、沙僧不见了假唐僧，却吊着个真行者，说道：“大师兄，你会机变，今日怎也穷了？”行者道：“怕你老实也走不出去。”行者被六魔捆缚定了，把法身变大变小，那妖魔百计百能，不能得脱。行者看着比丘僧，说道：“师兄，你如何也遭魔难？”比丘僧道：“悟空，我不该与灵虚子分了路，他山，我溪岸境界，便有此各地的妖魔。不知我那师兄，今在何处？”行者道：“你何不把慧眼遥观？”比丘僧笑道：“悟空，你何不把机变设出？”行者道：“师兄莫要讲他。我老孙从来不被妖魔加害，今日不知这妖魔甚样神通？遭他磨折！”比丘僧笑道：“你当年来时被妖魔伤害，不亏了菩萨圣神到处救你，怎得到灵山？就是今日，也须要菩萨救护！”行者被比丘僧这一句讥倒，半晌不说。

却是如何不语？且听下回分解。

第八十八回

灵虚子力斗群魔　四神王威收众怪

话说孙行者被比丘一句讥倒，半晌没的答应，自己想道："果然。我当年随唐僧来，一路妖魔毒害，真个亏了菩萨、圣众。这长老如何得知？"乃向比丘僧问道："师兄，我当年事，你如何得知？"比丘僧笑道："你何不把慧眼观看？我当年怎得知？"行者凄怆起来，道："师兄，我被这六魔毒害败阵，不知何故把个聪明为懵懂，机变作痴愚。眼前蒙智慧，枉自痛嗟吁！"比丘僧道："悟空你且安心，料自有菩萨、圣神来救我等！"

说六鲲妖魔把行者捆在穴内，却齐去抢抬经担。三藏正在溪岸，见行者战不过妖魔，忽然不见，他料着行者有本事退魔，心虽系念，却不离了端正工夫，复闭目静坐。这六魔前来便去扛经担子，那里扛得动？又去扛那马垛柜子。只见玉龙白马咆哮走地，一声嘶叫，把个孟浪魔真吞入腹，便来吞这六魔。六魔假败佯输，引得白马追赶到溪穴里，忙将索子把马捆倒。乃复大家计议抢夺经文。司视魔道："唐僧不动身登我们桥梁，如何得捉他落水？便是这经文，想是他各有挑的，不上我等之肩。"司听魔说："非此之说。乃是唐僧谨守经文，一身不动。我们且把桥梁换了阔大坚木，他自然放心过去，待他登了桥梁，再扯翻他入水。”具体魔笑道：“唐僧先见了危桥朽木，今忽变了阔大坚木桥梁，他具智慧，必疑是我等设出的虚幻，断然不登。待我假变一村庄老叟，带你们做个后生，扛了一座阔木坚桥去换，他自然动身。”驰神魔道：“这计虽好，他也不肯动身。必须变他三个假徒弟去挑经担，还他白马去驮垛子，他方才动身。”司视魔道：“这事不难。我们且先去换了桥梁，再变他徒弟去挑担！”

具体魔把脸一抹，顷刻变了个老村叟。众妖变了后生，扛着一座大木阔桥，走到三藏面前，叫一声：“老师父！缘何坐在此处不往前走？”三藏道：“只为桥梁朽窄，我徒弟上去试试，失脚落水。我小僧只得在此坐候！”老叟道：“我老拙也只为这桥危朽，特叫后生扛座阔大的来换。”三藏道：“好阴功！”妖魔把桥顷刻换了，说道：“师父放心坦行。”摇摇摆摆而去。却随变了行者、八戒、沙僧，牵着一匹白马，走到三藏面前，道：“师父，这桥却换的好走。徒弟已把妖魔灭了，我们挑了经担，过桥去罢！”三藏道：“徒弟们！桥虽亏村家老叟换了，恐重担、马垛未必可行，你们且可前走试试过去。”那妖魔口虽答应，只是肩挑不动。三藏道：“徒弟们如何挑不起？”妖魔道：“师父先走，我们随后挑来。”三藏见那马被经柜压倒，心中疑惑，越不动身。这妖魔见唐僧不走，柜担又挑不动，乃计议道：“唐僧不动身，这经担终难夺，如之奈何？”驰神魔道：“我六人各设个计策，显个神通本事，料一个唐僧，何难擒捉？”司视魔道：“便从六弟设计，看你如何诱得唐僧动身过桥？”驰神魔道：“不难。我们既变了他徒弟们，挑担不动，马又压倒，且把马脱了缰走去，我们假以捉马齐走，都不能捉；料唐僧原押马垛，他必然起身来捉。走近桥边，我等便好擒他！”众妖魔依言。只见马忽脱了缰，奔到溪水。这假行者们丢了担子，便去捉马，道：“师父！你也来帮赶一赶。”三藏道：“一匹马，徒弟们岂不能赶捉了来？何必要我？”只是不动身。那众妖赶马，故意陷入溪水，道：“师父可来扯我们一把！”三藏也只是不动。驰神魔没计。只见具体魔笑道："我有计策，必使唐僧动身！"乃假变了一个老婆子，手执着饭篮茶罐，走近溪桥，跌倒在地，叫道："那个善心男子救我老婆子一救？"三藏见前后没一个往来之人，老妇失跌，那饭篮茶罐俱倾在地，便问道："老婆婆！你如何不叫别人送茶饭？乃自家劳苦！"婆子道："老师父！你不知我老妇人——

> 有子田中耕，无人送茶饭。颇奈老龙钟，跌倒在溪岸。两耳聋不闻，双眸昏难看；足既不能伸，手又没处按。师父若慈悲，救我老妇难。但愿积阴功，成就阿罗汉。"

唐僧听了他一篇言语，不觉的动了慈心，忙起身走到桥边。方才要伸手去扶，那老妇起身，忽然六个妖魔齐把三藏扯下溪水，拖入穴中。大家欢笑起来。众妖一壁厢叫小妖去搬经担，一壁厢刷蒸笼洗锅灶，要把唐僧师徒连比丘僧蒸煮。司视魔道："唐僧们各有宝物在身，须是搜出大家公分了，然后上笼蒸。"乃搜各人身上，只有八戒麝香一物，比丘僧与三藏数珠，沙僧是禅杖，独行者无物。众妖问道："孙行者！你有何宝物在身？快说出来！"行者道："我老孙金箍棒到是件宝物，早已缴在灵山。头上只有个紧箍儿，又除不下。若你们能除，便除了去。"只见具体魔把行者头上紧箍除去，却看着白马身上要宝。那马无宝。众妖笑道："你吞了我们孟浪魔在腹，若不伤他性命，此即是宝。快把他吐出！"那马骨都一声，吐出一个孟浪魔在面前。众妖魔齐各大笑，只候小妖搬了经柜、担包，便蒸唐僧等众受用。按下不题。

且说灵虚子变了全真坐在高峰，见比丘僧失足溪桥，料他自有道力，不怕妖魔捉弄；见唐僧在溪桥与妖魔搬弄，料他道性坚持，一点真如不动；又见行者们落水，也谅他们能扫荡妖魔。不匡各被妖拘，只得个唐僧守着经文在岸，遥望唐僧，又起身走近溪桥，被妖捉入溪水；大惊失色，道："不意这溪内何物妖魔？成精厉害！"乃怨比丘分了彼此。只得从峰上飞空，到得经担面前。正遇着小妖在那里搬抢经文。灵虚子大喝一声，道："小妖休得乱抢！有吾在此。"把棒槌变了降魔宝杵，一顿打的飞走，入穴报知六魔，说："小的们去搬经担，被一个全真道人手执着降魔宝杵乱打，凶狠怕人！"

六魔忙执了六般兵器，出得穴来。到了溪岸，只见灵虚子凶凶狠狠，正寻小妖要打。见了六魔恶状，各执器械前来，并不打话，把宝杵直打将来。六魔举械相迎。这场好斗！怎见得？但见：

> 妖魔举器械，灵虚掣神兵。举器械六般犀利，掣神兵一杵非轻。妖魔是六根不净生来孽，灵虚乃十世修成老道真。一边要抢夺经文齐勇斗，一边为保护唐僧灭怪精！这一边恃众逞强难与敌，那一边身孤力寡怎相争？全真心惧怯，妖怪力峥嵘。这回灵虚无施谋计，只得敲动梆儿请救星！

灵虚子力战六魔，虽说奋勇，争奈那木槌假变的宝杵，终不能降魔。看看败阵，想起昔日灵山报事使者传谕："前途遇有难敌妖魔，敲动木鱼，自有神王来救！"乃向衣边取出木鱼梆子，连声敲了几下，只见顷刻云端里来了四尊大力神王，各执着降魔宝器。六魔见了，便腾空来斗。众神王大逞威力，眼、耳、鼻、舌、满身现出万道金光，把个溪穴照耀如同白日。这玉龙马嘶了一声，直跃回山。孙行者把索子挣断，跳出穴来。唐僧、比丘、八戒、沙僧各如梦中苏醒，一齐上得溪岸。总皆神力。你看那行者举起禅杖，横行乱打。妖魔无计，只得齐跪在溪岸，向神王求饶。神王举宝器就打。那六魔泣哀哀自悔，各知罪孽。唐僧便动了慈悲，向神王道："尊神，求俯赐方便，看弟子取经来意。这妖魔既知悔过，且宽宥了他，今使皈依正道，莫堕邪踪。"神王笑将起来，道："你这禅僧，不想他百计诱你，捉入溪穴，要蒸煮了受用，何故用心，反与他说方便！"三藏合起掌来，念了一声梵语，道："尊神执法。我弟子只为真经用仁，顿忘了仇恨冤愆！"

孙行者在傍怒道："师父也忒脓包，想这妖魔搜我们宝物公分，也饶不过他。"八戒道："他除了你紧箍，到是去了你件痛根；抢我的麝香，叫我受些臭气。这不当饶！"举杖要打。三藏道："悟能，若必不肯宽宥他，也不在你那禅杖三五下。"神王见三藏苦苦求放赦妖魔，乃向灵虚子道："优婆塞，你意如何？"灵虚子道："问我比丘长老！"神王又向比丘僧问。比丘僧答道："只当无有。"神王听了，乃向腰间解下六根索来，递与行者，道："悟空，你可将这众魔还他个拴锁在穴，莫要作妖！"行者接了索子，方才要锁。只见祥云缥缈，紫雾腾空，光中现出一位金刚不坏身菩萨，把六魔收去。只剩了个孟浪妖魔匍匐在地求饶，愿修善果。菩萨一视同仁而收，化道金光不见。众神王也腾云而去。唐僧师徒方才整理经担。

三藏向比丘僧问道："师父，你何处去的？也遭妖魔之害！"又问灵虚子："老师父，你前在山冈，叫我师徒陆路前去，何故也到此溪来？"灵虚子答道："小道见你高徒不信溪水有妖，执拗而来，故此特来救护。"三藏稽首称谢。八戒、沙僧俱说："有劳高情！"惟有行者笑道："谁叫二位师父各相分路？动了个彼此异念，惹出妖魔。"灵虚子也笑道："孙长老，你的机变也有穷时么？"行者听了不言，向灵虚身边去取木鱼梆子要敲。灵虚子不肯，执了梆子，飞往那溪桥而去，道："唐长老好生过来，料无妖魔为害也。"比丘僧见了，道："全真师兄往何处去？小僧同行去罢！"乃向三藏们一个问讯，辞谢了，也过桥去。三藏道："悟空，你识的这两个僧人全真么？"行者道："有些面熟。师父可识他？"三藏道："我却不识。只是动劳他，说来救护，想是方才这空中菩萨收服了妖魔而去，使我们脱了穴中之害，都是那全真化现。"行者道："师父，我老孙看来，都亏了他那木鱼梆子一声，正了我等念头，感得众位圣神、菩萨救护！"八戒笑道："猴精会扯天话！既是木鱼梆子救了我们，你方才就该向木鱼梆子磕头称谢，何故还要去敲？"行者道："呆子！我且怕你们不知那全真木鱼正念之意，再敲两下，尽把妖邪扫灭！”三藏道：“悟空，我心下悟了。你可挑担过了溪梁，还从山冈去罢。便是有个把妖魔，料还不难扫灭！”八戒道：“正是，正是。这身上两件衣裳还讨个干净，不被水湿了。”按下三藏师徒挑押经担，牵着马匹，望山冈大路前行。

却说比丘僧与灵虚子离了唐僧师徒，腾空过了高峰长溪，行勾多时，来到一处地方。只见人民稠杂，店市凑集，许多男子、女子都在那街上夸称。有的说：“当年往此过去的圣僧，今日回还，一个个的面貌比前白胖，衣衫更觉整齐。想是西方极乐世界，圣僧们心广体胖，那地方富实肯修善斋僧，故此衣衫也布施几件。”有的说：“我这地方善男信女迎接他们到禅林住下，少不得要报入国中。只怕有官长来迎接圣僧去了，这里要求他们做斋施醮，怎得久留？”只见一个老叟道：“圣僧要去，把他取了来的经卷留在这地方，便是本处禅林僧众，也能设斋课诵。”比丘僧听了，向灵虚子道：“师兄，唐僧师徒自从过了溪桥，任他行得极快，怎么先在我们前路？事有可疑？难道我与师兄腾空，反被云雾耽延，叫他赶过了不成？”灵虚子道：“我们离了唐僧，过了城池几座。他们虽说路无阻滞，明明向在后面，怎么说到了此处？除非孙行者神通，先变化了来？我与师兄且向那老叟问个端的。”比丘听了，乃上前向老叟打了一个问讯，道：“老善人，小僧适才间听众人说：‘取经圣僧到此地方，迎接他到禅林住下。’却是甚么禅林？几时迎接？只怕那圣僧们过此地方尚早哩！”老叟听得，说：“二位师父说的是甚话？昨日清晨，我这普静禅林僧众已迎接了大唐取经圣僧师徒、经柜担包马匹，住在僧房；那经卷担子，见在禅林殿上。你二位何处来的？怎么不知？”灵虚子听得惊异起来，向比丘僧说：“师兄，我与你分了山行水走，先要打探妖魔。幸得这些时一路没有妖怪，怎么有个唐僧早已过此？”比丘僧说：“师兄，事有可疑。必须亲到禅林，探看端的！”两个别了老叟，找到禅林。果见僧俗来来往往，都说：“好一位唐僧！庄严相貌。那几个徒弟，生的却也古怪！”灵虚两个听了越疑，忙走到禅林山门外，四个大字在匾。比丘僧抬头一看，上面写着“普静禅林”。两个计较，把脸一抹，变了两个游方道士，走入山门。只见方丈里走出一个长老，见了道士，便稽首问道：“二位道真何来？”灵虚子答道：“小道打从灵山而来。”长老笑道：“二位道真既在玄门，怎么说从灵山而来，那西方是我释门修行了道之境，二位莫不错了路程？”灵虚子笑道：“长老，你不知灵山脚下就有道院，复元大仙修真之所，我两个云游到处！且问长老，这禅林中纷纷往来善信，说是看圣僧，如今圣僧在何处？”长老道：“在我方丈中安住。”比丘两个听了，乃走入方丈问时，只闻得腥风透出门来。两个一嗅，大惊失色。

却是何说？且听下回分解。

第八十九回

修善功狮毛变假　试对答长老知真

话说当年有个狮象国为害唐僧师徒，被行者大闹皇城。只因三个魔头神通广大，阻住西行，后请得普贤天收去，皈依释宗。尚有小狮毛遁脱，修炼多年，聚集群妖，占踞一个洞府。忽一日，狮魔想起：“昔时我父皇结了两个义叔，立国为尊，何等快活？后因要吃唐僧之肉，被一个猴头请了主人公收去，把我们东散西抛，此恨常记于心。前日在外闲游，闻说唐僧师徒取了经文，不日归国，成了大功。但有怨不报，非为丈夫！”左思右想，想了一个妙计：可以到中华混闹一翻，况取经人的来历久已尽知。于是摇身一变，变了一个唐僧；又选三个精细的小妖，变了徒弟；白马经担装得一般无异，望大道而行。来来往往见了取经的东回，无不欢喜。一日走到了城市中，但见繁华喧嚷。见了唐僧师徒，男女争观。有几个好事的，飞跑普静寺报知，那寺中长老唤集僧众：“迎接取经的老爷！”这一班浊眼凡夫，岂晓得妖魔所变？接入方丈，献斋不题。

再表比丘僧与灵虚子半云半雾，见有城市，按落云头闲游，但闻男男女女传翻：“唐三藏取经回国，现迎在普静寺中款他。”二人转念：“为何先到？”急忙忙走至寺中，一入方丈便闻腥风之气。各相惊异，忙入僧房。只见假唐僧倒卧在榻，见了两个全真走入，便翻身内卧，叫假行者："你陪伴全真，我略歇息一时。"那假行者便与全真施礼。灵虚子把慧眼一观，大喝一声，道："何物妖魔敢把圣僧假变！那柜担虽说不是真经，却也被你引动了村市人心，都做了真经一视。"乃向比丘僧道："师兄，我们既是道扮，当取出法剑灭此妖魔！"比丘僧说："师兄，若以事论，这妖魔假变我僧家，溷扰禅室，本不可宥；若以情推，他假我僧家还有一种向善之心，只当驱逐他出禅林，莫使他混乱禅室。"灵虚子听了，方才要把木鱼槌变慧剑驱妖，只见假行者笑道："你两个分明是比丘、优婆，却假变全真！一个木鱼槌子乃是敲梆善器，却把他变青锋利械！你纵说我等是妖，只怕你们假变瞒人，也非正道。"比丘与灵虚被妖说了这两句，也没话答。乃叫长老、寺僧上前，说："取经唐僧，尚离的路远。这都是妖魔假变！你等凡眼不识，但把我释门经义问他一句，若是真唐僧，自然答你众僧。"长老听了，果然你一句，我一句。妖魔那里能答？化一阵腥风而走。

这长老、众僧方才知是妖魔，个个惊怕起来，道："爷爷呀！若不是二位道真，我禅林怎识其假？"一时往来看取经唐僧的，乱传说是妖魔假变，把个村市男女都改了信心。这正是：

不将两句玄诠道，怎识皮毛假混真？

却说只因这村市人怀疑不信，众妖魔又生出一段虚情，乃各相计议，道："做妖魔要被神王剿灭，不如假僧人，到哄些斋供。"一个笑道："僧人可假，只是道理不通。方才被寺僧你一句我一句盘出假来，又撞着那比丘、优婆把慧眼看破，这斋供纵哄了些吃，便是吃下去也难入腹肠！"一个道："不如还守旧在山洞为妖。"一个说："不好，不好！六道轮回，这乱毛怎脱？"一个说："我有道理。不如变小小飞虫暗随着唐僧，学他些举动、应答、礼貌、言谈，再往前途行去，料是有人供奉。纵无真经随行，也有仿效唐僧一节善事。"众妖计定，只候唐僧到来。

且说三藏与行者们担押着真经，过了溪梁，一路行来安然无事。过了几处州城，早来到乌鸡国界。三藏见那界口有几家烟火相连，乃向行者们说："徒弟，我等只因车迟国转路，图了几程近，便吃了许多山冈水荡劳苦、妖魔毒害，幸喜真经保全，毫未亵慢。只是身上衣服久未将水洗，你看山冈路过，前面烟火相连，定是通行大路，我等须寻个洁净人家歇下，把这身衣晒洗，以便前行。"行者道："师父，天下名山福地，僧占的多。这界口既属通道，料必有庵观寺院，我们寻一处僻静僧道之家，方便供奉经典。"师徒正讲，远远只见一老叟走近前来，见了三藏们，大惊小怪叫道："妖魔又变唐僧来了！"三藏扯着老叟衣袖，道："老善人，小僧们是取经回还大唐法师陈玄奘，见有乌鸡国王文引，如何是妖魔所变？"老叟气嘘嘘的把三藏师徒上下估量了一番，道："爷爷呀，你放了手。前那唐僧们面貌形象还好看，不似如今你们黄皮寡瘦，比妖魔何异？"行者道："老善人，你休论相貌，把我们疑作妖魔。我们万里程途辛苦劳碌，憔悴是本等。只说前有甚唐僧到此？"老叟道："我也没工夫与你讲，你们可到那普静禅林去住，自有僧道说与你。"老叟说罢，挣脱了三藏之手，往前飞走，向那村市众人道："又有唐僧们来了！"众人也有怕的，也有看的，说："只怕又是妖魔？"一时传入禅林长老、寺僧，众也怀疑不信，那里肯来迎接？

比丘僧把慧眼一观，乃向长老说："唐僧师徒们已到村市，将至山门，长老当往迎接！"长老道："这来的纵真，只怕我寺众僧也不肯去迎接。须等他来时，把经义盘问他几句，如是真的，自然盘问对答。若是对答不出，他又要化阵腥风而走。此乃二位道真始义教诲的。敢不遵你前言！"比丘僧听了，乃向灵虚子说："师兄！世情俗眼只因一疑便生不信。我与你速出山门，指引唐僧到此，叫他也准备几句禅机玄奥对答寺僧，莫要缄默不语，使长老、寺僧指为妖怪！"两个走出山门，恰遇着唐僧师徒问路前来。见了两个全真，三藏便问道："二位师父此处有座普静禅林么？"全真答道："转弯抹角就是。这禅林静僻，尽好挂褡；只是长老、寺僧要盘问经义，方才留住。老师父须要打点对答！"三藏道："二位师父！我们禅机那在言语对答？若没的说，方才是真僧！"全真说："此处不同。近来被妖魔欺瞒，大家都怀不信的，师父们须要着意！"全真说罢，往前走去。八戒听得，道："师父，转弯儿走小道过去罢！叫我老猪化斋借寓，说几句见成经咒，讲两句好看话儿，却会。若叫我对答经义，真实不能。"行者道："师父！八戒到也是老实话。就是我老孙，机变千般有，经文半字无。"沙僧道："师父，悟空若说不能，你老人家再若没的说，真真不如莫进这禅林，从别路去罢！"三藏听得三个徒弟怀了不信之心，乃合掌向着经柜担子，念了一声圣号，道："徒弟，你们挑着担子，原来都是虚挑在肩，不曾着力在臆。我做师父的，虽说跟着柜垛与这担包，却不是徒跟着走，泛取了来。这五千四百八十卷，句句真诠都看诵在心，了明在意。任那长老、寺僧盘问，自有对答。"行者听了，笑道："师父，你不说，我还不会；你一说，我更比你能！进山门去罢。"

三藏方才走到山门前，那长老、寺僧慢慢的走出来，问道："老师父从何处来？"三藏道："来处来。"长老道："往何处去？"三藏道："去处去。"长老只听了三藏两句对答，便恭敬起来；又问道："老师父，这柜担是何物？"行者道："这都是长老要盘问，我们要对答的。"那长老见行者答了这句，乃向寺僧道："这方是取经真圣僧！徒弟尚能对答，况师父乎？"乃齐齐请三藏上殿，撞动钟鼓。众僧向真经拜礼，尊三藏上坐，随备斋供。一时村市男女齐来观看，都把疑心解了。三藏方才问长老："何故怀疑？有甚妖魔欺瞒你寺僧？"长老乃把迎接了假变来的，被盘问不能答，化阵腥风而走的原故说出。三藏听了毛骨悚然，对行者说："悟空，这分明妖魔假我们名色，不知将何物变做经担？只怕亵渎了真经，当速为驱除！"行者答道："师父！既要我徒弟驱除妖魔，你可在这禅林少住一日待我，我寻这妖魔来历。”三藏道：“但不知这妖魔假变我们何意？”八戒道：“何意？何意？”他说：

> 借我等名色，假说取经僧。哄人斋余饭，馍馍其点心。素汤吃卷子，清油煠面筋。闽笋生姜炒，山药白糖蒸。石花熬块子，豆腐煮蔓菁。三扒来两咽，食肠尽着撑。厨中无半点，碗内精打精。衬钱齐有了，方才动起身。

八戒说罢，三藏道：“徒弟，妖魔若只是欺瞒人家些斋供，这情节还小。只怕他假着我等名色，做出僧家坏事，叫这地方疑而不信，禅林不肯迎接，便连我们体面都伤！”长老道：“正是，正是。这妖魔情节可恶，你师徒们却也没奈何他！”行者笑道：“老师，你便没奈何他，我老孙却会奈何他！”说罢，叫一声：“师父，你可在方丈坐等徒弟，我寻妖魔去也。”忽喇一个斤斗，打不见了。长老、寺僧惊恐起来，道：“爷爷呀！这才是久闻名的孙悟空哩。”三藏道：“师父，你如何久闻我徒弟之名？”长老说：“当初我弟子在宝林寺出家，知道拿妖捉怪的孙悟空。老师父可少住一日，等小徒捉了妖魔，我这里还求老师父建一个斋醮。备办香幡奉送。”三藏见行者去找寻妖魔来历，只得且住在禅林殿上，侍奉经文。不题。

却说狮毛怪物变了些小虫儿，随着唐僧学礼貌言谈，又听了唐僧对答。这妖魔伶俐，乃相计议，仍变了唐僧们模样，离了普静禅林，他也挑担押马与唐僧们无二，走前村过后里。市人见了的都说：“上灵山取经僧众，今日回还了。”挨挨擦擦，跻跻跄跄，大大小小，男男女女观看着甚多。一时传闻到宝林寺住持，奉知乌鸡国王，便差寺僧远来迎接。方才起身出寺，住在廓门。却说比丘僧与灵虚子仍变做两个全真，先行到廓门。见寺僧几个，知是迎接唐僧，乃近前相见。那寺僧便问道：“二位全真从何来的？可曾见有回还取经的长老？”全真道：“我小道在前村普静寺相会着取经僧众，只是因那唐僧的徒弟当取经时动了一种机变心，便一路来生了种种妖魔，把个唐长老一点至诚也使的恍恍惚惚。幸亏他十世修行，善根深固，真经感应，逢妖遇怪尽都荡平。如今虽然前来，只为有几个妖魔假变了他师徒，前行欺哄人斋供，师父前去迎接，须要盘问他几句。他如答不来，便非取经僧，必是妖魔变化！”全真说罢，进入廓门，直走宝林寺。

见那住持带领寺僧出山门伺候唐长老，他两个把说与前僧的话，又讲与住持听了。住持道：“二位师父，何物妖魔把我僧家作假？”心中一疑，便停住在山门外，等差去寺僧的回信。比丘两个乃进玉林山门，在那殿庑打坐。不题。

毕竟唐僧何时方到？且听下回分解。

第九十回

唐三藏沐浴朝王　司端甫含嗔问道

诗曰：

世间那个是真僧，作像装模孰可凭。
识假还须真慧眼，真僧岂在舌唇能。

却说行者他当年走过的乌鸡国宝林寺，一个斤斗就打到寺中。隐着身，看见住持带领众僧伺候取经僧长老；走到廓门，又见寺僧奉差远接唐僧，却不知妖魔来历正在何处？行者东走西走，正走到市镇前，见人烟闹热，都传说取经的圣僧已到，住界口村里，尚有五十里远。行者听了，道："我们住在禅林，离此百里，且师父住下等我回音，如何将次到此？"只得回路找来。果然，走了五十里路，一处空野中道，只见人民往来济济。行者摇身一变，就变了个老和尚，上前问那行人："何事来来往往？"人人说道："取经的圣僧将到，我们远去观看。"行者道："我师父如何不等我回音，造次行来？就是我的担子，谁人挑走？"一面心疑，一面走路。走到前面，果见尘灰腾起，师父柜担飞拥而来。行者见了，笑道："果然是妖魔假充我等！便是充别人，也罢；老孙可是与你假充的？"把眉一皱，机变就生，走上前把假变的行者一巴掌打去。妖魔道："你这个毛头毛脸眼和尚好生无礼！如何打我这一掌？你岂不认得，我乃唐僧大徒弟孙行者！"歇下假担子，就来扯着老和尚。行者故意笑道："原来你不是孙行者！我闻得唐僧的徒弟个个见性明心，知微妙，识奥理。比如我老和尚打你这一巴掌，若是真孙行者便颖悟，低头拜谢我教诲。"妖魔听了，乃缩住手陪个笑脸，道："老和尚，你这一巴掌叫做甚奥理？"行者道："这打你叫做不打你。若是我方才不打你这一掌，乃叫做打你！"妖魔个个听了，齐歇下假担，向老和尚道："长老何处来？请再教诲些奥理！"行者道："我老和尚乃宝林寺差来远探取经唐僧的。往来行人个个都传说：真唐僧被妖魔一路来假充，他们欺哄这地方僧尼道俗。如今，我寺中住持带领些知奥理僧众要盘问，若是对答不来的，便是假。比如问你可是真唐僧，你道是真的，那住持、众僧定指你为假。若你说是假的，那住持、众僧方信你是真。更把那假充的来历句句说出，那住持、众僧越信你是真实不虚，方才香幡迎接到寺，上奏国王，大设斋供，以礼送过境界。若是装模作样，说是真唐僧取了经文回来，这住持反疑是假，礼貌也疏，迎接也懈。就是到他寺中，斋供也没一点！"妖魔听了，各相笑道："原来禅机微妙，颠倒倒颠，须要识得。我们只装了唐僧模样，若不是这老和尚教诲，却不被人识破？"乃向行者道："老和尚，你既说是住持差远探的，必须要回复住持，却去说我们是真还是假？"行者道："如今先问了你，我方去报。且问你挑着经担前来，是真孙行者，还是假的？"妖魔道："我是假的。行者又问："这经担却是何物？"妖魔道："总是假的。行者道："你这唐长老、八戒、沙僧、白马却是甚么假变的？"妖魔难开口说出本来，狮毛怪乃答，乱应道："却是假变，假变！"行者听了把脸一抹，复了本相，掣下妖魔假担子上禅杖，大喝道："我把你这妖魔！如何擅自弄假把我师徒变幻，坏我名色，亵我经文！"抡起禅杖就打。妖魔见是真行者当前，各执了棍棒劈空就来奔行者。好行者！大显本事，力斗众妖。真是一场好斗！怎见得？但见：

> 妖魔恼羞成怒，行者怪恨生嗔，两下里棍棒一时抡。只斗得行者威风生猛勇，妖魔怪气化微尘！

行者与妖魔力斗良久，不觉的大恨一声，道："可怪你假变老孙！想我当年在这界口力战狮魔神通本事，谅你这几个妖精动了我红炉，把你只当毛发一燎个干净！"众妖听了，道："爷爷呀！这变脸的长老原来是送祖宗的地理鬼！他请了菩萨降服了先代，惹他怎的。且让他过去，再作计较。"化一阵腥风不见。

行者笑道："老孙若穷追你，那怕你走上焰摩天，也有神通寻你。只如今要回复师父话，打点行程，不得工夫。"说罢，一斤斗打到禅林。只见长老、寺僧与地方善信人等，知圣僧是真大唐法师取经回还，又恨那妖魔假变圣僧，愚诱众僧迎接，乃求唐僧设醮驱灭妖魔。三藏道："众善信！只候我小徒孙悟空一到，自然他驱灭了来。"正才说，行者现身面前。三藏道："悟空来了。妖魔事怎生探看？是何物作怪？"行者笑道："师父：我们只打点前行走路！这妖魔不曾伤害我等体面，只是假我们取经回还，骗哄迎接斋供，到也起发人初善心。但他以假作真，恐人怀不信，徒弟已设个机变驱逐他了。"三藏道："徒弟如何驱逐他？"行者笑道："那妖魔作伪日徒劳，我自识颠倒。慧剑灭妖魔，尽把腥风扫！"三藏听得，道："悟空劳动了。"行者又把巴掌打妖魔的话说出，与三藏们听。三藏道："徒弟！这正是道家说的：'识得颠倒颠，便是大罗仙。'"只见八戒把行者肩上一巴掌。三藏道："悟能！这是何说！一个师兄，是你打的？"八戒道："正是不打他！若是师父叫劳动，乃是不劳动。"行者道："这呆子！这是妙法驱逐妖魔，你如何信真？"八戒道："师兄！你这妙法，怎如师父一点至诚取得经文妙法？不消驱逐，妖魔自远禅林。"僧众听了，齐齐称："这位长嘴大耳的长老也会讲经说法！可信真是东土取经圣僧，非比妖魔之假。”

斋醮毕了，三藏师徒离了普静禅林，往前正路走来。正是：景物遐方虽识异，风光到处不差殊。村市人民济济闹热，都来观看中国唐僧。也有夸三藏像貌堂堂一表非凡的，也有说行者们古怪跷蹊形状的；还有畏怕丑陋的，道：“怎么一个好圣僧，这般徒弟？莫不是假变的妖魔？”人动疑畏之心，行者就见貌识情，乃向三藏道：“师父，我老孙看这村市人，见我们形貌若有疑思：‘总是那妖魔作伪。’动了他们不信，只怕经关过隘要盘诘。我等须是把当年来的关验文引，待徒弟到乌鸡国里再倒换了来，方可好行路。”三藏道：“徒弟，我们一路前来，地界都知是取经回还，有何不信？如今要倒换文引，须要朝谒国王才是！”师徒正说，只见远远一个僧人走近前来，那僧人左看右相，欲言不言。三藏问道：“来的长老有何话说？”僧人方才开口问道：“老爷们可是取经回还的圣僧？”三藏道：“我们正是。长老你从何来，为甚的左看右相？”僧人道：“我弟子乃宝林寺住持差来远接老爷的。只因人传说有真假两起，故此我弟子看验明白，方敢近接。今看老爷们是真圣僧，且请在驿馆暂住，待弟子报与住持，前来迎入寺中。”三藏道：“正是。我们也要住在廓外，待沐浴更衣朝见了国王，方才到寺相谒你住持。且问你如何识我们是真？”僧人答道：“弟子见老爷们挑押的柜担，想必是经文在内，一见了异香喷鼻，光彩射眼。我弟子信此为真。”三藏合掌称念。寺僧忙礼拜了，回转报与住持。三藏师徒进入一座公馆暂住。按下不题。

且说那狮毛精怪被行者打斗败了，化了一阵腥风，齐集在公馆厅上。各才计较又要假变唐僧们，往前骗哄迎接斋供，只恐禅机对答不来，孙行者又利害惹不得。众妖正议，只见三藏们进入厅来，妖魔见那经文柜担金光灿灿，直逼邪气，那里存留得住？只得远隐着身形，听唐僧们议论禅机，指望还要仿效。不匡行者进入厅来。闻见腥风，乃把慧眼一观，见了妖魔窃听，隐在厅傍，忙掣下禅杖，道："妖魔！你想是要老孙教训你两句玄妙禅机，思量去骗人。且叫你试试禅杖！"挥起来向厅傍打去。三藏道："悟空！且打点沐浴更衣，来早朝王！忙忙的且试演武艺，莫要又动了伤生之念？"八戒道："猴精那里是试武艺？想是空久了的公馆，他在此舞禅杖逼邪哩！"行者笑道："呆子！你那里知：

看来都是心间幻，须教打破暗中魔！"

且说妖魔不敢复变假唐僧，却又恨孙行者抡禅杖打他。各相计较：也弄个机变报行者之仇。听得唐僧来日早要朝王，就假变孙行者，走到一个官长门前。这官长位列朝班之上，身居廊庙之中，正直无私，名号司端甫。正当五更随班待漏，遇着国王免朝，他勒马回第。忽见大门外立着一个毛头毛脸和尚，左右喝他，他大喝一声，道："我乃东土取经回还，唐僧的大徒弟孙行者！今日到此朝王的。闻知免朝，特来拜谒你官长，如何不行接待，大嗔小喝？甚无宾主之礼，且失敬僧之义，是何道理？"司官长听了，道："你既是唐僧的徒弟，如何唐僧不来参谒我官长，却叫你个徒弟前来？自古行客拜坐客。你唐僧师徒前来，宾主之礼；我敬僧之义。"妖魔道："我师父乃中国圣僧。你乃外邦官吏，礼当迎接。怎叫我师父拜你？"官长发怒起来，叫左右："莫要睬他！"鞭马直入公衙。妖魔故意在门前叫骂而去。那官长益动了正直无私之气，写一道疏文，直说："我国地邻中华，当宗圣教；西方路远，莫信经文。况自古传来，说他无父无君，我王只当驱逐出境，莫容他入朝。"

疏上，国王与左右计议。也有说是，也有论非。说是的道："伊尹不生于空桑。"论非的道："地狱专为毁释的设。"当时有一个官长叫做中平公，听得司端甫奏事，乃乘马到来拜谒。两相会面。中平公开口问道："老官长为何上这一章疏？"司端甫说到被唐僧的徒弟登门毁骂。中平公笑道："老官长！我也不管你别事。只说取经的是大唐僧人，路过到此，你要与他相接，便会一会，如不相会，便随他过路去罢。那唐僧的徒弟无故岂有毁骂你的？我近听人传说：有几个妖魔假变取经唐僧，诱人斋供。只怕是假，老官长当验其真！"司端甫被中平公几句言语解说，他便想道："东土僧人不过路过此方，我管他是非何用？须是看验真假，且到唐僧住处盘问他一番。如果那孙行者仍前毁慢无礼，当再计较。"乃向中平公道："有如老官长教诲。我与你去探望唐僧。盘问他几句，看那孙行者真假！"当下两个备马，带了跟从，要到公馆中来。

却说三藏沐浴更衣，次早正欲朝王，不意国王挂了免朝牌。师徒计较行路。早有宝林寺住持带领寺僧，前来迎接。那老住持一见了行者，毛骨悚然，道："爷爷呀，你真是取经圣僧！当年过此借我僧房，把铁大棒要打和尚的。"上前礼拜唐僧，便请唐僧到寺安住。三藏忙答礼，与住持叙个寒温，随起身到宝林寺来。众僧都替行者、八戒们把经担挑的挑，抬的抬，一齐搬到大殿中，香花供奉在中。三藏师徒先参拜了圣像、两庑阿罗，次才与住持、众僧相拜礼节。只见左庑下，两个全真在那里闭目端坐。住持便要开口叫唤。三藏忙止住道："老师莫要惊动了两位全真，虽说释道异教，却本来同宗。"行者在傍呵呵笑道："师父！只怕他外貌似玄，中心实释。"只见两个全真睁开眼看着三藏，大笑道："好个至诚和尚！取得真经来也。"起身向三藏一个稽首，也不存留，往殿门外走出，临去叫一声："孙悟空！妖魔以假混真，须要步步在意！"

全真方去，只见寺僧来报："官长来谒圣僧！"慌的个住持摸摸光头倒带了僧伽帽，提提衣领穿不及锦袈裟，跑到山门外迎接。两位官长下了马，走上殿来便问："东土取经的圣僧何处？"住持答应："殿内安住。"这官长进入殿内。三藏忙下禅床。彼此行了个宾主礼，叙了些客情话。那司端甫两眼直视着行者，若有含怒之色，便开口问道：“这位长老莫不就是唐圣僧的高徒？我下官便请教你：这柜担供奉在上的，是取来的经文么？”行者道：“正是，正是。”官长道：“这经文中却是些甚言语？”行者道：“都是大人忠君王、爱赤子的言语。”官长笑道：“其中没有登门骂人的言语么？”行者道：“有，有。”官长大笑起来，道：“我闻灵山真经乃见性明心、超凡入圣的道理，怎么有这样说话在内？”行者笑道：“大人把这样说话问我老孙，我老孙便说有这样的说话在内。”官长怒气越动，乃道：“昨日登我门毁骂我下官，想都是这经内学来的？”行者只听了这句，乃道：“大人！怪不得你面有怒色，必是心有不忿。我老孙陪伴师父，浴沐更衣，打点朝王，何尝登大人府？又焉敢无因毁骂？”司端甫听了，道：“小长老！你眼见的不谦恭！向人不称小僧，乃自傲倨，呼为老孙，则前情尽皆可知。”行者只叫没有此情。便是三藏也解说：“小僧这个徒弟语言虽傲，礼义却知，决无登大人府门作无礼之事！”那中平官长忽然笑道：“是了，是了。我闻说有甚么妖怪假说取经僧，莫不是这妖假变，把小长老体面败坏？”行者道：“这情理有十分。大人莫要怀恨，待我老孙与你捉了这妖，一则出了你的气，一则明白了我的冤！”两位官长大笑起来，道：“若是长老有这样本事，捉得妖魔，我大设斋供奉献，仍备些锦缎，表礼相酬。”八戒听了，道：“不知大人肯备斋供，锦缎是我们不爱。便是我小和尚，也与你捉了妖魔来！”当下两位官长辞别三藏，更嘱咐行者：“莫要空言！”出了殿门上马，那住持直送出寺外。

毕竟行者如何捉怪？且听下回分解。

第九十一回

说经义解忿救徒　拔毫毛变袄愚怪

话说这青毛狮种遗下的虬毛，本意假变唐僧修善，只因孙行者怪他坏了僧人体面，举禅杖相打，便怀恨起来，遂假变行者，冲犯了司端甫，指望计害他。行者真假不能辨，乃上天下地，出幽入冥，山林草木，飞禽走兽中，处处去找寻充他的妖魔，那里找寻得着？

那司端甫终日叫仆从来寺中，以威势喝令住持催促，只要行者捉出妖魔，方消了忿恨。行者没处捉拿这妖魔，自怨力斗之时与那盘问之会，不曾深究妖魔个来历；被官长催促，不得已乃使个机变：拔了一根毫毛变了自身，却将绳索捆了，走到司端甫公厅，说："捉到了假行者，特来对质个明白！"司端甫听得忙出厅，见了两个行者状貌相同，语言一样：一个立在厅上，一个捆在阶下；那立在厅上的却是真行者，捆在阶下的乃是毫毛变的。行者故意说："你这大胆妖魔如何假变我老孙？冲犯老官长！"毫毛也故意答应道："是你冲犯了官长，怎推是我？"行者故意拿根棍棒照毫毛打去，那毫毛叫："说了罢，是我不该假变你状貌，冲犯了官长！"行者道："我且不打你。你且供是谁？为何变我老孙使官长怪我？"毫毛乃故意供道：

你是谁？我是谁？总是同身共肚皮。你有两耳并双目，我岂无鼻与须眉？你乘巧，我岂呆？休夸富贵笑贫居。堂前你是孙行者，阶下安知不是伊？

毫毛说罢，行者故意发起怒来，道："你看，你口口声声还说是我，不肯实供。"只见司官长笑道："长老，我忿恨已解。世间那有两个你？如今有两个在此，便知你是真，他是假。明明是个妖魔要坏了你名色，你自处他去罢！"行者道："大人纵明白了，只是我老孙怎肯与他干休？"一棍打去，那阶下行者忽然不见。司端甫大笑起来，留行者斋供。行者辞谢道："大人见了明白，我小和尚申了冤，师父望我回话去哩！"辞别出厅，一直回寺。这正是：

不将自己谦卑礼，怎释他人忿恨心？

行者设了这个机变，虽然解了司端甫之疑，心里却又恨那妖魔，一心必要找寻出是何精怪？那里知狮毛妖魔到也有几分手段！他几个隐着身形，跟着唐僧们到寺来，还想学僧人的盘问对答，思量前途假变，遂他行善功的心肠，却又恼恨行者要驱灭他，不意行者释了官长之义。又听得八戒说："有斋戒也会捉妖。"乃相计较道："这长嘴大耳和尚也会夸嘴！如今且丢开孙行者，把这和尚耍弄他一番，看是他会捉我，还是我们会耍他？"

却说三藏见国王免朝，只得在宝林寺住下，待坐朝还要谒见国王。这地方往来寺中观看圣僧取经回来的纷纷不绝，内中有豪富人家妇女立心修善，积下的缎帛甚多，他闻得圣僧安住寺中，带领侍儿也来观看，只见唐僧师徒褊衫、袄子破旧，便发一点点善心，乃向三藏道："师父们衣破，我愿布施几匹缎帛，与你做件上盖。"三藏道："布施乃女善人功德！只是我出家人远涉道路，有衣遮体御寒，便受福无量。若做件新衣穿着，途次不便行走，况缎帛乃蚕吐丝成，非我僧家宜服。”妇女道：“师父既不穿缎帛，我家见有织得布匹，取几匹，你做件新衣。如途次不便，且安在行里，到寺院更换。有何不可？”三藏道：“布施布匹虽说是你功德，只是尺寸皆女工劳苦，我僧家受了，怎消这功德？况出家人有衣在身，又收贮一件在里，也非修行道理！古语说的好：‘上床脱了袜和鞋，知道明朝来不来？’”那妇女见三藏辞谢，乃称道：“真是圣僧！”却看八戒身上衣衫更破，说道：“小长老！你的袄子如何更破？”八戒笑道：“远路挑担，磨破肩袖；又撞着妖魔，捆吊扯碎！我师父他便见人，却有锦襴袈裟，不受布施也罢。我们这破袄子，补丁也没一块！女善人布匹，不敢违背师意受你的。若是补丁，领你一两块罢！”妇女道：“有，有，送来。”说罢，出山门而去。

不知妖魔正在殿傍伺候，寻八戒的心事要捉弄他，却好听得要妇女补丁补袄子，趁八戒走出殿门外，乃变了一个侍儿走近前，道：“小长老，我娘子说你衣破，可脱了去与你补！”八戒道：“善心，善心！只是天寒地冷，身上止有这件衣袄，怎脱的与你去？”侍儿道：“小长老！何不到我家？换件衣你遮寒，脱下来补。”八戒信真。那侍儿先走，这呆子后跟。妖魔见八戒随来，出了山门。他却寻了一所大空房，引进八戒到里，道：“小长老你立在此，我去取件衣来与你换。”乃到堂后，随与众狮毛妖变了几个大汉子，走出屋来，见了八戒，道：“何处和尚？青天白日闯入人家，非奸即贼！”八戒道：“我乃过路取经僧人，蒙你女善人怜我衣破，布施补丁，叫我到此来补。”汉子们道：“我家那有妇女？就是有妇女，也不出闺门到僧寺叫你看。你这个嘴脸，定是不良的和尚！把绳索捆了，送他到地方官长去。”一个汉子道：“送甚官长？且取棍棒来打他一千棒！再送他去。”八戒道：“列位大哥，委实我和尚有些来历，非不良之僧。你说捆也没干，打一万也禁得，送到官府，只怕还要难为你家！破袄子趁早与我细补，便斋饭不妨摆出来，到免了你们的晦气！”众汉子道：“好大话的和尚！敢在人屋里放刁！”掣出棍棒就打。好八戒！拳打脚撑，早夺过一条棍子，与众汉子在屋堂阶大斗起来。吵闹声响，惊动了邻屋人家，左右齐齐，来了许多男子。妖魔见势不谐，往屋后进去。众男子见是一个和尚拿着一根棍，独自阶前左舞右跳，口里乱嚷乱叫，乃上前叫一声：“是那里和尚？到这空屋里做甚事？莫不是病疯见鬼？”有的说：“这长老是宝林寺殿上挑经的僧！”有的说：“那里是他？那取经圣僧徒弟自尊重在殿上，此莫非是传说的妖变？假变唐僧的徒弟！”八戒道：“列位！我实是殿上挑经和尚，被一个侍儿引来，与我补破袄，那侍儿进去了，不知屋里几个汉子走出来，把我当不良的，将棍棒乱打，是我与他们打斗！”众汉子笑道：“此乃空闲宅子，那里有甚侍儿、汉子？”八戒道：“方才与我打斗，见列位来，进屋去了。”众男子扯着八戒，走入屋后，都是空屋，那里有个侍儿、汉子？齐齐把八戒扯着不放，道：“分明你是个不良闯入人屋的！”有的说：“只恐空屋久闲，有甚邪魅迷哄这长老人来？”有的说：“若是寺内取经圣僧，邪魅安敢犯？”有的说：“不如扯他到寺殿见那老长老，自然明白。”

众男子扯着八戒出门，恰好遇着比丘僧与灵虚子两个，变着两个全真出寺门，长街短巷行走，只为保护经文，要荡涤妖邪。见众男子扯着八戒，乃上前道：“列位！此是取经圣僧徒弟，缘何扯着他？”众男子道：“他既是圣僧徒弟，如何在人家空闲屋内？不知何事？”比丘把慧眼一观，向灵虚子道：“此分明是猪八戒，如何出寺门做此事？”乃问道：“长老，你不随师在殿上保守经担，却缘何出来做此事？”八戒把侍儿引来补衲之事说出。灵虚子笑道：“是了，是了。谁叫你妄想补衲？跟随侍儿自投痴境，撞着邪妖！你列位同到殿中，见了圣僧，自然明白。”全真说罢前去。

却说三藏与行者在殿上静坐，眼中忽然不见八戒，说道：“悟空！怎么这一会不见悟能？那里去走？”行者道：“徒弟见那妇女要布施缎帛，师父辞谢他时，八戒化他补丁，只恐出山门化补丁去了？”正说间，只见众男子扯着八戒进殿来，把这前因后节，说了一番。三藏微微而笑，道："列位善人，这分明是我徒弟出门化缘。"众男子道："老师父，若是化缘，怎么闯入人家空闲屋内乱敲乱打？指说无据虚话？"三藏不答，说了四句经语，道：

一切有为，如梦泡影。如电如雾，应作是观。

三藏说罢，众男子齐齐合掌拜谢，称赞而去。八戒忽然明白起来。沙僧道："二哥，你分明被妖魔耍弄，如何不使出你平日神通本事来捉拿妖魔？"八戒道："我平日的手段，不知怎么今日使作不出？"行者笑道："总是你背了师父辞布施之心，化甚补丁，随那侍儿行去，惹了妖魔！"八戒道："似你专惹妖魔，怎么能使神通本事？还要弄个机变心肠？"行者笑道："呆子！我老孙是要拿妖捉怪、保护经文一片公心，岂是你补袄子一种私意？你不说到罢了，我如今正要寻那假变我们的妖魔！适间捉弄你的这空屋里侍儿、汉子，一定就是了。"叫声："师父端正了念头，好生看守经担，徒弟找寻妖魔去也！"随隐着身赶上众男子前去，到那空闲宅内。众男子把屋门关锁，各散。

行者却变了个八戒，坐在屋槛上，看有甚妖魔？

却说众狮妖与八戒打斗，正要齐力把八戒扛倒，不意邻众男子来。他却进了屋，隐了形，随到寺殿，听他师徒们说了一番，又要弄个手段。见唐僧念头端正，无因可假，乃复到空屋，见八戒坐在屋槛，笑道："这和尚，锁了屋门，出去不得。你看他坐在槛上没精没神，正好弄他！"仍变了一个侍儿，从屋里走将出来。行者道："好呀，好呀！你叫我来补衣服，如何着人打我？"妖精道："我们进去拿衣服你穿，那是间壁人家的。他怪你进里面来，故此打你。见你说是唐僧的徒弟，因此关了门进去了。"行者道："你方才那里去了？"妖精道："这里面有一暗门，通着我家，因人多吵闹，我也进去了。如今却来了与你补衣服。”行者道：“你说取旧衣与我替换。”妖精道：“小长老里边没有替换衣袄。你可忍一时冻，脱将下来，我与你叫娘子去补。”行者机变就生，想道：“我正要查他娘子来历！”乃拔根毫毛变了八戒的样子，自己却变破袄，脱下身来。妖怪不知，拿着件破袄在手，看着假八戒，道：“小长老！你赤精精的不冷么？”毫毛不会答应，只把头摇。那侍儿走入屋内。众妖怪笑道：“且先把这和尚冻他一日！”一妖道：“莫若扯碎他袄，叫他没的穿回寺。”众妖道：“有理，有理。”方才要扯。行者道：“不好了！老孙的真身怎与他扯？”不觉的现了原身，抡起双拳便打。众妖怪见是孙行者，怕他手段，往前屋就走。那假八戒故意畏寒，赤着身子，颤巍巍的。众妖道：“孙行者利害，惹不得！这猪八戒不济，我们且扛了他去！”把个毫毛变的假八戒抬扛，飞空走了。行者走出屋来寻妖魔打，那里有个妖怪也！他的假八戒也不知去向。行者心疑，自悔性急，不曾看明是何妖怪？这根毫毛何处去了？只得出了空屋，走回寺殿。

见三藏与八戒、沙僧欣欣喜喜打点行李，行者忙问道：“师父守候朝王，怎么打点行李？”三藏道：“国王免朝。我们来朝朝门前叩谢，辞了寺众去罢！”行者道：“你便去得。我老孙只因找寻妖魔，被他拿我一件宝贝去了，须要寻着妖魔取将来，方才往前去得。”三藏道：“悟空，你金箍棒已缴，紧箍儿已脱，有甚宝贝被妖拿去？”行者道：“是件贴身的宝贝，定要寻得！”三藏道：“今日虽晚，尚有一夜，你速找寻，不可迟误了。”行者依言，道：“师父好生看守经担，我找寻宝贝去也！”说罢，出殿门走去。八戒见行者说寻宝贝出殿，乃与沙僧说道：“师弟，你猜行者可是寻宝贝？”沙僧道：“大师兄身无私蓄，有甚宝贝？想是他来时，在这国内立下许多拿妖灭怪功劳，有甚地方请他吃顿私自斋饭，假推不见宝贝，要挨一口！”八戒道：“是了。三弟可好生看守我的经担，待我尾着猴精之后，看他那家去吃私房斋？”悄悄的瞒着三藏，走出殿门。远远月影之下，见行者东张西望，坐在一座石桥栏杆之上。八戒弄个神通，把蒲扇大耳掀起来，听那行者可说甚言语。果然行者独坐在桥栏自嗟自叹，思想毫毛，不知被妖怪摄在何处？八戒捏个顺风诀，听他说道：

我体天地生，精华日月照，周身备万毛，一灵通九窍。谁非血脉荣，皆是皮肤貌。只为诳妖魔，将伊来拔掉，来时夸伊神，去来称你妙。懊恨强中手，不知何怪捞？一毛虽是轻，怎肯舍的耗？

八戒捏了顺风诀，把行者嗟叹之言字字听了，笑道："这猴精原来把一根毛儿当宝贝，舍不得。且再看他动身到何处找去？"

要知行者寻着毫毛，且听下回分解。

第九十二回

神王举火燎狮毛　猎户疑僧藏兔子

万种妖魔万种因，尽从客感凿天真。无边业障由烦恼，
有碍虚灵是妄嗔。剪灭直须操慧剑，行持切莫入迷津。
生人识得玄中理，万劫常布不坏身。

话表众狮毛妖魔怕行者神通广大，本事高强，不敢与他斗，出到屋前，把八戒扛去。到一处空山谷内，忙将绳捆了，把大棍乱打，问道："你这长嘴大耳和尚向人夸说会捉妖魔，如何被我们捉来？补丁、斋饭且从容，等捆着打一千棍，再奉敬你！"这毫毛变的假八戒不会说话，只是点头。妖魔正疑，说："怎么这等一个痴和尚？莫不是孙行者弄的神通？也罢，便是假弄，且打他一千棍，再作计较。"不知这假八戒乃是行者法身一体。行者坐在桥栏上无处寻妖，忽然身上打个寒噤，如棒打一般疼痛起来，急燥的自嗟自叹："我老孙也是个伶俐的，怎么把根毫毛失落不知项下？多管是妖魔拿了去打哩！"心里恼恨错变了八戒。那八戒远远看行者坐在桥栏上，身也不动。他只得立在远等，忽然也感满身如棍打之痛，正在疑心。不题。

却说比丘僧与灵虚子复了原身，往来寺前巡游。月明之下，见行

者坐在桥栏，又见八戒远远立着。比丘僧乃向灵虚子道：“师兄，你看行者、八戒两个远远各坐、立在明月之下，是何缘故？”灵虚子答道：“正是。他两个不坐殿上伴唐僧守经担，到此闲坐远立，必有甚故？师兄可去探孙行者，我去探八戒！”比丘僧道：“夜静月明，我两个无因去问。”灵虚子道：“须是作个有情去探。”比丘僧说：“变化有情，不如直以灵山原来状貌！我与师兄分头去问罢。”比丘僧走到石桥边。见行者自嗟自叹，乃上前道：“孙悟空，你不打点行李，随师朝王前去，却在石桥适情玩月，自叹自嗟，莫非是学了你师，动了唐人风韵？”行者看见，便认得是比丘僧，乃答道：“吾师何来？我老孙那里是适情玩月？乃是被妖魔抢我一件宝贝去了，没处找寻，在此自嗟自叹。”比丘僧笑道：“你、我出家人视身外之物有如浮云，甚么宝贝动了不舍之情？”行者把身上一指，道：“我老孙的一身宝贝多着哩！”比丘听见，笑道：“谁叫你使机心把他变化八戒，被妖怪捆去了。便弃了他这相，也值不多。”行者道：“一毫弃不得，弃了不为完身！若是找寻妖魔不着，不得这宝贝，怎肯挑经担打点行程？”比丘见行者说出不肯挑经担，忙扪着行者之口，道：“悟空切莫动不挑经担之心！只恐此心又生出妖魔！你找寻不着妖怪，何不把慧眼远观？”行者道：“正为少了这一根宝贝不为全体，慧眼便照不出！”比丘僧道：“此实不虚。待我与你观看。”把眼四方一看，笑道：“那远远山谷之中，妖魔正在那里打你的宝贝！”行者听得，恨了一声，说：“怪道身上疼痛，原来这段情由。”

他也不辞谢比丘，一个斤斗直打到山谷前。这众毛妖知行者神通，已先把谷门紧闭，牢加扃固，真是风也难入。行者到得洞前，但听得谷内棍棒之声，千方百计不能入去。变个蠛芒虫儿，又被妖怪识破，真无奈何。

且说灵虚子走到八戒面前，道：“八戒，你不随师打点行程，在此处作何事？”八戒看了灵虚子一眼，道：“老道长我有些眼熟，想曾在那里会过面？”灵虚子笑道：“八戒！你岂不知既在佛会下，都是有缘人？”八戒说：“我只因孙行者失落宝贝出来找寻，随他玩玩月。”灵虚子笑道：“你非此心。孙行者有何宝贝，多管是瞒你去吃晚斋！”八戒道：“正是，正是！你这道长见的透。”抬起头来，不见了行者。八戒道：“都是与你讲话，把个行者走了。”灵虚子把慧眼四望，见行者在山谷前，乃向八戒说：“你师兄在那远山前人家吃晚斋哩！”八戒听得，那里答话，飞走去了。

灵虚子走近石桥，见比丘坐在石栏，两个说出这段情由。比丘道：“孙行者动辄拔毛变幻，这会被妖魔把毫毛捞去，恐伤完体，定要寻着，不肯挑担动身！如之奈何？”灵虚子道：“师兄，我与你须是远远看他收复这根毫毛，若是收复不得，必要助他些法力！”两个远远望着。

行者在那谷门无计入去，却好八戒走到面前。见了行者，笑道：“夜晚间便不吃这顿斋也罢，守着人家谷门，想是化缘？”行者道：“呆子，都是为你。寻妖失落宝贝，已知下落，在此谷内，无奈妖魔把谷口牢闭，我千方百计不能得入！”八戒道：“你平日机变神通何处去了？”行者道：“正为少了这件宝贝，变化不来。”八戒道：“你休瞒我，不过是一根毫毛，我八戒身上也有许多，曾在前林变过。如今拔根赔你，去罢。天早师父辞朝，前走赶程！”行者道：“师弟，你的鬃毛也曾变幻，我到忘了。如今说不得，借你变化个神通本事，打开谷口，收了我的毫毛去罢。”八戒道：“拔甚鬃毛？再被妖魔捞去，连我也弄做个不全的！我与你使出些大力来。把谷门打将进去罢。”八戒说了，使出一臂法力，把个谷门打的七零八落。那众毛妖正把棍棒打假八戒，见了真真行者、八戒进谷，把假八戒依旧一齐扛了，飞空远去。行者与八戒也腾空追赶。这妖魔分了几个拦住空中与行者们抡拳敌打；分了几个依旧仍回山谷，把谷门将石垒的坚固。行者、八戒被这妖魔使了个乜斜斗，打敌一回，又走一回。两个无奈，又恐天明师父打点起身，甚是燥急。

却说比丘僧两个在桥栏望空，见行者不能收复他毫毛，又没本事捉拿妖魔。天渐明亮，只得把木鱼梆子敲了几声，惊动了报事使者，顷刻驾云到了石桥之前。见了比丘两个，备知其情，即赴灵山，报知神王。神王把慧眼遥观，笑道："谁叫孙行者使心机变，动辄拔毛弄假！你有毛拔，魔岂无毛？这种根因必要消除了他的，方才显出唐僧的至诚取了真经回国。"叫使者探看："这是甚么妖魔？"使者禀道："小圣已探看，妖魔乃当年青毛狮子遗下虬毛作怪！"神王道："原来这个情节。待我去收服了他来！"神王方才出了雷音寺殿门，只见廊下一个狮子在那里蹲卧着。神王一见，笑道："你不随师菩萨，却在此卧？"那狮以爪搜毛。神王道："正是你这搜下虬毛拦阻了经僧，可急收服了来！"神王说罢，那狮化一道金光不见。神王驾云到了宝林寺前，果见行者与八戒和妖魔斗打，不分胜败。神王帮助行者神威，口中喷出真火。妖魔见了，心中惧怕，逃走到谷口。这里齐齐赶来。妖魔无计脱身，被神王一火焚烧。那火焰延入谷内，正要将众妖俱焚，却好行者进谷，见了他毫毛，急收上身；忽然空中一个青毛狮子，把身一抖，那虬毛收上身去，山谷妖魔尽灭。

行者方才称谢神王。神王说："悟空，你那根毫毛动辄拔下假变，故有此狮毛弄你根因！本当也焚了你这根毛，只怕伤了你毫毛，不成完体，以后须戒了拔毛机变，勿损了你师父取经至诚！"行者道："谨戒，谨戒！"八戒道："神王，我老猪忠厚老实，问你一声：过了此处，可有甚妖魔了？"神王笑道："你这仗着忠厚老实，那里有甚妖魔？只怕你贪嗔走入痴途，难免邪气不着！"神王说了，驾云而去。行者与八戒方才走回宝林寺。只听得殿上：

钟鸣鼓响众僧齐，正是焚修功课时。东土取经唐长老，这回打点别乌鸡。

行者、八戒走入殿中，三藏见了，道：“你两个何处闲行？叫我系心半夜。”行者道：“师父，徒弟们找寻宝贝，今已寻得。你莫要又说系心。若系心半夜，我老孙晓得，又要被系心妖魔作弄了！”三藏道：“你宝既得，我们趁早国门外朝王，辞了寺众，前行去罢！”当下师徒走到国门外，望上朝参。回寺别了住持，众僧香幡送唐僧出得东廓门。

师徒四个连马五口，离了众僧，晓行夜宿，行够多时，到了一处地界。三藏押着马垛，道：“徒弟们！我等离了乌鸡国，走了这些时平坦大路，心下宽舒。今日多赶了途程，身体有些疲倦，你看那里有甚庵观寺院人家？借寓一日，再趱路前行。”行者道：“师父，你说心下宽舒，便有个怠慢的志念。这身体疲倦，便是一种妖魔弄你！”三藏道：“徒弟，你这话虽也在道，但是宽舒比那忧愁不同。”行者笑道：“师父，我徒弟还说忧愁胜似宽舒。”八戒听得，道：“真个走得远了，身体十分疲倦，要宽舒宽舒，方才免得忧愁。”把经担歇在个深树林间，便扯着马垛，解下柜子，道：“我们要宽舒，把马也歇他一会。”师徒正才歇下担子，只是后边来了一簇人马。三藏回头一看，只见：

> 尘埃腾涌，声势鸱张。尘埃腾涌乱飞扬，声势鸱张人气旺。唐僧心胆怯，八戒念头慌，沙僧疑惑怪非常！只有悟空孙行者，抬头望，意思想：不是猎人来赶兽，便是妖魔追长老，下顾美猴王。

三藏见了，慌张起来，道：“徒弟们，方才只该努力上前走路，都是悟能要宽舒，歇下担子。”八戒道：“却是师父叫身体疲倦，寻寺观人家安歇，如何怪我徒弟？”沙僧说：“寺院人家便有个着落，如今在这深树林间，万一是剪径强人，看见了我们经担当作货物来，却如之奈何？”行者笑道：“师弟你好脓包！妖魔来老孙也不怕，便是强盗又何足畏？你我且把马匹、柜担安在一处，掣下禅杖在手，若是强盗，大家齐力保护，不可怠慢！”八戒、沙僧依言，各掣下禅杖，坐在林间。三藏只合掌念佛。行者道：“师父，逢善人该念佛。只怕是恶人来，他那里信你？”三藏道：“徒弟，你那里知道？你们拿着禅杖，思量要打。万一打杀了人，伤生害命，不当人子！不如我念佛，暗中自能解冤化恶。”

师徒说话未了，那人马走到林前，问道：“长老们！你可曾藏了我们的兔子？”三藏看那起人：

架鹰随韩卢，骑马操弓弩。不是劫掳人，一行游猎户。

三藏见了，方才放心，道：“列位，我们出家人如何藏你兔子？”那猎人道：“我们赶得两只兔子，分明跑到这林间，如何不见？那前途左山右冈，我们都有鹰犬把定，必然是你们藏了！你说出家人不藏，我道你们往往讲慈悲说方便，每每劝人放生，岂有见兔子被赶得慌张不救他的？若还藏了，必须要还我！”三藏道：“列位善人！其实小僧们见也未曾，如何藏你的？”猎人道：“你称我们善人。我打猎的心肠，恨不得猎尽麋獐鹿兔！你把这二字称我，分明是藏了兔子故意支吾！看你这些柜担，定是藏在里边，急早开了我看，如果没有在内，便罢。”三藏道：“列位，这柜担开不得。我乃东土僧人，奉唐王命，上灵山取的经文，上有皇封扃固，甚密。”猎人道：“我们只要搜寻兔子，那里管甚么封皮扃固？”一齐便要把柜担打开，七手八脚，人又众多。三藏那里分辩得来？乃向行者道：“悟空！这却如何处？”行者道：“师父！若是老孙使个机变，可怕他一千个猎人，那个敢动我们柜担？只因一毛儿不敢再拔，禅杖子又不敢动手，动了禅杖打出人命来，你老人家又咕咕哝哝，说损了阴骘！你问八戒，看他怎个主意！”三藏乃向八戒说：“悟能，这众人要开经担搜兔子，你计将何出？”八戒道：“我老老实实开与他看，中间没有兔子，难道强问我要？”三藏道：

“柜担一开，只恐前途风雨差失，万万开不得。你且再想个计策！”八戒道：“悟空又不肯设计，我也没法，师父可问沙僧！”沙僧道：“我越没有主意，惟有个恭敬心肠保护着经担，决不肯与众人开看！”三藏听得，心内益慌，只是合掌称念如来，向众猎户道：“列位善人，其实小僧们不曾藏你兔子，且问你这兔子值多少钱钞？小僧情愿脱下衣衫，赔你兔价。”众人那里肯？三藏没奈何，向行者道：“悟空，还是你作个法处。”行者道：“师父，必要徒弟设法，须使机心。你老人家可肯容我？”三藏道：“徒弟，正为你行行步步使机心，便亵渎真经，到处遇着这样妖魔留难。如今说不得了，凭你罢。只要保全柜担，不把众人拆动封皮！”行者道：“师父既叫我使机心，便打杀了几个猎户也无碍！”乃抡起禅杖向众猎户说：“你们倚着人众势强，冤赖我僧家藏你兔子，定要开我经担。我如今弟兄三个，只有这三条禅杖，你若打得过我，便让你开担子；若是打不过我三个和尚，休要悔懊！俗语说的：‘留情不举手，举手不留情。’”众猎户听了大怒起来，说道：“那老和尚合掌善求，我们情义尚可原容。你这三个小和尚拿着棍棒三根，讲说打斗，便非良善！我们生长在这地方，你一个过路的要与我们打斗，你可知俗语：‘强龙不压地头蛇！’”猎人说罢，便挽起弓弩，连发了三枝箭来。行者眼快，把禅杖连打落在地。吓得个三藏道：“徒弟们，不好了！俗语说的：‘明枪易躲，暗箭难防。’他人众弩多，方才还是留情的三箭。若乱射来，你们怎挡他？”这长老惊惊战战，只是合掌称念。

毕竟怎生解救？且听下回分解。

第九十三回

假变无常惊猎户　借居兰若诱尼僧

话说比丘僧两个坐在石栏，见孙行者得神王法力复了毫毛回寺，与三藏别了乌鸡国僧寺前行，他两个欣欣喜喜，木鱼声送经灵感；又见唐僧师徒前行，一路坦然大路，正才走到唐僧路前，回头一望，见他师徒歇在林间，与一簇人马争打。比丘僧向灵虚子道："师兄，你看唐僧在后边又遇着妖魔了。"灵虚子道："我与他暗去探看，是何物妖魔？"比丘僧说："正是，暗去方妥。若是显去，那孙行者伶俐，知道我与你，便要推托在我们身上。"乃隐着身形走到树林，见是猎人要搜兔子开经担，与行者争论这段情节；又见猎人挽弓放箭，三藏心慌。灵虚子道："师兄，解此争斗不难。"乃向树林上摘了两叶，叫声："变！"顷刻变了两只兔子，在那树林根下穴中钻出。猎人见了，齐声叫："莫要动弩，冤了这长老们，是我等理曲！"众人齐去逐兔。那兔子飞走，往山冈远去。这众人驾马发弩，飞鹰放犬，竞去追却兔子。三藏乃叫："徒弟们，众猎户见了兔子，除了疑心，息了忿争，前去追赶。我等免了这冤孽，趁早挑着担子走罢。"八戒、沙僧听了，忙挑起经担，说："走路，走路！莫要又说劳倦歇息，动了这懒惰之心，便惹了妖魔怠慢。"行者说："呆子，你便怕惹妖魔，我老孙恼他赖我们偷藏兔子，又倚众恃强，张弓挽弩，把箭来射！到亏老孙武艺精熟，把禅杖打落他箭，若是武艺不精，必遭他射。这会，他有了兔子去追赶，待我叫他赶个落空，还吃我个惊骇！”三藏道：“悟空，那猎人如何吃你个惊骇？”行者道：“只因师父被他们惊骇了这半晌，徒弟却要替师父还他个报复，叫他也吃吓一会！”三藏只叫：“罢休！挑经担走路，莫要又动机心。”

这行者那里肯罢？虽依师父挑起担子，随着八戒们前行，走了二三十里路途，忽然丢了担子，一个斤斗依旧打回深树林间。只见那众猎人追赶兔子，不知那兔子原是枯叶变的，走过山坡复了原形，没处寻觅。正在那里东找西寻，忽然林里窜出一只金睛白额虎来。众猎人见了，全不惊骇，齐齐笑道：“好买卖，捉兔子不着，却撞着你这业障！”齐架起弓弩，搭上箭。正要望虎射去，内中一个猎人道：“先讲明了，打得这只虎如何分？”一个道：“我要肉，吃腹饱。”一个道：“我要骨，医手足。”一个道：“我要须，好剔牙。”一个道：“我要皮，当作褥。”行者听了要走，又怕他们追来放箭；要上前，又见他们不怕，把钢钗来戳。正悔懊说：“今日这机心使拙了，万一乱箭射来，如之奈何？打个斤斗走路，又损了平日之名！”只听那猎人说：“莫放箭，射破了皮，做不得坐褥。”行者把慧眼一看：原来是灵虚子见孙行者变假虎吓猎人，他见猎人不怕，反要张弓射箭，见行者没个计策，乃变个猎人杂在众中来护救。众人听得说“射破了皮”，齐执着棍棒来打。灵虚子高声叫道：“张大哥莫要装假了，我们要放箭了！”行者听得，猛想起个法：把身一直起来，原来是一张虎皮，盖着一个汉子。众猎人一齐笑将起来，往山冈头去了。行者自嗟自叹，道：“本意来替师父报个惊骇之仇，谁知这伙猎人见虎不畏，反要来射，不亏那救护的道人提明，我老孙几被他伤损法身。如今欲回去挑经担，师父必然问我如何惊骇猎人？我老孙若说个谎，又欺了师父；若直言无隐，却被八戒、沙僧耻笑。如今一不做，二不休！必须把这起猎人定要惊他一场，方好回去见师父。”

行者想了一会，“设个甚么计较方才惊骇的这伙人？”乃想起：“打猎是伤生害命的事，幽冥必有鬼责！”乃变一个无常人，手执着文簿，走到山冈。只见那猎人射了一会猎，齐歇在林间。行者故意执着文簿，坐在地下。那猎人见了这个汉子，似个公门中人，手执着文册，乃问道：“长官是那个衙门公差？手中票子何事？”行者道：“我是勾拘作恶的！”猎人问道：“我这地方那个作恶？”行者道：“无故伤生害命，游闲打猎，这便是恶人！”猎人笑道：“取诸山林，不伤国课，借以资生，怎叫为恶？”行者道：“你便说不为恶。我冥冥之中，却怪你这宗事伤禽兽性命，差我来勾捉！”他猎人只听了这句话，个个毛骨悚然，大惊道：“公差！借你文策，我们一看。”行者道：“这是秘密牌票，如何与你看得？”行者见众猎惊骇，他心既遂，乃往山冈下飞走。众猎放马赶来，那里赶得去？个个称异回家，不敢打猎。

却说行者遂了机心，正要打斤斗回见师父，只见比丘僧与灵虚子坐在山冈上。见了行者，道：“孙悟空，好个替师父报仇惊那猎人！不是我提明解救，已被强弩先自惊了一番也。”行者称谢，道：“二位师父，你前前后后多有多劳扶持，请问你何处去？”比丘僧笑道：“悟空，我问你：劳劳碌碌不跟着师父一样至诚着甚来？你师父在前等你挑担赶路，快去，快去。我两个是到东土公干，你休问我。”行者听了笑了一声，一个斤斗打在三藏面前。三藏见了行者，道：“悟空，你忽然丢下担子，又去那里？想是要惊骇那伙猎人。你怎生样惊骇他？”行者乃把虎的情由说出来。八戒笑道：“猴精，你那里知虎见猎人反惊？未曾吓人，到被人吓了，这机变何用？”行者又把变公差勾恶人话说出。三藏道：“徒弟，你只惊人，不独打猎的，但凡为恶的，都要惊心。只是你每每动了凶心，切莫将禅杖胡乱打人，恐被无常勾你。”行者笑道：“师父！你岂不知我老孙——

自从花果做猴王，游遍天宫地狱堂。拔去轮回生死籍，万年再不遇无常！”

行者说罢，挑起经担往前飞走。八戒道：“师父，你看这猴精遂了心意，打起精神。你便飞走，我们等了这半晌，肚中饥饿难行。看那里有人家，去化一顿斋，吃饱再走！”行者道：“此处都是山路崎岖，除非过了这山，方才有人家。”三藏抬头一望，果然高山在前，乃叫道：“悟空，似这等高山，肠中空虚，那有精力行走？我跟马垛尚难，你们挑担费力怎生走得？”行者道：“师父！此山不见甚高，还有高的在前，你且上那高处一望，便知。”三藏只得打起精力，上得高山，望前边山路，果然比这山更高。但见：

崔嵬上接九天，峻峭遥瞻四野。朝见云封山阜，夕观日挂巅峦。丹崖怪石傍星宸，奇峰削壁冲霄汉。红尘不上雁难过，白雾横空人迹罕。

三藏见这高山连接，径道崎岖，道：“徒弟们，当年我们来时，我亏骑着马，你们不过肩担些微行李，不似而今重担，委实难行。托愿经力：不遇虎狼，不遭妖孽，得到前平坦之处就好了。便是饥饿，也只得忍咐。”行者道：“帅父，你来时应有灾难，处处高山峻岭，故遇妖魔。如今仰仗真经，果是遇险不险，只要你坚持了正念，不日可到家乡。”三藏道：“徒弟，你叫我坚持正念，真实不虚。只是你也要莫使机心，自然功成行满！”行者笑道：“师父，我徒弟机心乃遇着妖魔不得不使。如今路已渐渐东来，这几根毫毛已戒了不拔，就是机心也使的不灵！老孙只好做个听使人员。倘得顺意，把经文送上东土，好好西还，把一切机心尽还本等！”三藏说：“正是，正是。”只见八戒没好没气的说：“饥了肚子，苦了脚根，压着肩头，且说闲话！快快的把这高山走下去，看是何处，可有人家。化些斋饭充饥，可不是好？”三藏道：“悟能，你不必使性子！饥乃大家饥。”行者道：“呆子没理！

有谁比你饱腹？你使这急性，只怕又要撞着不相应的妖魔，连累我老孙！”八戒道：“若是怨我性急，遇着妖魔便是我去打斗！料九齿钉钯久不在手，这条挑经担禅杖也随身用熟。”三藏道：“悟能，你一个性急心肠，怕动妖魔？却又提起钉钯，动了那伤生无明之念，只恐又要有些怪气！”

正才讲说，只见山脚下卷起一阵狂风，忽然山顶上乌云笼罩。三藏道：“徒弟们，都是悟能性急没好没气的！你看那风起云兴，定有雨落。你们可快些走下山冈，寻个安歇处。”行者道：“师父，那山脚下是座茅庵。我们去借歇，但不知是僧庵？道院？”八戒道：“多管是座尼庵。”沙僧道：“若是尼庵，只怕又不容我们僧家借寓。”行者道：“这有何害？况风雨暴至，出家人岂无方便？且我们经文到此，纵是尼僧，必须致敬！”乃急奔到庵前。见山门掩闭，行者歇下担子敲门。只听得里面有人问道：“敲门是谁？”行者答道：“是我们过路僧人，偶遇风云忽起，只恐暴雨将来，暂借庵中一避。”只见里面答道：“我这庵内乃是尼僧，安寓不便。再过半里就有客店人家，何不到那里住宿？”三藏道：“悟空，若是半里之遥，我们趁雨未落赶过山去，寻个客店人家，委实方便。”行者道：“国外荒野，说半里就有几里。万一走不到风雨来落，且不要说湿了衣服，只怕雨下了连经文也要损坏。如之奈何？待我探看个远近！”跳在半空，把手搭个篷儿一望：那里有人家客店？乃下地与三藏说：“前面十余里已被阴云遮掩，难看。近处那有客店？多管是尼僧愚哄我。我走到前面，难复回转。如今风雨将至，庵门牢闭不开，徒弟原意不使机心，八戒曾说撞着不相应的，他去打斗。如今遇着尼僧不相应，当去设法叫他开门！”八戒道：“我原说遇着妖魔去打斗。此系尼僧不开庵门，还借重师兄做个主意！”行者笑道：“遇此地方不得不使个机心，又怕师父嗔怪！”三藏道：“悟空，我岂是嗔怪你？到是我先动了嗔怪。如今凭你罢。”行者见雨将至，只得把庵门又敲，说：“女菩萨快开门！我们是过路的比丘尼。到前路人家客店借寓不便，故此特来投托！”庵里听得是比丘尼，忙来开门。行者却把脸一抹，宛然变得一个尼僧，忙叫八戒、沙僧：“快也变了面貌！”沙僧却变的与行者一般；八戒左变右变，只因他性急，动了无明心肠，故此变不来。恰好门开，两个尼僧一个年老、一个年少，走将出堂。见行者果是尼僧，乃迎入庵堂，彼此叙礼。

只见门外三藏、八戒，挑了经担，押着柜子，进入庵门。尼僧一见是两个男僧在内，便问道：“女师父如何同着男僧一起？甚不雅观。”行者道：“二位师父，你不知我们从灵山下来。你这地方分个男女；我那里未入禅门披剃称为优婆塞同着优婆夷，既入禅门披剃了就称比丘僧与比丘尼，同寓修行，何有嫌忌？且问师父但问你的修行功德，莫要猜疑同行男女。实不瞒你：这两个是男僧，我与这个是女。”尼僧听了，忙邀行者、沙僧入堂后屋，却把三藏、八戒安住在前堂，把经担供奉堂上。

三藏焚香礼拜毕，只见老尼出堂来道：“老师父！风雨落了，切莫开门。怕有击门的，只说是过路的女僧。若说了是男僧，只怕惹动妖魔来闹！”三藏听了，道：“女师父！你这清净兰若有甚妖魔？”尼僧说：“老师父你不知。我这地方一向不闻有甚妖魔，只因我收了一个徒弟，削发在此出家，不知是那个村乡山精水怪，天晴不来，只等风雨晦冥，便有三五成群提壶携盒到此堂中，要我这徒弟陪伴他们唱饮。幸喜大家相制，丝毫不以邪乱侵犯。就是我们，俱以清白自守，誓为生死出家。若说是女僧到罢了，只怕进门见你两个男僧，生他的嗔怪！”三藏听了，道：“女师父！为何天晴这妖魔不来？”尼僧说：“天晴行走人多，妖魔说是不便。”八戒听了，道：“师父，这妖魔既是风雨前来，我们替你查他个来历，与你们除了。叫他不论阴晴，永远不来。”尼僧说：“可知好哩！我徒弟深恶他来吵闹，回家请了他一个法师，书符念咒，也遣不得他还，齐把法师打个不活！”八戒道：“女师父，你放心。我们有手段！你且进去收拾碗斋饭，我们吃了，好与你打妖魔。”尼僧进屋。那小尼僧早已把这情节说与行者知道。又听得老尼说，前堂长老要与他驱除妖魔，乃向沙僧悄语低言道：“八戒原说撞着妖魔他去打斗，我老孙且安静一时看。”乃向老尼榻上一觉困着。那尼僧打点了些便斋，叫起行者来吃。行者吃了，又去卧。尼僧道：“可怜不曾出外走远路的女僧，受不得辛苦。”反将棉絮与行者盖身。沙僧也在傍困了。

毕竟八戒怎样去除妖魔？且听下回分解。

第九十四回

八戒显法降假妖　行者变尼明正道

话说这一行来吵尼庵的，那里是妖魔？乃是远村近里强梁恶少，看见这庵尼僧姿色，相聚来酒食、唱饮，假装妖魔吓这庵众。岂知这一行人心术不端，自有报应！

这日风雨，天晚齐来敲门。八戒听了，乃问道："敲门的是谁？"门外答道："是我等魔王，嬉游在此。"八戒道："有我们过路的尼僧在此借寓，任你甚么魔王，决不开门。"那恶少们便假作妖魔威势，在门外放火弄烟，说："既是过路的尼僧，我魔王们正要赏鉴，作速开门。"三藏忙起来，向门缝里偷看：只见这起人放火弄烟，面上擦的花一道，红一道，忙向八戒道："徒弟开了门，收他入来罢，果然是些妖魔！你若不开门，他弄起神通，于我们不便。"八戒听了，摸了禅杖在手，开了庵门，大喝一声："那里妖魔敢到此尼庵作怪？"这恶少都是有膂力会武艺的。一开了门，见是一个长嘴大耳和尚，反当作妖魔。见八戒手拿禅杖，夺将过去，一拥入门。八戒措手不及，到被恶少们你扯我揪，捉拿而去。走到一所空闲大屋，把八戒捆翻在地，道："你是那里的豕精，敢入尼庵，到把我们作为妖怪！"八戒道："我乃东土取经的圣僧第二个徒弟！你们是人是怪？早早报个明白，免得我们出打妖灭怪手段，叫你玉石不分！”那恶少笑道：“看你这模样分明是怪！既已被我拿捉到此，有甚手段？说甚么取经圣僧？”执起抢的禅杖便打。好八戒！弄个大力神通，双手把大屋的柱梁一拔，那屋瓦皆震，吓的众恶少齐奔出屋。八戒拔下一根柱子，打出屋来。这众少却也强梁，各执着棍棒，与八戒斗出屋外。那风雨已止，明月当空，八戒与众恶少打斗，被八戒大木柱梁打伤了四五个。只剩了两个，见八戒英雄猛力，跪倒在地，道：“爷爷呀！我等那里是妖魔？乃是村乡少年，只因好嬉游，常于阴雨到尼庵耍乐，恐尼僧拒绝，故假装妖魔吓他。不匡立心不正，今日撞见爷爷，拿我们当真妖魔打伤，虽是自取，其实冤枉，望爷爷饶命！”八戒道：“你这一班恶人虽说不是妖魔，每每装妖做怪去唬吓、拐骗尼僧，做那些淫秽之事，就要算做真正妖魔了，怎么反说不是？”众恶少道：“爷爷呀！若论起行事来，我们这班人实实俱妖魔，但从本来分别，人自人，妖魔自妖魔。还望大力爷爷留情！”八戒道：“既要我留情饶你们打，我肚里饿了，快去多煮些饭，饱斋我一顿，我方才饶你去哩。若吃得不快活，便一个个多要打死！”众恶少听了，无可奈何，只得忍着痛，叫家里做饭去了。不题。

却说三藏见八戒开了门去追打妖魔，去了一夜不回，到了天明放心不下，因叫行者道：“八戒去追打妖魔，为何不来？莫非转被妖魔弄倒？你须去寻寻，方好。”行者领了师父之命，沿路寻来，东寻也不见，西寻也不见，寻了半日，了无踪影。忽寻到一座山下，见一个樵子斫柴，因问他道：“你这山上可有妖怪？”那樵子答道：

我这山中平好，不容虎豹安巢。晨昏只是斫柴烧，要寻妖魔那讨？

行者听了“山上无妖”，辞了樵夫。又走到水边，见一个溪人钓鱼，因问他道：“你这水中可有妖怪？”那溪翁答道：

我这溪流安静，鱼虾逐水随波。早来把钓且无多，不识妖魔谁个？

行者听了“溪水无妖”，辞了渔人，往那前边深林走去。到有十余里路，只见两个婆子在井上汲水，对面儿讲话。行者思想道：“我若上前去问，又恐怕他把我当怪。且隐着身，听他却说甚话？”走近前，只听得一个婆子说道：“我家恶少装妖作怪，惹了妖怪打伤了！”一个道：“我家的倚强惹了和尚，虽未打伤，却要斋饭吃了才饶。”两婆子讲说，行者虽知了些根由，尚不得明白。却好又一个老汉子提着水桶，前来汲水，口里骂着：“游荡的好，撞着冤孽打的好！”行者见这老汉，待婆子汲水去了，把脸一抹，变了一个小和尚现了身，向前望着老汉，说：“老善人！稽首了。”那老汉忙答礼，道：“长老化缘尚早。你可到那前边树里大房屋前候着！略停一停，有斋僧的饭食，可以布施你。”行者道：“老善人，我和尚不是化你的缘，乃是找寻妖魔的。”老汉听了，笑道：“青天白日，那里有甚妖魔？若是要寻假妖魔，到有四五个被人打伤了，今还要贴他一顿斋饭吃去哩！”行者问道：“老善人，怎叫做假妖魔？”老汉道：“长老，你不知我这村里有六七个少年自恃强梁，日逐相聚游乐，看见前山有座尼庵，每于风雨之夕，携壶提盒去吵闹那尼僧。那尼僧也是个苦守清规的，屡拒阻他们。没奈何，他假装妖魔恐吓。地方胆小，不敢惹他。却好天网恢恢，昨夜乘雨去游，撞着甚么大力僧人，拔起屋柱，打伤了在家哼痛，这分明是个报应！如今那僧人赖着，要吃了斋饭方才回去。我们都是汲水做饭与那僧吃。长老，你可到那大房屋门前守候。”说罢，老汉提了水桶前去。行者方才明白，道：“呆子原来在此。你便拔了他屋柱，打伤了众人，又挟骗他斋饭，只恐我们去后，这起少年定要加害庵尼，却不是我们贻祸与他？如今说不得使个机心，先救了庵尼后患，次后把呆子叫他斋吃不成！”乃把脸一抹，身子一抖，变了一个小僧，走到那恶少家化缘。

恶少见了，便骂道："都是你们留了和尚在庵，打伤了我等。"行者道："闻知是过往僧人打斗妖魔！"恶少道："甚么妖魔？明明是你庵尼寻了来的大力气的和尚，把我这里大屋柱如拔草连根起来，拿着打人！"行者道："善人，既是这等，如今我非此庵尼僧，你也休疑怨这庵尼，待我与你把这和尚打逐了他去！一则替你报仇；一则省了你斋饭，且又与那庵尼去了疑。"恶少笑道："你这尼僧说大话！那和尚长嘴大耳，夯力不知多少？似你这个瘦小身躯，经不得他一掌！"行者道："善人，俗语说的好：'人不可貌相，海水不可斗量。'你不曾见我尼僧的手段哩！你且出门来，看看我的夯力。"行者往门外出来，那恶少也跟出来。只见门前几株大树，那树长的：

枝叶蒙茸如盖，周圆大有十围。根生土内且深培，避雨遮阴无对。

行者道："善人，你夸那拔屋柱的长老，不曾见我这拔树的尼僧！"双手把个大树推倒。吓的恶少毛骨悚然，方才请尼僧到家献斋。行者道："不劳赐斋。待我替你打逐了和尚去！"恶少有了尼僧仗胆，乃领到大房屋内。

行者怕八戒识破了他，乃吹了一口气，到八戒面前。却说八戒坐在屋内专等斋饭，那里思想回庵挑经走路？在屋内见天明斋饭不来，正在心急，却遇着行者假变尼僧走进屋来，道："长老！你不去挑经走路，却在人家赖斋，是何道理？你便为我尼庵防护，怕有妖怪来炒，却不知夜来的乃是我们俗家十亲九故，如今被你打伤了四五个，正要扯你到官，你到还要骗斋？"八戒听得，发怒起来，抡起柱子就要打尼僧。行者忙又吹口气在柱子上，八戒那里拿得动分毫？却被行者拿过来，照八戒当头打去。八戒慌了，道："尼僧！我老猪原意救你庵门，你如何反来打我？"行者道："谁教你拆毁人家房屋？房屋梁柱拔倒，你且先修了，与你讲话！"八戒道："不相应了。"往屋门外飞走回庵。

这恶少众人方才扯着尼僧，说道："多劳师父替我们复仇，且请献一顿粗斋。"行者道："斋不敢领。但是有一句话与善人们讲，要你依我一句，包你积福无量。"众人道："师父有何话讲？"行者道："男女分别。那尼庵守清规，你何苦要去吵惹？只因你种了这段恶因，便遭着这大力和尚毒打。我非别人，乃是灵山下来的圣尼。专察庵尼不守清规的，降他灾殃，拆毁他屋宇；若是守戒行的，被你们污秽，断然加祸与你。以后不可再去游乐！"众恶少唯唯依从，道："以后再不敢了。且请问：这和尚们是那里来？何处去的？"行者道："我也不知。但听得说是东土取经圣僧，路过此庵，借宿一宵，以避风雨。"恶少说："取的是甚么经？取到东土那里用？"行者道："我也不知。但听的说：见闻了的灾消罪释，降福延生。"众人道："原来如此灵异！我们嬉游宁无罪过？当到庵明明白白求那圣僧：把经文与我们见闻见闻，也消了罪，延得生！"乃扯着尼僧，说："师父！你到何处去？不如就在这庵出家罢？"行者见他扯着不放，乃一个斤斗打回庵内。那众人见尼僧化一阵风不见，齐惊异起来，道："分明是圣僧点化！"各自安分在家。

却说行者先到了三藏面前，把八戒情由说了一遍。三藏道："这分明是悟能燥急，动了钉钯心念惹出了来的！"忽然八戒自山门进来。尼僧们见了，道："师父，我叫你莫开门，说是僧人；你不听我说，却被妖魔捉去。今日怎得脱身回来？"八戒笑道："甚么妖魔？分明是村里远近强梁、恶汉来此庵里嬉游，被我使出神力，把他们打的落花流水，再也不敢上你庵门！"尼僧说："爷爷呀，若是强梁、恶汉，你们去后，他怎肯饶我们？"行者道："不妨，不妨。我已与你除了疑，留下恩德，定是不来吵你庵门！"

尼僧见行者变了，依旧是个和尚，乃道："小师父！你分明昨日是个女僧，我们方才开门留你。今日如何是个和尚？怎么三个男僧带着一个尼僧？”沙僧听得把脸一抹，道：“女师父，你看我可是尼僧？”尼僧一见，惊怕起来道：“不好了。这一起分明是怪！”往后屋就要闭门进去。三藏忙止住，道：“女师父切莫惊疑！我们本是取经回还东土僧人。这三个是我徒弟，相貌虽丑，神通本事却高。只因你们说妖，又不肯容留我们进庵，故此显个手段！今天已晴明，我等扰了你们斋供，就此辞谢前行。但请问：此去前途可有甚么高山峻岭、阔水长溪、邪魔怪孽？望你指引说出，我们好防备前行！”尼僧见三藏说出一团真情正理，乃平气和色道：“老师父，此去都是平坦大道，并无高山长溪妖魔邪怪，一村一里皆是店市人家。只是近日来风寒暑湿，这村里大家小户男男女女，都有些灾疾不安。”三藏道：“何不服药医疗？”尼僧说：“医多不效！”八戒道：“寻个巫师禳解也好。”尼僧说：“禳解也不灵。但是师父们过路也要小心，投个平安的客店！”三藏道：“料往来行客不少。人安歇的，我等也安歇。”尼僧道：“正为客商见此，都远转别路行走。”行者说：“既有别路，我们也转去罢。”尼僧说：“远转路境狭隘，师父的柜担难行。“三藏道：“悟空，你心下何如？”行者道：“师父，你们不知，疾病乘虚而入。这往来客商多有不知保爱的，形体亏损，兼且利名得失撄心，多招邪惑。我同师父们出家和尚，利名既无关系，形体原无亏欠，怕甚疾病沾连？老孙还有医方、法术，专治怪症，且善祈禳！师父放心前走。”三藏道：“悟空，我也是这个主意，只是医方、法术，与你的不同。”尼僧听了，道：“老师父们既有神通本事，料是平安前去，不必过虑。”三藏乃辞别尼庵，师徒们挑经押马前行。

后来何如？且听下回分解。

第九十五回

拜礼真经驱病患　积成阳气散阴邪

禅机玄妙不寻常，入圣超凡义内藏。
更有一宗灵感处，消灾释罪保平康。

话表三藏师徒离了尼庵前行，果然道路平坦，三里一村，十里一店，只是十有九家闭户关门。三藏见了，道："徒弟们，你看荒村旷野，萧条寂寞，人家冷冷清清，都把屋门掩闭。"行者道："师父，你忘了庵尼说的？多管是人户不宁。我们不知，径过去罢；既已知道，出家人慈悲为本，方便为门，必须寻个寺观住下，待徒弟捡个医方，行些法术，治疗好了，也不枉经此地方一遍！"三藏道："徒弟说的有理。可牵住马，歇下担子，寻那里有住处？方才做得。"行者乃歇下担子，四面观望。

却说比丘僧同灵虚子两个摘树叶变兔子，救了行者猎人之惊。他前前后后只随着唐僧与经文到处，却走到这条路上，见村户人家多生灾疾，也动了方便慈心。比丘僧乃向灵虚子说："师兄，你我保护经文到东土，无非也是普济众生。今路到此村，人家多生灾疾，料唐僧决然慈悯，那孙行者定要逞能医治，我与师兄须在此地助他些功德，也是普济一般。”灵虚子道：“师兄，这地方没个人家供奉的经文，须是得个寺观，方才留得唐僧住下。”远远只见几株密树，遮着两间空屋，左右并没个邻家。灵虚子乃同比丘近前，使出道法，变成一座小庙儿。一时地方也有来见了的，只当是两个僧道修盖的。却好行者望见，说道：“师父，那密树林间是座庙堂！”一齐走到前来。比丘两个怕行者认得，忙变个老僧出来，迎着唐僧，故意问道：“列位师父打从何来？”三藏道：“我乃东土取经和尚。自灵山西还，路过到此，暂借上院安住一宵。”比丘故意道：“我小庙早已有个游方道者住在此，施药治这村坊灾病，未曾见效。列位若住在此，恐彼此不便。”行者道：“他既不能医病用药，如今当让我们居住！”比丘笑道：“除非列位能医。”行者道：“实不敢欺，我小和尚手段高哩！”比丘僧道：“师兄，你也把高处说一说我听。”行者乃说道：

当年也曾尝百草，识得谁凉谁温好。寒势须教对症医，补泻必从虚实者。望闻问切有仙传，风寒暑温知分晓。果然神圣大方家，不是凡庸没工巧。大病两服保生丸，轻邪一剂麻黄表。还有延龄固本膏，无病服来永不老！

比丘僧听了，道：“口说无凭。也罢，既是出家同道，且请进庙来，先把经文上面好生供奉，只是我庙中没有香焚。”三藏道：“我们带得有。”乃焚起清香，礼拜真经。

八戒道：“师父，你方才听了大师兄讲了这些医药，此处不知通着甚么地界？那里去买药？万一有病的来医，将何调治？”三藏道：“我正虑此。只是我的药饵，与悟空不同。”行者说：“师父方才说不同，却是甚么不同？”三藏道：“我这不同，讲说不的，不似你那风寒暑湿望闻问切，从口里谈来。且待你医好疾病再说，若是医好疾病便罢，若是医不好，再用我方。”行者笑道：“师父，若是这等说，你那方儿用不着了。我徒弟等那病人来，小病用药，大病用工，自然全愈。”

三藏道：“只愿你得成就功德！”

果然，地方病人知道庙内有僧人医病，那比丘僧与灵虚远去传说，一时扶病来医的，行者那里有一味药饵？却把泥土和成丸子哄人。三藏道：“徒弟，泥丸如何治病？分明要吃了伤人！”八戒笑道：“猴精没的拆拽。师父，你说有方与他不同，到不如依你方术治罢！”行者道：“瘟呆！且待老孙医治，如不效，再请师父去医。”八戒道：“好猴精！不曾治人的病，先咒老猪瘟！”行者笑道：“我的主意，乃是先叫你试这泥丸子。”行者说罢，只见庙外济济人来，说：“老小病在家中，不能行走。求长老的丸散去服，有好的，有不效的，还求长老斟酌！”行者听得此说，乃道：“众人且回。待明日远去取一样引子来，包你全好。”众人听信退去。行者那里取甚药引？乃左一斤斗，右一斤斗，把这村里患病人家俱游遍，查他大男小女是何灾疾？原来家家都有病因，或是不忠不孝，或是奸盗邪淫，或是大秤小斗，或是怨天恨地，造出种种恶因，以致疾病灾害。行者查了这些恶因，想道：“原来都是这种情由，莫说我泥丸子不效，便是卢医、扁鹊的仙丹也不灵。老孙这个医人做不成，还去与师父医治。”乃回到庙中。三藏见了，道：“悟空，你那里寻药引子？人来要药的久等。”行者道：“医不成！医不成！徒弟去查看人家病由，都是自作孽惹出来的恶因缘，若叫我老孙去医，定要医的——

东家哭皇天，西家挖地土，南邻叫哀哉，北邻嗟苦楚！”

八戒听了，道：“猴精原来说真方卖假药，到不如师父医罢！”三藏说：“悟空，据你查看病因，既是村家人自作孽，我愿在这庙中拜礼真经三日，劝众个个回心向善，把病根消除，自然安愈。”行者道：“想必师父的法术不同，就是此等。也罢，师父行师父的法术，老孙用老孙的丸散，相兼医治。”三藏乃向老僧庙堂焚起清香，朝夕礼拜了三日。

那老僧也陪伴功课。却说香烟缥缈飞散各家，无远无近处处都闻香气，病者个个安康；那香气不到之处，真是泥丸子见效，一时把人家灾病消除。村家子弟无一个不到庙中来谢，也有备办斋供的，也有奉送钱钞的。妇女为公姑来谢，也有敬献布帛的。

三藏但受他斋供。行者道："老孙搓泥丸子，也费了心。虎皮裙日久破损，钱钞虽不可受，这布帛受他两匹无害。且换换身上破袄，也好回东土！"八戒见行者受了布帛，他道："布帛太厚。我老猪正没一文钱钞使使，只当斋衬，受他几文罢。"沙僧见了，道："大哥、二哥，师父只受斋供，我看他心似不安；你两个受他钱帛，只怕师父不肯。"行者道："吃他斋饭充饥，受他布帛遮寒，总是成就善男信女功德。只是出家人钱钞不当受！"八戒道："偏你受的，我就受不的？"把钱望盘内没好没气的一丢。那里知这贪嗔一起，妖孽旋生。

这村家多病，只因作恶招惹了邪魔。遇着圣僧禳解，真经灵感，这邪魔正才逃散，只见一个病魔听了八戒这种邪心，就要到庙来冤缠八戒。只因真经在庙，比丘、灵虚、三藏这一派正气居中，那里敢近？却飞空往前，寻个头项儿算计八戒。恰来到一处地方，遇着两个鼯鼠成精，在那村镇更楼等候过往行客要迷。病魔见了，知是鼯精，乃变了个客人走到更楼之下，故意坐在地槛，仰头望那更楼。这鼯精见了，随变个更夫走下楼来，看着病魔，道："客官远方来？想不知此楼上窗开四面，可远望村镇人家园圃景致。"病魔道："正是。我远来不曾见此楼上景致。"鼯精道："客官要登楼，我去取梯你上。"一时取了张木梯。病魔故意上得楼来。那鼯精一口咬住病魔，便吸他精髓。那里知病魔的手段？先投入鼯精腹肠，左撑右打，把一个鼯精拿倒。那一个鼯精慌忙问道："客官！你是何处来？把我更夫害倒，地方定来与你拨嘴！你无故上我这官楼，伤害公役，怎肯轻放你去？"病魔笑道："你好个更夫！怎不使出你五技，却被我一计拿倒？"鼯精听得"五技"二字，知客官识破了他，乃现了真形，道："我两个也只因要迷弄行客，便把我灵性自晦。原来客官也是一个邪魔，因何到此？望你且宽恕了我这五技的肚肠！”病魔一笑，登时三个在楼上彼此说出来历。病魔道：“如今有西游取经唐僧取了真经回还，把我们一起病魔驱逐四散。意欲前来寻个头向，把这和尚们迷倒，不匡此楼遇你两个，必有神通妙算！”鼯精问道：“既是那取经僧有本事驱逐你，因何又要迷他？”病魔道：“始初他仗一派道心，把我们邪魔远逼，不敢犯正。谁叫他把经咒换人钱帛，动了贪嗔，与那恶人一类！”鼯鼠又问：“怎样恶人你们加病害与他？僧人如何驱逐？”病魔道：“我们那里能加害恶人？只因他自作恶孽，积阴成病，各相染惹。这僧人仰仗真经，发出正气，积阳散阴，自然我等病魔容留不住。他今动了贪嗔，故此我得以前来，见景生情，务要把和尚迷倒！但这和尚中有好的，不动贪嗔；有两个动贪嗔的。请教你两位如何计较他？”鼯精听了，笑道：“原来有此情由。这何难计较？今楼前瓜园结瓜正熟，你我随变熟瓜，那和尚们挑担到此，定是歇力，见园中瓜熟，必然来摘，待他吃下肚肠，我们任情加害。”病魔笑道：“好计！好计！”

且说三藏礼拜真经三日，把地方灾病消除，师徒辞了庙僧，往前行路，正值炎天时候，不觉的走到更楼之外。三藏道：“徒弟们，路行到此，想是镇市？你看好座更楼高阔！下边风凉，可暂歇一歇力。”行者道：“看那里有池塘溪水，我也去吃些来！”大家都歇下担子，去寻水吃。却说八戒走到楼前，只见一处空阔大园，那里有池塘？走了许多远处，只看见一地熟瓜，结得无数。八戒笑道：“造化，造化！没有水吃，这瓜极好解渴。”回头四望，不见园主人来，乃捡那熟大的摘了一个剖开，三嚼两咽，连皮一顿吃个干净。思量又要去摘，不匡吃的是病魔所变，那妖魔入了八戒之腹，他就横撑竖撞，把个八戒翻肠杵肚，半步也难走，倒卧在园地。两个鼯精忙变了一个汉子、一个妇人，各执着棍棒，上前道：“好和尚！走入我园偷吃西瓜，满地尚有瓜子。且打他一顿，再扯他去见官长！”八戒虽被病魔作耗在腹，他却还有法力，使出个钢铁不坏身躯，任他两妖棒打，只叫：“打的松快！”两个鼯精越着力毒打，八戒只叫：“打狠些！”吓的妖精住了手，道：“和尚！你是那里来的？有甚神通本事？怎么把我们的棍棒都打烂了？”八戒道：“你便打烂了，我尚不松颡！只是实实的吃了你一个西瓜，不知怎么肚内疼痛难当？行走不得。待我那师兄来赔你罢！”鼯精道：“你师兄是谁？”八戒道：“有名的唐僧大徒弟孙行者！”鼯精听了，道：“妙哉，妙哉！我闻孙行者原有神通本事。近来取得真经，使出一种机心，真是千变万化。我们虽有五技，怎能胜得智多识广之人？如今得他来时，假以赔瓜，揹落他两卷经文，广开我们的技能！”按下不题。

且说行者与沙僧寻了些山涧凉水，吃得满腹，把钵盂取了些，带与三藏吃了，久等八戒不来。三藏道：“悟空，八戒吃水去，不见回来何故？”行者道：“呆子必是在那里风凉之处吃了水睡觉，待我找寻他去。”乃把眼四望：只见远远的瓜园内，八戒倒卧在地。行者忙走到面前。见两个男妇手执着半节烂棍，口里乱骂：“偷瓜的贼秃！”那八戒愁眉皱脸，倒在地下哼哼唧唧。行者上前，叫声：“那男女们莫要打骂！一两个西瓜也是小事，便是和尚吃了你的，只当斋僧结缘。”妖精道：“若只斋僧，我们辛苦一场，只好都结了缘罢。你可是他一起的？”行者道：“就是我师弟。”妖精道：“方才正讲，等你来赔偿瓜价。你可是孙行者么？”行者笑道：“老孙名儿，你一个看守瓜园的如何知我？”妖精说：“你这偷瓜和尚供招出来的。”行者听了，乃向八戒说：“呆子，你何故不明明化他布施，却暗地窃取？天网恢恢，病倒在地。”乃向鼯精道：“园主，你莫怪，去取匹布来赔你罢。”鼯精道：“一个瓜，我怎么要你匹布？闻道你们取有经文，可将三五卷赔我作瓜价，我便饶他。”行者道：“便是十匹布也舍得。若要真经，便是一个字也难与你。”行者说罢，乃扶起八戒来走。八戒被那病魔辨弄，越加疼痛苦楚，半步也难行。行者只得肩负前走。这两妖扯着那里肯故？只叫："快取两卷经文来，方放你。

两下里扯扯拽拽，正在没奈何处。却说比丘、灵虚两个见唐僧辞了庙门前去，他依旧还他两间空屋，前来保护经文，未到这瓜园处，远远见是行者与八戒在那里与男女争扯，乃摇身一变，变了一个士人；灵虚变个后生，张着一把遮日伞盖，走近前来，道："你这男女扯这僧家何故？"䵍精便把偷瓜要经卷赔偿话说出。行者却把八戒吃瓜染病的话也说出。比丘僧听了，把慧眼一看，道："原来都是妖魔捉弄八戒与行者。"悄向灵虚子说："这种根由分明是行者、八戒得人钱帛，贪嗔所染。他两个俱有神通法力，这会一身不净，便惹妖孽无端。我只得指明了他，与他自行消灭这种怪孽！"乃向那男女说："这长老吃了你一瓜，赔你匹布，已过偿了。你如何问他要经看？你两个种瓜小人，不喜布而要经，岂是贤德，必是妖魔！你这两个和尚不明瓜田纳履之嫌，昧了李下整冠之义，便是有些道行法力，也都迷了。"八戒道："先生，你说的一团道理。只是吃了他瓜，腹中疼甚，已没奈何，他还要扯着不放。"士人道："你走热了的心肠，被这冷瓜所逼。我有一丸解药在此，可喜遇巧。"比丘乃把菩提子解下一粒，递与八戒，道："此药不须吃下，只一闻他香味，千病千愈。"八戒接了在手，忙上鼻一嗅，那灵气直入腹肠，病魔登时逼出。八戒即爬起来，道："先生，亏你灵丹，我安然无病。"便与行者要走。那䵍精正要来扯，被八戒挥起拳头就打。䵍精两个道："好和尚！吃了人园中辛苦种来的瓜，还要打人？只叫你到处把来做偷儿，送到官司惩治你！"

毕竟怎生灭此䵍精与病魔？且听下回分解。

第九十六回

动喜心妄入欢境　贪钱钞暗惹邪谋

话说八戒得了比丘僧菩提一粒，把病魔逐出腹肠，也不独安然无病，且自己觉悟起来，道："都是我为钱钞动了贪嗔，又无故窃取瓜食这种恶因，说不得回见师父，自行忏悔。"乃同着行者辞了士人，来到更楼。见三藏坐在楼下。聚着许多地方来往人众，齐看取经的长老。一见了行者、八戒前来，个个惊惶道："爷爷呀！怎么一个端庄和尚带领着这几个丑怪僧人。"有怕的飞走去了；那胆大不怕的，挤在众前观看。

却说鼯精两个被八戒拳打脚踢，他分明要弄神通变幻打斗，却惧怕行者本事；又见那士人带着后生，头上现出白毫祥光，精怪也知不是凡人。他吞忍八戒之气，扯着病魔道："这和尚惫懒！你出了他腹肠，他就支手舞脚来打。你当往前再寻他破绽加害！"病魔辞道："二位不认得，这士人非凡，他手里的丸药利害，正对着我病魔的根；况这和尚一时误动了贪嗔，故此我得乘空投入他身，今已觉悟要向师前忏悔，那老和尚仗着真经又灵不可犯！如今辞别了二位，到别方去寻个自作恶孽的害罢。"说了，一阵风从空而去。这鼯精也化一道妖氛，离了瓜园。他两个复到更楼上，计较要报八戒拳打之仇，只听得楼下吵闹轰轰，正是村市众人聚看取经长老。这妖精见了，笑道：“原来抡拳的和尚在此未行。且杂在众人中，看他如何前去？”乃变了两个行客，肩担着行李，坐在楼下。

等众人看的去了，三藏方才叫徒弟挑担前行，这两妖便开口故意问道：“长老们挑的柜担是何货物，可是前往镇市去卖？若是发行的货物，我二人乃镇市牙行店家。须是到我店安下，与你发卖，老大有些利便。”三藏道：“客官！我小僧非贩货客僧，乃是上灵山取经的。这马垛担包不是货物，都是取来经卷。”两妖笑道：“我闻灵山十万余里，路远魔多。你们取这经何用？”三藏合掌道：“此经功德不可思议，用处最多。”行者在傍道：“第一宗要紧用处，是妖魔邪怪一见生怕，闻风远避。”鼯精笑道：“长老，你此语多诳。出家人不打诳语。比如我两个是妖魔邪怪，怎么坐在这柜担面前却也不怕？”行者道：“便二位是妖，这不怕有三：一是真经在柜担中未开，你不曾见闻，故此不怕；二是大胆妖魔不知真经灵应，强说不怕；三是未见我取经孙祖宗的利害，口说不怕。”两妖听了已有三分怯惧，道：“这孙行者原有名的。莫不是他识破我们？说此三不怕。他既说出，我们就还他个不怕！”乃向三藏说：“长老，你既是灵山取经回还，如今到何处才住？”三藏道：“我乃东土唐僧，须到本国方住。但不知此往东去，是何州邑、郡县地方？”鼯精道：“东土我们未到，不知远近。只是此往前去，近那宝象国界。”三藏听了，向行者道：“悟空！程途有限了。我记得当年来时，你在这国中捉拿妖魔，救了公主。如今若到那里：

一朝佳会添新喜，万里奇逢遇故人。”

八戒呵呵大笑起来，道：“好了，好了。莫说我老猪喜欢，又有大筵席。斋饭、馍馍、闽笋、木耳、石花、山药，怎不唠叨吃？便是师父与师兄、师弟，看你们脸上个个带笑容，必是心内匆匆添喜意！”三藏道："徒弟！非是我动了心情，妄入欢境，但念东土不远，经文保全得来，不觉的免了这忧虞之色。"三藏只说了这句，那鼯精两个笑道："和尚动了这点喜心，我两个好前途捉弄！"乃向三藏道："老师父，你们慢慢走来。我二人前到镇市小店，等候接你。"三藏道："客官你好好先行，我们柜担果要慢慢从容到了你地方店中相会。"

这两个鼯精他仗着五技之能，有类三窟之计，走到前途计较。大鼯精道："想起那大耳长嘴和尚瓜园动手动脚，此仇不可不报！"小鼯精道："此事尚小。这老和尚动了七情之喜，我与你正好乘隙夺他几卷经文！"大鼯精说："他那偷瓜的病根尚在，我们许了他到处拿着当偷儿，且把他捉弄一番，再与那老和尚动喜心的算帐！"两精计较了，方才前去。不觉到了一处镇市关口。一个店小二迎着道："二位客官，我小店房屋宽大，饭食清洁，可以安住。"鼯精看那店小二打扮的整齐，便走入屋内。见一个老婆子主店，乃向婆子道："你店中主人在那里？"那婆子道："我丈夫久不在家。便是子母两个开这小店，安歇往来客商。"鼯精道："如此却好。我们有同行的四个长老，许多柜担马匹，要投个宽大店中。我已向他说'我有宽大房屋安住'。你子母若是要揽这生意，便认我两人是主店的，好多多总成你些钱钞。"老婆子听了，只要多赚钱钞，便满口应承。这妖精计遂，乃在店住下。

却好三藏师徒走到关口，店小二迎接着，要三藏安住。行者道："我们游方僧家，到处自去寻庵观寺院。你店纵宽，我们却不便。"那店小二那里听信？只跟着三藏后咕咕哝哝，叫扯着马垛，却好到了店门。这鼯精忙走出门，道："老师父，我二人先来等候，可进小店里来。"三藏一见是更楼下相约过，乃□着马垛，叫："徒弟们把担子挑进店里，再卸马垛。"行者把眼一看，道："师父走路罢！前边有寺院可下。"乃向三藏耳边道："徒弟看这店主，多半是妖魔装假！"三藏道："徒弟你真心多，一个开店人家如何是假？况前面更楼下已许下他到店相会，为人不可失了信行。"八戒道："大师兄有这许多琐碎！挑了这一日，走了许多路，还是瓜园里止疼的肚子，巴不得到店吃些热汤热水，你偏有这疑心暗鬼？”八戒说了，径挑担子往店屋进去。行者只得进店。

你看那鼯精越加小心奉承茶汤，三藏欣欣喜喜住下。这鼯精两个暗地里却来偷看八戒的破绽。只见呆子背地在屋后脱出小衣，道：“久未洗补，又没个钱钞。前日庙中都是这猴精气不忿我收钱，一时急性去了。如今却没一文。”鼯精听了，笑道：“原来这和尚贪钱钞，于心未忘；又偷瓜病根尚在。须设个计较害他！”当下天晚，各自安息。

却说行者原向三藏说店主是妖怪假装，三藏不信，八戒又拗。行者虽进了店屋，他却留心。这晚各自安息，乃隐着身，前屋后屋里观看是何精怪？只见两个鼯精计较道：“那老和尚动了喜心，我们把个燥急心肠耍他。那长嘴大耳和尚既不忘钱钞，我们把两块石头变作白银，放在他担子行囊内，等天晓时只说失落金银，搜出来那时留他的担子，打他的孤拐，尽着报我们仇隙。”行者隐着身听得，道：“好妖精！变的像店主却也不差，但不知是何怪？我老孙如今就要抡出禅杖打灭了他，破了他奸计，又怕师父说我伤生，又且八戒这呆子不信。且待这妖精耍弄，看他怎设计留八戒的经担。”

行者却又走到婆子、店小二房中，探看是何缘故有这妖怪在店。只见婆子在房中与店小二说：“这两个客官总成我们安住长老，想是要讨些饭食便宜？”小二说：“只怕是要讨长老便宜的。”婆子笑道：“长老有甚便宜与他讨？只怕是歹人要骗挟他外方和尚！”小二道：“若是歹人，我们积聚的钱钞须要藏好了。”婆子依言，乃在床头取出一包银子，放在一个瓮里，藏于床下。行者见了，机心就起道：“原来这妖怪不是婆子家的。他既要捉弄八戒，老孙也捉弄他一场！”乃等婆子、小二睡熟，拐他藏的银子偷了，放在那妖精的行囊里。

到了天明，大家早起。三藏方才洗了手面，去焚香礼拜经担，只见那客官两个大叫道：“这和尚们不是好人！如何夜晚把我店家银两偷将去？快拿出来还我，再送到官司！”婆子听得，也去看瓮内，银包不见了，便一齐叫将起来，道：“果是和尚们手脚不稳！”三藏听得，道：“店主人，我们取经僧人不贪财帛，那里肯偷盗人钱钞？除了我们经包柜担封锁甚固，但是行囊身上，凭你搜捡！”鼯妖道：“定须要搜，方见明白。”先在八戒挑的担子上——一个行囊中搜出两锭白银。两个鼯精便把八戒拖翻，抡起棍棒就打。三藏忙扯住，道：“悟能，你却也真真儿戏！店主的银子，你如何动这贼心？”八戒道：“师父莫要错冤了我！我随着师父身也未离，何曾偷他银子？”两妖道：“人赃已在，这有甚讲？”那店小二与婆子怒气凶凶的，也拿着两条大棍，道：“一件实，百件真。快把我的银包拿出来！”一面就教店小二报地方说：“从西来的和尚，假作取经，偷人银子。”三藏道：“店主人莫要乱做！我们见有通关牒文，逢国谒见国王，逢郡邑相会官长，走过多少关隘，住了无数店家，何尝爱人丝毫钱财？便是人有布施，分文不受。你须斟酌，莫要冤赖平人！”那妖精只叫：“留下经担，再拆开封皮搜婆子的银包！”把个三藏急的暴躁，那八戒又赌神发咒。那婆子越发起急来，说：“和尚不打不招！”鼯精道：“只开了他担子，自见明白。”行者见师父急躁，八戒叫冤，乃向店小二说：“我等游方外来僧众，也不知你这两个店主是你何人？怎么偷了你婆子银包，反来骗害我们无辜长老？”店小二道：“你那大耳长嘴和尚见偷了他银子，如何是骗害？”行者道：“只是他搜出自家说，你店小二却不曾见。”鼯精听得，便拿出石头假变的银，只道仍是银子，那里知被行者暗使神通？鼯精却待开包与店小二、婆子一看，果然是两块石头。行者道：“可真是假骗人？”鼯精说：“你和尚会使障眼法！也罢，我银子纵是假，你偷婆婆的须是真！”行者笑道：“你一宗假，百宗假。店小二哥，你也到他房中搜一搜。”那店小二与婆子当真往鼯精屋内，提起行囊，只见一包银子在内。走出屋来，深深向行者拜了两拜，道：“原来这两个假装客官，说替我们邀接四位长老到店，叫我说做店主人，他却立心偷人财，坏了长老德，怎饶的他！店小二快去叫地方，拿他见官！”三藏道：“于情可恨，于事且宽，但逐他出店去罢。”八戒道：“他方才掩翻我要打拐，我也是自家疑猜，几乎被他冤打。这会见了明白，且等老猪打他一顿报仇！”掣出禅杖就要打。这妖精见计不谐，往店门外一阵风不见。

店小二、婆子惊吓起来，道：“老师父，原来是妖精捉弄你我。”三藏道：“店主人，妖精那里敢捉弄人？多管是我小僧师徒念头不正，引惹了来的。”婆子忙打点斋饭与三藏们吃了。八戒方才把禅杖去挑担，道：“禅杖，禅杖，不亏掣下你来，那妖精怎肯一阵风？”行者笑道：“呆子，不谢老孙替你解冤，却谢亏了禅杖。只恐这禅杖又替你添出妖精的仇恨来，还要费老孙的机心。”三藏道：“悟空，你行行步步说机心，我怕你机心愈深，妖魔愈横。”行者笑道：“师父，若要徒弟消除了这机心，除非真经到于东土，成就你至诚功德！”沙僧道：“师兄，你说的差谬不然。假如真经一日不到东土，你机心一日不除，乃是经文使你动此机心，岂不把真经亵慢？”行者道：“师弟，你那里知真经不与我机心相参，却与你们至诚、恭敬、老实相应？谁教你们念头一离了至诚、恭敬、老实，就把真经慢了。我这机心，看将来还是救正你念头的正道！”

师徒们讲说未了，只见门外走进一个士人来，后边跟着一个后生，手捧着炉香。三藏见那士人怎生打扮？但见他：

头戴青巾两翅飘，身穿皂服美丰标。双凫足下登云路，一带腰间紧束腰。

这士人进了店屋，叫后生把炉香供奉在经柜担前，望上稽首礼拜了起来，向三藏师徒拜了个揖，道：“圣僧，我小子久知你们灵山取得经文回还，正当由大道无挂碍、无恐怖直到东土，因何引惹妖魔到处抢夺柜担？昨日瓜园若不是我一粒丸药，你这小长老怎能远离了病患？”

八戒道："正是。多劳先生妙药，未曾谢答。请问你：如何知我们向灵山取得真经回还？如何是我们引惹妖魔？"士人说："那瓜园男妇即是妖魔，今这店人岂非精怪？只是你抡禅杖又动了嗔心。那精怪又怀了嗔念，往前路多方加害弄你，你须要小心防备，方才保得经文回还东土！"行者听了，道："先生放心，有了我老孙，包你妖魔荡尽！"士人道："就问你老孙有何技能荡尽妖魔？"行者道："有法，有法。"

却是何法，且听下回分解。

第九十七回

鼯精计算偷禅杖　行者神通变白烟

士人听得行者说：“有法荡妖魔。”乃又问：“小长老！你有何法？”行者笑道：

> 我法从来三等因，两分精气一分神。能知上药归三品，万种妖魔荡作尘。

士人笑道：“此法高虽高矣，只怕妖魔力大，这三等荡不尽他。小长老可再有别法？”

行者两眼看着三藏，三藏道：“悟空，你如何没了法？何不把我们的妙法说与先生一听？”行者道：“师父你讲罢。我徒弟被这机心在内打扰，难说，难说！”三藏乃说道：

> 无上深上微妙法，都来见性与明心。要知此法歼妖孽，不到灵山怎识音？

士人听了，道：“圣僧，你是到了灵山的，定是知音。料妖魔不敢阻拦你真经，我小子又得了你教益。但只一件，你们虽能扫荡妖魔，不能避无妖魔前途作阻。总是你这小长老机变心肠未尽，那偷店婆银包妖孽要复禅杖之仇。这仇心一报不休，不如小长老把这禅杖只挑经担，挂行囊，以后再莫掣下来与妖魔打斗。”八戒道：“先生不知。我们当年从东土来时，都有利器在手，故此到处降服妖魔，快心打斗。如今利器都缴在灵山宝库，全靠着这几条禅杖打妖战怪，若再不掣下来，经文怎生保护？”士人笑道：“小长老，你道经文要禅杖保，我道禅杖反失了经文！”三藏道：“先生叫小徒莫掣禅杖下来打斗，这乃是仁人用情，不伤生害物；若是留他挑担子却甚便，怎么反失了经文？”士人笑道：“老师父，我小子也在道，因就事论事，且说这禅杖如何反失经文你听：

> 论经文，端正向，僧家何事求三藏？禅机见性与明心，慈悲方便为和尚。戒贪嗔，无色相，不逞豪梁抡棍棒。如士不动守和柔，人我同观宽度量。若忿争，抡宝杖，更夸如意金箍棒，九齿钉钯利害凶，这点仁慈居何项？去挑经，若打妖魔经文丧！”

三藏听了，合掌称赞，道：“先生真乃在道。说出皆方便法门，要紧进步。请问：方才说偷银包的妖孽要复禅杖之仇，不知这妖孽先生如何得知？”士人道：“圣僧，你要知他不难，那前路有座荡魔道院，里边有个老道者，他便知道。你们看，那老道从店门外过去了！”哄得三藏师徒齐把眼外看，士人随出门如飞前去，不知何向。

三藏惊讶起来。八戒道：“师父，这是那里来的士人？在瓜园出药医我，到此处讲这些道理。”三藏道：“徒弟，我看那士人多管是位神人，指引我们前途防范妖魔，又叫悟空莫使机心，把禅杖莫去打斗。”八戒笑道：“师父，若叫行者莫使机心，这还容易；若叫莫使禅杖，比如遇着妖魔拿枪弄棒，我们赤手空拳怎能敌斗？断然丢不得！”行者笑道：“呆子，你道禅杖丢不得，我老孙的机心更丢不得。丢了禅杖，留着机心，还有计较法术拿妖捉怪；若丢了机心，留着禅杖，万一妖魔利害，这根朽木做的何用？”三藏道：“徒弟不消争讲。我看那士人的主意是，连禅杖、机心一概都丢了不用！”沙僧道：“依师父说，我们且把禅杖只挑着经担，大师兄也不必讲甚机心！辞了这店婆，赶路前去。”三藏依言，辞了店小二，师徒挑担押垛前去。

却说大小两个鼯精使计捉弄八戒，却被行者机变反捉弄了他。他见八戒抡禅杖要打，化阵风走到前路，两个又设计较，道：“我们有五技之能，两次假变捉弄这长老不成，此心不甘，怎肯罢休？如今上计是捉弄这几个和尚，无奈那老和尚道行纯全，小和尚们神通广大；中计是扛夺他经文柜担，又无奈真经显灵，暗有菩萨保护。”小鼯精说：“我有一计，不如待他投宿客店或是庵观寺院，先把他禅杖偷去，叫他没有挑经担子，然后与他打斗，那长老没有器械，必定遭我两个棍棒之下！”大鼯精道：“此计最妙！他没了禅杖，不但没器械打斗，且没担子挑经，乘机经文也可抢夺他几担！”两精设下计较。

且说比丘僧变了士人，指引三藏们前面防范妖魔，乃与灵虚子前行到这荡魔道院。他两个进入院中，只见一个童儿在内。见了一个僧人同着一个道人进来，说道：“二位老师父请坐，奉茶！我老师父到郡国城千峰岭望道友去了。”比丘僧说：“几时才回院？”童儿说：“多则十日，少则五日。今去了三日矣。”比丘僧说：“我有一起东土取经僧人，今晚路过此处，前途尚远，须要借寓院内。你老师父在家，定然不拒；只是你童儿，可肯容留？”童儿道：“二位老师父可曾与老师熟识？若是熟识，这也无碍。前堂空阔，便安歇也可。”比丘僧见童儿肯留，乃出了道院前行。正是：

只为真经须保护，不辞道路探妖魔。

话表三藏与徒弟们离了镇市，出了店家，不避劳苦，一程、两程前进，早来到近道院地方，只见天色将晚。三藏见往来走路的，便问："前去甚么去处可以借宿？"走路的说："师父们不必远走，此处有荡魔道院，可投住宿。"三藏听了，忙奔到院。果见一个童儿在院门看着，见了问道："老爷可是东土取经圣僧？"三藏道："童儿你如何先知？"童儿道："早前有两位僧道老师父在此说的。我师父远出未归，老爷要安住，须在前殿堂。"三藏师徒依言，解了柜担，供奉居上。不题。

且说大、小鼯精立心只要计算唐僧师徒，他离了唐僧们走到前途，却好遇着比丘、灵虚两个走入道院。大鼯精说道："唐僧前后又有这两个僧道随行。我看他不是唐僧一起取经的，却又不是送经的，或时变幻与唐僧们解纷息难，若似暗行帮助之意。你看他进此道院做何事？"小鼯精道："要知他意，须是隐着身形跟他进去，看他何事？"

两精乃隐身跟入听他两个说话，原来是为唐僧们借下安住去处。他趁比丘两个出了道院，随变了比丘两个复入院来，向童儿说："取经僧住在殿堂，我两个借你内屋打坐一宵。"童儿道："师父既是我师父熟识，便在内屋住一宵无碍。"童儿说罢，自去安寝。这两精计较了，乃走入殿堂，正遇着三藏师徒一路辛苦安眠熟卧着，那禅杖俱放在经担旁，乃偷将出殿，远送到一处，叫做石塔寺，直放在那塔顶上，正是无人的去处；复来院堂，指望偷窃经文。不匡行者惊觉，跳起身来见没有禅杖，大叫道："八戒，沙僧！禅杖在那里？"八戒道："都是你解担子放在担柜旁。"行者道："不见了。"三藏听得，道："怎么处？没有禅杖，担子怎挑？"八戒道："我说这件器物一则挑担，一则打妖！都是师父今日也叫莫掣下他，明日也叫莫使动他，想是他没个妖精儿打打，不耐烦跟着我们，到那里躲藏去了？"行者道："呆子莫要说闲话，趁早找寻。"三藏道："我昨晚听得后屋内似有人说话，问那道童儿一声也可。"

行者随出殿门。只见屋内小门开着不掩，叫得童儿出来，问道："夜晚何人到此？"童儿说："是你师父们一起，与你先来借殿堂安住的一僧一道。”行者道：“我们只师徒四个，和马五口，此外并无一人。”心中想了一会，说道：“罢了，罢了。我知道了，这定是八戒好歹便掣下禅杖抡起打人，这是那二位保护我们的收了去矣！”八戒道：“是那个保护我们的？”行者道：“你那里知道？”三藏说：“悟空你既知，须是在何处寻着他取来？”行者听得师父叫找寻，便道：“此事非我老孙，怎能找寻得出？”

乃把慧眼一照，那里看得出比丘僧道两个？只看见殿堂前两个妖魔立着，他也会隐了身形左张右望，只待三藏师徒离了真经柜担，便要抢夺。不防行者神通，那慧光能照出隐中之隐，见了两精，大喝一声道：“何物妖魔在此窥伺？想是要窃我经文？这假变僧道偷了禅杖，定然是你！”两鼯精见行者照出他原形，道：“这毛头毛脸和尚真个名不虚传！我们机心不如他更深更大，且避了他，看他们没有禅杖，如何挑担子出门走路？”两精化了一阵风往前走去。好行者！也随化成风一阵追逐前来。那两精化的风前行，这行者化的风后追。怎见得？但见：

> 前无影，后无踪，卷土扬尘在满空。一阵紧，一阵松，倒树摧林山岭崩！忽然北，忽然东，虎啸龙吟在此中。飕飕冷，烈烈轰，不与寻常四季同。这正是邪氛正气交相逐，一点灵光化作风！

鼯精化作风前行，看看力弱；行者化作风后赶，纠纠益强。那精心生一计，变了两堵垣墙，把行者拦阻了。行者刮在兴头子上，只见高垣大墙拦在前面，不见了妖精，乃复了原身，又把慧眼一照，笑道：“原来你这妖精化成墙壁，钻入穴中，其技穷矣。”行者一面笑，一面把路旁树枝折了一枝，叫声：“变！”变了一个黄鼠狼，直钻入空。妖精从后穴逃出，复投殿堂上来。他不知行者斤斗神通来的快，去得疾，见墙穴无妖，随一斤斗打回。两精见了，化成一阵烟而走。行者道：

“好妖精！你会化烟，我老孙岂不会化？你只好好的送出禅杖来，便罢！”行者说了，也化成烟，一阵直搅住妖精，那里肯让他逃走？这两精化了黑烟，行者却化成白烟，四围乱扰。怎见得？但见：

黑漠漠飞扬上下，白漫漫搅扰东西。浑沌不识个中提，恐把莹然混乱，到使黯黮相迷。

两个鼯精化了黑烟，被行者白烟相搅，无计脱身，乃心生个机变，就地一滚，变成了两个乌鸦，依旧一翅飞到殿堂傍，一株大树上栖着。

行者一斤斗到殿堂，三藏见了，道：“悟空，收禅杖的僧道可曾找寻得来？”行者道：“眼见的是两个妖魔假变，把禅杖摄去。我老孙几番追逐，无奈这妖魔到也有些机变，如今捉拿他不着，这禅杖断然无处找寻！”八戒道：“天渐亮了，赶路没有禅杖挑担，如之奈何？”三藏道：“徒弟们罢休寻！那里有竹木，可斫一根棍棒挑经去罢。”行者道：“师父，你便要把禅杖抛弃了前去，我老孙却不肯！当初灵山有了经文，缴了钯棒，这三条禅杖也不是轻易来的，怎么轻易弃了？万一前途把经担被妖魔盗去，也就抛弃去罢？如今禅杖非我徒弟一个的，八戒、沙僧俱各有份，也须打家找寻！”八戒道：“师兄你话虽是，只怕各去找寻禅杖，师父一人照顾经担不能，若有疏虞，这叫做为小失大。”行者说：“呆子，你虽说的是，但各人挑各人担子。你，凭你寻不寻，我老孙却要找寻出禅杖，方才出这道院！”八戒道：“你一年找寻不着，也等一年？老猪借根棍棒挑经担走路，莫误了行程！”三藏道：“悟空，八戒也说得是。”行者见三藏找寻禅杖之心亦懒，乃犹豫不决，在殿堂闷坐，这机变心肠渐渐使作不出。

却说这荡魔道院老道法号丹元，道术高深，能识五行倒颠，善配三品上药。若说他的神通变化，也不在孙行者之下。他与宝象国员外山名千峰岭一个全真相契。这日两相讲论玄机，丹元老道忽然冷笑起来。全真道：“师兄何故发一冷笑？”丹元说：“我出门来与师兄相会，院中却来了取经回还的东土几个长老。他这几个道行非凡，功果将成，不知何意牵绊在我道院不去？我今且别师兄回道院，看他们有何干碍？”丹元别了千峰岭，半云半雾。正是：

不捏悟空斤斗诀，片时也走遍乾坤。

老道来到院中。童儿接着，便把唐僧师徒借寓殿堂，不见了禅杖，没的挑担走路说出。老道随出到殿堂，见了三藏，彼此相叙了方外之礼。他见三藏庄严，相貌不凡，问答清朗，看着行者们稀奇古怪，乃叫了几声：“好！”行者道：“老师父见了小和尚们，不言他事只叫好，却是甚么好？”老道说：“东土到灵山十万八千里路程，一往一返，无限的妖魔邪怪！不亏了列位这等一个好相貌，怎能去来无挂无碍？”八戒听得老道夸奖好相貌，便扭头捏项，装娇作媚起来，说道：“不敢欺老师父，我老猪还不曾洗脸包唐巾哩。若梳洗了，还好看哩！”沙僧笑道：“二师兄！你便梳洗了，也改不过这大耳长嘴来！”三藏道：“徒弟们，且请教老道丈：这禅杖被妖魔盗去，眼下将何担经？”丹元老道只听了三藏一句妖魔之说，乃笑道：“圣僧，你想必识字，岂不看我山门上四个字匾儿？如何在小院殿堂说出这句话？”

却是何话？且听下回分解。

第九十八回

算妖魔将计就计　变葫芦吓怪惊妖

却说丹元老道向三藏说："圣僧，你一个至诚长老，怎说出妖魔盗你禅杖这句话来？便是我这道院，你看我山门匾上四字，便是有妖魔也不敢近前，想俱是你列位高徒自相引惹！且动问：这宝经担子何必要禅杖扛挑？既用他做扛挑之器，便只扛挑；却每每掣将下来打妖击怪，这岂是取经之事？如今想是此物不与经文同行！到这近路，便弃了他有何妨碍？"八戒道："老师父，我们掣禅杖打妖魔，你如何知道？"丹元说："你们行的事，我自知道。"八戒笑道："我们所行你莫不知，这三条禅杖岂有不识？望乞老师真指明在那里，却是甚么妖魔精怪偷盗了去？"丹元听了，把头一抬，笑道："小长老，你要知禅杖在那处，是甚么妖魔偷去？当问那殿傍大树上两个乌鸦去要！"

行者听了老道这一句，方才举头一望，不觉的机变旋生，就地一纵，凭空直上树枝，便去捉乌鸦。那两精见行者奔来，一翅往前飞去，行者忙变只鹞鹰赶去，紧追不放。那两精乃飞入一空谷，行者也飞入。两精随变了两条小花蛇，从谷后一洞逃走。行者随也变条白练蛇跟来。三条蛇盘搅一处，在个山岭头。鼯精又想计较，行者也动机心。彼此各思变幻。

却说三藏与丹元老道相对面坐着。三藏道："老师真，你方才向小徒说：'要禅杖问那树上乌鸦要。'怎么我大徒弟孙悟空纵跳在空，连那乌鸦两皆不见，却是何故？"丹元乃向袖中取出一个小葫芦，叫童儿："你可去十里山岭头，把此葫芦，若见两条花蛇在那里盘搅，便与我揭开葫芦盖，装了他来！"童儿依言拿了葫芦，去到一个山岭头，果见三条蛇在那里盘搅如斗。鼯精眼快，通灵，一见了童子，便复了原形，往岭上一株大树飞走到梢头，驾空去了。童儿揭开盖儿，误把行者变的白练蛇装入，忙走回报与丹元老道。

老道接了葫芦在手，向三藏说："圣僧不必虑无禅杖，小道已与你捉了偷禅杖的妖魔来了！"行者在葫芦内听得，道："动劳，动劳，捞了老孙来了！"丹元听了，忙揭开盖。行者钻将出来，复了原身，笑道："老师真，我老孙正要使个机心捉妖精，不知怎被你装入这件宝贝！想我当年随师来时，几番被妖魔捉弄，装入甚么吸魂瓶内，被老孙设法都打碎了他的。今日不是你童儿为我们捉妖精，老孙也要计算你这葫芦了。如今禅杖尚无下落，妖魔不知何处逃走，你这宝贝空用一番，童儿也该打他个失错！"三藏道："只求老师真设法寻件棍棒，与我们挑了经担去，便是高情。"丹元道："棍棒却难得有。圣僧且耐心在殿堂坐下，我道院既名荡魔，岂有不找着妖魔取了原物还你？"一面叫童儿收拾些茶点斋食，款留三藏师徒；只叫："且放心住下！"

却说鼯精两个往大树梢头飞空逃走，到那石塔寺。这寺久荒废，仅存这座石塔，高有十余丈，下无三尺梯；惟顶上一小门内，却宽阔如屋。鼯精偷了禅杖，送在这塔上，并没个人往来登眺。正是：

> 蜗涎鸟迹经年有，雾笼云停镇日多。
> 本是高山一片石，壮观梵宇作巍峨！

两个鼯精到了塔上寻禅杖，那里见有？大鼯精吃了一惊，向小鼯精道：

“我两个设下千方百计，盗了唐僧禅杖，叫他无物挑经，送在此无人往来之处，如何不见？”小鼯精说：“莫不是孙行者知觉取了去矣？那老道神通不小，定前指引他们！”大鼯精笑道：“孙行者若知，取了去挑经赶路，何必又追赶我们？我们且在此等着，看有何人来，便知去向。”方说未毕，只见半云半雾来了三个妖魔。鼯精看那妖魔生的：

肉翅形如飞燕，毛头状似鯖鼯，扁身两耳眼睛无，双足紧生小肚。

三个妖魔飞空而来，见塔上有两个妖精在内，随变了三个恶咤咤的人形，走入塔门。鼯精见他变成人形，忙也变成两个凶狠狠的汉子，叫一声：“入塔门的何怪？”那三个妖魔答道：“你是何精？怎把我平人称怪？”鼯精道：“乘空飞入，登上石塔，非怪而何？”妖魔道：“你见我貌随变了形，谅你必是精也！到此何干？实实供来，免得我魔王取了宝贝来打你！”鼯精说：“我非别个。我乃久修成道的大小二鼯。只因遇着取经西还的僧人，三番两次把挑经的禅杖打我，为此窃取了他的，藏于此无人往来塔顶。今来寻，不见。你是何精？到此何干？”妖魔说：“原来你是我一种幻化。实不瞒你，我乃多年蝙蝠。只因在此石塔寺听闻长老住持课诵功课，得了长生灵气。近因此寺荒废，迁移宝象国东一座五蕴庙中。昨偶到此，见三条木杖，不知何人放在此塔？今既是你之物，可在塔下取去。且问你藏此禅杖，那和尚们将何挑经前去？”鼯精道：“正为他无物挑经，住在道院不能行，我两个要窃取他经。无奈那小和尚叫做孙行者，神通本事，识破我三次计策；如今又添了道院老道，手段玄灵，恐终被他加害，不如将此禅杖还了他，与他挑经担去。这叫做：得放手时须放手，得饶人处且饶人！”蝠妖听了，笑道：“我闻得当年有东土取经僧路过此地，有个孙行者神通广大，变化多能，降妖捉怪，真惹不得！但你们有五技之能，怎么到此一筹莫展？”鼯精说：“计便有一计在此。若三位念一种化生，助我一臂之力，倘夺得他一担经文，也不枉相逢今日。”蝠妖道：“二位计将安出？”鼯精道：“我计欲变作一车，止可容三担经包，与他们载往前途，得空推而逃走。倘他们追赶找寻，借三位恶咤咤的雄威，手执着锋利利的兵器，料唐僧们手无器械，怎敢打斗？”蝠妖道：“此计甚好。但恐那老道与孙行者识得是我们假变，弄起神通本事，如之奈何？”鼯精道：“我们执了兵器，远远防备，料他赤手空拳不敢。”鼯精计定。

却说三藏师徒吃了老道斋供，乃向老道求借挑经器物。老道说：“童儿可与孙长老看守着担子，我与他寻妖魔找禅杖去也。”丹元与行者出了山门，正才四望，只见远远两个汉子推着一辆大车前来。丹元看见，乃向行者道：“小长老，你看那两个汉子推辆车子前来，若是载得你经担，到方便前行，这禅杖也不必找寻，罢了。”行者道：“老师真，这车儿知道可是便路去的？就是便路，又不知可载得起？便是载得起，知道可远行？到了前途，终是没有禅杖方便。”丹元道：“小长老不要想禅杖罢！但看这车子可肯远送？”行者道：“且待他来，再作计较。”只见那车子近前。丹元老道见了，冷笑起来道：“孙长老，你可识么？”行者也笑了一声，道：“老师真，我小僧大胆，要将计就计，弄个机变心肠儿了。”丹元道：“你的机变虽好，只是我这荡魔道院怎肯容他？也罢，前计依你，后计在我。”乃走入院内，随行者主张。

行者乃叫一声：“推车的汉子，你车子可肯载担包？”鼯精道：“专以载货物为业，长老有何担包装载？”行者道：“有三担经文。”鼯精道：“载得，载得。但不知载到何处？”行者道：“随路远载。只到东土交界也可。”鼯精道：“载去，载去。只要工价、日食。”行者道：“有，有。”乃进入殿堂，向三藏道：“师父，禅杖没处去找，妖魔也没处可寻。今有便车，推了去罢。”三藏道：“如此却弃了禅杖，免得你们复动无明！”八戒笑道：“省了老猪力，免了肩头痛也。”丹元老道乃向三藏耳边悄语道：“圣僧，我已知此车乃妖魔之计。你孙徒弟要将计就计。但计一识破，必然打斗起来。我有此葫芦，你可袖在身边，如妖魔难斗，可将此宝吸服他。我自有童儿来取。”三藏接了，藏在衣袖。只见行者忙把马垛柜子背上，叫师父押着前行。他把六个经担都载在车上，一齐辞谢丹元老道，出门上路前行。那老道向行者耳边：“如此，如此。”行者道：“放心，放心。”师徒们走了三十余里路。那鼯精歇住车，道：“师父们，你腹中可饿？”行者道：“我尚肚饱。”八戒说：“我便有些想斋饭了。”那鼯精忙在车子上解下几个馍馍来。八戒便抢两个来吃，被行者一手夺住，道：“呆子也不管个生冷荤素，我看这一馍乃荤物包的，莫要乱吃！”八戒听得是荤的，乃剥开一个，果然腥气难闻。

鼯精见行者识破他计，暗夸：“孙行者果是神通！”只得又推了三十余里，却来到一条岔路。妖精就把车子转推往岔路飞走。行者忙双手扯住，道：“我们东行大道。你如何不走，却推入这小路傍途？”鼯精那里答应？推着直走。八戒、沙僧叫声：“师父且扯着马驮的柜子。这推车子的从逆路推去，多管是妖魔夺担包也！”三藏道：“徒弟，只恐他走熟了的路，我们随他的是。”行者道：“师父你不知，老孙久已知道了。八戒、沙僧快来扯住！”八戒与沙僧方才来扯，只见那岔路内荒僻无人，忽然三个凶恶汉子手执着大刀阔斧，大叫道：“押经的和尚快把经文留下！放你残生去罢。”八戒见了，道：“我说没有禅杖，将甚么挡他的刀斧？这分明孙猴精叫的推车汉！”行者道：“呆子不要怨我。这妖精们纵然凶恶，也要替我们推几程路，方才饶他！”乃一手揪住一个推车的汉子，道：“你老老实实供出，是甚么妖魔偷了我们的禅杖？藏在何处？如今又假变推车来诈骗经担！”行者一面说，一面抡起拳头就打。鼯精也不慌不忙，向车子上取下两条车棍来，随变作枪，直来刺行者。那蝠妖变的凶汉也舞起刀斧来。行者见了，忙走到三藏前，道：“师父：丹元老道与你的宝贝快把与我！”三藏道：

"徒弟，你如何得知？"行者道："出山门悄语，便是此事。"三藏乃于袖中取出一个葫芦，递与行者。八戒见了，道："没了禅杖，看那刀斧利害没的搪抵，这会取出个葫芦儿来，不知卖的谁家药？"行者接了葫芦，方才要揭盖，那蝠精眼快，见了葫芦丢了车子，一阵风走了前途去了。行者揭开葫芦，那三个蝠妖被葫芦吸入。行者忙盖了，摇几摇，道："这宝贝到好耍子！且骗了老道的。带在路上捉妖精！"正才要拴在腰间，童儿早已站在面前，笑道："小长老，这宝贝骗去不的，我老师父叫我来取也。"行者吃了一惊，道："葫芦已还了师父。"童儿乃向三藏取讨。三藏道："悟空莫要存此欺心！丹元好意借与我们捉妖，救了战斗，保了经文，快还与他！"行者道："一个小葫芦能值几何？我有两匹布，不曾做衣穿，与你童儿换了罢！"童儿道："小长老，你若不还我葫芦，我师父曾说来：若是孙行者不还葫芦，叫我念起咒来，便火烧身体。你休懊悔！"行者道："你念，你念。我老孙也有咒儿灭火！"童儿乃念动咒语，果然葫芦在行者腰间如火，烧的腰痛不可忍。行者没（以下原有缺文）要使个机心。"三藏道："徒弟！只因你好使机心，十万八千里越走越远，越遇妖魔！如今又要使甚么机心？"行者不言，乃向地下取起一片树叶，执在手中，念念有咒，顷刻变了一个小葫芦。但见：

> 两节圆圆大小分，坎离上下合乾坤。
> 中藏三品灵丹药，此宝尝随不二门。

三藏见了，道："悟空！丹元老道葫芦乃是久修炼就荡魔装怪之宝。他已着童儿取去，你却又变个假的何用？"行者道："师父！此正徒弟机变心肠有处用也。"乃向三藏耳边悄语两句话。

却是何话？且听下回分解。

第九十九回

灭机心复还平等　借宝象乘载真经

三藏听得行者耳边悄语，点头道："徒弟，这个不为机心，乃是荡魔老道一种平等功德。复此平等功德，推车的八戒也好放心，驾辕的沙僧也好用力，我们大家且安行几里平等路程！"

却说比丘僧与灵虚子道："自我变了士人提省唐僧师徒，无非只要唐僧始终不改变了至诚，保守了真经到于东土，把行者机变心肠消灭了不使，自然妖孽不生，我两个完全了保护功果，好复如来旨意。我也知妖精设计捉弄取经僧人，且不去保护。只这起妖魔偷藏了他们禅杖，免的八戒们动打斗之心，以惹妖魔，故此远远观看着。只见行者将计就计，骗妖精的车子推经担。"灵虚子道："师兄，他们禅杖被妖偷藏的甚好，只是这妖精变化的车子，终不是个光明正大的事物，到底妖精要设计夺将去！"比丘僧道："师兄，我与你还须说明了孙行者，叫他更改了机变心肠，自然妖魔灭息不生。"灵虚子说："师兄，料东土将到，真经有灵，孙行者的机变难使于无妖之境矣！你看，那前边的殿宇层层联络，树林密密杂交，不是梵宫，定是道院。我与师兄探看，可以容车，料唐僧师徒必然投止。"两个走近前来，乃是一座庙堂，甚整齐。怎见得？但见：

山门高耸不寻常，殿宇崇隆接庑廊。匾上明悬三大字，庙名五蕴众僧堂。

比丘僧同灵虚子走入庙门，只见一个老和尚坐在那殿门，远远见他两个，忙迎出来，道："二位师父似远方到此，请殿上一茶！"比丘两个走入殿中，不见圣像，乃向长老稽首，便把灵山下来的话说出。

那老和尚问道："二位师父既是灵山下来的，可知东土有几个取经僧人曾到得灵山取得经么？"比丘僧答道："老师，你如何知道东土取经僧人？"老和尚说："我这地方远近那个不知？只因当年宝象国出了几个妖魔，被取经僧人扫荡了，至今老老小小无不感念！但遇着人家有甚邪魔怪异，便说：'怎得那取经圣僧来？'日久说来，便有几分灵异。或是把圣僧书写名字的，贴在门上，邪魔多有避去。如今，我这庙堂内往年安静，不知近年来那里来了几个妖魔，要求祭祀！白日见形都是些恶咤咤像貌，地方有祭祀，他便不去作威福。我僧众被他吵闹，每日念取经圣僧，便是书名画符，也灭他不得。怎能够圣僧取经回还往我近处地方路过，请他降妖捉怪！"比丘僧问道："如今妖魔在何处？我这同来道友，也善捉妖降怪！"老和尚道："爷爷呀，那妖怪念着取经圣僧也不怕，这道友老爷怎能避他？幸喜这两日不知何处去了。若是在庙中，我老和尚半字也不敢提他。"灵虚子道："书名念的却是那个圣僧？"老和尚道："闻知当年神通广大叫做孙大圣，乃取经僧的大徒弟。"灵虚子道："是便是了，只是如今他不似当年。只因取了真经，缴了降妖捉怪的兵器，息了杀生害命的恶心，便是遇着妖魔，只凭着一个机变！如今连机变也将次不使，若是路过此地，只怕不暇与你灭妖。"老和尚道："老爷，你既善除妖，就求你做个方便。若除了妖，也免得吵闹我这庙堂，与地方作些功果。"灵虚子道："妖魔来时，我当与你扫除。只是借你一间静室安住。"老和尚乃引着比丘两个到殿后僧房住下。不题。

却说鼯精丢弃车子，两个往前计议，道："三番两次算计孙行者不成，三个蝠妖又被老道葫芦捞去，如之奈何？”大鼯精说：“四计不成，还有五技。我们且变了车子主人，取讨唐僧车子。他没了车子，终是经担难去。”小鼯精依言。一个变做老汉，一个变作后生，飞走上前，赶上唐僧，一手扯着马垛，道：“何处长老？你贩货物，如何把我车子推来？快还了我，免送到官！不然，扯了他马垛子去，料这匹马也值的这车子。”三藏道：“老人家，你问那推车子的去要，如何扯我的马垛？”老汉道：“不去寻他，只问你要。”三藏忙叫道：“徒弟们慢些走，这老人家乃是车主，来讨了。”行者听得乃走回，看着老汉，道：“老人家，这车子如何是你的？”老汉道：“这地方没人家有，惟我家打造的。物各有主。你是何方和尚？贩买贩卖，希图生利，却偷我车子！”一面说，一面去扯车子。

行者把慧眼一照，笑道：“这妖魔恶心未改！”乃把假葫芦腰间取出。鼯精一见，飞星走了。走到一个山坡下，计较道：“算计不过这毛脸和尚！怎么葫芦在他身边？访的已装了三个蝠妖，被个道童捞去，这却又是那里来的？”正说间，只见童儿取了行者真葫芦，走到山坡来。两个鼯精见了，忙计较一个变了丹元老道，一个隐着身。童儿一时眼错，乃走近前道：“老师父何以在此？”鼯精道：“我见你久不回来，特到此迎你。你去讨葫芦，如何被孙行者骗去？”童儿道：“不曾骗去。见吸了三个恶咤咤妖魔来了。”鼯精道：“葫芦盖儿要牢拴紧了！”童儿乃取出来，道：“拴的紧。”鼯精接过手来，把盖子一揭，那三个蝠妖登时走出，一阵风走去。童儿见师父揭盖走了妖魔，忙来拴盖，被鼯精变转面皮就要抢夺葫芦。童儿忙念动咒语。葫芦如火，鼯精疼痛难当，丢下地来，童儿拾起，开了盖，把个假老道一吸入葫芦，这隐身的小鼯精也一阵风逃去。童儿只得装了大鼯精到道院，把葫芦交与师父。丹元笑道：“这妖精变的我好！且叫他在葫芦内过几春。”

却说小鼯精走到前途，却好遇着三个蝠妖慌慌张张赶路。见了鼯精，问道："大鼯如何不来？"小鼯说："他诱哄童儿揭盖，走了你们，他却被葫芦吸去。这叫做：

使却机心愚稚子，谁知自陷入葫芦。万事劝人休计较，从来好事不如无！"

三个蝠妖听了，道："多亏你大鼯做了我们替头，总是可恨唐僧的徒弟使这机变心肠！如今说不得，叫做一不做二不休！料他离了郡国，必到五蕴庙前过。我弟兄三个久在庙中作威作福，要求地方祭祀，如今且回庙，再设个计策夺了车子还你，抢他的经文柜担，叫他师徒空向灵山求宝藏，何能东土济群生？"小鼯精听得，说："三位作何计策？"蝠妖说："我兄弟原有五个：我三个在庙间，还有两个在东路五庄观做道童。如今我三个变做三只宝象，你便可变做个豢象的。在庙堂大泽中，只待唐僧没了车子，那时必借我等驮经，乘隙拐他的担子，有何不可？"

鼯精大喜。乃随着三个蝠妖走回五蕴庙。正要作威福，只见殿后祥光万道，瑞气千条。妖魔见了，吃惊道："我只因两日外游，被孙行者捉弄。不知这殿后何事发这毫光？"乃隐着身来看，原来是两个僧道在内打坐。鼯精见了，乃向蝠妖说："观这两个僧道必是久修有道行的正人，虽然我们邪不敢犯他，但不知他可有些神通本事？或是外貌有些毫光灵异，中心没甚神通。待我们捉弄他一番，便好设计夺唐僧的车子！"蝠妖道："将何法捉弄他？"鼯精说："僧道家非贪即嗔，我同你四个变个酒、色、财、气四种邪氛，捉弄他乱了心性，这毫光消灭，那僧屋也难安。"鼯精道："酒无用处，财易动贪，色必起淫。我们变这两宗试他，料他必入我们之计！"说罢，乃变了两个美妇，手捧着两贯钱钞，走近后殿敲门，道："老师父开门！"只听得殿内那僧道叫一声："妖魔休得错用心机，堕落轮回六道！"鼯精见殿门不开，僧道在内说破了他计，乃退出庙门，专等取经的唐僧来到。

却说行者假葫芦吓走了鼯精，三藏道："悟空，你这机心虽妙，但恐妖魔知道是假，少不得再来要车子，却将何计算他？"行者道："师父只走正路，莫要多疑。你看那前面树林中殿宇巍峨，必然是座庵观寺院。"八戒道："近前去看，若是座寺院，我们且住下，问东土路程尚有多少？"行者道："何必问，我老孙已知不远。只是这车子妖心未忘，恐夺将去，我们又要寻担子挑。"三藏道："悟空，计骗了来的车子，我心亦未安。"行者道："师父，便是我徒弟也不安于心。只因妖魔三番五次计算我们，不得不将计就计。如今借车子之力，已走了数百里程途，若妖魔明明的来取，我老孙何苦留他的？"师徒正说，只见五蕴庙在前。三藏远远看山门一匾，上有三个"五蕴庙"大字，乃向行者道："悟空，这庙堂齐整宽大，正好安住一日。"行者道："八戒、沙僧快把车子推起！"却不防鼯精与蝠妖变了几个汉子走近前来，一手扯住，道："那里来的贩货物僧人？岂不知我这庙宇街道不许推车碾坏？趁早卸下！"三藏听得，忙叫："八戒、沙僧且停着莫推！这众人说得是。"行者笑道："师父，这分明是取讨车子的又来了。"八戒道："你那宝贝儿在那里？何不取出来吓他？"行者忙向腰中取出假葫芦，鼯精见了，笑道：

长老非医非道，葫芦药卖谁家？这物非你手中拿，想要吸妖怪，我们不怕他。

行者见葫芦被妖魔说破，无计退他，乃叫八戒卸下车子。这汉子便你推我扯，把车子推到个空地。

三藏忙叫八戒扯住玉龙马垛，也卸下柜担，叫徒弟们看了。他却整个褊衫，走入山门。只见那和尚依旧趋前，向三藏稽首，道："老师父必是东土取经圣僧！你的徒弟，经文，俱在何处？"三藏道："师父如何知我小僧？"老和尚说："我见圣僧庄严，相貌非凡，必然就是。"

三藏乃把手向山门外一指，道：“师父，那阶头柜担便是经文，看守着的便是小徒。”老和尚见了，道：“圣僧何故不到庙内卸担？”三藏道：“因是车子推来，方才有几个汉子阻却不容，说‘推车碾坏街道’。”老和尚道：“圣僧，休要错认。我这庙前那有阻车的汉子？”三藏道：“便是我徒弟也知他是妖怪！”老和尚听了，道：“正是，不差。久已闻圣僧有个大徒弟善拿妖捉怪！我这庙中，近日不知是那里来了几个妖怪，吵闹我庙内僧人。且请圣僧殿堂住下，待我前去请你高徒！”

三藏依言，进了殿堂，一时便有众僧来参谒，便有传知殿后比丘、灵虚的。他两个故意把殿后房门紧闭，在里面静坐。老和尚去请行者们。行者道：“老师父，我等看守经文担，不敢远离。若是有棍担，乞借三根与我们挑经，便是盛意。”老和尚道：“必求师父庙内一坐，素斋供奉，还有一事奉求。”八戒道：“老师父，有斋送到这里吃罢，有事便讲了何如？”老和尚不肯，乃传了几个小和尚出来，叫他看守经担，定要请行者们进庙。行者把慧眼一观，却都是真和尚，只得同着老和尚进入庙中。

三藏见八戒、沙僧俱来，乃把眉一皱，道：“悟空，你方才说妖魔夺了车子去，怎不防经担，如何丢了来庙？”行者道：“老和尚教众僧与我们看守着哩！”乃向老和尚问道：“老师父，你这殿堂怎么处处皆空，不塑位圣像？”老和尚道：“正为这一节。当年层层殿内俱有增塑、减塑圣像，后来不知何怪偷移去了，只见青天白日许多恶咤咤妖魔现形，要地方五牲祭祀，闹吵我庙内大小僧人不安。”行者道：“若是地方有祭祀，你庙中热闹，僧人得利，如何不安？”老和尚愁着眉，道：“老爷——

妖魔颠倒，行事乖张。要求祭祀，威福地方。把我和尚，捉弄难当。吃素长老，强他荤汤。吃荤和尚，没点牲尝。若是怠慢，不是毒打，便是生疮！菩萨搬去，空此庙堂。”

行者听了，道：“原来泥塑木雕的圣像不灵，容此妖魔作耗。”老和尚道：“正是圣像有灵，感应的圣僧到此，定是与我们作主驱除了妖魔，也是庙僧大幸，圣像必然重建！”行者听了，道：“老师父放心。我老孙替你扫除妖魔，包你庙堂安静。”八戒道：“也要我们斋吃得如意。”老和尚笑道：“有，有。”乃叫众僧备斋。

却说蝠妖同鼯精取了车子，见行者们进殿去，要来偷经担，只见众僧看守，那经担毫光放出，妖魔那里敢偷？蝠妖问计鼯精。鼯精说：“你意原要变宝象盗掳他担子，如今庙傍见有刘员外大泽，有两匹白象，何不设计驮了他担子去？”蝠妖说：“有理，有理。我那两个蝠弟见在五庄观做道童，若驮了经担，远投他处，料五庄观有空屋安顿。只叫唐僧无经回国，空身东还，那时我们仇恨方报也！”

却说行者吃了老和尚斋供，乃对唐僧说道：“师父和八戒们去看守经担。我徒弟既许了老和尚捉妖，必须与他驱除了，方才行路。”三藏道：“徒弟，车子取去了，经担也须计较怎挑？”老和尚听了，道：“圣僧放心，我有一策甚便。离我庙十里有个刘员外，家有白象二匹，莫说五六个经担，便是十余担柜子，也驮的去，只要圣僧们拜借他的，直送到你东土。”三藏听了大喜，便要去刘员外家借象。只见庙门外摇摇摆摆来了一个老叟，后面跟着个后生。老和尚同众僧见了，慌忙上前去迎。

却是何人？且听下回分解。

第一百回

保皇图万年永固　祝帝道亿载遐昌

却说鼯精变了刘员外，蝠妖变个后生跟着他，把两个蝠妖变了两匹白象，牵在庙门外。这鼯精摇摇摆摆走进来，老和尚迎他到了殿堂。三藏一见，彼此行了个主客礼。这鼯精开口道：“圣僧远来，老汉有失迎候！欲要请过寒家，恐路远不便劳动。闻得经担没有车子载行，家有白象两匹尽可代车，若不弃嫌，载到东土，不枉老汉一种勤劳。”三藏道：“小僧为无物担经，正有意来拜求宝象，不意员外有此盛心，只是何以报德？但愿老员外积此功德，福寿无穷！”鼯精一面说，一面叫后生指引行者、八戒、沙僧把经担载上象身。行者却把经担连马垛分作两象驮着，空下玉龙马，道：“师父来时原乘此马，今日东还叫你老人家步行，吃了多少辛苦，理当仍骑回国，方见体面！”

三藏依言，谢了老叟并老和尚，方才要离庙前行，只见庙堂后屋走出两个僧道来，看着三藏，道：“好一个至诚长老！”又看着行者，道：“好一个机变心肠！怎么对着妖魔让他捉弄？”老和尚道：“谁是妖魔？一个刘员外，经年庙中与我往来，今愿布施二象与圣僧驮载经文。你二位师父来我庙中，说与我捉妖怪，却静坐在后屋。圣僧来时，躲躲拽拽，紧闭屋门。我老和尚方疑你是妖魔，怎把个员外指做妖怪？”行者道：“老师父，你也莫管他。如今只除了你与我师父，乃是个至诚长老，我们都是妖魔！只是送得真经回到东土，功成圆满，那时得证了正果，便不是妖魔。二位僧道老师父，你也莫说师父的志诚，我老孙的机变。我这机变，虽说近东土不使用他，若遇着妖魔却也丢弃不得，只怕更深！但愿的不遇妖魔，我这机变终还个平等无有。”两个僧道见行者如此说，乃看着鼯精，说：“谁人跟随白象？”鼯精道：“便是我这后生跟去。”只见那僧道笑道：“你好好跟着白象！那象安安稳稳驮着经文，到得东土境界，管你后生福寿资身，白象化生人道。若有怠慢差迟，我两个前途等你！”看着老和尚，叫一声：“取扰！”望着三藏们，叫一声：“小心！”飞往前途而去。三藏乃向老和尚问道：“此二位何来？”老和尚乃把两个来历说出。行者道：“师父，你只骑你的马，我们只押我们的经担，莫管这两个僧道。我徒弟久已认的他；只是经文到了本国，包管你也都认的他。”三藏只得上了玉龙马，行者与八戒、沙僧紧跟着象，辞了老和尚与假员外，望前行路。这正是：

一心认道不疑邪，能使妖魔从正路。

却说蝠妖两个变了白象，驮着经担前行。本是邪妖，怎近的真经？但因他驮载正宝。孙行者明知妖魔诡计，却一念信真，与他驮载前去。这一个蝠妖变了刘员外，待两个变象前行，他孤自复了原身，想道：“我三个原与唐僧无甚深仇，只因鼯精藏禅杖因头，动了这捉弄唐僧之意。如今两个驮经前去，鼯鼠又变了后生前跟，我孤立在此。方才那两个僧道口口声声似识破我们妖魔之计，在前途等候。若指明了，孙行者这猴精不是好惹的！况这两个僧道在那静屋内放大毫光，必非凡俗。他临行分付：好生跟行驮载，乃得福寿人道！我想不如皈依了正果，先去刘员外家化他的真象，赶上唐僧，与他们驮载前去。

这却不是个改邪归正？”

蝠妖自家计较定了，乃变了一个老和尚，走到大泽傍刘员外家来。只见那员外正在家门立着。蝠妖上前，道了一个问讯。那员外问道：“师父何来？”蝠妖道：“贫僧乃东土取经和尚。今有几担经文在前途，缺少脚力。闻知老员外善心喜舍，家有宝象，若肯布施驮载一两程，保佑你福寿无穷，子孙兴旺！”刘员外听了，忙请蝠妖进屋，一面分付看象家童随行，打点叫跟了老和尚，前途去驮经担；一面备些斋饭，款待蝠妖。

却说三藏骑着马，行者们同后生跟着象，那鼯精一路只想要设计，叫两象驮了经往岔道躲去，不匡行者紧随伴着。行者已知是妖，故意问道：“后生大哥！你员外今年多少年纪？家下有几房妻子？有多少产业田庄？”鼯精那里答应得出？只说是：“在员外家佣工日浅，不甚备知。”八戒听得，道：“大师兄不消问罢，多管是假变将来的！我们不先下手，只怕中了他计。”沙僧也说：“先下手为强！”行者摇头道：“师弟莫要性急！走一程，便宜一程。”乃悄向八戒、沙僧耳边说：“师弟，你两个紧跟了，莫要怠慢！待我老孙察他个根脚来。”

好行者！走了几步，叫声：“师弟们，你慢慢前行，我树林中出了恭来。”乃走入树林，一个斤斗打到五蕴庙前，问人：“刘员外家何处？”人说：“在大泽傍住。”行者又一斤斗打到刘员外家。他那身隐着，到员外屋里。只见蝠妖变的老和尚，受用刘员外斋供。刘员外一句一句问道：“老师父，上灵山取经程途多少？”蝠妖不能答，只是诺。员外又说：“闻知师父有几位徒弟，都会降妖灭怪！”蝠妖只是诺。员外又说：“我这里久望老师父回还过这地方，人家有些妖怪不安的，求你驱除保安！”蝠妖说：“如今妖怪不比当年了。当年的妖怪怕我徒弟孙行者，如今的妖怪不怕我那孙行者。我徒弟只因取了经回，安分守己，还东去罢。又惹那妖怪做甚？”员外听了，愁着眉道：“便是我老汉今日借象，与老师父载经还国，也图你有个大徒弟神通本事，与我降一宗妖。既是妖怪不怕他，求他也没用。这象我老汉不借了，老师父吃了斋，前途再设法挑经担去罢！”蝠妖听了，把脸一抹，现出个恶咤咤的形状，道：“刘员外，我非和尚，乃是三蝠魔王。只因我那两蝠弟假变了白象，送唐僧经担前去，不胜辛苦，今特来借你真象代劳！如何说要求孙行者除妖方才借象？明明是长孙行者的威风，灭我们魔王本事！”员外一见了，吓的战战的道：“爷爷呀！原来不是取经的圣僧。却怎么好？”行者隐着身在傍，笑道：“原来这妖精乃蝠妖所化，既知他根脚，怎肯容留他惊吓善心的员外？”乃把脸也一抹，现了真形，叫一声：“员外休怕。我便是唐僧的大徒弟孙行者，特来与你家降妖！”那蝠妖见了要走，被行者一手揪住，念了一声梵语经咒，顷刻妖精复了原形。刘员外见了孙行者形状，乃跪倒在地，道：“真是人传说的孙大圣不差！且问大圣从何处进我门来？怎么口里念了一句何语便把这妖魔捉倒？”行者道：“我当年来还论神通本事战斗妖魔，近日只因随着师父求取了真经，便是这念的乃经咒梵语，妖魔自是现形，消灭不难。员外可借一笼，待我装了他，见我师父。”员外道：“大圣老爷既降了妖，何不扑杀了？笼去做甚？”行者道：“员外有所不知。我师父行动不欲我们伤生害命，且带他前去，与师父发落便了！”员外大喜，随叫家童赶了两只大象，送行者前途而去。

却说八戒与沙僧押着蝠妖变的假象正行，忽然行者一斤斗到得面前，向三藏耳语道：“如此，如此。”三藏乃勒住马，叫八戒：“且扯住象莫走！”又叫跟的后生：“且站住等！待后有驮象来，把经担分减轻些。”鼯精道：“老师父走路罢！五庄观将近，又等何处象来？”行者乃大喝一声，道：“妖魔休要强说！你看后边员外家童手里提着一笼，跟着两象来了。你还弄谁。”鼯精抬回头一看，就要走。行者又念了一声梵语。只见后生与两只假象俱现了原形，把经柜担子放落地间，原来是两蝠一鼠。八戒、沙僧齐上前捉倒。三藏道：“悟空，可喜你一向打妖杀怪，动辄使机变心肠，如今怎会念梵语经咒便能收服魔精也？”行者道：“师父，我徒弟也自不知。但觉一路越起机心，越逢妖怪。如今中华将近，一则妖魔不生，一则徒弟笃信真经，改了机心，作为平等，自是妖魔荡灭，也不劳心力。”师徒说罢，刘员外家童象来，乃更换了驮载前行。行者把两蝠一鼯装入笼中。三藏只叫：“放他去罢！”行者道：“师父，打杀他固不可，放他也不可。且带到他前村，交付与五庄观大仙去点化他罢！”

正才说，只见两个道童手持一纸柬帖，近前来道：“大唐老师父！我二人乃是五庄观镇元大仙的道童。我老师蓬莱赴会，知有圣僧取经今日回还，不能接待，特遣小道童持名帖一接。且请过观一顿便斋！”三藏道：“此处离你观有多少里路？”道童说：“不远，不远。但是，近来此处开了一河，象恐不能渡。只好把经担安在附近，圣僧吃了斋，再过来行路，可也。”三藏道：“既是大仙不在观中，我们去也空扰，就此拜上，动劳你二位远迎！”只见道童向三藏稽首道：“我小童子有一事干渎圣僧老爷们，适见那笼中蝠鼠，望你放了他罢！我两个看他：

> 也是一物生命，为何笼着他身？似哀似苦欲逃生，望乞慈悲方寸，况是释门弟子，正当方便存心。放他六道转投入，免使樊笼闷遁。”

行者听了，笑道：“连你道童也该装入笼中，但看你身中全无妖气，想是投入仙家？也罢。还了你这三蝠，作速正了念头，庶不负我师徒取经济度众生美意！”行者说罢，把笼儿付与道童携去。他师徒依旧押着象，骑着马。

只见八戒道：“大师兄，我老猪问你一句：五庄观过了，只怕附近高老儿庄？如今经已取来，你们进奉唐朝，我去续旧女婿罢！”行者笑道：“呆子，我们取经功果若成，都要超凡入圣，与师父同证菩提，这堕孽的事，休要想了。况宝象驮载真经，一路安稳，无耽无搁，当年来的山程、水程，俱经过了，若似有圣神拥护，如腾云驾雾一般。

看看只怕到了东土边关。”三藏听了，道：“悟空，你说将近到东土边关。我想当年出关之日，镇边的官员与本处的僧道接至福原寺；今日回还，他们若知，必须来接这柜担，定有差来人役扛抬。刘员外家童、大象，当打发他回去，多多致意刘员外。只是远劳他家童，没有谢仪酬劳。”行者道：“我尚有匹布，谢了他罢。”八戒道：“我有些麝香送他。出家人空手出门素手归，方为洁净。”行者道：“八戒，今日见你不呆了。”

且说比丘僧与灵虚子两个离了五蕴庙，料唐僧师徒得了刘员外象载经文，孙行者灭了机变心不使，自然路无阻隔。他两个欣欣喜喜，得成了保护经文功德，一路前来，俱是本等庄严相貌。到了边关，把关员役不肯放入。比丘僧乃说：“是唐玄奘法师灵山取得经文回还。”

官员听了，随飞骑传报朝廷。唐太宗闻知，亲至望经楼上观看，果见正西满天瑞霭，阵阵香风，宛似神人拥护着一起人马前来，正是唐僧与徒弟、人役等，牵着马，挑着担，太宗同多官一齐见了，即下楼相迎。唐僧忙倒身下拜。太宗搀起，又问行者、八戒、沙僧何人？三藏奏道：“臣僧途中收的徒弟。”太宗大喜，回朝。

只见洪福寺僧众香幡迎接三藏到寺。三藏见几株松树一棵棵头俱向东，乃笑向行者说：“徒弟们，我当年出此山门，曾说‘此树头向东，我即还。’今果然矣。”众僧无不赞叹。

次早，三藏沐浴更衣朝见。太宗传宣三藏上殿，赐凳傍坐。三藏谢恩坐了，教把经柜担包抬上御阶，拆开封皮，只见祥云从内起，瑞气自天来。太宗龙颜大悦，乃问：“多少经数？怎生取来？”三藏一一把去时一路魔难，回来多年辛苦，及真经数目陈奏不差。太宗传谕：赐宴毕，即召在城大小僧众将真经演诵，要求个报应。三藏道：“真经不可轻亵！须要在座洁净寺院，大建水陆道场。”太宗甚喜，即命当驾官择了吉日，到雁塔寺搭起高台，与三藏谈经。

三藏方才展卷课诵，只闻香风缭绕，半空中有比丘僧、优婆塞两个高叫："唐三藏法师，听我祝赞你取经的功德：上报国恩，保皇图亿年永固，祝帝道万载遐昌。可将真经誊录附本，布散珍藏，不可轻亵。我两个保护功成，回西去也！"三藏仰头一看，方才认得，合掌谢道："原来一路多亏了二位菩提保护也。"当时随喜的大小臣工、僧尼道俗，个个合掌赞叹。真是：

圣僧努力取经篇，往返辛勤念八年。去日道途遭怪欺，回时经担受魔难。妖魔总是机心惹，功德还从种福田。三藏经文多利益，传流无量永无边。

却说比丘僧到彼与优婆塞法号灵虚，他两个保护真经到了东土，乃一驾祥云回到灵山，正遇着佛爷爷在雷音寺讲经说法。两个上前礼拜，道："弟子前奉金旨，保护唐僧经文回国，今已进奉唐君，藏贮福林，永扬至教。特复缴旨！"如来道："汝二人功果已成，但唐三藏前世原唤金蝉子，只因不听说法，轻慢大教，贬其真灵转生东土。今喜皈依，秉我迦持，又苦行求取真经，广济东土众生，功劳不小。比丘僧，汝可速驾祥云，把他师徒引到灵山，同证佛位。"比丘僧领了如来金旨，即驾五色祥云，到于东土。此时唐僧正习静洪福寺，行者、八戒、沙僧俱要辞了师父，各去参禅。忽然，比丘僧捧如来金旨，宣三藏师徒到灵山受封成佛。

三藏不敢有违。但看他师徒驾云起在半空，顷刻到了灵山。礼拜世尊毕，向诸贤圣众合掌称念，随班列于佛位。这正是：

万卷真经一字心，莫教自坏被魔侵。何劳万里勤劳取，不必千方设计侵。报我四恩端正念，任他六欲不能淫。甚深微妙能开悟，自证菩提大觉林！

此时三藏成了正果，行者、八戒、沙僧俱各归真，龙马还原。灵山大庆龙华胜会，善功圆满，万有吉祥。你看那：

鹫岭祥云缥缈，雷音宝刹辉光。极乐世界永传芳，好一个金蝉和尚！

于是大众合掌，志心称念：

南无过去未来现在三世诸佛菩萨！

愿以此功德，庄严佛净土。上报四重恩，下济三途苦。若有见闻者，悉发菩提心；尽此一报身，同坐极乐国！

十方三世一切佛，诸佛菩萨摩诃萨，摩诃般若波罗蜜！